BERNARD CORNWELL

Sharpes Feuerprobe

Weitere Titel des Autors:

Sharpes Sieg
Sharpes Festung
Sharpes Trafalgar
Sharpes Beute
Sharpes Aufstieg
Sharpes Mission
Sharpes Trophäe
Sharpes Gold
Sharpes Flucht
Sharpes Weihnacht
Sharpes Zorn
Sharpes Gefecht
Sharpes Rivalen
Sharpes Degen
Sharpes Abenteuer
Sharpes Feind
Sharpes Ehre
Sharpes Geheimnis
Sharpes Triumph
Sharpes Rache
Sharpes Waterloo
Sharpes Teufel

Über den Autor:

Bernard Cornwell wurde 1944 in London geboren. Er arbeitete lange für die BBC, unter anderem in Nordirland, wo er seine Frau kennenlernte. Heute lebt er zumeist in den USA. Er ist der Autor zahlreicher international erfolgreicher Historischer Romane und Thriller. Die Sharpe-Serie, die er in den 1980er-Jahren begann, wurde von der BBC mit Sean Bean in der Hauptrolle verfilmt.

Bernard Cornwell

SHARPES FEUERPROBE

Historischer Roman

Aus dem Englischen von
Joachim Honnef

lübbe

MIX
Papier aus verantwortungsvollen Quellen
FSC® C014496

Dieser Titel ist auch als E-Book erschienen.

Unveränderte Neuausgabe der bei Bastei Lübbe erschienenen Taschenbuchausgabe

Titel der englischen Originalausgabe: „Sharpe's Tiger"
Originalverlag: HarperCollins*Publishers*

Für die deutschsprachige Ausgabe:

Prüfung der militärhistorischen Details:
Historisches Uniformarchiv Alfred Umhey
Textredaktion: Rainer Delfs, Scheeßel
Umschlaggestaltung: ZERO Werbeagentur, München
unter Verwendung von Motiven von
© Dmitry Argunov/shutterstock.com
Satz: Urban SatzKonzept, Düsseldorf
Gesetzt aus Geramond
Druck und Verarbeitung: GGP Media GmbH, Pößneck
Printed in Germany
ISBN 978-3-404-18309-8

5 4 3 2 1

Sie finden uns im Internet unter www.luebbe.de
Bitte beachten Sie auch: www.lesejury.de

Sharpes Feuerprobe ist Muir Sutherland und Malcolm Craddock mit großem Dank gewidmet

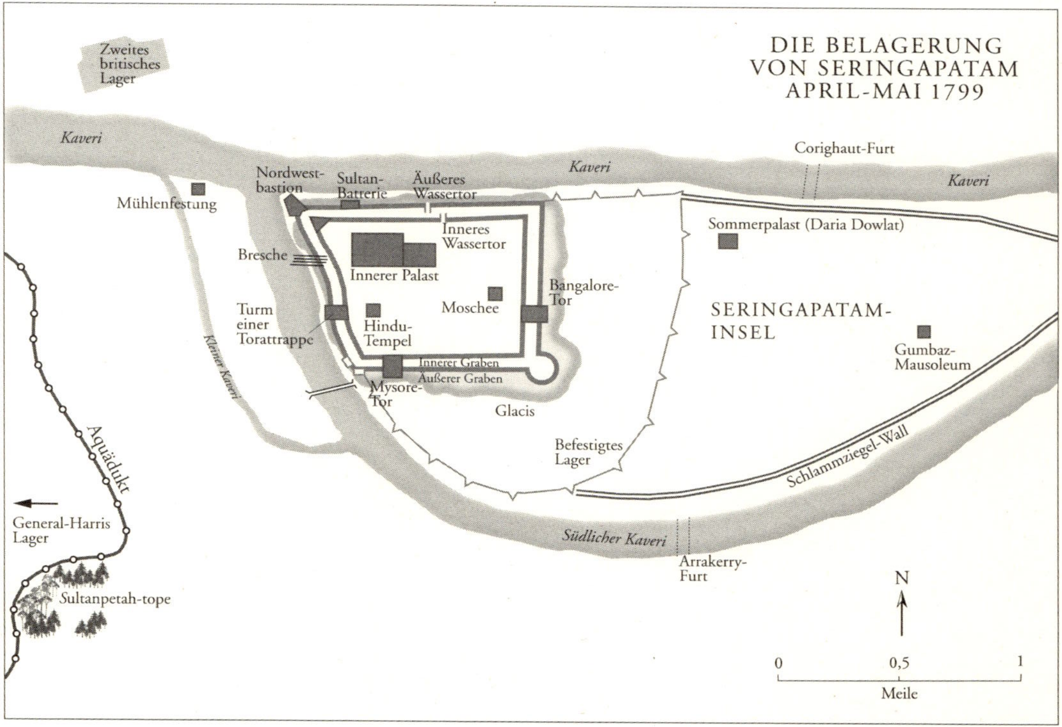
DIE BELAGERUNG
VON SERINGAPATAM
APRIL-MAI 1799
Zweites britisches Lager
Kaveri
Kaveri
Kaveri
Corighaut-Furt
Mühlenfestung
Nordwest-bastion
Sultan-Batterie
Äußeres Wassertor
Inneres Wassertor
Bresche
Innerer Palast
Bangalore-Tor
Moschee
Turm einer Torattrappe
Hindu-Tempel
Innerer Graben
Außerer Graben
Mysore-Tor
Glacis
Kleiner Kaveri
Sommerpalast (Daria Dowlat)
SERINGAPATAM-INSEL
Gumbaz-Mausoleum
Befestigtes Lager
Schlammziegel-Wall
Südlicher Kaveri
Arrakerry-Furt
Aquädukt
General-Harris Lager
Sultanpetah-tope
N
0
0,5
1
Meile

KAPITEL 1

Es ist seltsam, dachte Richard Sharpe, dass es keine Geier in England gibt. Jedenfalls keine, die er gesehen hatte. Hässliche Viecher waren das. Ratten mit Schwingen. Er dachte viel über Geier nach, und er hatte eine Menge Zeit zum Denken, weil er Soldat war, ein gemeiner, für den die Armee meist das Denken übernahm. Sie entschied, wann er aufwachte, schlafen ging, aß und marschierte und wann er herumgammeln und das tun musste, was er die meiste Zeit tat – nichts. Sich beeilen und nichts tun, so liefen die Dinge bei der Armee, und das hatte er satt. Er langweilte sich und dachte ans Desertieren.

Er und Mary. Einfach abhauen.

Daran dachte er jetzt, und es war komisch, sich ausgerechnet jetzt damit zu befassen, weil die Armee im Begriff war, Richard Sharpe seine erste richtige Schlacht zu bieten. Er hatte bereits an einer teilgenommen, doch das war vor fünf Jahren gewesen, und es war eine schmutzige, verwirrende Sache gewesen, und keiner hatte gewusst, warum das 33. Regiment in Flandern war oder was es dort tun sollte. Letzten Endes hatten sie dort nichts anderes getan, außer zu erwarten, ein paar Schüsse auf die vom Nebel umhüllten Franzosen abzugeben, und die ganze Sache war fast vorüber gewesen, bevor der junge Richard Sharpe gewusst hatte, dass sie begonnen hatte.

Er hatte einige Männer sterben sehen. Am besten erinnerte er sich an Sergeant Hawthornes Tod, weil der Sergeant von einer Musketenkugel getroffen worden war, die eine Rippe aus seinem roten Uniformrock trieb. Es war kaum ein Tropfen

Blut zu sehen gewesen, nur die weiße Rippe, die aus dem verblichenen roten Tuch ragte.

»Du könntest deinen Hut dran aufhängen«, hatte Hawthorne erstaunt gesagt, dann hatte er geschluchzt, und danach hatte er Blut gespuckt und war zusammengebrochen.

Sharpe hatte weiter geladen und gefeuert, und dann, gerade als ihm die Sache fast Spaß gemacht hatte, war das Bataillon davonmarschiert und nach England zurückgesegelt. War das eine Schlacht gewesen!

Jetzt war er in Indien. Er kannte nicht den Grund der Invasion von Maisur, und er interessierte ihn auch nicht besonders. König George III. wollte Richard Sharpe in Indien haben, und so war er dort.

Doch der Dienst für den König langweilte ihn jetzt. Er war jung, und er glaubte, dass das Leben mehr zu bieten hatte, als sich zu langweilen und nichts zu tun. Da war Geld zu verdienen. Er war sich nicht sicher, wie er zu Geld kommen konnte außer durch Diebstahl, aber er wusste, dass er sich langweilte und etwas Besseres tun konnte, als am Fuß des Misthaufens auszuharren. Genau dort war er, am Fuß eines Misthaufens, sagte er sich immer wieder, und jeder wusste, wie es da stinkt.

Besser weglaufen, sagte er sich. Um in der Welt voranzukommen, brauchte man nur ein bisschen Verstand und die Fähigkeit, einen Bastard schneller zu treten, als der einen treten konnte, und Richard Sharpe glaubte, dass er genügend Talent dafür hatte.

Doch wohin sollte er in Indien weglaufen? Die Hälfte der Einheimischen schien in britischem Sold zu stehen und würde ihn für eine Hand voll Blechstücke, eines im Wert eines Farthings, gerade mal ¼ Penny, ausliefern, und die anderen Inder kämpften alle gegen die Briten oder bereiteten sich darauf vor, und wenn er zu ihnen desertierte, würde man ihn zwingen, in ihrer Armee zu dienen. Er würde mehr Sold in einer einheimischen Armee bekommen, weitaus mehr als die zwei Pence pro Tag, die Sharpe jetzt nach den Zahlungseinstellungen erhielt, aber warum sollte er eine Uniform gegen eine andere eintauschen?

Nein, er würde irgendwohin weglaufen, wo die Armee ihn nie finden würde, denn sonst würde er an einem heißen Morgen vor dem Erschießungskommando stehen. Eine Salve von Musketenschüssen, das Ausheben der roten Erde für ein Grab, und am nächsten Tag würden die Ratten mit Schwingen ihm die Gedärme aus dem Bauch reißen wie eine Schar Amseln Würmer aus einem Rasen pickte.

Deshalb dachte er über Geier nach. Er dachte, dass er weglaufen, aber kein Futter für die Geier sein wollte. Lass dich nicht schnappen. Regel Nummer eins in der Armee und die einzige Regel, die zählte. Denn wenn man von den Bastarden geschnappt wurde, würden sie einen zu Tode prügeln oder einem die Rippen mit Musketenkugeln umsortieren – und in beiden Fällen wurden die Geier fett.

Die Geier waren immer da, kreisten manchmal mit ausgebreiteten Schwingen im warmen Aufwind und hockten manchmal auf Zweigen. Sie lebten vom Tod, eine marschierende Armee verschaffte ihnen einen reichhaltigen Speiseplan, und jetzt, in diesem letzten Jahr des achtzehnten Jahrhunderts, durchquerten zwei verbündete Armeen diese heiße, fruchtbare Ebene im südlichen Indien.

Die eine war eine britische Armee, und die andere gehörte einem britischen Verbündeten, dem Nizam von Haidarabad, und beide Armeen stellten den Geiern ein Festmahl zur Verfügung. Pferde und Ochsen und Kamele starben, dann sogar zwei der scheinbar so unverwüstlichen Elefanten – und schließlich starben die Menschen.

Die beiden Armeen hatten einen Anhang, der zehnmal länger war als sie selbst: eine Menge von Soldatenprostituierten, Händlern, Hirten, Huren, Frauen und Kindern, und unter all diesen Menschen, wie in den Armeen selbst, grassierten die Seuchen. Menschen starben an Ruhr oder am Fieber oder erstickten an ihrem eigenen Erbrochenen. Sie starben um Atem ringend oder schweißgebadet oder gebärdeten sich mit aufgedunsener Haut wie Wahnsinnige. Männer, Frauen und Kinder starben elendiglich, und ob sie begraben oder verbrannt wurden, war gleichgültig, denn letzten Endes bekamen die Geier sie ohnehin, denn es war nicht genug Zeit, um ausreichend Holz für einen richtigen Scheiterhaufen zum Verbrennen zu sammeln, und so rissen die Geier das halb gekochte Fleisch von den glühenden Knochen. Und wenn die Leichen in der Erde verscharrt wurden, konnte kein Haufen Steine verhindern, dass die Aasfresser das geschwollene, verfaulende Fleisch ausgruben und die Geier ihre Schnäbel in die Reste der Leichen hackten, die zurückgeblieben waren.

Und dieser heiße Maitag versprach Futter in Hülle und Fülle. Die Geier schienen das zu spüren, denn als der Nachmittag verging, schlossen sich immer mehr Vögel dem Schwarm der Geier an, der über den marschierenden Männern kreiste. Die Vögel schlugen nicht mit den Schwingen, sondern schwebten einfach in der warmen Luft und warteten geduldig, als ob sie wüssten, dass das Festmahl des Todes schon bald ihre Mägen füllen würde.

»Hässliche Bastardvögel«, sagte Sharpe, »nichts als Ratten mit Schwingen.« Doch niemand in der Kompanie des 33. Regiments reagierte darauf. Keiner hatte die Luft, um ihm zu antworten. Die Luft war erfüllt vom Staub, der von den Männern an der Spitze aufgewirbelt wurde, sodass die nachfolgenden Reihen durch eine warme, staubige Dunstmischung wankten, die ihre Kehle ausdörrte und in den Augen brannte.

Die meisten der Männer nahmen die Geier gar nicht wahr, während einige so erschöpft waren, dass sie noch nicht einmal den Kavallerietrupp bemerkten, der plötzlich eine halbe Meile entfernt im Norden aufgetaucht war.

Die Reiter trabten neben einem Baumstreifen mit roten Blüten vorbei und verfielen in Galopp. Ihre gezogenen Krummschwerter reflektierten den Sonnenschein, als sie von den Infanteristen abschwenkten, doch dann, so unerklärlich, wie sie schneller geworden und ausgewichen waren, hielten sie plötzlich an.

Sharpe bemerkte sie. Es war britische Kavallerie. Die feinen Jungs waren gekommen, um zu sehen, wie richtige Soldaten kämpften.

Voraus, von einer niedrigen Anhöhe, wo sich eine zweite Reitergruppe vor dem Himmel abhob, krachte ein Geschütz. Das Donnern der Kanone war gewaltig und hallte dumpf und bösartig über die Ebene. Der Rauch des Geschützes wallte, als die schwere Kanonenkugel in einige Büsche schlug und Blätter und Blüten zerfetzte, bevor sie Staub aus dem harten Boden riss und mit nachlassendem Schwung gegen einen knorrigen, umgestürzten Baum prallte. Der Schuss hatte die rot berockte Infanterie um gut zweihundert Schritte verfehlt, doch der Kanonendonner weckte die Erschöpften auf.

»Jesus!«, stieß jemand in der hinteren Reihe hervor. »Was war denn das?«

»Ein verdammtes Kamel hat gefurzt, was, zum Teufel, hast du denn gedacht?«, antwortete ein Corporal.

»Es war ein verdammt mieser Schuss«, sagte Sharpe. »Meine Mutter könnte ein Geschütz besser ausrichten.«

»Ich bezweifle, dass du eine Mutter gehabt hast«, sagte Private Garrard.

»Jeder hat eine Mutter, Tom.«

»Nicht Sergeant Hakeswill«, sagte Garrard und spuckte eine Mischung aus Staub und Speichel aus.

Die Kolonne der Männer hatte angehalten, nicht auf irgendeinen Befehl hin, sondern eher, weil der Kanonenschuss den Offizier der ersten Kompanie entnervt hatte und er nicht mehr wusste, wohin er das Bataillon führen sollte.

»Hakeswill wurde nicht von einer Mutter geboren«, sagte Garrard hitzig. Er nahm seinen Helm ab und wischte sich mit dem Ärmel Staub und Schweiß aus dem Gesicht. Sein wollener Ärmel hinterließ eine schwache Spur von roter Farbe auf seiner Stirn. »Hakeswill ist vom Teufel ausgespuckt worden«, sagte er und setzte den Helm wieder auf sein weiß gepudertes Haar.

Sharpe fragte sich, ob Tom Garrard mit ihm desertieren würde. Zwei Männer hatten vielleicht bessere Überlebenschancen als einer. Und was war mit Mary? Würde sie mitkommen? Er dachte oft an Mary, wenn seine Gedanken nicht mit etwas anderem beschäftigt waren, und Mary war unauflösbar mit allem sonst verknüpft.

Es war verwirrend. Sie war Sergeant Bickerstaffs Witwe, halb Inderin, halb Engländerin und zweiundzwanzig, im selben Alter wie Sharpe, jedenfalls glaubte er das. Es konnte auch sein, dass er einundzwanzig oder dreiundzwanzig war. Er war sich nicht ganz sicher, weil er nie eine Mutter gehabt hatte, die es ihm hätte sagen können. Natürlich hatte er eine Mutter gehabt, jeder hat eine, aber nicht jeder hatte eine Cat-Lane-Hure als Mutter, die verschwunden war, gleich nachdem sie ihren Sohn geboren hatte.

Das Kind war nach dem wohlhabenden Schirmherrn des Waisenhauses benannt worden, in dem es aufgezogen worden war, doch der Name hatte Richard Sharpe keine Förderung, sondern ihn nur an das stinkende Ende des Misthaufens der

Armee gebracht. Dennoch glaubte Sharpe, dass er eine Zukunft haben konnte, und Mary sprach einen oder zwei indische Dialekte, was hilfreich sein konnte, wenn er und Tom desertierten.

Die Kavallerieeinheit zu Sharpes Rechter trieb die Pferde wieder zum Trab, verschwand jenseits der rot blühenden Bäume und ließ nur eine Staubwolke hinter sich, die sich rasch lichtete.

Zwei Kavalleriegeschütze, leichte 6-Pfünder-Kanonen, folgten den Reitern und hüpften gefährlich hinter den Pferdegespannen. Jede andere Kanone in der Armee wurde von Ochsen gezogen, doch die Kavalleriegeschütze hatten Pferdegespanne, die dreimal so schnell waren wie die schwerfälligen Zugtiere.

Die einzelne feindliche Kanone feuerte wieder, und der brutale Knall stieß durch die warme Luft. Sharpe konnte jetzt mehr feindliche Geschütze auf der Anhöhe sehen, aber sie waren kleiner als die Kanone, die soeben gedonnert hatte, und Sharpe nahm an, dass sie nicht die Reichweite der größeren Kanone hatten. Dann sah er eine Spur von Grau in der Luft, wie ein vertikaler Bleistiftstrich am blassblauen Himmel, und er wusste, dass die Kugel der großen Kanone direkt auf ihn zukam. Und während die Kugel auf ihn zuraste, wurde ihm schlagartig klar, dass kein Wind die Flugbahn verändern würde, dass er dem Tod ins Auge sah – doch dann schlug die Kanonenkugel etwa ein Dutzend Schritte vor ihm auf den Boden und hüpfte dann über seinen Kopf hinweg, um harmlos in ein Zuckerrohrfeld zu schlagen und auszukollern.

»Ich nehme an, die Bastarde haben jetzt deine Mutter das Geschütz ausrichten lassen, Dick«, sagte Garrard.

»Jetzt redet niemand!«, schrie Sergeant Hakeswill. »Spart euren gottlosen Atem! Haben Sie gesprochen, Garrard?«

»Ich, Sarge? Nein. Ich habe keinen Atem.«

»Sie haben keinen Atem?« Sergeant Hakeswill eilte an den Reihen der Kompanie entlang und baute sich vor Garrard auf. »Sie haben keinen Atem? Das bedeutet, dass Sie tot sind, Private Garrard! Tot! Nutzlos für den König und das Land, wenn Sie tot sind, aber Sie sind ja ohnehin nie von Nutzen gewesen.« Der böse Blick des Sergeants zuckte zu Sharpe. »Haben Sie geredet, Sharpie?«

»Nein, ich nicht, Sarge.«

»Sie haben auch keinen Befehl dazu. Wenn der König wünscht, dass Sie sich unterhalten, hätte ich Ihnen das gesagt. Geben Sie mir Ihre Muskete. Aber fix!«

Sharpe überreichte dem Sergeant seine Muskete.

Es war Hakeswills Ankunft in der Kompanie, die Sharpe überzeugt hatte, dass es an der Zeit war, von der Armee wegzulaufen. Er hatte sich ohnehin gelangweilt, aber Hakeswill hatte der Langeweile Ungerechtigkeit hinzugefügt. Nicht, dass Ungerechtigkeit Sharpe viel ausmachte, denn in dieser Welt gab es nur für die Reichen Gerechtigkeit, aber Hakeswill war so boshaft ungerecht, dass kaum ein Mann in der Leichten Kompanie nicht bereit war, zu rebellieren. Alle hielt von der Meuterei nur das Wissen ab, dass Hakeswill fast sehnsüchtig darauf wartete, um sie dann dafür bestrafen zu können. Der Sergeant war groß darin, Unverschämtheit herauszufordern und dann zu bestrafen. Er war einem immer zwei Schritte voraus und wartete mit einem Knüppel hinter der nächsten Ecke. Hakeswill war ein Teufel, ein Satan in einem schicken roten Rock, der mit dem Rangabzeichen des Sergeants verziert war.

Doch wenn man Hakeswill genau betrachtete, sah man den perfekten Soldaten. Es stimmte, dass sein sonderbar klumpiges Gesicht alle paar Sekunden zuckte, als verzerre ein teuflischer Geist seine Züge unter der sonnengeröteten Haut, doch seine Augen waren blau, sein Haar war so weiß wie der Schnee, der nie auf dieses Land fiel, und seine Uniform war so elegant wie die eines Wachsoldaten beim Windsor Castle. Er war gedrillt wie ein Preuße, und jede Bewegung war so schneidig und korrekt, dass es eine Freude war, sie zu sehen. Doch wenn es in seinem Gesicht zuckte und es in seinen sonderbar kindlichen Augen flackerte, konnte man den Teufel darin sehen. Als Hakeswill ein Rekrutierungs-Sergeant gewesen war, hatte er sorgfältig darauf geachtet, das Teuflische zu verbergen, und so hatte Sharpe ihn kennen gelernt, aber jetzt, als der Sergeant keine jungen Narren mehr übertölpeln und mit Tricks in die Armee zu locken brauchte, war es ihm gleichgültig, dass man seine Bösartigkeit sehen konnte.

Sharpe stand reglos, als der Sergeant den Lappen abwickelte, den er als Schutz des Musketenschlosses vor dem tückischen roten Staub benutzte. Hakeswill betrachtete das Schloss, fand nichts zu beanstanden und wandte sich dann von Sharpe ab, sodass der Sonnenschein voll auf die Waffe fallen konnte. Er spähte wieder darauf, spannte die Waffe und schien das Interesse daran zu verlieren, als ein Trio von Offizieren ihre Pferde zur Spitze der Kolonne trieb.

»Kompanie!«, brüllte Hakeswill. »Kompanie, Achtung!«

Die Männer standen still, als die drei Offiziere vorbeigaloppierten. Hakeswill hatte eine grotesk steife Haltung angenommen: die Hacken zusammengeschlagen, Kopf und Schultern zurückgeworfen, den Bauch vorgestreckt und die Hände an die Seiten gepresst. Keine der anderen Kompanien des 33. Regiments des Königs hatte stillgestanden, um den vorbeireitenden Offizieren Respekt zu zollen, doch Hakeswills Geste des Respekts wurde trotzdem ignoriert. Der Sergeant schien diese Missachtung nicht zu bemerken, und als die drei Offiziere vorbeigeprescht waren, befahl er der Kompanie zu rühren und starrte dann wieder auf Sharpes Muskete.

»Sie werden nichts daran zu bemängeln finden, Sarge«, sagte Sharpe.

Hakeswill, der immer noch stillstand, rührte flott und stampfte den rechten Stiefel auf den Boden. »Habe ich gehört, dass ich Ihnen die Erlaubnis zum Sprechen gegeben habe, Sharpie?«

»Nein, Sarge.«

»Nein, Sarge. Nein, Sie hatten keine Sprecherlaubnis und reden trotzdem. Das ist eine strafbare Handlung, Sharpie.« Hakeswills rechte Wange zuckte wie in einem Krampf, der sein Gesicht alle paar Sekunden verzerrte, und das Teuflische war plötzlich so intensiv, dass die ganze Leichte Kompanie den Atem anhielt und mit Sharpes Bestrafung rechnete.

Doch plötzlich donnerte wieder die feindliche Kanone, und die schwere Kugel schlug in den grünen Streifen eines Reisfelds. Die Wucht des harmlosen Geschosses, das ausrollte und liegen blieb, nachdem es eine Schneise gerissen hatte, schien Hakeswill abzulenken.

»Verdammt mieser Schuss«, sagte er verächtlich. »Die Heiden können wohl keine Geschütze ausrichten, oder vielleicht spielen sie mit uns. Ha, sie spielen!« Bei diesem Gedanken brach er in Gelächter aus.

Sharpe nahm an, dass die Erwartung von Aufregung Sergeant Obadiah Hakeswill in diesen fast jovialen Zustand brachte, der Gedanke, dass eine Schlacht zu Gefallenen und Leid führen würde, denn Leid war seine Freude. Er mochte es, Männer zu sehen, die litten und Angst hatten, denn das machte sie gefügig, und Sergeant Hakeswill war stets am glücklichsten, wenn er die Kontrolle über unglückliche Männer hatte.

Die drei Offiziere hatten ihre Pferde an der Spitze der Kolonne gezügelt und spähten jetzt durch ihre Fernrohre zum fernen Hügelkamm, über dem nach dem Schuss der feindlichen Kanone Rauch wölkte.

»Das ist unser Colonel, Jungs«, verkündete Hakeswill der 33. Leichten Kompanie. »Colonel Arthur Wellesley persönlich, Gott segne ihn, denn er ist ein Gentleman und ihr nicht. Er ist gekommen, um euch kämpfen zu sehen, also tut das. Kämpft wie die Engländer, die ihr seid.«

»Ich bin Schotte«, sagte eine mürrische Stimme in der hinteren Reihe.

»Das habe ich gehört! Wer hat das gesagt?« Hakeswill starrte wütend zur Kompanie, und in seinem Gesicht zuckte es heftig. In schlechterer Stimmung hätte er den Sprecher herausgefunden und bestraft, doch die Vorfreude auf die bevorstehende Schlacht ließ ihn darauf verzichten. »Ein Schotte!«, stieß er stattdessen verächtlich hervor. »Was ist das Schönste, das ein Schotte jemals gesehen hat? Ich will eine Antwort auf die Frage!«

Keiner sagte ein Wort.

»Die Straße nach England, das ist für ihn das Schönste. So steht es in der Bibel, also muss es stimmen.« Er wog Sharpes Muskete mit der Hand, während er an den wartenden Soldaten entlangspähte. »Ich werde euch im Auge behalten«, schnarrte er. »Keiner von euch hat schon an einem richtigen Kampf teilgenommen, und ich meine *richtigen*, doch auf der anderen Seite dieses verdammten Hügels wartet eine Horde von Heiden, die es kaum erwarten kann, ihre dreckigen Hände an eure Frauen zu legen. Wenn also einer von euch zu feige zum Kämpfen ist, werde ich euch allen die Haut abziehen. Aber wenn ihr eure Pflicht tut und eure Befehle befolgt, könnt ihr nichts falsch machen. Und wer gibt euch die Befehle?«

Der Sergeant wartete auf eine Antwort, und schließlich gab ihm Private Mallinson eine. »Die Offiziere, Sergeant.«

»Die Offiziere! Die Offiziere!« Hakeswill spuckte bei der Antwort seinen Ekel aus. »Offiziere sind hier, um uns zu zeigen, wofür wir kämpfen. Es sind Gentlemen. Richtige Gentlemen. Männer mit Besitz und guter Lebensart, keine gescheiterten Schankkellner und Taschendiebe mit rotem Rock, wie ihr es seid. Merkt euch das, Jungs. Ihr seid im Begriff, in eine Schlacht gegen Heiden zu marschieren, und wenn ihr nicht auf mich hört, werdet ihr bald tot sein!«

Seine Züge verzerrten sich grotesk, und Sharpe, der das Gesicht des Sergeants beobachtete, fragte sich, ob es die Nervosität war, die Hakeswill so redselig gemacht hatte.

»Also haltet euren Blick auf mir, Jungs«, fuhr Hakeswill fort, »und ihr werdet bei bester Gesundheit bleiben. Und wisst ihr, weshalb?« Er schrie das letzte Wort auf dramatische Weise, als er an der ersten Reihe der Leichten Kompanie entlangschritt. »Wisst ihr, warum?«, fragte er wieder, und jetzt klang er wie ein Prediger, der einen anderen Glauben als seine Kirche vertrat. »Weil ich nicht sterben kann, Jungs, ich kann nicht sterben!«

Er war plötzlich angespannt, und seine Stimme klang heiser und leidenschaftlich. Es war eine Ansprache, die alle Männer der Leichten Kompanie schon viele Male gehört hatten, doch es war bemerkenswert für die meisten, dass Sergeant Green, der durch die kürzere Dienstzeit rangniedriger war als Hakeswill, sich angewidert abwandte.

Hakeswill lachte spöttisch über Green und zerrte dann an der Ledermanschette um seinen Hals und zog sie etwas herunter, sodass eine alte, dunkle Narbe an seiner Kehle sichtbar wurde.

»Die Schlinge des Henkers, Jungs!«, schrie er. »Davon bin ich da gezeichnet, von der Henkerschlinge! Seht ihr das Mal? Seht ihr es? Aber ich lebe, Jungs, stehe lebend auf zwei Füßen, anstatt unter der Grasnarbe zu liegen, ein Beweis, dass ihr nicht zu sterben braucht!« Sein Gesicht zuckte wieder, als er die Manschette losließ. »Gezeichnet von Gott«, fuhr er fort, und seine Stimme klang rau und aufgewühlt, »das bin ich, gezeichnet von Gott!«

»Total durchgedreht«, murmelte Tom Garrard.

»Haben Sie gesprochen, Sharpie?« Hakeswill fuhr herum und starrte Sharpe an, doch Sharpe war so augenscheinlich still und starrte stumm vor sich hin, dass es keinen Zweifel an seiner Unschuld gab.

Hakeswill schritt an der Leichten Kompanie entlang zurück. »Ich habe Männer sterben sehen, bessere Männer als euch Abschaum, richtige Männer, doch Gott hat mich verschont! Also tut, was ich sage, Jungs, sonst werdet ihr Futter für die Aasgeier.« Er stieß die Muskete abrupt in Sharpes Hände. »Saubere Waffe, Sharpie. Gut gemacht, Junge.«

Er wandte sich flott ab, und Sharpe sah zu seiner Überraschung, dass der Lappen wieder ordentlich um das Schloss der Muskete gewickelt war.

Das Kompliment für Sharpe hatte die gesamte Leichte Kompanie erstaunt.

»Er ist in einer selten guten Stimmung«, sagte Garrard.

»Das habe ich gehört, Private Garrard!«, rief Hakeswill über seine Schulter. »Ich habe Ohren am Hinterkopf! Ruhe jetzt! Ich will nicht, dass die heidnische Horde denkt, ihr habt Schiss! Ihr seid weiße Männer, gebleicht in dem reinigenden Blut des Lammes, also kein verdammtes Gerede in den Reihen! Nett und ruhig wie die verdammten Nonnen, die nie einen Laut von sich geben, weil ihre Papistenzungen rausgeschnitten sind.« Er schlug plötzlich wieder die Hacken zusammen, stand still mit der Pike vor seinem Körper und salutierte. »Kompanie angetreten, Sir!«, brüllte er so laut, dass er auf dem vom Feind gehaltenen Höhenkamm zu hören sein musste. »Alle anwesend und ruhig, Sir! Sonst würden sie ausgepeitscht, Sir!«

Lieutenant William Lawford zügelte sein Pferd und nickte

Sergeant Hakeswill zu. Lawford war der zweite Offizier der Leichten Kompanie, rangniedriger als Captain Morris und ranghöher als die jungen Ensigns (Fähnriche), jedoch neu versetzt zum Bataillon und so erschreckt von Hakeswill wie die Soldaten in den Reihen. »Die Männer können reden, Sergeant«, bemerkte Lawford milde. »In den anderen Kompanien ist es nicht so still.«

»Nein, Sir. Die meisten müssen ihren Atem sparen. Es ist zu verdammt heiß zum Reden, Sir, und außerdem bekommen sie Heiden zum Töten, Sir, da brauchen Sie keine Plaudereien, wenn es schwarzgesichtige Heiden zu killen gibt, Sir. So steht es in der Heiligen Schrift, Sir.«

»Wenn Sie das meinen, Sergeant«, sagte Lawford, nicht bereit, eine Konfrontation herauszufordern. Dann fiel ihm nichts ein, was er sonst noch sagen konnte, und so starrte er unter den Blicken der sechsundsiebzig Männer der Leichten Kompanie zu dem vom Feind gehaltenen Höhenkamm. Doch es wurde ihm bewusst, dass er schmählich vor dem Willen von Sergeant Hakeswill kapituliert hatte, und langsam färbten sich seine Wangen, als er nach Westen spähte.

Lawford war beliebt, hielt das jedoch für Schwäche, doch Sharpe war sich nicht sicher, ob diese Einschätzung richtig war. Er glaubte, dass der Lieutenant noch seinen Weg durch die sonderbaren und manchmal Furcht erregenden menschlichen Strömungen im 33. Regiment suchte und dass Lawford sich im Laufe der Zeit als harter und unverwüstlicher Offizier erweisen würde. Im Augenblick war William Lawford erst vierundzwanzig und erst vor Kurzem zum Lieutenant befördert worden, und das machte ihn noch unsicher.

Ensign Fitzgerald, der erst achtzehn war, schlenderte von der Spitze der Kolonne zurück. Er pfiff vor sich hin und schlug mit gezogenem Säbel nach Unkraut am Weg.

»Geht gleich los, Sir!«, rief er fröhlich zu Lawford, und dann bemerkte er die unheilvolle Stille bei der Leichten Kompanie. »Ihr habt doch keine Angst, oder?«, fragte er.

»Sparen Sie sich Ihren Atem, Mister Fitzgerald, Sir«, blaffte Hakeswill.

»Wir haben Atem genug, um Dutzende Lieder zu singen und immer noch den Feind zu besiegen«, sagte Fitzgerald spöttisch. »Nicht wahr, Jungs?«

»Wir besiegen die Bastarde, Sir«, sagte Tom Garrard.

»Dann lassen Sie mich hören, wie Sie singen«, verlangte Fitzgerald. »Ich kann die Stille nicht ertragen. Wir werden genügend Stille in unseren Gräbern haben, Jungs, also können wir jetzt noch Lärm machen.«

Fitzgerald hatte eine gute Tenorstimme, mit der er das Lied über das Milchmädchen und den Pfarrer anstimmte. Als er den Refrain erreichte, der erzählte, wie der nackte Pfarrer, dem das Milchmädchen die Augen verbunden hatte, schon dachte, sein Herzenswunsch würde erfüllt werden, doch sie steuerte ihn auf Bessie, die Kuh, zu, schrie die ganze Kompanie das Lied begeistert mit.

Sie kamen nicht bis zum Ende. Captain Morris, der befehlshabende Offizier der Leichten Kompanie, ritt von der Spitze des Bataillons zurück und unterbrach den Gesang.

»Halbkompanien!«, schrie er zu Hakeswill.

»Halbkompanien, jawohl, Sir! Sofort, Sir! Leichte Kompanie! Stellt den verdammten Lärm ein! Ihr habt gehört, was der Offizier gesagt hat!«, bellte Hakeswill. »Sergeant Green! Übernehmen Sie die hinteren Reihen. Mister Fitzgerald! Würden Sie Ihren Platz an der Linken einnehmen, Sir! Vordere Reihe! Musketen geschultert! Zwanzig Schritte vorwärts, marsch! Flott, jetzt! Flott!«

In Hakeswills Gesicht zuckte es, als die vorderen Reihen der

Kompanie zwanzig Schritte marschierten und haltmachten, während die anderen neun Reihen zurückblieben. An der ganzen Bataillons-Kolonne entlang teilten sich die Kompanien gleichermaßen, und ihr Drill war so schneidig, als wären sie wieder auf ihrem Paradeplatz in Yorkshire.

Eine Viertelmeile vom 33. Regiment entfernt vollführten sechs andere Bataillone mit genau derselben Präzision die gleichen Manöver. Diese sechs Bataillone bestanden aus einheimischen Soldaten im Dienst der Ostindischen Company, doch sie trugen genauso rote Uniformröcke wie die Männer des Königs. Die sechs Bataillone mit Sepoys, den indischen Soldaten in europäischen Diensten der East India Company, die rote Uniformröcke wie die Männer des Königs trugen, entrollten ihre Fahnen, und Sharpe blickte daran vorbei zu den großen Fahnen des 33. Regiments, die aus ihren Wachstuchüberzügen gezogen und in die heiße indische Sonne gehalten wurden. Die erste, die des Königs, war eine britische Fahne mit den aufgestickten Schlachten und Ehrungen des Regiments. Die zweite, die Regimentsfahne, hatte das Abzeichen des 33. Regiments auf einem weißen Feld mit scharlachrotem Kreuz, das gleiche Scharlachrot wie auf den Aufschlägen der Uniformröcke der Männer.

Die mit Quasten geschmückten Seidenfahnen leuchteten. Und ihr Anblick hatte eine plötzliche Kanonade vom Höhenkamm zur Folge. Bis jetzt hatte nur ein schweres Geschütz gefeuert, doch nun schlossen sich abrupt sechs andere Kanonen dem Kampf an. Die neuen Geschütze waren kleiner, und ihre Kugeln reichten nicht bis zu den sieben Bataillonen.

Major Shee, der Ire, der das 33. Regiment befehligte, während Colonel Arthur Wellesley das Kommando über die gesamte Brigade hatte, ritt im kurzen Galopp zurück, sprach kurz mit Morris und galoppierte dann zur Spitze der Kolonne.

»Wir werden diese Bastarde vom Kamm fegen!«, schrie Morris zur Leichten Kompanie und neigte dann den Kopf, um eine Zigarre mit einer Zunderbüchse anzuzünden. »Jeder Bastard, der kneift und abhauen will, Sergeant«, fuhr Morris fort, als seine Zigarre richtig brannte, »wird erschossen. Haben Sie verstanden?«

»Laut und deutlich, Sir!«, brüllte Hakeswill. »Erschossen, Sir! Die Feiglinge werden erschossen!« Er wandte sich um und starrte böse zu den beiden Halbkompanien. »Erschossen! Und eure Namen werden in eurer Heimatkirche ausgehängt, die Namen der Feiglinge, die ihr seid. Also kämpft wie Engländer!«

»Schotten«, grollte eine Stimme hinter Sharpe, jedoch so leise, dass Hakeswill es nicht hören konnte.

»Iren«, sagte ein anderer Mann.

»Keiner von uns ist ein Feigling«, sagte Garrard lauter.

Sergeant Green, ein netter Mann, besänftigte ihn. »Ruhig, Jungs. Ich weiß, dass ihr eure Pflicht tun werdet.«

Die Front der Kolonne marschierte jetzt, doch den hintersten Kompanien wurde Warten befohlen, sodass das Bataillon mit weiten Intervallen zwischen seinen zwanzig Halbkompanien vorrücken konnte. Sharpe nahm an, dass die zerstreute Formation beabsichtigt war, um Ausfälle durch das Bombardement des Feindes zu reduzieren, das immer noch aus extremer Weite feuerte und keinen Schaden anrichtete.

Weit hinter ihm wartete der Rest der alliierten Armeen darauf, dass der Höhenkamm eingenommen wurde. Diese Masse sah wie eine gewaltige Horde aus, doch Sharpe wusste, dass das meiste dessen, was er sah, der zivile Anhang der beiden Armeen war: das Chaos aus Händlern, Frauen, Marketendern und Viehhirten, der Tross, der die kämpfenden Soldaten am Leben erhielt und dessen Vorräte die Belagerung der Hauptstadt des Feindes ermöglichte.

Über sechstausend Ochsen wurden allein zum Transport der Kanonen für die großen Belagerungsgeschütze gebraucht, und all diese Ochsen mussten gehütet und gefüttert werden, und die Hirten hatten ihre Familien dabei, die ihrerseits Ochsen brauchten, um ihre eigenen Vorräte zu transportieren. Lieutenant Lawford hatte einst gesagt, dass die Expedition nicht wie eine Armee auf dem Marsch aussah, sondern wie ein großer Wanderzug. Die riesige Horde von Zivilisten und Tieren wurde von einer dünnen Kruste rot uniformierter Infanterie umgeben, die meisten davon indische Soldaten in europäischem Dienst, deren Aufgabe es war, die Händler, Munition und Zugtiere vor der schnell reitenden, hart zuschlagenden Leichten Kavallerie von Tippu Sultan zu schützen.

Tippu Sultan. Der Feind. Der Tyrann von Maisur und der Mann, der vermutlich das Geschützfeuer von dem Höhenkamm leitete. Tippu herrschte in Maisur, und er war der Feind. Aber Sharpe hatte keine Ahnung, wer Tippu war und warum er ein Feind war oder ob er ein Tyrann, eine Bestie oder ein Halbgott war. Sharpe war hier, weil er Soldat war, und es reichte, dass man ihm gesagt hatte, Tippu Sultan sei sein Feind, und so wartete er geduldig unter der indischen Sonne, die den Schweiß aus seinem großen, muskulösen Körper trieb.

Captain Morris lehnte sich auf seinen Sattelknauf. Er nahm seinen Zweispitz ab und wischte sich mit einem Taschentuch, das mit Kölnisch Wasser getränkt war, Schweiß von der Stirn. In der vergangenen Nacht hatte er getrunken, und sein Magen und seine Verdauung machten ihm zu schaffen. Wenn das Bataillon nicht in die Schlacht gezogen wäre, dann wäre er davongaloppiert, hätte sich einen privaten Ort gesucht und seinen Darm entleert, doch dies konnte er jetzt kaum tun, weil seine Männer dies als ein Anzeichen auf Schwäche auslegen konnten, und so hob er stattdessen seine Feldflasche und schluckte etwas Arrak in der Hoffnung, dass der Branntwein den Aufruhr in seinem Magen besänftigen würde.

»Jetzt, Sergeant«, rief er, als die vordere Kompanie ausreichend weit vorausmarschiert war.

»Vorwärts, Halbkompanie!«, brüllte Hakeswill. »Vorwärts, marsch! Flott jetzt!«

Lieutenant Lawford, der die Aufsicht über die letzte Halbkompanie des Bataillons hatte, wartete, bis Hakeswills Männer zwanzig Schritte marschiert waren, und nickte dann Sergeant Green zu. »Vorwärts, Sergeant!«

Die Rotröcke marschierten mit ungeladenen Musketen, denn der Feind war noch weit entfernt und es gab weder ein Anzeichen auf die Infanterie von Tippu Sultan noch auf seine gefürchtete Kavallerie. Es gab nur die Geschütze des Feindes und, hoch am Himmel, die kreisenden Geier.

Sharpe marschierte in der führenden Reihe der letzten Halbkompanie, und Lieutenant Lawford, der zu ihm blickte, dachte wieder einmal, dass Sharpe ein gut aussehender Mann war. Sharpes schmales, sonnengebräuntes Gesicht strahlte Zuversicht aus, und seine hart blickenden blauen Augen verrieten Verwegenheit und Kompetenz. Dieses Äußere war beruhigend für einen jungen Lieutenant, der zu seiner ersten Schlacht vorrückte. Mit Männern wie Sharpe können wir nicht verlieren, dachte Lawford.

Sharpe wusste nichts von der Einschätzung des Lieutenants, und wenn man ihm gesagt hätte, dass allein sein Äußeres Anlass zu Vertrauen und Zuversicht gab, wäre er in Gelächter ausgebrochen.

Sharpe hatte keine Vorstellung davon, wie er aussah, denn er schaute selten in einen Spiegel, und wenn er es tat, bedeutete ihm sein Spiegelbild nichts, obwohl er wusste, dass er den Frauen gefiel und sie ihm. Er wusste ebenfalls, dass er der größte Mann in der Leichten Kompanie war, so groß, dass er in der Grenadierkompanie hätte sein sollen, die den Vormarsch des Bataillons anführte, aber als er vor sechs Jahren zum Regiment gekommen war, hatte der befehlshabende Offizier der Leichten Kompanie darauf bestanden, Sharpe in seinen Reihen zu haben.

Captain Hughes war jetzt tot, die Ruhr hatte ihn in Kalkutta umgebracht, doch zu seinen Lebzeiten war es sein Stolz gewesen, die schnellsten und schneidigsten Männer in seiner Kompanie zu haben, Männer, denen er vertrauen konnte, dass sie allein in der Schützenlinie kämpften. Es war Hughes Tragödie gewesen, dass er seine ausgewählten Männer nur einmal dem Feind gegenüber gesehen hatte, und dieses eine Mal war es ein verkorkster Feldzug zu der nebligen Insel vor der Küste von Flandern gewesen, wo keine noch so tollen Kämpfer den Erfolg für einen mit Blödheit geschlagenen General hätten retten können.

Jetzt, fünf Jahre später auf einem indischen Schlachtfeld, marschierte das 33. Regiment wieder gegen einen Feind, doch jetzt wurde die Leichte Kompanie nicht von dem begeisterten und großzügigen Captain Hughes befehligt, sondern von Captain Morris. Ihm war es gleichgültig, wie clever oder schnell seine Männer waren, ihn interessierte nur, dass sie ihm keine Probleme machten. Deshalb hatte er Sergeant Hakeswill in die Kompanie geholt. Und deshalb dachte der große, verwegen gut aussehende Private namens Richard Sharpe ans Weglaufen.

Doch heute würde er nicht desertieren. Heute würde es eine Schlacht geben, und darauf freute sich Sharpe. Eine Schlacht bedeutete anschließendes Plündern – die indischen Soldaten nannten es »Kriegsbeute machen« –, und jeder Mann, der ans Desertieren und an den Aufbau eines eigenen Lebens dachte, konnte ein bisschen Beute als Grundstock dafür brauchen.

Die sieben Bataillone marschierten auf den Höhenkamm zu. Sie waren alle in Kolonnen aus Halbkompanien eingeteilt, sodass sie aus der Sicht der Geier wie hundertvierzig kleine scharlachrote Rechtecke wirkten, die über eine Viertelmeile grünen Lands stetig auf die wartende Linie von Geschützen auf dem vom Feind gehaltenen Höhenkamm vorrückten.

Die Sergeants marschierten neben den Halbkompanien, während die Offiziere entweder ritten oder zu Fuß gingen.

Aus der Ferne sahen die roten Blöcke schick aus, denn das Scharlachrot der Uniformröcke war mit weißen Kreuzgurten unterbrochen, doch in Wirklichkeit waren die Soldaten schmutzig und verschwitzt. Ihre Uniformen waren aus Wolle, geschneidert für die Schlachtfelder in Flandern, nicht Indien, und die scharlachrote Färbung war jetzt in schweren Regenfällen zu Rosa oder mattem Purpur verblichen, und alles war mit getrocknetem Schweiß befleckt. Jeder Mann im 33. Regiment trug eine hohe, steife Lederhalsbinde, die sich in die Haut seines Nackens grub, und jeder hatte sein langes Haar straff zurückgekämmt, mit Kerzenwachs gefettet und dann das Ende um einen mit Sand gefüllten Lederbeutel gedreht, der mit einem schwarzen Lederstreifen gesichert war, sodass das Haar wie eine Keule am Nacken hing. Dann war das Haar mit Mehl gepudert worden, und zwischen dem weißen Mehlstaub gab es einen Tummelplatz für Läuse und Flöhe. Die eingeborenen Sepoys der East India Company waren glücklicher. Sie puderten ihr Haar nicht, und sie trugen auch nicht die schweren Hosen der britischen Soldaten und marschierten barfuß. Sie trugen auch nicht die Lederhalsbinden und, sogar noch erstaunlicher, es gab keine Prügelstrafe in den indischen Bataillonen.

Eine feindliche Kanonenkugel fand schließlich ein Ziel, und

Sharpe sah eine Halbkompanie auseinanderspritzen, als das Geschoss in die Reihen schlug. Für einen Augenblick glaubte er es über der Formation rötlich wie blutiger Nebel schimmern zu sehen, als die Kanonenkugel hindurchfegte, doch das war vielleicht nur eine Illusion.

Zwei Männer blieben am Boden, als ein Sergeant die Reihen schloss. Zwei weitere Männer humpelten, und einer schleppte sich taumelnd weiter und brach dann zusammen.

Die Trommler, die hinter den Fahnen vorrückten, markierten den Rhythmus des Marsches mit stetigem Trommeln, durchsetzt mit Trommelwirbel, doch als die Jungs an den reglosen Gestalten vorbeimarschierten, die noch vor Sekunden Soldaten der Grenadierkompanie gewesen waren, ließen sie ihre Stöcke schneller wirbeln und beschleunigten so das Tempo des Regiments, bis sich Major Shee im Sattel umdrehte und ihren Übereifer verfluchte.

»Wann werden wir laden?«, fragte Private Mallinson Sergeant Green.

»Wenn es Ihnen gesagt wird, Junge, wenn Sie den Befehl erhalten. Nicht eher. O verdammt!« Letzteres von Sergeant Green war auf eine ohrenbetäubende Kanonade vom Höhenkamm zurückzuführen. Ein Dutzend weitere von Tippus kleineren Geschützen hatte das Feuer eröffnet, und die Anhöhe war jetzt in eine grau-weiße Wolke gehüllt. Die beiden britischen Geschütze zur Rechten waren jetzt abgeprotzt und hatten zu feuern begonnen, doch die feindlichen Kanonen waren von ihrem eigenen Rauch verdeckt, und dieser dichte Schirm verhinderte jeden Schaden, den die kleinen Kavalleriegeschütze hätten anrichten können. Weitere Kavallerie trabte zur rechten Flanke des 33. Regiments. Diese Neuankömmlinge waren indische Soldaten mit scharlachroten Turbanen, die lange Lanzen hielten.

»Was sollen wir also verdammt tun?«, beschwerte sich Mallinson. »Einfach mit leeren Musketen zu der verdammten Anhöhe raufmarschieren?«

»Wenn Ihnen das befohlen wird, werden Sie es tun«, sagte Sergeant Green. »Und jetzt halten Sie Ihre verdammte Schnauze.«

»Ruhig da hinten!«, rief Hakeswill von der Halbkompanie voraus. »Dies ist kein verdammter Gemeindeausflug! Dies ist ein Kampf, ihr Bastarde!«

Sharpe wollte bereit sein, und so wickelte er das Tuch vom Schloss der Muskete und stopfte es in die Tasche, wo er den Ring aufbewahrte, den Mary ihm geschenkt hatte. Der Ring, ein schlichtes Band aus abgegriffenem Silber, hatte Sergeant Bickerstaff gehört, Marys Ehemann, doch der Sergeant war jetzt tot, und Green hatte Bickerstaffs Streifen eines Staff Sergeants übernommen und Sharpe sein Bett. Mary kam aus Kalkutta. Das ist eine Stadt, in die man desertieren kann, dachte Sharpe. Da wimmelt es von Rotröcken.

Dann vergaß er jeden Gedanken an Fahnenflucht, denn plötzlich füllte sich die Landschaft voraus mit feindlichen Soldaten. Eine Masse von Infanteristen überquerte das nördliche Ende des niedrigen Höhenrückens und marschierte in die Ebene hinunter. Ihre Uniformen erschienen blasspurpurfarben, sie hatten breite rote Turbane und waren wie die indischen Soldaten der Briten barfuß. Die Fahnen über den marschierenden Männern leuchteten rot und gelb, doch der Wind war so schwach, dass sie herabhingen und den Blick auf das verbargen, was darunter war. Immer mehr Männer tauchten auf, bis Sharpe ihre Zahl nicht einmal mehr schätzen konnte.

»Dreiunddreißigste!«, schrie jemand voraus. »Nach links schwenken!«

»Nach links schwenken!«, antwortete Captain Morris auf den Befehl.

»Ihr habt den Offizier gehört!«, bellte Sergeant Hakeswill. »Links – schwenkt!«

»Im Geschwindschritt!«, rief Sergeant Green.

Die führende Halbkompanie des 33. Regiments hatte angehalten, und jede andere Halbkompanie schwenkte jetzt links zu ihr aus und beschleunigte das Tempo, wobei die letzte Halbkompanie, in der Sharpe marschierte, den weitesten Weg hatte und am schnellsten sein musste. Die Männer fielen in Laufschritt, und ihre Tornister und Patronentaschen und Bajonettscheiden hüpften auf und ab, als sie über die kleinen Felder stolperten. Wie eine Schwingtür drehte sich die Kolonne, die direkt auf den Höhenrücken zumarschiert war, in eine parallele Linie dazu und blockierte so das Vorrücken der feindlichen Infanterie.

»Zwei Reihen!«, rief eine Stimme.

»Zwei Reihen!«, wiederholte Captain Morris.

»Ihr habt den Offizier gehört«, brüllte Hakeswill. »Zwei Reihen. Nach rechts ausschwenken! Flott jetzt!«

All die rennenden Halbkompanien teilten sich jetzt in zwei kleinere Einheiten, jede mit zwei Reihen und zur Rechten ausgerichtet, sodass das ganze Bataillon eine Kampflinie mit zwei Gliedern bildete.

Als Sharpe in Position rannte, erhaschte er einen Blick nach rechts und sah die Trommlerjungen ihre Plätze hinter den Regimentsfahnen einnehmen, die von einer Gruppe Sergeanten geschützt wurden.

Die Leichte Kompanie war als Letzte in Position. Ein paar Sekunden war das Scharren von Füßen zu hören, als die Männer nach rechts blickten und sich ausrichteten, dann herrschten Stille und Schweigen, während die Corporals hektisch die Reihen auffüllten. In weniger als einer Minute, in beeindruckendem Drill, hatte das 33. Regiment des Königs Gefechtsformation angenommen, sodass siebenhundert Männer, aufgestellt in zwei langen Reihen, jetzt dem Feind gegenüberstanden.

»Sie können laden lassen, Major Shee!« Das war Colonel Wellesleys Stimme. Er war zu Major Shee galoppiert, der brütend unter den Fahnen des Regiments verharrte. Die sechs indischen Bataillone eilten an der Linken noch vorwärts, doch die feindliche Infanterie war am nördlichen Rand des Höhenkamms aufgetaucht, und das bedeutete, dass das 33. Regiment die nächste Einheit war und ihr höchstwahrscheinlich der Angriff des Tippus galt.

»Laden!«, brüllte Captain Morris zu Hakeswill.

Sharpe fühlte sich plötzlich nervös, als er die Muskete von der Schulter nahm und vor seinen Körper hielt. Schweiß brannte in seinen Augen. Er konnte die feindlichen Trommler hören.

»Ergreift Patron'!«, schrie Sergeant Hakeswill, und jeder Mann der Leichten Kompanie zog eine Patrone aus seiner Munitionstasche und riss mit den Zähnen das Papier auf, sodass sie das bittersalzige Schießpulver schmeckten.

»Pulver auf Pfann'!« Sechsundsiebzig Männer schütteten ein kleines Rinnsal von Pulver aus den geöffneten Patronen auf die Pfannen ihrer Musketen und schlossen die Batteriedeckel.

»Musketen – absetzen!«, befahl Hakeswill, und sechsundsiebzig rechte Hände ließen die Musketenschäfte los, sodass die Waffen mit den Kolben auf den Boden schlugen. »Und ich beobachte euch!«, fügte Hakeswill hinzu. »Wenn einer von euch feigen Bastarden nicht all sein Pulver benutzt, werde ich euch die Haut abschneiden und Salz auf euren miserablen Balg reiben! Also gebt euch jetzt Mühe!«

Einige alte Soldaten rieten, nur die Hälfte des Pulvers einer Patrone zu nutzen und den Rest auf den Boden rieseln zu lassen, damit die Muskete keinen brutalen Rückstoß hatte, doch angesichts eines vorrückenden Feindes dachte an diesem Tag niemand daran, diesen Trick anzuwenden. Sie schütteten den Rest des Patronenpulvers in die Läufe ihrer Musketen und stopften das Patronenpapier mit der Kugel nach dem Pulver hinein. Die feindliche Infanterie war jetzt zweihundert Yards entfernt und rückte stetig zum Rhythmus der Trommeln und der Trompetenstöße vor. Die Geschütze Tippus feuerten immer noch, doch ihre Mündungen wurden jetzt vom 33. Regiment weg gerichtet, weil sie nicht ihre eigene Infanterie treffen wollten, und zielten stattdessen auf die sechs indischen Regimenter, die sich beeilten, die Lücke zwischen sich und dem 33. zu schließen.

»Zieht Ladestock!«, rief Hakeswill, und Sharpe zerrte den Ladestock aus den drei Messingröhren, die sie unter dem 39-Zoll-Lauf der Muskete hielten. Sein Mund war salzig vom Geschmack des Schießpulvers. Er war immer noch nervös, nicht, weil der Feind immer näher rückte, doch weil ihm plötzlich der idiotische Gedanke kam, dass er vergessen haben könnte, wie eine Muskete richtig geladen wird. Er drehte den Ladestock in der Luft und führte dann das tellerförmige Ende in den Lauf ein.

»Stoßt Ladung!«, brüllte Hakeswill.

Sechsundsiebzig Männer befolgten den Befehl und stießen die Kugel, das Papier und die Pulverladung bis zum Fuß des Laufs.

»Ladestock an Ort!«

Sharpe zog den Ladestock hinauf und hörte ihn im Lauf schaben. Dann wirbelte er ihn herum, sodass das schmale Ende in die Messingröhre gleiten würde. Er schob den Ladestock hinein.

»Gewehr ab!«, rief Captain Morris, und die Leichte Kompanie, jetzt mit geladenen Musketen, stand still mit ihren Waffen an den rechten Seiten. Der Feind war noch zu weit entfernt für einen Musketenschuss, um ihn akkurat und tödlich zu treffen, und die lange, zweigliedrige Linie der siebenhundert Rotröcke würde warten, bis ihre Eröffnungssalve richtigen Schaden anrichten konnte.

»Bataillon!«, rief Sergeant Major Bywaters aus der Mitte der Linie. »Bajonett aufpflanzen!«

Sharpe zog die 17-Zoll-Klinge aus dem Futteral, das hinter seiner rechten Hüfte hing. Er schob die Tülle über die Mündung der Muskete, dann drehte er die Nut in die Bajonettwarze, damit sie gesichert war. Nachdem die Klinge befestigt war, wurde das Beladen der Muskete weitaus schwieriger, doch Sharpe nahm an, dass Colonel Wellesley entschieden hatte, eine Salve feuern und dann angreifen zu lassen.

»Das wird ein mächtig schmutziger Nahkampf«, sagte er zu Tom Garrard.

»Sie sind mehr als wir«, murmelte Garrard und starrte zum Feind. »Die Scheißkerle sehen kampfstark aus.«

Der Feind sah tatsächlich robust aus. Die führenden Soldaten hatten im Augenblick verharrt, damit die Männer hinter ihnen aufholen konnten, doch jetzt, wieder zu einer soliden Kolonne formiert, rückten sie erneut vor. Ihre Mannschaften marschierten kerzengerade, ihre Offiziere trugen Schärpen um die Hüften und hielten stark gekrümmte Säbel hoch. Eine der Fahnen wurde hin und her geschwenkt, und Sharpe konnte ausmachen, dass sie eine goldene Sonne vor scharlachrotem Himmel zeigte.

Die Geier stießen tiefer herab. Die Kavalleriegeschütze konnten nicht widerstehen, auf das Ziel der großen Infanteriekolonne zu schießen, und feuerten auf ihre Flanke, doch Tippus Männer ertrugen stoisch den Beschuss, und ihre Offiziere stellten sicher, dass die Kolonne dicht zusammenblieb und bereit war, der wartenden Linie der Rotröcke den vernichtenden Schlag zu versetzen.

Sharpe leckte sich über die trockenen Lippen. Dies sind also Tippus Männer, dachte er. Gut aussehende Bastarde waren das, und sie waren nahe genug, sodass er sehen konnte, dass ihre Waffenröcke nicht blasspurpurn waren, sondern aus einem cremig weißen Stoff, der mit malvenfarbenen Tigerstreifen verziert war. Ihre Kreuzgurte waren schwarz, und ihre Turbane und Schärpen karmesinrot. Heiden mochten sie sein, aber deshalb nicht zu verachten, denn nur siebzehn Jahre zuvor hatten dieselben tigergestreiften Männer eine britische Armee geschlagen und die Überlebenden zur Kapitulation gezwungen. Dies waren die berühmten Tiger-Truppen von Maisur, die Krieger des Tippu Sultan, der das gesamte südliche Indien beherrscht hatte, bis die Briten glaubten, von der Küstenebene aus die Gebirgszüge erklettern und nach Maisur selbst vorstoßen zu müssen.

Die Franzosen waren die Verbündeten dieser Männer gewesen, und einige Franzosen dienten in Tippus Truppen, doch Sharpe konnte kein weißes Gesicht in der massiven Kolonne entdecken, die schließlich zum Angriff bereit war und schwerfällig zum tiefen Schlag einer einzigen Trommel vorwärtsmarschierte. Die tigergestreiften Soldaten marschierten direkt auf das 33. Regiment des Königs zu, und Sharpe, der nach links blickte, sah, dass die Sepoys der Kompanie der East India Company noch zu weit entfernt waren, um ihnen Unterstützung zu geben. Das 33. würde allein mit Tippus Kolonne fertig werden müssen.

»Private Sharpe!« Hakeswills Schrei war laut genug, um den Hurraruf von Tippus vorrückenden Soldaten zu übertönen. »Private Sharpe!«, schrie Hakeswill von Neuem. Er eilte hinter der Leichten Kompanie entlang, und Captain Morris, der sofort absaß, folgte ihm. »Geben Sie mir Ihre Muskete, Private Sharpe!«, bellte Hakeswill.

»Damit ist alles in Ordnung«, protestierte Sharpe. Er stand in der vorderen Reihe und musste sich umdrehen, um sich einen Weg zwischen Garrard und Mallinson bahnen und die Waffe überreichen zu können.

Hakeswill schnappte sich die Muskete und gab sie schadenfroh Captain Morris.

»Sehen Sie, Sir!«, sagte der Sergeant. »Genau, wie ich mir das gedacht habe, Sir! Der Bastard hat seinen Feuerstein verkauft, Sir. An einen heidnischen Schwarzen!« In Hakeswills Gesicht zuckte es, als er Sharpe mit einem triumphierenden Blick bedachte. Der Sergeant nahm den Feuerstein von dem Lederpolster und hielt ihn Captain Morris hin. »Das ist ein stinknormales Gesteinsbröckchen, Sir, das weder für Mensch noch Tier taugt. Er muss seinen Feuerstein verscheuert haben, Sir. Verscherbelt für eine heidnische Hure, Sir, nehme ich an. So ein Dreckschwein ist er.«

Morris spähte auf den Feuerstein. »Haben Sie den Feuerstein verkauft, Private?«, fragte er, und in seiner Stimme mischten sich Spott, Vergnügen und Bitterkeit.

»Nein, Sir.«

»Halten Sie den Mund!«, schrie Hakeswill Sharpe ins Gesicht. »Einen Offizier anzulügen! Dafür gibt es Prügelstrafe, Sir. Und den Feuerstein zu verkaufen ist ein weiteres Prügelstrafendelikt. So steht es in den Vorschriften, Sir.«

»Es ist ein Prügelstrafendelikt«, stellte Morris fest, und sein Tonfall klang zufrieden. Morris war groß und schlank wie Sharpe, mit blondem Haar und einem fein geschnittenen Gesicht, das die ersten Anzeichen der Auswirkungen von übermäßigem Alkoholgenuss zu zeigen begann, mit dem der Captain seine Langeweile milderte. Der Ausdruck seiner Augen verriet seinen Zynismus und etwas viel Schlimmeres: dass er seine Männer verabscheute. Hakeswill und Morris, dachte Sharpe, als er sie beobachtete, haben sich gesucht und gefunden. Ein grausames, teuflisches Paar.

»Mit meinem Feuerstein ist alles in Ordnung, Sir«, beharrte Sharpe.

Morris hielt den Feuerstein auf der Handfläche. »Sieht für mich wie ein Stückchen Stein aus.«

»Gewöhnlicher Sandstein, Sir«, sagte Hakeswill. »Nur Dreck, der nichts für Mensch und Tier taugt.«

»Darf ich?«, meldete sich eine neue Stimme. Lieutenant William Lawford war abgesessen, um sich zu Morris zu gesellen, und jetzt, ohne auf die Erlaubnis des Captains zu warten, griff er hinüber und nahm den Feuerstein von Morris' Handfläche. Lawford war wieder rot geworden. Er staunte über seine Frechheit bei diesem Eingreifen. »Das lässt sich leicht überprüfen, Sir«, sagte er nervös, dann zog er seine Pistole und rieb den Feuerstein über den Stahl. Selbst im strahlenden Sonnenschein war deutlich ein Funken zu sehen. »Scheint mir ein guter Feuerstein zu sein, Sir«, sagte Lawford milde.

Ensign Fitzgerald, der hinter Lawford stand, grinste Sharpe verschwörerisch zu.

»Ein perfekt guter Feuerstein«, sagte Lawford mit größerem Selbstvertrauen.

Morris starrte Hakeswill wütend an, machte dann auf dem Absatz kehrt und schritt zu seinem Pferd zurück.

Lawford warf Sharpe den Feuerstein zu. »Machen Sie Ihre Waffe bereit, Sharpe«, sagte er.

»Jawohl, Sir. Danke, Sir.«

Lawford und Fitzgerald gingen davon, als Hakeswill, gedemütigt, Sharpe die Muskete in die Hände drückte. »Bist ein cleverer Bastard, Sharpie, nicht wahr?«

»Ich muss das Leder ebenfalls haben, Sergeant«, sagte Sharpe, und als er den Feuerstein wieder in das Lederpolster eingepasst hatte, rief er hinter Hakeswill her, der sich angeschickt hatte, fortzugehen: »Sergeant!«

Hakeswill wandte sich um.

»Wollen Sie das hier, Sergeant?«, rief Sharpe. Er nahm ein Steinstückchen aus der Tasche. Er hatte es gefunden, als er das Tuch vom Schloss der Muskete losgebunden und erkannt hatte, dass Hakeswill seinen Feuerstein mit dem gewöhnlichen Stein ersetzt hatte, als er vorgegeben hatte, Sharpes Muskete zu inspizieren. »Ich habe keine Verwendung für dieses Steinchen, Sergeant«, sagte Sharpe. »Hier.« Er warf den Stein zu Hakeswill, der ihn ignorierte. Der Sergeant spuckte stattdessen aus und wandte sich wieder um.

»Danke, Tom«, sagte Sharpe, denn es war Garrard gewesen, der ihm mit einem Ersatz-Feuerstein ausgeholfen hatte.

»Es lohnt sich, in der Armee zu sein, um so etwas zu erleben«, sagte Garrard, und alle Männer ringsum lachten, weil sie mitbekommen hatten, wie Hakeswill und Morris besiegt worden waren.

»Augen geradeaus, Jungs!«, rief Ensign Fitzgerald. Der irische Fähnrich war der jüngste Offizier in der Kompanie, doch er hatte das Selbstvertrauen eines viel älteren Mannes. »Wir haben etwas Schießen zu erledigen.«

Sharpe schob sich in seine Reihe zurück. Er überprüfte, dass der Feuerstein richtig in der Muskete saß. Als er aufblickte, sah er, dass die Masse des Feindes nur noch etwa hundert Schritte entfernt war. Sie schrien rhythmisch und verstummten gelegentlich zwischen einem Trommelwirbel, doch das lauteste Geräusch war das Stampfen ihrer Schritte auf der trockenen Erde.

Sharpe versuchte die Zahl der vorderen Reihe der Kolonne zu zählen, doch er geriet schnell durcheinander, als feindliche Offiziere durch die Kolonne hin und her wuselten. Es mussten Tausende von Tigersoldaten sein, die alle marschierten, um wie ein großer Schmiedehammer in die zwei Reihen starke Linie der Rotröcke zu schlagen.

»Als wollten sie durch uns hindurchmarschieren«, sagte ein Mann nervös.

»Wartet, Jungs, wartet!«, sagte Sergeant Green.

Der Feind füllte jetzt die Landschaft voraus. Er kam in einer Kolonne aus sechzig Reihen von fünfzig Männern, dreitausend insgesamt, und sie wirkten auf Sharpe wie zehnmal so viel.

Keiner von den Männern Tippus feuerte beim Vorrücken. Bei den feindlichen Musketen waren die Bajonette aufgepflanzt, und die Offiziere hielten ihre stark gekrümmten Säbel nach vorne gerichtet. Immer näher kamen sie, und die feindliche Formation schien für Sharpe, der die Kolonne von links der Linie beobachtete, sodass er ihre Flanke sehen konnte, unaufhaltsam zu sein wie ein schwer beladener Farmwagen, der langsam und unerbittlich auf einen schwachen Zaun zurollte.

Er konnte jetzt die Gesichter der Feinde sehen. Sie waren dunkelhäutig mit schwarzen Schnurrbärten und sonderbar weißen Zähnen. Die Tigermänner waren nahe, so nahe, und ihre Sprechchöre begannen sich in individuelle Kriegsschreie aufzulösen. Sharpe dachte: Jeden Augenblick fällt die Kolonne in Laufschritt und greift mit gesenkten Bajonetten an.

»Dreiunddreißigstes!«, ertönte Colonel Wellesleys Stimme scharf unterhalb der Regimentsfahnen. »Bereit machen!«

Sharpe schob seinen rechten Fuß hinter seinen linken, sodass sich sein Körper halb nach rechts drehte, hob seine Muskete senkrecht in Augenhöhe und spannte den Hahn. Das Klicken war irgendwie beruhigend.

Der heranmarschierende Feind hatte den Eindruck, als hätte sich die gesamte britische Linie halb gedreht, und die plötzliche Bewegung der Männer, die so stumm gewartet hatten, hemmte für einen Moment ihren Eifer.

Oberhalb der Tigersoldaten von Maisur, unter einer Gruppe Fahnen auf dem Höhenrücken, wo die Geschütze abgefeuert wurden, beobachtete eine Reitergruppe die Kolonne.

Ist Tippu persönlich dort?, fragte sich Sharpe. Und träumt Tippu, dass er eines Tages dreieinhalbtausend britische und indische Soldaten besiegt und sie in seine Hauptstadt Seringapatam in Gefangenschaft führt?

Die Hurraschreie der Angreifer erfüllten jetzt die Luft, doch immer noch war Colonel Wellesleys Stimme über dem Lärm zu hören. »Legt an!«

Siebenhundert Musketen wurden an siebenhundert Schultern gehoben und auf die Spitze der Kolonne gerichtet, bereit, siebenhundert Unzen Blei auf die führenden Reihen der schnell marschierenden, selbstsicheren Masse zu feuern, die geradenwegs auf die britischen Fahnen zustrebte, bei denen Colonel Wellesley wartete.

Die Tigermänner beeilten sich jetzt, und ihre vordere Reihe brach auseinander, als sie zu rennen begann. Der Wagen war kurz davor, den Zaun zu durchbrechen.

Arthur Wellesley hatte sechs Jahre lang auf diesen Moment gewartet. Er war neunundzwanzig Jahre alt und hatte schon befürchtet, dass er nie eine Schlacht sehen würde, doch jetzt endlich würde er feststellen, ob er und sein Regiment kämpfen konnten, und so holte er tief Luft, um den Befehl zu schreien, mit dem die Schlacht beginnen würde.

Colonel Jean Gudin seufzte und fächerte sich Luft ins Gesicht, zum tausendsten Mal in der letzten Stunde, um die Fliegen zu verscheuchen. Er mochte Indien, doch er hasste Fliegen, was es ihm schwer machte, Indien zu mögen, doch alles in allem, trotz der Fliegen, mochte er Indien sehr. Er liebte es nicht so sehr wie seine heimatliche Provence, doch wo auf der Erde war es schöner als in der Provence?

»Hoheit?«, erlaubte er sich zu fragen und wartete, während sein Dolmetscher sich bemühte, die Aufmerksamkeit Tippus zu gewinnen. Der Dolmetscher übersetzte Gudins Französisch in Tippus Persisch.

Tippu verstand etwas Französisch, und er sprach die Sprache gut genug, doch er zog Persisch vor, denn es erinnerte ihn daran, dass sein Stammbaum bis auf die großen persischen Dynastien zurückging. Tippu fühlte sich immer den dunkelhäutigeren Eingeborenen von Maisur überlegen. Er war ein Moslem, er war ein Perser und Herrscher, während sie größtenteils Hindus waren, und sie alle, ob reich oder arm, groß oder klein, seine ergebenen Untertanen waren.

»Hoheit?«, versuchte es Colonel Gudin aufs Neue.

»Colonel?« Tippu war ein kleiner, rundlicher Mann mit Schnurrbart, großen Augen und vorspringender Nase. Sein Aussehen war nicht beeindruckend, doch Gudin wusste, dass das wenig anziehende Äußere Tippus einen entschlossenen Geist und ein tapferes Herz verbarg.

Obwohl Tippu Gudin zur Kenntnis nahm, drehte er sich nicht um, um ihn anzusehen. Stattdessen neigte er sich im Sattel vor, mit einer Hand auf dem Tigergriff seines gekrümmten Säbels, während er beobachtete, wie seine Infanterie gegen die ungläubigen Briten marschierte.

Der Säbel hing an einer Seidenschärpe über der blassgelben Seidenjacke, die er zu seiner Chintzhose trug. Sein Turban war aus roter Seide und mit einem goldenen Abzeichen befestigt, das eine Tiermaske zeigte.

Die gesamte Ausrüstung Tippus war mit dem Tiger verziert, denn der Tiger war sein Talisman und seine Inspiration, doch das Abzeichen auf seinem Turban zeigte auch seine Verehrung für Allah, denn das Gesicht des fauchenden Tigers wurde aus kunstvollen Lettern gebildet, aus denen man einen Vers des Korans formen konnte: »Der Löwe Gottes ist der Eroberer.« Darüber, angeheftet an die kurze weiße Feder des Turbans, funkelte ein Rubin von der Größe eines Taubeneis im Sonnenschein des Tages.

»Colonel?«, sagte Tippu von Neuem.

»Es wäre klug, Hoheit«, sagte Gudin zögernd, »wenn wir die Kanonen und Kavallerie an die britische Flanke vorrücken lassen würden.« Gudin wies zum 33. Regiment, das in seiner dünnen roten Linie auf den Angriff der Kolonne von Tippus Truppen wartete. Wenn Tippu eine Flanke dieser zerbrechlichen Linie mit Kavallerie bedrohte, würde das britische Regiment gezwungen sein, ein Karree zu formieren und somit drei Viertel seiner Musketen eine Chance nehmen, auf die Kolonne zu feuern.

Tippu schüttelte den Kopf. »Wir werden diesen Abschaum mit unserer Infanterie hinwegfegen, Gudin, und dann die Kavallerie gegen die Bagage einsetzen.« Er ließ den Griff seines Säbels los, um flüchtig seine Finger zu reiben. »Und Allah erfreuen.«

»Und wenn sich Allah nicht freut?«, fragte Gudin. Er hoffte, dass sein Dolmetscher diese unverschämte Frage in etwas für den Sultan Akzeptableres übersetzen würde.

»Dann werden wir sie von den Mauern von Seringapatam aus besiegen«, antwortete Tippu und wandte sich kurz von der Beobachtung der Schlachtvorbereitungen ab, um Colonel

Gudin zuzulächeln. Es war kein freundschaftliches Lächeln, sondern eine barbarische Grimasse der Vorfreude. »Wir werden sie mit der Kanone vernichten, Colonel«, fuhr Tippu genüsslich fort, »und sie zerschmettern, und in ein paar Wochen wird der Monsun ihre Überlebenden wegschwemmen und danach, wenn es Allah gefällt, werden wir flüchtende Engländer von hier bis zum Meer jagen.«

»Wenn es Allah gefällt«, sagte Gudin resigniert. Offiziell war er ein Berater des Sultans, geschickt vom Direktorium in Paris, um zu helfen, dass Maisur die Briten besiegte, und der geduldige Gudin hatte sein Bestes getan, um einen Rat zu geben. Es war nicht seine Schuld, wenn dieser in den Wind geschlagen wurde.

Er rieb Fliegen von seinem Gesicht und beobachtete, wie die Männer des 33. Regiments ihre Musketen anlegten. Wenn diese Musketen krachen, dachte der Franzose, wird die Front von Tippus Kolonne zusammenbrechen wie eine Honigwabe unter dem Schlag eines Hammers. Doch das Gemetzel würde Tippu wenigstens lehren, dass Schlachten nicht gegen disziplinierte Truppen gewonnen werden konnten, wenn nicht jede Waffe gegen sie genutzt wurde: Kavallerie, die sie zwang, sich zum Schutz eng zusammenzuschließen, dann Artillerie und Infanterie, um in die massierten Reihen zu feuern.

Tippu wusste das sicherlich, doch er hatte darauf bestanden, seine dreitausend Infanteristen ohne Kavallerieunterstützung in die Schlacht zu schicken, und Gudin konnte nur annehmen, dass er entweder glaubte, dass Allah an diesem Nachmittag auf seiner Seite kämpfte, oder er war so von seinem berühmten Sieg vor siebzehn Jahren über die Briten berauscht, dass er glaubte, sie immer in einem offenen Kampf schlagen zu können.

Gudin schlug wieder nach den Fliegen. Es ist an der Zeit, heimzukehren, dachte er. Sosehr er Indien auch mochte, er war frustriert. Er argwöhnte, dass die Regierung in Paris seine Existenz vergessen hatte, und es war ihm nur zu deutlich bewusst, dass Tippu nicht empfänglich für seinen Rat war.

Er gab ihm daran nicht die Schuld. Paris hatte so viele Versprechungen gegeben, doch keine französische Armee war gekommen, um für Maisur zu kämpfen. Gudin spürte Tippus Enttäuschung und hatte sogar Mitgefühl mit ihm, während Gudin sich selbst nutzlos und verlassen fühlte.

Einige seiner Altersgenossen waren bereits General. Selbst der kleine Bonaparte, ein Korse, den Gudin flüchtig in Toulon kennen gelernt hatte, kommandierte jetzt eine eigene Armee, während Jean Gudin im fernen Maisur gestrandet war, was für ihn den Sieg umso wichtiger machte.

Wenn die Briten nicht hier aufgerieben wurden, dann würden sie mit der massierten Artillerie und den Raketen besiegt werden müssen, die die Mauern von Seringapatam schützten. Dort wartete auch Gudins kleines Bataillon aus europäischen Soldaten, und er nahm an, dass dieser Feldzug in Seringapatam entschieden werden würde. Und wenn es den Sieg gab und die Briten aus dem südlichen Indien hinausgeworfen wurden, dann würde Gudins Belohnung sicherlich die Rückkehr nach Frankreich sein. In der Heimat waren die Fliegen keine solche Plage.

Das feindliche Regiment wartete mit gehobenen Musketen. Tippus Männer schrien Hurra und griffen ungestüm an. Tippu neigte sich vor und biss sich unbewusst auf die Unterlippe, während er auf den Zusammenprall wartete.

Gudin fragte sich, ob seine Frau in Seringapatam die Provence oder ob die Provence sie lieben würde. Oder vielleicht war es an der Zeit für eine neue Frau. Er seufzte, schlug nach Fliegen, und dann erschauerte er.

Denn unterhalb von ihm hatte das Töten begonnen.

»Feuer!«, schrie Colonel Wellesley.

Siebenhundert Männer betätigten den Abzug, und siebenhundert Feuersteine schlugen auf die Batterien. Die Funken entzündeten das Pulver in den Pfannen, es folgte eine kurze Pause, und dann entluden sich siebenhundert Musketen in einem gewaltigen Donnerknall.

Der Kolben der Waffe schlug gegen Sharpes Schulter. Er hatte auf einen Offizier gezielt, der die feindliche Kolonne befehligte, obwohl es selbst auf sechzig Yards Schussweite kaum wert war, mit einer Muskete genau zu zielen, denn es war eine erschreckend ungenaue Waffe. Aber wenn die Kugel tief flog, sollte sie jemanden treffen.

Er konnte nicht sagen, welchen Schaden die Salve angerichtet hatte, denn in dem Moment, in dem der Musketenkolben gegen seine Schulter stieß, war seine Sicht von Rauch vernebelt, der aus siebenhundert Mündungen fauchte. Er konnte auch kaum etwas hören, denn nach dem Knallen der Musketen in der hinteren Reihe, die nahe bei seinem Kopf losgingen, klingelte es in seinen Ohren.

Seine rechte Hand griff automatisch nach einer neuen Patrone in seiner Patronentasche, doch dann vernahm er durch das Klingeln in den Ohren die schroffe Stimme des Colonels.

»Vorwärts! Dreiunddreißigstes, vorwärts!«

»Los, Jungs!«, brüllte Sergeant Green. »Ruhig jetzt! Nicht rennen! Gehen!«

»Zum Teufel mit eurer Ungeduld!«, rief Ensign Fitzgerald der Kompanie zu. »In Linie bleiben! Dies ist kein Wettrennen!«

Das Regiment marschierte in den Musketenrauch, der nach verfaulten Eiern stank. Lieutenant Lawford erinnerte sich plötzlich daran, seinen Säbel zu ziehen. Er konnte nichts jenseits des Rauchs sehen, doch er stellte sich einen schrecklichen Feind vor, der mit erhobenen Musketen wartete. Er berührte die Tasche seines Uniformrocks, in der er die Bibel aufbewahrte, die seine Mutter ihm geschenkt hatte.

Die vordere Reihe rückte aus dem stinkenden Nebel vor, und plötzlich war voraus nichts als Chaos und blutiges Gemetzel.

Die siebenhundert Bleikugeln waren in der Front der Kolonne eingeschlagen und hatten brutale Wirkung erzielt. Wo zuvor ordentliche Reihen gewesen waren, gab es jetzt nur tote Männer und Sterbende, die sich am Boden wälzten. Die hinteren Reihen des Feindes konnten nicht über die Barriere der Gefallenen und Verwundeten vorrücken, und so standen sie unsicher da, als aus dem Rauch siebenhundert Bajonette auftauchten.

»Im Geschwindschritt! Im Geschwindschritt!«, rief Colonel Wellesley.

»Lasst sie nicht zu sich kommen, schreit Hurra, Jungs!«, rief Sergeant Green. »Schnappt sie euch! Tötet die Scheißkerle!«

Sharpe dachte jetzt nicht ans Desertieren, denn jetzt würde er kämpfen. Wenn es einen guten Grund dafür gab, zur Armee zu gehen, dann war es der Kampf. Nicht, sich zu langweilen und nichts zu tun, sondern die Feinde des Königs zu bekämpfen, und dieser Feind war von der schrecklichen Gewalt der Salve aus kurzer Distanz geschockt und starrte entsetzt auf die Rotröcke, die schreiend auf sie zurannten.

Das 33. Regiment, befreit von der strengen Disziplin in den Reihen, griff ungestüm an. Voraus war Kriegsbeute. Beute und

Nahrung und benommene Männer zum Abschlachten, und es gab nur wenige Männer im 33., die keinen guten Kampf mochten. Nicht viele waren aus Patriotismus zur Armee gegangen. Stattdessen hatten sie – wie Sharpe – den Sold des Königs genommen, weil Hunger oder Verzweiflung sie gezwungen hatten, die Uniform anzuziehen, doch sie waren trotzdem gute Soldaten. Sie kamen aus den Gossen von Britannien, wo ein Mann nicht durch Klugheit, sondern durch Rohheit und Grausamkeit überlebte. Sie waren Raufbolde und geborene Bastarde, die nichts zu verlieren hatten außer zwei Pence pro Tag.

Sharpe brüllte, als er rannte. Die Sepoy-Bataillone näherten sich von links, aber jetzt waren ihre Musketen nicht nötig, denn Tippus berühmte Tiger-Infanterie blieb an diesem Nachmittag nicht, um zu kämpfen. Die Männer wichen zurück, wandten sich zur Flucht, und dann, von Norden, wo sie halb verborgen bei den Bäumen mit den roten Blüten gewesen waren, griff die britische und indische Kavallerie zum Angriffssignal einer Trompete an. Lanzen wurden gesenkt und Säbel hochgehalten, als die Reiter in die Flanke des Feindes donnerten.

Tippus Infanterie flüchtete. Ein paar, die Glücklichen, krochen zurück auf die Anhöhe, doch die meisten erwischte es auf dem offenen Gelände zwischen der 33. und dem Hang der Anhöhe, und dort wurde das Töten zu einem Massaker.

Sharpe erreichte die vielen Gefallenen und sprang über sie hinweg. Gerade jenseits des blutigen Haufens versuchte ein Verwundeter seine Muskete hochzubringen, doch Sharpe schlug dem Mann seinen Gewehrkolben auf den Kopf, trat ihm die Muskete aus den Händen und rannte weiter. Er hielt auf einen Offizier zu, einen tapferen Mann, der versucht hatte, seine Truppen zu sammeln, und jetzt verhängnisvoll zögerte.

Der Mann hielt einen Säbel in der Hand, dann erinnerte er sich an die Pistole an seinem Koppel, fummelte daran, um sie zu ziehen, sah jedoch, dass es zu spät war, und warf sich herum, um hinter seinen Männern herzurennen.

Sharpe war schneller. Er rammte sein Bajonett vor und schlug den indischen Offizier auf die Seite des Nackens. Der Mann fuhr herum, und sein Säbel verursachte ein zischendes Geräusch, als die Klinge an Sharpes Kopf vorbeisauste.

Sharpe parierte den Hieb mit dem Lauf seiner Muskete. Ein Holzspan wurde vom Schaft gedroschen, während Sharpe den Offizier zwischen die Beine trat. Sharpe stieß einen wilden Ruf aus, einen Schrei voller Hass, der nichts mit Maisur oder dem feindlichen Offizier zu tun hatte, sondern nur mit den Frustrationen seines Lebens.

Der Inder taumelte, krümmte sich vornüber, und Sharpe schlug ihm den schweren Kolben der Muskete ins dunkle Gesicht. Der feindliche Offizier stürzte zu Boden, und der Säbel fiel ihm aus der Hand. Er schrie etwas, vielleicht bot er seine Kapitulation an, doch Sharpe hörte nicht darauf. Er stellte den linken Fuß auf den Arm des Mannes, der nach seinem Säbel tastete, und trieb ihm das Bajonett in die Kehle. Der Kampf hatte vielleicht gerade zehn Sekunden gedauert.

Sharpe rückte nicht weiter vor. Andere Männer rannten an ihm vorbei, als sie schreiend die flüchtenden Feinde verfolgten, doch Sharpe hatte sein Opfer gefunden. Er hatte mit dem Bajonett so fest zugestoßen, dass die Klinge durch den Hals des Offiziers hindurch ins Erdreich gedrungen war, und es war schwer, den Stahl herauszuziehen. Schließlich musste er einen Stiefel auf die Stirn des sterbenden Mannes stellen, um das Bajonett frei zu bekommen. Blut schoss aus der Wunde, ließ zu einem Rinnsal nach und wurde zu einer roten Spur, als Sharpe die letzten gurgelnden Atemzüge des Offiziers hörte.

Sharpe kniete sich neben den Toten und durchsuchte die Uniform. Er riss die gelbe Seidenschärpe herunter und warf sie zusammen mit dem Säbel mit silbernem Griff und der Pistole zur Seite. Die Lederscheide des Säbels hatte keinen Wert für Sharpe, doch dahinter war ein kleiner bestickter Beutel, und Sharpe zog sein Messer und schnitt die Träger des Beutels durch. Er öffnete ihn und stellte fest, dass er nur mit getrocknetem Reis und etwas gefüllt war, das wie ein kleiner Kuchen aussah. Er roch daran und nahm an, dass er aus einer Art Bohnen gebacken war. Er warf das Essen beiseite und zischte eine Verwünschung zu dem Toten.

»Wo ist dein verdammtes Geld?«

Sharpe riss an dem Uniformrock, der mit malvenfarbenen Tigerstreifen verziert war. Er tastete an den Säumen entlang, suchte nach Geldstücken. Er fand keine, und so zog er ihm den roten Turban, der klebrig von frischem Blut war, vom Kopf. Über das Gesicht des toten Offiziers krochen bereits Fliegen. Sharpe riss den Turban auseinander, und dort, inmitten des blutverschmierten Tuchs, fand er drei Silber- und ein Dutzend kleinere Kupfermünzen.

»Ich wusste, dass du etwas hast«, sagte er zu der Leiche und schob die Münzen in seinen eigenen Beutel.

Die Kavallerie erledigte die kläglichen Reste von Tippus Infanterie. Tippu selbst, mit seinem Gefolge und den Standartenträgern, war vom Höhenkamm verschwunden, und es feuerten dort auch keine Kanonen mehr. Der Feind hatte sich davongemacht, seine eingeschlossene Infanterie den Säbeln und Lanzen der britischen und indischen Kavallerie überlassen.

Die indische Kavallerie war aus der Stadt Madras und den Staaten der Ostküste rekrutiert worden, die alle unter den Stoßtruppunternehmen Tippus gelitten hatten und sich nun blutig rächten. Mit Jubelschreien und Lachen trieben sie ihre Klingen in die Flüchtenden. Einige Kavalleristen, denen die Ziele ausgegangen waren, saßen bereits ab und durchsuchten die Gefallenen nach Beute. Die Sepoy-Infanterie, zu spät, um sich an dem Töten zu beteiligen, traf ein und gesellte sich zu den Plünderern.

Sharpe drehte das Bajonett von seiner Muskete, wischte sie mit der Schärpe des toten Offiziers sauber, nahm den Säbel und die Pistole an sich und machte sich auf die Suche nach weiterer Beute.

Er grinste vor sich hin und dachte, dass er nichts Besseres als diese Schlacht erlebt hatte. Ein paar Schüsse in Flandern, eine Musketensalve hier und dort, nichts davon war es wert, Schlacht genannt zu werden. Flandern war ein Chaos gewesen, und diese Schlacht war so leicht wie das Abschlachten von Schafen gewesen. Kein Wunder, dass Sergeant Hakeswill ewig leben würde.

Und das werde ich auch, dachte Sharpe. Nur ein paar Schüsse, und schon ist alles vorbei. Er lachte, schob das Bajonett in die Scheide und kniete sich neben einen anderen gefallenen Mann. Es gab Arbeit zu tun und eine Zukunft zu finanzieren.

Wenn er sich nur entscheiden könnte, ob es sicher war, zu desertieren.

KAPITEL 2

Sergeant Obadiah Hakeswill schaute in die Runde, um zu sehen, was seine Männer trieben. Fast alle waren mit Plündern beschäftigt, und das war ihr gutes Recht. Das Privileg des Soldaten. In der Schlacht kämpfen und dann dem Feind alles abnehmen, was von Wert war.

Die Offiziere plünderten nicht, Offiziere taten das schließlich nie, jedenfalls nicht so, dass irgendjemand es bemerkte, doch Hakeswill sah, dass Ensign Fitzgerald es irgendwie geschafft hatte, einen Säbel zu ergattern, dessen Griff mit Edelsteinen besetzt war, und er handhabte ihn wie eine Hure einen Fächer, den sie geschenkt bekommen hatte.

Der verdammte Ensign Fitzgerald setzte sich über Sergeant Hakeswills Meinung hinweg, dass Ensigns die niedrigsten Anfänger-Offiziere waren. Es ging nicht an, dass er gegen Hakeswills Befehle verstieß, und so musste dem verdammten Mister Fitzgerald eine Lektion erteilt werden. Doch das Dumme war, dass Mister Fitzgerald Ire war und die Iren nach Hakeswills Meinung nur halb zivilisiert waren und nie ihren richtigen Stand begriffen. Die meisten jedenfalls. Major Shee war ebenfalls Ire, und er war zivilisiert, zumindest, wenn er nüchtern war, und Colonel Wellesley, der aus Dublin stammte, war völlig zivilisiert, doch der Colonel besaß den Verstand, sich englischer zu geben als die Engländer, während der verdammte Mister Fitzgerald überhaupt keinen Gedanken an seine Abstammung verschwendete.

»Sehen Sie dies, Hakeswill?« Fitzgerald, der nichts von

Hakeswills finsteren Gedanken ahnte, stieg über einen Gefallenen hinweg, um dem Sergeant seinen neuen Säbel zu zeigen.

»Was soll ich sehen, Sir?«

»Die verdammte Klinge kommt aus Birmingham! Können Sie das glauben? Birmingham! Es steht auf der Klinge, sehen Sie? ›Made in Birmingham‹.«

Hakeswill betrachtete pflichtgetreu die Aufschrift an der Klinge und betastete dann den Knauf des Säbels, der mit einem Ring von sieben kleinen Rubinen besetzt war.

»Sieht wie Glas für mich aus, Sir«, sagte er wegwerfend und hoffte, er könnte Fitzgerald irgendwie überreden, ihm den Säbel zu überlassen.

»Blödsinn!«, sagte Fitzgerald vergnügt. »Beste Rubine! Vielleicht ein bisschen klein, aber ich bezweifle, dass es den Ladys etwas ausmachen wird. Sieben Klunker? Das reicht für eine Woche Sünde, Sergeant. Es war es wert, den Schurken dafür zu töten.«

Wenn du ihn überhaupt getötet hast, dachte Hakeswill verdrossen, während er den überschwänglichen Ensign stehen ließ und davonging. Wahrscheinlicher hast du ihn nur vom Boden aufgesammelt. Und Fitzgerald hatte recht: Für sieben Rubine, selbst kleine, würde man viele von Naigs Freudenmädchen kaufen können.

Naig war ein Händler aus Madras, einer der vielen, die mit der Armee reisten, und er hatte sein fahrendes Bordell mitgebracht. Es war ein teures Bordell, nur für Offiziere oder mindestens für diejenigen, die den Preis eines Offiziers zahlen konnten, und das brachte Hakeswill auf den Gedanken an Mary Bickerstaff. Mrs Mary Bickerstaff. Sie war halb Inderin, halb Britin, und das machte sie wertvoll. Sehr wertvoll. Die meisten der Frauen, die der Armee folgten, waren dunkel wie der Hades, und während Obadiah Hakeswill nichts gegen dunkle Haut bei Frauen hatte, vermisste er es, weißes Fleisch zu berühren. So ging es vielen der Offiziere, und so war eine Guinee oder zwei mit der Erfüllung dieser Wünsche zu verdienen. Naig würde gut für eine Haut zahlen, die so blass wie die von Mary Bickerstaff war.

Mary Bickerstaff war eine seltene Schönheit. Wie eine schöne Blume unter einer Horde widerlicher, hässlicher Weiber.

Hakeswill beobachtete eine Gruppe der Bataillonsfrauen, die sich an der Plünderung beteiligten, und erschauerte beim Anblick ihrer Hässlichkeit. Ungefähr zwei Drittel der Frauen waren *bibbis*, Inderinnen, und die meisten davon waren, wie Hakeswill wusste, nicht ordentlich mit der Erlaubnis des Colonels verheiratet, während der Rest diejenigen glücklichen britischen Frauen waren, welche die brutale Lotterie gewonnen hatten, die in der Nacht, bevor das Bataillon in England abgesegelt war, stattgefunden hatte.

Die Frauen waren in einem Kasernenraum versammelt, Zettel mit ihren Namen waren in zehn Hüte – einen für jede Kompanie – gelegt worden, und die ersten zehn Namen, die aus jedem der Hüte gezogen wurden, durften ihre Ehemänner begleiten. Der Rest musste in Britannien bleiben, und was aus ihnen wurde, war jedem klar. Die meisten wandten sich an die Kirche, doch die Kirchen wollten keine Soldatenfrauen beköstigen, und so waren sie höchstwahrscheinlich gezwungen, Huren zu werden. Die meisten davon Huren am Kasernentor, denn für die meisten von ihnen kam bei dem hässlichen Aussehen nichts Besseres in Frage. Doch ein paar, wenige kostbare, waren hübsch, und keine war hübscher als Sergeant Bickerstaffs Witwe und dazu halb Inderin und halb Engländerin.

Die Frauen schwärmten bei den gefallenen und sterbenden Männern von Maisur aus. Sie waren beim Plündern der Toten tüchtiger als ihre Männer, denn die neigten dazu, sich zu beeilen und die Verstecke zu übersehen, in denen ein Soldat sein Geld verbarg.

Hakeswill beobachtete, wie Flora Placket die Leiche eines großen Tigermannes entkleidete, dessen Kehle bis zum Rückgrat vom Säbel eines Kavalleristen aufgeschlitzt worden war. Sie beeilte sich nicht, ging methodisch vor, suchte sorgfältig in jedem Kleidungsstück und gab die Sachen dann einem ihrer zwei Kinder zum Falten und Stapeln.

Hakeswill akzeptierte Flora Placket, denn sie war eine große und ruhige Frau, die gut für ihren Mann sorgte und kein Theater wegen der Strapazen eines Feldzugs machte. Sie war auch eine gute Mutter, und deshalb machte es Obadiah Hakeswill nichts aus, dass sie potthässlich war. Mütter waren etwas Heiliges. Bei Müttern erwartete man nicht, dass sie hübsch waren. Mütter waren Obadiah Hakeswills Schutzengel, und Flora Placket erinnerte Obadiah an seine eigene Mutter, die einzige Person in seinem Leben, die freundlich zu ihm gewesen war. Biddy Hakeswill war schon lange tot. Sie war gestoben, bevor der zwölfjährige Obadiah wegen Schafsdiebstahls am Galgengerüst gebaumelt hatte und der Henker zur Belustigung der Zuschauermenge keinen der Todeskandidaten des Tages vom Galgen fallen gelassen, sondern sanft in die Luft gehoben hatte, damit er langsam erstickte, während seine mit Urin getränkten Beine im Todestanz unter dem Galgen zuckten.

Keiner hatte viel Notiz von dem kleinen Jungen unter dem Galgen genommen, und als der Himmel seine Schleusen öffnete und der Sturzregen die Zuschauer vertrieb, hatte sich niemand darum gekümmert, dass Biddy Hakeswills Bruder den Jungen vom Strick abgeschnitten und freigelassen hatte.

»Das habe ich für deine Mutter getan«, hatte sein Onkel geschnarrt. »Sie ruhe in Frieden. Und jetzt verschwinde, und lass dich nie wieder hier sehen.«

Hakeswill war nach Süden abgehauen, als Trommlerjunge zur Armee gegangen und schließlich zum Sergeant befördert worden und hatte nie die letzten Worte seiner Mutter vergessen.

»Niemand wird je Obadiah umbringen«, hatte sie gesagt, »nicht meinen Obadiah. Der Tod ist zu gut für ihn.« Ein Jahr später hatte der Galgen das bewiesen. Er stand unter Gottes Schutz, er war unsterblich!

Ein Stöhnen in seiner Nähe riss Hakeswill aus seinen Gedanken. Sein Kopf ruckte herum, und er sah einen tigergestreiften Inder, der sich abmühte, sich auf den Bauch zu wälzen. Hakeswill eilte hin, stieß den Mann auf den Rücken zurück und setzte ihm die Pikenspitze an die Kehle.

»Geld!«, schnarrte Hakeswill. Dann streckte er seine linke Hand aus und machte die Geste des Geldzählens. »Geld!«

Der Verwundete blinzelte und sagte etwas in seiner eigenen Sprache.

»Ich lasse dich am Leben, du Scheißkerl«, versprach Hakeswill und grinste auf ihn herab. »Nicht, dass du lange leben wirst. Hast ein schönes Loch im Bauch, siehst du?« Er wies auf die Kugelwunde. »Wo ist jetzt dein Geld? Wo sind die Rupien?«

Der Mann musste verstanden haben, denn seine Hand tastete schwach zur Brust.

»Braver Junge«, sagte Hakeswill und grinste wieder. Dann zuckte es wieder krampfartig in seinem Gesicht, und er stieß mit der Pike zu, aber nicht zu schnell, denn er liebte es, am Gesicht eines Mannes zu sehen, wenn er erkannte, dass der Tod nahte. »Du bist nicht nur ein braver Junge, sondern auch ein blöder Scheißer«, sagte er, als der Todeskampf des Mannes endete.

Dann schnitt er den Uniformrock auf und stellte fest, dass

der Mann einen Beutel mit einigen Münzen auf seine Brust geschnallt trug. Er öffnete den Beutel, nahm die Hand voll Kupfermünzen heraus und steckte sie ein. Keine große Beute, doch Hakeswill war nicht darauf angewiesen, dass er mit Plündern seine Börse füllte. Er würde einen Anteil von dem nehmen, was die Soldaten der Leichten Kompanie fanden. Sie wussten, dass sie zahlen oder sonst mit Strafe rechnen mussten.

Er sah Sharpe neben einer Leiche knien und eilte zu ihm.

»Haben Sie da einen Säbel, Sharpie?«, fragte Hakeswill. »Geklaut, nicht wahr?«

Sharpe sah auf. »Ich habe den Mann im Kampf getötet, Sergeant.«

»Das interessiert verdammt nicht, Junge. Es ist Ihnen nicht erlaubt, einen Säbel zu tragen. Ein Säbel ist eine Offizierswaffe. Sie müssen sich nicht über Ihren Rang stellen, Sharpie. Wenn Sie das tun, Junge, kann das Ihr Tod sein. So werde ich den Säbel nehmen.«

Hakeswill erwartete fast, dass Sharpe sich weigerte, ihm die Beute zu geben, doch der Private ließ sich reglos den Säbel mit dem silbernen Griff abnehmen.

»Ein paar Shilling wert, würde ich sagen.« Hakeswill nickte anerkennend und hielt die Spitze des Schwertes an Sharpes Hals. »Was mehr wert ist als Sie, Sharpie. Sie sind cleverer, als es für Sie gut ist.«

Sharpe wich von dem Säbel zurück und stand auf.

»Ich will keinen Streit mit Ihnen haben, Sergeant«, sagte er.

»Aber den haben Sie, den haben Sie.« Hakeswill schnitt eine Grimasse, und in seinem Gesicht zuckte es. »Und Sie wissen, worum es bei diesem Streit geht, nicht wahr?«

Sharpe wich vor dem Säbel zurück. »Ich habe keinen Streit mit Ihnen«, beharrte er.

»Ich glaube, unser Streit heißt Mrs Bickerstaff«, sagte

Hakeswill und grinste, als Sharpe schwieg. »Ich habe Sie fast mit diesem Feuerstein erwischt, nicht wahr? Sie hätten eine harte Prügelstrafe bekommen, Junge, und Sie wären ein paar Wochen danach an einem Fieber gestorben. Eine Prügelstrafe bewirkt das in diesem Klima. Es erschöpft einen Mann, und an den Prügeln geht er kaputt. Aber Sie haben einen Offizier als Freund, nicht wahr? Mister Lawford. Er mag Sie, nicht wahr?« Hakeswill stieß mit der Schwertspitze gegen Sharpes Brust. »So ist es doch, wie? Sie sind der Liebling eines Offiziers, nicht wahr?«

»Mister Lawford ist gar nichts für mich«, sagte Sharpe.

»Das sagen Sie, aber meine Augen erzählen mir etwas anderes.« Hakeswill kicherte. »Ihr seid zwei Süße miteinander, Sie und Mister Lawford, nicht wahr? Ist das nicht nett, Sharpie? Aber dann sind Sie nicht von großem Nutzen für Mrs Bickerstaff, oder? Ich nehme an, sie wäre besser mit einem richtigen Mann dran.«

»Sie geht Sie nichts an«, sagte Sharpe.

»Geht mich nichts an! Oh, hört euch das an!«, schnaubte Hakeswill und tippte wieder mit dem Säbel nach Sharpe. Er wollte ihn provozieren, damit er sich wehrte, denn dann könnte er ihn beschuldigen, einen Vorgesetzten angegriffen zu haben, doch der junge Mann wich einfach von der Klinge fort. »Hören Sie zu, Sharpe«, sagte Hakeswill, »und hören Sie gut zu. Sie ist die Frau eines Sergeants, nicht die Hure von einem gemeinen Soldaten wie Sie.«

»Sergeant Bickerstaff ist tot«, protestierte Sharpe.

»Sie braucht also einen Mann«, sagte Hakeswill. »Und die Witwe eines Sergeants bumst nicht mit einem stinkenden Stück Dreck, wie Sie es sind. Das ist falsch. Unnatürlich. Es ist unter ihrer Würde, Sharpe, und es kann nicht erlaubt werden. So steht es in der Bibel.«

»Sie kann sich aussuchen, wen sie will«, beharrte Sharpe.

»Aussuchen, Sharpie? Aussuchen?« Hakeswill lachte. »Frauen suchen nicht aus, Sie schwuler Scheißer. Frauen werden von den Stärksten genommen. So steht es in der Bibel, und wenn Sie mir im Weg stehen, Sharpie ...«, er stieß den Säbel vor, »... dann reiße ich Ihnen den Arsch bis zur Wirbelsäule auf. Ein verlorener Feuerstein? Das wären hundert Peitschenhiebe gewesen. Aber beim nächsten Mal gibt es tausend! Und zwar harte, wirklich harte. Sie werden blutige Knochen haben, Junge, blutig geschlagene Knochen, und wer wird sich dann um Ihre Mrs Bickerstaff kümmern? Wer? Sagen Sie mir das. Also lassen Sie Ihre dreckigen Hände von ihr. Überlassen Sie sie mir, Sharpie.« Er grinste lüstern, doch immer noch weigerte sich der jüngere Mann, sich provozieren zu lassen, und Hakeswill gab den Versuch schließlich auf. »Dieser Säbel ist ein paar Guineen wert«, sagte der Sergeant, als er sich zurückzog. »Ich bin Ihnen zu Dank verpflichtet, Sharpie.«

Sharpe fluchte lautlos, als Hakeswill ihm den Rücken zuwandte. Dann drehte er sich um, weil eine Frau zwischen dem Haufen der Leichen nach ihm rief, der auseinandergezogen und durchsucht wurde. Mary Bickerstaff half bei der Arbeit.

Er ging zu ihr, und wie immer war er von der Schönheit der jungen Frau entzückt. Sie hatte schwarzes Haar, ein schmales Gesicht und dunkle große Augen, die vor Schalk funkeln konnten. Jetzt blickten sie jedoch besorgt.

»Was hat Hakeswill gewollt?«, fragte sie.

»Dich.«

Sie spuckte aus und duckte sich wieder zu dem Gefallenen, den sie durchsuchte. »Er kann dir nichts tun, Richard«, sagte sie. »Nicht, wenn du deine Pflicht tust.«

»So ist die Armee nicht, und das weißt du.«

»Du musst nur clever sein«, beharrte Mary.

Sie war eine Soldatentochter, die in den Kasernen von Kalkutta aufgewachsen war. Ihre dunkle indische Schönheit hatte sie von ihrer Mutter geerbt, und durch ihren Vater hatte sie das Soldatenleben kennen gelernt. Er war Pionier-Sergeant in der Garnison des alten Forts gewesen, bevor er und seine eingeborene Frau an Cholera gestorben waren. Marys Vater hatte immer behauptet, dass sie hübsch genug sei, um einen Offizier zu heiraten und in der Welt aufzusteigen, aber kein Offizier würde ein Halbblut heiraten, jedenfalls keiner, der an seine Beförderung dachte, und so hatte Mary nach dem Tod ihrer Eltern Sergeant Jem Bickerstaff vom 33. Regiment geheiratet. Jem war ein guter Mann gewesen, jedoch am Fieber gestorben, kurz nachdem die Armee Madras verlassen hatte, um zum Maisur-Plateau zu marschieren, und Mary war jetzt mit zweiundzwanzig Waise und Witwe. Und sie kannte sich mit der Armee aus.

»Wenn du zum Sergeant befördert wirst«, sagte sie jetzt, »dann kann Hakeswill dich nicht anrühren.«

Sharpe lachte. »Ich? Ein Sergeant? Nie und nimmer, Mädchen. Ich habe es mal zum Corporal geschafft, aber das währte nicht lange.«

»Du kannst ein Sergeant sein«, beharrte sie, »und du solltest einer sein. Dann könnte Hakeswill dich nicht anrühren.«

Sharpe zuckte mit den Schultern. »Er will nicht mich anrühren, sondern dich.«

Mary hatte einen tigergestreiften Uniformrock von einem Gefallenen geschnitten, und jetzt verharrte sie und schaute fragend zu Sharpe auf. Sie hatte Jem Bickerstaff nicht geliebt, aber ihn als guten, freundlichen Mann geschätzt, und sie sah die gleiche Anständigkeit in Sharpe. Es war nicht genau dieselbe Anständigkeit, nahm sie an, denn Sharpe hatte zehnmal mehr Feuer als Jem Bickerstaff, und er konnte listig wie eine Schlange sein, wenn es ihm passte. Doch sie vertraute Sharpe. Sie fühlte sich auch zu ihm hingezogen. Da war etwas sehr Eindrucksvolles an Sharpes verwegenem Aussehen, etwas Gefährliches, das musste sie zugeben, aber sehr Aufregendes. Sie sah ihn ein paar Sekunden an und zuckte dann mit den Schultern.

»Vielleicht würde er es nicht wagen, mich anzurühren, wenn wir verheiratet wären«, sagte sie. »Ich meine, richtig verheiratet mit der Erlaubnis des Colonels.«

»Verheiratet?«, entfuhr es Sharpe.

Mary stand auf. »Es ist nicht leicht für eine Frau, in der Armee Witwe zu sein, Richard. Jeder Mann betrachtet einen als Beute.«

»Ja, ich weiß, dass es hart ist«, sagte Sharpe und runzelte die Stirn.

Er starrte sie an, während er über die Idee zu heiraten nachdachte. Bis jetzt hatte er nur ans Desertieren gedacht, aber vielleicht war eine Heirat keine so schlechte Idee. Jedenfalls würde es für Hakeswill viel schwieriger sein, sich an Mary heranzumachen. Und es war wahrscheinlicher, dass ein verheirateter Mann befördert wurde. Aber was für einen Sinn machte es, ein Stückchen in dem Misthaufen aufzusteigen? Selbst ein Sergeant war immer noch am Fuß des Haufens. Es war besser, ganz aus der Armee raus zu sein, und Mary, sagte sich Sharpe, würde wahrscheinlich leichter mit ihm desertieren, wenn sie richtig mit ihm verheiratet war. Dieser Gedanke ließ ihn langsam nicken.

»Ich glaube, es könnte mir gefallen, verheiratet zu sein«, sagte er scheu.

»Mir auch.« Mary lächelte, und Sharpe erwiderte verlegen das Lächeln. Für einen Moment fehlten beiden die Worte, dann griff Mary aufgeregt in die Tasche ihrer Schürze und holte einen Schmuckstein hervor, den sie dem toten Soldaten abgenommen hatte. »Sieh mal, was ich gefunden habe!« Sie überreichte Sharpe einen roten Stein, der fast halb so groß wie ein Hühnerei war. »Meinst du, das ist ein Rubin?«, fragte sie angespannt.

Sharpe warf den Stein hoch und fing ihn auf.

»Ich nehme an, es ist Glas, Mädchen«, sagte er sanft und freundlich. »Nur Glas. Aber ich werde dir einen Rubin als Hochzeitsgeschenk besorgen, wart's nur ab.«

»Ich werde dich im Auge behalten, Dick Sharpe«, sagte sie glücklich und hakte sich bei ihm ein.

Sergeant Hakeswill, etwa hundert Schritte entfernt, beobachtete sie, und in seinem Gesicht zuckte es.

Die Geier, die über dem Schlachtfeld ihre Kreise zogen, auf dem die geplünderten und nackten Leichen verstreut lagen, stießen herab und begannen mit ihrem Festmahl.

Die alliierten Armeen biwakierten eine Viertelmeile von dem Platz entfernt, an dem die Toten lagen. Das Biwak breitete sich auf der Ebene aus: eine vorübergehende Stadt, wo fünfzigtausend Soldaten und tausende Soldatenprostituierte die Nacht verbringen würden. Die Zelte für die Offiziere wurden weit entfernt von den Viehherden aufgeschlagen, die für die Nacht bewacht wurden. Einige der Rinder waren Schlachttiere, die als Nahrung dienten, einige waren Ochsen, die Körbe trugen, die mit den Kugeln für die 18-er und 24-er Kanonen gefüllt waren, die gebraucht wurden, um eine Bresche in die Mauern von Seringapatam zu schlagen, und einige waren Ochsen zum Ziehen der Wagen und Geschütze.

Für den Transport der schwersten Geschütze, die zur Belagerung, wurden sechzig Ochsen gebraucht. Es gab über zweihunderttausend Rinder bei der Armee, doch alle waren jetzt zu abgemagert, weil die Kavallerie des Tippus das Land auf der Suche nach Futter durchkämmte, während die britischen Armeen und die aus Haidarabad vorrückten.

Die gemeinen Soldaten hatten keine Zelte. Sie würden auf dem Boden bei ihren Feuern schlafen, aber zuerst aßen sie, und an diesem Abend war das Essen gut, wenigstens für die Männer vom 33. Regiment des Königs. Ihre Kriegsbeute hatten sie bei den *bhinjarries,* den Händlerclans, ausgegeben, die mit der Armee reisten und ihre eigenen Sicherheitswachen hatten, die ihre Waren beschützten.

Die *bhinjarries* verkauften Hühner, Reis, Mehl, Bohnen und den in der Kehle brennenden Arrak, von dem man sogar schneller als vom Rum betrunken werden konnte. Einige der *bhinjarries* verkauften auch Huren und machten in dieser Nacht mit den Männern des 33. Regiments gute Geschäfte.

Captain Morris erwartete, die berühmten grünen Zelte des Naig, des *bhinjarrie*, zu besuchen, dessen Ware die teuersten Huren von Madras waren, aber im Augenblick wurde er in seinem eigenen Zelt aufgehalten, wo er im schwachen Licht einer Kerze Geschäfte erledigte.

Genauer gesagt, Sergeant Hakeswill erledigte sie, während Morris, den Uniformrock aufgeknöpft und die seidene Halsbinde gelockert, auf einem Klappstuhl lümmelte.

Schweiß tropfte von Morris' Gesicht. Der Wind war nur schwach, doch der Musselinschirm am Zelteingang hielt ihn ab, und wenn der Schirm entfernt wurde, würde sich das Zelt mit riesigen Nachtfaltern füllen. Morris hasste Nachtfalter, er hasste die Hitze und Indien.

»Wachlisten, Sir«, sagte Hakeswill und reichte ihm die Papiere.

»Irgendetwas, das ich wissen sollte?«

»Überhaupt nichts, Sir. Genau wie letzte Woche, Sir. Ensign Hicks hat den Plan aufgestellt, Sir. Guter Mann, Sir, dieser Ensign Hicks. Weiß, wo sein Platz ist.«

»Sie meinen, er tut, was Sie ihm sagen?«, fragte Morris trocken.

»Er lernt sein Handwerk, Sir, wie es ein guter kleiner Ensign tun sollte. Im Gegensatz zu anderen, die ich Ihnen nennen könnte.«

Morris ignorierte die Anspielung auf Fitzgerald, tauchte seine Feder ins Tintenfässchen und kritzelte seinen Namen an den Fuß der Wachpläne.

»Ich nehme an, Ensign Fitzgerald und Sergeant Green sind für den ganzen Nachtdienst eingeteilt?«, fragte er.

»Sie brauchen die Praxis, Sir.«

»Und Sie brauchen Ihren Schlaf, Sergeant?«

»Das Buch der Bestrafungen, Sir«, sage Hakeswill, reichte ihm das in Leder gebundene Hauptbuch und den Wachplan entgegen, ohne auf Morris' letzte Bemerkung einzugehen.

Morris blätterte in dem Strafbuch. »In dieser Woche keine Prügelstrafen?«

»Das wird bald der Fall sein, Sir, bald schon.«

»Private Sharpe ist Ihnen heute entkommen, wie?«, sagte Morris. »Sie haben ihn aus dem Griff verloren, Obadiah.«

Es war keine Freundlichkeit in der Benutzung von Hakeswills Vornamen, sondern es klang geringschätzig, doch Sergeant Hakeswill war deswegen nicht beleidigt. Offiziere waren Offiziere, jedenfalls diejenigen über Ensigns waren nach Hakeswills Ansicht richtige Offiziere, und solche Gentlemen hatten jedes Recht, Rangniedrige gering zu schätzen.

»Ich habe nichts verloren, Sir«, antwortete Hakeswill gleichmütig. »Wenn die Ratte nicht vom ersten Schlag krepiert, Sir, dann muss man den Hund einsetzen. So wird es gemacht, Sir, so steht es in der Bibel. Krankenbericht, Sir. Nichts Neues, außer dass Sears das Fieber hat und nicht mehr lange bei uns sein wird, aber er wird kein Verlust sein, Sir. Private Sears taugt nichts. Der ist besser tot.«

»Sind wir fertig?«, fragte Morris, als er den Krankenbericht unterzeichnet hatte, doch dann ertönte ein taktvolles Hüsteln am Zelteingang, und Lieutenant Lawford zog die Plane zur Seite und schob sich an dem Musselinschirm vorbei ins Zelt.

»Bei der Arbeit, Charles?«, fragte Lawford Morris.

»Es freut mich immer, Sie zu sehen, William«, erwiderte Morris sarkastisch, »aber ich wollte gerade einen Spaziergang machen.«

»Da ist ein Soldat, der Sie sprechen möchte«, erklärte Lawford. »Der Mann hat eine Bitte, Sir.«

Morris seufzte, als sei er zu beschäftigt, um sich mit solchen Lappalien abzugeben, doch dann zuckte er mit den Schultern und wedelte mit der Hand, als wolle er den Mann hereinwinken, um ihm großzügig einen Moment seiner kostbaren Zeit zu schenken.

»Wer?«, fragte er.

»Private Sharpe, Sir.«

»Unruhestifter, Sir«, warf Hakeswill ein.

»Er ist ein guter Mann«, widersprach Lawford hitzig, doch dann sagte er sich, dass ihn seine kleine Erfahrung bei der Armee kaum qualifizierte, solche Urteile abzugeben, und so fügte er bescheiden hinzu, dass es nur seine Meinung sei. »Aber er scheint ein guter Mann zu sein, Sir«, endete er.

»Lassen Sie ihn rein«, sagte Morris.

Er nippte an dem Zinnbecher mit Arrak, als Sharpe an dem Musselinschirm vorbei das Zelt betrat und stillstand.

»Mütze ab, Junge!«, blaffte Hakeswill. »Wissen Sie nicht,

dass man in Anwesenheit eines Offiziers die Mütze abnehmen muss?«

Sharpe riss seine Mütze vom Kopf.

»Nun?«, fragte Morris.

Sekundenlang schien Sharpe nicht zu wissen, was er sagen sollte, doch dann räusperte er sich und sagte, den Blick ein paar Zoll über Captain Morris' Kopf gerichtet: »Ich bitte um die Erlaubnis zu heiraten, Sir.«

Morris grinste. »Heiraten! Sie haben eine *bibbi* gefunden, nicht wahr?« Er trank mehr Arrak und blickte zu Hakeswill. »Wie viele Frauen sind jetzt auf der Kompaniestärke, Sergeant?«

»Volle Anzahl, Sir. Kein Platz für weitere, Sir! Volle Menge. Kein freier Platz, Sir. Soll ich Private Sharpe entlassen, Sir?«

»Dieses Mädchen gehört bereits zu der Anzahl«, sagte Lieutenant Lawford. »Sie ist Sergeant Bickerstaffs Witwe.«

Morris starrte zu Sharpe auf.

»Bickerstaff«, sagte er, als sei ihm der Name fremd. »Bickerstaff. Das war der Kamerad, der im März an einem Fieber starb, richtig?«

»Jawohl, Sir«, antwortete Hakeswill.

»Wusste gar nicht, das der Mann überhaupt verheiratet war«, sagte Morris. »Sie war seine offizielle Frau?«

»Sehr offiziell«, antwortete Hakeswill. »Auf die Kompaniestärke zugelassen, Sir. Unterschrift des Colonels auf der Bescheinigung, Sir. Richtig verheiratet vor Gott und der Armee, Sir.«

Morris rümpfte die Nase und blickte wieder zu Sharpe auf. »Warum in aller Welt wollen Sie heiraten, Sharpe?«

Sharpe wirkt verlegen. »Ich tue es einfach, Sir«, sagte er lahm.

»Ich kann nicht sagen, das ich etwas gegen eine Ehe habe«, sagte Morris. »Eine Ehe stabilisiert einen Mann, aber ein Kerl wie Sie, Sharpe, kann etwas Besseres tun, als eine Soldatenwitwe zu heiraten, finden Sie nicht auch? Soldatenwitwen sind furchtbare Kreaturen! Benutzte Ware, Private. Dick und fett, wie Lumpen von Schweinefett in Leinen gehüllt. Besorgen Sie sich eine süße kleine *bibbi*, Mann, etwas, für das der Samen noch nicht verschwendet worden ist.«

»Sehr guter Rat, Sir«, sagte Hakeswill, und in seinem Gesicht zuckte es. »Worte der Weisheit, Sir. Soll ich ihn entlassen, Sir?«

»Mary Bickerstaff ist eine gute Frau, Sir«, sagte Lieutenant Lawford. Der Lieutenant, an den sich Sharpe zuerst mit seiner Bitte gewandt hatte, war begierig darauf, sein Bestes zu tun. »Sharpe könnte viel Schlimmeres tun, als Mary Bickerstaff zu heiraten, Sir.«

Morris schnitt das Ende einer Zigarre ab und zündete sie mit der Flamme der Kerze auf seinem Klapptisch an.

»Sie ist weiß?«, fragte er gleichgültig.

»Halb *bibbi* und halb Christin, Sir«, sagte Hakeswill, »aber sie hatte einen guten Ehemann.« Er schniefte, als sei er plötzlich von Gefühlen überwältigt. »Und Jem Bickerstaff ist noch keinen Monat in seinem Grab, Sir. Zu früh für die Schlampe, wieder zu heiraten. Das wäre nicht in Ordnung, Sir. So steht es in der Bibel.«

Morris bedachte Hakeswill mit einem zynischen Blick.

»Seien Sie nicht absurd, Sergeant. Die meisten Armee-Witwen heiraten am nächsten Tag. Die Mannschaften sind kaum die vornehme Gesellschaft, das wissen Sie.«

»Aber Jem Bickerstaff war ein Freund von mir, Sir«, sagte Hakeswill, schniefte wieder und wischte sogar eine unsichtbare Träne fort. »Ein guter Freund, Sir«, wiederholte er mit heiserer Stimme, »und auf dem Sterbebett bat er mich, mich um seine kleine Frau zu kümmern, Sir. Ich weiß, sie ist nicht ganz weiß, das hat er mir gesagt, aber sie verdient es, dass man sich um sie kümmert. Das waren seine Worte vor dem Sterben, Sir.«

»Er hat Sie verdammt gehasst!« Sharpe konnte die Worte nicht zurückhalten.

»Schweigen Sie vor einem Offizier!«, schrie Hakeswill. »Sprechen Sie nur, wenn Sie angesprochen werden, Junge, und sonst halten Sie Ihr dreckiges Mundwerk, wie Gott es will.«

Morris verzog das Gesicht, als bekäme er von Hakeswills lauter Stimme Kopfschmerzen. Dann schaute er Sharpe an.

»Ich werde mit Major Shee darüber sprechen, Sharpe. Wenn die Frau zur Truppenstärke zählt und Sie heiraten will, können wir ihr das nicht verbieten, nehme ich an. Ich werde mit dem Major reden. Sie sind entlassen. Weggetreten!«

Sharpe zögerte, fragte sich, ob er dem Captain für die lakonischen Worte danken sollte, doch bevor er irgendetwas sagen konnte, brüllte ihm Hakeswill ins Ohr: »Rechtsum kehrt! Mütze auf! Eilmarsch. Eins, zwei, eins, zwei. Achten Sie auf den verdammten Vorhang, Junge! Dies ist kein Schweinestall wie der, in dem Sie aufgewachsen sind, sondern das Quartier eines Offiziers!«

Morris wartete, bis Sharpe das Zelt verlassen hatte. Dann blickte er zu Lawford.

»Sonst nichts mehr, Lieutenant?«

Lawford erkannte, dass er entlassen war.

»Sie werden mit Major Shee sprechen, Charles?«, drängte er Morris.

»Das habe ich doch soeben gesagt, oder nicht?« Morris blickte den Lieutenant wütend an.

Lawford zögerte und nickte dann.

»Gute Nacht, Sir«, sagte er und zwängte sich an dem Musselinschirm vorbei aus dem Zelt.

Morris wartete, bis er sicher war, dass beide Männer außer Hörweite waren.

»Und was tun wir jetzt?«, fragte er dann Hakeswill.

»Sagen Sie dem blöden Scheißer, dass Major Shee die Erlaubnis verweigert hat, Sir.«

»Und Willie Lawford wird mit dem Major reden und feststellen, dass dies nicht stimmt. Oder er wird sich gleich an Wellesley wenden. Lawfords Onkel ist im Stab, oder haben Sie das vergessen? Benutzen Sie Ihren Verstand, Mann!« Morris schlug nach einem Nachtfalter, der es geschafft hatte, am Schutzschirm vorbei ins Zelt zu flattern. »Was machen wir jetzt?«, fragte er von Neuem.

Hakeswill setzte sich auf den Stuhl gegenüber dem Klapptisch. Er kratzte sich am Hinterkopf, starrte vor sich hin und sah dann wieder Morris an.

»Er ist ein scharfer Hund, dieser Sharpie. Gerissen. Aber ich werde ihn erledigen.« Er überlegte einen Augenblick. »Natürlich, Sir, würde es schneller gehen, wenn Sie helfen. Viel schneller.«

Morris blickte zweifelnd. »Das Mädchen wird nur einen anderen Beschützer finden«, sagte er. »Ich glaube, Sie verschwenden meine Zeit, Sergeant.«

»Nein, Sir. Überhaupt nicht, Sir. Ich werde das Mädchen haben, Sir, Sie werden es sehen, und Naig sagt, man kann alles von ihr haben, was man von ihr will. Frei und kostenlos, Sir, und Sie sollten es auch ausprobieren.«

Morris stand auf, zog seinen Uniformrock an und nahm seinen Zweispitz und den Säbel.

»Sie meinen, ich teile mit Ihnen die Frau, Hakeswill?« Den Captain schauderte es. »Und hole mir Ihre Syphilis?«

»Syphilis, Sir? Ich, Sir?« Hakeswill stand auf. »Ich bin sauber, Sir.« In Hakeswills Gesicht zuckte es. »Geheilt. Fragen Sie den Bataillonschirurgen, er wird es Ihnen bestätigen.«

Morris zögerte, dachte an Mary Bickerstaff. Er hielt viel von ihr. Ihre Schönheit sorgte dafür. Männer auf einem Feldzug entbehrten Schönheit, und so wuchs Marys Anziehungskraft mit jeder Meile, welche die Armee westwärts marschierte.

Morris war nicht der Einzige, für den sie eine Verlockung war. In der Nacht, als Marys Ehemann gestorben war, hatten die Offiziere des 33. Regiments, jedenfalls diejenigen, die einen Sinn für solche Spielchen hatten, gewettet, wer von ihnen als Erster die Witwe in sein Bett holen würde, und bis jetzt hatte keiner von ihnen Erfolg gehabt.

Morris wollte gewinnen, nicht nur die vierzehn Guineen, die der erfolgreiche Verführer einstreichen konnte, sondern weil er inzwischen vernarrt in die Frau war. Kurz nachdem Mary Witwe geworden war, hatte er sie gebeten, ihm die Wäsche zu machen. Er hatte gedacht, damit die Intimität aufzubauen, nach der er sich so sehnte, doch Mary hatte ihn mit verletzendem Spott abblitzen lassen. Morris wollte sie für diese Abfuhr bestrafen. Und Hakeswill mit seinem Gespür für die Schwächen anderer Männer, hatte Morris' Wunsch gespürt und versprochen, dass er alles arrangieren würde. Naig, versicherte Hakeswill seinem verbitterten Offizier, wusste den Widerstand von Mädchen zu brechen.

»Es ist noch keine *bibbi* geboren, die der Kerl nicht abrichten kann, Sir«, hatte Hakeswill Morris versprochen, »und er zahlt ein kleines Vermögen für eine richtige Weiße. Nicht, dass Mary Bickerstaff richtig weiß ist, Sir, nicht wie eine Christin, aber in der Dunkelheit geht sie dafür durch, dann fällt es keinem auf.«

Der Sergeant brauchte Morris' Hilfe, um Mrs Bickerstaff

von Richard Sharpe zu befreien, und als Anreiz hatte er Morris angeboten, Naigs Zelt kostenlos zu besuchen, weil der Sergeant dafür zahlte. Morris wusste, das Hakeswill als Gegenleistung lebenslange Gönnerschaft erwartete. Wenn Morris die Stufen der Beförderungsleiter bei der Armee emporstieg, würde Hakeswill zwangsläufig mit ihm emporrücken und jedes Mal mehr Macht und Einfluss gewinnen.

»Wann werden Sie also Mrs Bickerstaff von Sharpe befreien?«, fragte Morris und schnallte seinen Säbel um.

»Heute Nacht, Sir. Mit Ihrer Hilfe. Sie werden gegen Mitternacht hierher zurückkommen?«

»Das könnte sein.«

»Wenn Sie hier sind, Sir, werde ich ihn erledigen. Heute Nacht, Sir.«

Morris setzte den Zweispitz auf, vergewisserte sich, dass seine Geldbörse in der Tasche war, und verließ das Zelt.

»Weitermachen, Sergeant«, rief er zurück.

»Sir!«

Hakeswill stand ganze zehn Sekunden still, nachdem der Captain fort war, und dann zuckte es in seinem Gesicht, und er grinste verschlagen, als er Morris in die Dunkelheit hinaus folgte.

Neunzehn Meilen südlich stand ein Tempel. Es war eine alte Stätte, tief im Land, eines der vielen Hindu-Heiligtümer, zu denen die Landbevölkerung an Feiertagen pilgerte, um ihre Götter zu ehren und für einen rechtzeitigen Monsun, eine gute Ernte und die Abwesenheit von Kriegsherren zu beten. Den Rest des Jahres war der Tempel verlassen, seine Götter und Altäre und die reich mit Schnitzereien verzierten Türme waren die Heimat von Skorpionen, Schlangen und Affen.

Der Tempel war von einer Mauer umgeben, durch das ein Tor führte, doch die Mauer war nicht hoch und das Tor war nie verschlossen. Dorfbewohner stellten kleine Gaben wie Blumen und Nahrungsmittel in Nischen an die Torpfosten, und manchmal gingen sie tagsüber sogar in den Tempel hinein, überquerten den Hof und kletterten in den inneren Schrein, wo sie ihre kleinen Geschenke unter das Bildnis eines Gottes legten. Aber des Nachts, wenn der indische Himmel schwarz über dem von der Hitze erschöpften Land lag, würde sich niemand jemals einfallen lassen, die Götter zu stören.

Doch in dieser Nacht nach der Schlacht betrat ein Mann den Tempel. Er war groß und dünn, mit weißem Haar und scharf geschnittenem, sonnengebräuntem Gesicht. Er war über sechzig Jahre alt, doch seine Haltung war immer noch kerzengerade, und er bewegte sich mit der Leichtigkeit eines viel jüngeren Mannes.

Wie viele Europäer, die lange Zeit in Indien gelebt hatten, war er anfällig für schwächendes Fieber, doch sonst war er kerngesund, und Colonel Hector McCandless führte diese gute Gesundheit auf seine Religion und eine gesunde Lebensweise zurück, die enthaltsam bei Alkohol, Tabak und Fleisch war. Seine Religion war der Calvinismus, denn Hector McCandless war in Schottland aufgewachsen, und die guten Lektionen, die in seine junge, ernste Seele gepeitscht worden waren, hatte er nie vergessen. Er war ein ehrlicher Mann, hart und klug.

Seine Seele war alt an Erfahrung, doch trotzdem wurde sie von den Götzenbildern beleidigt, die das schwache Licht der Laterne widerspiegelten, die er angezündet hatte, als er durch das immer offen stehende Tor des Tempels gegangen war.

Er lebte jetzt seit über sechzehn Jahren in Indien und war mehr an diese heidnischen Schreine gewohnt als an die Kirchen seiner Kindheit, doch wenn er diese seltsamen Götter mit ihrer

Vielzahl an Armen, ihren Elefantenköpfen, ihren grotesk gefärbten Gesichtern und ihren Kobramasken sah, missbilligte er sie. Die Missbilligung ließ er sich nie anmerken, denn das hätte seine Pflicht gefährdet, und McCandless glaubte, dass die Pflicht ein Meister war, der gleich hinter Gott kam.

Er trug den roten Uniformrock und die Tartanhose der Schottischen Brigade[1] des Königs, ein Highland-Regiment, das McCandless' ernstes Gesicht seit sechzehn Jahren nicht mehr gesehen hatte. Er hatte über dreißig Jahre bei der Brigade gedient, aber Geldmangel hatte seine Beförderung verhindert und so, mit dem Segen seines Colonels, hatte er einen Job bei der Armee der East India Company angenommen, die diese Teile Indiens beherrschte, die den Briten unterstellt waren. Zu seiner Zeit hatte er Bataillone von Sepoys, indischen Soldaten in europäischem Dienst, kommandiert, doch McCandless' erste Liebe war das Landvermessen. Er hatte die Malabar-Küste und die Länge und Breite von Maisur vermessen, und bei diesen Tätigkeiten hatte er ein halbes Dutzend indische Sprachen gelernt und die Bekanntschaft von zahllosen Prinzen, Radschas und Nawabs gemacht. Nur wenige Menschen verstanden Indien so gut wie McCandless, und deshalb hatte ihn die Company zum Colonel befördert und ihn der britischen Armee als Chef des Nachrichtendienstes zugeteilt.

Es war McCandless' Aufgabe, General Harris über die Stärke und Aufstellung des Feindes zu informieren und, im Besonderen, herauszufinden, welche Verteidigungsanlagen die alliierten Armeen erwarteten, wenn sie Seringapatam erreichten.

Es war seine Suche nach dieser besonderen Antwort, die Colonel McCandless in diesen alten Tempel gebracht hatte.

1 Später das 94th Foot (Infanterieregiment der königlichen Armee) (Anm. d. Redakteurs)

Vor sieben Jahren hatte er den Tempel vermessen, als Lord Cornwallis' Armee gegen Maisur marschiert war, und damals hatte McCandless die ungewöhnlichen Steinmetzarbeiten bewundert, die jeden Zoll der Tempelwände bedeckten. Die Religion des Schotten war von so viel Verzierung beleidigt, aber er war ein zu ehrlicher Mann, um abzustreiten, dass die alten Steinmetze fabelhafte Kunsthandwerker gewesen waren, denn die Bildhauerwerke hier waren fein, wenn nicht sogar schöner als alles, was im mittelalterlichen Europa geschaffen worden war.

Das fahle gelbe Licht seiner Laterne fiel auf herausgeputzte Elefanten, grimmige Götter und marschierende Armeen, alle aus Stein geschaffen. Er kletterte die Treppe zum mittleren Schrein empor, ging zwischen hohen Säulen hindurch und gelangte in das Heiligtum. Das Dach unter dem hohen verzierten Turm war wie Lotusblüten geformt. Die Gottheiten starrten aus ihren Nischen mit Blumen, und Blätter trockneten zu ihren Füßen.

Der Colonel stellte die Laterne auf den Boden, setzte sich im Schneidersitz hin und wartete. Er schloss die Augen und konzentrierte sich auf die Geräusche der Nacht jenseits der Mauern des Tempels.

McCandless war mit einer Eskorte von sechs indischen Lanzenreitern zu diesem abgelegenen Tempel gekommen und hatte diese Eskorte zwei Meilen entfernt zurückgelassen, damit der Mann, den er zu treffen hoffte, sich nicht abgeschreckt fühlte. So wartete er jetzt mit geschlossenen Augen und verschränkten Armen, und nach einer Weile hörte er das Trommeln von Hufen auf der trockenen Erde und das Klirren von Gebissketten. Dann herrschte Stille, und er wartete weiter mit geschlossenen Augen.

»Wenn Sie nicht in dieser Uniform wären«, sagte ein paar

Augenblicke später jemand, »würde ich annehmen, Sie sind im Gebet versunken.«

»Die Uniform macht mich nicht zum Beten untauglich, und Ihre verbietet es Ihnen auch nicht«, erwiderte der Colonel und öffnete die Augen. Er stand auf. »Willkommen, General.«

Der Mann, der McCandless gegenüberstand, war jünger als der Schotte, doch genauso groß und schlank.

Appah Rao war jetzt ein General in den Streitkräften des Tippu Sultan, aber einst, vor vielen Jahren, war er Offizier in einem von McCandless' Sepoy-Bataillonen gewesen, und diese alte Bekanntschaft, die zu Freundschaft geworden war, hatte McCandless dazu bewogen, sein Leben aufs Spiel zu setzen, um mit Appah Rao zu reden.

Appah Rao hatte unter McCandless' Befehlen gedient, bis sein Vater gestorben war, und dann, ausgebildet als Soldat, war er nach Maisur zurückgekehrt. Heute hatte er von dem Höhenkamm aus beobachtet, wie Tippus Infanterie von einer einzigen britischen Salve massakriert worden war. Dies hatte ihn verbittert, doch er zwang Höflichkeit in seine Stimme.

»Sie leben also noch, Major?« Appah Rao sprach auf Kanarese, der Sprache der eingeborenen Mysoreaner.

»Ich lebe noch und bin jetzt ein Colonel«, antwortete McCandless in derselben Sprache. »Sollen wir Platz nehmen?«

Appah Rao stieß einen Grunzlaut aus und setzte sich dann gegenüber von McCandless hin. Hinter ihnen, jenseits des eingesunkenen Hofes am Tor des Tempels, standen zwei Soldaten. Sie waren Appah Raos Eskorte, und McCandless wusste, dass es vertrauenswürdige Männer waren, denn wenn Tippu Sultan jemals herausfinden würde, dass dieses Treffen stattgefunden hatte, würden Appah Rao und seine gesamte Familie getötet werden. Es sei denn natürlich, Tippu wusste bereits davon und benutzte Appah Rao, um seinerseits Zwietracht zu säen.

Der General des Sultans war bekleidet mit dem tigergestreiften Uniformrock des Herrn, doch darüber trug er eine Schärpe aus feinster Seide, und über seine Schulter war eine zweite Seidenschärpe geschlungen, an der ein Säbel mit goldenem Griff hing. Seine Stiefel waren aus rotem Leder, und sein Turban hatte ein Band aus blassroter Seide, auf dem ein hellblauer Juwel im Schein der Laterne funkelte.

»Waren Sie heute in Malavelly?«, fragte er McCandless.

»Das war ich«, sagte McCandless. Malavelly war der nächste Ort, bei dem die Schlacht geschlagen worden war.

»Sie wissen also, was geschehen ist?«

»Ich weiß, dass Tippu Hunderte Ihrer Leute geopfert hat«, sagte McCandless. »Ihrer Leute, General, nicht seiner.«

Appah Rao ging über die spitzfindige Unterscheidung hinweg. »Die Leute folgen ihm.«

»Weil ihnen nichts anderes übrig bleibt. Sie folgen ihm, aber lieben sie ihn?«

»Einige tun das«, antwortete Appah Rao. »Aber was macht das schon? Warum sollte ein Herrscher wünschen, dass seine Leute ihn lieben? Ihren Gehorsam braucht er, ja, aber ihre Liebe? Liebe ist was für Kinder, McCandless. Und für Götter und Frauen.«

McCandless lächelte und hielt es für müßig, sich darüber zu streiten. Er brauchte Appah Rao nicht zu überreden, Verrat zu begehen. Allein die Anwesenheit des Generals aus Maisur war Beweis dafür, dass er bereits auf halbem Weg war, den Sultan zu verraten, doch McCandless erwartete nicht, dass Appah Rao es würdelos tat. Es stand Stolz auf dem Spiel, und Appah Raos Stolz war groß, und man musste so sanft und rücksichtsvoll damit umgehen wie mit einer gespannten Duellpistole.

Appah Rao war schon immer so gewesen, sogar als junger Mann in der Armee der Company, und McCandless wusste diesen Stolz zu schätzen. Er hatte Appah Rao stets geachtet, und das war noch immer so, und er glaubte, dass die Achtung auf Gegenseitigkeit beruhte.

In diesem Glauben hatte der Colonel eine Botschaft nach Seringapatam geschickt. Sie war von einem der eingeborenen Agenten der Company, der als nackter Fakir durch das südliche Indien wanderte, übermittelt worden. Die Botschaft war in dem langen, fettigen Haar versteckt gewesen und hatte Appah Rao aufgefordert, sich mit seinem alten Offizier wieder zusammenzutun. Die Antwort hatte diesen Tempel und diese Nacht zu dem Treffen angegeben. Appah Rao spielte also mit dem Gedanken an Verrat, aber das hieß nicht, dass er die Sache leicht oder angenehm fand.

»Ich habe ein Geschenk«, wechselte McCandless das Thema. »Für Ihren Radscha.«

»Er hat Geschenke nötig.«

»Dann kommt dieses mit unserer ergebenen Ehrerbietung und größten Achtung.« McCandless nahm einen Lederbeutel aus seiner beschlagenen Felltasche und legte ihn neben die Laterne. In dem Beutel klirrten Münzen, als er ihn ablegte, und Appah Rao blickte darauf, rührte ihn jedoch nicht an. »Sagen Sie Ihrem Radscha, dass es unser Wunsch ist, ihn wieder auf seinen Thron zu setzen.«

»Und wer wird hinter seinem Thron stehen?«, wollte Appah Rao wissen. »Männer in roten Röcken?«

»Sie werden das«, sagte McCandless, »wie Ihre Familie es immer getan hat.«

»Und Sie?«, fragte der General. »Was wollen Sie?«

»Handeln. Das ist das Geschäft der Company: der Handel. Warum sollten wir Herrscher werden?«

Appah Rao schnaubte. »Weil ihr das immer sein wollt. Ihr kommt als Händler, doch ihr bringt Waffen und benutzt sie, um euch zu Steuereintreibern, Richtern und Henkern zu machen. Dann bringt ihr eure Kirchen.« Er erschauerte.

»Wir kommen, um zu handeln«, beharrte McCandless gelassen. »Und was ziehen Sie vor, General? Mit den Briten zu handeln oder von den Moslems beherrscht zu werden?«

Und das war die Frage, die Appah Rao in dieser Nacht zu diesem Tempel gebracht hatte, das wusste McCandless. Maisur war ein Hindu-Land, und seine alten Herrscher, die Wodeyars, waren Hindus wie ihr Volk, doch Tippus Vater, der grimmige Hyder Ali, war aus dem Norden gekommen und hatte ihren Staat erobert, und Tippu hatte den gestohlenen Thron seines Vaters geerbt. Um sich einen Hauch von Legalität zu geben, hatte Tippu wie zuvor sein Vater die alten Herrscherfamilien am Leben gelassen, doch die Wodeyars waren jetzt auf ein armes Dasein und öffentliches Auftreten nur bei Zeremonien beschränkt. Der neue Radscha war kaum mehr als ein Kind, doch für viele von Maisurs Hindus galt er immer noch als ihr rechtmäßiger Monarch, doch das war eine Meinung, die man am besten vor Tippu geheim hielt.

Appah Rao hatte die Frage des Schotten nicht beantwortet, und so formulierte McCandless sie anders. »Sind Sie der letzte ranghohe Hindu-Offizier in Tippus Armee?«

»Es gibt andere«, sagte Appah Rao ausweichend.

»Und der Rest?«

Appah Rao zögerte mit der Antwort. »Verfüttert an seine Tiger«, gab er schließlich zu.

»Und bald, General«, sagte McCandless leise, »wird es keine Hindu-Offiziere mehr in Maisur geben. Stattdessen einige sehr fette Tiger. Und wenn ihr uns besiegt, dann werdet ihr immer noch nicht sicher sein. Dann werden die Franzosen kommen.«

Appah Rao zuckte mit den Schultern. »Es sind bereits Franzosen in Seringapatam. Sie fordern nichts von uns.«

»Noch nicht«, sagte McCandless. »Aber lassen Sie mich erzählen, was die große Welt bewegt, General. Da gibt es einen neuen französischen General namens Bonaparte. Seine Armee sitzt jetzt am Nil, doch es gibt nichts in Ägypten, das Bonaparte oder die Franzosen interessiert. Sie blicken weiter nach Osten. Sie haben die Augen auf Indien. Bonaparte schrieb früher in diesem Jahr Tippu. Hat Tippu Ihnen seinen Brief gezeigt?«

Appah Rao sagte nichts, und McCandless schloss aus seinem Schweigen, dass Rao nichts vom Brief des französischen Generals wusste, und so zog er ein zusammengefaltetes Blatt Papier aus seiner Felltasche. »Sprechen Sie Französisch, General?«

»Nein.«

»Dann lassen Sie mich für Sie übersetzen. Einer unserer Agenten kopierte den Brief, bevor er abgesandt wurde, und das Datum lautet ›*Le sept pluviose, L'an six de la République Française.*‹ Das heißt der 27. Januar für uns, und der Text lautet: ›Ich habe die Grenze des Roten Meers mit einer zahllosen und unbesiegbaren Armee erreicht, die voller Verlangen ist, Euch von dem Joch Englands zu befreien.‹ Hier.« McCandless reichte Appah Rao den Brief. »Darin steht viel mehr in dieser Art. Nehmen Sie ihn mit, und suchen Sie sich jemanden, der ihn übersetzen wird.«

»Ich glaube Ihnen«, sagte Appah Rao und ignorierte den angebotenen Brief. »Aber warum sollte ich den französischen General fürchten?«

»Weil Tippu Bonapartes Verbündeter ist und Bonaparte Ambitionen hat, sich die Company unter den Nagel zu reißen. Sein Sieg wird die Muslime stärken und die Hindus schwächen. Doch wenn er Maisur besiegt sieht und Ihr Radscha wieder auf dem Thron seiner Ahnen sitzt, und wenn er eine Hindu-Armee, befehligt von General Appah Rao, sieht, wird er es sich zweimal überlegen, bevor er sich einschifft. Bonaparte braucht Verbündete in diesem Land, und ohne Maisur wird er keine haben.«

Appah Rao runzelte die Stirn. »Ist dieser Bonaparte ein Moslem?«

»Er ist mit den Moslems befreundet, aber er hat keine Religion, von der wir wissen.«

»Wenn er mit den Moslems befreundet ist«, bemerkte Appah Rao, »warum sollte er sich dann nicht mit den Hindus anfreunden?«

»Weil es an den Moslems liegt, dass er sich Verbündete sucht. Er wird sie belohnen.«

Appah Rao scharrte mit den Füßen auf dem harten Boden. »Warum sollten wir Bonaparte nicht kommen und euch besiegen lassen?«

»Weil er dann Tippu zu mächtig machen wird, und wie lange wird es danach dauern, General, bis es noch irgendwelche Hindus in seinen Diensten gibt? Und wie lange werden die überlebenden Wodeyars dann noch leben? Tippu lässt die Wodeyar-Familie am Leben, weil er die Hindu-Infanterie und -Kavallerie braucht, aber wenn er keine Feinde mehr hat, warum soll er dann widerwillige Freunde brauchen?«

»Und Sie werden die Wodeyars wieder einsetzen?«

»Das verspreche ich.«

Appah Rao blickte an McCandless vorbei zu dem kleinen Licht hinauf, das sich auf dem ernsten Abbild einer Hindu-Gottheit spiegelte. Der Tempel war noch hier, wie es alle Tempel in Maisur waren, denn der Sultan war ein Moslem, der die Heiligtümer der Hindus nicht hatte abreißen lassen. Stattdessen hatte Tippu wie sein Vater einige der Tempel restauriert.

Das Leben war nicht schwer unter Tippu, trotzdem war er nicht der rechtmäßige Herrscher von Appah Raos Land. Dieser Herrscher war ein Junge, der in Armut in einem kleinen Haus in einer Hintergasse von Seringapatam gehalten wurde, und Appah Raos verborgene Loyalität galt der Wodeyar-Dynastie, nicht den moslemischen Eindringlingen.

Die dunklen Augen des Generals blickten zu McCandless. »Ihr Briten habt die Stadt vor sieben Jahren eingenommen. Warum habt ihr da Tippu nicht abgesetzt?«

»Ein Fehler«, gab McCandless freimütig zu. »Wir dachten, wir könnten ihm vertrauen, dass er seine Versprechen hält, aber das war ein Irrtum. Diesmal, so Gott will, werden wir ihn ersetzen. Wenn man einmal von einer Schlange gebissen worden ist, lässt man das kein zweites Mal zu.«

Appah Rao brütete eine Zeit lang vor sich hin. Fledermäuse flatterten über den Hof des Tempels. Die beiden Männer am Tor beobachteten sie, als sich die Stille ausdehnte.

McCandless schwieg ebenfalls. Der Colonel wusste, dass es nicht dienlich sein würde, den General zu hart unter Druck zu setzen, aber es war ihm auch klar, dass er das gar nicht brauchte. Appah Rao mochte nicht sicher sein, ob ein britischer Sieg in Maisurs bestem Interesse sein würde. Was würde den Interessen in diesen harten, verwirrenden Zeiten dienen?

Appah Rao hatte die Wahl zwischen den moslemischen Usurpatoren und ausländischer Vorherrschaft, und McCandless wusste nur zu gut um das schwelende Misstrauen zwischen Hindus und Moslems. Es war diese Bresche, in die der Schotte schlug, weil er hoffte, sie zu vollem Verrat zu nutzen.

Appah Rao schüttelte schließlich den Kopf, hob einen Arm und winkte. Einer der beiden Männer am Tor rannte herbei und kniete sich neben den General. Es war ein junger Mann mit auffallend gutem Aussehen, mit schwarzem Haar, markantem Gesicht und herausforderndem Blick. Wie Appah Rao trug er den Waffenrock der Tigermänner und hatte einen Säbel mit goldenem Griff an seiner Hüfte.

»Dies ist Kunwar Singh«, stellte Appah Rao den jungen Mann vor. »Er ist der Sohn einer Cousine von mir ...«, er erwähnte die verwandtschaftliche Beziehung nur beiläufig, was darauf schließen ließ, das sie nicht eng war, »... und der Kommandant meiner Leibwache.«

McCandless schaute in Kunwar Singhs Augen. »Tun Sie Ihren Job gut, mein Freund. Ihr Herr ist wertvoll.«

Kunwar Singh lächelte, und dann, auf einen Wink von Appah Rao hin, nahm er ein zusammengerolltes Papier aus seinem Uniformrock. Er entrollte es und beschwerte die Ecken mit einer Pistole, einem Messer, einer Hand voll Patronen und der Laterne.

McCandless neigte sich vor. Das Papier war eine Karte, und sie zeigte die große Insel zwischen den Flussarmen des Kaveri, auf der Tippus Hauptstadt Seringapatam erbaut war. Die Festungsstadt befand sich auf der westlichen Spitze der Insel, während jenseits der Mauern im Osten Vergnügungsparks, Vororte, die Sommerresidenz Tippus und das Mausoleum angelegt waren, wo der gefürchtete Hyder Ali begraben worden war.

Appah Rao zog ein Messer aus seinem Gürtel. Er tippte auf das nördliche Ufer gegenüber des Hauptflussbettes des Kaveri. »Dort hat General Cornwallis übergesetzt. Aber seither sind die Mauern verstärkt worden. Die Franzosen haben uns beraten, das zu machen. Es sind neue Geschütze auf den Mauern, Hunderte davon.« Er blickte auf in McCandless' Augen. »Ich meine Hunderte, McCandless. Dies ist keine Übertreibung. Tippu ist stolz auf seine Kanonen und Raketen. Er hat Tausende Raketenwerfer und große Arsenale voller

Waffen. All dies …«, er zeigte mit der Messerspitze um die Mauern gegenüber des Flusses, »… ist umgebaut, verstärkt und mit Kanonen und Raketen ausgerüstet worden.«

»Wir haben ebenfalls Kanonen«, sagte McCandless.

Appah Rao ignorierte die Bemerkung. Stattdessen tippte er mit dem Messer gegen die westlichen Wälle, die das schmalere Flussbett des Kaveri überblickten. »Zu dieser Jahreszeit, McCandless, ist der Fluss seicht. Die Krokodile haben sich in tieferes Gewässer zurückgezogen, und man kann mit trockenen Knien durch den Fluss gehen. Und wenn eure Armeen Seringapatam erreichen, sehen sie, dass diese Mauern …«, er tippte wieder gegen die westlichen Befestigungen, »… nicht umgebaut sind. Sie bestehen aus Schlammziegeln und sind durch die Regenfälle zerfallen. Es sieht hier wie eine schwache Stelle aus, und Sie werden versucht sein, dort anzugreifen.«

Ein Käfer kroch über die Karte längs einer langen Linie, die die westlichen Mauern markierte. Appah Rao strich den Käfer sanft zur Seite.

»Hier ist ein anderer Wall, ein neuer, verborgen hinter dieser Brustwehr, McCandless, und wenn Ihre Männer die erste Mauer überwunden haben, werden sie in einer Falle sitzen. Hier …«, er wies auf eine Bastion, die den äußeren und inneren Wall verband, »… dies pflegte ein Wassertor zu sein, doch es ist blockiert, und dahinter sind Hunderte Pfund Schießpulver. Wenn Ihre Männer zwischen den beiden Wällen gefangen sind, plant Tippu, diese Sprengladung in die Luft zu jagen.« Appah Rao zuckte mit den Schultern. »Hunderte Pfund Pulver erwarten euch, McCandless. Und wenn dieser Angriff scheitert, werden Sie keine Zeit haben, um einen neuen zu unternehmen, bevor der Monsun kommt, und durch den Regen wird der Fluss steigen und die Straßen werden zu Schlamm. Sie sind gezwungen, sich zurückzuziehen, und jeder

Schritt Ihres Rückwegs nach Madras wird durch die Kavallerie des Sultans verfolgt werden. So lautet der Plan, um euch zu besiegen.«

»Wir müssen also woanders als im Westen angreifen?«

»Überall – außer vom Westen«, sagte Appah Rao. »Der neue innere Wall ...«, er zeigte es auf der Karte mit der Messerspitze an, »... erstreckt sich den ganzen Weg um den Norden. Diese anderen Wälle ...«, er tippte auf die südlichen und östlichen Schutzwälle, »... sehen stärker aus, aber lassen Sie sich nicht täuschen. Der Westwall ist eine Falle, und wenn Sie darauf hereinfallen, wird es Ihr Tod sein.«

Er entfernte die Gewichte von den Ecken der Karte und rollte sie zusammen. Dann entfernte er den Schirm von McCandless' Laterne und hielt ein Ende der Kartenrolle in die Kerzenflamme. Als das Papier in Flammen stand, fiel der Lichtschein auf die kunstvollen Steinmetzarbeiten des Schreins.

Die drei Männer beobachteten, wie die Karte zu Asche verbrannte.

»Überall angreifen, nur nicht von Westen«, sagte Appah Rao, und dann, nach kurzem Zögern, nahm er den Beutel mit Goldmünzen, der neben der Laterne lag. »All dies wird mein Radscha bekommen«, sagte er. »Ich werde nichts davon behalten.«

»Das hätte ich auch nie von Ihnen erwartet«, sagte McCandless. »Sie haben meinen Dank, General.«

»Ich will Ihren Dank nicht. Ich will meinen Radscha zurückhaben. Deshalb bin ich gekommen. Und wenn Sie mich enttäuschen, dann werdet ihr Engländer einen neuen Feind haben.«

»Ich bin Schotte.«

»Aber Sie werden trotzdem mein Feind sein«, sagte Appah Rao, dann wandte er sich ab, verharrte jedoch noch einmal und blickte auf der Schwelle des inneren Schreins zurück. »Sagen Sie Ihrem General, dass seine Männer freundlich zu den Bürgern der Stadt sein sollen.«

»Das werde ich General Harris sagen.«

»Dann werde ich Ausschau halten, um Sie in Seringapatam zu sehen«, sagte Appah Rao mit schwerer Stimme.

»Mich und Tausende andere«, sagte McCandless.

»Tausende!«, wiederholte Appah Rao spöttisch die Behauptung. »Sie mögen Tausende haben, Colonel, doch Tippu hat die Tiger.«

Er wandte sich ab, ging zum äußeren Zugang des Tempels und verließ ihn, gefolgt von Kunwar Singh.

McCandless verbrannte die Kopie von Bonapartes Brief, wartete noch eine halbe Stunde, und dann verließ auch er den Tempel – so lautlos, wie er ihn betreten hatte. Er würde sich seiner Eskorte anschließen, ein paar Stunden schlafen und dann mit seinem kostbaren Geheimnis zu der wartenden Armee reiten.

Nur wenige Männer des 33. Regiments fanden in dieser Nacht Schlaf, denn die Aufregung über den Kampf und den Sieg über die gefürchteten Truppen Tippus hatten sie mit nervöser Energie erfüllt.

Einige gaben ihre Beute für Arrak aus und schliefen schnell genug ein, doch die anderen blieben um ihre Feuer hocken und erlebten in ihren Gedanken die Aufregungen des Tages noch einmal. Für die meisten der Soldaten war es ihre erste Schlacht gewesen, und aus diesem Erlebnis formte sich für sie ein Bild des Krieges und ihrer eigenen Leistungskraft.

Mary Bickerstaff saß bei Sharpe und hörte sich geduldig die Erzählungen an. Sie war gewöhnt an Soldatengeschichten und klug genug, um zu wissen, welche Männer ihre Tapferkeit übertrieben schilderten und vorgaben, dass ihnen das Grauen, der schreckliche Anblick der Gefallenen und Verwundeten nichts ausgemacht hätte.

Sharpe, der mit der Neuigkeit, dass der Captain versprochen hatte, bei Major Shee die Erlaubnis einzuholen, dass sie heiraten durften, aus Captain Morris' Zelt zurückgekehrt war, war still, und Mary spürte, dass er bei den Geschichten nicht wirklich zuhörte und nicht einmal so tat, als sei er amüsiert oder erstaunt.

»Was hast du?«, fragte sie ihn schließlich.

»Nichts, Mädchen.«

»Machst du dir Sorgen wegen Captain Morris?«

»Wenn er nein sagt, fragen wir einfach Major Shee«, sagte Sharpe mit einer Zuversicht, die er nicht ganz empfand. Morris war ein Bastard, doch Shee war ein Säufer, und in Wirklichkeit waren beide keine gute Wahl, wenn man sich zwischen ihnen entscheiden musste. Sharpe glaubte, dass Lieutenant Colonel Arthur Wellesley, der richtige Kommandeur des 33. Regiments, der verantwortliche Mann sein könnte, doch Wellesley war augenblicklich zu einem der beiden stellvertretenden Kommandeure der Armee ernannt worden und tat alle Regimentsgeschäfte mit einem Achselzucken ab.

»Wir werden unsere Erlaubnis bekommen«, versprach er Mary.

»Und was beunruhigt dich?«

»Ich habe es dir gesagt. Nichts.«

»Du warst mit den Gedanken meilenweit entfernt, Richard.«

Er zögerte. »Ich wünschte, ich wäre das.«

Mary verstärkte den Händedruck mit ihm, dann senkte sie die Stimme zum kaum wahrnehmbaren Flüsterton. »Denkst du ans Desertieren, Richard Sharpe?«

Er lehnte sich vom Feuer fort, versuchte, einen kleinen privaten Platz zu schaffen, wo sie reden konnten, ohne dass jemand mithörte.

»Es muss ein angenehmeres Leben geben als dieses, mein Liebling«, sagte er.

»Tu es nicht!«, sagte Mary heftig, legte ihm jedoch eine Hand auf die Wange. Einige der Männer auf der anderen Seite des Feuers sahen die zärtliche Geste und begrüßten sie mit höhnischen Pfiffen. Mary ignorierte sie. »Sie werden dich schnappen«, raunte sie, »dich einfangen und erschießen.«

»Nicht, wenn wir weit genug wegrennen.«

»Wir?«, fragte sie vorsichtig.

»Ich möchte dich mitnehmen, Mädchen.«

Mary ergriff seine Hand und drückte sie. »Hör zu!«, flüsterte sie. »Arbeite daran, Sergeant zu werden! Wenn du erst Sergeant bist, hast du es geschafft. Du könntest sogar ein Offizier werden! Lach nicht, Richard! Mister Lambert in Kalkutta war einst Sergeant, und davor war er Private. Sie machten ihn zum Ensign.«

Sharpe lächelte und strich zärtlich über ihre Wange. »Du bist verrückt, Mary. Ich liebe dich, aber du bist verrückt. Ich kann kein Offizier sein! Man muss lesen können!«

»Ich kann dich das lehren«, sagte Mary.

Sharpe blickte sie überrascht an. Er hatte nicht gewusst, dass sie lesen konnte, und dieses Wissen machte ihn irgendwie nervös.

»Ich möchte ohnehin kein Offizier sein«, sagte er verächtlich. »Hochnäsige Bastarde sind das.«

»Aber du kannst Sergeant sein«, beharrte Mary, »und zwar ein guter. Aber lauf nicht von der Armee weg, Liebling. Was auch immer du tust, werde nicht zum Deserteur.«

»Sind das nicht die Liebesvögel?«, ertönte Sergeant Hakeswills spöttische Stimme in ihre Unterhaltung. »Ah, ist das nicht süß? Ein verliebtes Paar zu sehen! Das gibt einem den Glauben an die menschliche Natur wieder.«

Sharpe und Mary setzten sich auf und ließen ihre Hände los, als der Sergeant durch den Ring der Männer ans Feuer trat.

»Ich will Sie, Sharpe«, sagte Hakeswill, als er bei ihm war. »Habe eine Botschaft für Sie.« Er tippte für Mary an seinen Feldhut. »Nicht Sie, Ma'am«, sagte er. »Dies sind Männergeschäfte, Mrs Bickerstaff. Soldatengeschäfte. Nichts für *bibbis*. Kommen Sie schon, Sharpie! Ich habe nicht die ganze Nacht Zeit! Flott jetzt!« Er schritt davon und schlug mit seiner Pike auf den Boden, während er sich einen Weg zwischen den Feuern bahnte. »Habe Neuigkeiten für Sie, Sharpie!«, rief er über die Schulter. »Gute Neuigkeiten, Junge, gute Neuigkeiten.«

»Kann ich heiraten?«, fragte Sharpe begierig.

Hakeswill warf einen verschlagenen Blick über die Schulter, als er Sharpe zu den angepflockten Reihen Pferde der Offiziere führte. »Warum würde ein Junge wie Sie denn heiraten wollen? Warum all seinen Saft für eine *bibbi* verschwenden, wie? Der Abfall eines anderen Mannes, das ist alles, was Mary Bickerstaff ist. Sie sollten woanders säen, Junge. Sich Spaß machen, solange Sie noch jung sind.«

Hakeswill bahnte sich einen Weg bis zu der dunklen Stelle zwischen den beiden Reihen angepflockter Pferde und drehte sich zu Sharpe um.

»Gute Neuigkeiten, Sharpe. Sie können nicht heiraten. Die Erlaubnis ist verweigert. Wollen Sie wissen, warum, Junge?«

Für Sharpe schien eine Welt zusammenzubrechen. In diesem Moment hasste er Hakeswill mehr denn je, doch sein Stolz zwang ihn, diesen Hass und seine Enttäuschung, dass seine Hoffnung zunichte gemacht worden war, nicht zu zeigen.

»Warum?«, fragte er mit mühsam erzwungener Ruhe.

»Ich will Ihnen sagen, warum, Sharpie«, erwiderte Hakeswill. »Und stillgestanden, Junge! Wenn ein Sergeant sich herablässt, mit Ihnen zu reden, stehen Sie still! Aach-tung! So ist es besser, Junge. Einem Sergeant sollte man ein bisschen Respekt zeigen!«

In seinem Gesicht zuckte es, als er grinste.

»Sie wollen wissen, warum, Junge? Weil ich nicht will, dass Sie sie heiraten, Sharpie, darum. Ich will nicht, dass Mrs Bickerstaff mit irgendjemandem verheiratet ist. Weder mit Ihnen noch mit mir, nicht mal mit dem König von England, Gott segne ihn.« Während Hakeswill sprach, ging er im Kreis um Sharpe herum. »Und wissen Sie, warum, Junge?« Er blieb vor Sharpe stehen und schob sein Gesicht zu ihm hoch, dass er fast Sharpes Kinn berührte. »Weil diese Mrs Bickerstaff eine *bibbi* ist, Sharpie, und sie eine große Zukunft vor sich hat.« Er grinste wieder, und sein Gesicht verzerrte sich unter Krämpfen. »Weißt du über Naig Bescheid? Über Nasty, das Ekelschwein? Antworte mir, Junge!«

»Ich habe von ihm gehört«, sagte Sharpe.

»Ein fetter Scheißkerl, Sharpie, das ist er. Fett und reich. Reitet einen Elefanten, und er hat ein Dutzend grüne Zelte. Einer der Zuhälter, die mit der Armee reisen, und so reich, wie man nur sein kann. Reicher, als Sie jemals sein werden, Sharpie, und wissen Sie, warum? Weil Ekel Naig die Offiziere mit Frauen versorgt. Und ich rede nicht von den verkommenen Schlampen, die andere Heiden euch dreckigen Soldaten verkaufen, ich rede von begehrenswerten Frauen, Sharpie. Von reizvollen.« Er grinste. »Naig hat eine ganze Herde von teuren Huren, Sharpie, die alle in diesen geschlossenen Wagen mit den farbigen Vorhängen fahren. Die rollenden Puffs sind voller Fleisch für die Offiziere, fette, schlanke, dunkle, helle, schmutzige und saubere, große und kleine, alle Sorten, und alle sind hübscher, als Sie es sich je erträumen können, aber keine sieht so hübsch wie Mrs Bickerstaff aus, und keine ist so weiß wie die kleine Mrs Bickerstaff, und wenn ein englischer Offizier im Ausland eines will, um sich eine Weile zu amüsieren, Sharpie, dann ist es ein Stück weißes Fleisch. Das ist der Kitzel, den Morris braucht, Sharpie. Er ist süchtig darauf, aber das unterscheidet ihn nicht von den anderen. Sie langweilen sich mit dem schwarzen Fleisch, Sharpie. Und erst die indischen Offiziere! Naig sagte mir, dass sie den Sold eines Monats für eine Weiße zahlen. Können Sie mir folgen, Sharpie? Sie und ich marschieren im Gleichschritt, nicht wahr?«

Sharpe sagte nichts. Er hatte alle Selbstdisziplin aufgewandt, um den Sergeant nicht zu schlagen, und Hakeswill wusste es und verspottete ihn, provozierte ihn noch zusätzlich. »Na los, Sharpie! Schlagen Sie mich!« Als Sharpe sich nicht regte, lachte der Sergeant. »Es fehlt Ihnen der Mumm, nicht wahr?«

»Ich werde den Platz und die Zeit bestimmen«, sagte Sharpe ärgerlich.

»Platz und Zeit. Hört das Großmaul!« Hakeswill kicherte und begann wieder um Sharpe herumzugehen. »Wir haben eine Abmachung, Ekel-Naig und ich. Wir sind wie Brüder, wir beide, wie Brüder. Wir verstehen einander, und Naig ist richtig scharf auf deine kleine Mary. Da ist Profit drin, weißt du, Junge? Und ich werde einen Anteil davon bekommen.«

»Mary bleibt bei mir, Sarge«, sagte Sharpe hart, »ob verheiratet oder nicht.«

»Oh, Sharpie, du meine Güte, Sie verstehen nicht, wie? Sie haben mir nicht zugehört, mein Junge. Ekel-Naig und ich, wir haben einen Handel gemacht, betrunken wie wir waren, und nicht mit Arrak, sondern mit dem feinen Brandy von Gentlemen. Ich gebe ihm Mrs Bickerstaff, und er gibt mir das halbe Geld von dem, was er mit ihr verdient. Er wird mich natürlich betrügen, aber sie wird so viel vögeln, dass es nicht ins Gewicht fällt. Sie wird keine Wahl haben, Sharpie. Sie wird auf dem Marsch geschnappt und einem von Ekel-Naigs Männern gegeben werden. Einem der ganz üblen Sorte. Sie wird eine Woche lang vergewaltigt und jede Nacht ausgepeitscht werden, und am Ende wird sie alles tun, was man ihr sagt. So funktioniert das Geschäft, Sharpie, das steht schon in der Bibel, und wie willst du das stoppen? Beantworte mir das, Junge. Wirst du mir mehr zahlen, als mir Ekel-Naig geben wird?«

Hakeswill blieb vor Sharpe stehen und wartete auf die Antwort. Als keine kam, schüttelte er höhnisch den Kopf.

»Sie sind ein Junge, der Männerspiele spielen will, Sharpie, und Sie werden verlieren, weil Sie kein Mann sind. Sind Sie Manns genug, um hier gegen mich zu kämpfen? Um mich fertigzumachen? Um zu behaupten, ein Pferd hätte mich in der Nacht getreten? Sie können es versuchen, Sharpie, aber Sie sind dazu nicht Manns genug, oder?«

»Sie schlagen, Sergeant?«, sagte Sharpe. »Und dann wegen Angriffs auf einen Vorgesetzten ausgepeitscht werden? Ich bin doch nicht blöde.«

Hakeswill machte eine Schau daraus, nach links und rechts zu blicken. »Niemand außer Ihnen und mir sieht es, Sharpie. Wir sind ganz unter uns!«

Sharpe widerstand der Versuchung, seinem Peiniger die Faust ins Gesicht zu donnern.

»Ich bin nicht blöde«, wiederholte er und stand weiterhin still.

»Aber das sind Sie, Junge. Saublöde. Begreifen Sie nicht? Ich biete Ihnen den Ausweg des Soldaten an! Vergessen Sie die verdammten Offiziere, blöder Junge. Sie und ich, Sharpie, sind Soldaten, und Soldaten regeln ihren Streit mit den Fäusten. Steht schon in der Bibel. Also schlagen Sie mich jetzt, schlagen

Sie mich hier und jetzt in einem offenen Kampf, und wenn Sie mich schlagen, garantiere ich Ihnen, dass Sie Mrs Bickerstaff ganz für Ihren Kleinen haben können.« Er grinste in Sharpes Gesicht. »Das ist ein Versprechen, Sharpie. Bekämpfen Sie mich jetzt, fair und ehrenhaft, und unser Streit ist beendet. Aber dazu sind Sie nicht Manns genug. Sie sind nur ein Jüngelchen.«

»Ich falle nicht auf Ihre Tricks herein, Sergeant«, sagte Sharpe.

»Das sind keine Tricks, Junge«, sagte Hakeswill heiser. Er trat zwei Schritte von Sharpe fort, drehte seine Pike um und stieß die Stahlspitze in den Boden. »Sie könnten mich schlagen, Sharpie, das kann ich mir denken. Ich kenne mich ein bisschen aus. Sie mögen ein bisschen größer und stärker sein als ich, aber Sie sind nicht so schnell und kennen keine gemeinen Tricks. Ich schlage die Gedärme aus Ihnen raus, und wenn ich mit Ihnen fertig bin, werde ich die kleine Mary zu Ekel-Naigs Zelt bringen, und sie wird für mich Geld verdienen. Aber nicht, wenn du mich besiegst, Junge. Wenn du mich besiegst, dann werde ich Captain Morris überreden, dich heiraten zu lassen, meine Soldatenehre darauf. Du hast mein Wort darauf, Junge. Das Ehrenwort eines Soldaten.« Er wartete auf eine Reaktion. »Sie sind kein Soldat«, sagte er verächtlich, als Sharpe schwieg. »Sie haben keinen Mumm!« Er trat auf Sharpe zu und schlug ihm hart ins Gesicht. »Nichts als ein feiger Schlappschwanz. Lieutenant Lawfords schöner Junge. Vielleicht haben Sie deshalb nicht den Mumm, für Ihre Mary zu kämpfen!«

Die letzte Bemerkung provozierte Sharpe, Hakeswill zu schlagen. Er tat es hart und schnell. Er hämmerte einen Tiefschlag in Hakeswill Bauch, dass der Sergeant zusammenknickte, dann drosch er die andere Faust hinauf ins Gesicht des Sergeants, traf die Nase und schleuderte Hakeswills Kopf zurück. Sharpe riss sein Knie hoch, verfehlte den Unterleib des

Sergeants, doch mit der linken Hand packte er Hakeswills Haar und zielte mit den Fingern seiner rechten Hand auf die Augäpfel des kreischenden Sergeants, als eine Stimme dicht hinter ihm plötzlich schrie: »Wache! Wache!«

»O Gott!« Sharpe ließ seinen Feind los, drehte sich um und sah Captain Morris gerade jenseits der angepflockten Pferde stehen. Ensign Hicks war bei ihm.

Hakeswill war auf den Boden gesunken, doch jetzt stemmte er sich an seiner Pike auf.

»Er hat mich angegriffen, Sir, er hat mich angegriffen!« Der Sergeant konnte vor Schmerzen in seinem Bauch kaum sprechen. »Er ist verrückt geworden, Sir! Einfach wahnsinnig, Sir!«

»Machen Sie sich keine Sorgen, Sergeant, Hicks und ich sind Augenzeugen«, sagte Morris. »Wir kamen her, um die Pferde zu überprüfen, und wir haben es beide gesehen, nicht wahr, Hicks?«

»Jawohl, Sir«, sagte Hicks. Er war ein kleiner junger Mann, übertrieben diensteifrig, der nie einem Vorgesetzten widersprechen würde. Wenn Morris behauptete, die Wolken bestünden aus Käse, würde Hicks stillstehen, schnüffeln und schwören, Cheddarkäse zu riechen. »Klarer Fall von Angriff, Sir«, sagte der Ensign. »Grundloser Angriff auf einen Vorgesetzten.«

»Wache!«, brüllte Morris. »Hierher! Sofort!«

Blut rann über Hakeswills Gesicht, doch der Sergeant schaffte ein Grinsen.

»Jetzt habe ich Sie, Sharpie«, sagte er leise, »dafür werden Sie ausgepeitscht.«

»Sie Bastard!«, erwiderte Sharpe leise und fragte sich, ob er die Flucht ergreifen sollte. Er überlegte, ob er eine Chance hatte, wenn er einfach in der Dunkelheit davonsprintete, doch Ensign Hicks hatte seine Pistole gezogen, und das Knacken des Hahns, der gespannt wurde, machte Sharpes Gedanken an Flucht zunichte.

Ein keuchender Sergeant Green traf mit vier Männern der Wache ein, und Captain Morris schob die Pferde zur Seite, um sie durchzulassen.

»Nehmen Sie Private Sharpe fest, Sergeant«, befahl er Green. »Strenge Haft. Er hat Sergeant Hakeswill geschlagen, und Hicks und ich waren Zeugen des Angriffs. Ensign Hicks wird den Papierkram erledigen.«

»Mit Freuden, Sir«, sagte Hicks.

»Es ist eine Anklage für das Kriegsgericht, Sharpe«, sagte der Captain, dann wandte er sich zu Green um, der sich nicht gerührt hatte, um den Befehl zu befolgen. »Tun Sie es!«

»Sir!«, sagte Green und trat vor. »Kommen Sie, Sharpie.«

»Ich habe nichts getan, Sergeant«, protestierte Sharpe.

»Kommen Sie schon, Junge, das wird sich herausstellen«, sagte Green ruhig, dann nahm er Sharpe am Ellbogen und führte ihn fort. Hicks ging mit ihnen, glücklich darüber, dass er Morris gefällig sein und die Anklage schreiben konnte.

Morris wartete, bis der Gefangene und seine Eskorte weg waren, dann grinste er Hakeswill an.

»Der Junge war schneller, als Sie gedacht haben, Sergeant.«

»Er ist ein Teufel, Sir, ein Teufel! Hat mir die Nase gebrochen.« Hakeswill betastete vorsichtig seine blutige Nase und fluchte. »Aber seine Frau gehört uns.«

»Heute Nacht?«, fragte Morris begierig.

»Nicht heute Nacht, Sir«, sagte Hakeswill in einem Tonfall, der darauf schließen ließ, dass der Captain einen dummen Vorschlag gemacht hatte. »Da wird es genug Unruhe in der Kompanie geben, weil Sharpe verhaftet worden ist, Sir. Wenn wir uns heute Nacht seine *bibbi* nehmen, kann es zu einem Aufruhr kommen. Die Hälfte der Bastarde ist voll mit Arrak.

Nein, Sir. Warten wir, bis der Bastard zu Tode gepeitscht ist. Warten Sic darauf, Sir, und dann werden alle lammfromm sein. Lammfromm. Die Männer werden ruhig und gefügig, wenn sie sehen, wie einer der Kameraden ausgepeitscht wird. In ein paar Tagen wird alles erledigt sein, Sir.«

Morris zuckte zusammen, als Hakeswill wieder versuchte, seine Nase zu richten. »Sie sollten besser Mister Micklewhite aufsuchen, Hakeswill.«

»Nein, Sir. Ich halte nichts von den Ärzten, Sir, mit Ausnahme bei der Behandlung von Syphilis. Ich werde die Nase schienen, Sir, und bald wird sie wieder kerzengrade sein. Außerdem wird es für mich Behandlung genug sein, wenn ich zuschaue, wie Sharpie ausgepeitscht wird. Sie werden nicht lange zu warten brauchen, Sir, überhaupt nicht lange.«

Morris fand Hakeswills vertraulichen Tonfall unschicklich. Er versteifte sich und trat zurück. »Dann wünsche ich Ihnen eine gute Nacht, Sergeant.«

»Danke sehr, Sir, und Ihnen wünsche ich das Gleiche, Sir. Und auch süße Träume, Sir.« Hakeswill lachte. »So süß, wie sie nur sein können, Sir.«

Denn Sharpe war erledigt.

KAPITEL 3

Colonel McCandless erwachte, als die Morgendämmerung den Horizont mit einem feurigen Streifen färbte. Das karmesinrote Leuchten glühte auf der Unterseite einer langen Wolke, die über den östlichen Himmel zog wie der Rauch einer Musketensalve. Es war die einzige Wolke am Himmel.

Er rollte seine Decke zusammen und band sie an seinen Sattel, dann spülte er seinen Mund mit Wasser aus. Sein Pferd, in der Nähe angepflockt, war die ganze Nacht über gesattelt gewesen, für den Fall, dass jemand McCandless und seine Eskorte entdeckte.

Diese Eskorte, sechs ausgewählte Männer der 4. Eingeborenen-Kavallerie, hatte keine Befehle gebraucht, um geweckt zu werden. Sie grinsten McCandless zur Begrüßung an, verstauten ihr dürftiges Bettzeug und machten dann ein Frühstück mit erwärmtem Wasser aus den Feldflaschen und einem trockenen Kuchen aus Linsen und Reis.

McCandless teilte mit den Kavalleristen das Mahl. Er mochte des Morgens eine Tasse Tee, doch er wagte es nicht, ein Feuer anzumachen, denn die Patrouillen der Leichten Kavallerie Tippus konnten auf den Rauch aufmerksam werden.

»Es wird ein heißer Tag werden, Sahib«, bemerkte der Havildar[2], der Anführer der Eskorte.

»Sie sind alle heiß«, entgegnete McCandless. »Habe keinen

2 Unteroffizier der eingeborenen Kavallerie der East India Company (Anm. d. Redakteurs)

kalten Tag erlebt, seit ich hier bin.« Er überlegte kurz und kam zu dem Schluss, dass es Donnerstag, der 28. März, sein musste. Heute würde es in Schottland kalt sein, und für einen Moment dachte er an Lochaber und stellte sich den Schnee vor, der tief in Glen Scaddle lag und bis ans Eis des Sees reichte, und obwohl er das Bild deutlich sah, konnte er sich nicht richtig vorstellen, wie er sich in der Kälte fühlen würde. Er war jetzt zu lange von der Heimat entfernt und fragte sich, ob er jemals wieder in Schottland leben konnte.

Gewiss würde er nicht in England leben, nicht in Hampshire, wo seine Schwester und ihr mürrischer englischer Mann wohnten. Harriet bedrängte ihn, sich in Hampshire zur Ruhe zu setzen, sagte, dass sie keine Verwandten in Schottland hatten und ihr Mann eine kleine Hütte besaß, die ideal für McCandless' Lebensabend war. Doch der Colonel mochte weder die langweilige englische Landschaft noch die Gesellschaft seiner langweiligen Schwester.

Harriets Sohn, McCandless' Neffe William Lawford, war ein anständiger junger Mann, auch wenn er seine schottische Abstammung vergessen hatte, doch der junge William war jetzt in der Armee, sogar hier in Maisur, was bedeutete, dass der einzige Verwandte, den McCandless mochte, in der Nähe war und dass dieser Umstand nur McCandless' Abneigung, sich in England zur Ruhe zu setzen, verstärkte.

Aber in Schottland? Er träumte oft davon, dorthin zurückzugehen, doch immer wenn sich die Gelegenheit für ihn ergab, die Pension zu nehmen und in sein Heimatland zu segeln, fand er irgendein unerledigtes Geschäft, das ihn in Indien hielt. Das nächste Jahr, versprach er sich, das Jahr 1800, würde ein gutes Jahr zur Heimkehr sein, doch in Wahrheit hatte er sich das Gleiche jedes Jahr im vergangenen Jahrzehnt versprochen.

Die sieben Männer banden ihre Pferde los und schwangen

sich in die Sättel. Die indische Eskorte war mit Lanzen, Schwertern und Pistolen bewaffnet, während McCandless ein schottisches Breitschwert, eine Reiterpistole und einen Karabiner trug, der in einem Sattelschuh steckte. Er blickte in die aufgehende Sonne, orientierte sich und führte seine Männer dann nordwärts. Er sagte nichts, aber er brauchte diesen Männern auch keine Befehle zu geben. Sie wussten nur zu gut, dass sie in diesem gefährlichen Landstrich wachsam Ausschau halten mussten.

Denn dies war das Sultanat Maisur, hoch auf dem südlichen indischen Plateau, und so weit der Blick der Reiter reichte, stand das Land unter der Herrschaft des Tippu Sultan. Es war das Kernland Tippus, eine fruchtbare Ebene mit reichen Dörfern, Feldern und Wasserzisternen. Nur jetzt, da die britische Armee vorrückte und sich die Truppen Tippus zurückzogen, war das Land verwahrlost.

McCandless konnte sechs Rauchsäulen sehen, wo Tippus Kavallerie Kornspeicher niedergebrannt hatte, um sicherzustellen, dass die verhassten Briten keine Nahrung finden konnten. Die Zisternen würden allesamt vergiftet sein, das Vieh westwärts getrieben und jedes Lagerhaus geleert, damit die Armeen von Britannien und Haidarabad all ihre eigenen Vorräte auf den schwerfälligen Ochsenkarren transportieren mussten.

McCandless nahm an, dass die gestrige kurze und ungleiche Schlacht ein Versuch Tippus gewesen war, die Soldaten von ihrem kostbaren Tross zu trennen, sodass er seine Infanterie mit ihren gefürchteten Reitern auf die Wagen mit Getreide, Reis und Salz loslassen konnte. Doch die Briten waren nicht auf den Köder hereingefallen, was bedeutete, dass General Harris' schwerfälliges Vorrücken weitergehen würde. Schätzungsweise noch eine Woche, bis sie in Seringapatam eintreffen würden. Dann würden zwei Monate mit knapper Verpflegung und glühendem Wetter vor ihnen liegen, bevor der Monsun losging, doch McCandless nahm an, das zwei Monate genug Zeit waren, um den Job zu erledigen, besonders, wenn die Briten bald wissen würden, wie sie Tippus Falle an den Mauern im Westen umgehen konnten.

Er trieb sein Pferd durch ein Waldstück mit Korkeichen, froh über den Schatten, den das Blätterdach warf. Am Rand des Hains verharrte er, um das Land voraus zu beobachten, das sanft in ein Tal abfiel, wo ein Dutzend Leute auf Reisfeldern arbeiteten.

McCandless nahm an, dass das Tal weit genug von der Linie der vorrückenden Briten entfernt und ihm die Zerstörung der Lager und Wasservorräte erspart geblieben war.

Ein kleines Dorf lag westlich der Reisfelder, und McCandless konnte ein weiteres Dutzend Leute in kleinen Gärten um die Häuser arbeiten sehen. Er wusste, dass er und seine Männer entdeckt werden würden, sobald sie die Deckung des Korkeichenwaldes verließen, doch er bezweifelte, dass irgendeiner der Dorfbewohner wegen der sieben Reiter Ermittlungen anstellen würde.

Die Leute von Maisur, wie die Dorfbewohner in all den indischen Staaten, mieden geheimnisvolle Soldaten in der Hoffnung, dass die Soldaten sie ebenfalls meiden würden.

Am fernen Ende der Reisfelder gab es Plantagen mit Mango und Dattelpalmen, und jenseits davon erstreckte sich ein kahler Höhenrücken. McCandless beobachtete den leeren Höhenrücken eine Weile, und dann, zufrieden, dass kein Feind in Sicht war, trieb er seine Stute an.

Die Leute auf den Reisfeldern flüchteten sofort zu ihren Heimen, und McCandless schwenkte nach Osten ab, um ihnen zu zeigen, dass er keine Bedrohung war. Dann versammelte er die Stute und ließ sie traben. Er ritt neben einem Hain von sorgfältig gepflegten Maulbeerbäumen, ein Teil vom Plan Tippus, das Weben von Seide zu einer bedeutenden Industrie Maisurs zu machen, und dann trieb er das Pferd zum Galopp, als er sich dem Talgrund näherte.

Die Kandaren und das Zaumzeug seiner Eskorte klirrten hinter ihm, als die Pferde den Hang hinabdonnerten, durch das fast wasserlose Bachbett ritten und dann den sanften Anstieg zu den Dattelpalmen begannen.

In diesem Augenblick sah McCandless das Blitzen zwischen den Mangobäumen.

Instinktiv zog er sein Pferd herum, ritt in die aufgehende Sonne und gab ihm die Sporen. Er blickte zurück, hoffte, dass das Aufblitzen auf eine harmlose Spiegelung zurückzuführen war, doch dann sah er Reiter zwischen den Bäumen hervorpreschen. Sie hatten Lanzen, und alle trugen den tigergestreiften Waffenrock. Es war mindestens ein Dutzend, doch der Schotte hatte keine Zeit, sie richtig zu zählen, denn er trieb sein Pferd mit den Sporen an und jagte diagonal den Hang zum Kamm des Höhenrückens hinauf.

Einer der Verfolger feuerte, und der Schuss hallte durch das Tal. Die Kugel ging weit daneben. McCandless bezweifelte, dass der Schuss irgendetwas hatte treffen sollen. Es war eher ein Signalschuss, der andere Reiter in der Gegend aufmerksam machen sollte.

Einen Augenblick spielte der Schotte mit dem Gedanken, kehrtzumachen und seine Verfolger anzugreifen, doch dann verwarf er die Idee. Das Risiko war viel zu groß und seine Informationen viel zu wichtig, um sie bei einem Scharmützel aufs Spiel zu setzen. Seine einzige Wahl war die Flucht.

Er zog den Karabiner aus dem Sattelholster, spannte ihn und schlug der Stute hart die Hacken in die Weichen. Wenn er erst über den Höhenrücken hinweg war, rechnete er sich eine gute Chance aus, seinen Verfolgern zu entkommen.

Ziegen flüchteten aus seinem Weg, als er die Stute über den Kamm trieb. Mit einem Blick zurück vergewisserte sich McCandless, dass sein Vorsprung groß genug war, sodass er nach Norden abbiegen konnte, ohne dass ihm der Weg abgeschnitten werden konnte, und so ließ er die Stute weiterhin galoppieren.

Voraus lag ein weites, mit Bäumen gesprenkeltes Terrain, und jenseits davon gab es dichte Waldstreifen, in denen er und seine Männer sich absetzen konnten.

»Lauf, Mädchen!«, rief er der Stute zu und blickte dann über die Schulter, um sich zu vergewissern, dass seine Eskorte nahe bei ihm und sicher war. Schweiß tropfte von seinem Gesicht, doch die kräftige Stute jagte jetzt im gestreckten Galopp dahin, und der Reitwind blähte den Kilt um seine Hüften.

Dies war nicht das erste Mal, dass McCandless vor Feinden davonjagte. Er war einst einen ganzen Tag lang geflohen, vom Morgengrauen bis zur Abenddämmerung, um einer Maharashtra-Bande zu entkommen, und die Stute hatte durchgehalten. In ganz Indien, und das hieß auf der ganzen Welt, hatte McCandless keine bessere Freundin als diese Stute.

»Lauf, Mädchen!«, feuerte er sie wieder an und blickte zurück. In diesem Augenblick rief Havildar von der Eskorte eine Warnung.

McCandless' Kopf ruckte herum, und er sah weitere Reiter zwischen den Bäumen im Norden hervorpreschen.

Es mussten fünfzig oder sechzig Reiter sein, die auf den Schotten zuhielten, und während er die Stute ostwärts lenkte, wurde ihm klar, dass das ursprüngliche Dutzend seiner Verfolger die Scouts für den größeren Kavallerietrupp waren und dass die Flucht nach Norden ihn nur auf den Feind zugetrieben hatte, nicht von ihm fort.

Jetzt ritt er wieder in die aufgehende Sonne, doch im Osten

gab es keine Deckung, und diese neuen Verfolger waren bereits gefährlich nahe. Er schwenkte wieder nach Süden hin ab, hoffte, Deckung im Tal jenseits des Höhenrückens zu finden, doch dann krachte eine wilde Salve.

Eine Kugel traf die Stute. Es war ein Glücksschuss aus vollem Galopp. Zu neunundneunzig Prozent wäre solch ein Schuss weit vorbeigegangen, doch diese Kugel schlug der Stute in die Seite, und McCandless spürte, dass sie schwankte.

Er schlug ihr leicht mit dem Kolben des Karabiners auf die Kruppe, und sie wollte sich strecken, doch die Kugel war nahe bei ihrer Wirbelsäule eingedrungen und der Schmerz war zu groß. Sie stolperte, wieherte schrill, versuchte jedoch immer noch, weiterzugaloppieren. Dann gab eines ihrer Hinterbeine einfach nach, und die Stute ging in einer Staubwolke zu Boden.

McCandless riss die Füße aus den Steigbügeln, während seine Eskorte vorbeigaloppierte. Der Havildar zügelte bereits sein Pferd und zog es herum, um McCandless zu retten, doch der Schotte wusste, dass es zu spät war. Er landete hart auf dem Boden, rollte sich von dem fallenden Pferd fort und schrie dem Havildar zu.

»Reite, Mann! Reite!« Doch die Eskorte hatte geschworen, den Colonel zu schützen, und anstatt zu flüchten, führte der Havildar seine Männer gegen den schnell nahenden Feind.

»Ihr Narren!«, brüllte McCandless ihnen nach. Tapfere Männer, aber Narren. Er hatte Schrammen, war jedoch sonst unverletzt, doch seine Stute starb. Sie wieherte und hatte es irgendwie geschafft, den vorderen Teil ihres Körpers mit der Vorderhand zu erheben, und schien verwirrt zu sein, weil ihr die Hinterbeine nicht gehorchten. Sie wieherte wieder, diesmal so kläglich, dass McCandless wusste, dass sie nie wieder dahinjagen würde wie der Wind, und so tat er seine Pflicht, die er ihr schuldig war.

Er ging zu ihrem Kopf, zog ihr die Zügel herab, hauchte ihr einen Kuss auf die Nüstern und gab ihr dann oberhalb der Augen den Gnadenschuss. Sie ruckte zurück, die Augen weit aufgerissen, während Blut spritzte, und dann sank sie zurück. Ihre Vorderhand zuckte ein paar Mal, und dann blieb sie reglos liegen. Die ersten Fliegen ließen sich auf ihren Wunden nieder.

Des Havildars kleine Gruppe ritt in vollem Tempo in die Verfolger. Der Feind hatte sich in seinem Galopp weit auseinandergezogen, und der Trupp des Havildars war formiert, und so war es in den ersten Sekunden ein leichter Sieg. Zwei Lanzen stießen in Bäuche der Maisur-Reiter, zwei Säbel fanden ebenfalls ihr Ziel, doch dann war der Haupttrupp des Feindes heran und griff in den Kampf ein.

Der Havildar war durch die ersten Reihen des Feindes geritten, hatte seine Lanze zurücklassen müssen und blickte jetzt zurück, um zu sehen, wie seine Männer verzweifelt mit einer Gruppe von feindlichen Reitern kämpften. Er zog seinen Säbel und wollte zurückreiten, um ihnen zu helfen, als er McCandless' Ruf hörte.

»Reite, Mann, reite!«, brüllte McCandless und wies nach Norden. Der Havildar konnte nicht die lebenswichtigen Informationen überbringen, die McCandless von Appah Rao bekommen hatte, doch es war trotzdem wichtig, dass die Armee von der Gefangennahme des Colonels erfuhr. McCandless war nicht eitel, doch er kannte seinen Wert, und er hatte sorgfältig Instruktionen gegeben, die etwas von dem Schaden seiner Gefangennahme wiedergutmachen konnten. Diese Informationen boten der Armee eine Chance, McCandless zu befreien, und diese gefährliche Unternehmung war jetzt die einzige

Hoffnung des Schotten, Appah Raos Botschaft weiterzugeben.

»Reite!«, brüllte McCandless, so laut er konnte.

Der Havildar wurde zwischen seinem Pflichtgefühl gegenüber seinen Männern und seiner Pflicht, McCandless' Befehl zu erfüllen, hin- und hergerissen. Er zögerte, und zwei der Verfolger trieben ihre Pferde zu ihm, um anzugreifen. Das gab den Ausschlag. Er gab seinem Pferd die Sporen, trieb es mitten zwischen sie und schwang seinen Säbel, als er zwischen ihnen hindurchjagte. Er traf den Hals des einen Feindes, und während er fiel, bog der Havildar an dem anderen vorbei und galoppierte nordwärts, während sich die restlichen Feinde um die Überlebenden der Eskorte scharten, um sie zu töten.

McCandless warf seine Pistole und den Karabiner auf den Boden, zog sein schottisches Breitschwert und ging auf die Kämpfenden zu. Ein feindlicher Offizier trieb sein Pferd dem Schotten entgegen. Der Offizier von Maisur stieß seinen Säbel in die Scheide und streckte stumm die Hand nach McCandless' Breitschwert aus. Hinter ihm taten die Säbel und Lanzen kurz ihr tödliches Werk, dann war der kleine Kampf vorüber, und McCandless wusste, dass seine Eskorte, alle außer dem Havildar, tot war.

Er blickte auf den Reiter, der über ihm aufragte.

»Dieses Breitschwert«, sagte er bitter, »gehörte meinem Vater und dessen Vater.« Er sprach englisch. »Es wurde von Charles Stuart bei Culloden getragen.«

Der Offizier sagte nichts, hielt nur die Hand ausgestreckt, und sein Blick ruhte auf McCandless. Der Schotte drehte langsam die Klinge um und hielt das Breitschwert mit dem Griff nach oben. Der Offizier von Maisur nahm es und wirkte überrascht vom Gewicht des Schwertes.

»Was habt ihr hier getrieben?«, fragte der Offizier auf Kanarese.

»Sprechen Sie englisch?«, fragte McCandless in dieser Sprache, entschlossen, seine Kenntnis von indischen Sprachen geheim zu halten.

Der Offizier zuckte mit den Schultern. Er schaute auf das alte Breitschwert und schob es dann hinter seine Schärpe.

Seine Männer versammelten sich aufgeregt, um den Gefangenen anzustarren. Sie sahen einen alten Mann, und einige fragten sich, ob sie den General des Feindes gefangen genommen hatten, doch der Gefangene schien keine Sprache zu sprechen, die einer von ihnen kannte, und so würde die Klärung seiner Identität warten müssen. Man gab ihm eines der Pferde seiner toten Eskorte, und als die Sonne aufwärts zu ihrer täglichen Backofenhitze stieg, wurde McCandless nach Westen zur Feste Tippus gebracht.

Hinter ihnen kreisten die Geier, und als sie schließlich sicher waren, dass nichts mehr lebte, wo sich der Staub und die Fliegen auf den frischen Leichen niedergelassen hatten, flogen sie zu ihrem Festmahl hinab.

Es dauerte zwei Tage, um das Kriegsgericht einzuberufen. Die Armee konnte die Zeit auf dem Marsch nicht erübrigen, um die Sache gleich zu erledigen, und so musste Captain Morris warten, bis die große, schwerfällige Horde einen halben Tag Ruhe bekam und die beim Marsch zurückgebliebenen Herden die Hauptarmee eingeholt hatten. Erst dann war Zeit, dass sich die Offiziere versammelten und Private Sharpe in Major Shees Zelt brachten, von dem eine Seite hochgeschlagen wurde, um mehr Platz zu schaffen.

Captain Morris verlas die Anklage, und Sergeant Hakeswill und Ensign Hicks sagten als Zeugen aus.

Major John Shee war gereizt. Der Major war meistens

gereizt, doch die Notwendigkeit, mindestens scheinbar nüchtern zu bleiben, ging ihm auf die Nerven und war zu viel für sein irisches Temperament. Es machte ihm keine Freude, das 33. Regiment zu kommandieren, wenn er nüchtern genug war, um zu argwöhnen, dass er seine Sache schlecht machte. Diese Selbstzweifel hatten zur Furcht vor Meuterei geführt, und Meuterei wurde nach Major Shees meistens berauschtem Verstand durch Missachtung der etablierten Autorität signalisiert. Private Sharpe war offenkundig übervoll mit Missachtung der Autorität. An dem, was ihm zur Last gelegt wurde, gab es keine Zweifel, und ebenso wenig an der Strafe dafür, doch die Verhandlung des Kriegsgerichts wurde verzögert, weil Lieutenant Lawford, der für Sharpe aussagen sollte, nicht anwesend war.

»Wo, zum Teufel, ist er?«, wollte Shee wissen.

Captain Fillmore, der Chef der 4. Kompanie, sprach für Lawford. »Er wurde zu General Harris' Zelt befohlen.«

Shee starrte Fillmore finster an. »Er wusste, dass er hier sein soll?«

»In der Tat. Doch der General bestand auf seinem Kommen.«

»Und wir sollen Däumchen drehen, während er mit dem General Tee trinkt?«, fragte Shee.

Captain Fillmore blickte durch die offene Seite des Zelts, als hoffe er zu sehen, dass Lawford zum Kriegsgericht eilte, doch er sah nur Wachtposten. »Lieutenant Lawford hat mich gebeten, Sir, dem Kriegsgericht zu versichern, dass Private Sharpe ein äußerst zuverlässiger und fähiger Mann ist«, sagte Fillmore und fürchtete, dass es nicht sehr gut für ihn war, für den unglücklichen Gefangenen einzutreten. »Der Lieutenant hätte dem Gefangenen ein gutes Zeugnis ausgestellt, Sir, und das Gericht gebeten, im Zweifelsfall zugunsten des Angeklagten zu entscheiden.«

»Zweifel?«, blaffte Shee. »Welcher Zweifel soll das sein? Er hat einen Sergeant geschlagen, und das in Anwesenheit zweier Offiziere, und Sie glauben, dass es Zweifel gibt? Das ist ein ganz klarer Fall. Ohne den geringsten Zweifel. Ohne den geringsten!«

Fillmore zuckte mit den Schultern. »Ensign Fitzgerald möchte auch etwas dazu sagen.«

Shee starrte Fitzgerald an. »Ich glaube, da gibt es nicht viel zu sagen, Ensign, oder?«

»Was immer nötig sein wird, um einen Justizirrtum zu verhindern, Sir.« Fitzgerald, jung und selbstsicher, stand auf und lächelte seinen befehlshabenden Offizier an, der wie er Ire war. »Ich bezweifle, dass wir einen besseren Soldaten als Private Sharpe im Regiment haben, Sir, und ich nehme an, dass man ihn provoziert hat.«

»Captain Morris bestätigt das nicht«, sagte Shee. »Und ebenso wenig Ensign Hicks.«

»Ich kann dem Captain nicht widersprechen, Sir«, sagte Fitzgerald ruhig, »aber ich habe früher am Abend mit Timothy Hicks getrunken, Sir, und wenn er gegen Mitternacht noch etwas hat richtig sehen können, dann muss er einen Magen wie einen flandrischen Kessel haben.«

Shee sah plötzlich gefährlich kriegerisch aus. »Beschuldigen Sie einen Offizierskollegen, unter dem Einfluss von berauschenden Getränken gewesen zu sein?«

Fitzgerald nahm an, dass die meisten in der Kantine des 33. Regiments immer unter dem Einfluss von Arrak, Rum oder Brandy standen, aber er wusste auch, dass es besser war, das nicht zu sagen. »Ich stimme nur mit Captain Fillmore überein, dass wir im Zweifelsfall zugunsten von Private Sharpe entscheiden sollten.«

»Zweifel?«, stieß Shee hervor. »Es gibt keinen Zweifel!

Nicht den geringsten!« Er wies zu Sharpe, der ohne Mütze vor seiner Eskorte stand. Fliegen krochen über Sharpes Gesicht, doch man erlaubte ihm nicht, sie wegzuwischen. Shee schien zu erschauern, als er an Sharpes unverschämte Missetat dachte. »Er schlägt einen Sergeant in Anwesenheit zweier Offiziere, und Sie glauben, dass es einen Zweifel an der Ungeheuerlichkeit gibt?«

»Das glaube ich, Sir«, erklärte Fitzgerald entschieden. »Das glaube ich in der Tat.«

In Sergeant Hakeswills Gesicht zuckte es. Er betrachtete Fitzgerald mit Abscheu. Major Shee starrte Fitzgerald ein paar Sekunden an und schüttelte dann den Kopf, als zweifele er an der geistigen Gesundheit des Ensigns.

Captain Fillmore versuchte es ein letztes Mal. Fillmore zweifelte an den Zeugenaussagen von Morris und Hicks, und er hatte Hakeswill nie getraut, doch er wusste, dass Shee nie überzeugt werden konnte, das Wort eines Private so zu bewerten wie das zweier Offiziere und eines Unteroffiziers. »Könnte ich das Gericht bitten, das Urteil aufzuschieben, bis Lieutenant Lawford für den Gefangenen sprechen kann?«

»Was kann Lawford sagen, in Gottes Namen?«, erwiderte Shee. In seinem Gepäck wartete ein Flasche Arrak, und er wollte diese Prozedur erledigt haben. Er unterhielt sich kurz in gedämpftem Ton mit seinen beiden Richterkollegen, beides Stabsoffiziere von anderen Regimentern, und blickte dann finster zum Angeklagten. »Sie sind ein verdammter Schurke, Sharpe. Und die Armee kann keine Schurken gebrauchen. Wenn Sie keine Autorität respektieren können, dann erwarten Sie nicht, dass die Autorität Sie respektiert. Zweitausend Peitschenhiebe.« Er ignorierte das Erstaunen und Entsetzen, das einige der Zuschauer äußerten, und schaute stattdessen zum Sergeant Major. »Wann kann das erledigt werden?«

»Heute Nachmittag ist so gut wie jede andere Zeit, Sir«, antwortete Bywaters gleichmütig. Er hatte als Richterurteil ein Auspeitschen erwartet, wenn auch kein so hartes, und er hatte bereits die notwendigen Vorbereitungen veranlasst.

Shee nickte. »Lassen Sie das Bataillon in zwei Stunden antreten. Diese Verhandlung ist beendet.« Er blickte angewidert zu Sharpe und schob seinen Stuhl zurück. Shee nahm sich vor, einige Arrak zu trinken, bevor er in der Sonne auf dem Pferd saß und bei zweitausend Peitschenhieben zuschaute. Vielleicht hätte er nur tausend verhängen sollen, denn tausend Peitschenhiebe konnten genauso tödlich sein wie zweitausend, doch jetzt war es zu spät, dies zu ändern, das Urteil war ausgesprochen. Shee hatte nur die Hoffnung, der schrecklichen Hitze zu entgehen, wenn der Gefangene längst tot war, bevor die furchtbare Bestrafung vollendet sein würde.

Sharpe wurde unter Bewachung gehalten. Die Posten waren keine Männer aus seinem Bataillon, sondern sechs Männer vom 12. Regiment des Königs, die ihn nicht kannten und denen er nicht vertrauen konnte, dass sie seine Flucht stillschweigend dulden würden. Sie hielten ihn in einem provisorischen Pferch hinter Shees Zelt, und niemand sprach dort mit Sharpe, bis Sergeant Green eintraf.

»Es tut mir leid, Sharpe«, sagte Green und trat über die Munitionskisten hinweg, aus denen die primitiven Wände des Pferchs gebildet waren.

Sharpe saß mit dem Rücken zu den Kisten. Er zuckte mit den Schultern.

»Ich bin schon mal ausgepeitscht worden, Sergeant.«

»Nicht in der Armee, Junge, nicht in der Armee. Hier.« Green streckte ihm eine Feldflasche hin. »Es ist Rum.«

Sharpe schraubte die Feldflasche auf und trank einen tiefen Schluck.

»Ich habe trotzdem nichts getan«, sagte er plötzlich.

»Vielleicht, vielleicht auch nicht«, sagte Green. »Aber je mehr Sie trinken, desto weniger spüren Sie. Trinken Sie alles, Junge.«

»Tomkins sagte, nach den ersten dreißig Schlägen spürt man überhaupt nichts mehr«, sagte Sharpe.

»Ich hoffe, er hat recht, Junge, das hoffe ich, aber Sie trinken den Rum trotzdem.« Green nahm seinen Hut ab und wischte sich den Schweiß vom kahlen Kopf.

Sharpe setzte die Feldflasche wieder ab.

»Und wo ist Mister Lawford?«, fragte er bitter.

»Sie haben es gehört, Sohn. Er wurde zum General befohlen.« Green zögerte. »Aber was hätte er ohnehin sagen können?«, fügte er hinzu.

Sharpe lehnte den Kopf gegen die Wand aus Munitionskisten. »Er hätte sagen können, dass Morris ein verlogener Bastard ist und dass Hicks alles bestätigen würde, um ihm zu gefallen.«

»Nein, das könnte er nicht sagen, Junge, und das wissen Sie.« Green füllte eine Tonpfeife mit Tabak und zündete sie mit seiner Zunderbüchse an. Er setzte sich gegenüber von Sharpe auf den Boden und sah die Furcht in den Augen des jüngeren Mannes. Sharpe tat sein Bestes, um sich seine Angst nicht anmerken zu lassen, doch sie war offensichtlich da, und so sollte es sein, denn nur ein Narr fürchtete sich nicht vor zweitausend Peitschenhieben, und nur jemand mit viel Glück blieb dabei am Leben. Bisher war niemand von so einer Bestrafung wegspaziert, doch eine Hand voll Männer hatte sich nach einem Monat im Krankenzelt erholt.

»Ihrer Mary geht es gut«, erzählte Green.

Sharpe schnitt ein verdrossenes Gesicht. »Wissen Sie, was Hakeswill mir gesagt hat? Dass er sie als Hure verkaufen wird.«

Green runzelte die Stirn. »Das wird er nicht, Junge, das wird er nicht.«

»Und wie wollen Sie ihn stoppen?«, fragte Sharpe bitter.

»Sie wird jetzt im Auge behalten«, versicherte Green. »Die Jungs sorgen dafür, und die Frauen schützen sie alle.«

»Aber für wie lange?«, fragte Sharpe. Er trank mehr Rum, der keine spürbare Wirkung zu erzielen schien. Für einen Moment schloss er die Augen. Er wusste, dass er eine wirkungsvolle Todesstrafe bekommen hatte, aber die Hoffnung starb zuletzt. Einige Männer hatten überlebt. Ihre Rippen mochten nackt der Sonne ausgesetzt gewesen sein und ihre Haut zu blutigen Streifen von ihren Rücken gehangen haben, doch sie hatten überlebt. Aber wie sollte er sich um Mary kümmern, wenn er verbunden in einem Krankenbett lag? Selbst wenn er Glück genug hatte, in einem Krankenbett statt in einem Grab zu landen? Er spürte, wie sich seine Augen mit Tränen füllten, nicht wegen der bevorstehenden Bestrafung, sondern wegen Mary.

»Wie lange können Sie Mary beschützen?«, fragte er mit rauer Stimme und verwünschte sich, weil er den Tränen nahe war.

»Ich sagte Ihnen doch, dass mit ihr alles in Ordnung sein wird«, bekräftigte Green.

»Sie kennen Hakeswill nicht«, sagte Sharpe.

»Oh, ich kenne ihn, Junge, und wie ich ihn kenne!«, sagte Green mitfühlend. Einen Augenblick wirkte er verlegen. »Der Bastard kann sie nicht anrühren, wenn sie verheiratet ist. Richtig verheiratet, meine ich, mit dem Segen des Colonels.«

»Das hatte ich gedacht.«

Green sog an der Pfeife. »Wenn das Schlimmste passiert, Sharpe ...«, begann er und verstummte wieder vor Verlegenheit.

»Ja?«, drängte Sharpe.

»Nichts davon wird natürlich geschehen«, sagte Green hastig. »Billy Nixon überlebte tausend Peitschenhiebe, aber Sie erinnern sich vermutlich nicht an ihn. Kleiner Bursche mit einem Glasauge. Er überlebte tatsächlich. Danach war er natürlich nie mehr ganz derselbe, aber Sie sind ein harter Junge, Sharpie. Härter als Billy.«

»Aber wenn das Schlimmste passiert?«, erinnerte Sharpe den Sergeant.

»Nun«, sagte Green, und sein Gesicht rötete sich, doch schließlich sammelte er all seinen Mut, um weiterzusprechen. »Ich meine, wenn Sie nicht beleidigt wären, und nur wenn das Schlimmste passiert, was ich natürlich nicht hoffe, und ich bete, dass es nicht eintritt, aber wenn es geschieht, dann denke ich, ich könnte selbst um Mrs Bickerstaffs Hand anhalten, wenn Sie verstehen, was ich meine.«

Fast hätte Sharpe gelacht, doch dann vertrieb der Gedanke an zweitausend Peitschenschläge sogar den Beginn eines Lächelns. Zweitausend! Er hatte schon Männer gesehen, die nach nur hundert Schlägen erbärmlich ausgesehen hatten, und wie sollte er mit tausendneunhundert zusätzlichen Peitschenhieben überleben? Wenn Mister Micklewhite annahm, dass Sharpe nach fünf- oder sechshundert Schlägen sterben würde, konnte er die Bestrafung stoppen, um dem Rücken des Verurteilten Zeit zu geben, sich zu erholen, bevor er die restlichen Peitschenhiebe erhielt, doch Micklewhite war nicht bekannt dafür, dass er Auspeitschungen stoppte. Es ging im Bataillon das Gerücht um, dass der Bataillonschirurg das Auspeitschen nicht stoppte, selbst wenn die Schläge auf einen Toten niederprasselten, solange der Verurteilte nicht schrie wie ein Baby und somit die Empfindlichen unter den Offizieren störte. Sharpe konnte nur hoffen, dass das Gerücht nicht stimmte.

»Haben Sie mich gehört, Sharpe?«, unterbrach Sergeant Green Sharpes düstere Gedanken.

»Ich habe Sie gehört, Sergeant«, sagte Sharpe.

»Würde es Ihnen etwas ausmachen? Wenn ich Sie fragte?«

»Haben Sie sie bereits gefragt?«, sagte Sharpe anklagend.

»Nein!«, erwiderte Green hastig. »Das wäre nicht recht! Nicht, wenn Sie noch – nun, Sie wissen, was ich meine.«

»Solange ich noch lebe, meinen Sie«, sagte Sharpe bitter.

»Es ist auch nur, wenn das Schlimmste passiert.« Green versuchte, optimistisch zu klingen. »Was nicht der Fall sein wird.«

»Sie werden meine Erlaubnis nicht brauchen, wenn ich tot bin, Sergeant.«

»Nein, aber wenn ich Mary sagen kann, dass sie von ihr gewollt haben, dass sie mich akzeptiert, dann würde es helfen. Verstehen Sie das nicht? Ich werde ihr ein guter Mann sein, Sharpie. Ich war schon verheiratet, doch meine Frau starb, und sie hat sich nie über mich beschwert. Jedenfalls nicht mehr, als sich Frauen jemals beschweren.«

»Hakeswill könnte verhindern, dass Sie sie heiraten.«

Green nickte. »Ja, das könnte er, aber ich sehe nicht, wie. Nicht, wenn wir den Bund fürs Leben schnell schließen. Ich werde Major Shee heute Abend fragen, und er ist stets fair zu mir. Aber nur, wenn das Schlimmste passiert.«

»Aber Sie brauchen einen Pfarrer«, gab Sharpe zu bedenken. »Das 33. hatte nur einen Militärgeistlichen, und der hat auf der Reise von Kalkutta nach Madras Selbstmord begangen, und keine Ehe in der Armee wird als offiziell betrachtet, wenn sie der Kommandeur nicht erlaubt und sie nicht den Segen eines Kaplans hat.«

»Die Jungs vom 12. haben mir erzählt, dass sie einen guten Kaplan haben«, sagte Green und wies zu den Soldaten, die Sharpe bewachten. »Und dass er die Trauung morgen vollziehen kann. Ich werde dem Typen vermutlich einen Shilling zustecken müssen, aber Mary ist den wert.«

Sharpe zuckte mit den Schultern. »Fragen Sie sie, Sergeant«, sagte er, »fragen Sie sie.« Was sonst sollte er sagen? Und wenn Mary ordnungsgemäß mit Sergeant Green verheiratet war, würden die Vorschriften der Armee sie schützen. »Aber warten Sie erst ab, was mit mir passiert«, fügte Sharpe hinzu.

»Natürlich werde ich das, Sharpie. Hoffen wir auf das Beste. Reden wir nie vom Sterben.«

Sharpe leerte die Feldflasche. »Da sind ein paar Dinge in meinem Tornister, Sergeant. Eine gute Pistole, die ich gestern einem indischen Offizier abgenommen habe, und ein paar Münzen. Geben Sie die Mary?«

»Das werde ich selbstverständlich tun«, sagte Green und verschwieg die Tatsache, dass Hakeswill bereits Sharpes Tornister geplündert hatte. »Für sie wird alles in Ordnung sein, Sharpie. Das verspreche ich Ihnen, Junge.«

»Und in einer dunklen Nacht, Sergeant, werden Sie den verdammten Hakeswill für mich zusammenschlagen, ja?«

Green nickte. »Es wird mir ein Vergnügen sein, Sharpie. Ein Vergnügen.« Er klopfte die Asche seiner Pfeife gegen die Munitionskisten aus. »Ich werde Ihnen noch mehr Rum bringen, Junge, je mehr, desto besser.«

Die Vorbereitungen für Sharpes Auspeitschung waren alle erledigt. Nicht, dass es viele waren, doch es dauerte einen Moment, bis alles zur Zufriedenheit des Sergeant Majors abgeschlossen war.

Ein Dreibein war aus drei Piken von Sergeants errichtet worden, die Speerspitzen aufwärts und zusammengebunden, sodass die ganze Sache zwei Fuß höher als ein großer Mann war. Die drei Enden der Piken waren in das trockene Erdreich gegraben, und dann wurde eine vierte in Höhe der Achseln eines Mannes quer festgebunden.

Sergeant Hakeswill wählte persönlich zwei der Trommlerjungen des 33. Regiments aus. Die Trommlerjungen führten stets die Auspeitschungen durch, ein kleines Element von Gnade bei einer bestialischen Bestrafung, doch Hakeswill hatte sichergestellt, dass die beiden größten und stärksten Jungen diese Aufgabe erledigen würden, und dann hatte er die beiden Peitschen vom Sergeant Major entgegengenommen und die Jungen an einem Baumstumpf üben lassen.

»Setzt eure Körperkraft ein, Jungs«, sagte er ihnen, »und bewegt den Arm schnell, wenn der Hieb gelandet ist. Macht das so.« Er nahm eine der Peitschen und schlug sie über die Rinde und zeigte ihnen, wie lange die Peitschenschnur über das Ziel glitt. »Das habe ich oft gemacht, als ich Trommlerjunge war«, sagte er. »Und ich habe meine Sache immer gut gemacht. Ich war der beste Trommler beim Peitschen im Bataillon. Da konnte mir keiner das Wasser reichen.«

Als er sicher war, dass ihre Technik für die Aufgabe ausreichte, ermahnte er sie, nicht zu schnell zu ermüden, und dann bearbeitete er die ledernen Peitschenriemen mit einem Taschenmesser so, dass die Kerben über die Striemen schleifen würden, wenn die Schnur über Sharpes Nacken gezogen wurde.

»Macht es gut, Jungs«, sagte er, »und dann bekommt jeder von euch dies hier.« Er zeigte ihnen eines von Tippus Goldstücken, die ein Teil von der Beute der Schlacht war. »Ich will nicht, dass dieser Bastard jemals wieder gehen kann«, sagte er. »Und ihr wollt das auch nicht, denn wenn Sharpie je wieder auf die Füße kommt, wird er euch zusammentreten, also besorgt es dem Bastard richtig. Peitscht ihn blutig, und dann bringt ihn unter die Erde, wie es in der Bibel steht.«

Hakeswill wickelte die beiden Peitschen auf und hängte sie auf die Pike, die quer auf dem Dreibein befestigt war, und dann machte er sich auf die Suche nach dem Bataillonschirurgen.

Mister Micklewhite war in seinem Zelt, wo er versuchte, seine weiße, seidene Halsbinde für den Bestrafungsappell anzulegen. Er grunzte, als er Hakeswill sah.

»Sie brauchen kein Quecksilber mehr, oder?«, schnarrte er.

»Nein, Sir. Bin geheilt, Sir. Dank Ihrer verehrungswürdigen Fähigkeiten, Sir, bin ich so sauber, wie man nur sein kann, Sir.«

Micklewhite fluchte, als sich die verdammte Halsbinde lockerte. Er mochte Hakeswill nicht, aber wie jeder sonst im Regiment fürchtete er ihn. Da war eine Wildheit tief in Hakeswills Augen, die schreckliche Bosheit verriet, und obwohl der Sergeant stets übertrieben förmlich mit Offizieren umging, fühlte Micklewhite sich immer noch bedroht.

»Was wollen Sie, Sergeant?«

»Major Shee hat mich gebeten, ein Wort zu sagen, Sir.«

»Konnte er nicht für sich selbst sprechen?«

»Sie kennen den Major, Sir. Zweifellos ist er durstig. Es ist ein heißer Tag.« In Hakeswills Gesicht zuckte es. »Es geht um den Gefangenen, Sir.«

»Was ist mit ihm?«

»Unruhestifter, Sir. Bekannt dafür. Ein Dieb, Lügner und Betrüger.«

»Er ist also ein Rotrock. Und?«

»Und Major Shee wäre nicht gerade begeistert, ihn wieder unter den Lebenden zu sehen, Sir, wenn Sie verstehen, was ich meine. Ist es dies, was ich Ihnen für das Quecksilber schulde, Sir?« Hakeswill hielt ein Goldstück hoch, ein *haideri* im Wert von zwei Shilling und Sixpence. Die Münze war gewiss keine Bezahlung für die Heilung von Hakeswills Syphilis, denn diese Kosten waren bereits vom Sold des Sergeants abgehalten worden. So wusste Micklewhite, dass es Bestechungsgeld sein sollte. Kein großes Bestechungsgeld, doch ein halbes Fünfshillingstück war auch nicht zu verachten. Micklewhite warf einen Blick darauf und nickte dann. »Legen Sie es auf den Tisch, Sergeant.«

»Danke, Sir.«

Micklewhite zog die Halsbinde zurecht und zeigte Hakeswill mit einer Geste an, dass er entlassen war. Dann zog er seinen Rock an und steckte das Goldstück ein. Die Bestechung war nicht nötig gewesen, denn es war im Bataillon nur zu gut bekannt, dass Micklewhite keine Opfer, die ausgepeitscht wurden, verhätschelte. Micklewhite hasste es, sich um Männer zu kümmern, die ausgepeitscht worden waren, denn nach seiner Erfahrung starben sie fast immer, und wenn er eine Bestrafung unterbrach, damit sich der Verurteilte erholen konnte, würden seine Krankenbetten überfüllt sein. Und wenn der Mann sich durch irgendein Wunder wieder erholte, wurde er nur wieder auf das Dreibein geschnallt, damit er den Rest der Bestrafung erhielt, und diese zweite Dosis erwies sich fast immer als tödlich. So war es, alles im allem betrachtet, vernünftiger, einen Mann beim ersten Auspeitschen sterben zu lassen. Es sparte Geld für Medizin und war, nach Micklewhites Ansicht, auch freundlicher.

Micklewhite knöpfte den Uniformrock zu und fragte sich, warum Hakeswill diesen besonderen Mann tot sehen wollte. Nicht, dass es Micklewhite wirklich interessierte, er wollte das blutige Geschäft einfach so schnell wie möglich hinter sich haben.

Das 33. Regiment war unter der heißen Sonne des Nachmittags angetreten. Vier Kompanien standen dem Dreibein gegenüber, während drei zu beiden Seiten aufgereiht waren, sodass die zehn Kompanien des Bataillons ein offenes Rechteck bildeten und das Dreibein in seiner leeren langen Seite stand. Die Offiziere saßen vor ihren Kompanien auf ihren Pferden, während Major Shee, seine Ordonnanzen und der Adjutant zu Pferde gerade hinter dem Dreibein verharrten.

Mister Micklewhite, der seinen Kopf mit einem breiten Strohhut vor der Sonne schützte, stand an der Seite des Dreibeins.

Major Shee, gestärkt durch Arrak und zufrieden, dass alles seine Ordnung hatte, nickte Bywaters zu. »Sie werden mit der Bestrafung beginnen, Sergeant Major.«

»Sir!«, erwiderte Bywaters, dann wandte er sich um und gab den Befehl, den Gefangenen zu holen.

Die beiden Trommlerjungen standen nervös mit ihren Peitschen in der Hand da. Sie allein von den angetretenen Soldaten waren in Hemdsärmeln, während jeder sonst die volle Wolluniform trug.

Frauen und Kinder spähten durch die Lücken zwischen der Kompanie. Mary Bickerstaff war nicht dort. Hakeswill hatte nach ihr gesucht, wollte ihr Entsetzen genießen, doch Mary war nicht aufzufinden gewesen.

Die Frauen, die gekommen waren, um bei dem Spektakel zuzuschauen, waren wie die Männer schweigsam und verdrossen. Sharpe war ein beliebter Mann, und Hakeswill wusste, dass er bei jedem Anwesenden verhasst war, weil er diese Auspeitschung organisierte, doch Obadiah Hakeswill hatte sich noch nie etwas aus solcher Feindschaft gemacht. Macht lag nicht darin, geliebt, sondern gefürchtet zu werden.

Sharpe wurde zu dem Dreibein gebracht. Er war barhäuptig und bereits bis zur Hüfte nackt. Die Haut seines Oberkörpers war so weiß wie das mit Mehl gepuderte Haar und bildete einen seltsamen Kontrast zu seinem dunkel gebräunten Gesicht. Er ging sicher, denn obwohl er viel Rum im Magen hatte, zeigte der Alkohol nicht die geringste Wirkung. Er blickte geradeaus und schaute weder zu Hakeswill noch zu Morris, als er zum Dreibein schritt.

»Arme, hoch, Junge«, sagte der Sergeant Major mit ruhiger Stimme. »Stellen Sie sich vor das Dreibein. Die Füße auseinander. So ist's gut, Junge.«

Sharpe stieg gehorsam zu der Oberfläche des Dreibeins. Zwei Corporals knieten sich zu seinen Füßen hin und banden seine Knöchel an die Piken. Dann richteten sie sich auf und schoben seine Arme über die quer gebundene Pike. Sie zogen seine Hände herunter und banden sie an die aufrechten Piken, zwangen so seinen Rücken aufwärts. So konnte er nicht zwischen dem Dreibein zusammensacken und so hoffen, dass bei den Schlägen die Pikenschäfte nachgaben. Die Corporals befestigten die Knoten und traten zurück.

Der Sergeant Major ging zu Rückseite des Dreibeins und nahm aus seiner Tasche ein Stück Leder, das tiefe Bissabdrücke enthielt.

»Öffnen Sie den Mund, Junge«, sagte er leise. Er roch den Rum im Atem des Gefangenen und hoffte, er würde ihm helfen zu überleben, dann schob er das Lederstück zwischen Sharpes Zähne. Der Knebel diente einem doppelten Zweck. Er würde Schreie des Opfers dämpfen und verhindern, dass er sich die Zunge abbiss. »Sei tapfer, Junge«, sagte Bywaters ruhig. »Blamier nicht das Regiment.«

Sharpe nickte.

Bywaters trat schneidig zurück und stand still.

»Gefangener für die Bestrafung bereit, Sir!«, meldete er Major Shee.

Der Major blickte zum Bataillonschirurgen. »Ist der Gefangene für die Bestrafung tauglich, Mister Micklewhite?«

Micklewhite hatte nicht mal einen Blick für Sharpe übrig. »Gesund und fit, Sir.«

»Dann machen Sie weiter, Sergeant Major.«

»Also, Jungs«, sagte der Sergeant Major, »tut eure Pflicht. Setzt die Peitsche hart ein, und haltet die Schläge hoch. Über seine Hosen. Trommler! Anfangen!«

Ein dritter Trommlerjunge stand hinter den beiden Auspeitschern. Er hob seine Stöcke, verharrte kurz und ließ dann den ersten Trommelwirbel ertönen.

Der Junge zur Rechten schlug seine Peitsche hart auf Sharpes Rücken hinab.

»Eins!«, rief Bywaters.

Die Peitsche hinterließ ein rotes Mal auf Sharpes Schulterblättern. Sharpe war zusammengezuckt, doch die Stricke der Fesselung beschränkten seine Bewegung, und nur diejenigen, die nahe beim Dreibein waren, sahen, dass seine Muskeln erzitterten. Er starrte zu Major Shee auf, der sich bemühte, dem hasserfüllten Blick auszuweichen.

»Zwei!«, rief Bywaters, und der Trommler schlug wieder einen Trommelwirbel, als der zweite Junge eine Strieme quer zur ersten schlug.

In Hakeswills Gesicht zuckte es krampfartig, doch er grinste. Denn der Trommelschlag des Todes hatte begonnen.

Colonel McCandless stand allein in der Mitte des Hofes von Tippus innerem Plast in Seringapatam. Der Schotte war immer noch in seiner vollen Uniform: roter Rock, Tartanhosen und mit Feder geschmückte Mütze.

Sechs Tiger waren an die Wände des Hofes gekettet, und diese Tiger versuchten manchmal, ihn zu erreichen, aber sie wurden immer von den schweren Ketten zurückgehalten, die erzitterten, wenn eines der muskulösen Raubtiere in Richtung Schotte sprang.

McCandless rührte sich nicht, und die Tiger gaben sich nach ein paar nutzlosen Sprüngen damit zufrieden, ihn anzufauchen. Die Tigerwärter, große Männer mit langen Stöcken, beobachteten vom Eingang aus den Hof. Es waren diese Männer, welche die Befehle bekommen würden, die Tiger freizulassen. Und McCandless war entschlossen, ihnen ein ruhiges Gesicht zu zeigen.

Der Hof war mit Sand bedeckt, die unteren Wände waren aus behauenem Stein, doch über dem Stein des Palastes war der zweite Stock mit verziertem Teakholz verkleidet, das rot, weiß, grün und gelb angestrichen war. Dieser verzierte zweite Stock bestand aus dem Holz maurischer Brücken, und McCandless konnte genug Arabisch, um über jedem Bogen eine Sure aus dem Koran zu entziffern.

Es gab zwei Eingänge zu dem Hof. Der eine hinter McCandless, durch den er eingetreten war und wo jetzt die Tigerwärter standen, war ein Tor mit zwei Flügeln, das zu einem Gewirr von Stallungen und Lagerräumen hinter dem Palast führte, während sich vor ihm eine kurze marmorne Treppe zu einer breiten Tür aus schwarzem Holz mit Mustern aus eingelegtem Elfenbein erstreckte, die offenbar zu den Privaträumen des Palastes führte.

Über dieser prachtvollen Tür befand sich ein Balkon, der aus drei der mit Stuck verzierten Fensterbogen vorragte. Ein Schirm von kunstvoll mit Schnitzereien verziertem Holz verbarg den Balkon, doch McCandless konnte sehen, dass hinter dem Schirm Männer standen. Er nahm an, dass Tippu und vielleicht der Franzose, der ihn zuerst verhört hatte, dort waren.

Colonel Gudin war ihm als ehrbarer Mann vorgekommen, und jetzt, so hoffte McCandless, bat Gudin den Sultan, den

Gefangenen am Leben zu lassen. McCandless hatte sorgfältig darauf geachtet, dem Franzosen seinen wahren Namen zu verheimlichen. Er befürchtete, dass Tippu ihn erkennen und ihm klar werden würde, welchen Fang seine Kavallerie gemacht hatte, und so hatte der Schotte seinen Namen als Ross angegeben.

McCandless hatte recht. Colonel Gudin und Tippu starrten durch den Schirm hinab.

»Dieser Colonel Ross«, fragte Tippu, »hat er gesagt, dass er auf der Suche nach Furage ist?«

»Jawohl, Hoheit«, antwortete Gudin durch den Dolmetscher.

»Sie glauben ihm?« Aus dem Tonfall Tippus war zu schließen, dass er Zweifel hatte.

Gudin zuckte mit den Schultern. »Ihre Pferde sind mager.«

Tippu stieß einen Grunzlaut aus. Er hatte sein Bestes getan, um dem vorrückenden Feind jede Nahrung zu entziehen, doch die Briten hatten begonnen, plötzliche Märsche nördlich oder südlich ihres Vorrückens zu unternehmen, wo seine Reiter noch nicht die Vorräte der Dorfbewohner vernichtet hatten. Und nicht nur das, die Engländer hatten eine große Menge Lebensmittel mitgebracht.

Dennoch berichteten Tippus Spione, dass der Feind hungrig wurde. Ihre Pferde und Ochsen wurden besonders schlecht gefüttert, und so war es nicht unwahrscheinlich, dass dieser britische Offizier nach Furage gesucht hatte. Aber warum würde man einen Voll-Colonel auf solch einen Botengang schicken?

Der Sultan konnte keine Antwort auf diese Frage finden, und das nährte seinen Argwohn. »Könnte er spioniert haben?«

»Erkundet, vielleicht«, sagte Gudin, »aber nicht spioniert. Spione reiten nicht in Uniform, Hoheit.«

Tippu grunzte abermals, als die Antwort ins Persische übersetzt wurde. Er war von Natur aus ein misstrauischer Mann, wie es jeder Herrscher sein sollte, doch er tröstete sich mit der Erkenntnis, dass gescheitert sein musste, was auch immer dieser Brite getan hatte. Tippu drehte sich nach seinem Gefolgsmann um und sah den großen, dunkelhäutigen Appah Rao an.

»Glauben Sie, dass dieser Colonel Ross nach Furage gesucht hat, General?«

Appah Rao wusste genau, wer Colonel Ross in Wahrheit war und wonach McCandless gesucht hatte, und – schlimmer noch – Rao wusste jetzt, dass sein eigener Verrat in Gefahr war, entdeckt zu werden, was bedeutete, dass dies nicht der Zeitpunkt war, vor Tippu schwach auszusehen. Aber Appah Rao war nicht bereit, McCandless zu verraten. Teils wegen seiner alten Freundschaft mit ihm, teils weil Appah Rao annahm, er könnte eine bessere Zukunft haben, wenn er mit den Briten verbündet war.

»Wir wissen, dass sie knapp an Lebensmitteln sind«, sagte er. »Und dieser Mann sieht mager genug aus.«

»Sie halten ihn also nicht für einen Spion?«

»Spion oder nicht«, sagte Appah Rao kalt, »er ist unser Feind.«

Der Sultan zuckte bei der ausweichenden Antwort mit den Schultern. Sein Gefühl sagte ihm, dass der Gefangene kein Spion war, denn dann hätte er keine Uniform getragen. Aber selbst wenn er einer war, besorgte das Tippu nicht sonderlich. Er rechnete damit, dass Seringapatam voller Spione war, genauso wie er zwei Dutzend seiner eigenen Männer mit den Briten marschieren ließ, doch die meisten Spione waren nach seiner Erfahrung nutzlos. Sie gaben Gerüchte weiter, blähten Vermutungen auf, und sie brachten weitaus mehr durcheinander, als sie jemals richtige Informationen weitergaben.

»Tötet ihn«, schlug einer von Tippus moslemischen Generälen vor.

»Ich werde darüber nachdenken«, sagte Tippu und ging vom Balkon durch den inneren Bogengang in einen prächtigen Raum mit Marmorsäulen und bemalten Wänden.

Der Raum wurde von seinem Thron beherrscht, der auf einer überdachten Plattform von acht Fuß Breite, fünf Fuß Tiefe und vier Fuß Höhe über dem gefliesten Boden stand. Die Mitte der Plattform wurde von der Nachbildung eines zähnefletschenden Tigers gestützt, der auf jeder Seite von vier geschnitzten Tigerbeinen flankiert wurde. Zwei versilberte Leitern gaben Zugang zu der Plattform mit dem Thron, der aus Ebenholz bestand, auf dem eine Schicht Gold, dick wie eine Gebetsmatte, mit silbernen Nägeln befestigt war.

Die Ränder der Plattform zeigten geschnitzte Zitate aus dem Koran, die arabischen Buchstaben waren mit Gold abgesetzt, während über jedem der acht Beine des Throns eine Kreuzblume in Form eines Tigerkopfes war. Die Tigerköpfe waren von der Größe einer Ananas, aus solidem Gold und besetzt mit Rubinen, Smaragden und Diamanten. Der mittlere Tiger, dessen langer, geneigter Körper die Mitte des Throns stützte, war aus Holz mit einer Goldschicht gefertigt, während sein Kopf aus purem Gold bestand. In der geöffneten Schnauze des Tigers waren Zähne aus Felskristall zu sehen, zwischen denen eine goldene Zunge mit Scharnieren versehen war, sodass sie auf und ab bewegt werden konnte.

Das Dach über der goldenen Plattform wurde von einem gekrümmten Pfahl gestützt, der wie das Dach mit einer Goldschicht bedeckt war. Der Besatz des Daches bestand aus Perlenschnüren, und an der höchsten Stelle war eine Nachbildung des Fabeltiers *hummah*, des königlichen Vogels, der sich aus dem Feuer erhob. Der *hummah* war wie die Tiger-Kreuzblumen mit Juwelen besetzt, auf seinem Rücken befand sich ein prächtiger Smaragd, und sein pfauenähnlicher Schwanz war ein blendender Glanz von kostbaren Steinen, die so dicht angeordnet waren, dass die darunterliegende Goldschicht kaum sichtbar war.

Der Sultan schenkte dem prächtigen Thron keinen Blick. Er hatte die Herstellung des Throns befohlen, doch dann hatte er einen Eid geschworen, dass er niemals die silbernen Stufen zur goldenen Plattform hinaufsteigen und sich auf die Kissen setzen würde, bevor die Briten aus dem südlichen Indien vertrieben sein würden. Erst dann würde er seinen königlichen Platz unter dem mit Perlen behängten Dach einnehmen, und bis zu diesem glorreichen Tag würde der Tigerthron leer bleiben.

Tippu hatte seinen Eid geleistet, und dieser Eid lautete, dass er entweder auf dem Tigerthron sitzen oder sterben würde, und seine Träume hatten ihm keine Vorahnung des Todes gegeben. Stattdessen erwartete er, Maisurs Grenzen auszudehnen und die ungläubigen Briten ins Meer zu treiben, wo sie hingehörten, denn sie hatten hier nichts zu suchen. Sie hatten ihr eigenes Land, und wenn dieses ferne Land nicht gut genug für sie war, dann sollten sie alle ersaufen.

Die Briten mussten also verschwinden, und wenn für ihre Vernichtung ein Bündnis mit den Franzosen nötig war, dann war es ein kleiner Preis für die Erfüllung der Ambitionen Tippus.

Er stellte sich vor, wie sich sein Reich im südlichen Indien ausbreitete, dann nordwärts in die Maharashtra-Territorien, die alle von schwachen Königen oder Kinderkönigen beherrscht wurden. An ihrer Stelle würde Tippu anbieten, was seine

Dynastie bereits Maisur gegeben hatte: eine feste und tolerante Regierung.

Tippu war ein Moslem, und ein frommer, aber er wusste, dass der sicherste Weg, seinen Thron zu verlieren, darin bestand, die Hindus gegen sich aufzubringen, und so achtete er darauf, ihren Tempeln seine Ehrerbietung zu zeigen. Er traute der Hindu-Aristokratie nicht ganz, und er hatte getan, was er konnte, um diese Elite im Laufe der Jahre zu schwächen, doch er wünschte nur, dass seine anderen Hindu-Projekte gediehen, denn dann würde es ihnen nichts ausmachen, welcher Gott in der neuen Moschee verehrt wurde, den Tippu in der Stadt hatte erbauen lassen. Bald, so betete er, würde jeder in Maisur vor Allah knien, doch bis zu diesem glücklichen Tag würde er dafür sorgen, dass die Hindus keine Rebellion anzettelten. Er brauchte sie. Er brauchte sie, um für ihn gegen die ungläubigen Briten zu kämpfen. Er brauchte sie, um den rot berockten Feind vor den Mauern von Seringapatam niederzumachen. Denn hier, in der Hauptstadt der Insel, erwartete Tippu die Briten und ihre Verbündeten aus Haidarabad zu besiegen. Hier, vor seinen Geschützen mit den Tiger-Mündungen, würden die Rotröcke geschlagen werden wie Reis mit dem Dreschflegel.

Er hoffte, sie konnten in den Schlachthof gelockt werden, den er auf den westlichen Bastionen vorbereitete, doch selbst wenn sie nicht auf den Köder hereinfielen und über die südlichen und östlichen Wälle kamen, war er trotzdem für sie bereit. Er hatte Tausende von Kanonen, Raketen und kampfbereite Männer. Er würde die Armee der Ungläubigen massakrieren und die Armee aus Haidarabad vernichten, und dann würde er den Nizam von Haidarabad jagen, ebenfalls ein Moslem, und ihn zu einem langsamen und verdienten Tod foltern lassen, den er von seinem überdachten goldenen Thron aus beobachten würde.

Er ging an dem Thron vorbei und starrte seinen Lieblingstiger an. Dies war ein lebensgroßes Modell, geschaffen von einem französischen Kunsthandwerker, das eine Bestie zeigte, die über die geschnitzte Nachbildung eines britischen Rotrocks kroch. An der Flanke des Tigers befand sich ein Griff, und wenn er gedreht wurde, schlug die Pranke des Tigers in das Gesicht des Rotrocks, und Schilfrohre im Körper des Tigers lösten einen knurrenden Klang und Mitleid erregende Geräusche aus, die an die Schreie eines sterbenden Mannes erinnerten. Eine Klappe in der Flanke des Tigers öffnete sich und gab den Blick auf eine Tastatur frei, auf der eine Orgel, verborgen im Bauch des Tigers, gespielt werden konnte.

Der Sultan spielte nur selten auf dem Instrument. Er bevorzugte es, die Blasebälge zu betätigen, die den Tiger knurren und das Opfer aufschreien ließen. Er drehte den Hebel jetzt und erfreute sich an den klagenden Lauten des sterbenden Mannes. In ein paar Tagen, dachte er, werde ich den Himmel mit den echten Schreien der sterbenden Rotröcke erfreuen.

Tippu ließ die Tigerorgel verstummen.

»Ich habe den Verdacht, dass der Mann ein Spion ist«, sagte er unvermittelt.

»Dann lassen Sie ihn töten«, sagte Appah Rao.

»Ein gescheiterter Spion«, sagte Tippu. Er blickte zu Gudin. »Sie sagen, er ist ein Schotte?«

»In der Tat, Hoheit.«

»Also kein Engländer?«

»Nein, Hoheit.«

Tippu zuckte bei der Unterscheidung mit den Schultern. »Woher auch immer er stammt, er ist ein alter Mann, aber ist das ein Grund, ihm Gnade zu gewähren?«

Die Frage war an Colonel Gudin gerichtet, der sich versteifte, als sie ihm übersetzt wurde. »Er wurde in Uniform gefangen genommen, Hoheit, und so verdient er nicht den Tod.« Gudin hätte gern hinzugefügt, dass es unzivilisiert gewesen wäre, auch nur zu erwägen, solch einen Gefangenen zu töten, doch er wusste, dass Tippu es hasste, kritisiert zu werden, und so verkniff er sich das.

»Er ist hier, nicht wahr?«, sagte Tippu. »Verdient er damit nicht den Tod? Dies ist nicht sein Land, dies ist nicht sein Volk, und das Brot und Wasser, das er zu sich nimmt, gehört ihm nicht.«

»Wenn Sie ihn töten lassen, Hoheit«, warnte Gudin, »werden die Briten bei niemandem Gnade zeigen, den sie gefangen nehmen.«

»Ich bin voller Gnade«, sagte Tippu, und das stimmte im Wesentlichen. Es gab eine Zeit, erbarmungslos zu sein, und eine Zeit, Erbarmen zu zeigen, und vielleicht war dieser Schotte eine nützliche Schachfigur, wenn es darum ging, eine Geisel zu haben. Außerdem hatte der Traum in der vergangenen Nacht dem Sultan Gutes versprochen, und die Vorahnungen an diesem Morgen waren gleichermaßen hoffnungsvoll gewesen, und so konnte er sich heute erlauben, Gnade zu zeigen.

»Steckt ihn jetzt in die Zelle«, sagte Tippu.

Irgendwo im Palast schlug eine französische Uhr die Stunde und erinnerte Tippu daran, dass es die Zeit für seine Gebete war. Er entließ sein Gefolge und ging in die schlichte Kammer mit Blickrichtung gen Mekka, wo er seine täglichen Gebete verrichtete.

Draußen, um ihr Opfer betrogen, zogen sich die Tiger in die Schatten des Hofes zurück. Eine der Bestien gähnte, eine andere schlief. Es würden andere Tage kommen und andere Menschen zu fressen sein. Dafür lebten die Tiger, für die Tage, an denen ihr Herr nicht gnädig war.

Im inneren Palast, mit dem Rücken zum überdachten Thron aus Gold, drehte Colonel Jean Gudin am Griff des Tigers. Der Tiger knurrte, die Pranken schlugen auf das hölzerne, blutig bemalte Fleisch, und der Rotrock schrie laut.

Sharpe hatte nicht aufschreien wollen. Bevor die Bestrafung begonnen hatte, war er entschlossen gewesen, keine Schwäche zu zeigen, und er ärgerte sich über sich selbst, als er beim ersten Peitschenhieb zusammenzuckte. Doch der plötzliche Schmerz war so stark gewesen, dass er unwillkürlich erzittert war. Von da an hatte er die Augen geschlossen und auf das Leder gebissen, und in seinem Kopf hatte ein stummer Schrei gehallt, als ein Peitschenhieb nach dem anderen seinen nackten Rücken traf.

»Einhundertdreiundzwanzig!«, rief Bywaters heiser.

Die Arme der peitschenden Trommlerjungen ermüdeten, doch sie wussten, dass es besser war, in ihrem Einsatz nicht nachzulassen, denn Sergeant Hakeswill beobachtete sie und genoss jeden Schlag.

»Einhundertvierundzwanzig«, rief Bywaters, und in diesem Augenblick hörte Sharpe durch den stummen Schrei in seinem Kopf ein Wimmern. Dann ein weiteres, und er erkannte, dass er es war, der das Geräusch verursachte, und so knurrte er stattdessen, öffnete die Augen und starrte voller Abscheu auf die gemeinen Offiziere, die ein paar Schritte entfernt auf ihren Pferden saßen. Er starrte sie an, als könne er die entsetzlichen Schmerzen von seinem Rücken auf ihre Gesichter übertragen, doch keiner setzte sich seinen Blicken aus. Sie starrten zum Himmel, blickten zu Boden, versuchten alle, den Anblick eines Mannes zu ignorieren, der vor ihnen zu Tode gepeitscht wurde.

»Einhundertsechsunddreißig«, rief Bywaters, und der Trommlerjunge holte wieder zum Schlag aus.

Blut lief Sharpes Rücken hinab und tränkte seine weiße Hose bis zu den Knien. Weiteres Blut hatte sein gefettetes und gepudertes Haar besudelt, und immer noch pfiffen die Peitschenschnüre auf ihn hinab, und jeder Hieb klatschte in die blutigen Striemen und ließ Blut spritzen.

»Einhundertvierzig. Haltet hoch, Jungs, haltet hoch! Nicht auf die Nieren«, blaffte Bywaters. Und der Sergeant Major blickte zum Bataillonschirurg und sah, dass Micklewhite jetzt vage über das Dreibein hinwegblickte. Sein feistes Gesicht war entspannt, als vertrödele er nur einen Sommertag.

»Wollen Sie ihn sich ansehen, Mister Micklewhite, Sir?«, fragte der Sergeant Major, doch Micklewhite schüttelte nur den Kopf. »Macht weiter, Jungs«, sagt der Sergeant Major zu den Trommlerjungen, und er bemühte sich nicht, die Missbilligung aus seiner Stimme herauszuhalten.

Das Auspeitschen ging weiter. Hakeswill beobachtete es mit Freude, doch die meisten der Männer starrten zum Himmel und beteten, dass Sharpe nicht laut schreien würde. Das würde sein Sieg sein, selbst wenn er starb.

Einige indische Soldaten hatten sich um das Karree versammelt und sahen zu. Solche Bestrafungen waren in der East India Company nicht erlaubt, und für die meisten Sepoys war es unerklärlich, dass die Briten solche Strafen bei sich vollstreckten.

»Einhundertneunundsechzig!«, rief Bywaters, und dann sah er einen Schimmer von Weiß unter einem Peitschenhieb. Das Schimmern war sofort von Blut bedeckt. »Ich kann eine Rippe sehen, Sir!«, rief der Sergeant zum Bataillonschirurg.

Micklewhite verscheuchte eine Fliege von seinem Gesicht und blickte zu einer kleinen Wolke empor, die nordwärts zog.

Da oben muss es windig sein, dachte er, ein Jammer, dass hier unten nichts die Hitze mildert. Ein Blutströpfchen spritzte auf seinen blauen Rock, und er wich hastig weiter zurück.

»Einhundertvierundsiebzig«, rief Bywaters und versuchte die Zahl mit missbilligendem Tonfall zu erfüllen.

Sharpe war jetzt halb bewusstlos. Der Schmerz war unerträglich. Es war, als verbrenne er lebend und gleichzeitig werde auf ihn eingestochen. Er wimmerte bei jedem Schlag, doch das Geräusch war kaum hörbar für die beiden schwitzenden Jungen, deren schmerzende Arme immer wieder die Peitsche hoben und niedersausen ließen.

Sharpe hielt die Augen geschlossen. Der Atem zischte an dem Knebel vorbei, und Schweiß und Speichel sickerten auf sein Kinn hinab und tropften auf den Boden, wo sein Blut dunkle Flecken im Staub gebildet hatte.

»Zweihunderteins!«, rief Bywaters und überlegte, ob er einen Schluck Wasser aus seiner Feldflasche nehmen konnte. Seine Stimme war heiser geworden.

»Stopp!«, rief jemand.

»Zweihundertzwei.«

»Stopp!«, rief die Stimme erneut, und diesmal war es, als sei das ganze Bataillon plötzlich aus dem Schlaf gerissen worden. Der Trommelwirbel verstummte mit einem letzten zögernden Schlag, als Sergeant Bywaters die Hand hob und den nächsten Peitschenhieb verhinderte.

Sharpe hob den Kopf und öffnete die Augen, doch er sah alles verschwommen. Der Schmerz raubte ihm fast die Besinnung, er wimmerte, und sein Gesicht sank wieder hinab. Ein Speichelfaden fiel langsam aus seinem Mund hinab in den Staub.

Colonel Arthur Wellesley war zum Dreibein geritten. Für einen Moment schauten Major Shee, seine Ordonnanzen und der Adjutant den Colonel fast schuldbewusst an, als seien sie bei einem verbotenen Freizeitvergnügen erwischt worden. Keiner sagte ein Wort, als der Colonel sein Pferd näher zu dem Gefangenen trieb.

Wellesley blickte mürrisch hinab und schob dann seine Reitgerte unter Sharpes Kinn, um seinen Kopf anzuheben. Der Colonel erschrak vom hasserfüllten Ausdruck in den Augen des Gefangenen. Er zog die Gerte zurück, dann wischte er die Spitze an seiner Satteldecke ab, um den Speichel zu entfernen.

»Der Gefangene ist sofort abzuschneiden, Major Shee«, sagte der Colonel eisig.

»Jawohl, Sir.« Shee war nervös und fragte sich, ob er einen schrecklichen Fehler begangen hatte. »Sofort, Sir«, fügte er hinzu, obwohl er noch keine Befehle gegeben hatte.

»Ich mag es nicht, eine wohlverdiente Bestrafung aufzuhalten«, sagte Wellesley laut genug, damit alle Offiziere in der Nähe ihn hörten, »aber Private Sharpe ist zu General Harris' Zelt zu bringen, sobald er sich erholt hat.«

»General Harris, Sir?«, fragte Major Shee erstaunt.

General Lord Harris war der Kommandeur dieses Feldzugs gegen Tippu. Und welches Interesse konnte der befehlshabende General an einem halb ausgepeitschten Private haben?

»Jawohl, Sir, natürlich, Sir«, fügte Shee hastig hinzu, als er bemerkte, dass seine Frage Wellesley langweilte. »Sofort, Sir.«

»Dann tun Sie endlich was!«, fuhr Wellesley ihn an.

Der Colonel war ein schlanker junger Mann mit schmalem Gesicht, hart blickenden Augen und spitzer Nase. Viele ältere Männer ärgerten sich darüber, dass der neunundzwanzigjährige Wellesley bereits ein Colonel war, doch er kam aus einer wohlhabenden Familie mit Adelstitel, und sein älterer Bruder, der Earl of Mornington, war Generalgouverneur der East India Company in Indien, und so war es kaum überraschend, dass der junge Arthur Wellesley so schnell so hoch aufgestiegen war.

Jedermann wusste, dass man sich mit viel Geld und guten Beziehungen Beförderungen kaufen konnte und deshalb der Sprung die Karriereleiter hinauf fast zwangsläufig war, doch selbst die nicht so glücklichen Männer, die sich über Wellesleys Privilegien ärgerten, mussten zugeben, dass der junge Colonel eine natürliche und kalte Autorität und – wie einige dachten – sogar ein Talent fürs Soldatentum hatte. Er war zweifellos pflichtbewusst in seinem erwählten Beruf, wenn das ein Zeichen für Talent war.

Wellesley trieb sein Pferd ein Stück näher und schaute zu, wie Sharpe von den Fesseln befreit wurde.

»Private Sharpe?« Es klang verächtlich, als ob er sich beschmutzte, weil er Sharpe überhaupt ansprach.

Sharpe sah auf, blinzelte und stieß einen gutturalen Laut aus. Bywaters rannte zu ihm und nahm ihm den Knebel aus dem Mund. Es kostete ihn einige Mühe, denn Sharpe hatte die Zähne tief in das Leder gegraben.

»Guter Junge«, sagte Bywaters leise, »guter Junge. Sie haben nicht geschrien. Ich bin stolz auf Sie, Junge.«

Schließlich hatte der Sergeant Major es geschafft, den Knebel freizubekommen, und Sharpe versuchte auszuspucken.

»Private Sharpe?«, wiederholte Wellesleys verächtliche Stimme.

Sharpe zwang sich, den Kopf zu heben. »Sir?« Das Wort war nur ein kaum verständliches Krächzen. »Sir«, versuchte er es von Neuem, und diesmal klang es wie ein Aufstöhnen.

In Wellesleys Gesicht zuckte es angewidert. »Sie werden zu

General Harris' Zelt gebracht. Haben Sie mich verstanden, Sharpe?«

Sharpe blinzelte zu Wellesley auf. In seinem Kopf schien sich alles zu drehen, und der Schmerz in seinem Körper wetteiferte mit dem Unglauben über das Gehörte und mit dem Zorn gegen die Armee.

»Haben Sie den Colonel gehört, Junge?«, fragte Bywaters.

»Jawohl, Sir.« Nur mit Mühe schaffte es Sharpe, Colonel Wellesley zu antworten.

Wellesley wandte sich an Micklewhite. »Verbinden Sie ihn, Mister Micklewhite. Tragen Sie eine Salbe auf seinem Rücken auf, was immer Sie für das Beste halten. Ich will ihn in der nächsten Stunde *compos mentis* haben. Haben Sie mich verstanden?«

»Binnen einer Stunde!«, stieß der Stabsoffizier ungläubig hervor, und dann sah er den Ärger im Gesicht des jungen Colonels. »Jawohl, Sir«, sagte er hastig, »binnen einer Stunde, Sir.«

»Und geben Sie ihm saubere Kleidung«, befahl Wellesley dem Sergeant Major, bevor er Sharpe mit einem letzten vernichtenden Blick bedachte und davonritt.

Die letzten der Stricke, die Sharpe auf dem Dreibein hielten, wurden durchgeschnitten. Shee und die Offiziere beobachteten, und alle fragten sich, welch außergewöhnlicher Umstand dazu geführt hatte, Sharpe zum Zelt von General Harris zu befehlen.

Keiner sprach ein Wort, als der Sergeant Major die letzten Strickfasern von Sharpes linkem Handgelenk zupfte und ihm die Hand reichte. »Hier, Junge. Halten Sie sich an mir fest. Ich ziehe Sie langsam hoch.«

Sharpe schüttelte den Kopf.

»Mit mir ist alles in Ordnung, Sergeant Major«, sagte er. Das stimmte nicht, doch er wollte verdammt sein, wenn er vor seinen Kameraden Schwäche zeigte, und doppelt verdammt, wenn er sich die Schwäche vor Sergeant Hakeswill anmerken ließ, der entgeistert beobachtet hatte, wie sein Opfer von den Fesseln befreit worden war. »Ich bin in Ordnung«, beteuerte Sharpe und erhob sich von dem Dreibein. Er schwankte leicht, drehte sich um und machte drei unsichere Schritte.

Ein Hochruf ertönte von der Leichten Kompanie.

»Ruhe!«, blaffte Captain Morris. »Melden Sie die Namen derjenigen, die nicht still sind, Sergeant Hakeswill.«

»Die Namen melden, Sir! Jawohl, Sir!«

Sharpe stolperte zweimal und wäre fast gefallen, doch er fing sich und machte einige Schritte auf den Bataillonschirurgen zu.

»Melde mich zum Verbinden, Sir«, krächzte er. Blut hatte seine Hosen getränkt, sein Rücken sah fürchterlich aus, doch sein Verstand war wieder klar, und der Blick, mit dem er den Bataillonschirurg ansah, ließ Micklewhite wegen seiner Wildheit erschauern.

»Kommen Sie mit mir, Private«, sagte Micklewhite.

»Helft ihm! Helft ihm!«, fuhr Bywaters die Trommlerjungen an, und die beiden schwitzenden Jungs ließen ihre Peitschen fallen und eilten zu Sharpe, um ihn an den Ellbogen zu stützen. Er hatte es geschafft, aufrecht zu bleiben, doch Bywaters hatte ihn schwanken sehen und befürchtet, dass er zusammenbrechen würde.

Sharpe wurde mehr getragen, als dass er aus eigener Kraft ging. Major Shee nahm seinen Hut ab und kratzte sich am grau werdenden Haar, und dann, weil er nicht sicher war, was er tun sollte, blickte er vom Pferderücken zu Bywaters hinab.

»Anscheinend haben Sie hier heute nichts mehr zu tun, Sergeant Major.«

»Nein, Sir.«

Shee zögerte. Es war alles so irregulär.

»Soll ich das Bataillon wegtreten lassen, Sir?«, fragte Bywaters.

Shee nickte, dankbar über den Vorschlag.

»Lassen Sie es wegtreten, Sergeant Major.«

»Jawohl, Sir.«

Sharpe hatte überlebt.

KAPITEL 4

Die Luft in General Harris' Zelt schien zu stehen. Es war ein großes Zelt, und obwohl beide Zugänge aufgeschlagen waren, um Durchzug zu schaffen, bewegte kein Windhauch die feuchte Luft unter dem Zeltdach. Das Licht, das durch das Segeltuch fiel, war gelblich wie Urin und ließ das Gras am Zeltboden verbrannt aussehen.

Vier Männer warteten im Zelt. Der jüngste und nervöseste des Quartetts war William Lawford, weil er nur Lieutenant und der jüngste anwesende Offizier war und an der Seite auf einem wackligen Stuhl saß, der wie ein Wunder den Transport in einem Armeewagen überstanden hatte.

Lawford wagte kaum, sich zu bewegen, geschweige denn, die Aufmerksamkeit auf sich zu lenken, und so saß er unbequem und unbehaglich da, während der Schweiß über sein Gesicht rann und auf seinen Hut tropfte, der auf seinen Oberschenkeln lag.

Gegenüber von Lawford saß sein Colonel, Arthur Wellesley, der den jüngeren Mann völlig ignorierte. Der Colonel hatte geplaudert, jedoch mürrisch, als ob es ihn anwiderte, warten zu müssen. Zweimal hatte er eine Uhr aus der Tasche genommen, den Deckel geöffnet, auf das Ziffernblatt gestarrt und dann die Uhr wortlos wieder verstaut.

General Harris, der Kommandeur der Armee, saß an einem länglichen Tisch, auf dem Karten ausgebreitet waren. Der Befehlshaber der alliierten Armeen war ein schmucker Mann im mittleren Alter, der ein ungewöhnliches Maß an gesundem

Menschenverstand und viel praktische Fähigkeiten besaß, und beides waren Qualitäten, die er in seinem jüngeren Stellvertreter, Colonel Wellesley, wiedererkannte.

Lord George Harris war ein umgänglicher Mann, doch jetzt, als er in dem gelben Halbdunkel des Zelts wartete, wirkte er beunruhigt und zerstreut. Er starrte auf die Landkarten, wischte sich mit einem großen blauen Taschentuch den Schweiß vom Gesicht, doch er blickte selten auf, um die Unterhaltung zur Kenntnis zu nehmen.

Harris fühlte sich unbehaglich, denn – wie Wellesley – billigte er nicht wirklich, was sie tun würden. Es war nicht so sehr die Ungehörigkeit der Aktion, sondern sie hatten den Verdacht, dass die vorgeschlagene Operation scheitern würde und zwei gute Männer, oder eher ein guter Mann und ein schlechter, verloren gehen würden.

Der vierte Mann im Zelt weigerte sich, Platz zu nehmen. Stattdessen schritt er zwischen den Tischen und den wackligen Stühlen auf und ab. Dies war der Mann, der es schaffte, die kleine Unterhaltung in der stickigen Atmosphäre des Zelts am Leben zu erhalten. Er heiterte seine Gefährten auf, ermunterte sie, versuchte, sie zu amüsieren, doch dann und wann scheiterten seine Bemühungen, und er schritt zu einem der Zugänge des Zelts und spähte hinaus.

»Kann jetzt nicht mehr lange dauern«, sagte er jedes Mal und begann dann wieder auf und ab zu gehen. Sein Name war Major General David Baird, und er war der rangälteste von General Harris' beiden Stellvertretern. Sein dunkles Haar war feucht und zerzaust, während sein breites Gesicht so sonnengebräunt war, dass er auf Lawford eher wie ein Arbeiter als ein General wirkte.

Die Ähnlichkeit war sogar noch größer, denn an David Bairds Äußerem war nichts Feines oder Kultiviertes. Er war ein gewaltig großer Schotte, breitschultrig und muskelbepackt wie ein Kohlenträger. Es war Baird gewesen, der seine beiden Kollegen zum Handeln überredet hatte, genauer gesagt, er hatte General Harris überredet, gegen seine bessere Einschätzung zu handeln, und Baird interessierte es kein bisschen, ob der verdammte Colonel Arthur Wellesley es billigte oder nicht.

Baird konnte Wellesley nicht ausstehen, und bitterlich ärgerte er sich über die Tatsache, dass der jüngere Mann zu seinem Kollegen und zu einem der stellvertretenden Kommandeure gemacht worden war. Baird, der seinen Groll nie unausgesprochen ließ, hatte bei Harris gegen Arthur Wellesleys Ernennung protestiert. »Wenn sein Bruder nicht Generalgouverneur wäre, hätten Sie ihn nie befördert.«

»Das stimmt nicht, Baird«, hatte Harris milde geantwortet. »Wellesley hat Fähigkeiten.«

»Fähigkeiten, du meine Güte. Er hat eine Familie!«, hatte sich Baird ereifert.

»Wir alle haben Familie.«

»Keine großkotzigen, stinkreichen englischen Familien!«

»Er wurde in Irland geboren.«

»Dann im verdammten Irland, aber er ist kein Ire, Harris, und das wissen Sie. Der Mann trinkt nicht mal, um Himmels willen! Allenfalls vielleicht ein bisschen Wein, aber nichts, was ich harte Drinks nenne! Haben Sie jemals einen so nüchternen Iren gekannt?«

»Einige, eine ganze Menge, um die Wahrheit zu sagen«, hatte Harris aufrichtig geantwortet. »Aber ist die Trunksucht wirklich eine wünschenswerte Qualität für einen Militärkommandeur?«

»Die Erfahrung ist das«, hatte Baird gegrollt. »Hölle, Mann, Sie und ich haben einigen Dienst geleistet! Wir haben Blut verloren! Und was hat Wellesley verloren? Geld! Nichts als Geld, während er sich den Weg zum Colonel raufgekauft hat. Der Mann ist nie in einer Schlacht gewesen!«

»Er wird trotzdem ein sehr guter Stellvertreter sein, und nur das zählt«, hatte Harris erwidert, und er war tatsächlich sehr erfreut über Wellesleys Leistung. Die Verantwortlichkeiten des Colonels lagen hauptsächlich bei der Armee des Nizam von Haidarabad, und er hatte diesen Potentaten geschickt überzeugen können, auf Harris' Vorschläge zu hören, eine Aufgabe, die Baird niemals auch nur halb so gut hätte schaffen können, denn der Schotte war für seinen Hass auf alle Inder bekannt.

Dieser Hass ging auf die Jahre zurück, die Baird in den Kerkern von Tippu Sultan in Seringapatam verbracht hatte. Vor siebzehn Jahren, in der Schlacht gegen den grimmigen Tippu, Hyder Ali, Tippus Vater, war der junge David Baird gefangen genommen worden. Er und die anderen Gefangenen hatten nach Seringapatam marschieren müssen, und dort erlitten sie 44 demütigende Monate heißer, feuchter Hölle in Hyder Alis Kerkern. In einigen dieser Monate war Baird an die Mauer angekettet gewesen, und jetzt wollte sich der Schotte rächen. Er träumte davon, mit seinem schottischen Breitschwert die Wälle von Tippus Festung zu erstürmen und Tippu in die Enge zu treiben, und dann würde er ihm bei Gott die Hölle von Seringapatams Kerkern tausendfach zurückzahlen.

Es waren die Erinnerung an dieses Martyrium und das Wissen, dass sein Landsmann McCandless jetzt ebenfalls dazu verdammt war, die Baird überzeugt hatten, dass McCandless befreit werden musste.

Colonel McCandless hatte selbst vorgeschlagen, wie diese Befreiung erreicht werden konnte. Vor seinem Aufbruch zu dieser Mission hatte er einen Brief bei David Baird hinterlassen. Der Brief, auf dem stand, dass er nur geöffnet werden sollte, wenn McCandless nicht zurückkehren sollte, schlug vor, dass bei einer Gefangennahme des Colonels – wenn General Harris es für wichtig hielt, ihn zu befreien zu versuchen – ein vertrauenswürdiger Mann geheim nach Seringapatam geschickt werden sollte, wo er Kontakt mit einem Händler namens Ravi Shekhar aufnehmen sollte.

»Wenn ein Mann die Mittel hat, um mich zu befreien, dann Shekhar«, hatte McCandless geschrieben, »obwohl ich Ihnen beiden vertraue und der General das Risiko abwägen wird, einen so erstklassigen Informanten gegen die kleinen Vorteile abzuwägen, die durch meine Befreiung gewonnen werden können.«

Baird hatte keinen Zweifel an McCandless' Wert. McCandless allein kannte die Identitäten der britischen Agenten in Tippus Diensten, und niemand in der Armee wusste so viel über Tippu wie McCandless. Baird war sich zudem darüber im Klaren, dass Tippu McCandless seinen Tigern zum Fraß vorwerfen würde, wenn er jemals McCandless' wahre Verantwortlichkeiten herausfinden würde.

Es war Baird, der sich daran erinnert hatte, dass McCandless' englischer Neffe, William Lawford, in der Armee diente, und Baird hatte Lawford überredet, in Seringapatam einzudringen und McCandless zu befreien zu versuchen.

Dann hatte Baird diese Mission General Harris vorgeschlagen. Harris hatte die Idee zunächst verschmäht und stattdessen vorgeschlagen, vielleicht einen indischen Freiwilligen zu suchen, der eine viel größere Chance hatte, in der feindlichen Hauptstadt unentdeckt zu bleiben, doch Baird hatte seinen eigenen Vorschlag heftig verteidigt.

»Es ist zu wichtig, um es irgendeinem Nigger zu überlassen, Harris, und außerdem weiß nur McCandless, welchem der

Bastarde man vertrauen kann. Ich würde keinem einzigen davon vertrauen.«

Harris hatte geseufzt. Er befehligte zwei Armeen, fünfzigtausend Männer, und nur fünftausend dieser Soldaten waren Inder, und wenn man keinem »Nigger« trauen konnte, dann waren Harris, Baird und jeder sonst dem Untergang geweiht. Doch der General wusste, dass er gegen Bairds sture Vorurteile gegen alle Inder nicht ankommen konnte.

»Ich würde McCandless gern befreien lassen«, hatte Harris zugegeben, »aber, Menschenskind, Baird, ich kann nicht sehen, wie ein weißer Mann in Seringapatam überleben könnte.«

»Wir können keinen Nigger schicken«, hatte Baird beharrt, »Sie werden Geld von uns nehmen und dann geradewegs zu Tippu laufen und mehr Geld von ihm bekommen. Dann können Sie McCandless und seinen Kumpel Shekhar vergessen.«

»Aber warum sollen wir diesen jungen Mann Lawford schicken?«, hatte Harris gefragt.

»Weil McCandless ein geheimnistuerischer Kerl ist, Sir, vorsichtiger als die meisten, und wenn er Willie Lawford sieht, dann wird er wissen, dass wir ihn geschickt haben, doch wenn er einen anderen Briten sieht, könnte er denken, es ist irgendein Deserteur, der von Tippu geschickt worden ist, um ihn in die Falle zu locken. Unterschätzen Sie niemals Tippu, Harris. Er ist ein gerissener Bastard. Er erinnert mich an Wellesley. Er denkt immerzu.«

Harris hatte einen Grunzlaut ausgestoßen. Er hatte sich der Idee widersetzt, doch sie war auch wie eine Verlockung für ihn gewesen, denn der Havildar, der McCandless' gescheiterte Expedition überlebt hatte, war zur Armee zurückgekehrt.

Havildar hatte berichtet, dass McCandless sich mit dem Mann unterhalten hatte, den er hatte treffen wollen, und obwohl Harris die Identität dieses Mannes nicht kannte, wusste er, dass McCandless nach dem Schlüssel gesucht hatte, der ihm den Weg in Tippus Stadt öffnen würde. Nur eine so wichtige Mission, eine Mission, die den Erfolg garantieren konnte, hatte Harris dazu bewogen, McCandless zu erlauben, sein Leben aufs Spiel zu setzen. Und jetzt war McCandless ein Gefangener, und Harris wurde eine Chance geboten, ihn zurückzuholen oder wenigstens McCandless' Informationen zu erhalten, selbst wenn der Colonel nicht aus den Kerkern des Sultans befreit werden konnte. Harris hatte keine so große Zuversicht in den britischen Erfolg bei dem Feldzug, dass er einen solchen unverhofften Glücksfall außer Acht lassen konnte.

»Aber wie, in Gottes Namen, soll dieser Lawford in der Stadt überleben?«, hatte Harris gefragt.

»Leicht!«, hatte Baird spöttisch gesagt. »Tippu ist verdammt begierig auf europäische Freiwillige. So stecken wir den jungen Lawford in die Uniform eines Private, und er kann sich als Deserteur ausgeben. Er wird mit offenen Armen empfangen werden! Sie werden ihm Blumengirlanden um den Hals hängen und ihm die erste Wahl bei den *bibbis* geben.«

Harris hatte sich nur langsam überreden lassen, doch Wellesley hatte sich dagegen entschieden, als er davon erfahren hatte. Lawford konnte laut Wellesleys Überzeugung niemals als gemeiner Soldat durchgehen, doch Bairds Begeisterung hatte die Oberhand über Wellesleys Meinung gewonnen, und so war Lieutenant Lawford in Harris' Zelt befohlen worden, wo er die Dinge kompliziert hatte, indem er der gleichen Meinung wie sein Colonel gewesen war.

»Ich würde gern helfen, Sir«, hatte er Harris gesagt, »aber ich bin mir nicht sicher, ob ich die Täuschung schaffen kann. Ob ich zu der Rolle fähig bin.«

»Guter Gott, Mann!«, hatte Baird sich eingemischt. »Spucken und fluchen Sie! Das ist nicht schwer!«

»Es wird sehr schwer sein«, hatte Harris widersprochen und den schüchternen Lieutenant angestarrt. Er bezweifelte, dass Lawford glaubwürdig zu der Täuschung fähig war, denn der Lieutenant war offensichtlich ein anständiger Mann, der anscheinend ohne Falsch war.

Dann hatte Lawford die Dinge noch komplizierter gemacht.

»Ich halte es für plausibler, Sir«, sagte er respektvoll, »wenn ich einen anderen Mann mitnehmen könnte. Deserteure flüchten gewöhnlich zu zweit, nicht wahr? Und wenn der Mann ein echter Typ ist, ein einfacher Soldat, wäre alles überzeugender.«

»Das macht Sinn, das macht Sinn«, hatte Baird ermunternd gesagt.

»Haben Sie einen Mann im Sinn?«, hatte Wellesley kühl gefragt.

»Sein Name ist Sharpe, Sir«, hatte Lawford geantwortet. »Man wird ihn vermutlich gerade zu Peitschenhieben verurteilen.«

»Dann wird er verdammt nicht von Nutzen sein«, sagte Wellesley, und sein Tonfall klang, als sei die Sache damit für ihn vergessen.

»Ich werde mit keinem anderen gehen, Sir«, erwiderte Lawford entschieden. Er wandte sich damit an General Harris, statt an den Colonel, und Harris war erfreut, dass Lawford Rückgrat bewies. Der Lieutenant hatte anscheinend doch mehr Selbstvertrauen, als es den Anschein hatte.

»Wie viele Peitschenhiebe bekommt dieser Typ?«, erkundigte sich Harris.

»Das weiß ich nicht, Sir. Er steht jetzt vor dem Kriegsgericht, Sir, und wenn ich nicht hier wäre, würde ich für ihn aussagen. Ich zweifle an seiner Schuld.«

Die Streitfrage, ob Sharpe für die Mission eingesetzt werden sollte oder nicht, wurde bei der Mittagsmahlzeit aus Reis und geschmortem Ziegenfleisch fortgesetzt.

Wellesley weigerte sich, bei dem Kriegsgericht oder dem folgenden Urteil einzugreifen. Er erklärte, dass dies nachteilig für die Disziplin sein würde, doch William Lawford weigerte sich hartnäckig und respektvoll, einen anderen Mann auf die Mission mitzunehmen. Er sagte, es müsse ein Mann sein, dem er vertrauen könne.

»Wir könnten einen anderen Offizier schicken«, schlug Wellesley vor, doch die Idee wurde fallen gelassen, als allen klar geworden war, wie schwierig es war, einen zuverlässigen Freiwilligen zu finden. Es gab viele Männer, die auf die Mission mitgehen würden, doch wenige waren zuverlässig, und die zuverlässigen würden zu sensibel sein, um ihr wertvolles Offizierspatent für etwas aufs Spiel zu setzen, das Wellesley als närrischen Botengang bezeichnete.

»Warum sind Sie also für die Mission bereit?«, fragte Harris Lawford. »Sie sehen nicht wie ein Narr aus.«

»Ich glaube, ich bin auch keiner, Sir. Aber mein Onkel gab mir das Geld, um mein Patent zu kaufen.«

»Tatsächlich! Das war verdammt großzügig.«

»Und ich hoffe, ich bin verdammt dankbar, Sir.«

»Dankbar genug, um für ihn zu sterben?«, warf Wellesley spöttisch ein.

Lawford war rot geworden, doch er ließ sich nicht aus dem Konzept bringen. »Ich nehme an, Private Sharpe ist findig genug, um uns beide am Leben zu erhalten, Sir.«

Die Entscheidung, ob Sharpe mitgenommen wurde oder nicht, blieb letzten Endes bei General Harris, der insgeheim mit Wellesley einer Meinung war, dass es der Disziplin schadete, einem Mann seine wohlverdiente Bestrafung zu ersparen.

Doch schließlich, überzeugt, dass außergewöhnliche Maßnahmen erforderlich waren, um McCandless zu befreien, ließ sich der General von Bairds Begeisterung anstecken und befahl schweren Herzens, den unglücklichen Sharpe zum Zelt zu holen.

Deshalb wankte Sharpe schließlich in das schwache gelbliche Licht, das durch das Segeltuch des hohen Zelts fiel. Er trug eine saubere Uniform, doch jeder im Zelt konnte sehen, dass er noch schreckliche Schmerzen hatte. Er bewegte sich steif, und die Steifheit rührte nicht nur von den meterlangen Verbänden her, die seinen Oberkörper umgaben, sondern auch von der Qual bei jeder Bewegung seines Körpers. Er hatte versucht, das Blut aus seinem Haar zu waschen, und hatte dabei den Großteil des Puders herausgespült, und als Colonel Wellesley ihm befahl, seinen Hut abzunehmen, wirkte sein Haar seltsam gesprenkelt.

»Ich nehme an, Sie setzen sich besser«, schlug General Baird vor und blickte zu Harris, um dessen Erlaubnis einzuholen.

»Holen Sie sich einen Stuhl«, befahl Harris Sharpe, und dann konnte er sehen, dass der Private sich nicht bücken konnte, um ihn anzuheben.

Baird holte den Stuhl.

»Tut es weh?«, fragte er mitfühlend.

»Jawohl, Sir.«

»Es soll wehtun«, sagte Wellesley barsch. »Der Schmerz ist der Sinn der Bestrafung.« Er blieb mit dem Rücken zu Sharpe gewandt und demonstrierte so seine Missbilligung. »Ich störe ungern eine Auspeitschung«, fuhr Wellesley wie im Selbstgespräch fort. »Es untergräbt die Ordnung. Wenn die Männer erst glauben, dass ihre Urteile verkürzt werden können, dann weiß Gott allein, zu welchen Schandtaten sie bereit sein werden.« Er drehte sich plötzlich auf seinem Stuhl und bedachte

Sharpe mit eisigem Blick. »Wenn es nach mir ginge, Sharpe, würde ich Sie zurückmarschieren und den Job bei Ihnen beenden lassen.«

»Ich bezweifle, dass Private Sharpe die Bestrafung überhaupt verdient hat«, wagte Lawford zu äußern und wirkte erschrocken über seinen Mut, für Sharpe Partei zu ergreifen.

»Die Zeit für solche Gefühle, Lieutenant, war während der Verhandlung des Kriegsgerichts«, blaffte Wellesley, und sein Tonfall verriet, dass er dies ohnehin für reine Verschwendung hielt. »Sie haben Glück gehabt, Private Sharpe«, fuhr er angewidert fort. »Ich werde bekannt geben, dass Ihnen der Rest der Bestrafung als Belohnung für Ihren guten Kampf am Vortag erspart geblieben ist. Haben Sie gut gekämpft?«

Sharpe nickte. »Ich habe meinen Anteil des Feindes getötet, Sir.«

»So wandle ich das Urteil um. Und morgen werden Sie verdammt noch mal damit belohnt, dass Sie desertieren dürfen.«

Sharpe fragte sich, ob er richtig gehört hatte. Er sagte sich, dass es besser war, nicht zu fragen, und so blickte er vom Colonel fort starr auf die Zeltwand und behielt ein ausdrucksloses Gesicht.

»Haben Sie je mit dem Gedanken gespielt, zu desertieren, Sharpe?«, fragte General Baird.

»Ich, Sir?«, Sharpe schaffte es, überrascht auszusehen. »Ich doch nicht, Sir, nein, Sir. Das ist mir nie in den Sinn gekommen, Sir.«

Baird lächelte. »Wir brauchen einen guten Lügner für diese besondere Mission. So sind Sie eine ausgezeichnete Wahl, Sharpe. Außerdem wird jeder, der sich Ihren Rücken ansieht, wissen, warum Sie desertieren wollen.« Baird gefiel dieser Gedanke, und seine Miene verriet plötzlich Begeisterung. »Wenn Sie nicht bereits passend ausgepeitscht worden wären, hätten wir Ihnen möglicherweise selbst ein paar Peitschenhiebe verpassen müssen!« Er lächelte.

Sharpe lächelte nicht zurück. Stattdessen blickte er argwöhnisch von einem Offizier zum anderen. Er konnte sehen, dass Lawford nervös war, Baird sein Bestes tat, um freundlich zu sein, General Harris' Miene ausdruckslos war und Colonel Wellesley sich angewidert abgewandt hatte. Aber Wellesley war schon immer ein kalter Fisch gewesen, und so hatte es keinen Sinn, zu versuchen, ihn für sich einzunehmen. Sharpe nahm an, dass Baird der Mann war, der ihn gerettet hatte, und das passte zu Bairds Ruf in der Armee. Der Schotte war ein Soldatengeneral. Ein tapferer Mann und sehr beliebt bei der Truppe.

Baird lächelte wieder, versuchte Sharpe die Spannung zu nehmen.

»Lassen Sie mich erklären, warum Sie desertieren, Sharpe. Vor drei Tagen verloren wir einen guten Mann, einen Colonel namens McCandless. Tippus Soldaten nahmen ihn gefangen und brachten ihn soweit wir wissen nach Seringapatam. Wir wollen, dass Sie zu dieser Stadt gehen und von den Truppen Tippus gefangen genommen werden. Verstehen Sie mich bis jetzt?«

»Jawohl, Sir«, sagte Sharpe gehorsam.

»Guter Mann. Wenn Sie Seringapatam erreichen, wird Tippu wollen, dass Sie sich seiner Armee anschließen. Er liebt es, weiße Männer in seinen Reihen zu haben, und so wird es Ihnen keine Mühe machen, für ihn zu dienen. Und wenn man Ihnen erst vertraut, wird es Ihre Aufgabe sein, Colonel McCandless zu finden und ihn lebend aus Seringapatam herauszubringen. Können Sie mir immer noch folgen?«

»Jawohl, Sir«, sagte Sharpe stoisch und fragte sich, warum man ihn nicht bat, mal kurz nach London zu hüpfen und die

Kronjuwelen zu stehlen. Verdammte Idioten! Hefte einem Mann ein goldenes Band an den Rock, und sein Verstand wird zu Brei! Dennoch tat er alles, was sie wollten, und das war, ihn mit einem Tritt aus der Armee zu werfen, und so verhielt er sich sehr still, sehr brav und zuverlässig. Nicht sosehr aus Respekt, sondern weil sein Rücken bei jeder Bewegung teuflisch schmerzte.

»Sie werden nicht allein gehen«, erklärte Baird. »Lieutenant Lawford hat seine freiwilligen Dienste angeboten und wird Sie begleiten. Er wird sich als Private und Deserteur ausgeben, und Ihre Aufgabe besteht darin, auf ihn aufzupassen.«

»Jawohl, Sir«, sagte Sharpe und verbarg seine Bestürzung darüber, dass die Dinge nicht ganz so leicht sein würden. Er konnte jetzt nicht einfach desertieren, nicht mit Lawford am Hals. Er blickte zu dem Lieutenant, der ihn beruhigend anlächelte.

»Die Sache ist die, Sharpe«, sagte Lawford immer noch lächelnd. »Ich bin mir nicht ganz sicher, ob ich als Private durchgehen kann. Aber Ihnen wird man glauben, und Sie können sagen, ich bin ein neuer Rekrut.«

Ein neuer Rekrut! Fast hätte Sharpe gelacht. Man konnte den Lieutenant ebenso wenig als Rekrut ausgeben wie Sharpe als Offizier! In diesem Augenblick kam ihm eine Idee, und der Gedanke überraschte ihn, nicht weil es eine gute Idee war, sondern weil sie darauf hinauslief, dass er plötzlich versuchte, dazu beizutragen, dass dieser idiotische Plan funktionierte.

»Es wäre besser, Sie würden sich als Kompanieschreiber ausgeben, Sir.« Er murmelte die Worte zu leise, hatte Hemmungen, sie vor so vielen ranghohen Offizieren klar und deutlich zu äußern.

»Reden Sie lauter, Mann!«, blaffte Wellesley.

»Es wäre besser, Sir«, sagte Sharpe so laut, dass es an Unverschämtheit grenzte, »wenn der Lieutenant sich als Kompanieschreiber ausgeben würde, Sir.«

»Als Schreiber?«, fragte Baird. »Warum?«

»Er hat weiche Hände, Sir. Saubere Hände. Schreiber kriechen nicht im Dreck herum wie wir anderen. Und Rekruten, Sir, haben für gewöhnlich genauso dreckige Hände wie wir. Aber keine Schreiber, Sir.«

Harris, der geschrieben hatte, blickte auf, und seine Miene spiegelte so etwas wie Bewunderung wider.

»Tun Sie ihm etwas Tinte auf die Hände, Sir, und er wird perfekt glaubwürdig aussehen«, sagte Sharpe zu Baird.

Wellesley schnaubte und blickte dann durch den offenen Zeltzugang, als sei es ihm langweilig.

General Harris blickte zu Lawford. »Könnten Sie die Rolle eines verärgerten Schreibers spielen, Lieutenant?«, fragte er.

»Oh, das könnte ich, Sir. Klar, Sir.« Lawford klang sehr zuversichtlich.

»Gut«, sagte Harris und legte seine Schreibfeder ab. Der General trug eine Perücke, um die Narbe zu verbergen, die von einer amerikanischen Kugelwunde bei Bunker Hill herrührte. Jetzt hob er unbewusst eine Ecke der Perücke und kratzte sich darunter an der alten Narbe. »Und ich nehme an, wenn Sie in die Stadt gelangen, nehmen Sie Kontakt mit diesem Händler auf. Wie war noch mal sein Name, Baird?«

»Ravi Shekhar, Sir.«

»Und was ist, wenn dieser Shekhar nicht dort ist?«, fragte Harris. »Oder nicht helfen will?«

Nach dieser Frage herrschte Schweigen. Die Posten außerhalb des Zelts, die sich außer Hörweite aufhielten, gingen auf und ab. Ein Hund bellte.

»Sie müssen mit diesen Dingen rechnen«, sagte Harris milde und kratzte sich wieder unter der Perücke.

Wellesley lachte hart auf, sagte jedoch nichts.

»Wenn Ravi Shekhar uns nicht helfen wird, Sir«, sagte Baird, »dann müssen Lawford und Sharpe selbst in McCandless' Kerker gelangen und eine Möglichkeit finden, ihn zu befreien und alle wieder rauszukommen.« Der Schotte wandte sich an Sharpe. »Waren Sie zufällig ein Dieb, bevor Sie zur Armee gingen?«

Sharpe zögerte einen Herzschlag, bevor er nickte. »Jawohl, Sir.«

»Welche Art Dieb?«, fragte Wellesley mit angewiderter Stimme, als sei er überrascht zu entdecken, dass es in seinem Bataillon Kriminelle gab, und als Sharpe keine Antwort gab, wurde der Colonel noch gereizter. »Ein Langfinger? Ein Spitzbube? Ein Klauer?«

Sharpe überraschte es, dass sein Colonel so viele Begriffe für eine Sache kannte. Er schüttelte empört den Kopf, bestritt, das er je ein Straßenräuber gewesen war.

»Ich war ein Hausöffner, Sir«, sagte er. »Und richtig ausgebildet dazu«, fügte er stolz hinzu. In Wirklichkeit hatte er am Straßenraub teilgenommen, keine Kutschen ausgeraubt, sondern die Lederriemen durchgeschnitten, mit denen die Handkoffer der Passagiere hinten an der Kutsche befestigt gewesen waren. Dieser Job wurde erledigt, wenn die Kutsche in schneller Fahrt über die Straße vorbeirollte und der Lärm des Hufschlags und Räderrasselns das Herunterfallen des Gepäcks übertönte. Es war ein Job für schnelle und sportliche Jungen gewesen, und Sharpe hatte seine Sache gut gemacht.

»Ein Hausöffner heißt, dass er ein Einbrecher war«, übersetzte Wellesley für die anderen Offiziere voller Verachtung.

Baird war erfreut über Sharpes Antworten. »Haben Sie noch einen Dietrich, Private?«

»Ich, Sir? Nein, Sir. Aber ich nehme an, ich könnte einen finden, Sir, wenn ich eine Guinee hätte.«

Baird lachte, nahm an, dass die wahren Kosten eher einen Shilling betrugen. Dennoch ging er zu seinem Rock, der an einem Haken an einem der Zeltpfosten hing, und fischte eine Guinee aus der Tasche, die er auf Sharpes Schoß warf.

»Finden Sie einen bis morgen, Private Sharpe«, sagte er. »Wer weiß, wofür er nützlich sein könnte.« Er drehte sich zu Harris um. »Aber ich bezweifle, dass es dazu kommen wird, Sir. Ich bete, dass es nicht dazu kommt, denn ich bin mir nicht sicher, dass jemand, selbst Private Sharpe nicht, aus den Kerkern Tippus flüchten kann.«

Der große General wandte sich wieder an Sharpe. »Ich war fast vier Jahre lang in diesen Kerkern, Sharpe. Und in der ganzen Zeit konnte keiner entkommen. Kein Einziger.« Baird ging ruhelos auf und ab, während er sich an sein Martyrium erinnerte. »Die Zellen Tippus haben mit Schlössern verriegelte Türen. Ihr Dietrich könnte da funktionieren, aber als ich dort war, gab es tagsüber immer vier Wärter, und an einigen Tagen hielten sogar *jettis* Wache.

»*Jettis*, Sir?«, fragte Lawford.

»*Jettis*, Lieutenant. Tippu hat ein Dutzend dieser Bastarde von seinem Vater geerbt. Es sind professionelle Muskelmänner, und ihre spezielle Aufgabe ist es, Gefangene hinzurichten. Sie haben verschiedene Hinrichtungsarten, und keine davon ist angenehm. Wollen Sie ihre Methoden hören?«

»Nein, Sir«, sagte Lawford hastig und erbleichte bei dem Gedanken.

Sharpe war enttäuscht, wagte jedoch nicht, nach den Einzelheiten zu fragen.

Baird schnitt eine Grimasse.

»Sehr unangenehme Hinrichtungen, Lieutenant«, sagte er

grimmig. »Wollen Sie sich immer noch auf diese Mission einlassen?«

Lawford blieb blass, nickte jedoch. »Ich glaube, es ist einen Versuch wert, Sir.«

Wellesley schnaubte über die Dummheit des Lieutenants, doch Baird ignorierte den Colonel.

»Des Nachts werden die Wachen abgezogen«, fuhr er fort, »aber es gibt immer noch einen Posten.«

»Nur einen?«, fragte Sharpe.

»Nur einen«, bestätigte Baird.

»Ich kann mich um den Posten kümmern, Sir«, meinte Sharpe überzeugt.

»Nicht um den«, widersprach Baird grimmig, »denn als ich dort war, handelte es sich um einen Tiger, Sharpe. Ein Menschenfresser, und seine acht Fuß Körperlänge sind ohne Schwanz gerechnet. Er tigert jede Nacht auf dem Gang vor der Zelle, also beten Sie, dass Sie nie in den Zellen Tippus landen. Beten Sie, dass Ravi Shekhar weiß, wie McCandless herausgeholt werden kann.«

»Oder beten Sie«, schaltete sich Harris ein, »dass dieser Shekhar zumindest herausfindet, was McCandless weiß, und dass Sie diese Informationen zu uns bringen können.«

»Das ist es also, was wir von Ihnen wollen«, sagte Baird mit schroffer Heiterkeit. »Sind Sie bereit, das zu tun, Mann?«

Sharpe fand dies alles idiotisch, und der Gedanke an den Tiger gefiel ihm überhaupt nicht, doch er wusste, dass es besser war, sich seinen Widerwillen nicht anmerken zu lassen.

»Ich nehme an, drei sind besser als zweitausend, Sir«, sagte er.

»Drei?«, fragte Baird verwirrt.

»Drei Streifen sind besser als zweitausend Peitschenhiebe, Sir. Wenn wir herausfinden, was Sie wissen wollen, oder diesen

Colonel McCandless aus dem Kerker holen, Sir, kann ich dann ein Sergeant sein?« Er richtete die Frage an Wellesley.

Wellesley blickte bei Sharpes Vermessenheit erzürnt drein, und für einen Augenblick war klar, dass er es ablehnen würde, diesen Gedanken auch nur zu erwägen, doch General Harris räusperte sich und bemerkte milde, dass dies wie ein vernünftiger Vorschlag für ihn klang.

Wellesley dachte daran, dem General zu widersprechen, doch dann sagte er sich, dass es äußerst unwahrscheinlich war, dass Sharpe diesen Blödsinn überleben würde, und so nickte er, wenn auch widerstrebend.

»Die Sergeanten-Streifen, wenn Sie Erfolg haben werden.«

»Danke, Sir«, sagte Sharpe.

Baird entließ ihn. »Gehen Sie jetzt mit Lieutenant Lawford, Sharpe, er wird Ihnen sagen, was zu tun ist. Und noch eines …« Die Stimme des Schotten wurde jetzt sehr eindringlich. »Sagen Sie um Gottes willen keiner Menschenseele, was wir tun werden.«

»Daran würde ich nicht im Traum denken, Sir«, sagte Sharpe und zuckte zusammen, als er aufstand.

»Dann gehen Sie.« Baird wartete, bis die beiden Männer fort warten, dann seufzte er. »Ein gescheiter junger Bursche, dieser Sharpe«, sagte er zu Harris.

»Ein Schurke«, warf Wellesley ein. »Ich könnte Ihnen hundert andere liefern, die genauso anrüchig sind. Abschaum, sie alle, und das Einzige, was sie von Aufruhr und Krawall abhält, ist Disziplin.«

Harris schlug auf den Tisch, um die Streiterei seiner beiden Stellvertreter zu beenden.

»Aber wird der Schurke Erfolg haben?«, fragte er.

»Er wird keine Chance haben«, sagte Wellesley überzeugt.

»Eine jämmerlich geringe Chance«, gab Baird mürrisch zu,

fügte dann jedoch lebhafter hinzu: »Aber selbst eine kleine Chance ist es wert, wenn wir McCandless zurückholen können.«

»Mit dem Risiko, zwei gute Männer zu verlieren?«, fragte Harris.

»Einen Mann, der ein anständiger Offizier werden könnte«, korrigierte Wellesley den General, »und einen Mann, um dessen Verlust die Welt keine Sekunde trauern würde.«

»Aber McCandless hat vielleicht den Schlüssel zur Stadt, General«, erinnerte Baird Harris.

»Stimmt«, sagte Harris schwer. Dann entrollte er die Karte, die zusammengerollt auf seinem Tisch lag. Die Karte zeigte Seringapatam, und wann immer er daraufschaute, fragte er sich, wie er die Stadt belagern sollte. Lord Cornwallis, der die Stadt vor sieben Jahren erobert hatte, hatte die Nordseite der Insel eingenommen und dann die östlichen Wälle angegriffen, doch Harris bezweifelte, dass er wieder so vorgehen konnte. Tippu würde durch die damalige Niederlage vorgewarnt sein, was bedeutete, dass ein erneuter Angriff entweder von Süden oder von Westen erfolgen musste. Ein Dutzend Deserteure von der Truppe des Feindes hatte berichtet, dass der Westwall in schlechtem Zustand war, und das würde für Harris vielleicht die beste Chance bedeuten.

»Süden oder Westen«, sagte er laut und wiederholte das Problem, das er bereits unzählige Male mit seinen beiden Stellvertretern diskutiert hatte. »Aber auf jedem Weg ist alles voller Geschütze, Raketen und Infanterie. Und wir werden nur eine Chance haben, bevor der Regen einsetzt. Nur eine. Westen oder Süden also.«

Er starrte auf die Karte, hoffte wider allen vernünftigen Menschenverstands darauf, dass McCandless aus dem Kerker geholt werden und ihm einen Rat geben konnte, doch das war

Wunschdenken, wie er sich eingestand, und er würde die Entscheidung zwangsläufig selbst fällen müssen.

Die letzte Entscheidung konnte warten, bis die Armee nahe bei der Stadt war und Harris eine Chance gehabt hatte, die Verteidigungsanlagen des Sultans einzuschätzen. Wenn die Armee das Biwak aufschlug, würde die Entscheidung schnell gefällt werden müssen, und alles in allem war sich Harris ziemlich sicher, welche Route er wählen würde. Schon seit Wochen hatte ihm sein Gefühl gesagt, wo er angreifen sollte, doch er war besorgt gewesen, dass Tippu die Schwächen der Verteidigungsanlage der Stadt vorausgesehen haben könnte. Es hatte jedoch keinen Sinn, sich zu fragen, ob Tippu ihn überlisten konnte, darin lag Unschlüssigkeit, und so tippte Harris mit der Schreibfeder auf die Karte.

»Mein Gefühl sagt mir, hier anzugreifen, Gentlemen, genau hier.« Er wies auf den Westwall. »Durch die seichten Stellen des Flusses und die schwächsten Stellen der Mauer. Dies scheint offenbar die richtige Stelle zu sein.« Er tippte wieder auf die Karte. »Genau hier.«

Genau dort hatte Tippu seine Falle aufgebaut.

Allah, in Seiner unendlichen Gnade, war gut zu Tippu gewesen, denn Allah, in Seiner unermesslichen Weisheit, hatte die Existenz eines Händlers enthüllt, der Informationen zur britischen Armee schickte. Der Mann handelte mit Metallen, Kupfer, Zinn und Messing, und seine Wagen passierten mit ihrer schweren Ladung häufig eines der beiden Haupttore der Stadt. Gott allein wusste, wie viele solcher Frachten in den vergangenen drei Monaten Seringapatam verlassen hatten, doch schließlich hatte einer der Wachleute am Tor den richtigen Wagen durchsucht und den verschlüsselten Brief entdeckt.

Beim Verhör hatte der ertappte Händler zugegeben, dass der Brief einen Bericht über die seltsamen Arbeiten enthielt, die in dem alten, geschlossenen Torweg der westlichen Mauer gemacht worden waren. Diese Arbeiten sollten ein Geheimnis gewesen sein, denn die Männer, die in die Nähe des Torwegs gelassen wurden, waren Gudins zuverlässigste Soldaten und ein kleines Kommando von Tippus moslemischen Kriegern, die er als völlig vertrauenswürdig betrachtete.

Der Händler, nicht überraschend, war ein Hindu, doch als seine Frau in den Verhörraum gebracht und mit glühend heißen Zangen bedroht wurde, hatte der Händler die Namen des moslemischen Soldaten gestanden, den er mit seinem Gold zum Verrat angestiftet hatte. Und mit viel Gold! Mit einem ganzen Tresorinhalt Gold, weitaus mehr, als er vom Handel mit Zinn, Messing und Kupfer verdient haben konnte. Es war so viel britisches Gold, dass er eine Rebellion innerhalb von Seringapatam hätte anzetteln können.

Tippu betrachtete sich nicht als grausam, doch ebenso wenig als sanftmütig. Er war ein Herrscher, und Grausamkeit und Gnade waren Waffen des Herrschers. Jeder Monarch, der vor Grausamkeit zurückschreckte, würde nicht lange herrschen, und jeder Herrscher, der Gnade und Barmherzigkeit vergaß, würde bald Hass ernten, und so versuchte Tippu Grausamkeit und Gnade auszugleichen. Er wollte ebenso wenig in dem Ruf stehen, milde zu sein, wie als Tyrann betrachtet werden, und so versuchte er Gnade und Barmherzigkeit und Grausamkeit gleichermaßen zu nutzen.

Der Hindu-Händler hatte nach seinem Geständnis um Gnade gefleht, doch Tippu wusste, dass er sich nicht erlauben konnte, Schwäche zu zeigen. Dies war die Zeit, die Leute in den Straßen und Gassen von Seringapatam vor Entsetzen erschauern zu lassen, seine Feinde wissen zu lassen, dass der Preis für

Verrat der Tod war, und so standen der Händler und der moslemische Soldat im heißen Sand des Hofes vom Inneren Palast, wo sie von zweien von Tippus *jettis* bewacht wurden.

Die *jettis* waren Hindus, und ihre bemerkenswerte Kraft war ihrer Religion gewidmet. Das amüsierte Tippu. Einige Hindus betrachteten es als eine göttliche Belohnung, wenn sie ihr Haar und die Fingernägel wachsen ließen, andere versagten sich Essen, und manche enthielten sich aller irdischen Vergnügungen. Die *jettis* strebten danach, ihre Muskeln zu entwickeln, und das Ergebnis war außerordentlich, wie Tippu zugeben musste.

Er mochte ihre Religion ablehnen, doch er ermunterte sie trotzdem dazu, und wie sein Vater hatte er ein Dutzend der beeindruckendsten Muskelmänner angestellt, die ihn amüsierten und ihm dienten.

Zwei der besten standen jetzt unterhalb des Balkons vom Thronraum, bis zur Hüfte nackt und die breite Brust eingeölt, sodass ihre Muskeln in der Sonne des frühen Nachmittags dunkel glänzten. Die sechs Tiger, unruhig, weil sie nicht wie sonst ihr Mittagsmahl aus frisch geschlachtetem Ziegenfleisch bekommen hatten, starrten gierig von den Rändern des Hofes.

Tippu kam von seinen Gebeten zum Balkon und öffnete die mit Filigranarbeiten verzierten Fensterläden, sodass er und sein Gefolge freie Sicht auf den Hof hatten.

Colonel Gudin war anwesend, ebenso Appah Rao. Beide Männer waren von den Wällen der Stadt herbefohlen worden, wo sie die letzten Vorbereitungen für die Ankunft der Briten beaufsichtigten. Geschützlafetten waren repariert worden, Munition war tief genug in den Depots gelagert worden, sodass sie vom Einschlag feindlichen Haubitzenfeuers abgeschirmt war, während Dutzende Raketen in den Magazinen auf den Wällen warteten.

Tippu liebte es, seine Verteidigungsanlagen zu besichtigen, wo er sich vorstellen konnte, wie seine Raketen und sein Geschützfeuer in die feindlichen Reihen schlug, aber jetzt im Hof seines Inneren Palasts hatte er eine sogar noch angenehmere Pflicht zu erfüllen. Er würde Verräter töten lassen.

»Beide Männer haben mich verraten«, sagte er Colonel Gudin durch den Dolmetscher, »und einer ist obendrein ein Spion. Was würdet ihr in Frankreich mit solchen Männern machen, Colonel?«

»Sie zu Madame Guillotine schicken, Hoheit.«

Tippu kicherte, als die Antwort übersetzt wurde. Auf die Guillotine war er neugierig, und es hatte eine Zeit gegeben, in der er mit dem Gedanken gespielt hatte, solch eine Maschine in der Stadt errichten zu lassen.

Er war fasziniert von allen französischen Dingen, und als die Revolution über Frankreich hinweggefegt war und das *ancien régime*[3] vernichtet hatte, war Tippu auch von den neuen Ideen Freiheit, Gleichheit und Brüderlichkeit erfasst worden. Er hatte in Seringapatam einen Baum der Freiheit pflanzen lassen, seinen Wachen befohlen, die roten Mützen der Revolution zu tragen, und er hatte sogar die revolutionären Erklärungen in den Hauptstraßen der Stadt anschlagen lassen.

Doch die Faszination hatte nicht lange angehalten. In Tippu war die Befürchtung aufgestiegen, dass sein Volk zu freiheitsliebend werden könnte oder sich vielleicht sogar von dem Gedanken an Gleichheit anstecken ließ, und so hatte er den Baum der Freiheit und die Anschläge entfernen lassen. Er hegte jedoch immer noch eine Liebe für Frankreich. Er ließ nie die Guillotine errichten, nicht wegen des Mangels an Gold, sondern weil Gudin ihn überzeugt hatte, dass die Maschine ein

---

3 die Herrschaft der Bourbonen-Dynastie (Anm. d. Redakteurs)

Gerät der Gnade war, erbaut, um das Leben von Kriminellen mit solcher Schnelligkeit zu beenden, dass dem Opfer gar nicht mal klar werden würde, dass es getötet wurde. Es war ein aufrichtiges Gerät, das musste Tippu zugeben, aber es war viel zu gnädig. Wie konnte eine solche Maschine Verräter abschrecken?

»Dieser Mann ...«, Tippu wies jetzt auf den moslemischen Soldaten, der die Geheimnisse des Turmhauses verraten hatte, »... wird als Erster getötet, und dann wird seine Leiche an die Schweine verfüttert werden. Ich kann mir kein schlimmeres Schicksal für einen Moslem ausdenken, und glauben Sie mir, Colonel, er fürchtet die Schweine mehr als seinen Tod. Der andere Mann wird an meine Tiger verfüttert, und seine Knochen werden zu Pulver gemahlen und seiner Witwe ausgeliefert. Der Tod der beiden wird kurz sein, vielleicht nicht so schnell wie durch Ihre Maschine, Colonel, aber trotzdem gnädig kurz.«

Er klatschte in die Hände, und die beiden mit Ketten gefesselten Gefangenen wurden in die Mitte des Hofes gezerrt.

Der moslemische Soldat wurde auf die Knie gezwungen. Seine tigergestreifte Uniform war von ihm heruntergefetzt worden, und jetzt trug er nur eine kurze Hose aus Baumwolle. Er starrte zu Tippu mit seinem Waffenrock aus gelber Seide und seinem juwelenbesetzten Turban hinauf und hob die gefesselten Hände in einem stummen Flehen um Gnade, das Tippu ignorierte.

Gudins nervöse Spannung verstärkte sich. Er hatte die *jettis* schon bei der Arbeit gesehen, doch das machte ihm das Spektakel nicht angenehmer.

Der erste *jetti* legte einen Nagel auf den nackten Kopf des Opfers. Der Nagel war aus schwarzem Eisen und hatte einen sechs Zoll langen Schaft mit einem flachen Kopf, der gut drei

Zoll breit war. Der Mann hielt den Nagel mit seiner linken Hand an Ort und Stelle, dann blickte er zum Balkon auf.

Der gefangene Soldat, der die eiserne Spitze auf seinem Skalp spürte, rief um Vergebung.

Tippu hörte sich kurz das verzweifelte Flehen des Soldaten an und hob einen Finger. Er hielt den Finger ein paar Sekunden erhoben, und dem Soldaten stockte der Atem, weil er hoffte, ihm würde vielleicht verziehen, doch dann fiel Tippus Hand abrupt nach unten.

Der *jetti* hob seine rechte Hand, mit der Handfläche nach unten, und holte tief Luft. Er verharrte, sammelte seine enorme Kraft, und dann schlug er die Hand so schnell hinab, dass seine Handfläche den flachen Kopf des Nagels traf. Dabei schrie er laut, und in dem Moment, in dem seine rechte Hand auf den Nagel schlug, riss er die linke Hand von dem Nagelschaft weg, sodass der lange Schaft hart und tief in den Schädel des Soldaten getrieben wurde. Er ging so tief hinein, dass der flache Kopf des Nagels das schwarze Haar des Gefangenen eindrückte. Blut schoss unter dem Nagel heraus, als er einschlug.

Der *jetti* trat zurück und wies auf den Nagel, wie um zu zeigen, wie viel Kraft er gebraucht hatte, um ihn so tief in den Schädel des Soldaten zu treiben.

Der Verräter lebte noch. Er stammelte Unverständliches und schrie gellend, und Blut rann in schnellen Rinnsalen über sein Gesicht, als er auf den Knien schwankte. Sein Körper erzitterte, doch dann wölbte er plötzlich den Rücken, starrte mit weit aufgerissenen Augen zu Tippu hinauf und fiel vorwärts. Sein Körper zuckte zweimal und rührte sich dann nicht mehr.

Einer der sechs angeketteten Tiger roch das Blut und lief vorwärts, wie es die Kette bis zur vollen Länge erlaubte, und die ihn dann zurückhielt. Die Bestie fauchte und ließ sich dann nieder, um zu beobachten, wie der zweite Mann sterben würde.

Tippu und sein Gefolge applaudierten dem ersten *jetti*, und dann wies Tippu auf den Hindu-Händler.

Der zweite Gefangene war ein großer Mann, fett wie Butter, und seine Größe würde die zweite Demonstration nur noch beeindruckender machen.

Der erste *jetti* holte nach seiner erfolgreich durchgeführten Hinrichtung einen Stuhl aus dem Torweg. Dann stellte er ihn hin und zwang den fetten, weinenden Händler auf den Sitz. Er kniete sich vor den Stuhl und befestigte die gefesselten Arme des Mannes vor seinem herabhängenden Bauch, sodass er sich nicht bewegen konnte. Der Stuhl stand gegenüber Tippu, und der kniende *jetti* blieb geduckt, damit er seinem Herrn nicht die Sicht beeinträchtigte.

»Es bedarf mehr Kraft, als Sie denken, einen Nagel in einen Schädel zu treiben«, bemerkte Tippu zu Gudin.

»Hoheit waren so freundlich, mich schon darüber aufzuklären«, antwortete Gudin trocken.

Tippu lachte. »Macht es Ihnen keinen Spaß, sich dies anzusehen, Colonel?«

»Der Tod von Verrätern ist immer nötig, Sire«, sagte Gudin ausweichend.

»Aber ich könnte meinen, dass Sie keine Belustigung dabei finden. Gewiss wissen Sie die Kraft meiner Männer zu schätzen?«

»Ich bewundere sie, Hoheit.«

»Dann können Sie sie jetzt noch einmal bewundern«, sagte Tippu, »denn die nächste Hinrichtung erfordert sogar noch mehr Kraft als der Nagel.«

Tippu lächelte und wandte sich wieder dem Innenhof zu, wo jetzt der zweite *jetti* hinter dem Gefangenen auf dem Stuhl stand. Er wartete einen Moment, hob dann die Hand, hielt den Finger wie zuvor einen Moment hoch und ließ die Hand dann abrupt sinken.

Der Händler schrie auf und begann zu zittern, als der *jetti* beide Hände gegen die Seiten vom Schädel des Opfers legte. Seine Berührung war zuerst sanft, fast wie eine Liebkosung. Seine Handflächen bedeckten die Ohren des Händlers, als seine Finger unter den feisten Wangen nach einem Halt tasteten. Dann verstärkte der *jetti* plötzlich seinen Griff, das feiste Gesicht des Händlers verzerrte sich, und er begann zu schreien, bis ihm schließlich die Luft wegblieb und er vor Entsetzen nur noch wimmern konnte.

Der *jetti* holte Luft, verharrte einen Moment, um all seine Kraft zu sammeln, und stieß dann einen markerschütternden Laut aus, der die sechs Tiger alarmiert aufspringen ließ.

Während des Schreies verdrehte der *jetti* den Kopf des Händlers. Er brach seinem Opfer das Genick, wie man einem Hähnchen den Hals umdreht, nur war dieser Hals dick und fett. Doch die erste große Anstrengung des *jettis* reichte aus, um ihn so weit herumzudrehen, dass das Gesicht bereits zurück über seine rechte Schulter blickte, als der Henker sich mit einem Grunzlaut zum zweiten Mal anstrengte und den Kopf ganz herumzog.

Gudin, der bei dem Anblick vom Balkon zusammenzuckte, glaubte das ferne Knacken zu hören, als die Wirbelsäule des Händlers brach. Der *jetti* ließ den Kopf los und sprang zurück, stolz auf sein Werk, als der tote Händler vom Stuhl fiel.

Tippu klatschte Beifall und warf dann zwei kleine Beutel mit Gold in den Hof. Er wies auf den Moslem und rief: »Bringt diese Leiche zu den Schweinen, die andere bleibt hier. Und lasst die Tiger frei.«

Die Läden des Balkons wurden geschlossen. Irgendwo tief

im Palast, vielleicht vom Harem, wo die sechshundert Frauen, Tippus Konkubinen und Mägde lebten, erklang eine Harfe, während unten im Hof die Wärter der Tiger ihre langen Stöcke benutzten, um die Bestien zusammenzutreiben und sie von ihren Ketten zu befreien.

Tippu lächelte seine Gefolgsleute an.

»Zurück zu den Wällen, meine Herren«, sagte er. »Wir haben noch viel Arbeit zu erledigen.«

Die Wärter ließen den letzten der sechs Tiger frei und folgten dann den *jettis* durch den Torweg. Der tote Soldat war fortgeschleift worden. Für einen Moment beobachteten die Tiger die verbliebene Leiche, dann schlich eine der Bestien zu ihr und weidete den fetten Bauch mit einem Prankenhieb aus.

Und so war Ravi Shekhar gestorben. Und jetzt wurde er gefressen.

Sharpe war vor Sonnenuntergang wieder bei seiner Kompanie. Er wurde überschwänglich von Männern begrüßt, die seine Erlösung vom Auspeitschen als kleinen Sieg der einfachen Mannschaften gegen die blinde Autorität betrachteten. Private Mallinson schlug Sharpe sogar auf den Rücken und erntete dafür eine Reihe von Flüchen.

Sharpe aß mit seinen sechs Kameraden, und wie immer waren drei Frauen und Mary dabei. Das Abendessen war Bohneneintopf, Reis und Salzfleisch, und nach der kleinen Mahlzeit teilten sie eine Feldflasche Arrak, als Sergeant Hakeswill auftauchte.

»Private Sharpe!« Hakeswill trug einen Stock und richtete die Spitze auf Sharpe. »Ich will mit Ihnen sprechen!«

»Sergeant.« Sharpe nahm Hakeswill gelassen zur Kenntnis, regte sich jedoch nicht.

»Haben Sie nicht gehört, Private? Auf die Füße, aber schnell!«

Sharpe regte sich immer noch nicht. »Ich bin vom Kompaniedienst befreit, Sergeant. Befehl des Colonels.«

Hakeswills Gesicht verzerrte sich grotesk.

»Dies ist kein Dienst«, sagte der Sergeant, »dies ist Ihr verdammtes Vergnügen. Also auf Ihre verdammten Füße und herkommen!«

Sharpe erhob sich gehorsam und zuckte zusammen, als sein Uniformrock über seinen verletzten Rücken scheuerte. Er folgte dem Sergeant zu einer freien Stelle hinter dem Zelt des Bataillonschirurgen, wo sich Hakeswill umdrehte und seinen Stock gegen Sharpes Brust stieß.

»Wie, zur Hölle, sind Sie dem Auspeitschen entkommen, Sharpe?«

Sharpe ignorierte die Frage. Hakeswills gebrochene Nase war immer noch geschwollen und grün und blau, und Sharpe konnte den Ärger in den Augen des Sergeants sehen.

»Haben Sie mich nicht gehört, Junge?« Hakeswill stieß mit der Stockspitze in Sharpes Magengrube. »Wie kommt es, dass Sie befreit wurden?«

»Und wie kam es, dass Sie vom Galgengerüst abgeschnitten wurden, Sergeant?«, stellte Sharpe die Gegenfrage.

»Riskieren Sie keine große Lippe, Junge, oder ich werde Sie wieder auf das Dreibein schnallen lassen. Und jetzt sagen Sie mir, was der General wollte.«

Sharpe schüttelte den Kopf.

»Wenn Sie das wissen wollen, Sergeant«, sagte er, »sollten Sie General Harris selbst fragen.«

»Stehen Sie still! Stillgestanden!«, brüllte Hakeswill, dann schlug er mit dem Stock auf ein nahes Halteseil. Er schnaubte und fragte sich, wie er am besten die Information aus Sharpe herausholen konnte. Er entschied sich, die Taktik zu wechseln und es mit Freundlichkeit zu versuchen. »Ich bewundere Sie, Sharpie«, sagte er heiser. »Nicht viele Männer haben den Mumm, nach zweihundert Peitschenhieben davonzuspazieren. Dazu bedarf es Stärke, Sharpie, und ich würde es hassen, wenn Sie noch mehr gepeitscht würden. Es ist in Ihrem eigenen Interesse, es mir zu sagen, Sharpie. Das wissen Sie. Sonst werde ich böse. Also, warum sind Sie freigelassen worden, Junge?«

Sharpe gab vor, nachzugeben.

»Sie wissen, warum ich freigelassen wurde, Sergeant«, sagte er. »Der Colonel hat es angekündigt.«

»Nein, ich weiß es nicht, Junge«, sagte Hakeswill. »Wirklich nicht, also sagen Sie es mir jetzt.«

Sharpe zuckte mit den Schultern. »Weil wir am Tag zuvor gut gekämpft haben. Es ist sozusagen eine Belohnung gewesen.«

»Nein, das ist es verdammt nicht gewesen!«, brüllte Hakeswill, wich zur Seite aus und schlug mit dem Stock auf Sharpes verwundeten Rücken.

Sharpe hätte fast vor Schmerz aufgeschrien.

»Sie sind nicht ohne Grund zum Zelt des Generals gerufen worden, Sharpie!«, sagte Hakeswill. »Das ist doch klar. So was habe ich noch nie im Leben gehört. Also erzählen Sie mir den Grund, Sie Bastard!«

Sharpe drehte sich um und sah seinem Peiniger ins Gesicht.

»Wenn Sie mich noch einmal mit diesem Stock schlagen, Obadiah«, sagte er leise, »werde ich General Harris davon erzählen. Ich werde Ihnen die Streifen abschneiden lassen, und Sie werden zum Private degradiert. Würde Ihnen das gefallen, Obadiah? Sie und ich im gleichen Rang. Mir würde es gefallen, Obadiah.«

»Stillgestanden!«, fauchte Hakeswill.

»Halten Sie das Maul, Sergeant«, sagte Sharpe ruhig. Er hatte Hakeswill auflaufen lassen, und das bereitete ihm Genugtuung. Der Sergeant hatte zweifellos gedacht, er könne die Wahrheit aus Sharpe herausbekommen, doch Sharpe hielt alle Trumpfkarten im Ärmel. »Wie geht es Ihrer Nase?«, fragte er Hakeswill höhnisch.

»Seien Sie vorsichtig, Sharpie. Seien Sie nur ja vorsichtig!«

»Oh, das bin ich, Sergeant. Ich bin wirklich vorsichtig. Sind Sie jetzt fertig?« Sharpe wartete nicht auf eine Antwort, sondern ging einfach davon. Und er dachte: Wenn ich das nächste Mal Obadiah gegenüberstehe, dann habe ich die Streifen auf meinem Ärmel, und dann gnade ihm Gott.

Er sprach eine halbe Stunde lang mit Mary, dann war es an der Zeit, die Ausreden zu benutzen, die Lieutenant Lawford mit ihm geübt hatte. Er nahm seinen Tornister und die Muskete und sagte, er müsse sich beim Zelt des Zahlmeisters melden.

»Ich bin zu leichtem Dienst eingeteilt, bis die Striemen verheilt sind«, sagte er seinen Kameraden. »Bekomme den Sold für Wachdienst. Bis morgen dann.«

Major General Baird hatte alle Vorbereitungen getroffen. Im Westen wurde das Camp von Männern bewacht, denen er vertrauen konnte, und diese Männer hatten den Befehl, wegzuschauen. Baird hatte Lawford versprochen, dass die Armee am nächsten Tag dafür sorgen würde, dass keine Kavalleriepatrouillen direkt nach Westen geschickt werden würden, damit diese die beiden Flüchtenden nicht entdecken konnten.

»Euer Job ist es, heute Nacht so weit nach Westen zu flüchten, wie ihr könnt«, instruierte Baird Sharpe und Lawford, als er sich mit ihnen nahe der westlichen Postenlinie traf. »Und dann marschiert ihr am Morgen weiter nach Westen. Habt ihr mich verstanden?«

»Jawohl, Sir«, antwortete Lawford. Der Lieutenant, mit einem schweren Umhang, der seine Uniform verbarg, trug jetzt den roten Uniformrock und die weiße Hose eines gemeinen Soldaten. Sharpe hatte Lawfords Haar zurückgestrichen und am Ende um das Lederpolster gewickelt, um den Zopf zu bilden, und danach hatte er es mit einer Mischung aus Fett und Pulver geglättet, sodass sich Lawford nicht von irgendeinem anderen Private unterschied, abgesehen davon, das seine Hände immer noch zu weich waren, doch jetzt hatte er wenigstens Tinte unter den Fingernägeln und Schmutz in den Poren.

Lawford hatte eine Grimasse gezogen und protestiert, als Sharpe ihn im Nacken zwei Mal gequetscht hatte, wo die lederne Halsbinde Schwielen hinterlassen hätte, doch Baird hatte ihn zum Schweigen gebracht. Lawford zuckte wieder zusammen, als Sharpe die Lederbinde anbrachte und erkannte, welches Unbehagen der gemeine Soldat täglich erleiden musste. Jetzt, außer Sicht der Soldaten an ihren Lagerfeuern, ließ er den Umhang fallen, nahm einen Tornister und seine Muskete.

Baird zog eine große Taschenuhr aus seiner Tasche und hielt das Ziffernblatt ins Mondlicht.

»Elf Uhr«, sagte der General. »Es wird Zeit, dass ihr aufbrecht.« Er steckte zwei Finger in den Mund und stieß einen schrillen Pfiff aus, und die Posten, sichtbar im blassen Mondschein, trennten sich wie durch Zauberei nach Norden und Süden und hinterließen eine Lücke in der Bewachung des Camps. Baird schüttelte Lawford die Hand und klopfte Sharpe auf die Schulter. »Wie geht es Ihrem Rücken, Sharpe?«

»Tut noch höllisch weh, Sir.«

Baird blickte besorgt drein. »Aber Sie werden es schaffen?«

»Ich bin kein Weichei, Sir.«

»Das habe ich auch nie angenommen, Private.« Baird klopfte Sharpe von Neuem auf die Schulter und wies dann in die Dunkelheit. »Geht los, Jungs, und Gott sei mit euch.«

Baird beobachtete, wie die beiden Männer über das freie Terrain rannten und auf der fernen Seite in der Dunkelheit verschwanden. Er wartete lange, hoffte einen letzten Blick auf die Schatten der beiden Männer zu erhaschen, doch er sah nichts.

Eine innere Stimme sagte ihm, dass er vermutlich keinen der beiden Soldaten jemals wiedersehen würde, und dieser Gedanke betrübte ihn. Er stieß wieder einen Pfiff aus und beobachtete, wie die Wachtposten sich wieder zu einer Linie formierten, dann wandte er sich ab und kehrte langsam zu seinem Zelt zurück.

»Hier entlang, Sharpe«, sagte Lawford, als sie außer Hörweite der Posten warten. »Wir folgen den Sternen.«

»Wie die weisen Männer, Bill«, sagte Sharpe. Es kostete Sharpe große Mühe, Mister Lawfords Vornamen zu benutzen und ihn zu duzen, doch er wusste, dass es sein musste. Sein Überleben und das Lawfords hingen davon ab, dass sie alles richtig machten.

Doch die Benutzung des Vornamens schockierte Lawford. Er blieb stehen und starrte Sharpe an.

»Wie haben Sie mich genannt?«

»Ich habe dich Bill genannt«, sagte Sharpe, »weil das dein verdammter Name ist. Du bist jetzt kein Offizier mehr, du bist einer von uns. Ich bin Dick, du bist Bill. Und wir folgen keinem verdammten Stern. Wir gehen geradewegs zu diesen Bäumen dort drüben. Siehst du die drei großen Scheißbäume?«

»Sharpe!«, protestierte Lawford.

»Nein!« Sharpe drehte sich wild zu Lawford um. »Mein Job ist es, dich am Leben zu halten, Bill, um das klarzustellen. Du bist jetzt ein verdammter Private, kein verdammter Offizier. Du hast dich für diese Mission freiwillig gemeldet, erinnerst du dich? Und wir sind Deserteure. Hier gibt es keine Dienstränge, kein ›Sir‹ und ›Jawohl, Sir‹, kein verdammtes Grüßen, keine Gentlemen. Wenn wir zur Armee zurückkehren, verspreche ich dir, dass ich so tue, als sei dies nie passiert, und grüße dich flott, bis mir mein verdammter Arm abfällt, aber jetzt nicht, und nicht, bis wir beide diesen verdammten Blödsinn überlebt haben. Also komm jetzt!«

Lawford, verblüfft von Sharpes Selbstvertrauen, folgte ihm.

»Aber dies ist Süden!«, protestierte er und blickte zu den Sternen empor, um die Richtung zu überprüfen, die Sharpe einschlug.

»Wir werden später nach Westen gehen«, sagte Sharpe. »Und jetzt runter mit deiner verdammten Halsbinde.« Er riss seine eigene herunter und warf sie in ein Gebüsch. »Das Erste, was jeder Deserteur macht, Sir …«, das »Sir« war ihm zufällig aus alter Gewohnheit herausgerutscht, und er fluchte deswegen stumm in sich hinein, »… ist, seine Halsbinde loszuwerden. Dann bring deine Haare durcheinander. Und mach die Hose dreckig. Du siehst aus, als stündest du Wache am verdammten Windsor Castle.«

Sharpe schaute zu, als Lawford sein Bestes tat, um zu gehorchen.

»Und wo bist du zum Militär gegangen, Bill?«, fragte er.

Lawford war immer noch ärgerlich wegen dieser plötzlich

vertauschten Rollen, doch er war vernünftig genug, um zu erkennen, dass Sharpe recht hatte.

»Zum Militär gegangen?«, wiederholte er. »Das bin ich nicht.«

»Natürlich bist du das. Wo hat man dich rekrutiert?«

»Mein Elternhaus ist in der Nähe von Portsmouth.«

»Das ist Scheiße. In Portsmouth würde dich die Marine in den Dienst pressen, bevor ein Rekrutierungs-Sergeant an dich rangekommen wäre. Bist du je in Sheffield gewesen?«

»Guter Gott, nein!« Lawford klang entsetzt.

»Gute Stadt, dieses Sheffield«, sagte Sharpe. »Und da gibt es einen Pub namens ›The Hawle in the Pond‹ in der Pond Street. Kannst du dir das merken? The Hawle in the Pond in Sheffield. Es ist ein beliebtes Jagdrevier für die Rekrutierer des 33. Regiments, besonders an Markttagen. Du bist dort von irgendeinem verdammten Sergeant hereingelegt worden. Er hat dich betrunken gemacht, und bevor du wusstest, wie dir geschah, hast du den Shilling des Königs genommen. Er war ein Sergeant des Dreiunddreißigsten, also was hatte er auf seinem Bajonett?«

»Auf seinem Bajonett?« Lawford, der an dem Leder herumfummelte, mit dem sein Haarknoten gebunden war, runzelte verwirrt die Stirn. »Nichts, hoffe ich.«

»Wir sind das Dreiunddreißigste, Bill! Die Haferkuchen! Er trug einen Haferkuchen an seinem Bajonett, erinnerst du dich? Und er versprach, dass du in zwei Jahren Offizier sein würdest, weil er ein verlogener Bastard war. Was hast du gemacht, bevor du ihn kennen gelernt hast?«

Lawford zuckte mit den Schultern. »Ich war ein Bauer?«

»Keiner wird dir je glauben, dass du auf einem Bauernhof gearbeitet hast«, sagte Sharpe ärgerlich. »Du hast nicht die Arme und Hände eines Bauern. Dieser General Baird, der hat die richtigen Hände und Arme. Sieht aus, als könnte er den ganzen Tag Heu und Mist schaufeln und keinen Muskelkater bekommen, aber du doch nicht. Du warst der Schreiber eines Anwalts.«

Lawford nickte. »Ich finde, wir sollten jetzt gehen«, sagte er bei dem Versuch, seine rapide schwindende Autorität zu retten.

»Wir warten«, sagte Sharpe stur. »Warum, zur Hölle, läufst du von der Armee weg?«

Lawford runzelte die Stirn. »Weil ich unglücklich bin, nehme ich an.«

»Verdammte Scheiße, du bist Soldat! Soldaten sollen nicht glücklich sein! Lass uns überlegen. Du hast die Uhr des Captains geklaut, wie wär's damit? Wurdest erwischt, und dir drohte die Auspeitschung. Dann hast du gesehen, wie ich ausgepeitscht wurde und hast befürchtest, dass du dabei krepieren wirst, und so sind wir beide, da wir Kameraden sind, desertiert.«

»Ich glaube wirklich, dass wir gehen müssen!«, beharrte Lawford.

»In einer Minute, Sir.« Abermals verfluchte sich Sharpe, dass ihm aus Gewohnheit »Sir« herausgerutscht war. »Lass nur meinen Rücken ein bisschen zur Ruhe kommen.«

»Oh, selbstverständlich«, sagte Lawford sofort zerknirscht. »Aber wir können nicht zu lange warten, Sharpe.«

»Dick, Sir. Du nennst mich Dick. Wir sind Freunde, erinnerst du dich?«

»Natürlich.« Lawford, der sich ebenso unbehaglich wegen dieser plötzlichen Vertrautheit fühlte wie wegen der Tatsache, dass sie Zeit verschwendeten, ließ sich unbeholfen neben Sharpe am Fuß des Baumstamms nieder.

»Und warum sind Sie – bist du zum Militär gegangen?«, fragte er Sharpe.

»Die Büttel waren hinter mir her.«

»Die Büttel? Ah so, die Constabler.« Lawford schwieg kurz. Irgendwo in der Nacht schrie ein Tier, das Opfer eines Raubvogels geworden war, während fern im Osten die Sergeants nach ihren Wachtposten riefen. Der Himmel glühte vom Widerschein des Lichts von den unzähligen Feuern der Armee. »Was hattest du verbrochen?«, erkundigte sich Lawford.

»Einen Mann gekillt. Ein Messer in ihn reingesteckt.«

Lawford starrte Sharpe an. »Soll das heißen, dass du ihn ermordet hast?«

»Ja, man kann es als Mord bezeichnen, auch wenn der Scheißkerl es verdient hatte. Doch der Richter in York hätte das bestimmt anders gesehen als ich. Das bedeutete, dass Dick Sharpe irgendwann am Ende eines Stricks gebaumelt hätte, und so nahm ich an, es wäre leichter, einen scharlachroten Uniformrock anzuziehen. Die Büttel lassen einen Mann in Uniform zufrieden, es sei denn, er hat einen aus der Oberschicht kaltgemacht.«

Lawford zögerte, war sich nicht sicher, ob er zu neugierig fragen sollte, doch dann sagte er sich, dass es einen Versuch wert war. »Und wer war der Typ, den du umgelegt hast?«

»Der Scheißer führte ein Wirtshaus. Ich arbeitete für ihn, verstehst du. Es war ein Gasthaus, das mit Reisekutschen angefahren wurde, und so wusste er, welche Kutschen gutes Gepäck transportierten, und mein Job war es, das Zeug zu klauen, wenn die Kutsche dann auf der Straße war. Er war ein richtiger Bastard, aber das war es nicht, weshalb ich bei ihm hängen blieb. Es ging um ein Mädchen. Und er und ich hatten unterschiedliche Meinungen, wer ihr Bett wärmen sollte. Er verlor, und ich bin hier, und Gott allein weiß, wo das Mädchen jetzt ist.« Er lachte.

»Wir verschwenden Zeit«, sagte Lawford.

»Ruhig!«, raunte Sharpe scharf, dann schnappte er sich seine Muskete und richtete sie auf eine Buschgruppe. »Bist du das, Mädchen?«

»Ich bin's, Richard.« Mary Bickerstaff tauchte mit einem Bündel aus der Dunkelheit auf. »Guten Abend, Mister Lawford, Sir«, sagte sie scheu.

»Nenn ihn Bill«, sagte Sharpe, erhob sich und schulterte seine Muskete. »Komm jetzt, Bill«, sagte er. »Es hat keinen Sinn, hier Zeit zu verplempern. Wir sind jetzt drei, und weise Männer reisen immer zu dritt, nicht wahr? Also finde deinen verdammten Stern, und lass uns ihm folgen.«

Sie gingen die ganze Nacht hindurch, folgten Lawfords Stern zum westlichen Horizont hin. Einmal zog Lawford Sharpe zur Seite und befahl ihm mit scharfer Autorität, die Frau zurückzuschicken. »Dies ist ein Befehl, Sharpe!«

»Sie wird nicht zurückgehen«, erwiderte Sharpe.

»Wir können keine Frau mitnehmen!«, blaffte Lawford.

»Warum nicht? Deserteure nehmen immer ihr Wertvollstes mit, Sir. Bill, meine ich.«

»Menschenskind, Private, wenn du dies vermasselst, werde ich dafür sorgen, dass alle Peitschenhiebe nachgeholt werden, die dir gestern erspart geblieben sind.«

Sharpe grinste. »Ich werde es nicht sein, der es vermasselt, sondern die verdammt blöde Idee wird dafür sorgen.«

»Blödsinn.« Lawford schritt voraus, zwang Sharpe, ihm zu folgen. Mary, die ahnte, worüber sie stritten, blieb ein paar Schritte zurück. »An General Bairds Idee ist nichts auszusetzen«, sagte Lawford. »Wir fallen Tippu in die Hände, schließen uns seiner miserablen Armee an, suchen diesen Ravi Shekhar und überlassen alles ihm. Und welche Rolle sollte Mrs Bickerstaff dabei spielen?«

»Welche auch immer sie spielen will«, entgegnete Sharpe.

Lawford wusste, dass er argumentieren und seine Autorität geltend machen sollte, doch er spürte, dass er nie gewinnen würde. Er begann sich zu fragen, ob es eine gute Idee gewesen war, Sharpe überhaupt mitzunehmen, doch vom ersten Moment, in dem Baird diese verzweifelte Mission vorgeschlagen hatte, hatte Lawford gewusst, dass er Hilfe brauchen würde. Ihm war ebenfalls klar gewesen, welchen der Soldaten der Leichten Kompanie er als Begleiter wünschte. Sharpe hatte immer herausgeragt, nicht nur wegen seiner Größe, sondern weil er der aufgeweckteste Mann der Kompanie war.

Dennoch war Lawford nicht auf die Schnelligkeit oder Energie vorbereitet gewesen, mit der Sharpe seine Mission übernommen hatte. Lawford hatte von ihm Dankbarkeit erwartet und auch Ehrerbietung. Er hatte sogar gedacht, diese Ehrerbietung aufgrund der Tatsache beanspruchen zu können, dass er ein Offizier war, doch Sharpe hatte ihn schnell eines Besseren belehrt. Es war, als hätte er, Lawford, ein solide aussehendes Zugpferd vor seinen Wagen gespannt, um dann festzustellen, dass es ein feuriger, nicht zu bezähmender Galopper war. Doch warum hatte das Rennpferd darauf bestanden, die Stute mitzunehmen? Das beleidigte Lawford, ließ bei ihm den Schluss zu, dass Sharpe die Freiheit, die ihm diese Mission bot, auszunutzen gedachte.

Lawford warf einen Blick zu Sharpe und bemerkte, wie blass und angespannt der Private aussah. Er nahm an, dass ihm die Auswirkungen der Auspeitschung doch mehr zu schaffen machten, als er es wahrhaben wollte.

»Ich denke immer noch, Mrs Bickerstaff sollte zur Armee zurückgehen«, sagte Lawford sanft.

»Das kann sie nicht«, sagte Sharpe knapp. »Sag's ihm, Mary.«

Mary rannte, um sie einzuholen.

»Ich bin nicht sicher, solange Hakeswill lebt«, erklärte sie Lawford.

»Sie könnten beschützt werden«, schlug Lawford vage vor.

»Von wem?«, fragte Mary. »Wenn ein Mann sich bei der Armee um eine Frau kümmert, will er was dafür, das wissen Sie, Sir.«

»Nenn ihn Bill«, fauchte Sharpe sie an. »Unser Leben könnte davon abhängen. Wenn einer von uns ihn ›Sir‹ nennt, dann wird man uns an die verdammten Tiger verfüttern.«

»Und es geht nicht nur um Hakeswill«, fuhr Mary fort. »Sergeant Green will mich jetzt heiraten, was immerhin anständiger ist als das, was Hakeswill vorhat, aber ich will es ebenfalls nicht. Ich will nur mit Richard in Frieden gelassen werden.«

»Gott weiß«, sagte Lawford, »dass Sie wahrscheinlich aus der heißen Pfanne ins Feuer gesprungen sind oder vom Regen in die Traufe.«

»Ich gehe das Risiko ein«, sagte Mary eigensinnig.

Sie hatte sich alle Mühe gegeben, das Risiko, vergewaltigt zu werden, zu reduzieren. Sie hatte sich mit einem verschlissenen, dunklen Rock und einer schmutzigen Schürze bekleidet, beide Kleidungsstücke so fleckig und düster, wie sie sie nur hatte finden können. Sie hatte sich Asche und Dreck ins Haar geschmiert, aber sie hatte nichts getan, um die natürliche Schönheit ihres Gesichts zu verbergen.

»Außerdem«, sagte sie zu Lawford, »können weder Sie noch Richard eine der indischen Sprachen sprechen. Sie brauchen mich. Und ich habe etwas zu essen mitgebracht.« Sie hob das Stoffbündel an.

Lawford stieß einen Grunzlaut aus. Hinter ihnen war der

Horizont jetzt von einem zarten rötlichen Schimmer überzogen, vor dem die Bäume und Büsche als Schatten zu sehen waren. Er nahm an, dass sie ungefähr ein Dutzend Meilen gewandert waren, und als der blasse Schimmer kräftiger wurde und die Morgendämmerung über das Land kroch, schlug er eine Rast vor.

Marys Bündel enthielt ein halbes Dutzend ungesäuerte Brotlaibe und zwei Feldflaschen mit Wasser.

Als sie gefrühstückt hatten, ging Lawford in die Büsche, um seine Blase zu leeren, und als er zurückkehrte, sah er, dass Sharpe Mary hart ins Gesicht schlug.

»Um Himmels willen, Mann!«, rief Lawford empört. »Was machen Sie da?«

»Er verpasst mir ein blaues Auge«, antwortete Mary. »Ich habe ihn darum gebeten.«

»Gütiger Gott!«, entfuhr es Lawford. Marys linke Augenpartie schwoll bereits an, und Tränen rannen über ihre Wangen. »Wozu das denn?«

»Das hält die Scheißkerle von ihr ab«, sagte Sharpe. »Wie geht es dir, Liebling?«

»Ich werde es überleben«, sagte Mary. »Du hast hart zugeschlagen, Richard.«

»Es hatte keinen Sinn, dich zärtlich zu treffen. Aber ich wollte dir nicht wehtun.«

Mary klatschte sich Wasser auf das Auge, und sie marschierten weiter. Sie überquerten jetzt ein offenes Stück Land, das mit leuchtend blühenden Bäumen gesprenkelt war. Es waren keine Dörfer in Sicht.

Eine Stunde nach der Morgendämmerung gelangten sie zu einem Aquädukt und brauchten eine weitere Stunde, um einen Weg auf die andere Seite zu finden, bevor sie dann einfach in das Wasser sprangen und hindurchwateten.

Seringapatam lag weit unterhalb des Horizonts, doch Lawford wusste, dass die Stadt im Westen lag, und er wollte südwärts schwenken, bis sie den Kaveri erreichten, und dann dem Fluss zur Stadt folgen.

Die Laune des Lieutenants war auf einem Tiefpunkt. Er hatte sich freiwillig für diese Mission gemeldet, doch in der Nacht war ihm erst klar geworden, wie gefährlich sie war. Außerdem fühlte er sich einsam. Er war nur zwei Jahre älter als Sharpe und beneidete ihn um Marys Gesellschaft, und er nahm ihm immer noch den Mangel an Ehrerbietung übel. Er wagte es nicht, diesen Ärger zu zeigen, denn er wusste, dass er Sharpe damit erzürnen würde, doch er wollte es auch noch aus einem anderen Grund nicht, weil es ihm inzwischen klar geworden war, dass er Sharpes Bewunderung lieber hatte als seine Ehrerbietung. Lawford wollte beweisen, dass er so hart wie der Private war, und dieser Wunsch führte dazu, dass er stoisch auf das schrecklich Ungewisse zumarschierte.

Sharpe war gleichermaßen besorgt. Er mochte Lawford, nahm jedoch an, dass er sich hart anstrengen musste, um den Lieutenant aus allem Ärger herauszuhalten. Der Lieutenant hatte seine Rolle schnell gelernt, doch er war so unwissend über den Lauf der Welt, dass er leicht verraten konnte, dass er kein gemeiner Soldat war.

Was Tippu anbetraf, so war er keine unbekannte Gefahr, doch Sharpe war schlau genug, um zu wissen, dass er tun musste, was die Männer Tippus auch immer verlangen würden. Er machte sich auch Sorgen um Mary. Er hatte sie überredet, sich auf diese wahnsinnige Mission einzulassen und mitzukommen, und sie hatte nicht viel Überredung gebraucht. Doch jetzt war sie hier, und Sharpe befürchtete, dass er sie und Lawford nicht beschützen konnte. Aber trotz seiner Sorgen fühlte er sich immer noch frei. Er war schließlich von der Leine der Armee losgelassen, und er nahm an, dass er überleben konnte, solange Lawford keinen Fehler beging. Und wenn er überlebte, wusste er, wie er weiterhin Erfolg haben konnte. Die Regeln waren einfach: immer wachsam sein, und wenn Verdruss kam, schnell und hart zuschlagen. Bis jetzt hatte es funktioniert.

Mary hatte keine Zweifel. Sie hatte sich eingestanden, dass sie Sharpe liebte, doch sie spürte eine Unruhe in ihm, die ihr das Gefühl gab, dass er vielleicht nicht immer verliebt in sie sein würde. Dennoch war sie glücklicher, bei ihm zu sein, als zu der Armee zurückzukehren. Aber das lag nicht nur an Sergeant Hakeswills Drohung, sondern auch daran, dass die Armee die einzige Welt war, die Mary je gekannt hatte, und sie spürte, dass die Welt ihr mehr zu bieten hatte.

Sie war in Kalkutta aufgewachsen. Obwohl ihre Mutter Inderin gewesen war, hatte sich Mary nie in der Armee oder in Indien zu Hause gefühlt. Sie war weder das eine noch das andere. Für die Armee war sie eine *bibbi*, während sie für die Inder außerhalb ihrer Kasten war und von niemandem akzeptiert wurde. Sie war ein Halbblut, schwebte in einem Fegefeuer von Misstrauen, und nur ihr Aussehen half ihr zu überleben.

Obwohl die Armee ihr die freundlichste Gesellschaft geboten hatte, schenkte sie ihr kaum eine sichere Zukunft. Vor ihr erstreckte sich eine Folge von Ehemännern, nachdem der vorherige Ehemann in einer Schlacht gefallen oder am Fieber gestorben war, und wenn sie zu alt sein würde, um einen Mann anzuziehen, würde sie mit ihren Kindern allein sein und müsste sich so gut es ging durchs Leben schlagen.

Mary wünschte sich – genau wie Sharpe – eine Möglichkeit, einen Weg aus diesem Schicksal zu finden, aber hatte nie gewusst, wie sie das schaffen konnte. Dieses Abenteuer gab ihr immerhin eine Chance, vorübergehend aus der Falle auszubrechen.

Lawford führte sie einen kleinen Hügel hinauf, von dem aus sie, abgeschirmt durch blühende Büsche, auf das Land voraus spähten. Er glaubte im Süden das Glitzern von Wasser zu sehen, und der Anblick sagte ihm, dass es der Fluss namens Kaveri sein musste.

»In diese Richtung«, sagte er. »Aber wir werden die Dörfer meiden müssen.« Es waren zwei in Sicht, beide auf dem direkten Weg zum Fluss.

»Die Dorfbewohner werden uns ohnehin sehen«, sagte Mary. »Denen entgeht nicht viel.«

»Wir sind nicht hier, um ihnen Ärger zu machen«, sagte Lawford. »Also lassen sie uns vielleicht in Frieden.«

»Drehen wir die Röcke um, Bill«, schlug Sharpe vor.

»Die Röcke umdrehen?«

»Wir sind auf der Flucht, nicht wahr? Also dreh deinen Rock um als Zeichen, dass du desertiert bist.«

»Die Dorfbewohner werden kaum erkennen, welchen Sinn dies hat«, bemerkte Lawford scharf.

»Scheiß auf die Dorfbewohner«, sagte Sharpe. »Es sind die verdammten Männer Tippus, die mir Sorgen machen. Wenn diese Bastarde rote Röcke sehen, könnten sie schießen, bevor sie Fragen stellen.«

Sharpe hatte bereits sein Bandelier geöffnet und schlüpfte aus dem wollenen Rock. Er stöhnte auf, als Schmerzen durch seinen Rücken stachen. Lawford sah, dass Blut durch den dicken Verband sickerte und das schmutzige Hemd befleckte.

Widerwillig drehte Lawford seinen Rock um. Ein gewendeter Rock war ein Zeichen von Schande. Bataillone, die in der Schlacht versagt hatten, wurden manchmal gezwungen, ihre Röcke als Zeichen der Schande umzudrehen. Doch wieder einmal erkannte der Lieutenant, dass Sharpes Argument klug war, und so wendete er den Rock, dass das graue Futter außen war.

»Vielleicht sollten wir die Musketen ablegen?«, schlug er vor.

»Kein Deserteur würde seine Waffe wegwerfen«, entgegnete Sharpe. Er hängte sein Bandelier über den gewendeten Rock und nahm seine Muskete und den Tornister. Er hatte den Tornister die ganze Nacht in der Hand getragen, statt das Gewicht auf seinen verletzten Rücken drücken zu lassen. »Bist du bereit?«

»Sofort«, sagte Lawford. Dann sank der Lieutenant zu Sharpes Überraschung auf ein Knie und sprach ein stummes Gebet. »Ich bete selten«, gestand er, als er sich wieder aufrichtete, »aber vielleicht wird uns heute von hoch oben ein bisschen Hilfe zuteil.« Heute, nahm Lawford an, würden sie auf eine von Tippus Patrouillen stoßen.

Sie gingen südwärts auf das Schimmern des Wassers zu. Alle drei waren erschöpft, und Sharpe war vom Blutverlust geschwächt, doch die gespannte Erwartung gab ihnen eine nervöse Energie.

Sie umgingen das nächste Dorf, betrachteten die Kühe auf den Weiden, und als die Sonne höher stieg, wanderten sie durch den Schatten von Kakaobäumen. Sie sahen keine Menschenseele.

Am späten Vormittag flüchtete ein Reh vom Wegrand vor ihnen, und eine Stunde später hüpfte eine Gruppe kleiner Affen neben ihnen her. Am Mittag rasteten sie im Schatten eines Bambushains, dann ging es eilig weiter unter der glühenden Sonne.

Am frühen Nachmittag war der Fluss in Sicht, und Lawford schlug vor, an seinem Ufer zu rasten. Marys Auge war geschwollen und blau. Es verlieh ihr ein groteskes Aussehen, und sie hoffte, dass es sie schützen würde.

»Ich könnte jetzt eine Rast brauchen«, stimmte Sharpe zu. Der Schmerz war fürchterlich, und jeder Schritt wurde jetzt zur Qual. »Und ich muss die Verbände nass machen.«

»Nass machen?«, fragte Lawford verwirrt.

»Das hat dieser Bastard Micklewhite gesagt. Ich soll die Verbände feucht halten, sonst würden die Striemen nicht verheilen.«

»Wir werden sie im Fluss nass machen«, versprach Lawford.

Doch sie gelangten nie bis zum Flussufer.

Sie wanderten an einer Gruppe von Buchen vorbei, als ein Ruf hinter ihnen ertönte und Sharpe herumfuhr und einen Reitertrupp aus Westen herangaloppieren sah.

Die Reiter in ihren tigergestreiften Röcken und mit blitzenden Messinghelmen legten ihre Lanzen an und ritten in gestrecktem Galopp auf die drei Personen zu, die sie für Deserteure hielten.

Sharpes Herz hämmerte. Er trat vor seine Gefährten und hob eine Hand, um anzuzeigen, dass sie friedlich waren, doch der Lanzenreiter an der Spitze des Trupps grinste nur und ließ seine Lanzenspitze ebenso wenig sinken, wie er sein Pferd zügelte.

Sharpe schüttelte den Kopf und winkte, dann erkannte er, dass der Mann ihm die Lanze in den Bauch rammen wollte.

»Bastard!«, schrie Sharpe, ließ seinen Tornister fallen und hielt die Muskete mit beiden Händen, als sei sie ein Bauernspieß.

Mary schrie vor Entsetzen.

»Nein!«, rief Lawford den galoppierenden Lanzenreitern entgegen. »Nein!«

Der Lanzenreiter stieß seine Klinge gegen Sharpe, der mit der Mündung der Muskete die Lanzenspitze zur Seite schlug und dann die Waffe so schnell herumschwang, dass der Kolben hart gegen den Kopf des Pferdes prallte.

Das Tier wieherte, stieg auf die Hinterhand und warf seinen Reiter ab. Die anderen Lanzenreiter lachten und parierten ihre Pferde, um dem gestürzten Mann auszuweichen.

Mary rief ihnen etwas in einer Sprache zu, die Sharpe nicht verstand. Lawford wedelte verzweifelt mit der Hand, doch es langweilte die Lanzenreiter. Sie konzentrierten sich auf Sharpe, der von ihren Lanzenspitzen zurückgewichen war. Er schlug die zweite Lanze zur Seite, dann trieb ein dritter Mann sein Pferd an und versuchte seine Lanze in Sharpes Bauch zu stoßen.

Sharpe schaffte es fast, dem Hieb zu entgehen, doch statt sich in seinen Bauch zu bohren, schrammte die Klinge durch die Haut an seiner Hüfte, durch den Rock und bohrte sich in den Baum hinter ihm. Der Lanzenreiter ließ die Lanze in der Buche stecken und zog sein Pferd herum.

Sharpe war mit dem Rock an den Baum gespießt, und sein Rücken, der an den Stamm gezwungen war, schmerzte unerträglich. Er versuchte, die Lanze aus dem Baumstamm zu zerren, doch der Blutverlust hatte ihn so sehr geschwächt, dass ihm die Kraft fehlte und die Lanze sich nicht bewegte.

Dann gab ein anderer Lanzenreiter seinem Pferd die Sporen und zielte mit der Lanzenspitze auf Sharpes Augen.

Mary schrie wie von Sinnen.

Die Lanzenspitze verharrte einen Zoll von Sharpes linkem Augapfel entfernt. Der Lanzenreiter schaute zu Mary, schnitt eine Grimasse, als er ihre Verfassung sah, und sagte dann etwas.

Mary antwortete.

Der Lanzenreiter, offenbar ein Offizier, blickte wieder zu Sharpe und schien sich zu fragen, ob er ihn töten oder verschonen sollte. Schließlich grinste er, neigte sich hinab und riss die Lanze, die Sharpes Rock festgespießt hatte, aus dem Baumstamm.

Sharpe fluchte unflätig und brach am Baumstamm zusammen.

Es waren ein Dutzend Reiter, und jetzt versammelten sich alle um die vermeintlichen Deserteure. Zwei von Tippus Männern hielten ihre scharfen Lanzenklingen an Lawfords Nacken, während der Offizier mit Mary sprach. Sie antwortete trotzig, und für Sharpe, der sich auf die Beine mühte, schien sich der Wortwechsel lange hinzuziehen und unfreundlich zu sein.

Ebenso unfreundlich wirkten die Lanzenreiter. Es waren prächtig aussehende Männer, und Sharpe bemerkte trotz seiner Schmerzen, wie gut sie ihre Waffen gepflegt hatten. Es war kein Rost an den Lanzenspitzen, und die Schäfte waren geölt.

Mary stritt mit dem Offizier, und er schien ihr Flehen zu ignorieren, doch schließlich ließ er sich erweichen, denn Mary drehte sich um und blickte zu Lawford.

»Er will wissen, ob ihr bereit seid, in Tippus Truppe zu dienen«, sagte sie dem Lieutenant.

Die Lanzenspitzen kitzelten Lawfords Nacken, und als Rekrutierungs-Gerät wirkten sie Wunder. Der Lieutenant nickte begierig.

»Selbstverständlich! Das ist genau das, was wir wollen! Wir melden uns freiwillig! Sag ihm, dass wir bereit sind, Tippu zu dienen! Wir beide! Lang lebe Tippu!«

Der Offizier brauchte die begeisterte Antwort nicht übersetzen zu lassen. Er lächelte und befahl seinen Lanzenreitern, ihre Waffen vom Nacken des Rotrocks zu nehmen.

Und so schloss sich Sharpe der feindlichen Armee an.

KAPITEL 5

Sharpe war erschöpft und der Verzweiflung nahe, als er die Stadt erreichte. Die Lanzenreiter hatten die drei vermeintlichen Deserteure in unerbittlichem Tempo westwärts getrieben, und keiner hatte ihm angeboten, auf ein Pferd zu steigen. Das Trio war zu Fuß gegangen, und als Sharpe durch die Furt gestolpert war, die sie südlich des Kaveri zu der Insel brachte, auf der Seringapatam erbaut war, brannte sein Rücken, als stünde er in Flammen.

Die Stadt selbst lag immer noch eine Meile weiter im Westen, doch die gesamte Insel war von neuen Feldschanzen umgeben, in denen sich Tausende von Flüchtlingen versammelt hatten. Die Flüchtlinge hatten ihr Vieh mitgebracht, gehorsam gegen Tippu, der befohlen hatte, dass der vorrückenden britischen Armee alle Nahrungsmittel verweigert werden sollten.

Eine halbe Meile von der Stadtmauer entfernt war eine zweite Feldschanze ausgehoben worden, um ein ausgedehntes Lager von Ziegelsteinhütten mit Strohdach zu schützen, in denen Tausende der Infanteristen und Kavalleristen des Sultans wohnten. Keiner der Soldaten war müßig. Einige exerzierten, andere erhöhten die Mauer um das Lager, und ein paar feuerten mit ihren Musketen auf Ziele von Strohpuppen, die gegen die Mauer der Stadt gelehnt waren. Die Strohpuppen waren allesamt mit behelfsmäßigen roten Röcken bekleidet, und Lawford sah entgeistert, dass die Strohpuppen von den Schüssen umgeworfen wurden oder die Kugeln große Stücke aus den mit Stroh ausgestopften Oberkörpern rissen.

Die Familien der Soldaten lebten in ihrem Lager, und die Frauen und Kinder strömten in Scharen herbei, als die beiden fremden Weißen vorübergingen. Sie nahmen an, das Sharpe und Lawford Gefangene waren, und einige verspotteten sie, und andere lachten, wenn Sharpe vor Schmerzen wankte und stolperte.

»Geh weiter, Sharpe«, sagte Lawford aufmunternd.

»Nenn mich Dick, um Himmels willen«, fuhr Sharpe ihn an.

»Geh weiter, Dick«, sagte Lawford, ärgerlich, weil er von einem Private getadelt worden war.

»Es ist nicht mehr weit«, flüsterte Mary. Sie stützte Sharpe beim Gehen, doch manchmal, wenn die Spott- und Schmährufe zu lautstark wurden, klammerte sie sich wie Halt suchend an ihn.

Voraus erhoben sich die Stadtmauern, und Lawford fragte sich, wie jemand hoffen konnte, solche massiven Barrieren zu durchbrechen. Die hohen Festungswälle waren weiß getüncht, sodass sie in der Sonne zu leuchten schienen, und Lawford konnte in jeder Schießscharte Kanonenmündungen sehen.

Kavaliere, überhöht angeordnete, mit Flanken versehene Bauten, von denen man eine gute Übersicht über das Vorgelände hatte, befanden sich überall längs der Mauer, sodass noch mehr Geschütze jeden Feind, der angriff, abwehren konnten.

Über den Wällen, auf denen sich die Fahnen des Tippu im sanften, warmen Wind bewegten, ragten die beiden weißen Minarette der städtischen Moschee im Sonnenschein auf. Jenseits der Minarette konnte Lawford den Turm eines Hindu-Tempels sehen, dessen Steinschichten kunstvoll gemeißelt und üppig bemalt waren, während gleich nördlich vom Tempel die glänzend grünen Dachziegel dessen leuchteten, was der Palast des Tippu zu sein schien.

Die Stadt war viel größer und prächtiger, als Lawford erwartet hatte, und die weiß getünchten Wälle waren höher und stärker, als er je befürchtet hatte. Er hatte sich eine Mauer aus getrocknetem Schlamm vorgestellt, doch die Wälle, die er im Osten sah, bestanden aus massiven Steinblöcken, die von den Belagerungsgeschützen Stück für Stück abgetragen werden mussten, wenn jemals ein Durchbruch gelingen sollte. An Stellen, wo der Wall bei früheren Belagerungen beschädigt worden war, war das Mauerwerk durch Ziegelsteine ersetzt worden, doch nirgendwo sah er schwach aus.

Es stimmte, dass die Stadt keine Zeit gehabt hatte, um eine moderne europäische Befestigungsanlage mit außerhalb liegenden Stellungen, Bastionen und Vorschanzen anzulegen, doch auch so sah alles beängstigend stark aus. Ameisenartige Horden von Arbeitern, einige davon in der Hitze nackt, trugen Körbe mit tiefroter Erde auf ihren Rücken und schichteten sie auf, um das Glacis vor den weiß getünchten Wällen zu erhöhen. Die wachsende Erdaufschüttung, die von den Wällen durch einen Graben getrennt war, der mit dem Wasser des Flusses geflutet werden konnte, diente dem Abfälschen der Schüsse von den Belagerern zu den Wällen hinauf und darüber hinweg.

Lawford tröstete sich damit, dass es Lord Cornwallis vor sieben Jahren geschafft hatte, in diese gewaltige Stadt hineinzustoßen, doch die Erhöhung des Glacis demonstrierte, dass der Tippu aus dieser Niederlage gelernt hatte und General Harris es weitaus schwerer haben würde.

Die Lanzenreiter duckten sich mit ihren spitz zulaufenden Helmen, als sie durch den Tunnel des Bangalore-Tors in die Stadt ritten und so die vermeintlichen Deserteure durch ein stinkendes Gewirr überfüllter Straßen führten. Die Lanzen bahnten ihnen den Weg. Sie trieben damit Zivilisten zur Seite und zwangen Wagen und Handkarren zum hastigen Rückzug in die nächsten Gassen. Selbst die heiligen Kühe, die in der Stadt frei herumwanderten, wurden beiseitegezwungen, doch die Lanzenreiter taten es sanft, wollten nicht die Gefühle der Hindus beleidigen.

Sie passierten die Moschee und wandten sich dann in eine Straße, die von Läden gesäumt war, in deren offenen Fronten Stoffe, Seide, silberne Schmuckstücke, Gemüse, Schuhe und Häute hingen.

Lawford erhaschte einen Blick in eine Seitengasse, in der blutbesudelte Männer zwei Kamele schlachteten, und der Anblick ließ ihn würgen. Ein nacktes Kind schleuderte einen blutigen Kamelschwanz auf die beiden weißen Männer, und bald tollte eine Horde zerlumpter, johlender Kinder zwischen den Pferden der Lanzenreiter, um die Gefangenen zu verspotten und mit Tierkot zu bewerfen.

Sharpe verfluchte sie, und Lawford duckte sich einfach, und als zwei europäische Soldaten sie verjagten, rannten die Kinder weg. »*Prisonniers?*«, rief einer der beiden Männer fröhlich.

»*No, monsieur*«, antwortete Lawford in seinem besten Schulfranzösisch. »*Nous sommes déserteurs.*«

»*C'est bon!*« Der Mann warf Lawford eine Mango zu. »*La femme aussi?*«

»*La femme est notre prisonnière*«, versuchte Lawford zu scherzen. Er erntete ein Lachen und zum Abschied den ermunternden Ruf *bonne chance*.

»Du sprichst Französisch?«, fragte Sharpe.

»Ein bisschen«, erwiderte Lawford bescheiden. »Wirklich nur ein bisschen.«

»Verdammt erstaunlich«, sagte Sharpe, und Lawford war

sonderbar erfreut, weil er es doch noch geschafft hatte, auf seinen Gefährten Eindruck zu machen. »Aber nicht viele gemeine Soldaten sprechen die Sprache der Froschfresser«, dämpfte Sharpe Lawfords Freude. »Lass also keinen hören, dass du gut darin bist. Halte dich an verdammtes Englisch.«

»Daran hatte ich nicht gedacht«, sagte Lawford reumütig. Er blickte auf die Mango, als hätte er eine solche Frucht noch nie gesehen, und es war offenkundig, dass er vor Hunger versucht war, in das süße Fruchtfleisch zu beißen, doch das verhinderten seine guten Manieren, und er bestand galant darauf, dass Mary die Mango aß.

Die Lanzenreiter bogen in einen kunstvoll gemeißelten Torweg, wo zwei Posten Wache hielten. Als sie in dem überwölbten Torweg waren, glitten die Kavalleristen aus ihren Sätteln und führten, die Lanze in der Hand, ihre Pferde durch einen schmalen Durchgang zwischen zwei hohen Ziegelsteinwänden.

Sharpe, Mary und Lawford wurden gerade innerhalb des Torwegs mehr oder weniger allein gelassen und von den beiden Wachtposten ignoriert, die neugierige Stadtbewohner verscheuchten, die sich versammelt hatten, um die Europäer anzugaffen.

Sharpe setzte sich auf einen Steinblock und versuchte, die Schmerzen in seinem Rücken zu ignorieren. Dann kehrte der Offizier der Lanzenreiter zurück und schnauzte sie an, ihm zu folgen.

Er führte sie durch einen anderen Torbogen und dann durch einen Arkadengang, wo sich Blumen um Säulen wanden, und zu einem Wachraum. Der Offizier sagte etwas zu Mary und verschloss die Tür.

»Er sagt, wir sollen hier warten«, übersetzte Mary. Sie hatte immer noch die Mango, und obwohl die Lanzenreiter Sharpe und Lawford die Röcke ausgezogen und sie und ihre Tornister nach Münzen und versteckten Waffen durchsucht hatten, hatte niemand Mary durchsucht. Sie nahm ein kleines, zusammenklappbares Taschenmesser aus einer Innentasche ihres Rocks und schnitt die Mangofrucht in drei Portionen. Lawford aß seinen Anteil und wischte sich den Fruchtsaft vom Kinn.

»Haben – hast du diesen Dietrich bekommen, Sharpe?«, fragte er, sah Sharpes wütenden Blick und wurde rot. »Dick«, verbesserte er sich selbst.

»Ich hatte ihn die ganze Zeit«, sagte Sharpe. »Mary hatte ihn. Und sie hat auch die Guinee bekommen.« Er grinste trotz seiner Schmerzen.

»Du meinst, du hast General Baird angelogen?«, fragte Lawford streng.

»Na klar habe ich gelogen! Wie blöde muss man sein, wenn man zugibt, einen Dietrich zu haben?«

Einen Moment sah Lawford aus, als würde er Sharpe für seine Verlogenheit tadeln, doch der Lieutenant hielt sich unter Kontrolle. Er schüttelte nur missbilligend den Kopf und lehnte sich mit dem Rücken an die Ziegelmauer.

Der Boden bestand aus kleinen grünen Fliesen, auf denen Sharpe sich auf den Bauch legte. Binnen Minuten war er eingeschlafen.

Mary saß neben ihm, streichelte manchmal über sein Haar, und Lawford fühlte sich angesichts ihrer Gesten der Zuneigung verlegen. Er sagte sich, dass er sich mit Mary unterhalten sollte, doch er wusste nicht, was er sagen sollte, und so entschied er sich zu schweigen, bis Sharpe wieder wach war. Er wartete.

Irgendwo tief im Palast plätscherte ein Brunnen. Einmal war Hufgeklapper zu hören, als Kavalleristen ihre Pferde aus den inneren Ställen holten, doch die meiste Zeit herrschte Stille. Es war auch angenehm kühl in dem Raum.

Sharpe erwachte nach Einbruch der Dunkelheit. Er stöhnte auf, als er die Schmerzen in seinem Rücken bemerkte, und Mary streichelte beruhigend über sein Haar.

»Wie viel Uhr haben wir, Liebste?«, fragte Sharpe.

»Es ist spät.«

»Mein Gott!«, stieß Sharpe hervor, als der Schmerz wie eine glühende Nadel durch seine Wirbelsäule zu stechen schien. Er setzte sich auf, stieß bei der Anstrengung einen wimmernden Laut aus und versuchte, sich gegen die Wand zu lehnen. Schwaches Mondlicht fiel durch das kleine vergitterte Fenster herein, und Mary konnte die Blutflecken sehen, die sich durch Sharpes Verbände und auf seinem Hemd ausbreiteten.

»Haben sie uns vergessen?«, fragte Sharpe.

»Nein«, sagte Mary. »Sie haben uns etwas Wasser gebracht, während du geschlafen hast. Hier.« Sie hob den Krug und reichte ihn ihm. »Und sie haben uns einen Eimer gegeben.« Sie wies durch die halbdunkle Kammer. »Falls wir …« Sie sprach nicht weiter.

»Ich kann riechen, wofür der Eimer gedacht ist«, sagte Sharpe. Er nahm den Krug und trank.

Lawford war zusammengesunken an der fernen Wand, und ein kleines Buch lag aufgeschlagen neben dem schlafenden Lieutenant.

Sharpe schnitt eine Grimasse. »Ich bin froh, dass die Scheißkerle etwas Nützliches gebracht haben«, sagte er zu Mary.

»Meinst du das?«, sagte Lawford und wies auf das Buch. Er hatte überhaupt nicht geschlafen.

Sharpe hatte seine Worte spöttisch gemeint und konnte sie jetzt nicht zurücknehmen.

»Was ist es?«, fragte er stattdessen.

»Eine Bibel.«

»Verdammte Scheiße«, sagte Sharpe.

»Hast du was dagegen?«, fragte Lawford eisig.

»Ich habe die Nase voll von dem guten Buch, seit ich im Waisenhaus war«, sagte Sharpe. »Wenn sie nicht daraus lasen, dann schlugen sie uns damit auf den Kopf, und es war kein kleines Buch wie das da, sondern ein verdammt großes, schweres Ding. Mit dieser Bibel hätte man einen Ochsen betäuben können.«

»Hat man dich gelehrt, darin zu lesen?«, fragte Lawford.

»Man hielt uns nicht für gut genug, um zu lesen. Gut genug, um Prügel zu bekommen, aber nicht, um zu lesen. Nein, sie lasen uns nur zum Frühstück daraus vor. Es war jeden Morgen das Gleiche: kalter Haferbrei, ein bisschen Wasser und die Ohren voller Abraham und Isaak.«

»Du kannst nicht lesen?«, fragte Lawford ungläubig.

»Natürlich kann ich nicht lesen!« Sharpe lachte verächtlich. »Was, verdammt noch mal, nützt das schon?«

»Sei kein Narr, Dick«, sagte Lawford geduldig. »Nur ein Dummkopf ist stolz darauf, so zu tun, als ob eine Fähigkeit, die man nicht besitzt, wertlos ist.« Sekundenlang war Lawford versucht, eine Lobeshymne über das Lesen zu halten – wie es eine neue Welt für Sharpe eröffnen würde, eine Welt von Drama und Geschichte und Information und Poesie und grenzenloser Weisheit, doch dann hielt er es für besser, darauf zu verzichten. »Du willst doch deine Sergeant-Streifen, nicht wahr?«, fragte er stattdessen.

»Man braucht nicht lesen zu können, um Sergeant zu sein«, sagte Sharpe stur.

»Nein, aber es hilft, und du wärst ein besserer Sergeant, wenn du lesen kannst. Anderenfalls wird dir der Kompanieschreiber erzählen, was in den Berichten und den Listen und im Strafbuch steht, und der Zahlmeister wird dich nach Strich und Faden betrügen. Aber wenn du lesen kannst, wirst du wissen, wenn man dich anlügt.«

Es folgte langes Schweigen. Irgendwo im Palast hallten die Schritte eines Postens vom Steinboden wider, und dann ertönte ein Geräusch, bei dem Lawford fast vor Heimweh geheult hätte. Eine Uhr schlug die Stunde. Zwölf Uhr. Mitternacht.

»Ist es schwer?«, fragte Sharpe schließlich.

»Das Lesen zu lernen?«, fragte Lawford. »Eigentlich nicht.«

»Dann solltet ihr, du und Mary, es mir beibringen, Bill, nicht wahr?«

»Ja«, sagte Lawford. »Ja, das sollten wir.«

Am Morgen wurden sie aus dem Wachraum gebracht. Vier tigergestreifte Soldaten holten sie und brachten sie durch den Arkadengang, durch einen schmalen Flur, der neben den Küchen zu verlaufen schien, und danach durch ein Gewirr von Ställen und Lagerräumen, das zu einem Doppeltor führte, das sich in einen großen Hof öffnete, wo der grelle Sonnenschein sie blinzeln ließ.

Dann gewöhnten sich Sharpes Augen an das helle Licht, und er sah, wer auf dem Hof auf sie wartete. Er fluchte.

Es waren sechs Tiger, alle riesige Bestien, mit gelben Augen und gebleckten Zähnen. Die Raubkatzen starrten die drei Neuankömmlinge an, dann erhob sich einer der Tiger, streckte sich, schüttelte sich und schlich langsam auf sie zu.

»Mein Gott«, entfuhr es Sharpe. Genau in diesem Augenblick setzte der Tiger zum Sprung an, doch die Kette spannte sich, und er fiel auf den staubigen Boden zurück. Betrogen um seine Mahlzeit, knurrte er und kehrte in die Schatten zurück. Eine der anderen Bestien kratzte ihr Fell, ein anderer Tiger gähnte.

»Seht euch an, wie groß die Bastarde sind!«, sagte Sharpe.

»Einfach große Pussykatzen«, meinte Lawford mit einer Gleichgültigkeit, die er nicht ganz empfand.

»Dann geh und kraule sie«, sagte Sharpe, »und sieh, ob sie schnurren. Verpiss dich!« Letzteres galt einem anderen neugierigen Tiger, der vorwärtsdrängte, bis die Kette ihn zurückhielt. »Man bräuchte eine ziemlich große Maus, um einen dieser Bastarde zu füttern.«

»Die Tiger können Sie nicht erreichen«, sagte jemand auf Englisch hinter ihnen. »Es sei denn, ihre Wärter lassen sie von den Ketten frei. Guten Morgen.«

Sharpe wandte sich um. Ein großer Offizier in mittlerem Alter und mit einem schwarzen Schnurrbart war in den Hof gekommen. Er war Europäer und trug die blaue Uniform von Frankreich.

»Ich bin Colonel Gudin«, sagte der Offizier. »Und wer sind Sie?«

Für einen Moment fand niemand Worte, und dann nahm Lawford Haltung an und stand still.

»William Lawford, Sir.«

»Er heißt Bill«, sagte Sharpe. »Ich werde Dick genannt, und dies ist meine Frau.« Er legte einen Arm um Marys Schultern.

Gudin verzog das Gesicht, als er Marys geschwollenes blaues Auge und ihre dreckige Kleidung sah. »Sie haben einen Namen ...«, er zögerte und sagte sich schließlich, dass er sie so am besten ansprechen konnte, »... *Madame?*«

»Mary, Sir.« Sie machte einen kleinen Knicks, und Gudin erwiderte die höfliche Geste mit einem leichten Nicken. »Und Ihr Name?«, fragte er Sharpe.

»Sharpe, Sir. Dick Sharpe.«

»Und Sie sind Deserteure?«, fragte der Colonel. Sein Tonfall verriet Abscheu.

»Jawohl, Sir«, antwortete Lawford.

»Ich bin nie sicher, ob man Deserteuren trauen kann«, sagte Gudin milde. Er wurde von einem französischen Sergeant begleitet, der die Tiger nervös beäugte. »Wenn man eine Fahne betrügen kann, warum auch nicht die andere?«, bemerkte Gudin.

»Man könnte einen guten Grund haben, um seine Fahne zu betrügen, Sir«, sagte Sharpe.

»Und Ihr Grund, Sharpe?«

Sharpe drehte sich um, damit der Colonel das Blut auf seinem Rücken sehen konnte. Er ließ Gudin auf die Blutflecken starren und wandte sich dann wieder um.

»Ist das Grund genug, Sir?«

Gudin erschauerte. »Ich habe nie verstanden, warum die Briten ihre Soldaten auspeitschen. Das ist Barbarei.« Er wedelte gereizt die Fliegen fort, die um sein Gesicht schwirrten. »Das ist pure Barbarei.«

»Sie lassen in der französischen Armee nicht auspeitschen, Sir?«

»Natürlich nicht«, sagte Gudin verächtlich. Er legte eine Hand auf Sharpes Schulter und zog ihn herum. »Wann wurde Ihnen dies angetan?«

»Vor ein paar Tagen, Sir.«

»Haben Sie die Verbände gewechselt?«

»Nein, Sir. Doch ich habe sie angefeuchtet.«

»Sie wären immer noch in einer Woche tot, wenn wir nichts unternähmen«, sagte Gudin und sprach mit dem Sergeant, der daraufhin forsch über den Hof davonschritt. Gudin drehte Sharpe wieder um. »Und was haben Sie getan, um solche Barbarei zu verdienen, Private Sharpe?«

»Nichts, Sir.«

»Außer nichts«, sagte Gudin müde, als hätte er schon jede vorstellbare Ausrede gehört.

»Ich habe einen Sergeant geschlagen, Sir.«

»Und Sie?«, fragte Gudin Lawford. »Warum sind Sie desertiert?«

»Sie wollten mich auspeitschen, Sir.« Lawford war nervös bei der Lüge, und diese Nervosität machte Gudin neugierig.

»Weil Sie nichts getan haben?«, fragte Gudin belustigt.

»Wegen einer Taschenuhr, Sir.« Lawford wurde rot. »Die ich geklaut habe«, fügte er hinzu, aber es klang wenig überzeugend. Er machte sich keine Mühe, den Akzent zu verbergen, der seine Erziehung verriet, aber ob Gudin genug ans Englische gewöhnt war, um die Nuance zu bemerken, war eine andere Sache.

Der Franzose war zweifellos fasziniert von Lawford.

»Wie, sagten Sie, lautet Ihr Name?«, fragte der Colonel.

»Lawford, Sir.«

Gudin unterzog Lawford einer langen Musterung. Der Franzose war groß und schlank, mit einem schwermütigen und müden Gesicht, doch Sharpe fand, dass seine Augen gütig und schlau blickten. Offenbar war er ein Gentleman, der richtige Offizierstyp. Vielleicht hatte Gudin bereits Lawfords Tarnung durchschaut.

»Sie scheinen mir ein typisch britischer Soldat zu sein, Private Lawford«, sagte er dann auch als Bestätigung von Sharpes Befürchtungen. »In Frankreich wären Sie nichts Besonderes für mich, denn wir müssen darauf bestehen, dass jeder Mann seinem Land dient, aber in Britannien akzeptiert man nur den Abschaum der Straße. Männer aus der Gosse.«

»Männer wie mich«, sagte Sharpe.

»Still«, tadelte Gudin mit plötzlicher Autorität. »Ich habe nicht mit Ihnen gesprochen.« Der Franzose nahm eine von Lawfords Händen und musterte stumm die weichen Finger ohne Schwielen. »Wie kommt es, dass Sie in der Armee sind, Lawford?«

»Mein Vater ging bankrott, Sir«, sagte Lawford und beschwor die schlimmste Katastrophe herauf, die er sich vorstellen konnte.

»Aber der Sohn eines bankrotten Vaters kann eine Anstellung finden, oder etwa nicht?« Gudin sah sich wieder die weichen, glatten Finger an, und dann gab er Lawfords Hand frei. »Und jeder Job ist sicherlich besser als das Leben eines britischen Soldaten, oder?«

»Ich war betrunken, Sir«, sagte Lawford und fühlte sich erbärmlich, »und ich lernte einen rekrutierenden Sergeant kennen.« Das Elend des Lieutenants war nicht die vorgestellte Erinnerung, sondern die Schwierigkeit, die Lüge überzeugend darzustellen, und sein Verhalten beeindruckte Gudin. »Es war in einem Pub in Sheffield«, fuhr Lawford fort. »The Hawse in the Lake, Sir. In Sheffield, Sir. In der Pond Lane, am Markttag.« Seine Stimme wurde schwächer, als überlege er, an welchem Tag in der Woche es den Markt gab.

»In Sheffield?«, fragte Gudin. »Ist das nicht da, wo sie Eisen machen? Und – wie bezeichnet man das? – Messerwaren? Sie sehen nicht aus wie ein Messerschmied, Lawford.«

»Ich war Anwaltsgehilfe, Sir.« Lawford errötete leicht. Er wusste, dass er den Namen des Pubs durcheinandergebracht hatte, obwohl zu bezweifeln war, dass Colonel Gudin das jemals bemerken würde, doch der Lieutenant war so sicher, dass seine Lügen so durchsichtig wie eine Glasscheibe waren.

»Und Ihr Job in der Armee?«, fragte Gudin.

»Kompanieschreiber, Sir.«

Gudin lächelte. »Keine Tinte auf Ihrer Hose, Lawford! In unserer Armee verspritzen die Schreiber überall Tinte.«

Für einen Moment hatte es den Anschein, als wolle Lawford sein Lügen aufgeben und in seiner peinlichen Lage dem Franzosen die ganze Wahrheit gestehen, doch dann hatte der Lieutenant eine Eingebung. »Ich trage eine Schürze, Sir, wenn ich schreibe. Ich will nicht wegen einer dreckigen Uniform bestraft werden, Sir.«

Gudin lachte. In Wahrheit hatte er keinen Augenblick an Lawfords Geschichte gezweifelt, sondern die Verlegenheit des Lieutenants für Scham über den Bankrott seiner Familie gehalten. Der Franzose hatte Mitleid mit dem großen, blonden jungen Mann mit dem anspruchsvollen Wesen, der offenkundig nie hätte Soldat werden sollen. Das reichte Gudin als Erklärung für Lawfords Nervosität. »Sie sind Schreiber, wie? Heißt das, Sie sehen Papiere bei Ihrer Arbeit?«

»Eine Menge, Sir.«

»Dann wissen Sie also, wie viele Geschütze die Briten hierher mitbringen?«, fragte Gudin. »Wie viel Munition?«

Lawford schüttelte konsterniert den Kopf. Für ein paar Sekunden war er sprachlos, dann schaffte er es, zu sagen, dass er diese Art von Papieren nie gesehen hatte. »Ich habe nur Kompaniepapiere zu sehen bekommen, Sir. Strafbücher, Wachlisten, diese Art Dinge.«

»Verdammt Tausende«, warf Sharpe ein. »Ich bitte um Verzeihung, dass ich gesprochen habe, Sir.«

»Tausende was?«, fragte Gudin.

»Ochsen, Sir. Jeweils sechs Achtzehnpfünder-Munition sind pro Kopf angeschnallt, und einige tragen sogar Munition für acht. Aber es sind Tausende Geschosse.«

»Zweitausend? Dreitausend?«, fragte Gudin.

»Mehr als das, Sir. Ich habe noch nie so eine große Herde

gesehen, nicht einmal, als die Schotten die Rindviecher von Schottland nach England getrieben haben.«

Gudin zuckte mit den Schultern. Er hatte sehr bezweifelt, dass diese beiden ihm irgendetwas Nützliches sagen konnten, gewiss nichts, was Tippus Kundschafter und Spione nicht bereits entdeckt und berichtet hatten, doch er hatte die Fragen stellen müssen. Jetzt wedelte er sich Fliegen vom Gesicht und sagte den beiden Deserteuren, was sie vielleicht erwarten würde.

»Seine Hoheit, der Sultan, wird über euer Schicksal entscheiden, und wenn er gnädig ist, wird er wünschen, dass ihr in seiner Streitmacht dient. Ich nehme an, ihr seid dazu bereit?«

»Jawohl, Sir«, sagte Sharpe begierig. »Deshalb sind wir hier, Sir.«

»Gut«, sagte Gudin. »Der Sultan möchte euch vielleicht in einem seiner *cushoons* haben. Das ist das Wort, das hier für ein Regiment benutzt wird, ein *cushoon*. Es sind alles gute und gut ausgebildete Soldaten, und ihr werdet willkommen sein, aber es gibt einen Nachteil. Ihr werdet beide geläutert werden müssen.«

Lawford wurde blass, während Sharpe nur mit den Schultern zuckte. »Ist das schlimm, Sir?«

»Sie wissen, was Läuterung ist, Private?«

»Etwas, das die Armee mit einem macht, Sir? Wie zum Beispiel eine Vereidigung?«

Gudin lächelte. »Nicht ganz, Sharpe. Der Sultan ist Moslem, und er liebt es, ausländische Freiwillige seiner Religion anzuschließen. Das heißt, einer seiner heiligen Männer wird eure Vorhaut beschneiden. Es geht ganz schnell, als wenn man die Spitze eines weich gekochten Eies abschneiden würde.«

»Von meinem Schwanz?« Sharpe war jetzt ebenso entgeistert wie Lawford.

»Das ist in Sekunden vorbei«, versicherte Gudin, »obwohl die Blutung eine Weile dauern kann, und Sie können nicht, wie soll ich es sagen …?« Er blickte zu Mary und dann wieder zu Sharpe. »Sie können das Ei für einige Wochen nicht hart kochen.«

Sharpe stieß einen Fluch aus. »Für die Religion tun sie das?«

»Wir Christen taufen Babys mit Wasser«, sagte Gudin, »und die Moslems beschneiden die Vorhaut.« Der Franzose legte eine Pause ein und lächelte. »Ich kann mir jedoch nicht vorstellen, dass ein Mann mit einem blutenden besten Stück ein guter Soldat sein wird, und eure Armeen werden in ein paar Tagen hier sein, und so werde ich Seiner Hoheit vorschlagen, dass ihr beide mit meinen Männern zusammen kämpfen werdet. Wir sind nur wenige, aber keiner von uns ist Moslem und alle unsere weich gekochten Eier behalten den gesamten Kopf.«

»Das finde ich auch ganz richtig, Sir«, sagte Sharpe begeistert. »Und es wird uns eine Ehre sein, Ihnen zu dienen, Sir«, fügte er hinzu.

»In einem französischen Bataillon?«, fragte Gudin scherzhaft.

»Wenn Sie nicht auspeitschen lassen, Sir, und keine Schwänze beschneiden, dann wird es mehr als eine Ehre sein.«

»Wenn der Sultan es erlaubt«, warnte Gudin, »was vielleicht nicht der Fall sein wird. Aber ich glaube, er könnte es erlauben. Ich habe andere Briten im Bataillon und einige Deutsche und Schweizer. Ich bin sicher, dass ihr dort glücklich sein werdet.« Er blickte zu Mary. »Aber was wird mit Ihnen, *Madame?*«

Mary berührte Sharpe am Ellbogen. »Ich bin mit Richard hergekommen, Sir.«

Gudin musterte ihr blaues Auge. »Wie ist das passiert, *Madame?*«

»Ich bin gefallen, Sir«, sagte Mary.

Über Gudins Gesicht huschte ein Lächeln. »Oder hat Private Sharpe Sie geschlagen? Damit Sie nicht attraktiv aussehen werden?«

»Ich bin gestürzt, Sir.«

Gudin nickte. »Sie haben hart zugeschlagen, Private Sharpe.«

»Sonst hätte es keinen Sinn gehabt, Sir.«

»Das stimmt«, sagte Gudin. Dann zuckte er mit den Schultern. »Meine Männer haben ihre Frauen. Wenn Seine Hoheit es zulässt, habe ich nichts dagegen, dass ihr beide zusammenbleibt.« Er wandte sich zu dem Sergeant um, der zurückkehrte und einen älteren Inder mitbrachte, der eine tuchbedeckte Tasche trug. »Dies ist Doktor Venkatesh«, sagte Gudin und begrüßte den Doktor mit einer Verneigung. »Und er ist so gut wie jeder Arzt, den ich jemals in Paris gefunden habe. Ich kann mir vorstellen, Sharpe, dass es schmerzen wird, wenn diese dreckigen Verbände entfernt werden.«

»Tut nicht so weh wie die Läuterung, Sir.«

Gudin lachte. »Trotzdem halte ich es für besser, wenn Sie sich hinsetzen.«

Das Entfernen der Verbände schmerzte höllisch. Mister Micklewhite, der Bataillonschirurg, hatte Salbe auf die Striemen aufgetragen, doch kein Arzt der Armee verschwendete zu viel solcher kostbaren Salben auf einem gemeinen Soldaten, und Micklewhite hatte nicht genug benutzt, um zu verhindern, dass die Wunden verkrusteten. So war der Verbandsstoff zu einer verklebten Masse aus Leinen und getrocknetem Blut geworden, die den Schorf von den Wunden riss, als der Inder die Verbände von der Haut löste.

Doktor Venkatesh war tatsächlich geschickt und sanft, und

seine Stimme klang beruhigend in Sharpes Ohren, als er behutsam die schreckliche, blutige Verbandmasse von dem zerrissenen Fleisch entfernte. Trotzdem konnte Sharpe ein Wimmern nicht unterdrücken.

Die Tiger, die frisches Blut rochen, sprangen an ihren Ketten, und so war der Hof erfüllt vom Klirren der Kettenglieder und dem Fauchen der Raubkatzen.

Der indische Arzt missbilligte offensichtlich die Verletzung und deren Behandlung. Er murmelte vor sich hin und schüttelte den Kopf, als das Gemetzel entblößt war. Als er den letzten mit Blut verklebten Verbandsfetzen mit einer Pinzette mit Griff aus Elfenbein entfernt hatte, trug er eine Salbe auf Sharpes Rücken auf, deren Kühle wundervoll linderte.

Sharpe seufzte erleichtert, und dann sprang der Doktor plötzlich von ihm fort, richtete sich auf, klatschte in die Hände und verneigte sich tief.

Sharpe wandte den Kopf und sah, dass eine Gruppe Inder in den Hof gekommen war. An ihrer Spitze war ein kleiner, rundlicher Mann, vielleicht fünfzig, mit rundem Gesicht und sorgsam gestutztem schwarzem Schnurrbart. Sein weißer Seidenrock über einer weißen Überhose und schwarzen Lederstiefeln war schlicht, doch auf der einfachen Kleidung glitzerten Juwelen. Er trug Rubine auf seinem Turban, diamantenbesetzte Armreife, und Perlen waren an seine blaue Seidenschärpe genäht, an der eine saphirbesetzte Scheide hing, in der ein Säbel mit goldenem Griff steckte, der wie das Gesicht eines fauchenden Tigers aussah.

Doktor Venkatesh wich eilig zurück, sich immer noch verbeugend, während Gudin respektvoll stillstand.

»Der Sultan!«, warnte Gudin Sharpe und Lawford im Flüsterton, und Sharpe rappelte sich auf und stand wie der französische Offizier still.

Tippu verharrte ein halbes Dutzend Schritte vor Sharpe und Lawford. Er starrte sie ein paar Sekunden an und sprach dann leise mit seinem Dolmetscher.

»Umdrehen!«, befahl der Übersetzer Sharpe.

Sharpe drehte sich gehorsam um, zeigte Tippu seinen Rücken. Dieser, fasziniert vom Anblick der offenen Wunden, trat näher, sodass er sie genau betrachten konnte.

Sharpe spürte Tippus Atem im Nacken. Er konnte das feine Parfüm des Mannes riechen, und dann hatte er das Gefühl, eine Spinne berühre ihn sanft, als Tippu einen Hautstreifen betastete.

Dann spürte Sharpe plötzlich einen Schmerz, als hätte ihn ein glühend heißes Schüreisen geschlagen. Fast hätte er laut aufgeschrien, doch stattdessen zuckte er nur zusammen und versteifte sich.

Tippu hatte den Tigergriff seines Schwertes gegen die tiefste von Sharpes Wunden gestoßen, um Sharpes Reaktion zu sehen. Er befahl Sharpe, sich umzudrehen, und spähte zu ihm hinauf, um Tränen zu sehen. Sharpes Augen füllten sich mit Tränen, doch keine rann über seine Wangen.

Tippu nickte anerkennend und trat zurück.

»So erzählen Sie mir etwas über sie«, befahl er Gudin.

»Normale Deserteure«, sagte Gudin auf Französisch zum Übersetzer. »Dieser …«, er wies auf Sharpe, »… ist ein harter Soldat, der möglicherweise ein Gewinn für jede Armee sein würde. Der andere ist nur ein Schreiber.«

Lawford bemühte sich, seinen Ärger über diese Einschätzung nicht zu zeigen. Tippu warf einen Blick zu ihm, fand nichts Interessantes an ihm und schaute stattdessen Mary an.

»Die Frau?«, fragte er Gudin.

»Sie gehört zu dem Großen«, sagte Gudin und wies auf

Sharpe, während der Dolmetscher seine Antwort ins Persische übersetzte.

Tippu unterzog Mary einer kurzen Musterung. Sie ließ die Schultern hängen, versuchte ihr mitgenommenes, grün und blau geschlagenes und schmutziges Aussehen zu verstärken, doch als sie seinen nachdenklichen Blick bemerkte, errötete sie und machte einen Knicks. Tippu schien diese Geste zu belustigen. Dann blickte er wieder zu Gudin.

»Was wissen sie von den britischen Plänen?«, fragte er und wies zu Lawford und Sharpe.

»Nichts.«

»Sie sagen, sie wissen von nichts«, korrigierte Tippu Gudin. »Und sie sind keine Spione?«

Gudin zuckte mit den Schultern. »Wer kann das sagen? Aber ich bezweifle es.«

»Ich glaube, wir können das sagen«, meinte der Sultan. »Und ich glaube, wir können auch herausfinden, welche Art Soldaten sie sind.« Er drehte sich um und gab einem Adjutanten einige Befehle. Der Adjutant verneigte sich und lief dann vom Hof.

Er kehrte mit zwei Jagdmusketen zurück. Solche langläufigen Waffen hatte Sharpe noch nie gesehen. Ihre Kolben waren mit Juwelen besetzt und mit kunstvoller Filigranarbeit aus Elfenbein versehen. Die juwelenbesetzten Kolben hatten ein übertrieben prächtiges Aussehen an ihren Schulterstücken, und die Bügel der beiden Abzüge waren mit kleinen Rubinen umrandet. Die Vorrichtungen für die Feuersteine waren zu Tigerköpfen geformt, deren Augen durch Diamanten dargestellt wurden.

Tippu nahm die Waffen, vergewisserte sich, dass ihre Feuersteine richtig im Maul der Tiger saßen, und warf dann eine Muskete Lawford zu und die andere Sharpe. Der Adjutant stellte einen Topf mit Schwarzpulver auf den Boden und legte daneben ein paar Musketenkugeln. Sharpe hätte beschwören können, dass sie aus Silber bestanden.

»Ladet die Waffen«, sagte der Dolmetscher.

Ein britischer Soldat lernte wie jeder andere, eine Papierpatrone zu laden, doch es war kein Geheimnis, nur Pulver und Kugel zu laden. Offensichtlich wollte Tippu überprüfen, wie tüchtig die beiden Männer waren, und während Lawford zögerte, bückte sich Sharpe zu dem Pulvertopf und nahm eine Hand voll Pulver heraus. Er richtete sich auf und ließ das Schwarzpulver in den Lauf der Muskete rieseln. Das Pulver war merkwürdig fein, und der leichte Wind trieb ein bisschen davon fort, doch es blieb genug übrig. Als die Ladung sicher im Lauf war, bückte sich Sharpe wieder, nahm die Kugel auf, schob sie in die Mündung und zog den Ladestock aus den drei goldenen Ösen. Er drehte den Ladestock, ließ ihn durch seine Hand auf die Kugel gleiten und stieß dann das Geschoss hart auf die Pulverladung hinab.

Der Tippu hatte ihm kein Schusspflaster geben lassen, und Sharpe nahm an, dass es nichts ausmachte, darauf zu verzichten. Er zog den Ladestock heraus, drehte ihn um und steckte ihn in die Ösen unterhalb des langen Laufs. Dann bückte er sich von Neuem, nahm ein bisschen Pulver, machte die Waffe zündfertig und stand still mit dem juwelenbesetzten Kolben auf dem Boden neben sich.

»Sir!«, sagte er, um zu melden, dass er fertig war.

Lawford versuchte immer noch, Pulver in die Mündung zu träufeln. Der Lieutenant war genauso bewandert im Laden einer Waffe wie Sharpe, doch als Offizier brauchte er das nie schnell zu machen, denn das war nur für einen gemeinen Soldaten die unbedingt zu erfüllende Pflicht. Lawford lud nur Waffen bei der Jagd, doch in der Armee hatte er eine Ordonnanz, die ihm seine Pistolen lud, und nie in seinem Leben hatte er dies schnell tun müssen, und jetzt demonstrierte er seine beklagenswerte Langsamkeit.

»Er war ein Schreiber, Sir«, erklärte Sharpe Gudin. Er leckte das verbliebene Pulver von seinen Fingern. »Er brauchte auch nie zu kämpfen.«

Der Dolmetscher übersetzte die Worte für Tippu, der geduldig wartete, bis Lawford die Muskete zu Ende lud. Der Sultan war wie sein Gefolge amüsiert über die Langsamkeit des Engländers, doch Sharpes Erklärung, dass Lawford ein Schreiber war, schien sie zu überzeugen. Schließlich war Lawford fertig und – sehr befangen – stand still.

»Sie können offensichtlich laden«, sagte Tippu zu Sharpe, »aber können Sie auch schießen?«

»Aye, Sir«, antwortete Sharpe dem Dolmetscher.

Tippu wies über Sharpes Schulter. »Dann erschieß ihn.«

Sharpe und Lawford wandten den Kopf und sahen einen älteren britischen Offizier, der durch das Tor in den Hof geführt wurde. Der Mann war schwach und bleich, und er stolperte, als ihn der helle Sonnenschein blendete. Er zog eine gefesselte Hand vom Gesicht, blickte auf und erkannte Lawford. Für eine Sekunde nahm sein Gesicht einen ungläubigen Ausdruck an, doch dann schaffte er es, seine Gefühle zu verbergen. Der Offizier war weißhaarig und bekleidet mit Trews und rotem Uniformrock, beides mit Staub- und Wasserflecken bedeckt, und Sharpe, der entsetzt war, einen britischen Offizier so ungepflegt und gedemütigt zu sehen, nahm an, dass dies Colonel McCandless sein musste.

»Du kannst nicht auf ihn schie …«, begann Lawford.

»Halt's Maul, Bill«, sagte Sharpe, hob die Muskete und schwang die Mündung zu dem entsetzten schottischen Offizier herum.

»Warten Sie!«, rief Gudin und sprach dann hastig zum Sultan.

Tippu lachte über Gudins Protest. Er ließ den Dolmetscher Sharpe fragen, was er von britischen Offizieren hielt.

»Abschaum«, sagte Sharpe laut genug, sodass Colonel McCandless es hören konnte. »Gottverdammter, dreckiger Abschaum, Sir. Die Bastarde halten sich für was Besseres, weil sie lesen können und mit einem bisschen Geld geboren wurden, aber da gibt es keinen, den ich nicht im Kampf besiegen könnte.«

»Sind Sie bereit, diesen zu erschießen?«, fragte der Dolmetscher.

»Dafür würde ich glatt bezahlen«, sagte Sharpe rachsüchtig. Lawford zischte ihm zu, doch Sharpe ignorierte ihn. »Das würde ich mich etwas kosten lassen«, bekräftigte er.

»Seine Hoheit möchte, dass Sie es aus kurzer Distanz machen«, sagte der Dolmetscher. »Er will, dass Sie dem Mann den Kopf wegblasen.«

»Wäre mir ein verdammtes Vergnügen«, sagte Sharpe begeistert. Er spannte die Muskete, während er auf den Mann zuging, den er eigentlich retten sollte. Er starrte dabei McCandless an, und sein hartes Gesicht spiegelte böse Vorfreude wider. »Hochnäsiger schottischer Bastard«, stieß er hervor. Er blickte zu den beiden Wachen, die den Colonel immer noch flankierten. »Geht aus dem Weg, ihr Blödmänner, sonst werdet ihr mit dem Blut des Bastards bespritzt.«

Die beiden Männer starrten ihn an, regten sich jedoch nicht, und Sharpe nahm an, dass sie kein Englisch verstanden. Doktor Venkatesh, der versucht hatte, sich im Schatten des Torwegs zu verbergen, schüttelte den Kopf, entsetzt darüber, was geschehen würde.

Sharpe hob die Muskete, sodass die Mündung gerade sechs Zoll von McCandless' Gesicht entfernt war.

»Irgendeine Botschaft für General Harris?«, fragte er leise.

Abermals verbarg McCandless seine Reaktion bis auf einen schnellen Blick zu Lawford. Dann sah er wieder Sharpe an und flüsterte: »Überall angreifen, nur nicht von Westen.« Und dann lauter: »Möge Gott euch verzeihen.«

»Gott interessiert mich nicht«, sagte Sharpe. Und dann drückte er ab.

Der Feuerstein fiel, ein Funken sprühte, und sonst geschah nichts.

McCandless' Kopf ruckte zurück, als der Funken sprühte, dann spiegelte sein Gesicht pure Erleichterung wider.

Sharpe zögerte einen Moment, dann trieb er die Mündung der Muskete in die Magengrube des Colonels. Der Schlag sah hart aus, doch Sharpe dämpfte ihn im letzten Moment. Dennoch klappte McCandless um Luft ringend zusammen, und Sharpe holte mit dem juwelenbesetzten Kolben der Muskete aus, um ihn auf den grauhaarigen Kopf des Offiziers zu schmettern.

»Stopp!«, rief Gudin.

Sharpe verharrte und wandte sich um. »Ich dachte, Sie wollten den Scheißkerl tot sehen.«

Tippu lachte. »Wir brauchen ihn noch eine Weile lebend. Aber Ihren Test haben Sie bestanden.« Er wandte sich zu Gudin und sprach mit ihm, und der Franzose antwortete lebhaft.

Sharpe hatte den Eindruck, dass sie über sein Schicksal diskutierten, und er betete, dass ihm eine schmerzhafte Einführung in einen von Tippus *cushoons* erspart bleiben würde.

Ein anderer indischer Offizier in einem seidenen Waffenrock mit Tigerstreifen sprach mit Mary, während Sharpe immer noch bei dem geduckt dastehenden McCandless stand.

»Hat Harris Sie geschickt?«, fragte McCandless im Flüsterton.

»Ja«, raunte Sharpe, ohne den Colonel anzusehen.

Mary schüttelte den Kopf. Sie blickte zu Sharpe und schaute dann wieder den großen Inder an.

»Hütet euch davor, im Westen anzugreifen«, wisperte McCandless. »Auf keinen Fall.« Der Schotte stöhnte auf, täuschte mehr Schmerzen vor, als er hatte. Er würgte, als müsse er sich übergeben, versuchte, sich aufzurichten und stürzte stattdessen vornüber. »Sie sind ein Verräter der britischen Fahne«, sagte er laut genug, sodass Gudin ihn hören konnte, »und Sie werden den Tod eines Verräters sterben.«

Sharpe spuckte auf McCandless.

»Kommen Sie her, Sharpe!«, befahl Gudin, und sein Tonfall verriet Missbilligung.

Sharpe marschierte zu Lawford, wo einer der Adjutanten des Sultans die beiden Musketen an sich nahm. Tippu gestikulierte zu McCandless' Wachen, befahl ihnen offensichtlich, dass der Schotte in seine Kerkerzelle zurückgebracht werden sollte. Dann nickte Tippu Sharpe anerkennend zu, wandte sich um und führte sein Gefolge aus dem Hof.

Der große Inder in dem seidenen Waffenrock mit Tigerstreifen winkte Mary.

»Ich muss mit ihm gehen, Liebling«, erklärte sie Sharpe.

»Ich dachte, du bleibst bei mir!«, protestierte Sharpe.

»Ich muss meinen Lebensunterhalt verdienen«, sagte sie. »Ich werde seine kleinen Söhne Englisch lehren. Und natürlich sauber machen und waschen«, fügte sie bitter hinzu.

Colonel Gudin mischte sich ein. »Sie wird sich später zu Ihnen gesellen«, versprach er. »Aber bis dahin seid ihr beide – wie würden Sie es ausdrücken – auf Probe?«

»In der Probezeit, Sir?«

»Genau«, sagte Gudin. »Und Soldaten sind in der Probezeit keine Frauen erlaubt. Machen Sie sich keine Sorgen, Sharpe.

Ich bin sicher, dass Ihre Frau in General Raos Haus sicher sein wird. Gehen Sie jetzt, *Madame*.«

Mary stellte sich auf die Zehenspitzen und küsste Sharpe auf die Wange. »Mir wird es gut gehen, Liebling«, wisperte sie, »und dir auch.«

»Pass auf dich auf, Mädchen«, sagte Sharpe und beobachtete, wie sie dem großen indischen Offizier aus dem Hof folgte.

Gudin wies zum Torweg. »Wir müssen Doktor Venkatesh die Arbeit an Ihrem Rücken beenden lassen, Sharpe, und Ihnen dann eine neue Uniform und Muskete geben. Willkommen in der Armee von Tippu Sultan, Gentlemen. Ihr verdient einen *haideri* pro Tag.«

»Gutes Geld!«, sagte Sharpe beeindruckt. Ein *haideri* war eine halbe Krone wert, weit mehr als die miserablen zwei Pence pro Tag, die er in der britischen Armee erhielt.

»Aber zweifellos hinterher«, sagte Lawford sarkastisch. Er war immer noch ärgerlich, weil Sharpe versucht hatte, auf McCandless zu schießen, und das Versagen der Muskete hatte ihn nicht besänftigt.

»Der Sold wird immer hinterher bezahlt«, gab Gudin heiter zu. »Welche Armee zahlt schon im Voraus? Offiziell verdienen Sie einen *haideri* pro Tag, obwohl Sie ihn selten erhalten werden, aber ich kann Ihnen anderen Trost versprechen. Kommen Sie jetzt.«

Er ließ Doktor Venkatesh kommen, der seine Tasche nahm und ihnen mit Gudin aus dem Palast folgte.

So lernte Sharpe seine neuen Kameraden kennen und bereitete sich auf einen neuen Feind vor: sein eigenes Land.

General David Baird fühlte sich nicht schuldig wegen Sharpe und Lawford, denn sie waren Soldaten und wurden dafür bezahlt, dass sie Risiken eingingen, aber er fühlte sich verantwortlich für sie.

Die Tatsache, dass weder die britischen noch indischen Kavalleriepatrouillen die beiden Männer entdeckt hatten, ließ den Schluss zu, dass sie vielleicht nach Seringapatam gelangt waren, doch je mehr Baird über ihre Mission nachdachte, desto weniger zuversichtlich war er, was ihren erfolgreichen Abschluss betraf. Die Idee hatte zuerst gut gewirkt, doch zwei Tage Nachdenken hatten zu einer Reihe von Vorbehalten geführt und die ursprüngliche Hoffnung auf null sinken lassen.

Er hatte stets angenommen, dass ihre Chancen, McCandless zu retten, jämmerlich gering sein würden, aber er hatte wenigstens erhofft, dass sie McCandless' Neuigkeiten erfahren und erfolgreich aus Seringapatam herausbringen konnten, doch jetzt befürchtete er, dass keiner der Männer überleben würde. Bestenfalls konnten Lawford und Sharpe der Hinrichtung entkommen, indem sie sich den Truppen Tippus anschlossen, was bedeutete, dass die beiden die feindliche Uniform tragen würden, wenn die Briten Seringapatam angriffen.

Baird konnte wenig dagegen tun, aber er konnte einen schrecklichen Justizirrtum nach dem Fall der Stadt verhindern, und so suchte Baird an diesem Abend, als das große Feldlager der beiden Armeen nur ein paar Tagesmärsche von ihrem Ziel entfernt aufgeschlagen wurde, das 33. Regiment auf.

Major Shee schien vom plötzlichen Auftauchen des Generals alarmiert zu sein, doch Baird besänftigte den Major und erklärte ihm, dass er etwas mit der Leichten Kompanie zu besprechen habe. »Kein Grund zur Sorge, Major. Nur eine Verwaltungssache. Eine Banalität.«

»Ich werde Sie zu Captain Morris bringen, Sir«, sagte Shee. Er setzte seinen Zweispitz auf und führte den General an den

Reihen der Offizierszelte entlang. »Es ist das am Ende der Reihe, Sir«, sagte er nervös. »Brauchen Sie mich überhaupt?«

»Ich möchte Ihre Zeit nicht mit Bagatellen verschwenden, Shee, und ich danke Ihnen für Ihre Hilfe.«

Baird fand den hemdsärmeligen Captain Morris mit gerunzelter Stirn bei seiner Schreibarbeit. Bei ihm war ein sonderbar böswillig aussehender Sergeant. Beim unangekündigten Besuch des Generals sprang der Sergeant auf und stand zitternd vor Aufregung still. Morris legte hastig seinen Zweispitz über einen Zinnbecher, der vermutlich mit Arrak gefüllt war, wie Baird argwöhnte.

»Captain Morris?«, fragte der General.

»Sir!« Morris stellte den Stuhl auf, der bei seinem hastigen Aufstehen umgekippt war. Dann klaubte er seinen roten Uniformrock auf, der von der Stuhllehne heruntergerutscht war.

Baird winkte ab, als Morris den Rock anziehen wollte. »Verzichten Sie auf die Förmlichkeiten. Lassen Sie den Rock aus, Mann, es ist verflixt warm, nicht wahr?«

»Unerträglich, Sir«, sagte Morris nervös.

»Ich bin General Baird«, stellte sich der General vor. »Ich glaube, ich hatte noch nicht das Vergnügen, Ihre Bekanntschaft zu machen.«

»Nein, Sir.« Morris war zu nervös, um sich seinerseits richtig vorzustellen.

»Bleiben Sie sitzen, Mann«, sagte Baird, bemüht, für eine entspannte Atmosphäre zu sorgen. »Setzen Sie sich. Darf ich?« Baird wies auf Morris' Feldbett, bat um die Erlaubnis, es als Stuhl zu benutzen. »Danke, sehr freundlich.« Baird setzte sich, nahm seinen mit Federn geschmückten Hut ab und fächerte sich mit der Krempe Luft ins Gesicht. »Ich glaube, ich habe vergessen, wie sich kaltes Wetter anfühlt. Meinen Sie, es liegt noch irgendwo Schnee? Mein Gott, aber diese Hitze schlaucht einen. Entspannen Sie sich, Sergeant.«

»Danke, Sir.« Sergeant Hakeswills steife Haltung veränderte sich kein bisschen.

Baird lächelte Morris an. »Sie haben diese Woche zwei Männer verloren, nicht wahr?«

»Zwei Männer?« Morris runzelte die Stirn. Dieser Bastard Sharpe war abgehauen und hatte seine *bibbi* mitgenommen, aber das waren keine *zwei* Männer. »Oh!«, stieß Morris hervor. »Sie meinen Lieutenant Lawford, Sir?«

»Genau den. Auch ein glücklicher Kerl, wie? Reitet als Kurier nach Madras. Das ist eine große Ehre für ihn.« Baird schüttelte scheinbar wehmütig den Kopf. »Ich persönlich bin mir nicht so sicher, dass dieses kleine Scharmützel eine Kurierbotschaft wert ist, aber General Harris bestand darauf, und Ihr Colonel wählte Lawford aus.«

Baird benutzte die Ausrede, die von der Armee erfunden worden war, um Lawfords Verschwinden zu erklären. Der Vorwand hatte zu einigem Groll im 33. Regiment geführt, denn Lawford war einer der dienstjüngsten Lieutenants des Bataillons, und die meisten Männer, die Botschaften als Kurier überbrachten, konnten als Belohnung für die Erfüllung der Aufgabe eine Beförderung erwarten, die für gewöhnlich nur diejenigen Männer erhielten, die sich in der Schlacht ausgezeichnet hatten. Morris war der Meinung – wie jeder andere Offizier im Bataillon –, dass Lawford sich weder ausgezeichnet hatte noch eine Beförderung verdiente, aber Morris konnte das ebenso wenig zugeben wie Baird.

»Sehr schön für ihn«, sagte Morris.

»Haben Sie Ersatz für ihn gefunden?«, fragte Baird.

»Ensign Fitzgerald, Sir«, sagte Morris. »Jetzt Lieutenant Fitzgerald, Sir, mit dem Offizierspatent zum Titularrang, natürlich.« Morris schaffte es, missbilligend zu klingen. Er hätte es viel lieber gehabt, dass Ensign Hicks vorübergehend befördert worden wäre, aber Hicks hatte nicht die nötigen hundertfünfzig Pfund, um das Patent vom Ensign zum Lieutenant zu kaufen, während Fitzgerald das Geld zur Verfügung gehabt hatte. Und wenn Lawfords Belohnung für den Kurierdienst eine Beförderung zum Captain war, dann musste Fitzgerald ihn ersetzen. Nach Morris' Meinung ging Fitzgerald viel zu milde mit den Männern um, aber Fitzgerald war der Kandidat mit dem Geld, und deshalb hatte er den Titularrang erhalten.

»Und der andere Kamerad, den Sie verloren haben?«, fragte Baird und bemühte sich, sehr gleichgültig zu klingen. »Der Private, der zum Auspeitschen verurteilt worden ist?«

»Er ist vom Kriegsgericht verurteilt worden, das stimmt, Sir«, antwortete der Sergeant an Morris' Stelle. »Hakeswill, Sir«, stellte er sich vor. »Sergeant Obadiah Hakeswill, Sir, als Mann und Junge in der Armee, Sir, zu Ihren Diensten, Sir.«

»Wie lautet der Name des Schurken?«, fragte Baird Morris.

»Sharpe, Sir«, antwortete wieder Hakeswill. »Richard Sharpe, Sir, und das schrecklichste Stück Dreck bei der Arbeit, das ich in meinem ganzen Leben gesehen habe, Sir.«

»Darf ich das Strafbuch sehen?«, fragte Baird Morris und ignorierte Hakeswills Beurteilung.

Morris suchte hektisch in dem Durcheinander auf seinem Schreibtisch nach dem Strafbuch, in dem die offiziellen Formulare für Deserteure abgelegt waren. Hakeswill suchte mit, fand es schließlich und überreichte es mit einer schneidigen Geste dem General. »Sir!«

Baird blätterte das Strafbuch durch und entdeckte schließlich die Eintragung für Sharpes Kriegsgerichtsverhandlung.

»Zweitausend Peitschenhiebe!«, stieß der Schotte entsetzt hervor. »Das muss eine schwere Straftat gewesen sein, oder?«

»Er hat einen Sergeant geschlagen, Sir«, sagte Hakeswill.

»Sie vielleicht?«, fragte Baird trocken, denn es war ihm nicht entgangen, dass die Nase des Sergeants gebrochen und geschwollen war.

»Ohne jede Provokation, Sir«, sagte Hakeswill ernst. »Gott ist mein Zeuge, Sir, dass ich den jungen Dick Sharpe nie mit etwas anderem als Freundlichkeit und Güte behandelt habe. Er war wie eines meiner eigenen Kinder, Sir, wenn ich Kinder hätte, was nicht der Fall ist, jedenfalls soweit ich weiß. Er war ein Glückspilz, als er nach zweihundert Peitschenhieben von weiteren verschont blieb. Und wie hat er uns belohnt?« Hakeswill schnaubte empört.

Baird erwiderte nichts, sondern blätterte zur letzten Seite des Strafbuchs, wo er oben auf dem Formular den Namen Richard Sharpe fand. Darunter war Sharpes Alter mit zweiundzwanzig Jahren und sechs Monaten angegeben, doch Captain Morris hatte neben der Altersangabe ein Fragezeichen gemacht – wenn er das Formular tatsächlich selbst ausgefüllt hatte. Sharpes Größe war mit sechs Fuß angegeben, nur vier Zoll weniger als Baird selbst, und er war einer der größten Männer in der Armee. »Körperbau/Gestalt« war die nächste Frage. Morris hatte sie mit »gut gebaut« beantwortet. Dann folgte eine Spalte mit Merkmalen: Kopf, Gesicht, Augen, Augenbrauen, Nase, Mund, Hals, Haar, Schultern, Arme, Hände, Oberschenkel, Beine und Füße. Morris hatte alles ausgefüllt und so eine umfassende Beschreibung des Vermissten gegeben. »Geburtsort« war einfach mit »London« beantwortet, und neben »Frühere Tätigkeit oder Beschäftigung« war »Dieb« angegeben. Das Formular nannte dann das Datum und den Ort der Fahnenflucht, und es gab eine Beschreibung der

Sachen, die der Deserteur getragen hatte, als er zum letzten Mal gesehen worden war. Der letzte Punkt auf dem Formular war »Allgemeine Bemerkungen«, und Morris hatte geschrieben: »Rücken vernarbt vom Auspeitschen. Gefährlicher Mann.«

Baird schüttelte den Kopf. »Eine beachtliche Beschreibung, Captain«, sagte er.

»Danke, Sir.«

»Ist das verteilt worden?«

»Morgen, Sir.« Morris wurde rot. Das Formular hätte viermal abgeschrieben sein sollen. Eine Kopie ging an den General, der die Armee befehligte, der sie dann wieder abschreiben und an jede Einheit unter seinem Kommando verteilen ließ. Eine zweite Kopie würde nach Madras geschickt werden, falls Sharpe dorthin flüchtete. Eine dritte Kopie informierte das Kriegsministerium in London, wurde wieder abgeschrieben und allen Rekrutierungsoffizieren gegeben, für den Fall, dass der Deserteur Britannien erreicht hatte und versuchte, sich wieder der Armee anzuschließen, und die letzte Kopie sollte zur Heimatgemeinde des Mannes geschickt werden, um seine Nachbarn über seinen Verrat und die örtlichen Constabler über sein Verbrechen zu informieren. In Sharpes Fall gab es keine Heimatgemeinde, doch wenn Morris seine Schreibarbeit erledigt und der Kompanieschreiber die notwendigen Kopien gemacht hatte, würde Sharpes Beschreibung in der Armee verbreitet werden. Wenn Sharpe in Seringapatam gefunden wurde, was Baird annahm, sollte er festgenommen werden, doch es war wahrscheinlicher, dass er getötet werden würde. Die meisten Soldaten verabscheuten Deserteure, nicht wegen ihres Verbrechens, sondern weil sie getan hatten, wofür so viele andere nie den Mut gehabt hatten, und kein Offizier würde einen Mann verurteilen, der einen Deserteur getötet hatte.

Baird nahm das offene Strafbuch von Morris' Tisch. »Ich möchte, dass Sie etwas unter ›Allgemeine Bemerkungen‹ hinzufügen«, sagte der General.

»Selbstverständlich, Sir.«

»Schreiben Sie, dass Private Sharpe unbedingt lebend festgenommen und dann entweder zu mir oder zu General Harris gebracht werden muss.«

Morris starrte Baird offenen Mundes an. »Zu Ihnen, Sir?«

»Baird, B-A-I-R-D. Major General.«

»Jawohl, Sir, aber ...« Morris hätte fast gefragt, was ein Major General mit einem Deserteur zu tun hatte, doch dann wurde ihm klar, dass er auf eine solche Frage nie mit einer freundlichen Antwort rechnen konnte. So tippte er eine Feder in die Tinte und fügte schnell hinzu, was Baird ihm diktiert hatte. »Sie meinen, wir könnten Sharpe wiedersehen, Sir?«, fragte er.

»Ich hoffe es, Captain.« Baird stand auf. »Ich bete sogar dafür. Darf ich Ihnen für Ihre Gastfreundschaft danken?«

»Jawohl, Sir, natürlich, Sir.«

Morris hatte sich erst halb aufgerichtet, als der General bereits das Zelt verließ. Dann sank der Captain wieder auf seinen Stuhl und starrte auf das, was er soeben geschrieben hatte.

»Was, in Gottes Namen, hat das alles zu bedeuten?«, fragte er, als Baird außer Hörweite war.

Hakeswill schnaubte. »Nichts Gutes, Sir. Das könnte ich schwören.«

Morris nahm den Hut vom Becher mit Arrak und nippte daran. »Zuerst wird der Bastard zum Zelt von General Harris befohlen, dann begeht er Fahnenflucht, und jetzt sagt General Baird, dass wir ihn wiedersehen werden und dass er am Leben bleiben soll! Warum?«

»Sharpe ist auf nichts Gutes aus, Sir«, sagte Hakeswill. »Er hat seine Frau mitgenommen und ist verschwunden, Sir. Es gibt keinen General, der dieses Verhalten billigen kann. Es ist unverzeihlich. Die Armee geht vor die Hunde, Sir.«

»Ich kann mich Bairds Befehl nicht widersetzen«, murmelte Morris.

»Aber Sie wollen auch nicht, dass Sharpie zurückkommt, Sir«, sagte Hakeswill inbrünstig. »Ein Soldat, der Liebling eines Generals ist? Als Nächstes gibt man ihm die Streifen eines Sergeants!«

Der Gedanke an eine solche Ungeheuerlichkeit machte Hakeswill für einen Moment sprachlos. In seinem Gesicht zuckte es vor Empörung, und dann, mit sichtlicher Anstrengung, brachte er sich unter Kontrolle.

»Wer weiß denn, Sir«, sagte er verschlagen, »ob der Bastard uns nicht meldet, Sir, der Verräter, der er ist? Wir können keine Schlange an unserem Busen gebrauchen, Sir. Wir wollen doch nicht, dass die gute Laune der Kompanie gestört wird, indem wir den Liebling eines Generals in unseren Reihen dulden, Sir.«

»Liebling des Generals?«, wiederholte Morris leise.

Der Captain war ein korrupter Mann und fürchtete eine offizielle Überprüfung, doch er war viel zu faul, um die falschen Angaben in den eng beschriebenen Spalten der Zahlbücher zu vertuschen. Schlimmer noch, Morris befürchtete, dass Sharpe irgendwie seine Komplizenschaft bei der falschen Anklage enthüllen konnte, die zu Sharpes Auspeitschung geführt hatte, und obwohl es unmöglich schien, dass ein popeliger Private so viel Gehör in der Armee finden könnte, schien es ebenso unmöglich, dass ein Major General einen besonderen Botengang machte, um über diesen Private zu sprechen. Da ging etwas Sonderbares vor, und Morris mochte keine unbekannten Bedrohungen. Er wollte ein ruhiges Leben haben, und Sharpe hatte keinen Platz darin.

»Aber ich kann diesen Text nicht vom Formular weglassen«, beschwerte er sich bei Hakeswill und wies auf das Formular mit dem neuen Zusatz.

»Das ist auch nicht nötig, Sir, mit Verlaub, Sir. Hier wird kein Formular verteilt, Sir, nicht im 33. Regiment, Sir. Wir brauchen kein Formular, nicht wahr? Wir wissen, wie der Scheißkerl aussieht, und so wird man uns kein Formular geben, Sir. So werde ich verlauten lassen, dass die Armee jedem dankbar sein wird, der Sharpie eine Kugel in den Balg schießt, wenn er ihn sieht.« Hakeswill sah Morris' Nervosität. »Das wird keinen Wirbel machen, Sir, nicht, wenn der Scheißkerl in Seringapatam ist und wir die verdammte Stadt auseinandernehmen. Ihn schnell umzulegen ist mehr, als er verdient. Er führt nichts Gutes im Schilde, Sir, das spüre ich im Urin, und ein Scheißer, der nichts Gutes im Schilde führt, ist am besten tot. So steht es in der Bibel, Sir.«

»Dessen bin ich gewiss, Sergeant, dessen bin ich gewiss«, sagte Morris und schloss das Strafbuch. »So müssen Sie tun, was Sie für das Beste halten. Ich weiß, dass ich Ihnen vertrauen kann.«

»Es ist mir eine Ehre, Sir«, sagte Hakeswill mit geheuchelter Emotion. »Eine große Ehre. Als Dank werde ich Ihnen den Bastard tot zu Füßen legen.«

In Seringapatam.

»Was, in Gottes Namen, haben Sie sich dabei gedacht, Sharpe?«, fragte Lawford wütend. Der Lieutenant war viel zu zornig, um weiterhin so zu tun, als ob er ein Private sei, und außerdem konnten sich die beiden zum ersten Mal an diesem Tag ungestört unterhalten.

Sie waren allein, jedoch nicht unbewacht, denn obwohl sie an der Südwand auf Posten standen, waren ein Dutzend Männer von Gudins Bataillon in Sicht, einschließlich des Sergeants namens Rothière, der die beiden Neuankömmlinge vom nächsten Kavalier aus beobachtete.

»Bei Gott, Private«, zischte Lawford. »Ich werde Sie dafür auspeitschen lassen, wenn wir zurück sind! Wir sind hier, um Colonel McCandless zu retten, nicht, um ihn zu töten! Sind Sie denn wahnsinnig?«

Sharpe starrte nach Süden über die Landschaft und sagte nichts. Zu seiner Rechten floss der seichte Fluss zwischen grünen Ufern. Während des Monsuns würde der Fluss anschwellen und sich ausbreiten und die weißen, flachen Steine überfluten, die sein Bett sprenkelten.

Sharpe fühlte sich jetzt besser, denn Doktor Venkatesh hatte etwas Salbe auf seinen Rücken aufgetragen, die den Schmerz gelindert hatte. Dann hatte ihm der Arzt neue Verbände angelegt und Sharpe verboten, sie feucht zu halten. Stattdessen mussten sie jeden Tag gewechselt werden, bis die Wunden verheilt waren.

Colonel Gudin hatte die beiden Engländer zu einer Kasernenstube an der südwestlichen Ecke der Stadt gebracht. Jeder Mann in der Kaserne war Europäer, die meisten davon Franzosen, doch es gab auch Schweizer, Deutsche und zwei Briten. Sie alle trugen die blauen Uniformen der französischen Infanterie. Weil für die beiden Neuen keine blauen Uniformen mehr übrig gewesen waren, hatte Sergeant Rothière Sharpe und Lawford tigergestreifte Waffenröcke ausgegeben, wie Tippus Männer sie trugen. Die Waffenröcke ließen sich nicht vorne öffnen wie die europäischen, sondern mussten beim An- und Ausziehen über den Kopf gestreift werden.

»Woher seid ihr Jungs?«, hatte eine englische Stimme

gefragt, als Sharpe den gefärbten Waffenrock übergestreift hatte.

»Dreiunddreißigstes«, hatte Sharpe geantwortet.

»Die Haferkuchen? Ich dachte, die wären oben im Norden, in Kalkutta?«

»Sind im letzten Jahr nach Madras runtermarschiert«, sagte Sharpe. Er saß auf seinem Feldbett. Stricke waren zwischen einem einfachen Holzrahmen gespannt, was überraschend komfortabel war. »Und ihr?«, fragte er den Engländer.

»Verdammte königliche Artillerie, Kamerad, wir beide. Hauten vor drei Monaten ab. Ich heiße Johnny Blake, und das ist Henry Hickson.«

»Ich bin Dick Sharpe, und dies ist Bill Lawford«, stellte Sharpe vor. Der Lieutenant wirkte kläglich und verlegen in seinem bis zu den Knien reichenden Waffenrock mit purpurnen und weißen Streifen. Darüber trug er ein Kreuzbandelier, an dem ein Bajonett und eine Patronentasche hingen. Sie waren mit schweren französischen Musketen ausgerüstet worden, und man hatte Sharpe und Lawford gewarnt, dass sie mit dem Rest des kleinen Bataillons ihren Anteil am Wachdienst leisten mussten.

»Es waren mal viel mehr von uns hier«, sagte Blake, »aber die Männer sterben hier wie die Fliegen. Hauptsächlich am Fieber.«

»Aber sonst ist es hier nicht schlecht«, meinte Henry Hickson. »Das Essen ist in Ordnung, es gibt viele *bibbis,* und Gudin ist ein wirklich anständiger Offizier. Besser als jeder, den wir jemals gehabt haben.«

»Richtige Bastarde waren das«, stimmte Blake zu.

»Sind sie das nicht alle?«, hatte Sharpe gesagt.

»Und der Sold ist gut, wenn man ihn bekommt. Ist jetzt fünf Monate überfällig, aber vielleicht werden wir ihn bekommen, wenn wir den Briten den Arsch aufreißen.« Blake lachte bei der Vorstellung.

Blake und Hickson brauchten nicht Wache zu stehen, sondern sie bemannten eines der großen Geschütze mit dem Tigermaul, das sich hinter einer nahen Schießscharte duckte.

Sharpe und Lawford hielten allein Wache, und diese Privatsphäre ermunterte Lawford zu seiner wütenden Attacke.

»Haben Sie nichts zu sagen, Private?«, fragte er Sharpe herausfordernd.

Sharpe blickte immer noch stumm über die grüne Landschaft, durch die sich der Fluss südlich um die Insel wand.

»Nun?«, blaffte Lawford.

Sharpe sah ihn an. »Du hast die Muskete geladen, Bill, nicht wahr?«

»Natürlich!«

»Hast du jemals so glattes und feines Schießpulver zwischen den Fingern gespürt?« Sharpe sah dem Lieutenant in die Augen.

»Es hätte Schießpulverstaub sein können!«, beharrte Lawford ärgerlich.

»So glänzend?«, sagte Sharpe spöttisch. »Schießpulverstaub ist voller Rattenkot und Sägemehl! Und hast du wirklich gedacht, Bill ...«, er betonte den Namen sarkastisch, »... dass der verdammte Tippu uns geladene Waffen in die Hand gibt, bevor er sicher ist, dass er uns vertrauen kann? Wenn er nur ein paar Schritte entfernt steht und nicht weiß, ob wir ihn umnieten oder nicht? Und hast du dir die Mühe gemacht, das Pulver zu schmecken? Ich habe daran geleckt, und es war überhaupt nicht salzig. Das war kein Schießpulver, Lieutenant, das war entweder Tintenpulver oder schwarzer Farbstoff, was auch immer, es ließ sich niemals zünden.«

Lawford starrte Sharpe offenen Mundes an. »Sie – Sie

wussten die ganze Zeit, dass die Muskete nicht schießen wird?«

»Natürlich wusste ich das! Sonst hätte ich nicht abgedrückt. Hast du wirklich nicht erkannt, dass es kein Pulver war?«

Lawford wandte sich ab. Wieder einmal fühlte er sich wie ein Dummkopf. Und als ihm das klar wurde, schoss ihm das Blut in die Wangen.

»Es tut mir leid«, murmelte er. Er war niedergeschlagen, und abermals fühlte er sich im Vergleich zu diesem gemeinen Soldaten unfähig.

Sharpe starrte auf eine Patrouille von Tippus Lanzenreitern, die zur Stadt zurückkehrte. Drei der Männer waren verwundet und wurden von ihren Kameraden im Sattel gestützt. Anscheinend waren die Briten jetzt nicht mehr fern.

»Es tut mir leid, Sir«, sagte er sehr sanft und benutzte absichtlich das Wort »Sir«, um Lawford zu beruhigen, »aber ich bemühe mich, nicht unverschämt zu sein. Ich versuche nur, uns beide am Leben zu halten.«

»Ich weiß. Es tut mir auch leid. Ich hätte wissen sollen, dass es kein Pulver war.«

»Es war verwirrend, nicht wahr?« Sharpe versuchte, seinen Gefährten zu trösten. »Als der Sultan dabeistand. Fetter kleiner Scheißer, nicht wahr? Du hast alles richtig gemacht, Sir.« Sharpe sprach mit Gefühl, denn er wusste, dass der junge Lieutenant unbedingt Ermunterung brauchte. »Und du warst sehr clever, Sir, als du das mit der Schürze gesagt hast. Ich hätte etwas Tinte auf deine Uniform verspritzen sollen, nicht wahr? Ich war zu blöde, um daran zu denken, aber du hast uns aus dieser Klemme rausgeholt.«

»Ich dachte an Private Brookfield«, sagte Lawford, nicht ohne Stolz auf die Erinnerung an die Lüge, die ihm im letzten Moment eingefallen war. »Kennen Sie – kennst du Brookfield?«

»Der Schreiber von Mister Stanbridges Kompanie, Sir? Typ mit Brille? Trägt er eine Schürze?«

»Er sagt, die Schürze hält die Tinte von seiner Uniform fern.«

»Er war immer wie ein altes Weib«, sagte Sharpe, »aber das hast du gut gemacht. Und ich sage dir noch etwas. Wir müssen schnell von hier verschwinden, denn ich weiß jetzt, warum wir hergekommen sind. Wir brauchen nicht unseren Händlerfreund zu suchen, wir müssen nur hier raus. Es sei denn, du meinst, wir sollten deinen Onkel retten, aber wenn nicht, dann können wir einfach verschwinden, denn ich weiß jetzt, was wir herausfinden sollen.«

Lawford starrte ihn an. »Du weißt es?«

»Der Colonel sprach mit mir, Sir, als wir diese Schau im Hof des Palasts abzogen. Er sagte, wir sollen General Harris informieren, dass er den Westwall meiden soll. Unbedingt. Das war alles.«

Lawford blickte Sharpe staunend an, dann spähte er um den Winkel der Stadtmauer zum westlichen Wall. Doch nichts, was er sehen konnte, sah sonderbar oder verdächtig aus. »Du hörst besser auf, mich ›Sir‹ zu nennen«, sagte er. »Bist du sicher, dass der Colonel das gesagt hat?«

»Er hat es zweimal gesagt. Meidet den Westwall.«

Ein scharfer Ruf vom nächsten Kavalier ließ sie herumfahren. Rothière machte wütend Zeichen und wies nach Süden, um den beiden Engländern klarzumachen, dass sie diese Richtung beobachten sollten, anstatt blöde nach Westen zu glotzen. Sharpe blickte gehorsam nach Süden, obwohl dort nichts zu sehen war außer einigen Frauen, die Lasten auf ihrem Kopf trugen, und einem dünnen, nackten Jungen, der abgemagerte Rinder am Flussufer hütete.

Meine Pflicht, dachte Sharpe, ist es jetzt, von hier zu fliehen und zur britischen Armee zu gelangen, doch wie, in Gottes Namen, kann ich das schaffen?

Wenn er jetzt von der Mauer sprang, würde er sich wahrscheinlich ein Bein oder sonst was brechen, und selbst wenn er den Sprung überlebte, würde er im Glacisgraben landen. Wenn er es schaffte, die Erdaufschüttung zu überwinden, würde er nur das Militärlager erreichen, das an den südlichen und östlichen Mauern der Stadt errichtet war, und wenn er Glück hatte, um den Hunderten Soldaten zu entkommen, die sich auf ihn konzentrieren würden, dann musste er immer noch den Fluss durchqueren, und unterdessen würde jede Waffe in dem Lager auf ihn ballern. Und wenn es ihm gelang, den Fluss zu durchqueren, würden die Lanzenreiter des Tippu auf dem fernen Ufer warten. Der Gedanke an die schier unmögliche Flucht aus der Stadt ließ ihn grimmig lächeln.

»Gott allein weiß, wie wir jemals von hier wegkommen«, sagte er zu Lawford.

»Vielleicht bei Nacht?«, schlug Lawford vage vor.

»Man wird uns niemals zur Nachtwache einteilen«, sagte Sharpe zweifelnd. Dann dachte er an Mary. Konnte er sie in der Stadt lassen?

»Also, was machen wir?«, fragte Lawford.

»Was wir immer in der Armee machen«, sagte Sharpe stoisch. »Nichts tun. Auf die Gelegenheit warten. Sie wird bestimmt kommen. Und in der Zwischenzeit können wir vielleicht herausfinden, was die Teufel auf der Westseite der Stadt tun.«

Lawford erschauerte. »Ich bin froh, dass ich dich mitgenommen habe, Sharpe.«

»Tatsächlich?« Sharpe grinste bei dem Kompliment. »Ich werde dir sagen, wann ich froh sein werde. Wenn du mich wieder zur Armee zurückbringst.« Und plötzlich, nachdem er wochenlang an Fahnenflucht gedacht hatte, wurde Sharpe klar, dass stimmte, was er gesagt hatte. Er wollte zur Armee zurückkehren, und diese Erkenntnis überraschte ihn. Die Armee hatte Richard Sharpe gelangweilt und dann ihr Bestes getan, um ihn zu zerbrechen. Sie hatte ihn ausgepeitscht, doch jetzt, als er auf der Brustwehr von Seringapatam stand, fehlte ihm die Armee.

Denn Richard Sharpe hatte soeben erkannt, dass er im Grunde seines Herzens ein Soldat war.

KAPITEL 6

Die Armeen von Britannien und Haidarabad erreichten Seringapatam vier Tage später.

Das erste Anzeichen auf ihr Nahen war eine Staubwolke, die den östlichen Horizont verdunkelte, eine Staubwand, die von Tausenden Hufen, Stiefeln und Rädern aufgewirbelt wurde. Die beiden Armeen hatten den Fluss weit im Osten der Stadt durchquert und befanden sich jetzt auf dem südlichen Ufer.

Sharpe kletterte mit dem Rest von Gudins Männern zu dem Schützenauftritt über dem Maisur-Tor, um zu beobachten, wie die ersten der britischen Kavalleriepatrouillen in der Ferne auftauchten. Ein Strom von Lanzenreitern preschte durch das Tor hinaus, um den Invasoren entgegenzureiten. Tippus Männer ritten mit grünen und purpurnen Wimpeln auf ihren Lanzen und unter seidenen Bannern, die die goldene Sonne auf einem scharlachroten Feld zeigten.

Als die Lanzenreiter das Tor passiert hatten, bahnte sich eine Folge von bemalten Ochsenwagen, jeder beladen mit Reis, Korn oder Bohnen, mit Ächzen und Quietschen den Weg in die Stadt.

In Seringapatam gab es viel Wasser, nicht nur den Fluss Kaveri unter zwei der Mauern, sondern jede Straße hatte ihren eigenen Brunnen, und jetzt sorgte Tippu dafür, dass die Kornspeicher überreich gefüllt waren.

Die Magazine der Stadt waren bereits mit Munition überfüllt. Hinter jeder Schießscharte standen Geschütze, und hinter den Wällen warteten weitere Geschütze, um jeden Ausfall zu ersetzen.

Sharpe hatte noch nie so viele Geschütze gesehen.

Tippu Sultan hatte großes Vertrauen in seine Artillerie, und er hatte Kanonen von jeder Größe und jedem Modell gesammelt. Da gab es Geschütze mit Läufen, die als geduckte Tiger verkleidet waren, und welche, die mit arabischen Lettern verziert waren. Einige der Geschütze, die aus Frankreich geliefert worden waren, hatten noch das Monogramm der Bourbonen beim Zündloch eingraviert. Es gab riesige Geschütze mit Läufen, die über zwanzig Fuß lang waren und fünfzig Pfund schwere Steinkugeln verschossen, und kleinere Geschütze, kaum länger als eine Muskete, die Kartätschen verschossen. Tippu wollte jeden britischen Angriff mit einem Sturm von Kanonenfeuer abwehren.

Und nicht nur mit Kanonenfeuer, denn als die beiden feindlichen Armeen näher auf die Stadt zumarschierten, brachten die Raketenwerfer ihre sonderbaren Waffen zu den Schützenauftritten.

Sharpe hatte noch nie Raketen gesehen, und er starrte staunend, als die Geschosse an den Wällen aufgestapelt wurden. Jedes war eine Eisenröhre, vier oder fünf Zoll im Durchmesser und etwa achtzehn Zoll lang, die mit Lederriemen an einem Bambusstab befestigt waren, der höher als ein Mann war. Auf einem Eisenzylinder saß ein primitiver Zinnkegel, und in dem Kegel war entweder eine solide Kugel oder sonst eine explosive Ladung, die von der Schießpulvertreibladung gezündet wurde. Die Geschosse wurden abgefeuert, indem eine Papierlunte angesteckt wurde, die aus dem Fuß des Eisenzylinders hervorragte. Einige der Raketenröhren waren mit Papier umhüllt und entweder mit knurrenden Tigern oder Versen des Korans bemalt.

»Es gibt einen Mann in Irland, der an einer ähnlichen Waffe arbeitet«, sagte Lawford zu Sharpe, »obwohl ich bezweifle, dass er Tiger auf seine Raketen malt.«

»Wie zielt man mit diesen verdammten Dingern?«, fragte Sharpe. Einige der Raketen waren zum Feuern aufgestellt, aber da war kein Waffenlauf, um ihn auszurichten, sondern sie waren einfach auf den Wall gelegt und wiesen in die allgemeine Richtung des Feindes.

»Man zielt nicht wirklich damit«, erwiderte Lawford. »Jedenfalls glaube ich das nicht. Sie werden einfach in die jeweilige Richtung abgefeuert. Sie sind notorisch ungenau«, fügte er hinzu, »das hoffe ich jedenfalls.«

»Wir werden es früh genug erleben«, sagte Sharpe, als ein weiterer Handkarren mit den sonderbaren Geschossen auf die Rampe zum Schützenauftritt gehievt wurde.

Sharpe erwartete zu sehen, wie die Raketen abgefeuert wurden, doch dann wurde klar, dass sich die Armeen aus Britannien und Haidarabad der Stadt nicht auf Schussweite näherten, sondern stattdessen um den südlichen Rand von Seringapatam herummarschieren wollten.

Die beiden Armeen kamen quälend langsam voran. Sie waren in der Morgendämmerung aufgetaucht, und bei Einbruch der Abenddämmerung würden sie immer noch nicht ihren Halbkreis um die Insel, auf der Seringapatam stand, vollendet haben.

Eine Menge von Zuschauern drängte sich auf den Wällen der Stadt, um die gewaltige Ausdehnung von Herden, Bataillonen, Kavallerieschwadronen, Geschützen, Zivilisten und Wagen zu beobachten, welche die südliche Landschaft ausfüllte.

Staub umgab die Armeen wie englischer Nebel. Von Zeit zu Zeit verdichtete sich der Nebel, wenn eine Gruppe von Lanzenreitern an einer verwundbaren Stelle angriff, doch jedes

Mal wurde von der alliierten Kavallerie ein Gegenangriff gegen die Lanzenreiter geführt, und weiterer Staub wirbelte unter den Pferdehufen empor, wenn die Reiter heranjagten, die Feinde umzingelten und bekämpften.

Ein Lanzenreiter ritt zurück zur Stadt und hielt den Kopf eines britischen Kavalleristen an der Spitze seiner Lanze hoch in die Luft, und die Soldaten auf den Wällen bejubelten ihn, doch allmählich gewann die größere Zahl der alliierten Kavallerie die Oberhand, und die Jubel- und Hochrufe erstarben, als Tippus Reiter durch die Furt des Südlichen Kaveri zurückplanschten.

Bald wagten sich einige Feinde, als die Kavallerie Tippus vertrieben war, näher an die Stadt heran. Kleine Gruppen von Offizieren trabten zum Fluss, sodass sie die Stadtmauern inspizieren konnten, und es war solch eine Gruppe, die den ersten Raketenbeschuss auf sich zog.

Sharpe beobachtete gebannt, als ein Offizier eine der langen Waffen auf dem Wall so ausrichtete, dass der Zinnkegel direkt auf die nächste Reitergruppe gerichtet war. Der Kanonier wartete neben seinem Offizier, schwang ein langes Zündholz, das langsam brannte, bis das Ende heiß glühte. Der Offizier arbeitete an der Ausrichtung der Rakete und nickte schließlich dem Kanonier zu, der grinste und das langsam brennende Zündholz an das Stück Papier am Fuß der Rakete hielt.

Sharpe nahm an, dass das Luntenpapier in Wasser getränkt worden war, das mit Schießpulver versetzt und dann getrocknet war. Es fing sofort Feuer, das sich schnell seinen Weg über die Lunte fraß, als der Kanonier eilig wegtrat.

Die glühende Spur verschwand in dem Eisenzylinder. Eine Sekunde später ruckte die Rakete, als eine Flamme aus dem Fuß der Röhre schoss. Der Ruck durch die zündende Pulverladung riss die schwere Rakete aus ihrer Ausrichtung, doch es gab keine Möglichkeit, die Zielrichtung zu korrigieren, denn ein Flammenstrahl schoss aus dem Zylinder und versengte den zitternden Bambusstab der Rakete. Dann, sehr schnell, röhrte eine grelle Flamme mit dem Geräusch eines gigantischen Wasserfalls, nur anstatt Wasser waren es Funken und Rauch, als sich die Rakete in Bewegung setzte. Sie zitterte einen Moment, schrammte ein, zwei Zoll über den Wall und stieg dann abrupt in die Luft und hinterließ eine dicke Rauchwolke auf dem Wall.

Sekundenlang hatte es den Anschein, als könne die Rakete nicht oben bleiben, denn der lange, versengte Schwanz wackelte, als die feurige Röhre gegen die Schwerkraft kämpfte und die Rauchspur einen verrückten spiralförmigen Wirbel über dem Graben am Fuß des Walls beschrieb, doch dann gewann sie schließlich an Schwung und raste über das Glacis, das Lager und den Fluss. Es spuckte im Flug einen Schwanz von Funken und Rauch. Und als die Pulverladung sich zu erschöpfen begann, fiel die Rakete erdwärts.

Unter dem Geschoss hatte die Gruppe der Reiter die Fernrohre zusammengeschoben und floh in jede Richtung, als der Dämon mit dem Feuerschwanz kreischend aus dem Himmel schoss. Die Rakete schlug auf den Boden, hüpfte, rollte und explodierte mit einem kleinen Krachen, einer Stichflamme und weißem Rauch. Keiner der Reiter war getroffen worden, doch ihre Panik erfreute Tippus Männer auf den Bastionen, die den Kanonieren oder den Raketenwerfern, wie Sharpe sie für sich nannte, zujubelten. Sharpe stimmte in die Hochrufe ein.

Ein Stück weiter am Wall feuerte eine Kanone auf eine zweite Reitergruppe. Der Rauch des Geschützes wallte über dem Lager unterhalb der Wälle, und die schwere Kugel kreischte über den Fluss, um eine halbe Meile entfernt einem Pferd den Bauch aufzuschlitzen, doch niemand spendete den Kanonieren Beifall. Geschütze waren nicht so spektakulär wie Raketen.

»Er hat Tausende dieser verdammten Dinger«, sagte Sharpe zu Lawford und wies auf den Stapel von Raketen.

»Sie sind wirklich nicht sehr treffgenau«, sagte Lawford mit pedantischer Missbilligung.

»Aber feuere genug auf einmal ab, und der Feind wird nicht wissen, ob er in dieser Welt oder der nächsten ist. Ich möchte nicht am falschen Ende von einem Dutzend solcher Dinger sein.«

Hinter ihnen, von einem der hohen weißen Minarette der neuen Moschee, rief der Muezzin zum Abendgebet, und die moslemischen Raketenwerfer beeilten sich, ihre schmalen Gebetsmatten gen Westen nach Mekka zu richten.

Sharpe und Lawford blickten ebenfalls westwärts, nicht aus Respekt für die Religion Tippus, sondern weil die Vorhut der britischen und indischen Kavallerie das flache Terrain jenseits des Südlichen Kaveri erkundete, das oben vom Maisur-Tor deutlich zu sehen war.

Die Hauptstreitmacht der beiden Armeen schlug ihr Biwak weit im Süden der Stadt auf, doch die Reiter waren vorausgeritten, um das Land im Westen für den kurzen Marsch des nächsten Tages zu erkunden. Sharpe konnte sogar Offiziere sehen, die hin und her schritten und markierten, wo die *lascars*, die indischen Träger, die Armeezelte aufschlagen würden. General Harris hatte anscheinend entschieden, von Westen anzugreifen, wovor McCandless gewarnt hatte.

»Verdammte Narren«, sagte Sharpe, obwohl weder er noch Lawford wussten, was am westlichen Festungswall gefährlich war. Ebenso wenig hatte man ihnen die geringste Chance gegeben, aus der Stadt zu entkommen. Sie waren immer bewacht, sie durften nicht nachts Wache halten, und Sharpe wusste, dass selbst der kleinste Versuch, aus der Stadt zu flüchten, zum sofortigen Tod führen würde.

Sonst wurden sie allerdings nicht schlecht behandelt. Sie waren von ihren neuen Kameraden gut genug akzeptiert worden, doch Sharpe konnte eine gewisse Zurückhaltung spüren und nahm an, dass es immer ein unterschwelliges Misstrauen gegen sie geben würde, bis er und Lawford ihre Zuverlässigkeit bewiesen hatten.

»Es ist ja nicht so, als ob sie euch nicht vertrauen«, hatte Henry Hickson in ihrer ersten Nacht erklärt, »doch bis sie sehen, dass ihr tatsächlich ein paar Kugeln auf eure alten Kameraden verballert, wissen sie nicht, ob sie sich voll und ganz auf euch verlassen können.« Hickson nähte den ausgefransten Saum seines ledernen Futterals, das den Mittelfinger seiner Hand schützte, wenn eine Kanone ausgescheuert wurde. Der Kanonier musste das Zündloch zuhalten, sodass der Ansetzer keinen Strom frischer Luft in den Lauf treiben und so irgendwelche verbliebenen Pulverreste entzünden konnte.

Hicksons altes und geschwärztes Futteral verriet, wie lange er Artillerist war.

»Diesen hatte ich schon in Amerika«, sagte Hickson und schwang das alte Stück Leder. »Genäht von einem kleinen Mädchen in Charleston. Ein süßes kleines Ding war sie.«

»Wie lange bist du bei der Artillerie?«, hatte Lawford den grauhaarigen Hickson gefragt.

»Verdammt ein Leben lang, Bill. Bin '76 zur Armee gegangen.« Hickson lachte. »Für König und Vaterland! Geh und rette die Kolonien. Und alles, was ich getan habe, war hin und her marschieren wie ein kleines verlorenes Lamm. Ich habe kaum mehr als ein Dutzend Schüsse abgefeuert. Ich hätte dabei bleiben sollen, wenn sie uns nicht rausgeschmissen hätten, aber ich Blödmann habe es anders gewollt. Ich ging nach Gibraltar, polierte ein paar Jahre lang Kanonen und wurde dann hierhin abkommandiert.«

»Und warum bist du desertiert?«, fragte Lawford.

»Geld, natürlich. Tippu mag ein schwarzer heidnischer Bastard sein, doch er zahlt gut für Kanoniere. Wenn er überhaupt bezahlt, natürlich, was nicht gerade häufig ist, aber trotzdem hat er es nicht schlecht mit mir gemeint. Und wenn ich nicht bei den Kanonieren geblieben wäre, hätte ich nicht Suni kennen gelernt.« Er wies mit dem schwieligen Daumen zu seiner indischen Frau, die mit den Frauen der anderen Soldaten die Abendmahlzeit kochte.

»Hast du dir nie Sorgen gemacht, dass man dich wieder gefangen nehmen könnte?«, fragte Lawford.

»Klar habe ich mir verdammte Sorgen gemacht. Die ganze verfluchte Zeit.« Hickson hielt das Futteral dicht vor sein rechtes Auge, um zu überprüfen, ob er ordentlich genäht hatte. »Mensch, Bill, ich will nicht an die Wand gestellt werden, und ein Dutzend Bastarde lässt mich in ihre Musketenmündungen starren. Ich will in Sunis Bett sterben.« Er grinste. »Du stellst die blödesten Fragen, Bill, aber was kann man schon von einem verdammten Schreiberling erwarten? All dieses Lesen und Schreiben, Kamerad, ist verdammt schädlich für einen.«

Er hatte den Kopf geschüttelt, als könne er nichts Vernünftiges von Lawford erwarten. Wie alle von Gudins Soldaten war Hickson misstrauischer gegenüber Lawford als gegenüber Sharpe. Sie alle verstanden Sharpe, denn er war einer von ihnen und war gut in seinem Handwerk, doch Lawford war offenkundig anders. Sie führten das darauf zurück, dass er aus einem wohlhabenden Haus stammte, das in harten Zeiten bankrottgegangen war, und während sie wegen dieses Pechs Mitgefühl mit ihm hatten, erwarteten sie von ihm trotzdem, dass er das Beste daraus machte. Andere in Gudins kleinem Bataillon verabscheuten Lawford wegen seiner Ungeschicklichkeit mit Waffen, aber Sharpe war sein Freund, und bis jetzt wollte keiner Sharpes Unmut hervorrufen, indem er Lawford durch Sticheleien reizte.

Sharpe und Lawford beobachteten, wo die Invasionsarmeen ihr Biwak außer Kanonenschussweite im Süden der Stadt aufschlugen. Ein paar maisurische Kavalleristen umkreisten immer noch die Armeen, lauerten auf die Chance, einen Versprengten zu schnappen, doch die meisten Männer Tippus waren jetzt wieder auf der Insel mit der Stadt.

Aufgeregtes Stimmengewirr herrschte in der Stadt, fast ein Ausdruck der Erleichterung darüber, dass der Feind in Sicht und das Warten endlich vorüber war. Es herrschte auch Zuversicht. Die feindliche Armee war zwar groß, doch Tippu hatte eine hervorragende Verteidigungsanlage und viele Männer.

Sharpe konnte keinen Mangel an Begeisterung unter den Hindu-Soldaten entdecken. Lawford hatte ihm erzählt, dass es böses Blut zwischen ihnen und den Moslems gab, aber an diesem Abend, als die Männer Tippus trotzige und herausfordernde Banner über die weiß getünchten Wälle hängten, schien die Stadt in ihrem Widerstandswillen vereinigt zu sein.

Sergeant Rothière rief Sharpe und Lawford von der Innenwand des Maisur-Tors und wies zu der großen Bastion an der südwestlichen Ecke der Stadt.

»Colonel Gudin befiehlt uns zu sich«, übersetzte Lawford für Sharpe.

»*Vite!*«, bellte Rothière.

»Sofort«, sagte Lawford nervös.

Die beiden Männer bahnten sich einen Weg zwischen den Zuschauern, die sich auf den Wällen versammelt hatten, bis sie Colonel Gudin in einem Kavalier fanden, der südlich aus der großen Bastion hervorragte.

»Wie geht es Ihrem Rücken?«, begrüßte der Franzose Sharpe.

»Bessert sich wunderbar, Sir.«

Gudin lächelte erfreut. »Es ist indische Medizin, Sharpe. Wenn ich je nach Frankreich zurückkehre, möchte ich mir einen eingeborenen Arzt mitnehmen. Die indischen sind viel besser als unsere. Alles, was ein französischer Arzt tun würde, ist, Sie zur Ader zu lassen, bis Sie es hinter sich haben, um dann Ihre Witwe zu trösten.«

Der Colonel wandte sich um und zeigte nach Süden über den Fluss.

»Ihre alten Freunde«, sagte er und wies auf die britischen und indischen Kavalleristen, die das Gelände zwischen dem Biwak der Armeen und der Stadt erkundeten. Die meisten blieben weit außer Reichweite von Seringapatams Kanonen, doch ein paar wagemutigere Männer galoppierten näher zur Stadt, entweder um Tippus Kavalleristen anzulocken und zu einem Kampf Mann gegen Mann zu verlocken oder um die Kanoniere auf der Stadtmauer zu provozieren.

Eine besonders unternehmungslustige Gruppe schrie und winkte sogar zur Stadt hin, als wollte sie zu Kanonenfeuer auffordern, und dann und wann krachte eine Kanone oder kreischte eine Rakete über den Fluss, doch irgendwie blieben die spottenden Kavalleristen immer unbeschadet.

»Sie wollen uns ablenken«, sagte Gudin, »die Aufmerksamkeit auf sich lenken, damit wir nicht sehen, was die anderen machen. Seht ihr dort die Büsche? Neben der Zisterne?« Er wies über den Fluss. »Dort sind einige Kundschafter. Zu Fuß. Sie versuchen zu erkunden, welche Verteidigungsanlagen wir nahe beim Fluss haben. Seht ihr sie? Schauen Sie in die Büsche unter den beiden Palmen.«

Sharpe starrte hin, konnte jedoch nichts entdecken. »Wollen Sie, dass wir hingehen und sie uns schnappen, Sir?«

»Ich will, dass Sie sie erschießen«, sagte Gudin.

Die Büsche unter den beiden Palmen waren fast eine Viertelmeile entfernt.

»Eine verdammt weite Reichweite für eine Muskete, Sir«, sagte Sharpe zweifelnd.

»Dann versucht es hiermit«, sagte Gudin und hielt ihm eine Waffe hin. Es musste eines von den persönlichen Gewehren Tippus sein, denn der Kolben war mit Elfenbein verziert, das Schloss in Form eines Tigerkopfs war vergoldet, und in den Lauf waren arabische Wörter ziseliert.

Sharpe nahm das Gewehr und wog es in der Hand.

»Mag schön sein, Sir«, sagte er, »aber keine kunstvollen Verzierungen auf der Außenseite werden es treffsicherer als dieses schlichte alte Ding machen.« Er klopfte auf seine schwere französische Muskete.

»Sie irren sich«, widersprach Gudin. »Das ist ein Gewehr mit gezogenem Lauf.«

»Ein Gewehr mit gezogenem Lauf!«

Sharpe hatte von solchen Waffen gehört, jedoch noch nie mit einer geschossen, und jetzt spähte er in die Mündung und sah, dass der Lauf tatsächlich einen spiralförmigen Zug hatte. Er hatte gehört, dass die Züge der Kugel einen Drall verliehen und deshalb ein Gewehr mit gezogenem Lauf treffsicherer war als eine Muskete mit glattem Lauf. Er hatte nicht die geringste Ahnung, warum das so sein sollte, aber jeder, mit dem er jemals über Gewehre gesprochen hatte, war bereit gewesen zu schwören, dass es stimmte.

»Dennoch«, sagte er zweifelnd, »fast eine Viertelmeile? Das ist weit für eine Kugel, Sir, selbst wenn sie einen Drall hat.«

»Dieses Gewehr kann auf vierhundert Schritte tödlich treffen, Sharpe«, sagte Gudin überzeugt. »Es ist übrigens geladen«, fügte er hinzu, und Sharpe, der wieder in den Lauf hatte spähen wollen, zuckte zurück. Gudin lachte. »Geladen mit dem besten Pulver und mit der Kugel, eingewickelt in eingeöltem Leder. Ich will sehen, wie gut Sie beim Schießen sind.«

»Nein, das wollen Sie nicht, Sir«, sagte Sharpe. »Sie wollen sehen, ob ich bereit bin, meine eigenen Landsleute zu erschießen.«

»Das natürlich auch«, gab Gudin ruhig zu und lachte, weil sein kleiner Trick bemerkt worden war. »Bei dieser Entfernung sollten Sie sechs oder sieben Fuß über Ihr Ziel zielen. Für Sie, Lawford, habe ich ein anderes Gewehr, aber ich nehme an, wir können nicht erwarten, dass Sie so treffsicher sein können wie ein Plänkler wie Sharpe.«

»Ich werde mein Bestes tun, Sir«, sagte Lawford und nahm das zweite Gewehr von Gudin entgegen. Lawford mochte langsam und ungeschickt beim Laden sein, aber er war ein geübter Schütze bei der Vogeljagd und hatte schon als Achtjähriger mit einer Jagdbüchse geschossen.

»Einige Männer finden es hart, auf ihre alten Kameraden zu schießen«, sagte Gudin milde zu Lawford, »und ich will sichergehen, dass Sie nicht dazu zählen.«

»Hoffen wir, dass die Bastarde Offiziere sind«, sagte Sharpe, »sosehr ich auch bedaure, dies in Ihrer Gegenwart sagen zu müssen, Sir.«

»Da sind sie!«, sagte Gudin.

Und tatsächlich, gerade neben der Zisterne unter den beiden Palmen jenseits des Flusses waren zwei Rotröcke. Die Männer betrachteten durch Fernrohre die Stadtmauern. Ihre Pferde waren hinter ihnen angepflockt.

Sharpe kniete sich hinter eine Schießscharte. Sein Gefühl sagte ihm, dass die Entfernung für jede Schusswaffe zu groß war, doch er hatte von den Wundern von Gewehren mit gezogenem Lauf gehört und war neugierig, herauszufinden, ob die Gerüchte stimmten.

»Du erledigst den Mann zur Linken, Bill«, sagte er, »und feuerst gleich nach mir.« Er blickte zu Gudin und sah, dass der Colonel ein paar Schritte im Kavalier zurückgetreten war, um die Wirkung der Schüsse durch sein Fernrohr von einer Stelle aus zu betrachten, wo er nicht vom Pulverrauch der Gewehre eingehüllt sein würde. »Und ziele gut, Bill«, sagte Sharpe mit leiser Stimme. »Es sind vermutlich nur verdammte Kavalleristen, und wen juckt es, wenn wir sie ein bisschen kitzeln.«

Er duckte sich hinter dem Gewehr und richtete das Visier, das viel beeindruckender war als der Stummel, der einer Muskete als Kimme diente. Ein Mann konnte fünfzig Fuß von einem gut gezielten Musketenschuss stehen und unversehrt davonmarschieren, doch die Genauigkeit der Visiereinrichtung schien alles zu bestätigen, was jeder Sharpe erzählt hatte. Dies war der weit tragende Killer.

Er visierte den fernen Mann an und hob dann sachte den Lauf, sodass die Mündung sein Zielobjekt verbarg, die Kugel jedoch die nötige Flugbahn erhielt. Es gab keinen nennenswerten Wind, so war es nicht nötig, ihn einzuberechnen. Er war auch nicht übermäßig besorgt, weil er auf einen Mann von seiner eigenen Seite schießen würde. Es war eine traurige Notwendigkeit, etwas, das getan werden musste, um Gudins Vertrauen zu gewinnen und somit die Freizügigkeit, die ihm helfen konnte, aus Seringapatam zu entkommen.

Er atmete ein, stieß die Hälfte der geatmeten Luft aus und drückte ab. Der Gewehrkolben schlug gegen seine Schulter, viel härter als der normale Rückschlag einer Muskete.

Lawford feuerte eine halbe Sekunde später, und der Rauch seiner Waffe versammelte sich mit der dichten Wolke aus Sharpes Gewehr.

»Der Schreiber hat gewonnen!«, erklärte Gudin erstaunt. Er ließ sein Fernrohr sinken. »Ihre Kugel, Sharpe, ging sechs Zoll am Kopf des Mannes vorbei, aber Sie, Lawford, haben wohl ihren Mann getötet. Gut gemacht! Wirklich sehr gut!«

Lawford wurde rot, sagte jedoch nichts. Er sah sehr besorgt drein, und Gudin führte seine offensichtliche Verwirrung auf seine Schüchternheit zurück.

»Ist das der erste Mann, den Sie jemals erschossen haben?«, fragte er sanft.

»Jawohl, Sir«, antwortete Lawford wahrheitsgemäß.

»Sie verdienen was Besseres, als Schreiber zu sein. Das haben Sie gut gemacht. Ihr beiden wart gut.« Er nahm die Gewehre von ihnen entgegen und lachte, als er Sharpes klägliche Miene sah. »Haben Sie erwartet, besser zu sein, Sharpe?«

»Jawohl, Sir.«

»Das werden Sie auch. Sechs Zoll auf diese Entfernung daneben, das ist sehr gutes Schießen. Wirklich eine sehr gute Leistung.« Gudin wandte sich ab und beobachtete, wie der unverletzte Rotrock seinen Kameraden zurück zu den Pferden schleppte. »Ich glaube, dass Sie ein Naturtalent zum Schützen haben, Lawford. Herzlichen Glückwunsch.« Der Colonel fischte in seinem Beutel und holte eine Hand voll Münzen hervor. »Ein Vorschuss auf Ihren Sold. Gut gemacht. Und jetzt wegtreten!«

Sharpe blickte hinter sich, hoffte zu sehen, welche Teufelei der westliche Wall enthielt, doch er konnte dort nichts Besonderes entdecken, und so folgte er Lawford die Treppe hinab.

Lawford zitterte. »Ich wollte ihn nicht töten!«, sagte der Lieutenant, als er außer Gudins Hörweite war.

»Ich meinen schon«, murmelte Sharpe.

»Gott, was habe ich getan? Ich hatte links an ihm vorbei gezielt!«

»Sei kein verdammter Narr«, sagte Sharpe. »Du hast dir mit

deinem Treffer unsere Freiheit verdient. Das ist verdammt prima.«

Er zog Lawford in eine Taverne. Tippu mochte ein Moslem sein, und die Moslems mochten Alkohol verabscheuen, doch die meisten Stadtbewohner waren Hindus, und Tippu war schlau genug, um die Tavernen offen zu halten. Diese, nahe bei Gudins Kasernen, war eine große Schenke, offen zur Straße hin, mit einem Dutzend Tischen, an denen alte Männer Schach spielten und junge Soldaten damit prahlten, wie sie die Belagerer besiegen würden. Die Wirtin, eine große Frau mit harten Augen, verkaufte verschiedene Drinks, hauptsächlich Wein und Arrak, aber sie schenkte auch ein komisch schmeckendes Bier aus.

Sharpe konnte immer noch kaum ein Wort der hiesigen Sprache sprechen, doch er wies auf das Arrakfass und hielt zwei Finger hoch. Jetzt waren er und Lawford mit den tigergestreiften Waffenröcken bekleidet und trugen Musketen. Sie riefen in der Stadt wenig Beachtung und keine Feindseligkeit hervor.

»Hier.« Sharpe stellte den Arrak vor Lawford hin. »Trink das.«

Lawford leerte das Glas in einem Zug.

»Das war der erste Mann, den ich umgebracht habe«, sagte er und blinzelte wegen des scharfen Schnapses.

»Quält dich das?«

»Selbstverständlich! Er war Brite!«

»Man kann keine Katze abhäuten, ohne Blut zu vergießen«, sagte Sharpe tröstend.

»Mein Gott!«, entfuhr es Lawford ärgerlich.

Sharpe schüttete die Hälfte seines Arraks in Lawfords Glas und winkte dann einer der Kellnerinnen, die an den Tischen herumgingen und die Gläser auffüllten.

»Du musstest es tun«, sagte er.

»Wenn ich wie du danebengeschossen hätte«, sagte Lawford kläglich, »wäre Gudin genauso beeindruckt gewesen. Du hast es prima gemacht.«

»Ich habe auf den Scheißer gezielt, um ihn zu töten.«

»Du hast tatsächlich richtig gezielt?« Lawford war schockiert.

»Mensch, Bill! Wir mussten diese Scheißkerle überzeugen!«

Sharpe lächelte, als das Mädchen mehr Schnaps ausschenkte, dann legte er eine Hand voll kleiner Münzen in die Holzschale auf dem Tisch. Eine andere Schale enthielt würzige Kräuter, an denen die anderen Gäste beim Trinken knabberten. Sharpe probierte davon und fand das Zeug zu scharf.

Als die Kellnerin vom Tisch fortgegangen war, schaute er zu dem Lieutenant, der immer noch gequält dreinblickte.

»Hast du etwa gemeint, dass diese Mission leicht sein würde?«

Lawford schwieg ein paar Sekunden und zuckte dann mit den Schultern. »In Wahrheit hielt ich sie für unmöglich.«

»Und warum hast du dich dann freiwillig gemeldet?«

Lawford nahm sein Glas in beide Hände und sah Sharpe an, als überlege er, ob er darauf antworten sollte oder nicht.

»Um von Morris wegzukommen«, bekannte er schließlich. »Und wegen der Aufregung.« Er wirkte verlegen, weil er so viel von sich preisgab.

»Morris ist ein Bastard«, sagte Sharpe erbittert.

Lawford runzelte die Stirn bei dieser Kritik. »Er langweilt sich«, meinte er abschwächend, und dann lenkte er die Unterhaltung von dem gefährlichen Gebiet, einen vorgesetzten Offizier zu verurteilen, ab. »Und ich habe mich auch gemeldet, weil ich meinem Onkel Dankbarkeit schulde.«

»Und weil man dir Beachtung schenken würde?«

Lawford blickte überrascht auf, dann nickte er. »Das auch.«

»Dann war es das Gleiche wie bei mir«, sagte Sharpe. »Das heißt, bis der General sagte, dass du mich begleitest, hatte ich im Sinn, richtig abzuhauen.«

Lawford war geschockt von dem Eingeständnis. »Du wolltest wirklich desertieren?«

»Menschenskind, ja! Was meinst du, wie es für einen gemeinen Soldaten ist, einen Offizier wie Morris und einen Sergeant wie Hakeswill zu haben? Diese Bastarde halten uns nur für verdammtes Vieh, aber das sind wir nicht. Die meisten von uns machen ihren Job anständig. Vielleicht nicht zu anständig. Wir wollen ein bisschen Geld und von Zeit zu Zeit eine *bibbi*, aber wir haben keinen Spaß daran, ausgepeitscht zu werden. Und wir können kämpfen wie der Teufel. Wenn ihr Offiziere anfangen würdet, uns zu vertrauen, anstatt uns wie den Feind zu behandeln, würdet ihr verdammt erstaunt sein, was wir alles können.«

Lawford schwieg.

»Du hast einige gute Männer in der Kompanie«, sagte Sharpe. »Tom Garrard ist ein besserer Soldat als die Hälfte der Offiziere im Bataillon, aber ihr nehmt ihn gar nicht wahr. Wenn ein Mann nicht lesen kann und nicht spricht wie ein verfluchter Chorknabe, dann denkt ihr, ihm kann nicht vertraut werden.«

»Dic Armee verändert sich«, meinte Lawford.

»Den Teufel tut sie. Warum lasst ihr uns unser Haar pudern wie verdammte Weiber? Oder die verdammten steifen Halsbinden tragen?«

»Die Veränderungen brauchen Zeit«, wandte Lawford schwach ein.

»Zu viel verdammte Zeit«, sagte Sharpe heftig, dann lehnte er sich zurück und betrachtete die Mädchen, die am fernen

Ende der Taverne mit Kochen beschäftigt waren. Er fragte sich, ob es Huren waren. Hickson und Blake hatten erzählt, sie wüssten, wo die besten Huren zu finden seien, und dann erinnerte er sich an Mary und fühlte sich plötzlich schuldig.

Seit ihrer Ankunft in Seringapatam hatte er sie nicht mehr gesehen, aber er hatte auch nicht mehr viel an sie gedacht. In Wahrheit verbrachte er hier eine gute Zeit. Das Essen war gut, der Schnaps billig und die Gesellschaft akzeptabel. Und dazu kam die Würze des Abenteuers.

»Nach diesem brillanten Scharfschießen wird es gut laufen, und wir werden eine Chance bekommen, von hier zu verschwinden«, ermunterte er Lawford.

»Und was wird aus Mrs Bickerstaff?«, fragte Lawford.

»Ich hatte gerade an sie gedacht. Und vielleicht hast du recht gehabt. Vielleicht hätte ich sie nicht mitnehmen sollen. Doch ich konnte sie ja nicht bei der Armee lassen. Nicht, nachdem Hakeswill sie an einen Zuhälter verkaufen wollte.«

»An einen Zuhälter? Hat er das wirklich geplant?«, fragte Lawford.

»Er und Morris. Die haben gemeinsame Sache gemacht. Der verdammte Hakeswill hat mir in der Nacht, in der er mich dazu brachte, ihn zu schlagen, alles erzählt. Und Morris war mit diesem Hicks zur Stelle und lauerte nur darauf, dass ich es tue. Ich war ein verdammter Blödmann, darauf hereinzufallen, aber so war es nun mal.«

»Kannst du das beweisen?«

»Beweisen?«, fragte Sharpe spöttisch. »Natürlich kann ich das nicht beweisen, aber es ist wahr.« Er blickte kläglich vor sich hin. »Was werde ich nur mit Mary machen?«

»Sie natürlich mitnehmen«, sagte Lawford streng.

»Da hätte ich vielleicht keine Chance.«

Lawford starrte ihn einen Moment an.

»Gott, du bist skrupellos«, sagte er schließlich.

»Ich bin Soldat. Das passt.« Sharpe sagte es stolz, doch das war er nicht, nur trotzig. Was würde er mit Mary tun? Und wo war sie?

Er trank seinen Rest Arrak und winkte der Kellnerin, ihm neu einzuschenken.

»Willst du dir heute Nacht eine *bibbi* suchen?«, fragte er Lawford.

»Eine Hure?«, fragte Lawford entsetzt.

»Ich bezweifle, dass uns eine respektable Frau das gibt, was wir suchen. Es sei denn, du willst höfliche Konversation pflegen.«

Lawford starrte Sharpe entgeistert an.

»Wir sollten nicht an so was denken«, sagte der Lieutenant leise, »sondern diesen Ravi Shekhar finden. Er hat vielleicht eine Möglichkeit, Botschaften aus der Stadt zu schmuggeln.«

»Und wie willst du ihn finden? Wir können nicht durch die Straßen wandern und auf Englisch nach diesem Typen fragen. Man wird sich fragen, zum Teufel, was wir von ihm wollen. Ich werde Mary bitten, ihn aufzuspüren, wenn wir sie sehen.« Er grinste. »Scheiß auf Shekhar. Wie wäre es stattdessen mit einer *bibbi?*«

»Vielleicht werde ich lesen.«

»Wie du willst«, meinte Sharpe gleichmütig.

Lawford zögerte, und sein Gesicht rötete sich. »Es ist einfach so, dass ich Männer gesehen habe, die sich die Syphilis geholt haben«, druckste er herum.

»O Mann! Du hast auch schon Männer kotzen sehen, aber deshalb hörst du nicht mit dem Saufen auf. Außerdem mach dir keine Sorgen wegen der Syphilis. Deshalb hat Gott uns Quecksilber geschenkt. Das Zeug hat bei dem verdammten Hakeswill gewirkt, nicht wahr, obwohl Gott allein weiß, warum. Außerdem hat Harry Hickson gesagt, er kennt einige saubere Mädchen, aber das behaupten sie natürlich immer. Trotzdem, wenn du dir die Augen ruinieren willst, indem du in der Bibel liest, dann nur zu, aber es gibt kein Quecksilber, das dir das Augenlicht wiedergeben wird.«

Lawford schwieg einen Augenblick. »Vielleicht werde ich mitkommen«, sagte er schließlich zaghaft und starrte auf den Tisch.

»Erleben, wie die andere Hälfte lebt?«, fragte Sharpe mit einem Grinsen.

»Etwas in dieser Art«, murmelte Lawford.

»Prima, du wirst es sehen. Gib uns etwas Bargeld und ein paar willige Weiber, und wir können leben wie die Könige. Wir hören jetzt mit dem Saufen auf, wie? Wir wollen doch nicht, dass die Fahnenstange sinkt, oder?«

Lawford war jetzt tiefrot. »Du wirst natürlich keinem davon erzählen, wenn wir zurück sind?«

»Ich?« Sharpe gab Erstaunen allein über die Frage vor. »Meine Lippen sind versiegelt. Da kommt kein Sterbenswörtchen heraus, versprochen.«

Lawford beunruhigte, dass er seine Würde verlor, doch er wollte, dass er von Sharpe geschätzt wurde. Der Lieutenant war fasziniert von dem Selbstvertrauen des jüngeren Mannes und beneidete die Art, wie Sharpe sich so instinktiv in einer bösen Welt zurechtfand. Er wünschte, die gleiche Leichtigkeit in sich selbst zu finden.

Nur kurz dachte er an die Bibel, die in der Kaserne auf ihn wartete, und den Rat seiner Mutter, fleißig darin zu lesen, doch dann dachte er, zur Hölle mit ihnen beiden. Er trank seinen Arrak aus, nahm seine abgestellte Muskete und folgte Sharpe in die Dunkelheit.

Jedes Haus in der Stadt war auf die Belagerung vorbereitet. Lagerhäuser waren mit Nahrung gefüllt, und Wertgegenstände wurden hastig versteckt, falls die feindliche Armee die Mauern durchbrechen würde. In den Gärten wurden Löcher gegraben und mit Münzen und Schmuckstücken gefüllt, und in einigen reicheren Häusern wurden ganze Zimmer mit falschen Wänden verborgen, sodass die Frauen versteckt werden konnten, wenn die Invasoren in den Straßen wüten würden.

Mary half, General Appah Raos Haushalt auf dies Martyrium vorzubereiten. Sie fühlte sich schuldig, nicht, weil sie von der Armee kam, von der diese Katastrophe für die Stadt drohte, sondern weil sie sich unerwartet wohl in Appah Raos weitläufigem Haus fühlte.

Als General Appah Rao sie von Sharpe weggebracht hatte, war sie voller Angst gewesen, doch der General hatte sie in sein Haus mitgenommen und ihr dort versichert, dass sie in Sicherheit war.

»Wir müssen Sie säubern«, hatte der General gesagt, »und dann dieses blaue Auge heilen lassen.«

Er behandelte sie freundlich, doch mit einem Maß an Reserviertheit, das auf ihr ungepflegtes Aussehen und ihre angebliche Geschichte zurückzuführen war. Der General glaubte nicht, dass Mary die passende Ergänzung für seinen Haushalt war, doch sie sprach Englisch, und Appah Rao war schlau genug, um anzunehmen, dass ein britisches Kommando eine profitable Errungenschaft für Maisurs Zukunft sein würde und seine drei Söhne in dieser Zukunft überleben mussten.

»Zu gegebener Zeit können Sie sich zu Ihrem Mann gesellen«, hatte er ihr gesagt, »aber am besten sollten Sie sich zuerst hier eingewöhnen.«

Aber jetzt, nach einer Woche im Haushalt des Generals, wollte Mary gar nicht mehr fort. Das Haus war zum Beispiel voller Frauen, die sie in ihre Obhut genommen hatten und sie mit einer Freundlichkeit behandelten, die sie erstaunte.

Die Frau des Generals, Lakshmi, war groß und pummelig und hatte vorzeitig ergrautes Haar und ein ansteckendes Lachen. Sie hatte zwei unverheiratete Töchter großgezogen, und es überraschte Mary, dass Lakshmi und ihre Töchter sich die Arbeit in dem großen Haus teilten, obwohl es ein paar Dienerinnen gab. Sie fegten es nicht aus und holten auch kein Brunnenwasser – diese Aufgaben wurden von den niedrigsten der Dienerinnen erledigt –, doch Lakshmi liebte es, in der Küche zu sein, von wo aus ihr Gelächter durch das ganze Haus hallte.

Es war Lakshmi gewesen, die Mary ausgeschimpft hatte, weil sie so schmutzig war. Sie hatte die westliche Kleidung von ihr entfernt, sie zum Baden gezwungen und dann ihr verfilztes Haar gewaschen.

»Du bist so schön, wenn du dir etwas Mühe gibst«, hatte Lakshmi gesagt.

»Ich wollte keine Aufmerksamkeit auf mich ziehen.«

»Wenn du in meinem Alter bist, meine Liebe, wird dir niemand überhaupt Aufmerksamkeit schenken, also solltest du alles genießen, das man dir schenkt, solange du noch jung bist. Du sagst, du bist Witwe?«

»Er war Engländer«, erklärte Mary nervös das Fehlen des Hochzeitsmals auf ihrer Stirn. Sie fragte sich, ob die ältere Frau dachte, sie hätte sich auf den Scheiterhaufen ihres Ehemannes werfen sollen.

»Nun, jetzt bist du eine freie Frau, also lassen wir dich schön machen.« Lakshmi lachte und schrubbte sie mit Hilfe ihrer Töchter ab. Dann kämmte sie Marys Haar, zog es zurück und band es an ihrem Hinterkopf zu einem Knoten.

Ein fröhliches Dienstmädchen brachte einen Arm voll Kleidung, und die Frauen drückten ihr *cholis* in die Hand. »Such dir eine aus«, sagte Lakshmi. Die *choli* war eine kurze Bluse, die Marys Brüste, die Schultern und Oberarme bedeckte, jedoch den Großteil ihres Rückens nackt ließ. Mary wählte instinktiv die bescheidenste aus, doch Lakshmi wollte nichts davon wissen.

»Diese schöne blasse Haut musst du zeigen«, sagte sie und wählte eine *choli*, die mit roten Blumen und gelben Blättern gemustert war. Lakshmi zupfte die kurzen Ärmel zurecht.

»Warum bist du mit diesen beiden Männern weggerannt?«, fragte sie.

»Da war ein Mann in der Armee. Ein böser Mann. Er wollte ...« Mary verstummte und zuckte mit den Schultern. »Sie wissen schon, was.«

»Soldaten!«, sagte Lakshmi verächtlich. »Aber die beiden Männer, mit denen du weggelaufen bist, haben sie dich gut behandelt?«

»Ja, o ja.« Mary wünschte sich plötzlich, dass Lakshmi eine gute Meinung von ihr hatte, und diese Meinung würde nicht so gut sein, wenn sie glaubte, Mary wäre mit einem Geliebten von der Armee weggelaufen. »Einer von ihnen ...«, sie erzählte die Lüge leise und scheu, »... ist mein Halbbruder.«

»Ah«, sagte Lakshmi, als sei damit jetzt alles klar. Ihr Mann hatte ihr erzählt, dass Mary mit ihrem Geliebten davongerannt sei, doch Lakshmi wollte lieber Marys Geschichte glauben. »Und der andere Mann?«, fragte sie.

»Er ist nur ein Freund von meinem Bruder.« Mary errötete bei der Lüge, doch Lakshmi schien es nicht zu bemerken. »Beide beschützen mich«, erklärte Mary.

»Das ist gut, das ist gut. Und jetzt dies.« Sie hielt Mary einen Unterrock hin, und Mary stieg hinein. Lakshmi band ihn am Rücken fest und ging eine Reihe von Saris durch. »Grün, das wird dir stehen. Du weißt, wie man einen Sari trägt?«

»Meine Mutter hat es mich gelehrt.«

»In Kalkutta?« Lakshmi lachte höhnisch. »Was weiß man in Kalkutta schon von Saris? Das sind doch nur enge, kleine Dinger im Norden. Hier, lass mich mal machen.«

Lakshmi wickelte das erste Stück Seide um Marys schlanke Hüfte und steckte es im Bund des Unterrocks fest, dann wickelte sie eine weitere Länge um das Mädchen, aber diese Seide legte sie geschickt in Falten, die wieder fest im Bund des Unterrocks verankert waren. Mary hätte dies leicht selbst machen können, doch Lakshmi tat es mit solcher Freude, dass sie ihr nicht den Spaß nehmen wollte. Als die Falten in den Bund gesteckt waren und ungefähr die Hälfte des Saris aufgebraucht war, schlang Lakshmi den Rest über Marys linke Schulter, dann zupfte sie an der Seide, sodass sie in elegante Falten fiel. Anschließend trat sie zurück.

»Perfekt! Jetzt kannst du kommen und uns in der Küche helfen. Wir werden diese alte Kleidung verbrennen.«

In den Morgenstunden lehrte Mary jeden Tag die drei kleinen Jungen des Generals Englisch. Sie waren aufgeweckte Kinder, die schnell lernten, und die Stunden vergingen angenehm. An den Nachmittagen half sie bei den Aufgaben im Haushalt, doch am frühen Abend war es ihre Aufgabe, die Öllampen im Haus anzuzünden, und diese Arbeit brachte sie mit Kunwar Singh zusammen.

Etwa zur selben Zeit, in der die Lampen angezündet wurden, ging er durch das Haus und vergewisserte sich, dass die Fensterläden vorgelegt waren und die Außentüren und Tore entweder abgeschlossen oder bewacht waren. Er war der Chef von Appah Raos Leibwache, doch seine Pflichten hatten mehr mit dem Haushalt als mit dem General zu tun, der von genügend Soldaten umgeben war, wann immer er in die Stadt ging.

Kunwar Singh, erfuhr Mary, war ein entfernter Verwandter des Generals, aber da war etwas merkwürdig Trauriges an dem großen, jungen Mann, dessen Manieren so höflich, aber zugleich distanziert waren.

»Wir sprechen nicht darüber«, sagte Lakshmi eines Nachmittags zu Mary, als sie Reis schälten.

»Es tut mir leid, dass ich gefragt habe.«

»Sein Vater ist in Ungnade gefallen, weißt du«, fuhr Lakshmi fort. »Und so fiel die ganze Familie in Ungnade. Kunwars Vater war der Verwalter einer unserer Ländereien bei Sedasseer, und er hat uns bestohlen! Und als das herauskam, hätte er bei meinem Mann um Gnade flehen können, doch stattdessen wurde er ein Bandit. Tippus Männer schnappten ihn schließlich und enthaupteten ihn. Der arme Kunwar. Es ist hart, mit dieser Art Schande zu leben.«

»Ist es eine schlimmere Schande, als mit einem Engländer verheiratet zu sein?«, fragte Mary unglücklich, denn in diesem lebendigen Haus fühlte sie sich sonderbar beschämt. Sie war eine halbe Engländerin, doch bei Lakshmis überschwänglicher Sympathie wurde sie daran erinnert, dass ihre Mutter von ihrem eigenen Volk abgelehnt worden war, weil sie einen Engländer geheiratet hatte.

»Eine Schande? Verheiratet mit einem Engländer zu sein? Welchen Unsinn redest du, Mädchen!«, sagte Lakshmi.

Am nächsten Tag schickte sie Mary mit Nahrung als Geschenk zu dem jungen entthronten Radscha von Maisur, der begnadigt von Tippu in einem kleinen Haus östlich des Inneren Palasts lebte.

»Aber du kannst nicht allein dorthingehen«, sagte Lakshmi. »Nicht, wenn die Straßen voller Soldaten sind. Kunwar!« Und Lakshmi sah das glückliche Erröten auf Marys Gesicht, als sie mit dem großen Kunwar Singh an der Seite aufbrach.

Mary war glücklich, doch sie fühlte sich schuldig. Sie wusste, dass sie versuchen sollte, Sharpe zu finden, denn sie nahm an, dass sie ihm fehlte, doch sie war inzwischen so zufrieden in Appah Raos Haushalt, dass sie dieses Glück nicht zerstören wollte, indem sie in ihre alte Welt zurückkehrte.

Sie fühlte sich wie zu Hause und sonderbar sicher, obwohl die Stadt umgeben von Feinden war. Eines Tages, nahm sie an, würde sie Sharpe suchen müssen, und vielleicht würde an diesem Tag alles gut werden, aber sie tat nichts Übereiltes. Sie fühlte sich einfach schuldig und sorgte dafür, dass sie nicht mit dem Anzünden der Lampen begann, bevor sie hörte, dass die ersten Laden geschlossen wurde.

Und Lakshmi, die sich gefragt hatte, wie sie eine passende Braut für den armen, in Ungnade gefallenen Kunwar Singh finden konnte, lachte in sich hinein.

Als die Armeen aus Britannien und Haidarabad ihr ständiges Biwak im Westen von Seringapatam aufgeschlagen hatten, nahm die Belagerung ein Verhaltensmuster an, das beide Seiten kannten. Die alliierten Armeen blieben außer Reichweite selbst der größten Kanonen auf dem Wall der Stadt und weit darüber hinaus aus der Reichweite jeder Rakete, doch sie richteten Vorposten zur Sicherung gegenüber einem Aquädukt ein, das sich etwa eine Meile westlich der Stadt durch die Felder wand und wo sie einige Feldartillerie und Infanterie postierten, durch die sie das Terrain abdeckten, durch das sie ihre Annäherungsgräben ausheben würden.

Je eher diese Gräben angelegt wurden, desto früher konnten die Batterien errichtet werden, doch südlich des ausgewählten Terrains machte der Aquädukt mit den steilen Ufern einen scharfen Bogen, der eine halbe Meile westwärts reichte, und die Innenseite dieses Bogens war von einem *tope*, einem dichten Wald, bewachsen.

Aus dieser dicht belaubten Deckung beschossen Tippus Männer die britische Vorpostenkette, während die Raketenwerfer zielloses, jedoch unangenehmes Sperrfeuer auf die vorgeschobenen Befestigungen legten. Eine abgeschossene Rakete schlug nach tausend Yards zufällig in eine Munitionsprotze, und die anschließende Explosion führte zu einem Jubelruf auf den fernen Festungswällen der Stadt.

General Harris ertrug den Raketenbeschuss zwei Tage lang, dann entschied er sich, die ganze Länge des Aquädukts einzunehmen und den *tope* zu roden. Schriftliche Befehle wurden ausgestellt und auf der Kommandokette vom General über den Colonel bis zu den Captains weitergegeben, und die Captains suchten ihre Sergeants auf.

»Halten Sie die Männer bereit, Sergeant«, sagte Morris zu Hakeswill.

Hakeswill saß in seinem eigenen Zelt, ein Luxus, den er als Einziger der Sergeants des 33. Regiments genoss. Das Zelt hatte Captain Hughes gehört und hatte mit dem Rest vom Besitz des Captains versteigert werden sollen, nachdem Hughes am Fieber gestorben war, doch Hakeswill hatte das Zelt einfach für sich beansprucht, und niemand hatte sich ihm widersetzt.

Sein Diener Raziv, eine miserable, schwachsinnige Kreatur aus Kalkutta, polierte Hakeswills Schuhe, sodass der Sergeant barfuß aus seinem Zelt gekommen war, als Morris ihn gerufen hatte.

»Bereithalten, Sir?«, fragte er. »Sie sind bereit, Sir.« Er starrte misstrauisch zur Leichten Kompanie. »Und das sollte auch so sein, sonst ziehe ich ihnen die Haut ab.« In seinem Gesicht zuckte es.

»Sechzig Schuss Munition«, sagte Morris.

»Haben wir immer gefasst, Sir! Entsprechend den Vorschriften, Sir!«

Morris hatte fast drei Flaschen Wein beim Mittagessen getrunken und war nicht in der Stimmung, sich Hakeswills Geschwätz anzuhören. Er fluchte und wies zum Wald, wo eine Rakete einschlug und Rauch aufstieg. »Heute Nacht, Idiot, säubern wir dieses Waldstück von diesen Bastarden.«

»Wir, Sir?« Hakeswill war alarmiert von der Aussicht. »Nur wir, Sir?«

»Das ganze Bataillon. Nachtangriff. Inspektion bei Sonnenuntergang. Jeder Mann, der betrunken aussieht, wird ausgepeitscht.«

Ausgenommen Offiziere, dachte Hakeswill, dann erzitterte er, als er schneidig salutierte.

»Sir! Inspektion bei Sonnenuntergang, Sir. Erlaubnis, weiterzumachen, Sir?« Er wartete nicht auf Morris' Erlaubnis, sondern wandte sich um und ging in sein Zelt. »Schuhe, gib sie her! Mach schon, du schwarzer Bastard!« Er gab Raziv einen Schlag aufs Ohr und entriss ihm seine halb geputzten Schuhe. Er zog sie an, dann packte er Raziv am Ohr und schleifte ihn zu seiner Pike, die wie ein Banner vorne im Zeltboden steckte. »Schärfen!«, bellte er dem unglücklichen Jungen in sein schmerzendes Ohr. »Schärfen! Verstanden, du blödsinniger Heide? Ich will sie scharf haben!«

Hakeswill gab dem Jungen einen Klaps, den er für aufmunternd hielt, dann stampfte er aus dem Zelt und ging zu den Soldaten.

»Auf die verdammten Füße!«, brüllte er. »Hoch mit den Ärschen! Zeit, um euren miserablen Sold zu verdienen. Sind Sie besoffen, Garrard? Wenn Sie gebechert haben, dann lasse ich Ihnen die Knochen mit der Peitsche streicheln.«

Das Bataillon trat beim Sonnenuntergang an. Und zu seiner Überraschung wurde es von Colonel Arthur Wellesley inspiziert. In den Reihen war ein Gefühl der Erleichterung, als Wellesley auftauchte, doch inzwischen wusste jeder Mann, dass ein Kampf bevorstand, und keiner wünschte unter dem unsicheren Kommando von Major Shee in die Schlacht zu ziehen, der so viel Arrak getrunken hatte, dass er sichtlich auf seinem Pferd schwankte.

Wellesley mochte ein kaltherziger Bastard sein, doch die Männer wussten, dass er ein korrekter Soldat war, und sie blickten sogar fröhlich drein, als er auf seinem Schimmel an ihren Reihen entlangtrabte. Jeder Mann musste den Besitz von sechzig Patronen zeigen, und diejenigen, die sie nicht vorweisen konnten, wurden notiert, um bestraft zu werden.

Zwei Sepoy-Bataillone von der East India Company waren hinter dem 33. Regiment angetreten, und als die Sonne hinter ihnen unterging, marschierten alle drei Bataillone ostwärts in Richtung Aquädukt.

Ihre Fahnen flatterten, und Colonel Wellesley führte die Männer zu Pferde. Andere Bataillone des Königs marschierten an ihrer Linken, um den nördlichen Abschnitt des Aquädukts anzugreifen.

»Was sollen wir also tun, Lieutenant?«, fragte Tom Garrard den kürzlich beförderten Lieutenant Fitzgerald.

»Ruhe im Glied!«, bellte Hakeswill.

»Er hat mit mir gesprochen, Sergeant«, sagte Fitzgerald. »Und Sie werden mir die Ehre erweisen, sich nicht in meine Privatgespräche einzumischen.« Fitzgeralds scharfe Worte steigerten die Aktien des Iren bei der Kompanie um ein Vielfaches. Er war ohnehin beliebt, denn er war ein fröhlicher und unbeschwerter junger Mann.

Hakeswill grollte. Fitzgerald hatte behauptet, sein Bruder

sei der Knight of Kerry, was, zur Hölle, das auch immer sein mochte, doch die Behauptung beeindruckte Sergeant Obadiah Hakeswill nicht im Geringsten. Richtige Offiziere überließen die Einhaltung der Disziplin den Sergeants. Sie erzählten den Soldaten keine Witze und plauderten nicht mit ihnen wie Schwätzer. Es war ebenso klar, dass der verdammte Fitzgerald mit dem Titularrang eines Lieutenant Sergeant Hakeswill nicht ausstehen konnte, denn er nutzte jede mögliche Chance, um Hakeswills Autorität zu untergraben, und Hakeswill war entschlossen, dies zu ändern.

Im Gesicht des Sergeants zuckte es. In diesem Moment konnte er nichts unternehmen, doch Mister Fitzgerald würde seine Lektion lernen müssen, je früher, desto besser.

»Sehen Sie diese Bäume voraus?«, sagte Fitzgerald zu Garrard. »Wir werden dort die Jungs von Tippu entfernen.«

»Wie viele von den Bastarden sind es, Sir?«

»Hunderte!«, antwortete Fitzgerald heiter. »Und allen schlottern die Knie, wenn sie nur daran denken, dass die Haferkuchen kommen, um ihnen Saures zu geben.«

Tippus Jungs mochten die Knie schlottern, denn sie konnten deutlich die drei Bataillone nahen sehen. Ihre Raketenwerfer schickten als Willkommensgruß Sperrfeuer. Die Raketen stiegen in den fast dunklen Himmel. Ihre Schweife waren unnatürlich hell. Es sah aus, als spuckten die Raketen Tausende Funken in die Rauchspur, als sie ihren Gipfelpunkt erreichten und dann zu der britischen und indischen Infanterie hinabstürzten.

»Die Reihen geschlossen halten!«, rief ein Offizier, und die drei Bataillone marschierten stur weiter, als das Eröffnungssperrfeuer herabstürzte und rings um sie explodierte.

Einige Jubelrufe begrüßten die Ungenauigkeit des Sperrfeuers, doch die Offiziere und Unteroffiziere befahlen Ruhe.

Weitere Raketen stiegen auf und fielen herab. Die meisten kreischten ziellos irgendwohin, doch ein paar kamen so nahe, dass sich die Männer unwillkürlich duckten, und eine Rakete explodierte nur ein paar Fuß vor der Leichten Kompanie des 33. Regiments, dass ihr die scharfkantigen Splitter des zerfetzten Zinnkegels um die Ohren pfiffen. Männer lachten, weil sie so knapp ungetroffen davongekommen waren, aber einer der Soldaten sah, dass Lieutenant Fitzgerald taumelte.

»Sir!«

»Es ist nichts, Jungs, nichts!«, rief Fitzgerald. Ein Splitter des Raketenzylinders hatte seinen linken Arm aufgerissen, und es gab eine klaffende Platzwunde an seinem Hinterkopf, doch er lehnte jede Hilfe ab. »Es bedarf mehr als der Rakete eines Schwarzen, um einen Iren von den Beinen zu holen«, sagte er glücklich. »Habe ich recht, O'Reilly?«

»So ist es, Sir«, antwortete der irische Private.

»Wir haben Schädel wie verdammte Stahleimer«, sagte Fitzgerald und zog seinen verschrammten Hut auf dem Kopf zurück. Sein linker Arm war taub, und Blut hatte seinen Hemdsärmel bis zum Handgelenk getränkt, doch er war entschlossen, durchzuhalten. Er hatte bei der Jagd schlimmere Verletzungen erlitten und war beim Tod des Fuchses immer noch im Sattel gewesen.

Hakeswill kochte vor Zorn auf Fitzgerald. Wie konnte ein einfacher Lieutenant sich erdreisten, ihn herunterzuputzen? Das war ja noch ein verdammtes Kind! Noch keine neunzehn Jahre alt, noch feucht hinter den Ohren! Hakeswill drosch wütend mit der Pike nach einem Kaktus, und die zornige Bewegung riss die Muskete von seiner linken Schulter.

Normalerweise trug der Sergeant keine Muskete, doch

heute Nacht war er mit der Pike, der Muskete, einem Bajonett und einem Gurt mit Pistole ausgerüstet. Abgesehen von der kurzen Schlacht bei Malavelly war Hakeswill seit Jahren in keiner Schlacht mehr gewesen, und er war sich nicht sicher, ob er heute Nacht in einer weiteren kämpfen wollte, aber wenn das der Fall sein sollte, dann würde er verdammt dafür sorgen, dass er mit mehr Waffen ausgerüstet war als jeder heidnische Feind, dem er begegnen mochte.

Die Sonne war längst untergegangen, als Wellesley die drei Bataillone halten ließ. Am westlichen Himmel war immer noch schwacher Lichtschein zu sehen, als sich das 33. Regiment formierte. Die beiden Sepoy-Bataillone warteten eine Viertelmeile hinter dem 33.

Die Feuerschweife der Raketen schienen jetzt heller zu leuchten, als sie in den wolkenlosen, fast dunklen Himmel stiegen, wo die ersten Sterne durch die Dunkelheit stachen. Die Geschosse zischten, als sie über die Köpfe der Männer hinwegflogen, und ihre Rauchspuren schimmerten unheimlich im Schein der Flammenzungen. Verschossene Raketen lagen auf dem Boden, und kleine Flammen züngelten aus den verkohlten Hüllen. Die Waffe war spektakulär, aber so ungenau, dass sich das 33. Regiment, das bisher keine Erfahrung mit Raketen hatte, nicht mehr davor fürchtete.

Die Erleichterung der Männer erhielt einen abrupten Dämpfer, als plötzlich am Ufer des Aquädukts Mündungsfeuer aufflammten und eine Wolke von Pulverrauch aufstieg. Das Krachen von Musketen ernüchterte die Männer, doch die Entfernung war zu groß, und die Kugeln blieben wirkungslos.

Wellesley galoppierte zu Major Shee, sprach kurz mit ihm und gab seinem Pferd wieder die Sporen.

»Flankenkompanien!«, brüllte der Colonel. »In Linie vorrücken!«

»Das sind wir, Jungs«, sagte Fitzgerald und zog seinen Säbel. In seinem linken Arm pochte es jetzt, doch der brauchte nicht mit einer Klinge zu kämpfen.

Die Grenadierkompanie und Leichte Kompanie rückten von den beiden Flanken der Bataillone vor. Wellesley ließ sie halten, formierte sie zu einer Linie aus zwei Gliedern und befahl den Männern, ihre Musketen zu laden.

Ladestöcke stießen in Läufe.

»Bajonette aufpflanzen!«, rief der Colonel, und die Männer zogen ihre Siebzehn-Zoll-Klingen und befestigten sie an den Musketenmündungen.

Es war jetzt völlige Nacht, doch die Hitze war immer noch wie ein feuchtes Tuch. Klatschen hallte durch die Reihen, als die Männer nach Moskitos schlugen.

Der Colonel trieb seinen Schimmel vor die beiden Glieder.

»Wir werden den Feind vom Ufer verjagen«, sagt er mit kalter, klarer Stimme. »Und wenn wir sie erledigt haben, wird Major Shee mit dem Rest des Bataillons den Feind aus dem Wald hervortreiben. Captain West?«

»Sir!« Francis West, der Chef der Grenadierkompanie, war dienstälter als Morris und hatte das Kommando über die beiden Kompanien.

»Sie können vorrücken.«

»Sofort, Sir«, sagte West. »Abteilung! Vorrücken!«

»Ich bin in deinen Händen, Mutter«, flüsterte Hakeswill, als sich die beiden Kompanien in Bewegung setzten. »Pass jetzt auf mich auf. O Gott im Himmel, die Bastarde feuern auf uns, Mutter! Hier ist dein Obadiah, Mutter!«

»Gleichmäßig in der Reihe!«, ertönte Sergeant Greens Stimme. »Nicht zu übereilt. Bleibt im Glied!«

Morris hatte sein Pferd zurückgelassen und den Säbel gezogen. Er fühlte sich äußerst unwohl.

»Gebt ihnen Stahl, wenn wir dort sind!«, rief er seiner Kompanie zu.

»Wir sollten den Scheißern einigen verdammten Artilleriebeschuss geben«, maulte jemand.

»Wer hat das gesagt?«, brüllte Hakeswill. »Haltet die verdammte Schnauze!«

Die ersten Kugeln pfiffen jetzt um ihre Ohren, und das Krachen der feindlichen Musketen erfüllte die Nachtluft. Tippus Männer feuerten vom Damm des Aquädukts, und die Feuerzungen ihrer Salven leuchteten hell vor dem dunklen Hintergrund des *tope*. Die beiden Kompanien breiteten sich instinktiv aus, als sie vorrückten, und die Corporals, deren Aufgabe es war, die Reihen zu schließen, bellten die Männer an, aufzuschließen. Der Boden war dunkel wie die Nacht, doch der Horizont über den Bäumen war immer noch deutlich zu erkennen.

Lieutenant Fitzgerald blickte einmal zurück und erschrak, als er sah, dass der westliche Himmel immer noch einen glühenden Streifen aufwies. Er wusste, dass die Kompanie deutlich als Silhouette vor dem Hintergrund zu sehen sein würde, wenn sie zum Uferdamm hochklettern würde, doch jetzt gab es kein Zurück mehr. Er streckte seine langen Beine, begierig darauf, als Erster bei den feindlichen Linien zu sein. Wellesley rückte mit der Kompanie vor, und Fitzgerald wollte den Colonel beeindrucken.

Mündungsfeuer blitzte am Rand des Uferdamms, und jeder helle Punkt glühte kurz durch den dunklen Rauch, doch die Schüsse waren viel zu ungenau, denn die Angreifer befanden sich noch auf dem nachtschwarzen Grund, und die Verteidiger waren vom eigenen Pulverrauch eingehüllt.

Weit fort von ihrer Linken griffen weitere Bataillone den nördlichen Abschnitt des Aquädukts an, und Fitzgerald hörte einen Jubelruf, als sich dort die Feinde zurückzogen, und dann gab Captain West den Befehl zum Angriff, und die Männer der beiden Flankenkompanien des 33. ließen ihre eigenen Hurrarufe erklingen, als sie von der Leine gelassen wurden.

Sie rannten auf den Damm des Aquädukts zu. Musketenkugeln peitschten über ihre Köpfe. All die Rotröcke wollten nun diesen Angriff hinter sich bringen, ein paar Feinde töten, ein paar Leichen fleddern, und dann höllisch schnell zum Lager zurückkehren. Sie jubelten, als sie den Damm erreichten und die kurze, steile Erhebung hochkletterten.

»Tötet sie, Jungs!«, brüllte Fitzgerald, als er oben auf dem Damm war, doch da war plötzlich kein Feind mehr, nur ein Streifen von dunkel schimmerndem Wasser, und als sich die Angreifer zu ihm gesellten, verharrten sie alle, anstatt in den Aquädukt zu stürzen.

Musketenfeuer krachte vom anderen Ufer. Die Leichte Kompanie, die am Westufer verharrte, hob sich vor dem helleren Himmel ab, während die Männer des Sultans von den tiefschwarzen Bäumen des *tope* umgeben waren.

Rotröcke fielen unter den Treffern der Musketenschüsse. Der Aquädukt war nur etwa zehn Schritte breit und auf diese Distanz konnte die maisurische Infanterie gar nicht danebenschießen. Ein Mann wurde regelrecht von den Füßen gerissen und zurück auf den Boden hinter dem Damm geworfen. Raketen rasten über das dunkle Wasser, nur ein paar Zoll über die beiden Uferböschungen hinweg.

Ein paar Sekunden wusste niemand, was er tun sollte. Ein Mann schrie auf, als ihm eine Rakete den Fuß abriss, dann sank er in das vom Unkraut versetzte Wasser, das mit seinem Blut aufgewirbelt wurde.

Einige Rotröcke feuerten zu den Bäumen hin, doch sie schossen blindlings und trafen nicht. Die Verwundeten taumelten zurück, die Böschung hinab, die Sterbenden zuckten unter den Kugeleinschlägen, bis es vorbei war, und die Überlebenden waren benommen vom Krachen der Musketen und vom schrecklichen Kreischen der Raketen.

Captain Morris starrte verwirrt drein. Er hatte es irgendwie im Gefühl gehabt, dass sie nicht erwarten konnten, den Aquädukt zu durchqueren. Er hatte gedacht, die Bäume seien auf dieser Seite des Wassers, und er wusste jetzt nicht, was zu tun war, doch dann stieß Lieutenant Fitzgerald einen trotzigen Schrei aus und sprang hinab in die Wasserrinne.

»Kommt, Jungs, kommt! Es sind nicht so viele von den Bastarden!« Er winkte die Männer vorwärts, und sein Säbel glänzte im Sternenlicht. »Scheuchen wir sie auf! Kommt schon, ihr Haferkuchen!«

»Folgt ihm, Jungs!«, schrie Sergeant Green, und etwa die Hälfte der Leichten Kompanie sprang ins Wasser. Die anderen duckten sich, warteten auf Morris' Befehle, doch Morris war immer noch verwirrt, und Sergeant Hakeswill duckte sich am Fuß des Uferdamms, um nicht vom Feind gesehen zu werden.

»Weiter!«, brüllte Wellesley, ärgerlich wegen ihres Zögerns. »Weiter! Lasst sie nicht dort stehen! Captain West! Vorwärts, vorwärts! Captain Morris, Bewegung!«

»O Gott, Mutter!«, seufzte Hakeswill, als er den Uferdamm hinaufkroch. »Mutter, Mutter!«, rief er, als er ins warme Wasser fiel.

Fitzgerald und die erste Hälfte der Kompanie waren jetzt bereits über den anderen Uferdamm hinweg und im *tope*, und Hakeswill hörte Rufe und Schüsse und das Klirren von Stahl gegen Stahl.

Wellesley sah, dass seine beiden Flankenkompanien endlich über den Aquädukt vorrückten, und er schickte einen Adjutanten zurück, um Major Shee und den Rest des Bataillons zu sich zu befehlen.

Das Musketenfeuer im Wald war jetzt ein dauerndes Krachen, und jeder Mündungsblitz erhellte für einen Augenblick den Nebel aus Pulverrauch, der sich zwischen den Blättern ausbreitete.

Es war ein Inferno. Blitz um Blitz zuckte durch die Dunkelheit, Raketen kreischten zwischen den Bäumen, und dazwischen gellten Todesschreie und war das Stöhnen Sterbender zu hören. Ein Sergeant befahl seinen Männern, aufzuschließen, ein Mann schrie verzweifelt nach seinen Kameraden.

Fitzgerald trieb seine Männer vorwärts, doch zu viele wurden zum Uferdamm zurückgedrängt, wo sie in Gefahr waren, überwältigt zu werden.

Wellesley spürte, dass er alles falsch gemacht hatte. Er hätte das ganze Bataillon einsetzen sollen, anstatt nur die beiden Flankenkompanien, und die Erkenntnis dieses Fehlers ärgerte ihn. Er war stolz auf seinen Beruf, aber wenn ein Berufssoldat nicht in der Lage war, ein paar feindliche Infanteristen und Raketenwerfer aus einem kleinen Waldstück zu vertreiben, wie gut war er dann?

Er spielte mit dem Gedanken, Diomed, seinem Pferd, die Sporen zu geben, über den Aquädukt zu springen und in den Pulverrauch des Waldstücks zu preschen, doch er widerstand dem Impuls, denn dann würde er zwischen den Bäumen sein und keinen Kontakt mit dem Rest des 33. Regiments haben. Er wusste, dass er Shees verbliebene acht Kompanien brauchte, um die Angreifer zu verstärken.

Wenn nötig, konnte er die beiden Sepoy-Bataillone als Verstärkung anfordern, doch er war sicher, dass der Rest des 33. ausreichte, um die Feinde zu besiegen, und so machte er kehrt und galoppierte zurück, um das Bataillon vorwärtszutreiben.

Hakeswill schlitterte am anderen Uferdamm in die tiefen Schatten zwischen den Bäumen hinab. Er hielt die Muskete in der linken Hand und die Pike in der rechten. Er duckte sich neben einen Baumstumpf und starrte in das Chaos ringsum. Er konnte Mündungsblitze von Musketen sehen, die für Sekunden den Rauch durchdrangen und die Blätter schimmern ließen, er hörte einen Mann schreien und Rufe, doch er hatte keine Ahnung, was vorging.

Eine Hand voll seiner Männer war dicht bei ihm geblieben. Hakeswill wusste nicht, was er ihnen sagen sollte. Dann ertönte ein schrecklicher Kriegsschrei zu seiner Linken, und er wirbelte herum und sah eine Gruppe von tigergestreiften Infanteristen, die auf ihn zustürmte. Er schrie in Panik, feuerte einhändig mit der Muskete und ließ sie sofort fallen, um zwischen die Bäume zu flüchten und dem Angriff zu entgehen.

Einige der Rotröcke flüchteten blindlings, doch andere waren zu langsam und wurden von den Indern überrannt. Ihre Schreie verstummten abrupt, als Bajonette ihr blutiges Werk verrichteten, und Hakeswill, der wusste, dass die Männer Tippus die kleine Gruppe von Rotröcken abschlachtete, stolperte verzweifelt zwischen den Bäumen herum, um zu entkommen.

Captain Morris rief Hakeswills Namen, und in seiner Stimme klang eine Spur von Panik.

»Ich bin hier, Sir!«, rief Hakeswill zurück. »Hier, Sir!«

»Wo?«

»Hier, Sir!«

Eine Salve von Musketenfeuer krachte in den Wald, und die Kugeln fetzten Blätter herunter und schlugen in Baumstämme. Raketen kreischten heran und krachten in die Baumwipfel. Ihre Feuerstrahlen blendeten die Männer, und bei den Explosionen ihrer mit Pulver gefüllten Kegel regneten Splitter von heißem Metall und zerfetzte Blätter herab.

»Mutter!«, schrie Hakeswill und duckte sich an einen Baum.

»Zur Linie formieren!«, schrie Morris. Er hatte ein Dutzend Männer bei sich und hockte geduckt zwischen den Bäumen. Der Widerschein der brennenden Raketenwracks flackerte rot auf ihren Bajonetten. Irgendwo in der Nähe starb keuchend ein Mann, und mit jedem angestrengten Atemzug quoll ein Blutstrom aus seiner Kehle. Eine Salve krachte und schlug ein paar Yards entfernt ein, doch sie war keine Gefahr für Morris, der sich trotzdem unwillkürlich duckte.

Dann erstarb der Kampflärm, und in der relativen Stille sah sich Morris um und versuchte sich zu orientieren.

»Lieutenant Fitzgerald!«, rief er.

»Ich bin hier, Sir!«, rief Fitzgerald aus der Dunkelheit vor Morris. »Vor Ihnen. Habe die Scheißer von hier vertrieben, Sir, aber einige der Schurken bedrohen Ihre Flanke. Passen Sie auf Ihre linke Seite auf, Sir.« Der Ire klang unanständig fröhlich.

»Ensign Hicks!«, rief Morris.

»Ich bin hier, Sir, gleich neben Ihnen, Sir.« Die klägliche Stimme ertönte, als sei sie fast neben Morris.

Morris fluchte. Er hatte gehofft, dass Hicks Verstärkung gebracht hatte, doch es hatte den Anschein, dass keiner außer Fitzgerald so etwas wie Kontrolle in dem Chaos behielt.

»Fitzgerald!«, brüllte Morris.

»Immer noch hier, Sir. Wir haben den Scheißern eingeheizt.«

»Ich will Sie hier haben, Lieutenant«, verlangte Morris. »Hakeswill! Wo sind Sie?«

»Hier, Sir«, antwortete Hakeswill, bewegte sich jedoch nicht aus seinem Versteck zwischen den Büschen. Er nahm an, dass er sich ein paar Schritte nördlich von Morris befand, doch er wollte nicht das Risiko eingehen, aus dem Hinterhalt von einem tigergestreiften Soldaten überfallen zu werden, wenn er sich auf die Suche nach seinem Captain machte, und so rührte er sich nicht von der Stelle.

»Ich komme gleich zu Ihnen, Sir«, rief er, dann kroch er noch tiefer zwischen die Büsche.

»Fitzgerald!«, rief Morris gereizt. »Kommen Sie her!«

Verdammtes Arschloch!, dachte Fitzgerald. Sein linker Arm war jetzt nutzlos, und er spürte, dass er schlimmer verletzt war, als er angenommen hatte. Er hatte einem Mann befohlen, ein Taschentuch um die Wunde zu binden, und hoffte, dass der Druck die Blutung stillen würde. Der Gedanke an Wundbrand nagte an ihm, doch er schob diese Sorge beiseite und konzentrierte sich darauf, seine Männer am Leben zu erhalten.

»Sergeant Green?«

»Sir?«, erwiderte Green stoisch.

»Bleiben Sie mit den Männern hier, Sergeant«, befahl Fitzgerald. Der Ire hatte eine Gruppe der Leichten Kompanie tief in den *tope* geführt und sah jetzt keinen Sinn darin, zu kapitulieren, nur weil Morris nervös war. Außerdem war Fitzgerald ziemlich sicher, dass die Soldaten Tippus ebenso verwirrt wie die Briten waren und diese, wenn Green bereit war und Salvenfeuer benutzte, sicher genug sein sollten. »Ich werde den Rest der Kompanie hierherbringen«, versprach Fitzgerald Sergeant Green. Dann wandte er sich um und rief zwischen die Bäume: »Wo sind Sie, Sir?«

»Hier!«, antwortete Morris gereizt. »Beeilen Sie sich, verdammt noch mal!«

»Bin in einer Minute zurück, Sergeant«, versicherte Fitzgerald Green und ging zwischen die Bäume, um Morris zu suchen.

Er irrte zu weit nach Norden ab, und plötzlich stieg vom östlichen Rand des Waldstücks eine Rakete auf und krachte in den Wipfel eines der hohen Bäume. Ein paar Sekunden wackelte das Geschoss in den Zweigen und erschreckte Vögel in der Dunkelheit, dann blieb es in einer Zweiggabelung eingeklemmt liegen. Schwaches Feuer und Rauch strömten aus dem Schwanz und erhellten einen Streifen des dichten Waldes, und in diesem plötzlichen Lichtschein sah Hakeswill den Lieutenant auf sich zustolpern.

»Mister Fitzgerald!«, rief Hakeswill.

»Sergeant Hakeswill?«, fragte Fitzgerald.

»Ich bin's, Sir. Gleich hier, Sir. Hierher, Sir!«

»Gott sei Dank«, Fitzgerald überquerte die Lichtung im Laufschritt, und sein linker Arm baumelte nutzlos an seiner Seite. »Keiner weiß, was, zum Teufel, er tun soll. Oder wo die Kameraden sind.«

»Ich weiß, was ich tue, Sir«, sagte Hakeswill. Als das Knacken des Feuers hoch in den Blättern des Baumes erstarb, sprang er auf und stieß die Pike in den Bauch des Lieutenants. In seinem Gesicht zuckte es, als die frisch geschärfte Klinge durch die Kleidung des Lieutenants stieß und sich in seinen Magen bohrte. »Es gehört sich nicht für einen Soldaten, Sir, einem Sergeant vor seinen Männern zu widersprechen, Sir«, sagte er respektvoll. »Das verstehen Sie doch, Sir, nicht wahr?«

Hakeswill grinste vor Freude, als er diesen Moment genoss. Die Klingenspitze war tief in Fitzgeralds Bauch gedrungen, so tief, dass Hakeswill überzeugt war, dass sie sich ins Rückgrat des Mannes gebohrt hatte. Fitzgerald war jetzt zu Boden gesunken, und sein Körper zuckte wie ein Fisch auf dem Trockenen. Sein Mund öffnete und schloss sich, doch er brachte keinen Ton hervor, nur ein Stöhnen, als Hakeswill die Pike hart drehte, um die Klinge freizubekommen.

»Wir reden von richtigem Respekt, Sir«, zischte Hakeswill. »Respekt! Sergeants müssen unterstützt werden, Sir, so steht es in der Bibel, Sir. Machen Sie sich keine Sorgen, Sir, es wird nicht wehtun. Es ist nur wie ein Stich.« Und er riss die blutige Klinge aus seinem Bauch und stieß wieder damit zu, diesmal in die Kehle des Lieutenants. »Sie werden mich nicht mehr heruntermachen, nicht wahr, Sir? Nicht vor meinen Männern. Tut mir leid, Sir. Und gute Nacht, Sir.«

»Fitzgerald!«, rief Morris wütend. »Um Himmels willen, Lieutenant! Wo, zum Teufel, bleiben Sie?«

»Er ist zur Hölle gefahren.« Hakeswill kicherte leise. Er durchsuchte die Leiche des Lieutenants nach Münzen. Er wagte nichts zu nehmen, was als Besitz des Lieutenants erkannt werden könnte, so ließ er den Säbel und die vergoldete Halskette bei dem Toten, aber er fand eine Hand voll unidentifizierbares Wechselgeld, das er in seinen Beutel schob, bevor er ein paar Schritte wegkroch, um sicherzustellen, dass ihn niemand bei seinem Opfer sah.

»Wer ist das?«, rief Morris, als sich Hakeswill durch das Unterholz wühlte.

»Ich, Sir«, erwiderte Hakeswill. »Ich suche Lieutenant Fitzgerald, Sir.«

»Kommen Sie stattdessen her!«, blaffte Morris.

Hakeswill rannte die letzten paar Schritte und ließ sich neben Morris und einen verängstigten Ensign Hicks fallen.

»Ich mache mir Sorgen um Mister Fitzgerald, Sir«, sagte Hakeswill. »Hörte ihn in den Büschen, und da waren einige Heiden. Ich weiß es, Sir, weil ich ein paar davon erledigt habe.« Er zuckte zusammen, als nicht weit entfernt Musketen krachten, doch er konnte nicht sagen, wer feuerte und worauf.

»Sie meinen, die Bastarde haben Fitzgerald geschnappt?«, fragte Morris.

»Ich nehme es an«, sagte Hakeswill. »Der arme Kerl. Ich versuchte ihn zu finden, aber da waren schon die Heiden da.«

»Mein Gott.« Morris duckte sich, als eine Kugelsalve durch die Blätter über seinem Kopf raste. »Was ist mit Sergeant Green?«

»Drückt sich vermutlich, Sir. Würde mich nicht wundern, wenn er sich verkrochen hat und seine kostbare Haut versteckt.«

»Wir drücken uns verdammt alle«, sagte Morris der Wahrheit entsprechend.

»Ich nicht, Sir! Nicht Obadiah Hakeswill, Sir. Habe meine Pike richtig feucht, Sir. Wollen Sie fühlen, Sir?« Hakeswill hielt ihm die Klingenspitze hin. »Heidenblut, Sir, noch warm.«

Morris erschauerte bei der Vorstellung, die Klinge zu berühren. Er fand es tröstlich, dass Hakeswill an seiner Seite war.

Der *tope* war erfüllt von Rufen, als eine Gruppe von Tippus Soldaten angriff. Musketen hämmerten. Eine Rakete explodierte in der Nähe, während eine andere durch Büsche fetzte und in einen Baumstamm krachte. Ein Mann schrie, doch der gellende Schrei endete abrupt. Morris fluchte.

»Vielleicht sollten wir uns zurückziehen?«, schlug Ensign Hicks vor. »Zurück durch den Aquädukt?«

»Das geht nicht, Sir«, sagte Hakeswill. »Die Scheißkerle sind hinter uns.«

»Sind Sie dessen sicher?«, fragte Morris.

»Ich habe dort selbst gegen die schwarzen Scheißer gekämpft. Konnte sie nicht aufhalten. Ein ganzer Haufen dieser Bastarde, Sir. Habe mein Bestes getan und einige gute Männer verloren.« Hakeswill sagte es fast schluchzend in einer gespielten Gefühlsaufwallung.

»Sie sind ein tapferer Mann, Hakeswill«, sagte Morris mit rauer Stimme.

»Ich folge nur Ihrer Führung, Sir«, sagte Hakeswill, dann duckte er sich, als eine weitere Salve des Feindes über sie hinwegpeitschte. Hurrarufe ertönten, gefolgt vom Kreischen der Raketen, als Tippus Verstärkungen, von der Stadt geschickt, kämpfend in den Wald vordrangen, um die letzten der Feinde daraus zu vertreiben.

»Verdammt noch mal!«, stieß Hakeswill hervor. »Aber keine Sorge. Ich kann nicht sterben, Sir. Ich bin unsterblich!«

Hinter ihm ertönten Jubelrufe, als der Rest des 33. Regiments endlich den Aquädukt durchquert hatte.

»Vorwärts!«, schrie eine Stimme irgendwo hinter den verstreuten Flüchtenden der Leichten Kompanie. »Vorwärts!«

»Wer, zum Teufel, ist das?«, fragte Morris.

»Dreiunddreißigstes!«, rief die Stimme. »Zu mir! Zu mir!«

»Bleibt, wo ihr seid!«, rief Morris ein paar eifrigen Männern zu, und so duckten sie sich in die warme Dunkelheit zurück, die vom Krachen der Musketen und vom Wimmern der Sterbenden erfüllt war, vom Geruch nach Pulver und Blut, das an einem dunklen Ort vergossen worden war, der von Chaos und Furcht beherrscht wurde.

KAPITEL 7

»Sharpe! Sharpe!« Es war Colonel Gudin, der bei Einbruch der Nacht in die Kasernenstube stürmte. »Kommen Sie mit, schnell! Wie Sie sind! Beeilung!«

»Und was ist mit mir, Sir?«, fragte Lawford. Der Lieutenant hatte in der Bibel gelesen, die auf seinem Feldbett lag.

»Kommen Sie, Sharpe!« Gudin ignorierte Lawford und rannte aus der Stube durch die Kaserne und in den Hof hinaus auf die Straße, die das Quartier der europäischen Soldaten vom Hindu-Tempel trennte. »Schnell, Sharpe!«, rief der Franzose, als er an einem Stapel Ziegel vorbeilief, der an der Straßenecke lag.

Sharpe, bekleidet mit dem tigergestreiften Waffenrock und Stiefeln, doch ohne Hut, Kreuzgurt, Munitionstasche oder Muskete, rannte hinter dem Colonel her. Er sprang über einen halb nackten Mann, der mit übereinandergeschlagenen Beinen an der Tempelwand saß, schob eine Kuh aus dem Weg, bog an der Ecke ab und eilte hinter Gudin her zum Maisur-Tor.

Lawford hatte im Lesen innegehalten und seine Stiefel angezogen und war Gudin und Sharpe gefolgt, doch als er die Straße neben dem Tempel erreichte, war Sharpe bereits verschwunden.

»Können Sie reiten?«, rief Gudin Sharpe zu, als sie das Tor erreichten.

»Ich bin schon ein paar Mal geritten«, sagte Sharpe und verzichtete darauf, zu erklären, dass die Tiere ungesattelte Zugpferde gewesen waren, die gefügig im Kreis herumgegangen waren.

»Sitzen Sie bei einem auf!«, sagte Gudin und wies auf eine kleine erregte Stute, die von einem indischen Infanteristen mit Gudins eigenem Pferd gehalten wurde. »Sie gehört Captain Romet, seien Sie also um Himmels willen vorsichtig damit«, rief Gudin, während er sich in den Sattel schwang.

Captain Romet war einer von Gudins beiden Stellvertretern, doch weil beide jüngeren französischen Offiziere die meiste Zeit in der Stadt im teuersten Bordell verbrachten, hatte Sharpe sie noch nicht kennen gelernt.

Er kletterte vorsichtig auf die Stute, dann trieb er sie mit den Hacken an und hielt sich an der Pferdemähne fest, als er Gudins Wallach durch das Tor folgte.

»Die Briten greifen ein Waldstück nördlich von Sultanpetah an«, erklärte der Colonel, als er sein Pferd durch den Torweg trieb.

Sharpe konnte den entfernten Kampflärm hören. Musketen krachten, und Raketen explodierten dumpf mit rötlichen Lichtblitzen westlich der Stadt.

In den ersten Häusern der Stadt waren Lampen angezündet worden und Leuchtfackeln im Maisur-Torweg, durch den ein Strom von Männern eilte. Einige waren Infanteristen, andere trugen Raketen. Gudin bellte sie an, Platz zu machen, und zwang mit seinem Wallach die langsameren Raketenwerfer zur Seite, und dann, als sie das Tor passiert hatten, lenkte er seinen Wallach nach Westen.

Sharpe folgte ihm, mehr darauf bedacht, sich auf der Stute zu halten, als der Hektik ringsum Beachtung zu schenken. Gerade außerhalb des Tors führte eine schmale Brücke über den Südlichen Kaveri, und Gudin rief ihren Wachen zu, den Weg frei zu machen.

Raketenwerfer drückten sich gegen die Balustraden, als Gudin und Sharpe an den kleinen Befestigungsanlagen vorbei und dann über den seichten Fluss ritten. Auf der anderen Seite ritten sie in gestrecktem Galopp über einen schlammigen Streifen Gras, dann platschten sie durch einen weiteren kleinen Arm des Flusses.

Sharpe klammerte sich an den Hals der Stute, als sie aus dem Flüsschen die Böschung hinaufpreschten. Raketen erhellten den Himmel voraus, an dem immer noch die letzten Strahlen der unsichtbaren Sonne schimmerten.

»Ihre Freunde versuchen, den *tope* zu säubern«, erklärte Gudin und wies auf das dichte Waldstück, das sich schwarz vor dem östlichen Horizont abhob. Er ritt langsamer, denn jetzt überquerten sie unebenen Boden, und der Colonel wollte vermeiden, dass sich das Pferd ein Bein brach. »Ich will, dass Sie sie verwirren.«

»Ich, Sir?« Sharpe rutschte fast aus dem Sattel, klammerte sich am Sattelhorn fest und schaffte es, sich wieder aufrecht zu setzen. Er hörte das Krachen von Musketen und sah voraus überall in der Dunkelheit die kleinen Mündungsflammen aufblitzen. Es hatte für ihn den Anschein, als finde ein größerer Angriff statt, besonders, als in der Ferne ein britisches Feldgeschütz donnerte und die Mündungsflamme kurz die Dunkelheit erhellte.

»Rufen Sie ihnen Befehle zu, Sharpe«, sagte Gudin, als das Donnern des fernen Geschützes verhallt war. »Verwirren Sie sie!«

»Das könnte Lawford besser, Sir!«, sagte Sharpe. »Er hat eine Stimme wie ein Offizier.«

»Dann werden Sie wie ein Sergeant klingen müssen«, sagte Gudin. »Und wenn Sie es richtig machen, Sharpe, dann befördere ich Sie zum Corporal.«

»Danke, Sir.«

Gudin hatte seinen Wallach zum Schritt versammelt, als sie

sich dem Wald näherten. Es war jetzt zu dunkel zum Traben, und es bestand die Gefahr, dass sie vom Weg abirren konnten.

Im Norden von Sharpe aus, wo das Feldgeschütz gefeuert hatte, war das Musketenschießen gleichmäßig, was darauf schließen ließ, dass die britischen Soldaten oder die Sepoys ruhig ihre Ziele anvisierten, doch in dem Waldstück schien nur Verwirrung zu herrschen. Musketen krachten unregelmäßig, Raketen landeten mit Feuerstrahlen zwischen den Zweigen und Rauch stieg aus kleinen Feuern auf. Sharpe hörte Männer rufen, entweder in Furcht oder in Triumph.

»Ich hätte nichts gegen eine Waffe, Sir«, sagte Sharpe zu Gudin.

»Sie brauchen keine. Wir sind nicht hier, um zu kämpfen, sondern nur, um sie durcheinanderzubringen. Deshalb bin ich zu Ihnen gekommen. Sitzen Sie hier ab.«

Der Colonel band die Zügel beider Pferde an einen verlassenen Handkarren, der benutzt worden sein musste, um weitere Raketen hierher zu transportieren.

Die beiden Männer waren jetzt hundert Yards vom *tope* entfernt, und Sharpe konnte Offiziere Befehle rufen hören.

Es war schwierig zu sagen, wer die Kommandos gab, denn die Armee Tippus benutzte englische Wörter für Befehle, doch als Gudin und Sharpe näher zum Kampf eilten, wusste Sharpe, dass es indische Stimmen waren, die die Kommandos zum Feuern, Vorrücken und Töten gaben. Welche britischen oder indischen Soldaten auch versuchten, das Waldstück zu erobern, sie waren offenbar in Schwierigkeiten, und es war Gudins Einfall gewesen, sich den ersten Engländer zu schnappen, den er in der Kaserne finden konnte, um von ihm noch mehr Verwirrung bei den Angreifern stiften zu lassen.

Gudin zog eine Pistole.

»Sergeant Rothière!«, rief er.

»*Mon Colonel.*« Der große Sergeant tauchte aus der Dunkelheit auf. Er bedachte Sharpe mit einem misstrauischen Blick und spannte dann seine Muskete.

»Lasst uns Spaß haben«, sagte Gudin auf Englisch.

»Aye, Sir«, erwiderte Sharpe und fragte sich, was, zum Teufel, er tun sollte. Er nahm an, dass es in der Dunkelheit kein Problem sein würde, dem Colonel und Rothière heimlich zu entkommen und sich den belagerten Angreifern anzuschließen, aber was würde dann aus Lieutenant Lawford werden? Sharpe sagte sich, dass der Trick darin bestehen würde, es so aussehen zu lassen, dass er zufällig von den Briten gefangen genommen wurde. Das würde die Sache für Lawford aussichtslos machen. Sharpe wusste aber auch, dass es seine vorrangige Pflicht war, McCandless' Warnung an General Harris zu übermitteln, und er wusste, dass er vielleicht nie wieder eine andere so gute Möglichkeit finden würde wie diese, die Gudin ihm wie ein unerwartetes Geschenk in den Schoß gelegt hatte.

Gudin verharrte am Rand des *tope*. Raketenwerfer feuerten begeistert ihre Geschosse durch die Bäume, wo sie, von Zweigen abgelenkt, durch das Blätterwerk herabstürzten. Tief im Wald krachten Musketen. Verwundete lagen am Rand der Bäume, und nicht weit entfernt schrie ein Mann und rang abwechselnd um Atem.

»Bis jetzt«, sagte Gudin, »scheinen wir sie zu schlagen. Gehen wir voran.«

Sharpe folgte den beiden Franzosen. Zu seiner Rechten fiel plötzlich Musketenfeuer, und das Aneinanderklirren von Bajonetten war zu hören. Gudin bog zu dem Geräusch hin ab, doch der Kampf war vorüber, bevor sie dorthin gelangten. Tippus Männer waren einer kleinen Gruppe Rotröcke begegnet, hatten einen getötet und die anderen tiefer in den Wald getrieben.

Gudin sah die Leiche des Rotrocks im schnell ersterbenden

Licht einer Raketenhülle und kniete sich neben den Gefallenen. Der Colonel nahm seine Zunderbüchse, rieb einen Funken und zündete das Leinenstück in der Büchse an. Dann hielt er die winzige Flamme über die Brust des Rotrocks. Der Mann war noch nicht ganz tot, sondern bewusstlos. Blut sickerte langsam aus seinem Mund, und seine Augen waren geschlossen.

»Erkennen Sie die Uniform?«, fragte Gudin Sharpe.

»Verdammt noch mal!«, entfuhr es Sharpe. »Verzeihen Sie mir, Sir«, fügte er hinzu und bewegte dann sanft Gudins Hand vom Gesicht des sterbenden Mannes weg. Blut strömte jetzt aus dem Mund des Mannes und tränkte sein gepudertes Haar. Trotzdem konnte Sharpe ihn erkennen. Es war Jed Mallinson, der für gewöhnlich im hintersten Glied von Sharpes Reihe stand. »Ich kenne die Uniform und den Mann, Sir«, sagte Sharpe. »Er ist vom 33. Regiment, von meinem alten Bataillon. Aus West Riding, Yorkshire.«

»Gut.« Gudin ließ die Zunderbüchse zuschnappen, löschte die kleine flackernde Flamme. »Und es macht Ihnen nichts aus, sie in Verwirrung zu versetzen?«

»Deshalb bin ich hier«, sagte Sharpe mit gespielter Blutdürstigkeit.

»Ich glaube, die britische Armee hat mit Ihnen einen guten Mann verloren, Sharpe«, sagte Gudin, richtete sich auf und führte Sharpe tiefer zwischen die Bäume. »Wenn Sie nicht in Indien bleiben wollen, sollten Sie vielleicht überlegen, ob Sie mit mir in meine Heimat kommen wollen.«

»Nach Frankreich, Sir?«

Gudin lächelte über Sharpes überraschten Tonfall. »Es ist nicht das Land des Teufels, Sharpe. Im Gegenteil, ich nehme an, dass es der gesegnetste Platz auf Gottes Erde ist, und in der französischen Armee kann ein guter Mann sehr leicht in den Offiziersrang aufsteigen.«

»Ich, Sir? Ein Offizier?« Sharpe lachte. »Das wäre, als würde man ein Maultier zu einem Rennpferd machen.«

»Sie unterschätzen sich.« Gudin lauschte. Zur Rechten waren Schritte zu hören, und von links drang plötzlich Musketenfeuer durch die Nacht. Der Musketenbeschuss zog ein aufgeregtes Davonhasten der Infanteristen Tippus nach sich, die zwischen den Bäumen tappten. Sergeant Rothière bellte sie in einer Mischung aus Französisch und Kanarese an, und seine plötzliche Autorität beruhigte die Männer, die sich um Colonel Gudin versammelten.

Gudin grinste wölfisch. »Mal sehen, ob Sie Ihre alten Kameraden irreführen können, Sharpe. Rufen Sie Ihnen zu, in diese Richtung zu kommen.«

»Vorwärts!«, brüllte Sharpe gehorsam zu den dunklen Bäumen hin. »Vorwärts!« Er legte eine Pause ein und lauschte auf eine Antwort. »Dreiunddreißigstes! Zu mir! Zu mir!«

Es gab keine Antwort.

»Versuchen Sie es mit einem Namen«, schlug Gudin vor.

Sharpe erfand den Namen eines Offiziers. »Captain Fellows! In diese Richtung!« Er rief es ein paar Mal, doch niemand antwortete. »Hakeswill!«, brüllte er schließlich. »Sergeant Hakeswill!«

Dann, vielleicht dreißig Yards entfernt, rief die verhasste Stimme zurück. »Wer ist das?« Der Sergeant klang misstrauisch.

»Kommen Sie her, Mann!«, blaffte Sharpe.

Hakeswill ignorierte den Befehl, doch die Tatsache, dass überhaupt ein Mann geantwortet hatte, erfreute Gudin, der schnell Tippus Infanteristen zu einer Linie formierte, die darauf wartete, denjenigen zu töten, der auf Sharpes Ruf hin kommen würde.

Voraus herrschte Chaos. Raketen schlugen in Zweige, Mündungsfeuer blitzten im wallenden Rauch, während Kugeln in Baumstämme schlugen oder Blätter herabfetzten. In der Ferne ertönte ein blutdürstiger Hurraschrei, doch Sharpe wusste nicht, ob es indische oder britische Soldaten waren, die dort jubelten.

Eines war Sharpe klar. Das 33. Regiment steckte in Schwierigkeiten. Der arme Jed Mallinson hätte nie verlassen werden sollen, um zu sterben, und dieser traurige Tod, zusammen mit den verstreuten Schüssen, ließ nur den Schluss zu, dass die Männer Tippus erfolgreich die Angriffstruppe auseinandergerissen hatten und sie jetzt Stück für Stück aufrieben.

Jetzt oder nie, sagte sich Sharpe. Er musste von Gudin fortkommen und sich seinem Bataillon anschließen.

»Ich muss näher ran, Sir«, sagte er zu dem Colonel und rannte tiefer zwischen die Bäume, ohne auf Gudins Zustimmung zu warten. »Sergeant Hakeswill!«, rief er. »Kommen Sie zu mir! Sofort! Kommen Sie, Sie jämmerlicher Bastard! Bewegen Sie Ihren verdammten Arsch! Los, los!«

Er konnte hören, dass Gudin ihm folgte. Sharpe verstummte, und plötzlich, in tiefer Dunkelheit, bog er nach rechts ab.

»Sharpe!«, zischte Gudin, aber Sharpe war jetzt weit genug von dem Colonel fort, und er nahm an, dass er das geschafft hatte, ohne wie ein Deserteur zu wirken.

»Sergeant Hakeswill!«, bellte Sharpe und rannte weiter.

Es bestand die Gefahr, dass Gudin ihm durch seine Rufe auf den Fersen blieb, doch es war eine größere Gefahr, den Franzosen auf den Gedanken zu bringen, dass er absichtlich versuchte, sich wieder den Briten anzuschließen, denn dann würde Lawford es ausbaden müssen, und so ging Sharpe das Risiko ein, als er sich einen Weg zwischen den Bäumen bahnte.

»Hakeswill! Zu mir! Zu mir!« Er schob sich durch dichtes

Blätterwerk, stolperte über einen Busch, rappelte sich auf und rannte auf eine kleine Lichtung. »Hakeswill!«, brüllte er.

Eine Rakete krachte gegen einen Zweig hoch über Sharpe und stürzte auf die Lichtung vor ihm. Als sie auf dem Boden landete, drehte sich das Geschoss verrückt im Kreis wie ein Hund, der sich in den Schwanz beißen will, und Sharpe zuckte vor der Peitsche mit dem feurigen Schweif zurück und prallte gegen Sergeant Hakeswill, der plötzlich zwischen den Büschen links von Sharpe aufgetaucht war.

»Sharpie!«, rief Hakeswill. »Verdammter Bastard!« Er schlug wild mit seiner blutigen Pike nach Sharpe.

Morris, der Hakeswills Namen gehört hatte, hatte dem Sergeant befohlen, herauszufinden, wer ihn rief, und Hakeswill hatte den Befehl unwillig befolgt. Jetzt stand er plötzlich Sharpe allein gegenüber, und der Sergeant stieß von Neuem die Klinge vor.

»Verräterischer Bastard!«, keuchte Hakeswill.

»Um Himmels willen, lass fallen!«, rief Sharpe und wich vor den schnellen Vorstößen der Klinge zurück.

»Du bist zum Feind übergelaufen, Sharpie«, sagte Hakeswill. »Dafür sollte ich dich abliefern, du dreckiger Deserteur. Dann gäbe es diesmal einen anderen Kriegsgerichtsprozess und eine Hinrichtungsparty. Aber das will ich nicht riskieren. Ich werde dich aufspießen, Sharpie, und zu deinem Schöpfer zurückschicken.«

Der Sergeant stieß wieder mit der Pike zu, und Sharpe sprang abermals zurück, doch dann zischte die ersterbende Rakete auf der Lichtung und drehte sich, und der lange Bambusstab berührte Sharpes Beine. Er stürzte rücklings, und Hakeswill sprang mit einem Triumphschrei auf ihn zu und holte mit der Pike aus, um sie hinabzustoßen.

Sharpe fühlte die Eisenröhre der Rakete unter seiner rechten

Hand, packte sie und warf sie Hakeswill ins Gesicht. Die Schießpulverladung war fast verbrannt, doch es war noch genügend übrig, um eine Stichflamme auszulösen, die über Hakeswills Gesicht leckte.

Der Sergeant schrie auf, ließ die Pike fallen und schlug die Hände vor die Augen. Zu seiner Überraschung stellte er fest, dass er noch sehen konnte und dass sein Gesicht nicht zu schlimm verbrannt war, doch in seiner Panik war er auf Sharpe zugestolpert, und jetzt warf er sich herum und zog dabei die Pistole aus seinem Gürtel.

In diesem Augenblick stürmte eine Gruppe Rotröcke auf die Lichtung. Im Schein der brennenden Raketenhülle sah Sharpe, dass es Männer von der Grenadierkompanie des 33. Regiments waren, die so verloren waren wie jeder andere Rotrock in dieser Nacht des Chaos. Einer der Grenadiere sah Sharpe, der sich in seinem tigergestreiften Waffenrock aufrappelte. Der Grenadier hob seine Waffe.

»Lass den Bastard!«, schrie Hakeswill. »Er gehört mir!«

Dann krachte eine Musketensalve zwischen den Bäumen, und die Hälfte der Grenadiere wurde herumgewirbelt oder zurückgeschleudert.

Blut zischte in den brennenden Überresten der Rakete, als ein Trupp tigergestreifter Soldaten zwischen den Bäumen hervorbrach.

Hakeswill fuhr herum, um angesichts der Feinde die Flucht zu ergreifen, doch einer von Tippus Männern sprang vor und trieb den Sergeant mit dem aufgepflanzten Bajonett zurück. Hakeswill stolperte, stürzte zu Boden. Er wollte sich aufrappeln, doch der Tigersoldat hob bereits die Muskete, und Hakeswill sah dem Tod ins Auge. Er schrie um Gnade.

Gudin rannte an dem gefallenen Hakeswill vorbei.

»Gut gemacht, Sharpe!«, rief der Colonel. »Gut gemacht!

Aufhören! Aufhören!« Der Befehl galt Tippus Männern, die begeistert begonnen hatten, die überlebenden Grenadiere mit dem Bajonett aufzuspießen. »Wir nehmen Gefangene!«, brüllte Gudin. »Gefangene!«

Rothière stieß ein Bajonett zur Seite, um den Soldaten daran zu hindern, Hakeswill abzuschlachten.

Sharpe fluchte. Er war so nahe daran gewesen, zu entkommen, wenn Hakeswill ihn nicht angegriffen hätte. Dann hätte er noch vielleicht fünfzig Yards weiter zwischen die Bäume rennen, den tigergestreiften Waffenrock ablegen und einige seiner alten Freunde entdecken können. Stattdessen war er für Gudin zum Helden geworden. Der Colonel glaubte, Sharpe hätte all die Grenadiere auf die Lichtung gelockt, wo die zwölf Männer, die überlebt hatten, jetzt zusammen mit dem zuckenden und fluchenden Hakeswill Gefangene waren.

»Sie sind ein schreckliches Risiko eingegangen, Corporal!«, sagte Gudin, ging zu Sharpe und schob seinen Säbel in die Scheide. »Sie hätten von Ihren alten Freunden erschossen werden können. Aber es hat funktioniert, wie? Und jetzt sind Sie Corporal!«

»Aye, Sir. Es hat funktioniert«, sagte Sharpe, obwohl er keine Freude empfand. Es war alles katastrophal schiefgegangen, die ganze Nacht war katastrophal für die Briten verlaufen. Tippus Männer säuberten jetzt den *tope* Yard um Yard und jagten die britischen Überlebenden zurück durch den Aquädukt. Sie verfolgten die geschlagenen Flüchtenden mit Schmähungen, Musketensalven und Raketenbeschuss.

Dreizehn britische Soldaten waren gefangen genommen worden, alle von Sharpe und Gudin, und diese unglücklichen Männer wurden zur Stadt getrieben, während die Waffen und Wertsachen der toten Rotröcke geplündert wurden.

»Ich werde dafür sorgen, dass der Sultan von Ihrer Tapferkeit erfährt, Sharpe«, sagte Gudin, als er sein Pferd holte. »Er ist selbst tapfer und bewundert den Mut bei anderen. Ich bezweifle nicht, dass er Sie belohnen wird!«

»Danke, Sir«, sagte Sharpe ohne Begeisterung.

»Sie sind doch nicht verwundet, oder?«, fragte Gudin besorgt, betroffen von dem verlorenen Klang von Sharpes Stimme.

»Habe mir die Hand verbrannt, Sir«, sagte Sharpe. Er hatte es gar nicht bemerkt. Als er die heiße Raketenröhre gepackt hatte, um Hakeswill abzuwehren, hatte das glühende Metall seine Hand versengt. Zum Glück war es nicht so schlimm. »Nur ein bisschen«, fügte er hinzu, »ich werde es überleben.«

»Natürlich werden Sie das«, sagte Gudin und lachte. »Das war ein Husarenstück, nicht wahr?«

»Ja, wir haben Ihnen eine Abreibung verpasst, Sir.«

»Und wir werden ihnen eine weitere verpassen, wenn sie die Stadt angreifen. Sie ahnen noch nicht, was sie erwartet!«

»Was erwartet sie denn, Sir?«, fragte Sharpe.

»Wir werden sehen. Sie werden es erleben«, sagte Gudin und schwang sich in den Sattel.

Sergeant Rothière wollte im *tope* bleiben, um britische Musketen zu erbeuten. Der französische Colonel bestand darauf, dass Sharpe mit ihm zur Stadt zurückritt. Die Gefangenen wurden von schadenfrohen Männern Tippus begleitet und bewacht.

Hakeswill blickte zu Sharpe auf und spuckte aus. »Verdammter Verräter!«

»Ignorieren Sie ihn«, sagte Gudin.

»Schlange!«, zischte Hakeswill. »Du Stück Scheiße, du aaargh!« Letzteres klang erstickt, weil ihm einer von der Eskorte mit dem Musketenlauf auf den Hinterkopf geschlagen hatte. »Heidnischer Bastard«, keuchte Hakeswill.

»Ich möchte ihm die Zähne einschlagen, Sir«, sagte Sharpe

zu Gudin. »Das heißt, wenn Sie nichts dagegen haben, Sir. Ich werde den Bastard in die Dunkelheit mitnehmen und fertigmachen.«

Gudin seufzte. »Ich habe was dagegen«, sagte er milde. »Weil es ziemlich wichtig ist, dass wir Gefangene gut behandeln, Sharpe. Manchmal habe ich Sorge, dass der Sultan nicht versteht, dass es auch im Krieg gewisse Anstandsregeln gibt, aber bis jetzt habe ich es geschafft, ihm Barbarei auszureden. Wenn wir unsere Gefangenen anständig behandeln, dann wird auch der Feind mit seinen Gefangenen gut umgehen.«

»Aber ich möchte dem Bastard immer noch die Zähne einschlagen, Sir.«

»Ich versichere Ihnen, dass der Sultan dies vielleicht ohne irgendwelche Hilfe von Ihnen tun wird«, sagte Gudin grimmig.

Sharpe und der Colonel gaben ihren Pferden die Sporen und ritten vor die Gefangenen, um über die Brücke zur Stadt zu reiten. Beim Maisur-Tor zügelten sie die Pferde und saßen ab. Sharpe überreichte Gudin die Zügel, der ihm noch einmal dankte und ihm einen ganzen goldenen *haideri* als Belohnung gab.

»Gehen Sie und betrinken Sie sich, Sharpe«, sagte der Colonel. »Sie haben es verdient.«

»Danke, Sir.«

»Und glauben Sie mir, ich werde es dem Sultan erzählen. Er bewundert Tapferkeit!«

Lieutenant Lawford war zwischen der neugierigen Menge, die hinter dem Tor wartete.

»Was ist passiert?«, fragte er Sharpe.

»Ich hab's versaut«, sagte Sharpe bitter. »Ich hab verdammte Scheiße gebaut. Komm mit, lass uns was saufen gehen.«

»Nein, warte.« Lawford hatte die Gefangenen durch den

flackernden Lichtschein am Tor gesehen, und er entfernte sich von Sharpe, um zu beobachten, wie die dreizehn Gefangenen unter Waffengewalt in die Stadt getrieben wurden. Die Menge begann sie zu verspotten.

»Komm mit!«, beharrte Sharpe und zog Lawford am Ärmel.

Lawford schüttelte seine Hand ab und starrte auf die Gefangenen. Beim Anblick der britischen Soldaten, die in die Gefangenschaft getrieben wurden, konnte er seine Betrübnis nicht verbergen. Dann erkannte er Hakeswill, der im selben Augenblick dem Lieutenant ins Gesicht starrte.

Sharpe sah, dass Hakeswill fassungslos war. Sekundenlang erstarrte er mitten in der Drehung. Auch Lawford war wie erstarrt, während Hakeswill ungläubig starrte. Es hatte den Anschein, dass Hakeswill verraten würde, dass er Lawford erkannt hatte.

Sharpe wollte bereits einem von Tippus Infanteristen die Muskete entreißen, doch dann wandte sich Hakeswill ab und brachte seine Züge unter Kontrolle. Sein Blick schickte Lawford eine stumme Botschaft, dass er Lawford nicht bloßstellen würde. Die gefangenen Grenadiere waren noch ein paar Yards zurück. Und Lawford, dem plötzlich klar wurde, dass noch mehr Männer seines Bataillons ihn erkennen konnten, wandte sich schnell ab. Er zog Sharpe mit sich.

Sharpe protestierte. »Ich wollte Hakeswill umbringen!«

»Komm mit!« Lawford eilte durch eine Gasse. Der Lieutenant war erbleicht. Er blieb neben dem gewölbten Torweg eines kleinen Tempels stehen, über dessen Fassade sich eine Schnitzerei befand, die eine Kuh unter einem Sonnenschirm darstellte. »Wird er etwas sagen?«, fragte Lawford.

»Dieser Bastard?«, sagte Sharpe. »Da ist alles möglich.«

»Gewiss wird er den Mund halten. Er würde uns nicht verraten«, sagte Lawford, dann erschauerte er. »Was ist um Himmels willen geschehen?«

Sharpe erzählte ihm von den Ereignissen der Nacht und wie nahe er daran gewesen war, sauber zu den britischen Linien durchzukommen. »Wenn mich nicht der verdammte Hakeswill gestoppt hätte«, endete er.

»Er kann dich missverstanden haben«, meinte Lawford.

»Bestimmt nicht.«

»Aber was geschieht, wenn er uns verrät?«, fragte Lawford.

»Dann kommen wir mit deinem Onkel in den verdammten Kerker«, sagte Sharpe düster. »Du hättest mich den Bastard beim Tor erschießen lassen sollen.«

»Sei kein Narr!«, fuhr Lawford ihn an. »Du bist immer noch in der Armee, Sharpe. Und ich auch.« Plötzlich schüttelte er den Kopf. »Allmächtiger!« Er fluchte. »Wir müssen diesen Ravi Shekhar finden.«

»Warum?«

»Weil wir die Informationen nicht weitergeben können. Vielleicht kann er eine Nachricht aus der Stadt bringen!«, sagte Lawford ärgerlich. Der Ärger war auf ihn selbst gerichtet. Er war so darin vertieft gewesen, seine Rolle als gemeiner Soldat zu spielen, dass er seine Pflicht vergessen hatte, und dieses Versäumnis erfüllte ihn jetzt mit Schuldgefühlen. »Wir müssen ihn unbedingt finden, Sharpe!«

»Und wie? Wir können nicht in den Straßen nach ihm fragen.«

»Dann suche Mrs Bickerstaff«, drängte Lawford. »Finde sie, Sharpe!« Er senkte die Stimme. »Und das ist ein Befehl.«

»Ich habe einen höheren Rang als du«, sagte Sharpe.

Lawford wandte sich wütend zu ihm um. »Was hast du gesagt?«

»Ich bin jetzt Corporal, Private.« Sharpe grinste.

»Dies ist kein Scherz, Sharpe!«, schnauzte Lawford. Plötzlich war Autorität in seiner Stimme. »Wir sind nicht hier, um uns zu amüsieren. Wir sind hier, um einen Job zu erledigen.«

»Wir haben ihn bis jetzt verdammt gut gemacht«, sagte Sharpe, wie um sich zu verteidigen.

»Nein, das haben wir nicht«, widersprach Lawford. »Weil wir die Information nicht aus der Stadt gebracht haben. Und bis dahin haben wir nichts erreicht. Absolut nichts. Also sprich mit deiner Frau, sag ihr, was wir wissen, und verlange, dass sie Shekhar findet. Das ist ein Befehl, Private Sharpe. Also erfülle ihn!« Lawford machte abrupt kehrt und schritt davon.

Sharpe spürte das tröstende Gewicht des *haideri* in seiner Tasche. Er spielte mit dem Gedanken, Lawford zu folgen, und entschied sich dann dagegen.

Heute Nacht konnte er sich das Beste erlauben, und das Leben war zu kurz, um eine solche Chance ungenutzt zu lassen. Er entschied sich, wieder ins Bordell zu gehen. Es hatte ihm dort gefallen, ein Haus voller Vorhänge, mit Teppichen und beschatteten Öllampen, wo zwei kichernde Mädchen Lawford und Sharpe gebadet hatten, bevor sie mit ihnen die Treppe zu den Schlafzimmern hinaufgestiegen waren. Ein *haideri* würde für eine ganze Nacht in einem dieser Zimmer reichen, vielleicht mit Lali, dem großen Mädchen, das Lieutenant Lawford erschöpft und voller Schuldgefühle zurückgelassen hatte.

So ging Sharpe, um sein Gold auszugeben.

Das 33. Regiment marschierte geschlagen zum Biwak zurück. Die Verwundeten wurden getragen oder humpelten, und ein Mann schrie jedes Mal auf, wenn er den linken Fuß aufsetzte, doch sonst war es im Bataillon still. Sie hatten Prügel bezogen, und die fernen Schmähungen der Männer Tippus waren wie Salz, das in ihre Wunden gerieben wurde. Ein paar letzte Raketen folgten ihnen, und ihre Feuerschweife zeichneten wilde Streifen an den nächtlichen Sternenhimmel.

Die Grenadier- und Leichten Kompanien hatten die Verluste erlitten. Männer wurden vermisst, und Wellesley wusste, das einige der Vermissten gefallen waren. Er befürchtete, dass andere in Gefangenschaft geraten waren oder noch verwundet oder tot zwischen den dunklen Bäumen lagen.

Die verbliebenen acht Kompanien des Bataillons waren marschiert, um die Flankenkompanien zu unterstützen, doch in der Dunkelheit hatten sie den Aquädukt zu weit südlich durchquert.

Während Wellesley versucht hatte, seine abgeschnittenen Flankenkompanien zu finden, war Major Shee geradewegs durch den *tope* und an einer entfernten Stelle zurück durch den Aquädukt marschiert, ohne dem Feind zu begegnen oder einen Schuss abzufeuern.

Die beiden Sepoy-Bataillone hätten leicht die Katastrophe der Nacht in einen Sieg verwandeln können. Doch sie hatten keine Befehle erhalten. Dennoch hatte eines der Bataillone, weil es eine Katastrophe befürchtet hatte, in Panik eine Salve verschossen, die ihren eigenen befehlshabenden Offizier getötet hatte, während eine halbe Meile vor ihnen das 33. in unsoldatischem Chaos versunken war.

Dieser Mangel an Professionalität hatte Wellesley verärgert. Er hatte versagt. Die nördliche Strecke des Aquädukts war von anderen Bataillonen eingenommen worden, doch das 33. Regiment hatte sich stümperhaft verhalten.

Wellesley war der Stümper gewesen, und er wusste es.

General Harris war mitfühlend genug gewesen, als der junge Colonel von seinem Versagen berichtet hatte. Harris hatte etwas von der Unsicherheit bei Nachtangriffen gemurmelt und dass am Morgen wieder alles in Ordnung gebracht werden könnte, doch Wellesley fühlte sich immer noch als Versager. Er wusste nur zu gut, dass erfahrene Soldaten wie Baird ihn verabscheuten, dass seine Beförderung zum stellvertretenden Kommandeur allein darauf zurückzuführen war, dass sein älterer Bruder Generalgouverneur der britischen Regionen in Indien war, und Wellesleys Scham war noch größer geworden, weil Major General Baird mit Harris gewartet hatte, als Wellesley eingetroffen war, um sein Versagen zu melden, und der große Schotte sein Grinsen nicht unterdrückt hatte, als Wellesley die nächtliche Katastrophe gestanden hatte.

»Schwierige Sache, solche Nachtangriffe«, sagte Harris wieder, während Baird schwieg und Wellesley unter der beredten Stille des Schotten litt.

»Wir werden den *tope* morgen vom Feind säubern«, versuchte Harris Wellesley zu trösten.

»Meine Männer werden das tun«, versprach Wellesley hastig.

»Nein, nein. Sie werden nicht ausgeruht sein«, sagte Harris. »Wir setzen besser frische Soldaten ein.«

»Meine Freunde werden hundertprozentig einsatzbereit sein«, sagte Baird. Er lächelte Wellesley an. »Die schottische Brigade, meine ich.«

»Ich bitte um die Erlaubnis, den Angriff zu befehligen, Sir«, sagte Wellesley und ignorierte Baird. »Welche Soldaten Sie auch immer einsetzen, Sir, ich werde der diensthabende Offizier sein.«

»Sicher, sicher«, sagte Harris vage, ohne Wellesleys Bitte zu erfüllen oder abzulehnen. »Jetzt müssen Sie erst mal schlafen. Ich wünsche Ihnen eine erholsame Nacht.« Er wartete, bis Wellesley ging, und schüttelte dann stumm den Kopf.

»Ein Gernegroß«, sagte Baird laut genug, dass ihn der davongehende Colonel hören konnte, »dem noch die Schürze seines Kindermädchens am Koppel hängt.«

»Er ist sehr tüchtig«, sagte Harris milde.

»Meine Mutter war auch tüchtig, Gott habe sie selig«, erwiderte Baird heftig, »aber Sie würden sie nicht in eine Schlacht schicken. Ich sage Ihnen, Harris, wenn Sie ihn den Angriff auf die Stadt führen lassen, werden Sie Schwierigkeiten geradezu herausfordern. Geben Sie den Job mir, Mann, ich habe noch eine alte Rechnung mit Tippu zu begleichen.«

»Das haben Sie«, pflichtete Harris ihm bei.

»Und lassen Sie mich am Morgen den verdammten *tope* einnehmen. Mein Gott, das könnte ich mit einem Corporal von der Wache schaffen!«

»Wellesley wird morgen immer noch Offizier vom Dienst sein, Baird«, sagte Harris, dann nahm er seine Perücke ab, als Zeichen, dass er zu Bett gehen wollte. Eine Seite seines Kopfes war nach seiner Verwundung bei Bunker Hill seltsam abgeflacht. Er kratzte sich an der Narbe und gähnte. »Ich wünsche Ihnen eine gute Nacht.«

»Sie wissen, wie Sie Wellesleys Namen für den Kriegsbericht schreiben lassen müssen, Harris?«, fragte Baird. »Mit drei L!«

»Gute Nacht«, sagte Harris.

Bei Tagesanbruch marschierten die schottische Brigade und zwei indische Bataillone östlich des Biwaks auf, während eine Batterie aus vier 12-Pfünder-Geschützen südlich davon abprotzte.

Als die Sonne aufging, nahmen die vier Haubitzen den *tope* unter Beschuss. Die Geschosse ließen wallende Rauchspuren von ihren brennenden Lunten in der Luft zurück und schlugen in die Bäume, wo ihre Explosionen von dichtem Blätterwerk gedämpft wurden. Eine Granate landete zu kurz, und Wasser gischtete aus dem Aquädukt auf. Vögel kreisten über dem rauchenden Waldstück und kreischten protestierend über die Gewalt, die wieder einmal ihre Nester störte.

Major General Baird wartete vor der schottischen Brigade. Es juckte ihn, seine Landsleute in den Kampf zu führen, doch Harris bestand darauf, dass es Wellesleys Privileg war.

»Er ist Offizier vom Dienst bis zur Mittagszeit«, sagte Harris.

»Er ist noch nicht auf«, sagte Baird. »Er verschläft. Wenn Sie auf ihn warten, wird er ohnehin erst nach dem Mittag aufwachen. Lassen Sie mich gehen, Sir.«

»Geben Sie ihm noch fünf Minuten«, verlangte Harris. »Ich habe einen Adjutanten losgeschickt, um ihn zu wecken.«

Baird hatte den Adjutanten abgefangen, um sicherzustellen, dass Wellesley nicht rechtzeitig erwachte, doch kurz vor Ablauf der fünf Minuten tauchte der junge Colonel auf seinem Schimmel auf. Er sah unordentlich aus, wie jemand, der zu hastig Morgentoilette gemacht hatte.

»Ich bitte um Entschuldigung, Sir«, begrüßte er Harris.

»Sind Sie bereit, Wellesley?«

»Jawohl, Sir.«

»Dann wissen Sie, was zu tun ist«, sagte Harris knapp.

»Kümmern Sie sich um meine schottischen Plänkler!«, rief Baird Wellesley zu und erhielt, wie erwartet, keine Antwort.

Die schottischen Fahnen wurden entfaltet, die Trommlerjungen trommelten zum Vorrücken, die Pfeifer begannen ihr schrilles Spiel, und die Brigade marschierte in die aufgehende Sonne. Die Sepoys folgten.

Vom *tope* stiegen Raketen auf, doch die Schüsse waren am

Morgen so ungenau, wie sie in der Nacht gewesen waren. Die vier Haubitzen feuerten Schuss um Schuss ab und schwiegen nur, als die Schotten den Aquädukt erreichten.

Harris und Baird beobachteten, wie die Männer der Brigade in einer vier Mann tiefen Linie angriffen, die nächste Uferböschung hinaufkletterten, im Aquädukt außer Sicht gerieten, kurz wieder auf der fernen Uferböschung auftauchten und schließlich im Wald jenseits davon verschwanden.

Einen Augenblick war das Geräusch von Musketensalven zu hören, dann herrschte Stille. Die Sepoys folgten den Schotten und breiteten sich nach links und rechts aus, um die Ränder des umkämpften Waldstücks anzugreifen.

Harris wartete, dann kam ein Reiter vom nördlichen Teil des Aquädukts, der in der Nacht erobert worden war, und meldete, dass das Terrain zwischen dem Waldstück und der Stadt voller feindlicher Flüchtender war, die nach Seringapatam zurückstrebten. Das war ein Beweis dafür, dass der *tope* schließlich eingenommen worden und jetzt der ganze Aquädukt in den Händen der Alliierten war.

»Zeit zum Frühstück«, sagte Harris glücklich. »Werden Sie mir Gesellschaft leisten, Baird?«

»Ich werde mir erst die Rechnung des Sensenmanns anhören, Sir, wenn es Ihnen nichts ausmacht«, antwortete Baird. Aber es gab keine Rechnung des Sensenmanns, denn keiner der schottischen oder indischen Soldaten war gefallen.

Die Männer Tippus hatten den *tope* verlassen, als die Artilleriegeschosse zwischen den Bäumen eingeschlagen waren, und sie hatten nur die britischen Toten der vergangenen Nacht zurückgelassen. Lieutenant Fitzgerald war darunter, und er wurde ehrenvoll begraben. Getötet durch ein Bajonett des Feindes, hieß es in der Meldung.

Und jetzt, mit dem Vorrücken auf das Terrain westlich der

Stadt in Harris' Händen, konnte die Belagerung richtig beginnen.

Es war leicht, Mary zu finden. Sharpe fragte Gudin, und nach den Ereignissen der vergangenen Nacht im Waldstück war der Colonel begierig darauf, ihm jeden Gefallen zu erweisen.

Der Verlust des Waldstücks in der folgenden Morgendämmerung hatte keineswegs die Freude des Franzosen über den nächtlichen Sieg geschmälert, ebenso wenig den Optimismus in der Stadt, denn niemand hatte ernsthaft erwartet, dass der *tope* länger als ein paar Minuten dem Feind standhalten konnte, und der vorangegangene Sieg in der Nacht mit der Gefangennahme von Feinden und die Geschichten von der britischen Niederlage hatten Tippus Truppen überzeugt, dass sie sich den feindlichen Armeen als ebenbürtig erweisen würden.

»Ihre Frau, Sharpe?«, scherzte Gudin. »Sie werden zum Corporal befördert und wollen nur Ihre Frau zurückhaben?«

»Ich möchte sie nur wiedersehen, Sir.«

»Sie ist in Appah Raos Haus. Ich werde mit dem General sprechen, doch zuerst müssen Sie am Mittag in den Palast.«

»Ich, Sir?« Sharpe war alarmiert, denn er befürchtete, dass Hakeswill ihn verraten hatte.

»Um eine Belohnung entgegenzunehmen, Sharpe«, versicherte Gudin. »Aber keine Sorge, ich werde dort sein, um Ihnen die meisten Ihrer Lorbeeren zu rauben.«

»Jawohl, Sir.« Sharpe grinste. Er mochte Gudin. Der freundliche und unbeschwerte Franzose war ganz anders als sein eigener Colonel, der stets gemeine Soldaten behandelte, als seien sie ein Ärgernis, das ertragen werden musste.

Natürlich war Wellesley durch seine Offiziere und Unteroffiziere von den Mannschaften abgeschirmt, während Gudin ein kleines Bataillon befehligte, sodass er eigentlich mehr ein Captain war als ein Colonel. Gudin hatte die Unterstützung eines schweizerischen Adjutanten und die gelegentliche Hilfe zweier französischer Captains, wenn sie nicht im besten Bordell der Stadt waren und sich amüsierten, doch das Bataillon hatte keine Lieutenants oder Ensigns und nur drei Sergeants, was bedeutete, dass die Mannschaften ungehinderten Zugang zu ihrem Colonel hatten. Gudin liebte es so, denn er hatte wenig sonst, um sich zu beschäftigen. Offiziell war er der französische Berater des Sultans, doch der suchte selten seinen Rat. Gudin bekannte es, als er am Mittag mit Sharpe zum Palast ging.

»Er weiß es alles, Sir?«, fragte Sharpe.

»Er ist ein guter Soldat, Sharpe. Ein sehr guter. Was er wirklich will, ist eine französische Armee, keinen französischen Berater.«

»Wofür will er denn eine französische Armee, Sir?«

»Um euch Briten zu verprügeln und aus Indien zu verjagen.«

»Aber dann hätte er stattdessen euch Franzosen am Hals«, bemerkte Sharpe.

»Aber er mag die Franzosen, Sharpe. Finden Sie das seltsam?«

»Ich finde alles in Indien seltsam, Sir. Habe keine richtige Mahlzeit gegessen, seit ich hier bin.«

Gudin lachte. »Und was ist eine richtige Mahlzeit?«

»Ein Stück Rindfleisch, Sir, mit einigen Kartoffeln und einer Soße, die so dick ist, dass eine Ratte darin ersäuft.«

Gudin schauderte es. »*La cuisine anglaise!*«

»Sir?«

»Schon gut, vergessen Sie's, Sharpe.«

Mehr als ein halbes Dutzend Männer warteten darauf, zu

Tippu vorgelassen zu werden, allesamt Soldaten, die sich bei der Verteidigung des Waldstücks irgendwie ausgezeichnet hatten. Da war ebenfalls ein Gefangener, ein Hindu-Soldat, der gesehen worden war, als er vor den ersten Angreifern auf den Aquädukt die Flucht ergriffen hatte. Alle von ihnen, die Helden und der Feigling, warteten im Hof, wo Sharpe und Lawford von Tippu auf die Probe gestellt worden waren. Heute waren fünf der sechs Tiger weggebracht worden, und nur ein großes, altes männliches Tier war zurückgeblieben. Gudin ging zu der Raubkatze und streichelte sie zwischen den Ohren.

»Der ist zahm wie eine Hauskatze, Sharpe.«

»Ich streichle ihn trotzdem nicht, Sir. Keine zehn Pferde würden mich zu so einer Bestie bringen können.«

Der Tiger mochte es, gestreichelt zu werden. Er schloss die gelben Augen, und für ein paar Sekunden war Sharpe überzeugt, dass das große Tier schnurrte. Dann gähnte es und zeigte alte, schadhafte Zähne, und aus seinen Pfoten tauchten lange, gebogene Krallen auf.

»So tötet er«, sagte Gudin und wies auf die Krallen, als er zurückwich. »Er hält einen mit den Zähnen und reißt mit den Krallen den Bauch auf. Jedoch nicht dieser. Er ist nur ein sanfter Schmusetiger. Von Flöhen zerbissen.«

Gudin zupfte einen Floh vom Fell des Tigers und wandte sich dann um, als eine Tür zum Hof geöffnet wurde und eine Prozession von Palastdienern hintereinander ins Sonnenlicht trat, an ihrer Spitze zwei Männer, die Stäbe trugen, deren Spitzen mit silbernen Tigerköpfen versehen waren. Sie dienten als Kämmerer, ließen die Helden in einer Reihe antreten und schoben den Feigling zur Seite. Hinter ihnen kamen zwei außergewöhnliche Männer.

Sharpe starrte sie an. Sie waren riesig. Hünenhaft und muskelbepackt wie Preiskämpfer. Ihre dunkle Haut, nackt bis zur

Hüfte, war geölt und glänzte, während ihr langes schwarzes Haar um ihren Kopf gedreht und dann mit weißen Bändern festgebunden war. Sie hatten borstige schwarze Bärte und breite Schnurrbärte, deren Spitzen mit Wachs gezwirbelt waren.

»*Jettis*«, flüsterte Gudin Sharpe zu.

»*Jettis?* Was ist das, Sir?«

»Totschläger«, sagte Gudin, »und Henker.« Der Soldat, der vor den Briten geflüchtet war, fiel auf die Knie und flehte die Kämmerer an. Sie ignorierten ihn.

Sharpe stand in der Reihe der Helden am linken Ende. Sie richteten sich kerzengerade auf, als Tippu den Hof betrat. Er wurde von sechs weiteren Dienern eskortiert, von denen vier einen tigergestreiften Baldachin über ihn hielten. Der seidene Baldachin wurde von vier Stangen mit Tiger-Kreuzblumen gehalten und hatte einen Saum aus Perlentropfen.

Tippu trug ein grünes Gewand, das mit weiteren Perlen geschmückt war, und sein Säbel mit dem Tigergriff hing in einer juwelenbesetzten Scheide von einer gelben Seidenschärpe. Sein breiter Turban war ebenfalls grün, auch mit Perlen besetzt, während in einer Feder auf seiner Krone ein so großer Rubin glitzerte, dass Sharpe zunächst annahm, er müsse aus Glas sein, denn kein kostbarer Stein könne so massiv sein, ausgenommen vielleicht der große gelbweiße Diamant, der den Knauf eines Dolchs bildete, den Tippu in seiner Schärpe trug.

Der Sultan blickte zu dem zitternden Soldaten und nickte dann den *jettis* zu.

»Dies ist kein angenehmer Anblick, Sharpe«, warnte Colonel Gudin leise hinter Sharpe.

Einer der *jettis* packte den entsetzten Gefangenen und zog ihn hoch. Halb führte und halb trug er ihn dann, bis er vor Tippu stand. Dort stieß er ihn auf die Knie hinab, kniete sich hinter ihn und schlang seine Arme um die Arme und den Torso des Gefangenen, sodass er sich nicht bewegen konnte.

Der zum Tode verurteilte Mann rief um Gnade flehend Tippu an, der ihn ignorierte, und der zweite *jetti* stellte sich vor den Gefangenen. Tippu nickte, und der stehende *jetti* legte seine großen Hände auf beide Seiten des Kopfs des Gefangenen. Der Mann schrie. Dann verstummte der Schrei, als der *jetti* seinen Griff verstärkte.

»Allmächtiger«, stieß Sharpe hervor, als er beobachtete, wie dem Gefangenen der Kopf herumgedreht wurde wie einem Schlachthühnchen. So etwas hatte er noch nie gesehen, nicht im Traum gedacht, dass dies möglich war.

Hinter ihm stieß Gudin einen kleinen Laut der Missbilligung aus, doch Sharpe war beeindruckt. Es war ein schnellerer Tod, als ausgepeitscht zu werden, und schneller als die meisten Tode durch den Strang, wo die Gefangenen baumelten und tanzten, wenn sie erstickten.

Tippu applaudierte den *jettis*, belohnte sie und befahl ihnen, den Leichnam wegzuschleifen.

Dann wurden die Helden der vergangenen Nacht nacheinander zu dem tigergestreiften Baldachin und dem kleinen, pummeligen Mann geführt, der in seinem Schatten stand.

Jeder Soldat kniete nieder, als er aufgerufen wurde, und jedes Mal bückte sich Tippu und half dem Mann mit beiden Händen hoch, bevor er mit ihm redete und dem Helden ein großes Medaillon überreichte. Die Medaillons sahen aus, als seien sie aus Gold, doch Sharpe nahm an, dass sie aus poliertem Messing bestanden, denn sicherlich würde niemand so viel Gold verschenken!

Jeder der Männer küsste das Geschenk, dann ging er rückwärts zu seinem Platz in der Reihe zurück.

Als Letzter war Sharpe dran.

»Sie wissen, was Sie zu tun haben«, sagte Gudin aufmunternd.

Sharpe wusste es. Es widerstrebte ihm, vor jedem Mann auf die Knie zu gehen, aber besonders vor diesem kleinen, fetten Herrscher, dem Feind seines Landes, aber es hatte keinen Sinn, aus Trotz Widerstand zu leisten, und so kniete er sich gehorsam vor ihn.

Der gelbweiße Stein im Griff des Schwertes glitzerte ihn an, und Sharpe hätte geschworen, dass es ein echter Diamant war. Ein riesiger Diamant. Dann lächelte Tippu, neigte sich vor und zu ihm hinab und legte die Hände unter Sharpes Achseln, um ihm aufzuhelfen. Er war überraschend stark.

Gudin trat vor zu Sharpe und sprach auf Französisch mit Tippus Dolmetscher, und der übersetzte ins Persische, was Sharpe nicht schlauer machte. Soweit es ihn betraf, waren die Ereignisse ein Scherbenhaufen, doch offensichtlich erzählte Gudin eine große Heldentat, denn Tippu warf Sharpe anerkennende Blicke zu.

Sharpe starrte fasziniert zurück. Tippu hatte graue Augen, eine dunkle Haut und einen sorgsam gestutzten schwarzen Schnurrbart. Von Weitem sah er mollig, sogar weich aus, doch aus der Nähe war eine Härte in seinem Gesicht zu erkennen, die Sharpe überzeugte, dass Colonel Gudin recht gehabt hatte, als er gesagt hatte, dass dieser Mann ein feiner Soldat war.

Sharpe überragte den Sultan so sehr, dass sein Blick direkt auf den großen Stein in seiner Turbanfeder gerichtet war. Er sah nicht nach Glas aus, sondern wie ein gewaltiger Rubin von der Größe einer Pampelmuse. Er wurde in einer goldenen Fassung gehalten und musste ein Vermögen wert sein.

Sharpe erinnerte sich daran, dass er Mary versprochen hatte, ihr an ihrem Hochzeitstag einen echten Rubin zu schenken, und bei dem Gedanken, Tippu den Stein zu stehlen, hätte er fast gegrinst.

Dann stellte Tippu einige Fragen, und er vergaß den Stein, aber Sharpe brauchte nicht zu antworten, denn Colonel Gudin erledigte alles Sprechen für ihn. Als die Fragen beantwortet waren, schaute Tippu in Sharpes Augen auf und sprach ihn direkt an.

»Er sagt«, übersetzte Gudin, was der Dolmetscher sagte, »dass Sie sich als wertvoller Soldat von Maisur erwiesen haben. Er ist stolz, Sie bei seinen Truppen zu haben, und er freut sich auf den Tag, an dem die Ungläubigen von der Stadt zurückgetrieben werden und Sie ein volles und richtiges Mitglied seiner Armee werden können.«

»Heißt das, dass ich zu seinem Glauben übertreten muss, Sir?«, fragte Sharpe.

»Es heißt, dass sie Seiner Hoheit äußerst dankbar sein können, und das sollte ich ihm jetzt sagen«, erwiderte Gudin und tat es.

Als seine Erklärung übersetzt worden war, lächelte Tippu und wandte sich einem Diener zu, nahm aus einem von Seide umhüllten Korb das letzte Medaillon heraus, stellte sich auf die Zehenspitzen und hängte es Sharpe um den Hals. Sharpe bückte sich, um ihm das zu erleichtern und wurde rot, als sich das Gesicht des Sultans dicht zu ihm neigte und das starke Parfüm des Monarchen in seine Nase drang.

Dann trat Sharpe zurück und hob wie die anderen Soldaten das Medaillon an die Lippen und küsste es. Als er das tat, hätte er fast schwören können, dass das Ding nicht aus Messing bestand, sondern wirklich aus purem Gold.

»Gehen Sie zurück«, raunte Gudin.

Sharpe verneigte sich vor Tippu und trat unbeholfen wieder an seinen Platz in der Reihe. Tippu sprach von Neuem, doch diesmal gab sich niemand die Mühe, für Sharpe zu übersetzen, und dann war die kleine Zeremonie vorüber und Tippu wandte sich um und kehrte in den Palast zurück.

»Sie sind jetzt offiziell ein Held von Maisur«, sagte Gudin trocken, »einer der vom Sultan geliebten Tiger.«

»Das habe ich nicht verdient, Sir«, sagte Sharpe und schielte auf das Medaillon. Eine Seite war mit einem aufwändigen Muster versehen, die andere mit einem Tigerkopf, dessen Gesicht aus kunstvollen Schriftzeichen geformt zu sein schien. »Bedeutet das etwas, Sir?«, fragte er Gudin.

»Es heißt, Sharpe, *Assad Allah al-ghalib*, was Arabisch ist und ›der Löwe Gottes ist siegreich‹ bedeutet.«

»Löwe, nicht Tiger?«

»Es ist ein Vers aus dem Koran, Sharpe, aus der moslemischen Bibel, und ich nehme an, in der Heiligen Schrift werden Tiger nicht erwähnt. Es kann nicht sein, denn sonst hätte der Sultan das Zitat sicherlich nicht benutzt.«

»Komisch, nicht wahr?«, sagte Sharpe und blickte auf das schwere Goldmedaillon.

»Was?«

»Das britische Tier ist ein Löwe, Sir.« Sharpe lachte leise und wog das Gold in seiner Hand. »Er ist reich, dieser Tippu?«

»So reich man nur sein kann.«

»Und das sind richtige Steine? Dieser Rubin in seinem Turban und der Diamant auf seinem Dolch?«

»Beides so viel wert wie das Lösegeld für einen König, Sharpe, aber seien Sie vorsichtig. Der Diamant heißt Mondstein, und er soll jedem Unglück bringen, der ihn stiehlt.«

»Ich habe nicht daran gedacht, ihn zu stehlen, Sir«, sagte Sharpe, obwohl er genau diesen Gedanken gehabt hatte. »Aber was ist hiermit?« Er hob das schwere Medaillon an. »Darf ich das behalten?«

»Selbstverständlich. Obwohl ich sagen möchte, dass nur Sie es erhalten haben, übertreibt ein wenig Ihre Taten.«

Sharpe nahm das Medaillon vom Hals. »Sie können es haben, Sir.« Er hielt das Gold dem Franzosen hin. »Wirklich, Sir! Nehmen Sie es.«

Gudin wich zurück und hob entsetzt die Hände. »Wenn der Sultan herausfinden würde, dass Sie es weggegeben haben, Sharpe, würde er Ihnen niemals verzeihen! Das ist ein Zeichen der Ehre. Sie müssen es immer tragen.« Der Colonel zog eine Taschenuhr und ließ den Deckel aufschnappen. »Ich habe Pflichten, Sharpe, und das erinnert mich. Ihre Frau wird Sie in dem kleinen Tempel neben Appah Raos Haus erwarten. Wissen Sie, wo das ist?«

»Nein, Sir.«

»Gehen Sie zur Nordseite des großen Hindu-Tempels«, sagte der Colonel, »und immer weiter, bis Sie fast zur Stadtmauer gelangen. Dort biegen Sie nach links ab, und Sie werden den Tempel zu Ihrer Linken sehen. Er hat eine dieser Kühe über dem Tor.«

»Warum hat man hier Kühe über den Toren, Sir?«

»Aus demselben Grund stellen wir Kruzifixe in unsere Kirchen. Religion. Sie stellen zu viele Fragen, Sharpe.« Der Colonel lächelte. »Ihre Frau wird Sie dort treffen, aber denken Sie daran, Corporal, Wachdienst bei Sonnenuntergang!«

Mit diesen Worten schritt Gudin davon, und Sharpe, mit einem letzten Blick zu dem schläfrigen Tiger, folgte ihm.

Es war nicht schwer, den kleinen Tempel zu finden, der gegenüber dem alten Torweg stand, der durch die westliche Verteidigungsanlage führte. Es waren diese Wälle, vor denen McCandless gewarnt hatte, doch Sharpe, der vom Eingang des Tempels aus auf sie starrte, konnte nichts Sonderbares daran entdecken. Eine lange Rampe führte hinauf zum Schützenauftritt, und ein paar Soldaten mühten sich ab, einen mit Raketen beladenen Handkarren zu der Brustwehr hinaufzuschieben, wo ein Dutzend große Geschütze unbeaufsichtigt in ihren Schießscharten standen, doch er konnte nichts Unheilvolles entdecken, keine Falle, die eine Armee vernichten konnte.

Eine der Fahnen mit dem Sonnenwappen des Sultans flatterte an einem hohen Mast über dem Torturm, flankiert von zwei kleineren grünen Fahnen, die ein silbernes Wappenbild zeigten. Der Wind hob eine der Fahnen an, und Sharpe sah den gleichen Tigerkopf in Kalligraphie, der auf seinem Medaillon eingraviert war. Er grinste. Das war etwas, das er Mary zeigen musste.

Er ging in den Tempel, doch Mary war noch nicht eingetroffen. Sharpe fand eine schattige Stelle in einer Nische an der Seite des offenen Hofes, von wo aus er einen halb nackten Mann mit einem weißen Leinenstreifen um den kahlen Kopf sah. Der Mann saß mit übereinandergeschlagenen Beinen vor einer Götzenstatue, die einen Menschenkörper und einen Affenkopf hatte und rot, grün und gelb angemalt war. Eine andere Gottheit, diese mit sieben Kobraköpfen, stand in einer Nische, die mit verwelkenden Blumen übersät war.

Der Mann mit den übereinandergeschlagenen Beinen rührte sich nicht. Sharpe hätte schwören können, dass er nicht einmal blinzelte, auch nicht, als zwei andere Andächtige in den Tempel kamen. Eine davon war eine große, schlanke Frau in blassgrünem Sari mit einem Diamanten, der an der Seite ihrer Nase glänzte. Ihr Begleiter war ein großer Mann mit einem tigergestreiften Waffenrock Tippus. Eine Muskete hing von seiner Schulter, und der Säbel an seiner Seite hatte einen silbernen Griff. Er war ein gut aussehender Mann, ein passender Gefährte für die elegante Frau, die zu einer dritten Gottheit ging, diesmal zu einer sitzenden Göttin mit vier Paar Armen. Die Frau berührte mit ihren gefalteten Händen ihre Stirn, verneigte sich leicht und griff dann zu einer winzigen Handglocke und läutete sie, um die Aufmerksamkeit der Göttin zu gewinnen.

Erst in diesem Augenblick erkannte Sharpe sie.

»Mary!«, rief er, und sie fuhr herum und sah Sharpe im tiefen Schatten an der Seite des Heiligtums stehen. Der Ausdruck des Entsetzens auf Marys Gesicht ließ Sharpe stutzen. Der große junge Soldat hatte eine Hand auf den Griff seines Schwertes gelegt. »Mary!«, rief Sharpe wieder. »Mädchen!«

»Bruder!«, rief Mary laut, und dann, fast in Panik, wiederholte sie das Wort. »Bruder!«

Sharpe grinste, tarnte seine Verwirrung. Dann sah er, dass Tränen in Marys Augen schimmerten. »Ist alles in Ordnung, Mädchen?«, fragte er besorgt.

»Mir geht es sehr gut«, sagte sie und fügte dann mit angespannter Stimme hinzu: »Bruder.«

Sharpe blickte zu dem indischen Soldaten und sah, dass der Mann stark beschützerisch wirkte.

»Ist das der General?«, fragte er Mary.

»Nein. Das ist Kunwar Singh«, sagte Mary, und sie drehte sich um und gestikulierte zu dem Soldaten, und Sharpe sah einen Ausdruck von Zärtlichkeit auf ihrem Gesicht, und plötzlich verstand er, was geschehen war.

»Spricht er Englisch?«, fragte Sharpe und fügte mit einem Grinsen hinzu: »Schwester?«

Mary bedachte ihn mit einem Blick purer Erleichterung.

»Etwas«, sagte sie. »Wie geht es dir? Was macht dein Rücken?«

»Heilt prima. Dieser indische Arzt ist ein Zauberer. Ich

spüre die Verletzung noch dann und wann, aber nicht so schlimm wie zuvor. Nein, mir geht es prima. Ich habe sogar eine Medaille bekommen, sieh nur!« Er hielt Mary das goldene Medaillon hin. »Aber ich muss mit dir unter vier Augen sprechen«, fügte er hinzu, als sie sich zu ihm neigte, um einen Blick auf das Medaillon zu werfen. »Es ist dringend, Liebling«, flüsterte er.

Mary betastete das Gold und sah dann zu Sharpe auf. »Es tut mir leid, Richard«, flüsterte sie.

»Es gibt nichts, was dir leidtun müsste, Mädchen«, sagte Sharpe, und das war die Wahrheit, denn seit er Mary in ihrem Sari gesehen hatte, war ihm klar gewesen, dass sie nicht für ihn bestimmt war. Sie sah zu kultiviert, zu elegant aus, und die Frauen von gemeinen Soldaten waren das für gewöhnlich nicht. »Du und er, wie?«, fragte er und blickte zu dem schlanken und gut aussehenden Kunwar Singh.

Mary nickte kaum wahrnehmbar.

»Gut für Sie«, rief Sharpe zu dem Inder und lächelte ihn an. »Gutes Mädchen, meine Schwester!«

»Halbschwester«, zischte Mary.

»Entscheide dich, Mädchen, verdammt noch mal.«

»Und ich habe einen indischen Namen angenommen«, sagte sie. »Aruna.«

»Klingt gut. Aruna.« Sharpe lächelte. »Gefällt mir.«

»Es war der Name meiner Mutter«, erklärte Mary. Dann verfiel sie in peinliches Schweigen. Sie blickte zu dem Mann mit dem weißen Streifen um den Kopf, dann berührte sie Sharpe sanft am Ellbogen und führte ihn wieder in die schattige Nische, wo er gewartet hatte. Ein Sims führte um die Nische, und Mary setzte sich darauf, legte die Hände in den Schoß und sah Sharpe an. Kunwar Singh beobachtete sie, hielt sich jedoch fern.

Sekundenlang wussten weder Sharpe noch Mary etwas zu sagen.

»Ich habe diesen nackten Typen beobachtet«, bemerkte Sharpe schließlich, »und er hat sich keinen Zoll bewegt.«

»Er huldigt der Gottheit«, sagte Mary weich.

»Komisch genug. Die ganze Sache ist sonderbar.« Sharpe gestikulierte zu dem geschmückten Schrein. »Sieht wie im Zirkus aus, nicht wahr? So was kann ich mir daheim nicht vorstellen. Bemalte Clowns in der Kirche. Kannst du dir das vorstellen?« Dann fiel ihm ein, dass Mary niemals England gesehen hatte. »Es ist nicht dasselbe«, sagte er schwach, und dann nickte er zu Kunwar Singh hin, der sie stets aufmerksam beobachtete. »Du und er, wie?«, sagte Sharpe von Neuem.

Mary nickte. »Es tut mir leid, Richard. Ehrlich.«

»Es passiert, Mädchen«, sagte Sharpe. »Aber du willst nicht, dass er von dir und mir weiß, ist es das?«

Sie nickte und blickte wieder furchtsam. »Bitte?«, bettelte sie.

Sharpe schwieg, nicht um Mary auf die Folter zu spannen, sondern weil sich der fast nackte Mann schließlich doch bewegt hatte. Er hatte langsam die Hände gefaltet, aber das war schon alles gewesen, und er wurde wieder reglos.

»Richard?«, flehte Mary. »Du wirst es ihm nicht sagen, oder?«

Er schaute sie wieder an. »Ich möchte, dass du etwas für mich tust«, sagte er.

Ihr Blick wurde argwöhnisch, doch sie nickte. »Selbstverständlich. Wenn ich kann.«

»Da gibt es einen Typen namens Ravi Shekhar in dieser Stadt. Hast du den Namen verstanden? Ravi Shekhar. Er ist ein Händler. Gott weiß, was er verkauft, aber er ist hier, und du musst ihn finden. Lassen sie dich aus dem Haus?«

»Ja.«

»Dann geh raus, Mädchen, suche diesen Ravi Shekhar, und sag ihm, dass er eine Botschaft zu den Briten bringen soll. Die Botschaft lautet: Sie dürfen auf keinen Fall den Westwall angreifen. Das ist alles, genau das. Die blöden Scheißer machen sich bereit, um anzugreifen, so ist es also dringend. Wirst du das tun?«

Mary leckte sich über die Lippen, dann nickte sie. »Und du wirst Kunwar nichts über uns erzählen?«

»Ich hätte ihm ohnehin nichts erzählt«, sagte Sharpe. »Natürlich behalte ich das für mich. Ich wünsche dir Spaß mit dem Jungen, Schwester.« Er lächelte. »Schwester Aruna. Es ist schön, Angehörige zu haben, und du bist alles, was ich habe. Und ich bitte dich nicht gerne, diesen Shekhar zu suchen, doch der Lieutenant und ich, wir können es einfach nicht schaffen, zu entkommen, und so muss jemand anders die Botschaft aus der Stadt bringen. Anscheinend du.« Sharpe grinste. »Aber es sieht so aus, als hättest du jetzt die Seiten gewechselt, und ich kann es dir nicht verdenken. Macht es dir wirklich nichts aus, dies für mich zu tun?«

»Ich werde es für dich tun, das verspreche ich.«

»Du bist ein gutes Mädchen.« Er stand auf. »Küssen Brüder Schwestern in Indien?«

Mary lächelte leicht. »Ich glaube, das tun sie, ja.«

Sharpe gab ihr einen sehr anständigen Kuss auf die Wange und roch ihr Parfüm. »Du siehst großartig aus, Mary«, sagte er. »Zu großartig für mich, nicht wahr?«

»Du bist ein guter Mann, Richard.«

»Das bringt mich nicht sehr weit in dieser Welt, wie?« Er wich von Mary zurück und grinste dann Kunwar Singh an, der sich steif leicht verneigte. »Sie sind ein glücklicher Mann!«, sagte Sharpe und dann, mit einem Blick zu der großen, eleganten Frau, die sich jetzt Aruna nannte, ging er von Mary Bickerstaff fort.

Wie gewonnen, so zerronnen, dachte er, doch er verspürte auch einen Stich von Eifersucht auf den großen, gut aussehenden Inder. Aber was soll's, dachte er. Mary tat ihr Bestes, um zu überleben, und Sharpe konnte es ihr nicht verdenken. Er tat das Gleiche.

Er hatte sich zur Kaserne gewandt, in der Gudins Bataillon einquartiert war. Er dachte an Mary und daran, wie elegant, ja sogar unnahbar sie ausgesehen hatte, und er schaute kaum auf die Straße, als ein fröhlicher Ruf ihn vor einem nahenden Ochsenkarren warnte, der mit großen Fässern beladen war.

Sharpe trat hastig zur Seite, und die Ochsen, ihre Hörner gelb und blau bemalt und mit silbernen Glöckchen behängt, zogen vorbei. Er sah, dass der leuchtend bunt bemalte Wagen eine schmale Gasse hinunterfuhr, die zu dem Turmhaus im westlichen Wall führte. Die Posten am Tor öffneten die großen Torflügel, als der Karren nahte.

Sharpe wusste instinktiv, dass da etwas nicht stimmte. Er blieb stehen und beobachtete. Vermutlich war er nahe daran, das Geheimnis der Stadt zu ergründen.

Die Wachen öffneten das Tor, doch soweit Sharpe wusste, gab es keine Tore im westlichen Wall der Stadt, die auf den Südlichen Kaveri blickten. Er wusste vom Bangalore-Tor im Osten, dem Maisur-Tor im Süden und dem viel kleineren Wassertor im Norden, aber nie hatte jemals jemand von einem vierten Tor gesprochen, doch hier war es. Hier war einst offenbar ein anderes Wassertor gewesen, ein Tor, das sich zum Südlichen Kaveri geöffnet hatte, und vermutlich war dieser Zugang zur Stadt vor langer Zeit verbarrikadiert und unsichtbar gemacht worden, doch jetzt beobachtete Sharpe, dass das Tor geöffnet wurde. Impulsiv wandte er sich um und folgte dem Ochsenkarren die Gasse hinunter.

Der Karren verschwand im tiefen Schatten des Torwegs, und die beiden Wachtposten zogen die Flügel des großen Doppeltors zu. Dann sahen sie das glänzende goldene Medaillon auf Sharpes Brust, und vielleicht überzeugte sie dieses seltene Geschenk, dass er zum Eintreten befugt war.

»Ich suche nach Colonel Gudin!«, erklärte Sharpe frech, als einer der beiden Männer nervös öffnete. »Habe eine Botschaft für den Colonel.«

Dann war er durch das Tor und sah, dass es überhaupt kein Durchgang aus der Stadt war, sondern ein ziemlich langer Tunnel, der nur zu einer steinernen Wand führte. Es war einst ein Torweg gewesen, so viel war offensichtlich, aber irgendwann war das äußere Tor zugemauert worden, und jetzt enthielt dieser finstere Tunnel aufeinandergestapelte Fässer. Es mussten Pulverfässer sein, denn Sharpe konnte die Luntenstücke sehen, die aus ihren Spundlöchern ragten. Die ganze nördliche Seite des Tunnels war mit Pulverfässern gefüllt. Nur die nördliche Seite.

Ein Offizier sah ihn und rief ärgerlich etwas. Sharpe spielte den Unschuldigen.

»Colonel Gudin?«, fragte er. »Haben Sie Colonel Gudin gesehen, Sahib?«

Der indische Offizier rannte auf ihn zu und zog dabei eine Pistole, doch dann, im schwachen Licht des Tunnels, bemerkte er die goldene Medaille auf Sharpes Brust und schob die Pistole zurück in sein Koppel.

»Gudin?«, fragte er Sharpe.

Sharpe lächelte begierig. »Er ist mein Offizier, Sahib. Ich habe eine Botschaft für ihn.«

Der Inder verstand nicht, aber er kannte die Bedeutung der

Medaille, und verhielt sich deshalb respektvoll. Aber er blieb standhaft. Er wies auf Sharpe und dann zum Tor und gestikulierte, dass er den Tunnel verlassen sollte.

»Gudin?«, fragte Sharpe.

Der Inder schüttelte den Kopf, und Sharpe verließ mit einem Grinsen den Tunnel.

Jetzt war Mary vergessen, denn er begann zu begreifen, was hier so geheim gehalten wurde. Er ging durch den Durchgang zurück, und an seinem Ende blickte er den Wall hinauf und fragte sich, warum keine Kanoniere bei den Geschützen standen, warum keine Wachen bei den Schießscharten und keine Flaggen über den Zinnen zu sehen waren. Überall sonst auf den Wällen waren Fahnen und Posten und Artilleristen zu sehen, jedoch nicht hier.

Er wartete, bis die Tore des Tunnels geschlossen waren, und dann eilte er die nahe Rampe hinauf, die zum Schützenauftritt des Walls führte. Der Wall war aus roten Ziegeln errichtet und nicht annähernd so gewaltig wie der südliche, der aus massiven Granitblöcken bestand. Und er war nicht mehr als zwanzig Fuß dick, während der Tunnel fast hundert Fuß lang gewesen war. Er rannte auf die Brustwehr hinauf, wo die großen Geschütze warteten, und als er den Schützenauftritt erreichte, verstand er alles.

Denn hier gab es nicht nur einen Wall, sondern zwei. Der eine, an dem er stand, war der innere Wall, und er war neu, so neu, dass einige Stellen immer noch mit Gerüsten und Stricken versehen waren, wo sich die Arbeiter des Tippus beeilten, die Arbeit zu vollenden. Und sechzig Fuß entfernt, jenseits eines leeren inneren Wassergrabens, befand sich der äußere Wall, wo die Fahnen hingen und die Kanoniere waren und Posten Wache standen. Dieser alte äußere Wall war ein paar Fuß höher als dieser neue innere, doch gegenüber von Sharpe und nahe bei der Stelle, wo er den mit Pulverfässern gefüllten Tunnel gesehen hatte, war dieser alte Wall oben eingestürzt.

Dieser Verfall würde sicher als Anhaltspunkt für die Briten dienen und sie verlocken, mit ihren Geschützen auf dieses Stück verfallener Mauer zu zielen, mit der Gewissheit, dass sie mit ihrem Bombardement bald die Zerstörung beendet haben würden. Die großen 18- und 24-Pfünder-Geschütze würden donnern, bis der alte äußere Wall zusammenbrechen würde, sodass eine rampenartige Bresche entstand.

Die Briten, die über den Fluss zu dieser Bresche aufbrachen, würden zweifellos den inneren neuen Wall sehen, doch denken, es sei nur die Flanke eines Lagerhauses oder Tempels. Und so würde der Angriff durch den seichten Fluss und über die Rampe der Bresche im äußeren Wall erfolgen und sich hinabgießen in den Zwischenraum zwischen den beiden Wällen. Immer mehr Männer würden hineinstürmen, die hinteren würden die vorderen weitertreiben, und langsam würde das Gedränge zwischen den Wällen anwachsen. Die Geschütze und Raketen auf dem inneren Wall würden den Tod herabschicken, doch nach einer Weile würde die gewaltige Pulverladung, die in dem alten Torweg lagerte, gesprengt werden. Und diese Explosion, deren Kraft zwischen den alten und neuen Wall geschleust wurde, würde in die schmale Lücke stoßen und den Graben zwischen den Wällen mit Blut überfluten.

Sharpe blickte nach links und sah, dass der Tunnel unterhalb eines Turms errichtet worden war. Der alte Turm würde sicherlich einstürzen, und die Steine würden alle Soldaten erschlagen, die in der schrecklichen Detonation vielleicht überlebt hatten.

»Verdammt!«, stieß Sharpe hervor, und dann schlich er zurück, die Rampe des inneren Walls hinab, und machte sich auf die Suche nach Lawford. Wenn Mary die Nachricht nicht aus der Stadt hinausbringen konnte, dachte er, würde es bei dem Angriff ein grausiges Blutbad geben. Ein wahres Abschlachten, und anscheinend war Mary, die jetzt in einen der Feinde verliebt war, die Einzige, die es verhindern konnte.

KAPITEL 8

Die Belagerungskräfte rückten stetig vor, gestört nur vom Geschützfeuer der Verteidiger und von einer Knappheit an schwerem Holz, das gebraucht wurde, um die Schützengräben am Flussufer zu sichern und die Batterien zu errichten, auf denen die großen Belagerungsgeschütze aufgestellt werden konnten.

Colonel Gent, ein Pionier der East India Company, beaufsichtigte die Arbeiten, und er stimmte halbherzig mit General Harris überein, dass das verfallene Stück des westlichen Walls der Stadt das offensichtliche und geeignete Ziel sein musste.

Dann, nur Tage, nachdem die Belagerungsarbeiten begonnen hatten, enthüllte ein örtlicher Bauer die Existenz eines neuen zweiten Walls hinter dem ersten. Der Mann behauptete, dass der neue Wall unvollendet sei, doch Harris war besorgt genug von der Nachricht des Bauern, dass er seine Stellvertreter zu seinem Zelt befahl, wo Colonel Gent über das Nachrichtenmaterial über den neuen inneren Wall berichtete.

»Der Bauer sagt, seine Söhne seien weggebracht worden, um beim Bau der Wälle zu helfen«, berichtete der Pionier, »und er sagt anscheinend die Wahrheit.«

Baird brach das kurze Schweigen, das Gents Worten folgte.

»Sie können sicherlich nicht beide Wälle mit einer Garnison belegen«, meinte der Schotte.

» Tippu hat keinen Mangel an Männern«, sagte Wellesley. »Wir haben gehört, dass er dreißig- oder vierzigtausend zur

Verfügung hat. Das ist mehr als genug, um beide Wälle zu verteidigen, finde ich.«

Baird ignorierte den jungen Colonel, während Harris, der sich unbehaglich des bösen Bluts zwischen seinen beiden Stellvertretern bewusst war, auf seine Karte der Stadt starrte, weil er hoffte, irgendeine neue Eingebung zu erhalten.

Colonel Gent setzte sich neben Harris. Der Pionier klappte eine Brille mit Drahtgestell auf und setzte sie auf, bevor er auf die Karte schaute.

Harris seufzte. »Ich denke immer noch, der Angriff müsste im Westen erfolgen, trotz des neuen Walls«, sagte er.

»Warum nicht im Norden?«, fragte Wellesley.

»Laut unserem Freund, dem Bauern«, antwortete Gent, »führt der neue innere Wall den ganzen Weg nach Norden herum.« Er nahm einen Bleistift und markierte den neuen inneren Wall auf der Karte, um zu zeigen, dass der Fluss dicht bei der Stadt jetzt überall ein doppelter Schutzwall war. »Und der Wall im Westen ist dem im Norden vorzuziehen«, fügte Gent hinzu. »Der Südliche Kaveri ist seicht, während der Hauptfluss zu dieser Jahreszeit immer noch tückisch sein kann. Wenn unsere Freunde durch den Kaveri waten müssen, lassen Sie sie es hier tun.« Er klopfte auf den westlichen Zugang zur Stadt. »Natürlich«, fügte er optimistisch hinzu, »könnte dieser Bauer recht haben, und vielleicht ist dieser innere Wall noch nicht fertig errichtet.«

Harris wünschte bei Gott, dass McCandless noch bei der Armee wäre. Dieser feinsinnige Schotte hätte ein Dutzend verkleidete Sepoys losgeschickt und binnen Stunden den genauen Zustand des neuen inneren Walls herausgefunden, aber McCandless war verloren, und, wie Harris annahm, ebenso die beiden Männer, die losgeschickt worden waren, um ihn zu retten.

»Wir könnten die Arakerry-Furt durchqueren«, schlug Baird vor, »und uns dann einen Weg von Osten in die Stadt blasen, wie Cornwallis es getan hat.«

Harris hob den Saum seiner Perücke und kratzte sich an der Narbe auf seinem Schädel. »Über all dies haben wir schon diskutiert«, sagte er müde. Er bedachte Baird mit einem schwachen Lächeln, um die Schärfe aus seinem Tadel zu nehmen. Dann erklärte er seine Gründe, weshalb er nicht von Osten angreifen wollte. »Zuerst müssten wir die Furt verstärken, und der Feind hat die Flussufer mit Schützengräben versehen. Dann müssten wir durch den neuen Wall um ihr Lager.« Er zeigte auf der Karte, wo Tippu eine starke Mauer, bemannt mit Geschützen, errichtet hatte, die das Lager außerhalb der Stadt vor dem südlichen und östlichen Wall umgab. »Und danach müssten wir die Stadt richtig belagern, und wir wissen, dass sowohl die Brustwehr im Osten als auch im Süden innere Wälle hat. Und um dort durchzubrechen, müssten wir jede Kanonenkugel und jedes Pfund Pulver durch den Fluss tragen.«

»Und bei einem starken Regenfall wird die Furt unpassierbar sein«, warf Gent düster ein, »ganz zu schweigen davon, dass diese verdammten Krokodile zurückkommen.« Er schüttelte den Kopf. »Ich möchte auch keine drei Tonnen Proviant pro Tag durch einen halb überfluteten Fluss transportieren, in dem es von hungrigen Monstern wimmelt.«

»Wo wir also angreifen, werden wir durch zwei Wälle durchbrechen müssen?«, fragte Wellesley.

»Das hat der Mann doch gesagt«, grollte Baird.

»Dieser neue innere Wall«, fragte Wellesley Gent und ignorierte Baird, »was wissen wir davon?«

»Ziegel aus Schlamm«, sagte Gent. »Rote Ziegel. Genau wie Devon-Schlamm.«

»Schlamm wird zerbröckeln«, sagte Wellesley.

»Wenn er trocken ist, wird er das«, stimmte Gent zu. »Aber der Kern des Walls wird nicht trocken sein. Schlamm ist absolut gutes Zeug, saugt das Kanonenfeuer förmlich auf. Ich habe Vierundzwanzigpfünder-Geschosse von Schlammwällen abprallen sehen wie Korinthen von Pudding. Geben Sie mir einen guten Steinwall, und ich durchbreche ihn in einem Tag. Durchbreche die Kruste, und die Geschütze verwandeln den Kern in ein Treppenhaus. Aber nicht bei Schlamm.« Gent starrte auf die Karte und stocherte mit der geschärften Spitze eines Federkiels zwischen seinen Zähnen. »Nicht bei Schlamm«, fügte er bekräftigend düster hinzu.

»Doch er wird nachgeben?«, fragte Harris besorgt.

»Oh, das wird er, Sir, das wird er, das kann ich Ihnen garantieren, aber wie viel Zeit werden wir haben, um ihn zu überreden, dass er nachgibt?« Der Pionier spähte über den Rand seiner Brille zu dem General mit der Perücke. »Es dauert nicht mehr lange bis zum Monsun, und wenn erst der Regen beginnt, könnten wir genauso gut nach Hause gehen, wenn wir noch nichts erreicht haben. Sie wollen einen Weg durch beide Wälle? Das wird zwei weitere Wochen dauern, und selbst dann wird die innere Bresche gefährlich eng sein. Gefährlich eng! Den können Sie nicht mit Flankenfeuer bestreichen, wissen Sie, und die Bresche im äußeren Wall wird als Glacis dienen, um den Fuß des inneren Walls zu schützen. Direkter Beschuss, Sir, und immer ein bisschen höher gezielt, als ein respektabler Kanonier es machen würde. Wir können eine Art Bresche schaffen, aber sie wird schmal und eng sein, und der Himmel weiß, was auf der anderen Seite warten wird. Nichts Gutes, wage ich zu sagen.«

»Aber wir können diesen äußeren Wall schnell genug durchbrechen?«, fragte Harris und tippte auf seiner Karte auf die Stelle.

»Aye, Sir. Sie besteht hauptsächlich aus Schlamm, doch er ist älter, also in der Mitte trockener. Wenn wir erst durch die Kruste brechen, sollte das Ding binnen Stunden auseinanderfallen.«

Harris starrte auf die Karte und kratzte sich unbewusst unter seiner Perücke. »Sturmleiter«, sagte er nach langem Schweigen.

Baird blickte alarmiert. »Sie denken doch nicht daran, den Wall über Leitern zu erstürmen, Gott sei bei uns?«

»Wir haben kein Holz zur Verfügung«, protestierte Gent.

»Sturmleitern aus Bambus«, sagte Harris. »Nur ein paar.« Er lächelte, als er sich auf seinem Stuhl zurücklehnte. »Machen Sie mir eine Bresche, Colonel Gent, und vergessen Sie den inneren Wall. Wir werden durch die Bresche angreifen, doch wir werden nicht hindurchgehen. Stattdessen werden wir die Flanken der Bresche angreifen. Wir benutzen Leitern, um von der Bresche auf die Wälle zu klettern, und dann rings um die Brustwehr anzugreifen. Wenn erst die äußeren Wälle in unserer Hand sind, wird der Feind kapitulieren müssen.«

Es herrschte Schweigen im Zelt, als die drei Offiziere über Harris' Vorschlag nachdachten.

Colonel Gent versuchte seine Brillengläser mit einem Zipfel seiner Schärpe zu säubern. »Sie sollten beten, dass unsere Jungs schnell auf die Wälle raufkommen, Sir«, brach er schließlich das Schweigen. »Sie werden ganze Bataillone über den Fluss schicken, General, und die Jungs am Ende werden die vorderen Kameraden weiterdrängen, und wenn es irgendeine Verzögerung gibt, werden sie sich in den Raum zwischen den Wällen ergießen wie Wasser. Und Gott allein weiß, was zwischen diesen Wällen ist. Ein gefluteter Graben? Sprengladungen? Aber selbst wenn nichts dort ist, werden die armen Jungs zwischen zwei Feuern gefangen sein.«

»Zwei Himmelfahrtskommandos statt einem«, dachte Harris laut und ignorierte Gents düstere Prophezeiungen. »Beide Trupps greifen zwei oder drei Minuten vor dem Hauptangriff an. Ihre Befehle werden lauten, von der Bresche an den Wällen hinaufzuklettern. Trupp eins wendet sich auf dem äußeren Wall nach Norden, Trupp zwei nach Süden. Auf diese Weise brauchen sie nicht zwischen die Wälle zu gehen.«

»Das wird aber eine heikle, verzweifelte Aktion sein«, sagte Gent.

»Angriffe sind das immer«, sagte Baird polternd. »Deshalb beschäftigen wir Himmelfahrtskommandos.«

Diese Himmelfahrtskommandos waren kleine Gruppen Freiwilliger, die als Erste in eine Bresche gingen, um den Feind zu überrumpeln. Die Verluste waren stets groß, obwohl es nie einen Mangel an Freiwilligen gab. Diesmal versprach es jedoch eine Verzweiflungstat zu werden, denn von den beiden Himmelfahrtskommandos wurde nicht verlangt, dass sie in der Bresche kämpften, sondern dass sie an ihren Seiten die Wälle hinaufklettern mussten.

»Sie können keine Stadt ohne Blutvergießen einnehmen«, fuhr Baird fort, und dann versteifte er sich auf seinem Stuhl. »Und ich bitte noch einmal, Sir, um die Erlaubnis, den Hauptangriff zu führen.«

Harris lächelte. »Genehmigt, David.« Er sprach sanft, benutzte zum ersten Mal Bairds Vornamen. »Und Gott sei mit Ihnen.«

»Gott sei mit dem verdammten Tippu«, sagte Baird und verbarg seine Freude. »Er ist derjenige, der Gottes Hilfe brauchen wird. Ich danke Ihnen, Sir. Es ist mir eine Ehre.«

Oder ich schicke dich in den Tod, dachte Harris, doch er behielt den Gedanken für sich.

Er rollte die Stadtkarte auf. »Beeilung, Gentlemen«, sagte er.

»Beeilung. Der Monsun wird früh genug kommen, also bringen wir diese Sache hinter uns.«

Die Soldaten hoben weiter Schützengräben aus, bahnten sich im Zickzack einen Weg durch die fruchtbaren Felder zwischen dem Aquädukt und dem südlichen Arm des Kaveri. Eine zweite britische Armee, sechseinhalbtausend Mann aus Cannanore an Indiens westlicher Malabar-Küste, traf ein, um die Reihen der Belagerer zu verstärken.

Die Neuankömmlinge lagerten nördlich des Kaveri und stellten Geschützbatterien auf, die über die Männer bei ihrem Vorstoß in die Stadt mit ihren dreißigtausend Verteidigern hinwegfeuern konnten.

Seringapatam war jetzt von siebenundfünfzigtausend Mann belagert, wovon die eine Hälfte unter britischer Fahne marschierte, und die andere unter den Bannern des Nizams von Haidarabad. Sechstausend der britischen Soldaten waren tatsächlich britisch, der Rest waren Sepoys, und hinter all den Soldaten in den ausgedehnten Biwaks warteten über hunderttausend hungrige Zivilisten darauf, die Vorräte zu plündern, die in Seringapatam den Gerüchten zufolge lagern sollten.

Harris hatte Männer genug für die Belagerung und den Angriff, doch nicht genug, um die Stadt völlig einzuschließen, und so machte Tippus Kavallerie täglich Ausfälle von der unbewachten östlichen Seite der Insel, um die nach Holz und Nahrung suchenden Trupps anzugreifen, die tief in das Land vorstießen.

Die Reiter des Nizams von Haidarabad wehrten die täglichen Angriffe ab. Der Nizam war Moslem, empfand jedoch keine Liebe für seinen Glaubensgenossen, den Sultan, und die Männer seiner Armee kämpften wild und grimmig.

Ein Reiter kam mit den Köpfen von sechs Feinden, angebunden an ihren langen Haaren an seiner Lanze, zurück ins

Lager. Er hielt die blutigen Trophäen hoch und galoppierte stolz unter den Hochrufen der Sepoys und Rotröcke an den Zeltreihen entlang.

Harris schickte dem Mann einen Beutel mit Guineen, während Meer Allum, der Befehlshaber der Nizam-Truppen, praktischer denkend, eine Konkubine bestellte, um seine Dankbarkeit auszudrücken.

Die Schützengräben wurden täglich ausgehoben, doch ein letztes gewaltiges Hindernis verhinderte, dass sie sich der Stadt weit genug nähern konnten, damit die Belagerungsgeschütze ihre zerstörerische Arbeit beginnen konnten.

Auf dem südlichen Ufer des Kaveri, eine halbe Meile westlich der Stadt, standen die Ruinen einer alten Wassermühle. Erbaut aus Stein, waren die alten Mauern dick genug, um dem Artilleriebeschuss aus Harris' Lager und von den britischen Stellungen jenseits des Flusses zu widerstehen.

Die Gebäuderuinen waren in eine starke Festung umgewandelt worden, die mit einem tiefen Verteidigungsgraben umgeben und von zwei der besten *cushoons* Tippus, verstärkt mit Kanonieren und Raketenwerfern, besetzt waren.

Solange die Mühlenfestung existierte, konnte kein britisches Geschütz in Schussweite der Stadtwälle gebracht werden.

Die beiden Fahnen, die über der Mühlenfestung flatterten, wurden jeden Tag weggeschossen, doch bei jedem Morgengrauen wurden sie wieder gehisst, wenn auch auf kürzeren Masten. Und wieder würden die britischen und indischen Kanoniere sie beschießen, und abermals würden die Sonnenflagge und das Banner des Löwen Gottes fallen, aber immer wenn Plänkler zu nahe an die Festung gerieten, um zu erkunden, ob irgendwelche Verteidiger überlebt hatten, gab es Kanonen- und Raketenfeuer und Musketensalven als Beweis dafür, dass Tippus Männer noch gefährlich waren. Tippu konnte sogar die Garnison durch den tiefen Schützengraben, der nahe des südlichen Arms des Kaveri verlief, verstärken lassen, denn in der Nacht konnten seine Männer hindurchkriechen, um die bombardierte Garnison der Festung zu entlasten.

Die Festung musste eingenommen werden. Harris befahl einen Angriff bei Einbruch der Dunkelheit. Er wurde von indischen und schottischen Flankenkompanien durchgeführt, unterstützt von einem Trupp Pioniere, deren Aufgabe es war, den tiefen Graben der Mühle zu überbrücken.

Eine Stunde lang vor dem Angriff beschoss die Artillerie auf beiden Seiten des Flusses die Mühle. Die 12-Pfünder-Geschütze wurden mit Haubitzengranaten geladen und zogen dünne Spuren von ihren brennenden Lunten über den dunkel werdenden Himmel in den Rauch, der von der bombardierten Festung aufstieg.

Für die wartende Infanterie, die durch den Kleinen Kaveri waten, den Graben überqueren und die Mühle angreifen musste, hatte es den Anschein, als gäbe es nichts als den wallenden Rauch und Staub, in dem die Granaten mit rötlichen Blitzen explodierten, aber alle paar Momente, wie um die Zerstörung Lügen zu strafen, blitzte ein indisches Geschütz auf, und eine Kanonenkugel kreischte über die Felder zu den britischen Batterien. Oder eine Rakete der Verteidiger stieg auf und hinterließ einen dickeren Rauchschweif über den feineren Rauchspuren der Haubitzengeschosse.

Die größten Geschütze auf der Stadtmauer feuerten ebenfalls. Die Kanoniere zielten so, dass ihre Kanonenkugeln vom Boden abprallten, sodass sie die Artillerie der Belagerer erreichten.

Sharpe, in der Stadt, hörte das Hämmern der Geschütze und fragte sich, ob es einen Angriff auf die Stadtwälle ankündigte, doch Sergeant Rothière versicherte den Männern, dass die Briten nur Munition für die alte Mühle verschwendeten.

Das Bombardement ließ plötzlich nach, und die Männer Tippus krochen aus dem feuchten Keller der Mühle, um ihre Plätze auf den Brustwehren einzunehmen. Sie erreichten ihre zusammengeschossenen Feuerleitern gerade noch rechtzeitig, denn die Pioniere an der Spitze schleuderten bereits angezündete Brandgranaten in den Graben.

Die Karkassen waren Bündel von feuchtem Stroh, festgewickelt um eine Papierpatrone mit Salpeter, körnigem Schießpulver und Antimon. Die Karkassen brannten stark und verzehrten das Stroh, sodass Ströme von Rauch durch Luftlöcher in den Hüllen entwichen und binnen Sekunden der Graben von dichtem grauem Rauch erfüllt war, in den die angsterfüllten Verteidiger eine schlecht gezielte Musketensalve feuerten.

Weitere Brandgranaten wurden geschleudert und fügten vernebelnden Rauch hinzu, und unter dieser Deckung wurden ein Dutzend Planken über den Graben geworfen, und schreiende Angreifer stürmten mit aufgepflanztem Bajonett hinüber. Nur ein paar der Männer Tippus hatten noch geladene Musketen. Diese Männer feuerten, und einer der Angreifer fiel durch den Rauch auf die zischenden Brandfackeln, doch die übrigen erkletterten bereits die Wälle. Die Hälfte der Angreifer waren Macleods Highlander aus Perthshire, die anderen waren bengalische Infanteristen, und alle kamen wie rächende Furien in die Mühle.

Tippus Männer wirkten wie betäubt von dem plötzlichen Ansturm, oder sie waren so erschüttert vom Artilleriebeschuss und so verwirrt vom erstickenden Rauch, dass sie weder zu Widerstand fähig noch in der Lage waren, zu kapitulieren.

Bengalis und Highlander stürmten mit schrillen Kriegsschreien durch die Ruine, als sie die Männer der Garnison mit Bajonetten und Musketenschüssen töteten, während hinter ihnen, bevor der Rauch der Karkassen zerfaserte oder der Kampf in der Mühle vorbei war, die Pioniere eine festere Brücke über den Graben errichteten, über die sie die Belagerungsgeschütze bringen konnten, um die alte Mühle in eine Belagerungs-Batterie umzuwandeln.

Der Rauch der Karkassen war schließlich verweht, und seine Überbleibsel waren von der aufgehenden Sonne rot gefärbt. In der Morgendämmerung tollte ein Highlander mit dem erbeuteten Sonnenbanner an der Spitze seines Bajonetts herum, während ein Bengale feierte, indem er Tippus Banner schwenkte.

Der Angriff war in ein Massaker ausgeartet, und die Offiziere versuchten jetzt, die Angreifer zu beruhigen, die immer tiefer in die Gewölbe der Mühle eindrangen. Der tiefste und geheimste Keller wurde grimmig von einer Gruppe Infanteristen Tippus verteidigt, doch ein Pionier brachte die letzte verbliebene Brandgranate in die Mühle, zündete die Lunte an, wartete, bis der Rauch aus den Öffnungen strömte, und schleuderte sie dann die Treppe hinab. Es folgten ein paar Sekunden Stille, dann war das Keuchen und Luftschnappen der betäubten Verteidiger zu hören, und sie wankten die steile Treppe hinauf.

Die Mühlenfestung war eingenommen, und erstaunlicherweise war nur einer der Angreifer ums Leben gekommen. Ein schockierter Lieutenant der Highlander zählte zweihundert Gefallene in der tigergestreiften Uniform des Sultans, und noch mehr tote, blutüberströmte Feinde waren vor jeder Schießscharte angehäuft.

Der Rest der Garnison wurde gefangen genommen oder schaffte es, durch den Verbindungsgang zur Stadt zu fliehen. Ein schottischer Sergeant, der in einem Magazin eine der Raketen Tippus fand, steckte sie vertikal zwischen zwei der größeren Steine der Ruine und zündete dann die Lunte an. Es ertönten Hochrufe, als die Rakete Flammen und Rauch ausstieß, dann wurden die Rufe zu Jubel, als die Rakete in den Himmel stieg. Sie begann ihren Korkenzieherflug und hinterließ einen verrückten Feuerschweif in der Luft des neuen Tages, erreichte ihren Höhepunkt, und dann, fast schon unsichtbar, stürzte sie ab und fiel in den Kaveri.

Am nächsten Morgen waren die ersten 18-Pfünder bereits in der Ruine der Mühle in Stellung gebracht. Die Entfernung zur Stadt war groß, doch Treffer waren nicht unmöglich, und Harris gab den Befehl, das Feuer mit den Geschützen zu eröffnen.

Seringapatams äußerer Wall wurde von einem Glacis geschützt, doch es war nicht genug Distanz zwischen dem Fluss und dem Wall, um eine volle Erdaufschüttung mit einer sanft ansteigenden Oberfläche zu errichten, die hoch genug war, sodass Kanonenkugeln abprallten und über die Wälle hinwegflogen, und so konnte das niedrige Glacis nur den Fuß des Walls schützen, nicht die Brustwehr, und die ersten Schüsse mit dem 18-Pfünder-Geschütz wurden abgefeuert, um diese Brustwehr nach ihren Geschützen zu erkunden.

Das Glück, das die Bengalis und Highlander bei ihrem Angriff auf die alte Mühle begleitet hatte, schien sich jetzt auf den Schultern der Kanoniere niederzulassen, denn ihr allererster Schuss schlug in eine Schießscharte, und der zweite traf das Geschütz dahinter. Und danach schien jeder weitere Schuss eine gleichermaßen zerstörerische Wirkung zu erzielen.

Britische und indische Offiziere beobachteten durch ihre Fernrohre, wie Schießscharte um Schießscharte zerstört und Geschütz nach Geschütz umgeworfen wurde. Dutzende schwere Kanonen stürzten in den gefluteten Wassergraben zwischen der Stadt und dem Glacis, und jeder Absturz wurde mit einem Hochruf der Belagerer begrüßt.

Der Westwall wurde von Geschützen entblößt, und das

überragende Können der Artilleristen schien einen leichten Sturmangriff zu versprechen. Die Moral der alliierten Truppen stieg an.

Tippu kochte vor Zorn, als er in der Stadt beobachtete, wie seine wertvollen Geschütze zerstört wurden. Die Mühlenfestung, auf die er so große Hoffnung gesetzt hatte, um den Feind aufzuhalten, bis der Monsun ihn wegschwemmte, war gefallen wie ein Kinderspielzeug. Und jetzt waren seine kostbaren Geschütze ausgelöscht.

Tippu hielt es für an der Zeit, seinen Soldaten zu zeigen, dass diese rot berockten Feinde keine unbesiegbaren Dämonen, sondern sterbliche Menschen waren, und dass sie wie jeder sterbliche Mensch zum Wimmern gebracht werden konnten.

Es war an der Zeit, die Tigerkrallen auszufahren.

Eine halbe Stunde Spaziergang östlich der Stadt, gerade außerhalb des Schutzwalls, der das Lager Tippus schützte, lag sein Sommerpalast, der Daria Dowlat. Er war viel kleiner als der Innere Palast in der Stadt, denn im Inneren Palast lebte sein enormer Harem, und dort hatten seine Ratgeber ihre Räumlichkeiten und seine Armee ihr Hauptquartier, und so gab es eine Ausbreitung von Stallungen, Lagerhäusern, Höfen, Staatszimmern und Gefängniszellen. Der Innere Palast brodelte vor Aktivität, ein Platz, auf dem Hunderte Leute ihr tägliches Leben führten, während der Sommerpalast, in weiten grünen Parks gelegen und mit einer dicken Hecke von Aloe umgeben, eine Oase des Friedens war.

Der Daria Dowlat war nicht erbaut worden, um zu beeindrucken, sondern um Komfort zu bieten. Nur zwei Stockwerke hoch, war das Gebäude aus Teakholz errichtet, über das Stuck gelegt, modelliert und angestrichen worden war, sodass die Wände im Sonnenschein glänzten. Der gesamte Palast war von einer zweistöckigen Veranda umgeben, und am westlichen äußeren Wall, unter der Veranda, wo es in der Sonne nicht verbleichen konnte, hatte Tippu ein großes Wandgemälde schaffen lassen, das die Schlacht von Pollilur zeigte, bei der er vor siebzehn Jahren eine britische Armee vernichtend geschlagen hatte. Dieser große Sieg hatte Maisurs Herrschaftsgebiet bis zur Malabar-Küste ausgedehnt, und zu Ehren des Triumphs war der Palast errichtet worden und hatte seinen Namen erhalten: der Daria Dowlat oder »Schatz der See«.

Der Palast lag an der Straße, die zur östlichen Spitze der Insel führte, dieselbe Straße, an der das feine, elegante Mausoleum erbaut war, in dem Tippus Großvater, sein Vater Hyder Ali, und seine Mutter, die Begum Fatima, beigesetzt waren. Dort würde eines Tages Tippu seine letzte Ruhe finden, darum betete er.

Der Park des Daria Dowlat war ein weiter Rasen, getupft mit Teichen, Baum- und Buschgruppen und Blumenrabatten. Rosen und Mangobäume blühten hier, doch es gab auch exotische Dinge wie Indigo und Baumwolle, gemischt mit Ananas aus Afrika und Avocados aus Mexiko, deren Anbau Tippu ermuntert oder die er in der Hoffnung importiert hatte, dass es profitabel für das Land sein würde.

Doch an diesem Tag, nachdem die Mühlenfestung sich nicht mehr vor Rauch, Feuer und Blut hatte retten können, war der Park mit zweitausend von den dreißigtausend Soldaten des Sultans gefüllt. Die Männer waren an drei Seiten des Karrees nördlich des Palastes angetreten, und die schattige Fassade des Daria Dowlat war die vierte Seite des Quadrats.

Tippu hatte für seine Soldaten Unterhaltung befohlen. Es gab Tänzerinnen aus der Stadt, zwei Jongleure und einen Schlangenbeschwörer. Und das Beste von allem, Tippus hölzerne Tigerorgel, war aus dem Inneren Palast geholt worden, und die Soldaten lachten, als der lebensgroße Modelltiger seine Pranken über das blutig bemalte Gesicht des Rotrocks schlug. Das von einem Blasebalg erzeugte Grollen war nicht sehr weit zu hören, ebenso wenig der Mitleid erregende Schrei des Opfers des Tigers. Doch die Aktion des Spielzeugs allein reichte aus, um die Männer zu amüsieren.

Tippu traf kurz nach Mittag auf einem Palankin, einer indischen Sänfte, ein. Keiner seiner europäischen Berater begleitete ihn, ebenso wenig waren irgendwelche seiner europäischen Soldaten anwesend, doch Appah Rao war dort, denn zwei seiner fünf *cushoons*, die im Palastgarten paradierten, kamen aus Raos Brigade. Und der Hindu-General stand groß und stumm hinter Tippu auf der oberen Veranda des Palastes.

Appah Rao missbilligte, was geschehen würde, doch er wagte nicht, dagegen zu protestieren, denn jedes Zeichen von mangelnder Loyalität eines Hindus reichte, um das Misstrauen des Sultans zu wecken. Außerdem konnte Tippu nicht von etwas abgeraten werden. Seine Astrologen hatten ihm gesagt, dass eine Periode des Unglücks gekommen sei und sie nur durch Opfer abgewendet werden könne. Andere Weise hatten auf die von Rauch umhüllte Oberfläche in einem Topf mit heißem Öl gespäht, die beliebteste Art der Weissagung Tippus, und hatten die sonderbar gefärbten und sich langsam bewegenden Wirbel entziffert, um die gleiche grimmige Prophezeiung zu machen: Eine Zeit des Unglücks war nach Seringapatam gekommen. Dieses Unglück hatte sowohl zur Einnahme der Mühlenfestung als auch zur Zerstörung der Geschütze auf dem äußeren westlichen Wall geführt, und Tippu war entschlossen, diese plötzliche Pechsträhne abzuwenden.

Tippu ließ seinen Soldaten noch einen Augenblick länger die Freude an dem Tigermodell, dann klatschte er in die Hände und befahl seinen Dienern, das Modell in den Inneren Palast zurückzubringen. Den Platz des Tigermodells nahm ein Dutzend *jettis* ein, die mit nacktem, glänzendem Oberkörper über den Vorplatz schritten. Einen Moment amüsierten sie die Soldaten mit ihren mehr profanen Tricks: Sie bogen Eisenstangen zu Kreisen, hoben erwachsene Männer auf beide Hände oder jonglierten mit Kanonenkugeln.

Dann wurde eine mit Ziegenfell bespannte Trommel geschlagen, und die *jettis* gingen zurück in den Schatten unter dem Balkon des Sultans. Die zuschauenden Soldaten verfielen in erwartungsvolles Schweigen, dann grollten sie, als eine traurige Gesellschaft von Gefangenen auf den Vorplatz getrieben wurde.

Es waren dreizehn Gefangene, alle im roten Waffenrock, alles Männer des 33. Regiments, die während der Kämpfe der Nacht im Sultanpetah *tope* gefangen genommen worden waren.

Die dreizehn Männer standen unsicher inmitten des Rings ihrer Feinde. Die Sonne brannte herab. Einer der Gefangenen, ein Sergeant, zuckte zusammen, als er auf die Reihen der tigergestreiften Soldaten starrte, und in seinem Gesicht zuckte es immer noch, als er sich umdrehte und mit angespannter Neugier beobachtete, wie Tippu an das Geländer der oberen Veranda trat und zu seinen Soldaten sprach.

Der Feind habe Glück gehabt, sagte Tippu. Er habe ein paar billige Siege im Westen der Stadt errungen, aber das sei kein Grund, ihn zu fürchten. Die britischen Zauberer hätten in dem Wissen, dass die Tiger von Maisur nicht besiegt werden können, einen mächtigen Zauberbann benutzt, doch mit der Hilfe Allahs würde er vernichtet werden.

Die Soldaten begrüßten die Ansprache mit einem langen und anerkennenden Seufzen, während die Gefangenen, nicht in der Lage, die Worte des Sultans zu verstehen, besorgt dreinblickten und keinen Sinn darin erkennen konnten, was diese Schau zu bedeuten hatte.

Wachleute umringten die Gefangenen und schoben sie zurück zum Palast, ließen nur einen Mann allein auf dem Vorplatz stehen. Dieser Mann versuchte, sich seinen Kameraden anzuschließen, doch ein Wachmann stieß ihn mit einem Bajonett zurück, und der ungleiche Wettstreit des verwirrten Gefangenen mit dem bewaffneten Wächter führte zu Gelächter. Der Gefangene, zurückgetrieben in die Mitte des Vorplatzes, wartete nervös.

Zwei *jettis* schritten zu ihm. Sie waren hünenhafte, bärtige Männer mit langem Haar, das am Hinterkopf zusammengebunden war. Der Gefangene leckte sich nervös über die Lippen, die *jettis* lächelten, und plötzlich schien der Rotrock zu spüren, welches Schicksal ihm drohte, und er wich zwei, drei Schritte von den Muskelmännern fort.

Die zuschauenden Soldaten lachten, als der Rotrock ängstlich zurückwich, doch er war von drei Wällen tigergestreifter Infanteristen umgeben, und es gab keinen Fluchtweg. Er versuchte, den beiden *jettis* auszuweichen, doch einer von ihnen griff nach ihm und hielt ihn am roten Rock fest. Der Gefangene schlug mit den Fäusten nach dem *jetti*, aber es war, als wolle ein Kaninchen einen Wolf mit Schlägen vertreiben. Die zuschauenden Soldaten lachten von Neuem, doch da war eine gewisse Nervosität bei ihrer Belustigung.

Der *jetti* zog den Gefangenen an seinen Körper heran, dann presste er ihn in einer letzten, schrecklichen Umarmung an sich. Der zweite *jetti* hielt den Kopf des Rotrocks fest, verharrte, um tief Luft zu holen, dann verdrehte er den Kopf.

Der Todesschrei des Gefangenen verstummte sofort. Für eine Sekunde hatte sein Kopf blicklos rückwärts gestarrt, dann gab der *jetti* ihn frei, und der verdrehte Kopf richtete sich grotesk wieder von selbst, und der Mann brach zusammen. Einer der *jettis* nahm die Leiche mit einer gewaltigen Hand und warf sie verächtlich hoch in die Luft wie ein Terrier, der mit einer toten Ratte spielt. Die zuschauenden Soldaten blieben sekundenlang stumm, dann stießen sie Beifallsrufe aus. Tippu lächelte.

Ein zweiter Rotrock wurde zu den *jettis* getrieben, und dieser Mann wurde auf die Knie gezwungen. Er verharrte reglos, als der Nagel auf seinem Kopf platziert wurde. Der Todeskandidat stieß einen Fluch aus, dann starb er in Sekunden, und sein Blut spritzte auf den mit Kies bestreuten Vorplatz.

Ein dritter Mann wurde mit einem einzigen Hieb vor die Brust getötet. Der Schlag war so gewaltig, dass er ein halbes Dutzend Schritte zurückgetrieben wurde und dann mit einem letzten Zittern starb. Die Zuschauer schrien beim nächsten Gefangenen, dass ihm der Hals umgedreht werden sollte wie einem Hühnchen, und die *jettis* kamen der Aufforderung nach. Und so wurden die Gefangenen nacheinander zu ihren Killern getrieben.

Drei der Männer starben kriecherisch, flehten um Gnade und heulten wie Babys. Zwei starben Gebete murmelnd, und der Rest starb trotzig. Drei versuchten, sich zu wehren, und ein großer Grenadier erntete ironisches Gelächter von den zuschauenden Soldaten, als sie beobachteten, wie er dem *jetti* einen Finger brach, doch dann starb der Todesmutige ebenso wie die anderen.

Einer nach dem anderen kam ums Leben, und die Letzten wurden gezwungen, sich den Tod ihrer Kameraden anzusehen und sich zu fragen, wie sie zu ihrem Schöpfer geschickt wurden, ob mit aufgespießtem Schädel oder gebrochenem Genick, oder ob sie totgeschlagen wurden. Und all die Gefangenen wurden nach ihrem Tod enthauptet, bevor die beiden Teile ihres Körpers in rote Matten gehüllt und zur Seite gelegt wurden.

Die *jettis* sparten sich den Sergeant bis zuletzt auf. Die zuschauenden Soldaten waren jetzt in prächtiger Stimmung. Zuerst waren sie nervös gewesen, denn der kaltblütige Tod an einem heißen, sonnigen Nachmittag behagte ihnen nicht so sehr, doch die Stärke der *jettis* und die verzweifelten Versuche der zum Sterben verdammten Männer, die zu entkommen versuchten, hatten sie amüsiert, und jetzt wollten sie das Schauspiel mit diesem letzten Opfer genießen, das die beste Unterhaltung dieses Tags zu werden versprach.

Im Gesicht des Sergeants zuckte es, was die Zuschauer für unkontrollierte Furcht hielten, doch trotz dieses Entsetzens erwies er sich als erstaunlich behände, wich den *jettis* stets aus und rief zu Tippu hinauf. Immer wieder trieben sie ihn in die Enge, doch irgendwie drehte und wand er sich immer frei, und während es in seinem Gesicht zuckte, schrie er verzweifelt zu Tippu. Seine Rufe gingen im Beifall der Soldaten unter, die jedes Mal applaudierten, wenn er knapp entkommen konnte.

Zwei weitere *jettis* eilten herbei, um zu helfen, den schwer zu fassenden Mann einzufangen. Obwohl er ihnen bisher entwischen konnte, hatten sie ihn endlich in der Falle. Sie rückten in einer Linie vor, zwangen ihn zurück zum Palast, und die Zuschauer warteten stumm und angespannt auf seinen Tod.

Der Sergeant fintierte nach links und schlug dann plötzlich einen Haken nach rechts und rannte von den vorrückenden *jettis* fort zum Palast. Die Wachen trieben ihn zu seinen Henkern zurück, doch der Mann verharrte unter der Veranda und starrte zu Tippu empor.

»Ich weiß, wer die Verräter sind!«, schrie er in die Stille. »Ich weiß es!«

Ein *jetti* packte den Sergeant von hinten und zwang ihn auf die Knie.

»Diese schwarzen Bastarde sollen mich loslassen!«, schrie der Sergeant. »Hören Sie, Euer Ehren, ich weiß, was hier los ist! Es gibt in dieser Stadt einen britischen Offizier, der Ihre Uniform trägt! Um Gottes willen! Mutter!« Dieser letzte Schrei von Obadiah Hakeswill ging in ein Gurgeln über, als ein anderer *jetti* die Hände auf den Kopf des Sergeants legte.

Hakeswill riss den Kopf herum und biss hart in den Daumen des *jettis*. Der überraschte Mann zuckte zurück, und ein Stück Fleisch und Haut blieb im Mund des Sergeants zurück.

»Hören Sie zu, Hoheit! Ich weiß, was die Bastarde vorhaben! Es sind Verräter! Ich schwöre es! Lasst mich los, ihr heidnischen schwarzen Schweine! Ich kann nicht sterben! Ich bin unsterblich! Mutter!«

Der *jetti*, den er gebissen hatte, packte den Kopf des Sergeants und begann ihn zu drehen. Normalerweise wurde das Genick schnell gebrochen, denn es wurde eine gewaltige Explosion von Kraft dazu gebraucht, doch diesmal wollte der *jetti* sich für den Biss in seinen Daumen rächen und sein Opfer langsam und schmerzvoll sterben lassen.

»Mutter!«, schrie Hakeswill, als sein Gesicht noch weiter herumgedreht wurde, und dann, als es fast bis nach hinten gedreht war, machte er einen letzten Versuch. »Ich habe einen britischen Offizier in der Stadt gesehen! Nein! Neeein!«

»Warte!«, rief Tippu.

Der *jetti* verharrte. Er hielt immer noch Hakeswills Kopf in einem unnatürlichen Winkel.

»Was hat er gesagt?«, fragte der Sultan einen seiner Offiziere, der etwas Englisch sprach und ihm die verzweifelten Worte des Sergeants übersetzt hatte. Der Offizier übersetzte von Neuem.

Tippu gab dem *jetti* einen Wink, und er ließ Hakeswills Kopf los. Der Sergeant fluchte, als die Spannung in seinem Nacken nachließ.

»Verdammte heidnische Bastarde!«, sagte er und rieb sich über den schmerzenden Nacken. »Du mörderischer schwarzer Scheißer!« Er spuckte den *jetti* an, drehte sich aus dem Griff des Mannes, der ihn festhielt, richtete sich auf und ging zwei Schritte auf den Palast zu. »Ich habe ihn gesehen!«, rief er. »Mit meinen eigenen Augen! In einem Rock wie die hier!« Er wies zu den zuschauenden Soldaten in ihren tigergestreiften Waffenröcken. »Es ist ein Lieutenant, und die Armee sagte, er sei nach Madras geritten, aber das ist gelogen, denn ich habe ihn hier gesehen! Ich! Obadiah Hakeswill, Euer Hoheit! Und haltet mir den verdammten heidnischen Nigger vom Hals!«

Einer der *jettis* war herangekommen, und Hakeswill, in dessen Gesicht es zuckte, wandte sich zu dem Hünen um. »Hau ab, du Scheißer, geh zurück in deinen Schweinestall, du verdammtes Stück Dreck!«

Der Offizier, der Englisch sprach, rief von der Veranda herunter: »Wen hast du gesehen?«

»Das habe ich gesagt, Euer Ehren, nicht wahr?«

»Nein, das hast du nicht. Nenn uns einen Namen.«

In Hakeswills Gesicht zuckte es. »Ich werde Ihnen den Namen sagen, wenn Sie versprechen, mich am Leben zu lassen.« Er sank auf die Knie und starrte zur Veranda hinauf. »Mir macht es nichts aus, in Ihrem Kerker zu sein, mein Herr, denn Obadiah Hakeswill hat sich nie was aus ein paar Ratten gemacht, aber ich will nicht, dass diese verdammten Heiden mir den Kopf nach hinten verdrehen. Das ist kein christlicher Akt.«

Der Offizier übersetzte für den Tippu, der schließlich nickte und ihn veranlasste, sich wieder an Hakeswill zu wenden. »Du wirst am Leben bleiben.«

»Ehrenwort?«, fragte Hakeswill.

»Auf mein Ehrenwort.«

»Auf Ehre und Gewissen? Wie es in der Bibel steht?«

»Du wirst am Leben bleiben!«, blaffte der Offizier. »Wenn du uns die Wahrheit sagst.«

»Das tue ich immer, Sir. Der ehrliche Hakeswill, Sir, so werde ich genannt. Ich habe ihn gesehen. Lieutenant Lawford, mit Vornamen William. Er großer, schlanker Kerl mit blondem Haar und blauen Augen. Und er ist nicht allein. Der verdammte Private Sharpe ist bei ihm.«

Der Offizier hatte nicht alles verstanden, was Hakeswill gesagt hatte, doch es war genug gewesen.

»Du sagst, dieser Lawford ist ein britischer Offizier?«, fragte er.

»Natürlich ist er das! In meiner verdammten Kompanie! Und sie sagten, er sei als Kurier nach Madras geschickt worden, doch da war er nie, denn es waren gar keine Botschaften zu überbringen. Er ist hier, Hoheit, und führt nichts Gutes im Schild und – wie ich schon gesagt habe – er trägt einen gestreiften Rock.«

Der Offizier wirkte skeptisch. »Die einzigen Engländer, die wir hier haben, Sergeant, sind Gefangene oder Deserteure. Du lügst.«

Hakeswill spuckte auf den Kies, der vom Blut der enthaupteten Gefangenen getränkt war. »Wie kann er ein Deserteur sein? Offiziere desertieren nicht. Sie verkaufen ihr Patent und verpissen sich zu ihrer Mami. Ich sage Ihnen, Sir, er ist ein Offizier! Und der andere Mann ist ein verdammter Bastard. Er wurde ausgepeitscht, und das zu Recht! Er hätte bis zum Tod ausgepeitscht werden sollen, doch der General hat ihn zu sich befohlen.«

Die Erwähnung des Auspeitschens weckte eine Erinnerung in Tippu.

»Wann wurde er ausgepeitscht?«, übersetzte der Offizier seine Frage.

»Kurz bevor er abhaute, Sir. Hart muss er gewesen sein, aber nicht hart genug.«

»Und du sagst, der General hat ihn zu sich befohlen?« Der Offizier klang ungläubig.

»Harris, Sir, der Typ, der in Amerika ein Stück von seinem Schädel verlor, schickte unseren Colonel, und Colonel Wellesley stoppte die Auspeitschung! Stoppte sie einfach!« Hakeswills Empörung war immer noch groß. »Er stoppte eine Auspeitschung, die ordentlich befohlen worden war! Nie habe ich so was Schändliches in meinem ganzen Leben erlebt! Die Armee geht vor die Hunde, geht vor die Hunde.«

Tippu hörte sich die Übersetzung an und trat dann vom Verandageländer zurück. Er wandte sich an Appah Rao, der einst in der Armee der East India Company gedient hatte.

»Desertieren britische Offiziere?«

»Davon habe ich nie etwas gehört, Hoheit«, sagte Appah Rao, froh darüber, dass die Schatten des Vordaches sein blasses und besorgtes Gesicht verbargen. »Sie mögen ihren Abschied nehmen und ihr Patent verkaufen, aber desertieren? Niemals.«

Tippu nickt zu dem knienden Hakeswill hinab.

»Steckt diesen Kerl wieder in den Kerker«, befahl er. »Und sagen Sie Colonel Gudin, dass er zu mir in den Inneren Palast kommen soll.«

Wachen brachten Hakeswill zurück zur Stadt.

»Und er hatte eine *bibbi* bei sich!«, rief Hakeswill, als er gepackt und weggezerrt wurde, aber niemand nahm Notiz von ihm.

Der Sergeant vergoss Tränen des Glücks, als er wieder durch das Bangalore-Tor gebracht wurde. »Danke, Mutter!«, rief er zum wolkenlosen Himmel empor. »Danke, Mutter, denn ich bin unsterblich!«

Die zwölf toten Männer wurden in ein behelfsmäßiges Grab gelegt. Die Soldaten marschierten zurück zu ihrem Lager, während Tippu, der unter dem tigergestreiften Baldachin seiner Sänfte zum Inneren Palast getragen wurde, über das Opfer der zwölf Gefangenen nachdachte. Ihr Tod war nicht vergebens gewesen, denn dadurch hatte er von der Anwesenheit von Feinden erfahren.

Allah sei Dank, dachte er, mein Unglück ist sicherlich abgewandt.

»Du meinst, Mrs Bickerstaff ist zum Feind übergelaufen?«, fragte Lawford Sharpe zum dritten oder vierten Mal.

»Sie ist in sein Bett gegangen«, sagte Sharpe düster, »aber ich nehme an, sie wird uns trotzdem helfen.« Sharpe hatte seinen und Lawfords Waffenrock gewaschen und betastete jetzt das Tuch, um sich zu vergewissern, dass es getrocknet war. Er hatte sich in dieser Armee nach der Ausrüstung umgeschaut und festgestellt, dass man sie viel leichter pflegen konnte als in der britischen Armee. Hier musste man keine Schnallen an Kreuzgurten und Musketenschlingen befestigen, keine Schuhcreme auf die Schuhe schmieren und kein Fett und Puder ins Haar.

Er sagte sich, dass die Röcke trocken genug waren, und warf einen dem Lieutenant zu. Dann zog er seinen eigenen an und zog behutsam das goldene Medaillon darüber, sodass es auf seiner Brust hing. Sein Waffenrock hatte eine rote Kordel auf der linken Schulter, das Abzeichen Tippus für einen Corporal.

Lawford schien zu verabscheuen, dass Sharpe dieses Rangabzeichen trug, was ihm versagt blieb.

»Angenommen, sie verrät uns?«, fragte Lawford.

»Dann gibt es Schwierigkeiten«, sagte Sharpe trocken. »Aber das wird sie nicht tun. Mary ist ein gutes Mädchen.«

Lawford zuckte mit den Schultern. »Sie hat dir den Laufpass gegeben.«

»Wie gewonnen, so zerronnen«, sagte Sharpe und legte sein Koppel an. Wie die meisten Soldaten des Tippu hatte er jetzt nackte Beine unter dem knielangen Rock, doch Lawford bestand darauf, seine alte britische Hose zu behalten. Beide Männer trugen ihre alten Hüte, wobei das Abzeichen von George III. von einem Zinntiger mit erhobener Pfote ersetzt worden war.

»Hör zu«, sagte Sharpe zu Lawford, der immer noch besorgt war. »Ich habe getan, worum du gebeten hast, und das Mädchen hat gesagt, dass sie Ravi Shekhar finden wird, und jetzt müssen wir nur warten. Und wenn wir eine Chance zur Flucht bekommen, nutzen wir sie. Meinst du, dass diese Muskete bereit ist für die Inspektion?«

»Sie ist sauber«, beteuerte Lawford und hob seine große französische Muskete.

»Himmel, du wärst in der richtigen Armee für diese Waffe verantwortlich. Gib sie her.«

Sergeant Rothières tägliche Inspektion fand in einer halben Stunde statt, und danach würden die beiden Männer bis zur Mitte des Nachmittags frei haben, wenn Gudins Bataillon Wachdienst auf dem Maisur-Tor haben würde. Diese Wache endete um Mitternacht, doch Sharpe wusste, dass es keine Chance zur Flucht geben würde, denn das Maisur-Tor bot keinen Ausgang aus dem Territorium Tippus, sondern führte in das Lager, das eine Rundumsicherung hatte.

In der vergangenen Nacht hatte Sharpe herauszufinden versucht, ob seine rote Kordel und das goldene Medaillon ihm genügend Autorität verleihen würden, dass er durch das Lager wandern und vielleicht eine dunkle und ruhige Stelle finden konnte, an der er durch die Umzäunung kriechen konnte. Zwanzig Yards vom Tor entfernt war er abgefangen und höflich zurückgeschickt worden. Der Sultan ging anscheinend keine Risiken ein.

»Ich habe sie bereits von Wazzy reinigen lassen«, sagte Lawford und nickte zur Muskete in Sharpes Händen. Wazir war einer der kleinen Jungen, die bei der Kaserne herumlungerten, um sich etwas mit dem Waschen und Reinigen der Ausrüstung zu verdienen. »Ich habe dafür bezahlt«, sagte Lawford empört.

»Wenn du etwas richtig gemacht haben willst«, sagte Sharpe, »musst du es selbst tun, verdammt!« Er fluchte, weil er sich an der Hauptfeder der Muskete die Finger eingeklemmt hatte. Er hatte die Hauptfeder freigelegt, indem er den Verschlussdeckel abgeschraubt hatte. »Sieh dir diesen Rost an!« Er schaffte es, die Hauptfeder zu lösen, und er begann den Rost vom Rand der Feder abzufeilen. »Verdammter Schund, diese französischen Musketen«, grollte er. »Nichts geht über ein richtiges Birmingham-Gewehr.«

»Reinigst du auch so deine Muskete?«, fragte Lawford, beeindruckt, weil Sharpe die Verschlussplatte abgeschraubt hatte.

»Natürlich nicht! Nicht, dass sich Hakeswill je darum gekümmert hat. Er sieht nur auf die Außenseite.« Sharpe grinste. »Erinnerst du dich an den Tag, an dem du mich mit dem Feuerstein gerettet hast? Hakeswill hatte ihn durch ein Stück normalen Stein ausgetauscht, aber ich habe das bemerkt, bevor er irgendwelchen Schaden anrichten konnte. Er ist ein gerissener Schweinehund.«

»Er hat ihn vertauscht?« Lawford wirkte geschockt.

»Dieser Obadiah ist eine verdammte Schlange. Wie viel hast du Wazzy bezahlt?«

»Einen Anna.«

»Das ist ja ein Wucherpreis! Gibst du mir bitte dieses Ölfläschchen?«

Lawford reichte es ihm, dann lehnte er sich zurück gegen den steinernen Wassertrog, in dem Sharpe die Uniformröcke gewaschen hatte. Er fühlte sich sonderbar zufrieden, trotz des offensichtlichen Scheiterns seiner Mission. Es war fast ein Vergnügen für ihn, diese Vertrautheit mit Sharpe zu teilen, und er fühlte sich sonderbar privilegiert. Viele junge Offiziere waren reserviert gegenüber den Männern, die sie befehligten, fürchteten ihre Verachtung, und sie kaschierten ihre Besorgnis, indem sie sich gleichgültig und arrogant gaben. Lawford bezweifelte, dass er das jetzt jemals wieder tun konnte, denn er empfand nicht mehr irgendwelche Furcht vor den ungehobelten, harten Männern, welche die Mannschaften der britischen Armee bildeten. Sharpe hatte ihn davon geheilt, indem er ihn gelehrt hatte, dass es gedankenlos war, sie für primitiv zu halten, und dass die Härte in Wirklichkeit ihre Gewissenhaftigkeit verhüllte. Nicht jeder Mann war gewissenhaft, genauso wenig wie alle britischen Soldaten primitiv waren, aber zu viele Offiziere nahmen an, dass sie allesamt hirnlose Rohlinge waren, und behandelten sie dementsprechend.

Jetzt beobachtete Lawford, wie Sharpe geschickt die vom Rost befreite Hauptfeder in die Aushöhlung zurückdrückte.

»Lieutenant?«, rief eine Stimme respektvoll über den Hof. »Lieutenant Lawford?«

»Sir«, erwiderte Lawford, ohne zu denken, drehte sich zu der Stimme um und erhob sich. Dann wurde ihm klar, dass er sich durch diese Reaktion verraten hatte, und er erbleichte.

Sharpe fluchte leise.

Colonel Gudin kam langsam über den Hof und rieb über sein langes Gesicht, als er sich den beiden Engländern näherte.

»Lieutenant William Lawford«, fragte er freundlich, »vom 33. Regiment Seiner Majestät?«

Lawford schwieg.

Gudin zuckte mit den Schultern. »Offiziere sollten Ehrenmänner sein, Lieutenant. Wollen Sie weiterhin lügen?«

»Nein, Sir«, sagte Lawford.

Gudin seufzte. »Sind Sie also ein durch Patent bestallter Offizier, oder nicht?«

»Der bin ich, Sir.« Lawford klang beschämt – weil er eines unehrenhaften Verhaltens beschuldigt worden war oder weil er seinen wahren Dienstrang verraten hatte, das konnte Sharpe nicht sagen.

»Und Sie, *Caporal* Sharpe?«, fragte Gudin traurig.

»Ich bin kein Offizier, Colonel.«

»Nein«, sagte Gudin, »das habe ich auch nicht angenommen. Aber sind Sie ein wahrer Deserteur?«

»Natürlich bin ich einer, Sir!«, log Sharpe.

Gudin lächelte bei Sharpes selbstsicherem Tonfall.

»Und Sie, Lieutenant«, fragte er Lawford, »sind tatsächlich ein Deserteur?«

Lawford gab keine Antwort, und Gudin seufzte. »Antworten Sie mir auf Ihre Ehre, Lieutenant, wenn Sie so freundlich sein wollen.«

»Nein, Sir«, gab Lawford zu. »Ebenso wenig ist Sharpe einer, Sir.«

Gudin nickte. »Das hat der Sergeant gesagt.«

»Der Sergeant, Sir?«, fragte Lawford.

Gudin verzog das Gesicht. »Ich befürchte, der Sultan hat die Gefangenen, die in der Nacht gemacht wurden, hingerichtet.

Er hat nur einen verschont, weil dieser Mann ihm von Ihnen erzählt hat.«

»Der Bastard!«, sagte Sharpe und legte angewidert die Muskete ab. Der verdammte Hakeswill! Er fluchte von Neuem, diesmal noch lästerlicher.

»Sir?«, sagte Lawford zu Gudin und ignorierte Sharpes Zorn.

»Lieutenant?«, antwortete Gudin höflich.

»Wir wurden von den Männern Tippus gefangen genommen, als wir unsere roten Röcke trugen, Sir. Das bedeutet, dass wir als legitime Kriegsgefangene geschützt werden sollten.«

Gudin schüttelte den Kopf. »Es bedeutet nichts dieser Art, Lieutenant, denn Sie haben über Ihren Rang und Ihre Absichten gelogen.« Es klang missbilligend. »Aber ich werde mich dafür einsetzen, dass Sie am Leben bleiben.« Gudin setzte sich auf die Kante des Wassertrogs und schlug nach einer hartnäckigen Fliege. »Werden Sie mir erzählen, warum Sie hergekommen sind?«

»Nein, Sir«, sagte Lawford.

»Das habe ich mir gedacht, aber ich warne Sie. Der Sultan wird es wissen wollen.« Gudin lächelte Sharpe an. »Ich bin zu dem Schluss gelangt, dass Sie einer der besten Soldaten sind, über die ich jemals mit Vergnügen das Kommando hatte. Aber eine Sache hat mich über Sie beunruhigt: Warum würde ein so guter Soldat Fahnenflucht begehen, selbst wenn er ausgepeitscht worden war? Jetzt verstehe ich jedoch, dass Sie ein noch besserer Mann sind, als ich gedacht habe.« Er runzelte die Stirn, weil sich Sharpe, während ihm dieses elegante Kompliment gemacht wurde, am Hintern kratzte.

»Verzeihung, Sir«, sagte Sharpe, als er die angewiderte Miene des Colonels sah, und ließ den Saum seines Rocks sinken.

»Ich bedaure, Sie zu verlieren, Sharpe«, fuhr Gudin fort. »Eine Eskorte erwartet Sie vor der Kaserne. Sie werden in den Palast gebracht.« Gudin legte eine Pause ein und schien zu überlegen. Dann entschied er sich jedoch, nichts hinzuzufügen, was die indirekte Drohung seiner Worte unterstreichen könnte. Stattdessen wandte er sich um und schnippte mit den Fingern, um Sergeant Rothière in den Hof zu rufen. Rothière trug ihre roten Röcke und Sharpes weiße Hose.

»Die Uniform könnte Ihnen ein bisschen helfen«, sagte Gudin ohne wirkliche Hoffnung in der Stimme. Der Colonel beobachtete dann, wie sie ihre frisch gewaschenen gestreiften Röcke gegen ihre roten Röcke vertauschten. »Was Ihre Frau betrifft ...«, sagte er zu Sharpe und zögerte, weiterzusprechen.

»Sie hatte nichts damit zu tun, Sir«, sagte Sharpe hastig, während er die Hose anzog. Er knöpfte seinen alten Rock zu, und der rote Rock fühlte sich nach dem weiteren tigergestreiften Waffenrock seltsam einengend an. »Auf meine Ehre, Sir. Und außerdem hat sie mir den Laufpass gegeben.«

»Das ist doppeltes Pech. Schlecht für einen Soldaten.« Gudin lächelte und streckte eine Hand aus. »Ihre Musketen, Gentlemen, bitte!«

Sharpe überreichte ihm beide Waffen. »Sir?«

»Private Sharpe?«

Sharpe wurde rot und verlegen. »Es war eine Ehre, für Sie zu dienen, Sir. Das meine ich ehrlich. Ich wünschte, wir hätten mehr Offiziere wie Sie in unserer Armee.«

»Danke, Sharpe«, erwiderte Gudin ernst auf das Kompliment. »Natürlich«, fügte er hinzu, »wenn Sie mir jetzt sagen, dass Ihre Erfahrungen hier Ihre Loyalität geändert haben und dass Sie gern weiterhin dem Sultan dienen wollen, dann könnte Ihnen vielleicht erspart bleiben, was auf Sie wartet. Ich glaube, ich könnte Seine Hoheit von Ihrem Sinneswandel überzeugen, doch Sie müssten mir erzählen, weshalb Sie hergekommen sind.«

Lawford versteifte sich, als Gudin Sharpe dieses Angebot machte.

Sharpe zögerte, dann schüttelte er den Kopf.

»Nein, Sir«, sagte er. »Ich nehme an, ich bin ein richtiger Rotrock.«

Diese Antwort hatte Gudin erwartet. »Gut für Sie, Sharpe. Und übrigens, Private, können Sie das Medaillon ruhig um den Hals hängen lassen. Man würde es ohnehin finden.«

»Jawohl, Sir.« Sharpe zog das Medaillon aus seiner Hosentasche, wo er es optimistisch versteckt hatte, und streifte das Kettchen über den Kopf.

Gudin stand auf und wies zur Kasernenstube. »Hier entlang, Gentlemen.«

Und das war das Ende der Freundlichkeiten.

Und Sharpe nahm an, dass es für lange Zeit die letzte Freundlichkeit sein würde.

Denn ab jetzt waren sie Tippus Gefangene.

Appah Rao hatte Mary vom Hof in ein Zimmer seines Hauses geholt. Dort wartete Kunwar Singh, doch Mary fürchtete sich und wagte nicht, ihn anzusehen, aus Angst, sie könne in seinem schönen Gesicht Anzeichen auf schlechte Neuigkeiten sehen.

Mary hatte keinen besonderen Grund, schlechte Nachrichten zu erwarten, doch sie war stets misstrauisch, und etwas an Appah Raos steifem Verhalten sagte ihr, dass ihre böse Vorahnung berechtigt war.

»Ihre Gefährten sind festgenommen worden«, sagte Appah

Rao, als der Diener die Tür hinter ihr geschlossen hatte, »Lieutenant Lawford und Private Sharpe, von dem Sie behauptet haben, dass er Ihr Bruder sei.«

»Mein Halbbruder, Sir«, wisperte Mary.

»Wenn Sie es sagen«, räumte Appah Rao ein. Kunwar Singh sprach ein wenig Englisch, doch nicht genug, um der Unterhaltung folgen zu können. Deshalb hatte sich Appah Rao entschlossen, Mary in dieser Sprache zu befragen, obwohl er nicht sicher war, ob er sie ausreichend beherrschte.

Appah Rao bezweifelte, dass Sharpe und Mary verwandt waren, doch er mochte das Mädchen trotzdem und billigte, dass sie Kunwar Singhs Braut war. Die Götter allein wussten, was die Zukunft für Maisur bringen würde, doch es war wahrscheinlich, dass die Briten darin verwickelt waren, und wenn Kunwar Singh eine Frau hatte, die Englisch sprach, würde das ein Vorteil für ihn sein. Außerdem war Appah Raos Frau Lakshmi überzeugt, dass das Mädchen ein gutes, bescheidenes Geschöpf war und dass ihre Vergangenheit wie die von Kunwar Singhs Familie am besten vergessen wurde.

»Warum sind sie hergekommen?«, fragte der General.

»Ich weiß es nicht, Sir.«

Appah Rao nahm eine Pistole aus seinem Koppel und begann sie zu laden. Mary und Kunwar Singh beobachteten alarmiert, wie der General sorgfältig Pulver aus einem silbernen Horn in den Lauf der Pistole abmaß.

»Aruna«, sagte er und benutzte den Namen, den Mary von ihrer Mutter angenommen hatte, »ich will Ihnen sagen, was mit Lieutenant Lawford und Private Sharpe geschehen wird.« Er legte eine Pause ein, um das Pulverhorn gegen die Mündung der Pistole zu klopfen, um das letzte Pulver loszuschütteln. »Der Sultan wird sie verhören lassen, was zweifellos schmerzhaft sein wird. Und am Ende, Aruna, werden sie gestehen.

Jeder Mensch tut das. Vielleicht werden sie überleben, vielleicht nicht, das kann ich nicht sagen.«

Er blickte zu ihr auf und schob einen Wattepfropfen in die Pistole.

»Der Sultan«, fuhr er fort, als er eine Kugel aus dem hölzernen Etui der Pistole nahm, »will zweierlei wissen. Erstens, warum sie herkamen, und zweitens, ob sie Kontakt mit irgendeiner Person in der Stadt aufnehmen sollen. Verstehen Sie mich?«

»Ja, Sir.«

Der General schob die Kugel in den Lauf, dann nahm er den kurzen Ladestock.

»Sie werden es ihm erzählen, Aruna. Wie tapfer sie auch sein mögen, letzten Endes werden sie reden. Natürlich ...«, er verstummte, als er die Kugel hart in den Lauf stieß, »... könnte sich der Sultan an Ihre Anwesenheit erinnern. Und wenn er das tut, Aruna, dann wird er Sie holen lassen, und Sie werden ebenso verhört, jedoch nicht so freundlich, wie ich Sie jetzt befrage.«

»Nein, Sir«, wisperte Mary.

Appah Rao steckte den kurzen Ladestock wieder in seine Ösen. Er machte die Waffe schussfertig, spannte sie jedoch noch nicht.

»Ich will nicht, dass Ihnen etwas passiert, Aruna, also sagen Sie mir, warum die beiden Männer nach Seringapatam gekommen sind.«

Mary starrte auf die Pistole in der Hand des Generals. Es war eine schöne Waffe mit ziseliertem Lauf und einem Griff mit eingelegtem Elfenbein. Dann blickte sie in die Augen des Generals auf und erkannte, dass er nicht vorhatte, sie zu erschießen. Sie sah keine Drohung in diesen Augen, nur Furcht, und es war diese Furcht, die sie dazu bewog, ihm die Wahrheit zu erzählen.

»Sie kamen her, Sir, weil sie mit einem Mann namens McCandless sprechen mussten.«

Das war die Antwort, die Appah Rao befürchtet hatte. »Und haben sie ihn erreicht?«

»Nein, Sir.«

»Was haben sie dann herausgefunden?«, fragte Appah Rao und legte die Pistole auf den Tisch. »Was haben sie herausgefunden?«, fragte er noch einmal mit härterer Stimme.

»Private Sharpe hat mir gesagt, dass die Briten nicht im Westen angreifen sollen, Sir«, sagte Mary und vergaß, Sharpe als ihren Bruder auszugeben. »Das war alles, was er gesagt hat, Sir.«

»Alles?«, fragte Rao. »Gewiss nicht. Warum würde er Ihnen das erzählen? Hat er gedacht, Sie könnten die Nachricht aus der Stadt bringen?«

Mary starrte auf die Pistole.

»Ich sollte einen Mann suchen, Sir«, sagte sie schließlich.

»Wen?«

Sie blickte zu dem General auf, und in ihren Augen schimmerte Furcht. »Einen Händler, Sir, namens Ravi Shekhar.«

»Sonst noch jemanden?«

»Nein, Sir! Ehrlich nicht!«

Rao glaubte ihr und verspürte Erleichterung. Seine größte Besorgnis war, das man Sharpe und Lawford seinen eigenen Namen genannt haben könnte, denn obwohl Colonel McCandless versprochen hatte, Raos Verrat geheim zu halten, konnte er nicht sicher sein, dass das Versprechen eingehalten worden war. McCandless selbst war nicht unter Folter verhört worden, denn Tippu schien überzeugt zu sein, dass der ältere Colonel »Ross« auf Nahrungsbeschaffung gewesen war, als er gefangen genommen wurde, doch Rao hatte immer noch das Gefühl, dass die Entdeckung heimtückisch näher schlich. Lawford und

Sharpe konnten Rao nicht als Verräter identifizieren, doch sie konnten leicht auf McCandless hinweisen, und dann würden Tippus *jettis* ihre Aufmerksamkeit auf den älteren Schotten konzentrieren. Wie lange konnte er ihre gnadenlose Behandlung ertragen?

Der General fragte sich, ob er aus der Stadt flüchten sollte, doch er verwarf den Gedanken, so schnell er ihm gekommen war. Eine Flucht mochte seine eigene Sicherheit sichern, doch sie würde seine große Familie und all die treuen Diener opfern. Er hielt die Pistole Mary entgegen.

»Nehmen Sie sie«, befahl er.

Mary blickte ihn erstaunt an. »Die Pistole, Sir?«

»Nehmen Sie sie. Und hören Sie mir zu, Mädchen. Ravi Shekhar ist tot, und seine Leiche wurde an die Tiger verfüttert. Es ist möglich, dass der Sultan vergessen wird, dass Sie existieren, aber wenn er sich daran erinnert, werden Sie vielleicht diese Pistole brauchen.«

Appah Rao fragte sich, ob er das Mädchen aus der Stadt schmuggeln konnte. Der Gedanke war verlockend, doch jeder Zivilist wurde an den Toren gestoppt und musste einen Pass vorweisen, der vom Sultan persönlich abgezeichnet war, und nur wenige erhielten diesen Pass. Ein Soldat mochte aus der Stadt flüchten können, aber kein Zivilist.

Appah Rao schaute in Marys dunkle Augen. »Man hat mir erzählt, dass es der wirkungsvollste Ausweg ist, die Pistole in den Mund zu schieben und leicht aufwärts zu richten.« Mary erschauerte, und der General nickte Kunwar Singh zu. »Ich gebe sie in Ihre Obhut«, sagte er.

Kunwar Singh verneigte sich.

Mary kehrte ins Quartier der Frauen zurück, während Appah Rao ein Gebet am Altar in seinem Haus hielt. Während er dort verweilte, dachte er daran, wie sehr er Männer wie

Tippu oder Colonel McCandless um ihre Überzeugung beneidete. Keiner der beiden Männer schien irgendwelche Zweifel zu haben, sondern glaubte, das Schicksal würde das bringen, was sie daraus machten. Sie waren nicht dem Willen anderer unterworfen, und Appah Rao hätte gern selbst diese Überzeugung gehabt. Er hätte gern in Maisur gelebt, beherrscht von seiner alten Hindu-Herrschaft, in einem Maisur, in das keine anderen Nationen eindrangen: weder Briten noch Franzosen, weder Maharashtras noch Moslems. Stattdessen war er jedoch gefangen zwischen zwei Armeen, und irgendwie musste er seine Frau, seine Kinder, die Diener und sich selbst am Leben erhalten.

Er schloss die Augen, berührte seine Stirn mit den Händen und verneigte sich zu Ganesh, dem Gott mit dem Elefantenkopf, der Appah Raos Haushalt bewachte. »Halte uns bitte am Leben«, betete er, »halte uns nur am Leben.«

Tippu kam in den Hof, wo die Tiger wieder an ihren langen Ketten angebunden waren. Vier Infanteristen bewachten die beiden Engländer. Tippu kam nicht mit großem Zeremoniell, ohne Kämmerer und Höflinge, sondern wurde nur von einem Offizier und zwei *jettis* begleitet, die mit unbewegtem Gesicht beobachteten, wie Tippu zu Sharpe ging und ihm das Medaillon vom Hals riss. Er zerrte es so hart herunter, dass das Kettchen in Sharpes Nacken schnitt, bevor es riss. Dann spuckte Tippu Sharpe ins Gesicht und wandte sich ab.

Der Offizier war ein höflicher junger Moslem, der gut Englisch sprach.

»Seine Hoheit«, sagte er, als sich Tippu wieder umwandte, um die Gefangenen anzusehen, »will wissen, warum ihr zur Stadt gekommen seid.«

Lawford versteifte sich.

»Ich bin Offizier Seiner britischen Majestät …«, begann er, doch der Inder schnitt ihm mit einer Geste das Wort ab.

»Still!«, sagte der Offizier gelangweilt. »Ihr seid nichts außer dem, was wir aus euch machen. Warum seid ihr also hier?«

»Was meinen Sie denn?«, fragte Sharpe.

Der Offizier schaute ihn an.

»Ich meine«, sagte er wohl überlegt, »dass ihr hergekommen seid, um zu spionieren.«

»Dann wissen Sie es also«, sagte Sharpe trotzig.

Der Offizier lächelte. »Aber vielleicht hat man Ihnen den Namen des Mannes genannt, der Ihnen in der Stadt helfen könnte. Das ist der Name, den wir hören wollen.«

Sharpe schüttelte den Kopf. »Man hat uns keine Namen genannt. Keinen einzigen.«

»Möglich«, sagte der Offizier. Dann nickte er den beiden *jettis* zu. Sie packten Sharpe und rissen ihm den Rock herunter, sodass ein Knopf nach dem anderen absprang. Er trug kein Hemd darunter, nur die Verbände, die immer noch die Wunden bedeckten, die er beim Auspeitschen erlitten hatte.

Einer der *jettis* zog ein Messer und durchschnitt grob die Bandagen, und Sharpe zuckte zusammen, als die Klinge die fast geheilten Wunden ritzte. Die Bandagen wurden beiseitegeworfen, und ihr Geruch brachte Leben in die Tiger.

Der andere *jetti* war zu den vier Soldaten gegangen, wo er einen ihrer Ladestöcke von der Muskete genommen hatte. Jetzt stand er hinter Sharpe, und als Tippu nickte, versetzte er Sharpe mit dem Stab einen gemeinen Stich in den Rücken.

Der plötzliche Schmerz war so schlimm, wie es das Auspeitschen gewesen war. Es stach Sharpes Wirbelsäule hinauf und hinab. Er keuchte und hätte fast laut geschrien, als die Wucht des Hiebs ihn vorwärtswarf. Er fing seinen Sturz mit den

Händen ab, und jetzt wies sein Rücken zum Himmel, und der *jetti* schlug ihn drei weitere Male, öffnete die fast verheilten Wunden. Eine Rippe brach. Blut spritzte in den Sand des Hofes.

Einer der Tiger knurrte, und die Glieder seiner Kette klirrten, als die Bestie auf den Geruch des frischen Bluts zusprang.

»Wir werden ihn schlagen, bis wir den Namen haben«, sagte der Offizier milde zu Lawford. »Und wenn er tot ist, werden wir Sie schlagen, bis Sie tot sind.«

Der *jetti* schlug wieder auf Sharpes Rücken, und diesmal rollte er auf die Seite, doch der zweite *jetti* stieß ihn zurück auf den Bauch. Sharpe stöhnte und keuchte, doch er war entschlossen, nicht zu schreien.

»Das können Sie nicht tun!«, protestierte Lawford.

»Selbstverständlich können wir das tun!«, erwiderte der Offizier. »Wir werden ihm jetzt die Knochen brechen, aber nicht das Rückgrat, noch nicht. Wir wollen, dass er noch was vom Schmerz hat.« Er nickte, und der *jetti* stieß wieder mit dem Ladestock zu. Sharpe schrie laut auf, als der Schmerz in seinem Rücken unerträglich wurde.

»Ein Händler!«, entfuhr es Lawford.

Der Offizier hob eine Hand, um die Tortur zu stoppen. »Ein Händler, Lieutenant? Die Stadt ist voller Händler.«

»Er handelt mit Metallen«, sagte Lawford. »Mehr weiß ich nicht.«

»Natürlich nicht«, sagte der Offizier. Dann nickte er dem *jetti* zu, der mit dem Ladestock ausholte.

»Ravi Shekhar!«, rief Lawford.

Der Lieutenant schämte sich, weil er den Namen preisgab, und das war seinem Gesicht anzusehen. Er brachte es einfach nicht über sich, dazustehen und zuzuschauen, wie Sharpe totgeschlagen wurde. Er glaubte, oder wollte glauben, dass er selbst den Schmerz durch die Schläge ertragen könnte, ohne den Namen zu verraten, doch es war unerträglich, zuzuschauen, wie ein anderer Mann zu blutigem Brei geschlagen wurde.

»Ravi Shekhar«, sagte der Offizier und ließ den *jetti* verharren. »Und wie habt ihr ihn gefunden?«

»Wir haben ihn nicht gefunden«, sagte Lawford. »Wir wussten nicht, wie wir ihn finden konnten! Wir warteten, bis wir etwas von Ihrer Sprache beherrschen konnten, und dann wollten wir in der Stadt nach ihm fragen, aber wir haben es noch nicht versucht.«

Sharpe stöhnte. Blut sickerte an seinen Seiten hinab und tropfte auf den Boden. Einer der Tiger harnte am Wall, und der stechende Gestank des Urins erfüllte die Luft im Hof.

Der Offizier, der eines der goldenen Tigermedaillons am Hals trug, sprach mit Tippu, der Sharpe leidenschaftslos betrachtete und dann eine Frage stellte.

»Und was, Lieutenant«, übersetzte der Offizier, »hätten Sie Ravi Shekhar erzählt?«

»Alles, was wir über die Verteidigungsanlage herausgefunden haben«, sagte Lawford kläglich. »Deshalb sind wir hergeschickt worden.«

»Und was haben Sie herausgefunden?«

»Wie viele Männer Sie haben, wie viele Waffen, wie viele Raketen.«

»Und das ist alles?«

»Das ist genug, oder nicht?«, entgegnete Lawford.

Der Offizier übersetzte die Antworten. Tippu zuckte mit den Schultern, blickte zu Lawford, dann nahm er einen kleinen braunen Lederbeutel aus einer Tasche seines gelben Seidenrocks. Er band den Beutel auf, trat an Sharpes Seite und träufelte Salz auf die offenen Wunden des geschlagenen Mannes. Sharpe wimmerte vor Schmerzen.

»Wem sonst habt ihr davon in der Stadt erzählt?«, fragte der Offizier.

»Niemandem sonst!«, rief Lawford. »Im Namen Gottes, niemandem! Man sagte uns, dass Ravi Shekhar die Nachricht aus der Stadt schmuggeln könnte. Das war alles!«

Tippu glaubte ihm. Es war so augenscheinlich, dass Lawford sich schämte, weil er vor dem Feind ausgepackt hatte, und was er gesagt hatte, war glaubwürdig und ergab Sinn.

»Und so habt ihr nie Ravi Shekhar gesehen?«, fragte der Offizier.

»Nie.«

»Ihr seht ihn jetzt.« Der Offizier wies zu den Tigern. »Seine Leiche wurde vor Wochen an die Kätzchen verfüttert.«

»O Gott!«, stieß Lawford hervor und schloss die Augen, als er erkannte, dass er völlig versagt hatte. Fast hätte er sich übergeben, doch dann brachte er sich unter Kontrolle und öffnete die Augen. Er sah, das Tippu Sharpes roten Rock aufhob und ihm auf den blutigen Rücken warf.

Einen Moment zögerte Tippu, fragte sich, ob er die Tiger freilassen und ihnen die beiden Gefangenen schenken sollte. Dann wandte er sich ab.

»Bringt sie in die Zellen«, befahl er.

Das Opfer von Gefangenen hatte das Geheimnis der Verräter preisgegeben und Tippus Pechsträhne abgewandt. Weitere Opfer waren nicht nötig, noch nicht, doch Tippu wusste, dass das Glück immer launisch war, und so konnten die Gefangenen warten, bis ein weiteres Opfer gebraucht wurde, und dann, um den Sieg zu garantieren oder die Niederlage aufzuschieben, würden sie sterben. Und bis dahin, entschied sich Tippu, konnten sie im Kerker einfach verrotten.

KAPITEL 9

Der Kerker lag an einem der nördlichen Höfe des Palastes unter dem inneren Wall der Stadt. Der Hof stank nach Abwässern, und Sharpe musste würgen, als er neben Lawford an der Spitze eines Bajonetts dahintaumelte.

Der Hof war ein betriebsamer Platz. Die Familien der Palastdiener lebten in strohbedeckten Hütten rings um den Hof neben den Ställen und dem kleinen Gehege des Sultans, in dem er acht Geparden hielt, die er für die Jagd benutzte. Die Geparden wurden in rollenden Käfigen zur Jagd gebracht.

Zuerst dachte Sharpe, er und Lawford würden in die vergitterten Fahrzeuge verfrachtet werden, doch dann schob ihn ein Mann der Eskorte an den schwerfälligen Wagen vorbei zu einer steinernen Treppe, die in einen langen, engen Graben hinabführte, der oben offen war. Ein hoher Zaun aus eisernen Gitterstäben umgab den Eingang zu einem Schacht, der von zwei Soldaten bewacht wurde. Einer davon schloss das Vorhängeschloss von der Größe einer Mango auf, dann stieß die Eskorte Sharpe und Lawford durch das offene Tor.

Die Kerkerwachen trugen keine Musketen, sondern zusammengerollte Peitschen an ihren Koppeln und Donnerbüchsen mit trichterförmiger Öffnung auf ihren Schultern. Einer von ihnen wies stumm die Treppe hinab, und Sharpe folgte Lawford die Stufen hinunter.

Sharpe sah, dass der Graben ein mit Steinplatten gefliester Korridor ohne Ausgang war, der auf jeder Seite mit vergitterten Zellen gesäumt war. Es gab acht Zellen, vier auf jeder Seite, und jede Zelle wurde von der Nachbarzelle und dem grabenartigen Korridor durch Eisenstäbe getrennt, die so dick waren wie der Arm eines Menschen.

Der Gefangenenwächter machte ihnen mit Gesten klar, dass sie warten sollten, während er die Zelle aufschloss, doch das erste Schloss ließ sich nicht öffnen. Vermutlich war es eingerostet. Und dann fand er keinen Schlüssel, der in eines der anderen alten Schlösser passte.

Etwas bewegte sich im Stroh der Zelle, die rechts am Ende des Gangs lag. Sharpe, der wartete, während der Wächter seine Schlüssel ausprobierte, hörte wieder Stroh rascheln, und dann war ein leises Fauchen zu hören, und ein gewaltiger Tiger erhob sich von seinem Lager, um sie mit gelben Augen anzustarren.

Weiteres Stroh raschelte in der ersten Zelle zur Linken, nahe bei der Stelle, an der Sharpe und Lawford standen.

»Sieh mal, wer das ist!« Hakeswill war an die Gitterstäbe getreten. »Sharpie!«

»Seien Sie still, Sergeant!«, fuhr Lawford ihn an.

»Jawohl, Sir, Mister Lieutenant Lawford, Sir. Sergeant Hakeswill soll still sein, Sir.« Hakeswill umklammerte die Gitterstäbe seiner Zelle und starrte mit großen Augen böse auf die beiden Neuankömmlinge. In seinem Gesicht zuckte es. »Still wie ein Grab, Sir, und niemand spricht mit mir, wenn er hier runterkommt. Er auch nicht.« Er nickte zu der gegenüberliegenden Zelle, die der Wächter jetzt aufschloss. »Er liebt die Stille«, fuhr Hakeswill fort. »Wie in einer verdammten Kirche. Sagt auch seine Gebete. Hier ist es immer still, man hört nur was, wenn die Nigger sich was zurufen. Dreckige Bastarde sind das. Riechen Sie den Gestank? Das ist ein gewaltiger Schweinestall!« Hakeswills Gesicht verzog sich krampfartig, und in der Düsternis der schattigen Zelle schienen seine Augen mit boshafter Freude zu glitzern. »Mir hat Gesellschaft gefehlt.«

»Bastard!«, murmelte Sharpe.

»Ruhe, ihr beide!«, verlangte Lawford, und dann, mit seiner angeborenen Höflichkeit, nickte der Lieutenant dankbar dem Wächter zu, der endlich die Zelle gegenüber der von Hakeswill geöffnet hatte. »Komm, Sharpe«, sagte er und trat ein.

Die Zelle war acht Fuß breit und zehn Fuß lang und ein wenig über Kopfhöhe eines Mannes hoch. Der Abwässergestank war widerlich, aber nicht schlimmer als auf dem Hof oberhalb. Die Gittertür schlug hinter ihnen zu und wurde abgeschlossen.

»Willie«, sagte eine müde Stimme aus den Schatten der Zelle, »wie schön, dass du mich besuchst.«

Sharpe, dessen Augen sich an das Halbdunkel im Kerker gewöhnt hatten, sah, dass Colonel McCandless in eine Ecke gekrochen war, halb eingehüllt von Stroh. Der Colonel erhob sich jetzt, um sie zu begrüßen, und er war so schwach, dass er wankte, als er stand, doch er schüttelte Lawfords Hand ab, als der versuchte, ihn zu stützen.

»Ein Fieber«, erklärte er. »Es kommt und geht. Ich habe es seit Jahren. Ich nehme an, nur der weiche schottische Regen wird es heilen. Aber es ist anscheinend immer unwahrscheinlicher, dass ich jemals in die Heimat zurückkomme. Es ist gut, dich wiederzusehen, Willie.«

»Ich freue mich ebenfalls, Sir. Private Sharpe haben Sie schon kennen gelernt, nehme ich an.«

McCandless sah Sharpe grimmig an. »Ich habe eine Frage an Sie, junger Mann.«

»Es war kein Schießpulver, Sir«, sagte Sharpe, der sich an seine erste Konfrontation mit dem Colonel erinnert und deshalb die Frage erwartet hatte. »Es schmeckte falsch, Sir. War nicht salzig.«

»Aye, es sah nicht wie Schießpulver aus«, sagte der Schotte. »Es verwehte im Wind wie Mehl. Aber das war nicht meine Frage, Private. Meine Frage war, was hätten Sie getan, wenn es Schießpulver gewesen wäre?«

»Ich hätte Sie erschossen, Sir«, sagte Sharpe. »Bitte verzeihen Sie mir, Sir.«

»Sharpe!«, protestierte Lawford.

»Ganz richtig, Mann«, sagte McCandless. »Der elende Typ hatte Sie auf die Probe gestellt, nicht wahr? Er unterzog sie einem Test, und Sie mussten ihn bestehen. Ich bin froh, dass es kein Schießpulver war, aber ich muss zugeben, dass ich kurz ziemlich besorgt war. Es macht dir nichts aus, wenn ich mich setze, Willie? Ich bin nicht in meiner üblichen gesunden Verfassung.« Er sank auf das Stroh und blickte finster zu Sharpe auf. »Sie anscheinend ebenfalls nicht, Private. Haben Sie Schmerzen?«

»Die Bastarde haben mir eine Rippe angeknackst, Sir, und ich blute ein bisschen. Macht es Ihnen was aus, wenn ich mich ebenfalls setze?« Sharpe ließ sich vorsichtig gegen die Gitterstäbe sinken und hob behutsam den Rock an, den er um seine Schultern gelegt hatte. »Ein bisschen frische Luft wird es heilen, Sir«, sagte er zu Lawford, der darauf bestand, die frisch geöffneten Wunden zu untersuchen, obwohl sie nichts zur Verfügung hatten, um sie zu behandeln.

»Sie werden hier keine frische Luft bekommen«, sagte McCandless. »Riechen Sie die Abwässer?«

»Der Gestank kann einem nicht entgehen, Onkel«, sagte Lawford.

»Es ist der neue innere Wall«, erklärte McCandless. »Als sie ihn errichteten, durchschnitten sie den Abflusskanal der Stadt, und jetzt kann der Dreck der Nacht den Fluss nicht erreichen, und die Abwässer fließen gleich östlich von hier vorbei. Einiges davon sickert durch das Wassertor ab, aber nicht genug. Man lernt, um Westwind zu beten.« Er lächelte grimmig. »Unter anderem.«

McCandless wollte Neuigkeiten hören, nicht nur, was Lawford und Sharpe nach Seringapatam gebracht hatte, sondern auch, ob die Belagerung Fortschritte machte. Er stöhnte auf, als er hörte, von wo aus die Briten angegriffen hatten.

»Harris kommt also von Westen?«

»Jawohl, Sir.«

»Geradenwegs in die liebenden Arme Tippus.« Der Schotte saß für einen Moment schweigend da, und manchmal zitterte er wegen seines Fiebers. Er hatte sich wieder mit Stroh eingehüllt, doch er fror trotzdem, obwohl der Tag feuchtheiß war. »Und ihr konntet die Botschaft nicht rausbringen? Nein, anscheinend nicht. Diese Dinge sind nie leicht.« Er schüttelte den Kopf. »Lasst uns hoffen, dass Tippu seine Falle nicht vollendet.«

»Sie ist fast fertig«, sagte Sharpe. »Ich habe es gesehen.«

»Aye, so wird es sein. Tippu ist ein tüchtiger Mann«, sagte McCandless, »tüchtig und clever. Raffinierter als sein Vater, und der alte Hyder Ali war schon gerissen genug. Ich habe ihn nie kennen gelernt, aber ich glaube, ich hätte den alten Gauner gemocht. Mit seinem Sohn habe ich erst jetzt Bekanntschaft gemacht, als ich gefangen genommen worden war, und ich wünschte, das wäre nie passiert. Er ist ein guter Soldat, aber ein schlechter Feind.«

McCandless schloss kurz die Augen, als ein Schauer seinen Körper durchlief.

»Was wird er mit uns machen?«, fragte Lawford.

»Das kann ich nicht sagen«, erwiderte Colonel McCandless.

»Das hängt vermutlich von seinen Träumen ab. Er ist kein so guter Moslem, wie er uns glauben lassen möchte. Er glaubt noch an einigen älteren Zauber, und er legt großen Wert auf seine Träume. Wenn ihm seine Träume sagen, er soll uns töten, dann wird man uns zweifellos die Köpfe auf den Rücken drehen wie den unglücklichen Gentlemen, die bis vor Kurzem diese Zellen mit mir geteilt haben. Ihr habt von ihnen gehört?«

»Ja, das haben wir«, sagte Lawford.

»Ermordet, um Tippus Soldaten zu amüsieren!«, sagte McCandless angewidert. »Und es waren einige gute Christen darunter. Nur dieses Subjekt dort drüben hat überlebt.« Er nickte zu Hakeswills Zelle hin.

»Er hat überlebt, Sir, weil er uns verraten hat«, sagte Sharpe verächtlich.

»Das ist eine Lüge, Sir!«, sagte Hakeswill, der begierig Sharpes und Lawfords Worten zugehört hatte, empört aus der gegenüberliegenden Zelle. »Eine dreckige Lüge, Sir, wie nicht anders von einem Gossensoldaten wie Private Sharpe zu erwarten.«

McCandless blickte starr zu dem Sergeant hinüber. »Und warum wurden Sie verschont?«, fragte er kühl.

»Gott hat seine Hand über mich gehalten, Sir. So war es immer, Sir. Ich kann nicht getötet werden, Sir.«

»Sie sind verrückt«, sagte McCandless ruhig.

»Sie können getötet werden, Obadiah«, sagte Sharpe. »Verdammt, wenn Sie nicht gewesen wären, Sie Bastard, dann hätte ich unsere Information zu General Harris gebracht.«

»Lügen, Sir! Weitere Lügen!«, behauptete Hakeswill.

»Ruhig, ihr beiden«, sagte McCandless. »Und Private Sharpe?«

»Sir?«

»Ich wäre Ihnen dankbar, wenn Sie nicht fluchen. Denken Sie daran: ›Du sollst den Namen des Herrn, deines Gottes, nicht missbrauchen, denn der Herr wird den nicht ungestraft lassen, der seinen Namen missbrauchet.‹ Zweites Buch Mose, Kapitel 20, Vers sieben.«

»Amen, Sir!«, rief Hakeswill. »Gelobt sei der Herr, Sir!«

»Verzeihung, Sir«, murmelte Sharpe.

»Sie kennen Ihre Zehn Gebote, nicht wahr, Sharpe?«, fragte McCandless.

»Nein, Sir.«

»Kein einziges davon?«, fragte McCandless schockiert.

»Du sollst dich nicht schnappen lassen, Sir. Ist das eines davon?«, fragte Sharpe treuherzig.

McCandless starrte ihn entsetzt an. »Haben Sie irgendeine Religion, Sharpe?«

»Nein, Sir. Habe ich nie für nötig befunden.«

»Sie sind mit einem Verlangen danach geboren worden, Mann!« In den Colonel war etwas von der alten Energie zurückgekehrt.

»Und mit dem Verlangen nach einigen anderen Dingen, Sir.«

McCandless erzitterte unter seinem Mantel aus Stroh. »Wenn Gott mich verschont, Sharpe, könnte ich versuchen, einiges von dem Schaden für Ihre unvergängliche Seele zu reparieren. Hast du noch die Bibel, die dir deine Mutter gegeben hat, Willie?«

»Man hat sie mir abgenommen, Sir«, sagte Lawford. »Aber ich habe es geschafft, eine Seite zu retten.« Er nahm ein einzelnes Blatt aus seiner Hosentasche. Sein Gesicht rötete sich, denn Sharpe und er wussten, warum die Seite aus der Heiligen Schrift gerissen worden war, und es war aus keinem Grund geschehen, den Colonel McCandless gebilligt hätte. »Nur eine Seite, Sir«, sagte Lawford entschuldigend.

»Gib her, Mann«, sagte McCandless grimmig, »und lass uns sehen, was der Herr uns zu sagen hat.« Er entfaltete die zerknitterte Seite, strich sie glatt und hielt sie ans Licht. »Ah, die Offenbarung!« Er wirkte erfreut. »Gesegnet seien die Toten – die im Herrn sterben«, las er laut. »Amen.«

»Nicht sehr heiter, Sir«, wagte Sharpe zu äußern.

»Es ist die heiterste Sache, über die ich hier nachsinnen kann, Private. Ein Versprechen von Gott dem Allmächtigen persönlich. Wenn ich sterbe, werde ich in Sein Reich aufgenommen.« Der Colonel lächelte über diesen Trost. »Muss ich annehmen, Private, dass Sie nicht lesen können?«

»Ich, Sir? Nein, Sir, das Lesen hat man mich nie gelehrt, Sir.«

»Er ist saudumm, Sir«, rief Hakeswill von der anderen Seite des Gangs. »Das war er schon immer, Sir.«

»Wir müssen Sie das Lesen lehren«, sagte McCandless und ignorierte die Bemerkungen des Sergeants.

»Mister Lawford wollte mit mir anfangen, Sir«, sagte Sharpe.

»Dann schlage ich vor, er fängt jetzt an.«

Lawford lächelte schüchtern. »Es ist schwierig, zu wissen, womit man beginnen soll, Onkel.«

»Warum nicht mit T für Tiger?«, schlug McCandless vor.

Die Bestie grollte, dann ließ sie sich aufs Stroh nieder. Und Sharpe begann mit einigen Jahren Verspätung seine Bildung.

Die Belagerungsarbeiten machten schnelle Fortschritte. Rotröcke und Sepoys arbeiteten Tag und Nacht, hoben Gräben aus und verkleideten die Seiten mit Bambusmatten. Ständig störte Raketenbeschuss die Arbeit, und Tippu hatte einige der Geschütze auf dem Westwall wieder aufstellen lassen, doch deren Feuer beeinträchtigte wenig von der Arbeit. Und die Kanoniere litten stark unter dem Störfeuer der britischen 18-Pfünder, dic auf der eroberten Mühlenfestung aufgestellt worden waren. Kleinere Geschütze, 12-Pfünder und kurzläufige Haubitzen, schlossen sich der Bombardierung der Wälle an. Ihre Geschosse zerfurchten den Boden und rissen das rote Erdreich auf, bis schließlich die Bresche schlagenden großen Kurzstrecken-Batterien eingegraben waren und der Rest der massiven Belagerungsgeschütze in der Nacht vorwärtsrollte und in ihren Geschützständen verborgen war.

Für Tippus Soldaten, die vom westlichen Wall aus beobachteten, war das Terrain vor der Stadt jetzt ein Gewirr aufgewühlter Erde. Schützengräben wanden sich durch das Ackerland und endeten in größeren Erdhügeln, die aus den tieferen Geschützständen aufgeworfen worden waren.

Nicht all diese größeren Erdhügel verbargen Geschütze, denn einige waren absichtlich aufgeworfen worden, um Tippu zu täuschen, sodass er erst wissen konnte, wo die richtigen Geschütze aufgestellt worden waren, wenn sie das Feuer eröffneten. Tippu wusste nur, dass die Briten auf seinen Westwall zielen würden, aber er wusste noch nicht, welchen Abschnitt die feindlichen Pioniere ausgewählt hatten, und es passte General Harris, dass Tippu das erst erfahren sollte, wenn die breschenschlagenden Batterien das Feuer eröffneten. Wenn die Verteidiger zu früh über die erwählte Stelle für den Sturmangriff alarmiert waren, dann würden sie Zeit genug haben, dahinter sorgfältige Verteidigungsanlagen zu errichten.

Tippu setzte jedoch darauf, den Briten vorzuspielen, dass er bereits wusste, wo sie die Bresche schlagen wollten, und in dem alten Torturm – nicht mehr als eine Attrappe –, wo die massive Sprengladung versteckt war, beendeten seine Pioniere ihre Vorbereitungen. Sie stapelten Steine um die große Pulverladung, sodass ihre Explosion nordwärts auf die Lücke zwischen den Wällen gelenkt wurde.

Damit die Sprengladung wirkungsvoll war, mussten die Briten ihre Bresche in das kurze Stück des Walls zwischen dem alten Torturm und der nordwestlichen Bastion der Stadt schlagen, und Tippu ging ein ungeheures Risiko ein, denn es war schwer vorauszusagen, ob die Bresche tatsächlich in diesen Abschnitt des Walls geschlagen werden würde. Die Stelle wurde vom Zerfall des äußeren Walls bestimmt und von den Unzulänglichkeiten des niedrigen Glacis, das vor diesem einladenden Wall lag.

Das anfängliche Glacis schützte halb die westliche Brustwehr mit den Zinnen, und die Erdaufschüttung diente dazu, Kanonenkugeln vom Fuß des Walls abzulenken, doch wo der Wall am meisten verfallen war, floss der Fluss sehr nahe an der Verteidigungsanlage vorbei, und es hatte keinen Platz gegeben, um auch nur die Vortäuschung eines Glacis zu errichten. Stattdessen setzte eine niedrige Schlammwand die Linie des Glacis fort, und dieser Wall war umgeben vom Wasser, das in den Graben zwischen dem äußeren Schutzwall und dem Glacis gepumpt worden war. Dieser niedrige Wall war im Vergleich zu einem Glacis kein Hindernis, und Tippu zählte darauf, dass er ein unwiderstehliches Ziel für die feindlichen Pioniere sein würde.

Er setzte nicht seine ganze Hoffnung auf diese einzige massive Sprengladung. Diese Sprengladung konnte gut Hunderte der angreifenden Soldaten töten oder verstümmeln, doch Tausende weitere feindliche Soldaten konnten gegen die Stadt geschickt werden.

So bereitete Tippu seine Armee auf diese Probe vor. Wenn es so weit war, würde der westliche Wall von Männern überfüllt sein, und die Männer würden jeder zumindest drei geladene Musketen haben, und hinter jedem kämpfenden Soldaten würde ein Mann stehen, der gedrillt war, die Musketen neu zu laden. Der britische Ansturm würde folglich mit einem Hagel von Musketenfeuer empfangen werden, vermischt mit Kanonenkugeln und Kartätschen aus den Kanonen, die als Ersatz für die zerstörten Geschütze hinter den zerstörten Schießscharten verborgen waren. Tausende von Raketen waren ebenfalls bereit. Auf lange Entfernungen waren die Raketen unberechenbar und wenig treffsicher, doch in der Enge einer Bresche, wo die Männer so zusammengedrängt waren wie Schafe in einem Pferch, würden die Raketen ein schreckliches Blutbad anrichten.

»Wir werden die Hölle mit ungläubigen Seelen vollstopfen«, prahlte Tippu, doch bei jeder Gebetsstunde flehte er Allah um einen frühen Beginn des Monsuns an. Jeden Morgen blickte er zum Himmel und hoffte, Anzeichen auf Regen zu sehen, doch der Himmel blieb hartnäckig klar.

Ein früher Monsun würde die Briten in sintflutartigem Regen hinwegschwemmen, bevor die Raketen und Geschütze sie blutig zerfetzen würden, doch es hatte nicht den Anschein, dass der Regen in diesem Jahr früh nach Maisur kommen würde.

Der Himmel mochte klar sein, doch jedes andere Anzeichen war gut. Die Pechsträhne, die zum Verlust der Mühlenfestung geführt hatte, war durch das Opfer der britischen Gefangenen beendet worden, und jetzt sprachen alle Träume Tippus und alle Wahrsager nur von dem Sieg.

Jeden Morgen schrieb Tippu seine Träume in einem großen Buch nieder, bevor er ihren Inhalt mit seinen Beratern diskutierte. Seine Wahrsager spähten in Töpfe mit heißem Öl, um in den farbigen Wirbeln auf der Oberfläche zu lesen, und diese schimmernden Zeichen, wie die Träume, prophezeiten einen großen Sieg.

Die Briten würden im südlichen Indien vernichtet werden, und dann, wenn die Franzosen Truppen schickten, um Maisurs wachsendes Reich zu verstärken, würden die Rotröcke aus dem Norden des Landes gefegt werden. Ihre Knochen würden an den Stätten ihrer Niederlagen bleichen, und ihre seidenen Fahnen würden an den Mauern der großen Paläste Tippus verblassen.

Der Tiger würde von den schneebedeckten Bergen im Norden bis zu den Palmensträngen im Süden, von der Coromandel-Küste bis zum Meer von Malabar herrschen. All dieser Ruhm wurde von den Träumen und den schillernden Prophezeiungen des Öls vorausgesagt.

Doch dann, im Morgengrauen, hatte es den Anschein, als würden die Hoffnungen enttäuscht, als die vier britischen, plötzlich ungetarnten Batterien zum Schlagen der Bresche krachten und das komplizierte Netzwerk aus Schützengräben und Feldschanzen eingehüllt war von gewaltigen Rauchwolken, die mit Donnerhall bei jedem Rücklauf der Geschütze ausgestoßen wurden.

Die Kugeln waren nicht dorthin gezielt, wo Tippu gehofft hatte, nicht auf den verwundbaren Teil des Walls hinter dem fehlenden Stück Glacis, sondern auf die mächtige Nordwest-Bastion der Stadt: ein Komplex von Brustwehren mit Zinnen, der hoch über dem Fluss aufragte und von den obersten Brustwehren die nördlichen und westlichen Wälle beherrschte.

Die ganze Stadt schien zu erzittern, als wieder und wieder die Kugeln einschlugen, und bei jedem Treffer sprang Staub aus dem alten Mauerwerk, bis schließlich die ersten Steine fielen. Vom Nordufer des Flusses, wo sich die kleineren britischen Lager befanden, fügten weitere Geschütze ihr Feuer hinzu. Noch mehr Steine stürzten in die Gräben, als die Kanoniere mit ihren schweren Geschossen die große Bastion abnagten.

Am nächsten Tag eröffneten weitere der Belagerungsgeschütze das Feuer, doch diese Waffen zielten auf die Kavaliere am südlichen Ende des westlichen Walls. In diesen Kavalieren waren kleine Kanonen aufgestellt, doch ihre Schießscharten wurden im Verlauf des Morgens zerstört und die Geschütze der Verteidiger von ihren Lafetten geschleudert.

Und immer noch hämmerte das Geschossfeuer der Batterien auf die nordwestliche Bastion, bis um ein Uhr die große Befestigung zusammenbrach. Zuerst war das Geräusch der einstürzenden Bastion wie das Knirschen und Ächzen eines tiefen Erdbebens zu hören, dann wurde es zum Grollen und Donnern, als sich die massiven Brustwehren in einer riesigen Staubwolke auflösten, die sich langsam auf den Kaveri senkte, sodass sich das Wasser fast eine Meile weit stromabwärts weiß wie Milch färbte.

Nachdem die Bastion gefallen war, herrschte eine unheimliche Stille, denn die Geschütze der Belagerer schwiegen.

Die Soldaten des Sultans eilten zu den Wällen, die Musketen und Raketen bereit, doch keine Angreifer regten sich in den britischen Linien. Ihre Fahnen flatterten unverschämt in der Brise, doch die Rotröcke und ihre eingeborenen Verbündeten blieben in ihren Schützengräben.

Ein tapferer Mann von Tippus Armee wagte es, auf den Trümmerhaufen zu steigen, der die nordwestliche Ecke der Verteidigungsanlage der Stadt gewesen war. Staub bedeckte die Tigerstreifen seines Rocks, als er durch die wackligen Trümmer kroch und die grüne Fahne suchte, die von der höchsten Brustwehr der Bastion geflogen war. Er barg die

Fahne, schüttelte den Staub aus ihren Falten und schwenkte sie in der Luft. Ein feindlicher Kanonier sah die Bewegung und feuerte sein riesiges Geschütz ab. Die Kugel kreischte durch den Staub, prallte an den Trümmern ab, hüpfte über die nördliche Verteidigungsanlage und platschte in den weiß gefärbten Fluss.

Der unversehrte Soldat schwenkte wieder die Fahne, dann rammte er deren gebrochenen Stab auf die Spitze des Trümmerhaufens der Bastion.

Tippu inspizierte die Beschädigungen an seinem westlichen Wall. Die Geschütze waren von den südlichen Kavalieren verschwunden, und die nordwestliche Bastion war unhaltbar, doch es gab an beiden Stellen keine Bresche, und sowohl der äußere als auch der innere Wall waren unbeschädigt. Das niedrige Glacis hatte den unteren Teil des Walls geschützt, und obwohl einige Steine der nordwestlichen Bastion in den überfluteten Graben gefallen waren, war keine Rampe entstanden, über die ein Sturmtrupp klettern konnte.

»Sie haben unsere flankierenden Geschütze zerstört«, erklärte Tippu seinem Gefolge. »Was bedeutet, dass sie immer noch planen, in der Mitte des Walls anzugreifen. Dort wollen wir sie kommen lassen.«

Colonel Gudin stimmte ihm zu. Eine Zeit lang war er – wie der Sultan – besorgt gewesen, dass das britische Bombardement bedeutete, dass sie vorhatten, an der nordwestlichen Ecke in die Stadt einzudringen, doch jetzt, nach dem Zusammenbruch des Turms, schien die Strategie des Feindes klar zu sein. Die Briten hatten nicht versucht, eine Bresche zu schaffen, sondern stattdessen zwei Stellen abgerissen, wo Tippu in der Höhe Geschütze aufstellen konnte, um ihr Feuer auf die Flanken der heranstürmenden Soldaten zu richten. Als Nächstes würde die Bresche geschaffen werden.

»Es wird dort sein, wo wir sie haben wollen, dessen bin ich sicher«, bestätigte Gudin Tippus Vermutung.

Der Mann, der die Fahne auf die Spitze der Trümmer der Bastion gesteckt hatte, wurde auf dem Westwall zu Tippu gebracht, dicht bei der Stelle, wo die Türme gefallen waren. Tippu belohnte ihn mit einem Beutel Gold. Der Mann war ein Hindu, und das erfreute Tippu, der sich stets Sorgen machte, ob solche Männer loyal zu ihm standen.

»Ist er einer von Ihren Männern?«, fragte er Appah Rao, der ihn bei der Inspektion begleitete.

»Nein, Hoheit.«

Tippu drehte sich jäh um und starrte hinauf ins Gesicht des großen Appah Rao. »Bei diesen elenden Männern Gudins«, sagte Tippu, »war da nicht eine Frau dabei?«

»Jawohl, Hoheit.«

»Und ist sie nicht zu Ihrem Haus gegangen?«

»Das ist sie, Hoheit, aber sie ist gestorben.« Die Lüge kam Appah Rao glatt über die Lippen.

Tippu war neugierig gemacht. »Gestorben?«

»Sie war ein mickriges krankes Geschöpf«, sagte Appah Rao gespielt gleichmütig. »Und sie ist einfach gestorben. So leicht sollte es den Männern nicht gehen, die sie hergebracht haben.« Er befürchtete immer noch, dass die Festnahme von Sharpe und Lawford dazu führen konnte, dass sein Verrat ans Licht kam, obwohl er nicht wirklich ihren Tod wollte, ebenso wenig wie Tippu glauben sollte, dass er sie am Leben wünschte.

»Diese beiden werden sterben«, versprach Tippu grimmig, und seine Frage über Mary war anscheinend vergessen. »Sie werden mit Sicherheit sterben«, sagte er noch einmal, als er die Trümmer der nordwestlichen Bastion hinaufkletterte. »Wir werden ihre schwarzen Seelen entweder opfern, um das

Unglück abzuwenden, oder wir werden sie als Dank für unseren Sieg opfern.« Er würde Letzteres vorziehen, und er stellte sich vor, die beiden Männer am selben Tag töten zu lassen, an dem er zum ersten Mal die silbernen Stufen zu seinem Tigerthron hinaufsteigen würde.

Ein heißer Hauch von Erwartung stieg in ihm auf. Die Rotröcke würden in seine Stadt kommen, und sie würden von den Feuern der Rache und zermalmenden Steinen ausgelöscht werden. Das Stöhnen der Sterbenden würde durch die Tage ihres Leidens hallen, und dann würde der Monsun kommen, und der träge dahinfließende Kaveri würde anschwellen, seine Flut würde sie ersäufen, und den überlebenden Briten, bereits knapp an Nahrung, würde nichts anderes übrig bleiben, als sich zurückzuziehen. Sie würden ihre Geschütze aufgeben müssen und ihren langen Elendsmarsch durch Maisur antreten, und jede Meile ihres Rückzugs würden sie von den Kavalleristen mit Lanzen und Schwertern verfolgt werden.

Dieses Jahr würden die Geier fett werden, und eine Spur von sonnengebleichten Knochen würde in Indien zurückbleiben, bis am Ende jeder Rotrock gestorben war. Und dann, dachte Tippu, würde er eine hohe Marmorsäule errichten lassen, weiß und glänzend und gekrönt mit dem Kopf eines knurrenden Tigers.

Der Ruf des Muezzins hallte durch die Stadt, forderte die Gläubigen zum Gebet auf. Der Ruf war schön im Schweigen der Geschütze. Tippu, seinem Gott ergeben, eilte mit einem letzten Blick zu den Verdammten zu seinem Palast. Sie konnten ihre Bresche schlagen, sie konnten den Fluss durchqueren und in seine Wälle eindringen. Aber wenn sie erst darin waren, würden sie sterben.

»D-I-T …«, sagte Sharpe und kratzte die Buchstaben im Kerker in den Staub des Stücks Zellenbodens, das er vom Stroh befreit hatte. »… R-I-S-C-H.«

»Dietrich«, sagte Lawford. »Sehr gut. Aber es wird mit ie und ch geschrieben.«

»Ich habe den Dietrich, Sir«, sagte Sharpe und holte ihn aus seiner Rocktasche. Es war ein kleiner Metallstab mit einigen seltsam gekrümmten Spitzen, den er schnell wieder verbarg, nachdem er ihn Lawford gezeigt hatte.

»Warum haben sie den nicht gefunden?«, fragte Lawford.

Beide Männer waren durchsucht worden, als sie nach ihrer Festnahme in den Palast gebracht worden waren, und obwohl die Wachen die Seite der Bibel in Lawfords Tasche gelassen hatten, hatten sie alles sonst von Wert an sich genommen.

»Ich hatte ihn dort, wo sie ihn nicht finden konnten, Sir«, sagte Sharpe. »Colonel Gudin dachte, ich kratze mich am Hintern, wenn Sie mir folgen können, aber ich habe ihn versteckt.«

»Ich möchte lieber nichts davon wissen«, bemerkte Lawford steif.

»Ein guter Dietrich kann diese alten Vorhängeschlösser binnen Sekunden aufbekommen«, sagte Sharpe und nickte zu dem Schloss der Zellentür. »Dann brauchen wir nur die Wächter zu überraschen.«

»Und uns eine Ladung Blei einfangen?«, fragte Lawford missmutig.

»Wenn der Angriff kommt«, sagte Sharpe, »werden die Wächter wahrscheinlich oben auf der Treppe sein und versuchen zu sehen, was passiert. Sie werden uns nicht hören.«

Sharpes Rücken schmerzte immer noch, und die Wunden, die ihm von dem *jetti* zugefügt worden waren, eiterten und waren von verkrustetem Blut bedeckt, und es stach darin, wenn er sich zu schnell bewegte, doch er hatte keinen Brand und keinerlei Fieber bekommen, und dieses Glück stellte sein Selbstvertrauen wieder her.

»Wenn der Angriff kommt, Sharpe«, warf Colonel McCandless ein, »werden unsere Wächter wahrscheinlich auf den Wällen sein und unsere Sicherheit einem ihrer Tiger überlassen.«

»Daran hatte ich nicht gedacht, Sir.« Sharpe klang enttäuscht.

»Ich bezweifle, dass Sie einen Tiger überraschen können«, sagte McCandless.

»Nein, Sir, das kann ich wohl nicht«, gab Sharpe zu. Jeden Abend bei Einbruch der Nacht verließen die Wächter den Kerker, doch vorher ließen sie den Tiger frei. Es war eine schwierige Prozedur, denn der Tiger musste mit langen Speeren von den Wächtern ferngehalten werden, wenn sie sich die Treppe hinauf zurückzogen. Offensichtlich hatte der Tiger schon einmal versucht, sie anzugreifen, denn er hatte eine lange Narbe an der muskulösen gestreiften Flanke. Und um solche Angriffe zu vermeiden, warfen die Wächter ein großes Stück rohes Fleisch mit Knochen herunter, um den Hunger des Tigers zu stillen, bevor sie ihn freiließen.

Die Gefangenen verbrachten Stunden der Nacht damit, zuzuhören, wie die Bestie die letzten Stücke Fleisch abriss und hinunterschlang. Jedes Mal in der Morgendämmerung wurde der Tiger in seine Zelle zurückgetrieben, wo er in der Hitze des Tages bis zur nächsten Wachzeit schlief. Es war eine riesige und räudige Bestie, nicht annähernd so schlank wie die sechs Tiger im Hof des Palastes, doch mit einem gierigeren Blick.

Sharpe beobachtete manchmal, wie er auf dem kurzen Gang auf und ab tappte, fast lautlos auf den Steinplatten, und er fragte sich, welche Gedanken sich hinter den glänzenden gelben Augen zusammenbrauten. Manchmal brüllte er fauchend ohne erkennbaren Grund in der Nacht, und die Jagd-Geparden fauchten zurück, und die Nacht war von tierischen Lauten erfüllt. Dann sprang der Tiger geschmeidig die Treppe hinauf und brüllte durch das Gitter hinaus. Er kam stets wieder hinunter und tigerte zwischen den Zellen herum, und sein Nahen war stumm, der Blick unheilvoll und böswillig.

Des Tags, wenn der Tiger gelegentlich in seinem Schlaf zuckte, wurden die Zellen von den Wächtern beobachtet. Manchmal waren sie nur zu zweit, doch zuweilen auch zu sechst. Jeden Morgen trafen in eisernen Beinfesseln Gefangene aus dem zivilen Stadtgefängnis ein, um die Eimer mit der Notdurft wegzubringen, und wenn sie die geleerten Eimer zurückgebracht hatten, gab es die erste Mahlzeit. Für gewöhnlich war es kalter Reis, manchmal mit Bohnen oder Fischstückchen, und ein Blechkrug mit Wasser. Ein zweiter Eimer mit Reis wurde am Nachmittag gebracht, doch sonst wurden die Gefangenen allein gelassen.

Sie lauschten den Geräuschen über ihnen, immer mit der Furcht, dass sie zu dem Sultan befohlen wurden und seinen Killern gegenüberstehen würden, und während sie warteten, betete McCandless, Hakeswill spottete, Lawford sorgte sich, und Sharpe lernte, die Buchstaben zu schreiben.

Zuerst lernte er hart, und es wurde ihm durch Hakeswills ständiges Gespött nicht gerade erleichtert. Lawford und McCandless ermahnten den Sergeant zur Ruhe, doch nach einer Weile kicherte Hakeswill von Neuem und begann in der fernen Ecke seines Käfigs mit sich selbst zu reden.

»Er wächst über sich hinaus, nicht wahr?«, murmelte Hakeswill laut genug, dass Sharpe es hören konnte. »Bringt sich Selbstsicherheit und feine Umgangsformen bei! Sharpe ist irre geworden. Vollkommen durchgedreht! Versucht Lesen zu lernen! Da könnte man auch einen Stein das Furzen lehren. Das ist nicht natürlich, das ist nicht richtig. Ein Private sollte wissen, dass er ein Stück Dreck ist. So steht es in der Bibel!«

»Darin steht nichts in dieser Art, Sergeant!«, rief McCandless, immer ärgerlich nach einer solchen Behauptung.

Und stets, bei jedem Tagesanbruch, waren die Geschütze der Belagerer zu hören. Ihr Donnern erfüllte die Luft und hallte beim Klatschen von Eisen auf sonnengetrocknetem Schlamm wider, wenn die Kugeln der 18-Pfünder auf den Wall schlugen, während – näher – die Geschütze Tippus antworteten. Nur wenige solcher Kanonen waren auf dem Westwall einsatzfähig geblieben, doch näher beim Kerker auf der nördlichen Brustwehr schickten Tippus Kanoniere mit den Batterien Schuss auf Schuss über den Kaveri, und das Krachen der Waffen erfüllte unablässig die warme Luft.

»Arbeiten hart, die Kanoniere!«, sagte Hakeswill. »Machen einen richtigen Job, wie es bei richtigen Soldaten sein sollte. Vergießen 'ne Menge Schweiß. Verplempern nicht ihre Zeit mit verdammten Buchstaben. K-A-T-Z-E? Wer, zur Hölle, will das wissen? Es bleibt immer noch eine verdammte Katze. Man braucht nur zu wissen, wie man das Ding abhäutet, nicht wie man es buchstabiert.«

»Ruhig, Sergeant«, grollte McCandless.

»Jawohl, Sir. Ich werde ruhig sein, Sir. Wie eine Kirchenmaus, Sir.«

Doch einen Augenblick später murmelte der Sergeant wieder vor sich hin. »Private Morgan, ich erinnere mich an ihn, er konnte lesen, und es brachte ihm nichts als Ärger. Er wusste immer mehr als jeder sonst, aber das hat ihn nicht vor dem Auspeitschen verschont. Ha, das wäre nie passiert, wenn er nicht hätte lesen und schreiben können. Das hat ihm seine

Mutter beigebracht, diese walisische Hure. Er hat in seiner Bibel gelesen, wenn er seine Muskete hätte reinigen sollen. Verreckt unter der Peitsche, der Blödmann. Gott sei Dank. Ein Private soll nicht lesen. Ist schlecht für die Augen. Macht einen blind.«

Hakeswill führte sogar des Nachts Selbstgespräche. Sharpe wachte auf und hörte ihn leise mit dem Tiger sprechen, und eines Nachts war es sogar der Tiger leid, ihm zuzuhören.

»Du bist keine so schlechte Pussy, oder?«, schmeichelte Hakeswill. »Bist ganz allein hier unten wie ich.«

Der Sergeant griff versuchsweise durch die Gitterstäbe, um der Bestie leicht auf den Rücken zu klopfen. Er wurde mit einem leisen Fauchen belohnt. »Fauch mich nicht an, Pussy, oder ich kratze dir die verdammten Augen aus, und wie willst du dann die Mäuse fangen, eh? Du wirst eine hungrige blinde Katze sein, Pussy, und das ist ein Hundeleben für eine Katze. Leg dich jetzt auf den Sack, und ruhe deine große Birne aus, verstanden? Tut doch nicht weh, oder?«

Und der Sergeant streckte seine Hand durch die Gitterstäbe und streichelte erstaunlich sanft über die Flanke der großen Raubkatze. Zu Sharpes Verwunderung lehnte sich die Bestie behaglich gegen das Gitter und ließ sich von Hakeswill kraulen.

»Du bist wach, nicht wahr, Sharpie?«, rief er leise, als er den Tiger kraulte. »Ich weiß das, ich weiß es genau. Was ist also mit der kleinen Mary Bickerstaff geschehen? Wirst du es mir sagen, Junge? Sie hat nicht den Rock für mich gehoben. Stattdessen hat sie einen Nigger drangelassen, wie? Ist das passiert? Ruhig jetzt, ruhig!« Er streichelte den Tiger.

Sharpe gab vor zu schlafen, doch Hakeswill musste seine Aufmerksamkeit spüren.

»Offiziersliebling, Sharpie? Ist es das, was du bist? Lernst du lesen, damit du sein kannst wie sie, willst du das? Es wird dir nichts Gutes bringen, Junge. Es gibt nur zwei Arten von Offizieren in dieser Armee. Die eine ist gut, und die andere ist das nicht. Die gute Art weiß es besser, als sich die Hände an euch Mannschaften dreckig zu machen. Sie überlässt alles den Sergeants. Die schlechte Sorte mischt sich ein. Dieser junge Mister Fitzgerald war ein Störer, der sich eingemischt hast, aber jetzt ist er zur Hölle gefahren, und da ist er am besten aufgehoben, denn er war ein neureicher Ire ohne Respekt für Sergeants. Und dein Mister Lawford taugt ebenfalls nichts, überhaupt nichts.« Hakeswill schwieg plötzlich, als Colonel McCandless aufstöhnte.

Das Fieber des Colonels hatte sich verschlimmert, doch er versuchte, sich nicht zu beklagen. Sharpe gab seine Absicht, sich schlafend zu stellen, auf und trug den Wasserkrug zu ihm.

»Etwas zu trinken, Sir?«

»Das ist freundlich von Ihnen, Sharpe, sehr freundlich.« Der Colonel trank, dann sank er zurück gegen die hintere Wand der Zelle. »Im letzten Monat hatten wir einen Regenguss«, sagte er, »keinen allzu heftigen, doch diese Zellen wurden trotzdem überflutet. Und nicht alles von der Flut war Regenwasser, ein guter Anteil daran war Abwasser. Ich bete, dass Gott uns hier rausholt, bevor der Monsun kommt.«

»Dann werden wir wohl nicht mehr hier sein, oder, Sir?«

»Kommt darauf an, Sharpe, ob wir die Stadt einnehmen oder nicht.«

»Wir werden sie einnehmen, Sir«, sagte Sharpe überzeugt.

»Vielleicht.« Der Colonel lächelte über Sharpes starken Optimismus. »Aber Tippu könnte sich entscheiden, uns zuerst zu töten.« McCandless schwieg eine Weile und schüttelte dann den Kopf. »Ich wünschte, ich verstünde den Sultan.«

»Da gibt's nichts zu verstehen, Sir. Er ist einfach ein teuflischer Bastard, Sir.«

»Nein, das ist er nicht«, sagte der Colonel ernst. »In Wirklichkeit ist er ein ziemlich guter Herrscher. Ein besserer, nehme ich an, als die meisten unserer christlichen Monarchen. Und er ist sicherlich für Maisur gut gewesen. Er hat seinem Reich viel Wohlstand und mehr Gerechtigkeit gebracht, als es in den meisten Fürstentümern in Indien gibt, und er ist tolerant gegenüber den meisten Religionen, obwohl ich befürchte, dass er einige unglückliche Christen verfolgt hat.« Der Colonel schnitt eine Grimasse, als ein Fieberschauer seinen Körper erschütterte. »Er hat sogar den Radscha und seine Familie am Leben gelassen, und das ist mehr, als die meisten Monarchen jemals tun würden. Die meisten Thronräuber töten die vorherigen Herrscher des Landes, doch das hat er hier nicht getan. Ich kann ihm natürlich nicht verzeihen, was er unseren armen Gefangenen angetan hat, aber ich nehme an, dass einige launenhafte Grausamkeiten vermutlich für einen Herrscher notwendig sind. Alles in allem denke ich, und ich beurteile ihn nach den Standards unserer eigenen Monarchie, wir sollten dem Sultan fairerweise gute Noten geben.«

»Und warum, zum Teufel, bekämpfen wir ihn, Sir?«

McCandless lächelte. »Weil wir hier sein wollen und er uns nicht hierhaben will. Zwei Hunde in einem kleinen Käfig, Sharpe. Und wenn er uns aus Maisur verjagt, wird er die Franzosen ins Spiel bringen und uns aus dem Rest von Indien hinausjagen, und dann können wir dem besten Teil unseres östlichen Handels Lebewohl sagen. Darum geht es, Sharpe, Handel. Deshalb kämpfen Sie hier, um den Handel.«

Sharpe verzog das Gesicht. »Das scheint ein komisches Motiv für den Kampf zu sein, Sir.«

»So, finden Sie?« McCandless wirkte überrascht. »Nicht für

mich, Sharpe. Ohne Handel gibt es keinen Wohlstand, und ohne Wohlstand taugt keine Gesellschaft. Ohne Handel, Private Sharpe, wären wir nichts als Bestien im Schlamm. Der Handel ist es in der Tat wert, dafür zu kämpfen, obwohl der liebe Gott weiß, dass wir den Handel nicht sehr schätzen. Wir feiern Könige. Wir ehren große Männer, wir bewundern Adlige, wir applaudieren Schauspielern, wir überhäufen Porträtmaler mit Gold und belohnen sogar manchmal Soldaten, doch wir verachten immer die Händler. Aber warum? Es ist der Wohlstand der Händler, der die Mühlen betreibt, Sharpe. Er bewegt die Webstühle, lässt den Hammer schlagen, füllt die Flotten, baut die Straßen, schmiedet das Eisen, baut den Weizen an, backt das Brot, erbaut die Kirchen, Häuser und Paläste. Ohne Gott und Handel wären wir nichts.«

Sharpe lachte leise. »Handel hat mir nie etwas bedeutet, Sir.«

»Nicht?«, fragte McCandless sanft. Der Colonel lächelte. »Was finden Sie denn des Kämpfens wert, Private?«

»Freunde, Sir. Und Stolz. Wir müssen zeigen, dass wir besser sind als die andere Seite.«

»Sie kämpfen nicht für den König oder das Land?«

»Den König habe ich nie kennen gelernt, Sir. Habe ihn sogar nie gesehen.«

»Es ist auch kein besonderer Anblick, aber der Mann ist anständig genug, wenn er nicht verrückt ist.« McCandless starrte hinüber zu Hakeswill. »Ist er verrückt?«

»Ich glaube, ja, Sir.«

»Arme Seele.«

»Er ist auch teuflisch«, sagte Sharpe so leise, dass Hakeswill es nicht hören konnte. »Hat eine Freude daran, Männer zu bestrafen, Sir. Er stiehlt, lügt, vergewaltigt und mordet.«

»Und Sie haben nichts dergleichen getan?«

»Nie vergewaltigt, Sir, und was das andere anbetrifft, nur, wenn es sein musste.«

»Dann bete ich zu Gott, dass Sie es nie wieder werden tun müssen«, sagte McCandless inbrünstig. Dann lehnte er seinen grauen Kopf gegen die Wand und versuchte zu schlafen.

Sharpe beobachtete, wie das Dämmerlicht in den Kerker sickerte. Die letzten Fledermäuse der Nacht hoben sich vor dem Streifen Himmel oberhalb ab, doch bald würden sie verschwunden sein, und das erste Geschütz des Tages würde sprechen.

Der Eröffnungsschuss des Tages war auf die niedrige Schlammwand gezielt, welche die Lücke in dem Glacis schloss und das Wasser im Graben dahinter staute. Der Wall war dick, und der Schuss traf tief und verlor viel von seiner Wucht, als er vom Flussufer abprallte und nur Staub aus den Fugen des Walls fegte.

Ein Belagerungsgeschütz nach dem anderen erwachte und räusperte sich die Kehle frei. Die ersten paar Schüsse waren oftmals lasch und gleichgültig abgegeben, denn die Waffenläufe waren noch kühl, und so flogen die Kugeln tief.

Eine Hand voll Geschütze antwortete dem Beschuss von den Stadtwällen aus, doch keines davon war groß. Tippu verbarg seine großen Geschütze für den Angriff, aber er erlaubte seinen Kanonieren, ihre kleinen Kanonen zu bemannen und abzufeuern, von denen einige nur Kugeln abfeuerten, die nicht größer als Kartätschen waren. Das Feuer der Verteidiger richtete keinen Schaden an, doch allein das Krachen der Geschütze gab den Bürgern der Stadt das Gefühl, zurückzukämpfen.

Heute Morgen schien der Beschuss der Briten unregelmäßig zu sein. Jede Batterie war bei der Arbeit, doch ihr Feuer war nicht koordiniert. Einiges war auf den niedrigen Wall im Glacis gezielt, während anderes die höheren Brustwehren zum Ziel hatte. Eine Stunde nach der Morgendämmerung verstummten die Geschütze, und kurz darauf stellten auch Tippus Kanoniere das Feuer ein.

Colonel Gudin, der auf dem westlichen Schutzwall durch ein Fernrohr spähte, sah, dass die eingeborenen Kanoniere der Company etwas von ihrem Geschütz anhoben. Gudin nahm an, dass die großen Geschütze sorgfältig auf den Abschnitt des Walls ausgerichtet wurden, der für die Bresche ausgewählt worden war. Die Geschütze waren jetzt heiß und würden genau schießen, und bald würden sie eine geballte Ladung Eisen auf die ausgewählte Stelle im Wall der Stadt konzentrieren. Mit seinem Fernrohr konnte er Männer sehen, die sich mit dem Geschütz abmühten, doch das Geschütz selbst konnte er nicht wahrnehmen, denn die Schießscharte war im Augenblick mit Weidenkörben, die mit Erde gefüllt waren, vollgestopft. Gudin betete, dass die Briten Tippus Köder schlucken und mit ihren Geschützen auf den scheinbar schwächsten Teil des Walls zielen würden.

Er richtete sein Fernrohr auf die nächste Batterie, die kaum vierhundert Yards von dem verwundbaren Abschnitt des Walls entfernt war. Die Kanoniere waren bis zur Hüfte nackt, denn die Temperatur würde bald über 30 Grad Celsius sein, die Luftfeuchtigkeit war bereits schier erstickend, und diese Männer mussten bereits mit dem enormen Gewicht des Geschützes und der Kugeln zurechtkommen. Ein 18-Pfünder-Belagerungsgeschütz wog an die zwölf Tonnen, und die ganze Masse heißen Metalls wurde bei jedem Schuss zurückgeschleudert, und dann musste das Geschütz mit Menschenkraft wieder zurück in Schussposition befördert werden. Die Kugel eines solchen Geschützes maß im Durchmesser ein wenig über fünf Zoll, und jedes Geschütz konnte etwa alle zwei Minuten eine solche Kugel verfeuern.

Die Spione Tippus hatten berichtet, dass General Harris jetzt siebenunddreißig dieser schweren Geschütze, die jedes ein vierundzwanzig Pfund schweres Geschoss abfeuern konnten, und zwei weitere, sogar noch schwerere Kanonen hatte.

Gudin, der darauf wartete, dass das Geschützfeuer wieder einsetzte, machte eine einfache Kopfrechnung. Jede Minute, schätzte er, würden etwa dreihundertfünfzig Pfund Eisen mit unvorstellbarer Geschwindigkeit in den Schutzwall der Stadt schlagen, und zu diesem schweren Gewicht von Metall würden die Briten eine Menge Haubitzen und ein paar Dutzend 12-Pfünder hinzufügen, die benutzt wurden, um den Wall zu beiden Seiten der Stelle zu bombardieren, die General Harris für seine Bresche ausgesucht hatte.

Gudin wusste, dass der ernsthafte Versuch, die Bresche zu schlagen, bald beginnen würde, und er hielt fast den Atem an, als er auf den ersten Schuss wartete, denn diese Eröffnung würde ihm zeigen, ob das Hasardspiel Tippus erfolgreich war oder nicht.

Das Warten schien sich ewig auszudehnen, doch schließlich enttarnte eine der Batterien ein Geschütz, und das große Ding spuckte vor seiner Schießscharte einen fünfzig Yards langen Strahl von Rauch aus. Eine halbe Sekunde später war das Donnern zu hören, doch Gudin hatte die Kugel bereits fallen sehen.

Die Briten hatten den Köder geschluckt. Sie tappten geradewegs in die Falle.

Die übrigen Belagerungsgeschütze eröffneten jetzt das Feuer, und für einen Moment erfüllte das Grollen des Donners den Himmel, an dem erschreckte Vögel flatterten. Die Schüsse hallten über das trockene Land, über den Fluss, und die Kugeln schlugen in den kurzen Wall, der die Abschnitte des Glacis vereinigte.

Der Wall hielt weniger als zehn Minuten stand, bevor er von einer 18-Pfünder-Kugel durchbrochen wurde und plötzlich das Wasser des inneren Grabens in den Südlichen Kaveri schoss. Ein paar Sekunden war eine klare, dünne Spur zu sehen, die im Bogen in den Fluss hinaussprudelte, dann nahm die Wucht des Strahls den abgeriebenen Staub auf, und der kleine Wall brach zusammen, sodass eine trübe Flut über das Flussufer spülte.

Der Beschuss legte kaum eine Pause ein, doch jetzt wurde etwas höher gezielt, sodass die Kugeln den Fuß der äußeren Brustwehr treffen konnten, die jetzt durch den Zusammenbruch der Mauer, die das Glacis verbunden hatte, völlig enttarnt war. Schuss um Schuss traf und fetzte eine Hand voll Schlammziegel heraus. Das Wasser aus dem durchgeschlagenen Graben floss ab, und die Schüsse hämmerten weiter.

Den ganzen Tag lang feuerten die schwitzenden Kanoniere, und der alte Wall zerfiel. Die Schüsse wurden jetzt tief gezielt, sodass sie am Fuß des Walls einschlugen und die Steine darüber herunterfallen und eine Rampe von Trümmern bilden konnten, die hinauf und durch die Lücke führte, die von den Geschützen geschaffen wurde.

Bei Einbruch der Nacht stand der Wall immer noch, doch an seinem Fuß war eine bröckelnde, staubige Höhle entstanden.

In der Nacht feuerten ein paar britische Geschütze, hauptsächlich Kartätschen, um zu verhindern, dass Tippus Männer die Höhle im Wall ausbesserten, aber in der Dunkelheit war es schwierig, genau zu zielen, und die meisten Schüsse gingen daneben.

Am Morgen richteten die britischen Offiziere ihre Fernrohre auf den Wall und sahen, dass die Höhle mit Schanzkörben aus Weide, die mit Erde gefüllt waren, und Holzbalken gefüllt war. Die ersten paar Schüsse machten kurzen Prozess mit diesen Reparaturarbeiten, und bei jedem Treffer flogen Holzsplitter und Erdreich durch die Luft.

Als die Höhle wieder entblößt war, machten sich die Kanoniere weiter an die Arbeit. Das Terrain zwischen Aquädukt und Fluss wurde von einem Nebel aus Pulverrauch eingehüllt, als die Artillerie den Westwall unter Beschuss nahm, bis am Mittag ein Jubelschrei in den britischen Linien verkündete, dass der Wall zusammengebrochen war.

Er stürzte langsam ein. Die Staubwolke, die in die Luft schoss, war so dicht, dass zuerst keiner das Ausmaß des Schadens erkennen konnte, doch als der leichte Wind den Rauch von den Geschützen und den Staub vom Wall forttrug, konnten sie erkennen, dass eine Bresche geschaffen war.

Die weiß gekalkte Wand hatte jetzt eine zwanzig Yards breite Lücke, und sie wurde mit einem Damm aus Schutt gefüllt, über den ein Mann klettern konnte, solange er durch nichts anderes als eine Muskete, ein Bajonett und seine Patronentasche behindert wurde. Dies machte die Bresche brauchbar.

Dennoch feuerten die Geschütze immer noch. Jetzt versuchten die Kanoniere den Hang der Bresche abzuflachen, und einige ihrer Geschosse prallten ab und flogen zum inneren Wall. Eine Zeit lang befürchtete Gudin, dass die Briten vorhatten, eine Passage durch diesen neuen inneren Schutzwall zu schießen, doch dann zielten die Kanoniere tiefer auf die Seiten der neu geschaffenen Bresche, um die Lücke im äußeren Wall zu vergrößern.

Eine halbe Meile von Gudin entfernt, in den britischen

Linien, starrten General Harris und General Baird durch ihre Fernrohre auf die Bresche. Jetzt sahen sie zum ersten Mal ein kurzes Stück des neuen inneren Walls.

»Er ist nicht so hoch, wie ich befürchtet habe«, bemerkte Harris.

»Beten wir, dass er noch nicht fertig ist«, grollte Baird.

»Aber ich halte es immer noch für besser, ihn zu ignorieren«, sagte Harris. »Wir nehmen den äußeren Wall zuerst ein.«

Baird wandte sich um und starrte auf einige Wolken, die schwer und tief über dem westlichen Horizont hingen. Er befürchtete, dass sie ein Anzeichen auf Regen waren.

»Wir könnten das heute Abend tun«, schlug er vor.

Baird erinnerte sich an die vierundvierzig Monate, die er in den Kerkern Tippus erlitten hatte, einige davon angekettet an die Wand seiner Zelle, und er wollte Rache. Er war ebenfalls begierig darauf, die blutige Erstürmung der Stadt hinter sich zu bringen.

Harris schob sein Fernrohr zusammen.

»Morgen«, sagte er mit fester Stimme und kratzte sich unter dem Rand seiner Perücke. »Wir riskieren zu viel, wenn wir die Dinge übereilen. Wir warten bis morgen.«

In dieser Nacht kroch eine Hand voll britischer Offiziere mit kleinen weißen Wimpeln an Bambusstöcken aus den vordersten Schützengräben. Dünne Wolken verdunkelten gelegentlich den Mond, und in diesen dunklen Zeitabschnitten erkundeten die Offiziere den Südlichen Kaveri, um die tückischen tiefen Stellen zu finden. Sie markierten die seichten Stellen mit den Wimpeln und kennzeichneten einen Pfad zu der Bresche.

Und die ganze Nacht marschierten Stoßtruppen an den langen Schützengräben auf und ab. Harris war entschlossen, dass sein Sturmangriff überwältigend sein würde. Er würde die Stadt nicht kitzeln, erklärte er Baird, sondern mit Männern überschwemmen, und Baird würde zwei Kolonnen von Soldaten führen, halb Briten, halb Sepoys, aber fast alle erstklassige Männer von den Elite-Flankenkompanien der Armee.

Die sechstausend Angreifer würden entweder Grenadiere sein, die größten und stärksten Männer, oder von den Leichten Kompanien kommen, in denen die schnellsten und cleversten Männer dienten, und jene ausgewählten Männer würden von einer Abteilung von Haidarabads besten Kriegern begleitet werden. Die Angreifer würden auch von Pionieren mit Faschinen – Reisiggeflechte für Befestigungsbauten – begleitet sein, um jeden Graben auszufüllen, den die Verteidiger in der Bresche gegraben hatten, und Bambusleitern an die Seiten der Bresche stellen und erklettern.

Freiwillige Kanoniere würden den führenden Soldaten auf die Brustwehren folgen und dort die Kanonen Tippus gegen die Verteidiger beim inneren Wall richten. Zwei Himmelfahrtskommandos würden jeder Kolonne vorausgehen. Jede dieser Abteilungen bestand ausschließlich aus Freiwilligen und wurde von einem Sergeant befehligt, der zum Offizier ernannt werden konnte, wenn er den Einsatz überlebte.

Beide Himmelfahrtskommandos würden die britischen Fahnen in die Bresche tragen, und diese Fahnenträger würden die Ersten sein, die die feindlichen Geschütze bemannten. Erst in der Bresche, hatten die Himmelfahrtskommandos den Befehl, nicht in die Lücke zwischen den beiden Wällen zu gehen, sondern an den Flanken zu beiden Seiten der Rampe hochzuklettern und von dort aus den Kampf nach Norden und Süden über den ganzen Ring von Seringapatams Brustwehren zu führen.

»Gott weiß es«, sagte Harris beim Abendessen, »aber ich

kann mir nicht vorstellen, dass ich etwas vergessen habe. Meinen Sie, ich hätte nicht alles getan, Baird?«

»Nein, Sir, das kann ich mir auch nicht vorstellen«, sagte Baird. »Wirklich nicht.«

Er versuchte, heiter und unbekümmert zu wirken, doch es war eine gedämpfte Stimmung bei der Mahlzeit. Harris hatte sein Bestes getan, um sie festlich zu gestalten. Sein Tisch war mit einem Leinentuch gedeckt und von feinen Wachskerzen, die ein weißes Licht gaben, erhellt. Die Köche des Generals hatten ihre letzten Hühnchen gegrillt, um eine Abwechslung von der üblichen Halbration von Rindfleisch zu bieten, doch keiner der Offiziere rund um den Tisch hatte großen Appetit und schien auch kein Interesse an einer Unterhaltung zu haben. Meer Allum, der Kommandeur der Haidarabad-Armee, tat sein Bestes, um seine Verbündeten zu ermuntern, doch nur Wellesley war anscheinend in der Lage, auf seine Bemerkungen einzugehen.

Colonel Gent, der es als Harris' Chef-Pionier übernommen hatte, die geheimdienstlichen Nachrichten zu überprüfen, die aus der Stadt herauskamen, schenkte sich etwas Wein ein. Es war ein widerliches Zeug, sauer geworden auf der langen Reise von Europa in die Hitze Indiens.

»Es gibt ein Gerücht«, sagte er schwer, als sich eine Pause in der halbherzigen Unterhaltung zu lange ausdehnte, »dass die heidnischen Bastarde eine ungeheure Sprengladung für uns bereithalten.«

»Solche Gerüchte gibt es immer«, sagte Baird barsch.

»Ein bisschen spät, es uns zu erzählen, gewiss«, wandte Harris milde ein.

»Ich habe es erst heute gehört, Sir«, verteidigte sich Gent. »Einer ihrer Kavalleristen ist desertiert. Es kann natürlich sein, dass er Geschichten erfunden hat, diese Leute lügen oft. Vielleicht hat ihn auch Tippu geschickt, der uns dadurch zu einer Verzögerung bringen will.«

Er schwieg und spielte mit dem Salzfässchen aus blauem Glas. Das Salz war in der Luftfeuchtigkeit verkrustet, und er attackierte es mit dem kleinen Silberlöffel, zerbröckelte es, wie der Stadtwall bei der Bombardierung durch die Geschütze zerbröckelt war.

»Doch der Kerl wirkte sehr selbstsicher«, sagte er nach einer Weile. »Er sagt, es sei eine große Sprengladung.«

Baird verzog das Gesicht. »Dann werden die Bastarde sie in die Luft blasen, wenn die Himmelfahrtskommandos angreifen. Deshalb haben wir Himmelfahrtskommandos. Um zu sterben.« Es hatte nicht so gefühllos klingen sollen, doch er wollte den Pionier zum Schweigen bringen.

Irgendwo in der Ferne war Donnergrollen zu hören. Jeder am Tisch wartete auf das Prasseln von Regen auf das Segeltuch des Zelts, doch es blieb aus.

»Meine Sorge«, sagte Gent, offenbar unbeeindruckt von Bairds brüsker Bemerkung, »ist, dass sie ihre Sprengladung in die Luft blasen werden, wenn wir auf den Brustwehren sind, und wenn sie groß genug ist, wird sie unsere Jungs von den Wällen fegen.« Er warf den Löffel hart in das Salz. »Regelrecht hinwegfegen!«

»Dann lasst uns hoffen, dass die Gerüchte nicht stimmen«, sagte Harris nach den pessimistischen Worten des Pioniers. »Colonel Wellesley, kann ich Sie noch zu einem Glas überreden?«

Wellesley schüttelte den Kopf. »Ich habe genug getrunken, danke, Sir.« Doch dann blickte der junge Colonel zu seinem Rivalen Baird. »Vielleicht sollte ich doch noch ein Glas akzeptieren, um auf Ihren Erfolg und Ruhm zu trinken.«

Baird, dessen Abneigung gegen den jungen Colonel in den

letzten paar Tagen nur gewachsen war, schaffte es, einen erfreuten Ausdruck auf sein Gesicht zu zaubern. »Das ist freundlich von Ihnen, Wellesley.« Er zwang sich, höflich zu sein. »Sehr freundlich von Ihnen.«

Harris war dankbar für Wellesleys Großzügigkeit. Er mochte es nicht, wenn seine Stellvertreter uneinig waren, besonders nicht, seit er entschieden hatte, dass es Wellesley sein sollte, der jüngere und dienstjüngere Mann, der zum Gouverneur von Maisur gemacht werden sollte, wenn die Stadt fiel. Baird würde sich zweifellos darüber ärgern, denn der Schotte würde die Ernennung seines Rivalen als eine Kränkung betrachten, doch in Wahrheit disqualifizierte Bairds Hass auf alle indischen Dinge ihn für einen solchen Posten. Britannien brauchte ein friedliches Maisur, und Wellesley war ein taktvoller Mann ohne Vorurteile gegen Eingeborene.

»Gut von Ihnen, Wellesley«, sagte Harris, prostete ihm zu und trank. »Sehr gut von Ihnen, dessen bin ich sicher.«

»Morgen um diese Zeit«, sagte Meer Allum mit seinem sonderbaren englischen Akzent, »werden wir in Tippus Palast dinieren. Von seinem Silber trinken und seinem Gold essen.«

»Ich bete, dass es so sein wird«, sagte Harris. »Und ich bete, dass wir es ohne ernsthafte Verluste schaffen.« Er kratzte sich an der Narbe unter seiner Perücke.

Die Offiziere waren immer noch ernst, als das Mahl endete. Harris wünschte ihnen eine gute Nacht. Als sie fort waren, stand er eine Weile vor seinem Zelt und starrte auf die mondbeschienenen Wälle der fernen Stadt. Die weiß gekalkten Brustwehren schienen zu glühen und ihm zuzuwinken, aber wozu?

Er ging zu Bett und schlief schlecht, und in den wachen Momenten dachte er über Ausreden nach, wenn er scheitern würde.

Baird lag ebenfalls eine Weile wach, betrank sich mit Whisky, und danach, in voller Uniform und mit seinem schottischen Breitschwert neben dem Bett, fiel er in einen unruhigen Schlaf.

Wellesley schlief gut.

Die Männer drängten sich in den Schützengräben und fanden kaum Schlaf.

Hornsignale begrüßten die Morgendämmerung. Die Sturmwolken im Westen hatten sich verdichtet, doch es war kein Regen gefallen, und die aufgehende Sonne brannte bald die kleinen dünnen Wolken über der Stadt weg.

Die Sturmtruppen kauerten in den Gräben, wo sie von den Wällen Seringapatams aus nicht gesehen werden konnten. Die kleinen weißen Wimpel flatterten im Fluss.

Die Belagerungsgeschütze feuerten weiter. Einige Kanoniere versuchten, die Bresche zu erweitern, doch die meisten versuchten nur, die Verteidiger zu entmutigen, Reparaturarbeiten an der Bresche vorzunehmen oder Hindernisse auf den Hang davor zu legen. Die unbeschädigten Brustwehren schimmerten weiß in der Sonne, während die Bresche wie eine rotbraune Narbe im langen Schutzwall der Stadt wirkte.

Tippu hatte die Nacht in einer kleinen Posten-Schutzhütte auf dem Nordwall verbracht. Er erwachte früh, denn er rechnete mit einem Angriff in der Morgendämmerung und hatte all seinen Soldaten auf den Wällen Bereitschaft befohlen. Es fand jedoch kein Angriff statt, und als die Sonne höher stieg, erlaubte er einigen der Verteidiger, in ihre Kasernen zu gehen, um sich auszuruhen. Er selbst ging in den Inneren Palast.

Er spürte die nervöse Erwartung in den überfüllten Straßen, und er selbst war besorgt und unruhig, denn er hatte in seiner unruhigen Nacht von Affen geträumt, und Affen waren immer ein böses Omen. Die Stimmung des Sultans besserte sich nicht, als die Wahrsager berichteten, dass das Öl in ihren Töpfen trübe gewesen war.

Heute war anscheinend ein unheilvoller Tag, doch Glück war beeinflussbar, und so versuchte er, den unglücklich begonnenen Tag zu verändern, indem er Geschenke zu verteilen begann. Er ließ einen Hindu-Priester zu sich kommen und übergab dem Mann einen Elefanten, einen Sack Saatgut und einen Beutel Gold. Dem Brahmanen, der den Priester begleitete, schenkte er einen Ochsen, eine Ziege, zwei Büffel, einen schwarzen Hut, eine schwarze Jacke und einen seiner kostbaren Töpfe mit weissagendem Öl.

Dann wusch er seine Hände und setzte einen Kriegshelm auf, der in eine heilige Quelle getaucht worden war, um seinen Träger unverwundbar zu machen. An seinem rechten Arm trug er ein silbernes Amulett mit Versen aus dem Koran.

Ein Diener heftete den großen roten Rubin auf den Helmbusch, und Tippu schnallte den Säbel mit dem goldenen Tigergriff an seine Hüfte und kehrte zurück zum westlichen Wall.

Nichts hatte sich verändert. Jenseits des träge dahinfließenden Südlichen Kaveri brannte die Sonne auf den Boden, wo die britischen Geschütze immer noch feuerten. Ihre Kanonenkugeln wirbelten die Trümmer der Rampe auf. Doch die Rotröcke rührten sich nicht in ihren Gräben. Die einzigen Anzeichen darauf, dass ein Angriff bevorstehen könnte, waren die kleinen Markierungswimpel, die in das Flussbett gesteckt worden waren.

»Sie brauchen noch einen weiteren Tag, um die Bresche zu vergrößern«, meinte ein Offizier.

Colonel Gudin schüttelte den Kopf. »Sie werden heute kommen.«

Tippu stieß einen Grunzlaut aus. Er stand nördlich der Bresche und beobachtete durch ein Fernrohr die feindlichen Schützengräben. Einige der britischen Kanonenkugeln hätten ihn fast getroffen, und seine Adjutanten versuchten ihn zu überreden, einen sichereren Platz aufzusuchen, doch selbst als ein Steinsplitter, der von einer Kanonenkugel emporgewirbelt worden war, seinen weißen Leinenrock traf, rührte er sich nicht von der Stelle.

»Sie wären mit der Morgendämmerung gekommen«, sagte er schließlich, »wenn sie heute angreifen.«

»Sie wollen, dass wir das denken, um uns in Sicherheit zu wiegen«, wandte Gudin ein. »Aber sie werden heute kommen. Sie werden uns keine weitere Nacht für Vorbereitungen geben. Und warum haben Sie die Wimpel gesetzt?« Er wies zum Fluss.

Tippu trat von den Resten der Brustwehr zurück. Hatte sich sein Glück zum Unglück verändert? Er hatte den Feinden seines Gottes Geschenke gemacht und gehofft, dass sein Gott ihn mit dem Sieg belohnen würde, doch er fühlte sich immer noch unbehaglich und unruhig. Er hätte es vorgezogen, wenn die Erstürmung einen weiteren Tag aufgeschoben worden wäre, damit er sich noch besser darauf hätte einstellen können. Doch vielleicht wollte Allah es anders. Und nichts war durch die Annahme verloren, dass der Angriff heute erfolgen würde.

»Gehen wir davon aus, dass sie heute Nachmittag kommen werden«, sagte er. »Jeder Mann wieder zurück auf die Wälle.«

Die Wälle, bereits voller Soldaten, wurden jetzt noch dichter besetzt. Eine Kompanie von Moslems hatte sich freiwillig gemeldet, sich dem Feind, der in die Bresche eindringen würde, entgegenzustellen, und diese tapferen Männer, bewaffnet mit Säbel, Pistole und Muskete, duckten sich gerade innerhalb der

Bresche, durch den Trümmerhaufen von den feindlichen Geschützen aus nicht zu sehen. Diese Freiwilligen würden höchstwahrscheinlich sterben, wenn nicht durch die Hand der Angreifer, dann durch die Explosion der großen Sprengladung, doch jedem Mann war ein Platz im Paradies garantiert worden, und so würden sie glücklich in den Tod gehen.

Raketen wurden auf den Brustwehren aufgestapelt. Und Geschütze, die bei dem Bombardement verborgen geblieben waren, wurden in Position gebracht, um die Angreifer von den Flanken aus zu bestreichen.

Andere der besten Soldaten Tippus wurden auf dem äußeren Wall über dem Rand der Bresche postiert. Ihre Aufgabe war es, die Flanken der Bresche zu verteidigen, denn Tippu war entschlossen, die Angreifer in den Zwischenraum zwischen den Wällen zu schleusen, wo seine Sprengladung sie vernichten konnte.

Allah, lass die Briten kommen, betete Tippu, aber lass sie wie Schafe durch die Bresche zur Schlachtbank ziehen.

Tippu hatte sich entschieden, den Kampf auf dem Wall nördlich der Bresche zu führen. Colonel Gudins Bataillon würde südlich der Bresche kämpfen, und Gudin persönlich hatte die Verantwortung dafür, dass die Sprengladung gezündet wurde.

Es war jetzt alles bereit, eine riesige Menge Pulver verstopfte den alten Torweg und war mit Steinen und Balken abgestützt, sodass die Druckwelle der Explosion nordwärts zwischen die Wände gezwungen wurde. Gudin würde das Inferno von seinem Platz auf der inneren Brustwehr aus beobachten und dann Sergeant Rothière signalisieren, die Lunte anzuzünden. Rothière und die Lunte wurden von zwei der stärksten Männer Gudins und durch sechs *jettis* Tippus bewacht.

Der Sultan sagte sich, dass er alles getan hatte, was möglich war. Die Stadt war bereit, und zu Ehren des Schlachtfests unter den Ungläubigen hatte sich Tippu mit Juwelen herausgeputzt. Er hatte seine Seele und sein Königreich in Allahs Hand gegeben. Jetzt konnte er nur warten, dass die Sonne des späten Morgens immer höher stieg, um zu einer weiß glühenden Scheibe am indischen Himmel zu werden, wo die Geier ihre weiten Kreise zogen.

Die britischen Geschütze feuerten weiter. In der Moschee beteten einige Männer. Diese Gläubigen waren allesamt alt, denn jeder junge Mann, tauglich zum Kämpfen, wartete auf den Wällen. Die Hindus beteten zu ihren Göttern, während die Frauen der Stadt sich schmutzig und zerlumpt herrichteten, damit sie nicht die Aufmerksamkeit des Feindes auf sich ziehen würden, sollte die Stadt fallen.

Es wurde Mittag. Die Stadt kochte in der Hitze. Es herrschte sonderbare Stille, denn die Belagerungsgeschütze feuerten nur noch sporadisch. Jeder Schuss hallte dumpf von den Wällen wider, und bei jedem Treffer fielen Steine und stiegen kleine Staubwolken empor, und danach herrschte wieder Stille.

Auf den Wällen duckte sich eine Horde Männer hinter den Schützenauftritten, während in den Schützengräben jenseits des Flusses eine feindliche Horde auf die Befehle wartete, die sie gegen die Stadt schicken würden.

Tippu hatte einen Gebetsteppich bringen lassen. Er kniete sich mit dem Gesicht zum Feind darauf, verneigte sich und betete. Er betete, das Colonel Gudin sich irrte und dass der Feind ihm noch einen weiteren Tag geben würde, und dann, wie in einem Wachtraum, kam ihm eine Erkenntnis. Er hatte Geschenke verteilt, und Wohltätigkeitsgeschenke waren gesegnet. Aber er hatte kein Opfer gebracht. Seine Opfer hatte er für die Siegesfeier aufgespart, und vielleicht würde der Sieg nicht kommen, wenn er seine Opfer nicht jetzt machte. Das Glück war beeinflussbar, und der Tod war ein großer Veränderer des Glücks. Er machte eine letzte tiefe Verbeugung, berührte mit der Stirn den Gebetsteppich und richtete sich dann auf.

»Schicken Sie mir drei *jettis*«, befahl er einem Adjutanten. »Und sagen Sie ihnen, sie sollen mir die britischen Gefangenen mitbringen.«

»Alle, Hoheit?«, fragte der Adjutant.

»Nicht den Sergeant«, sagte Tippu. »Nicht den, dessen Gesicht zuckt, die anderen. Sagen Sie den *jettis*, sie sollen sie herbringen.«

Für seinen Sieg brauchte er ein letztes Opfer von Blut, bevor der Kaveri dunkel davon wurde.

KAPITEL 10

Appah Rao war ein fähiger Mann, sonst wäre er nicht zum Kommandeur einer der Brigaden Tippus befördert worden. Er war auch ein diskreter Mann. Diskretion hatte Rao am Leben erhalten und ihn in die Lage versetzt, seine Loyalität gegenüber dem entthronten Radscha aus dem Hause Wodeyar zu bewahren, während er immer noch Tippu diente.

Jetzt, nachdem ihm befohlen worden war, seine Männer zu den Wällen von Seringapatam zu bringen und zu kämpfen, um die moslemische Dynastie Tippus zu bewahren, stellte Appah Rao schließlich seine Dynastie in Frage. Er gehorchte Tippu natürlich, und seine *cushoons* marschierten pflichtschuldig auf die Schutzwälle der Stadt.

Doch Appah Rao, der unter den Sonnenbannern über dem Maisur-Tor stand, fragte sich, was er von dieser Welt wollte. Er besaß eine Familie, einen hohen Rang, Wohlstand und Gesundheit, doch er verneigte sich trotzdem vor einem ausländischen Monarchen, und auf einigen der Fahnen über den Köpfen seiner Männer standen arabische Schriftzeichen, um einen Gott zu feiern, der nicht Appah Raos Gott war. Sein eigener König lebte in Armut, sogar unter der Bedrohung, hingerichtet zu werden, und es war möglich, vielleicht sogar wahrscheinlich, dass ein heutiger Sieg Tippu so hoch tragen würde, dass er den Radscha nicht länger brauchen würde. Der Radscha paradierte wie eine Puppe an heiligen Tagen der Hindus, um die Hindus versöhnlich zu stimmen, doch wenn Maisur keine Feinde im südlichen Indien mehr hatte, warum sollten die Hindus von Maisur versöhnlich gestimmt werden? Der Radscha und seine ganze Familie würden heimlich beseitigt werden und ihre Leichen wie die der ermordeten britischen Gefangenen in Schilfmatten eingehüllt in einem namenlosen Grab verscharrt werden.

Wenn Tippu jedoch verlor, würden die Briten in Maisur herrschen. Und wenn sie ihr Wort hielten, würde der Radscha zwar wieder in seinen Palast und auf seinen alten Thron gesetzt werden, aber der Palast würde sich immer noch auf die britischen Berater verlassen, und die Schatzkammer des Radschas würde für den Unterhalt der britischen Truppen benötigt werden. Doch wenn Tippu siegte, dachte Appah Rao, würden die Franzosen kommen, und welchen Beweis gab es, dass sie besser waren als die Briten?

Er stand über dem südlichen Tor und warte darauf, dass der Feind aus den Schützengräben auftauchte und die Stadt angriff, und er fühlte sich wie im Würgegriff zweier unversöhnlicher Kräfte.

Wenn er weniger besonnen gewesen wäre, hätte er vielleicht offen gegen Tippu rebelliert und seinen Soldaten befohlen, die Briten bei ihrer Invasion zu unterstützen, doch solch ein Risiko war zu groß für einen vorsichtigen Mann. Aber wenn Tippu die heutige Schlacht verlor und Appah Rao als loyal gegenüber dem besiegten Mann empfunden wurde, welche Zukunft hatte er dann?

Welche Seite auch immer gewinnen wird, ich würde verlieren, dachte Appah Rao. Aber es gab einen kleinen Akt, mit dem er sich das Überleben bei einer Niederlage sichern konnte.

Er ging zum Ende des vorspringenden Kavaliers, winkte die Kanoniere dort von ihrer Kanone fort und rief Kunwar Singh zu sich.

»Wo sind deine Männer?«, fragte er Singh.

»Beim Haus, Herr.« Kunwar Singh war Soldat, aber in keinem der *cushoons* Tippus. Seine Loyalität galt seinem Verwandten, Appah Rao, und seine Pflicht war es, Appah Rao und dessen Familie zu schützen.

»Nimm dir sechs Männer«, sagte der General, »und sorge dafür, dass sie nicht mit meiner Uniform bekleidet sind. Dann geh zu den Kerkern und zu Colonel McCandless, und bring ihn in mein Haus. Er spricht unsere Sprache, gewinne also sein Vertrauen, indem du ihn daran erinnerst, dass du mit mir zum Tempel von Somanathapura kamst, und sag ihm, dass ich ihm vertraue, meine Familie am Leben zu erhalten.«

Der General hatte südwärts gestarrt, als er gesprochen hatte, doch er wandte sich jetzt um und schaute Kunwar Singh in die Augen. »Wenn die Briten in die Stadt kommen, wird McCandless unsere Frauen beschützen.«

Appah Rao fügte diese letzte Versicherung hinzu, wie um seinen Befehl zu rechtfertigen, doch Kunwar Singh zögerte immer noch. Singh war ein loyaler Mann, doch diese Loyalität wurde gefährlich überbeansprucht, denn er wurde gebeten, gegen Tippu zu rebellieren. Es konnte sein, dass er Tippus Männer töten musste, um diesen feindlichen Soldaten zu befreien, und Appah Rao verstand Singhs Zögern.

»Tu dies für mich, Kunwar Singh«, versprach der General, »und ich werde dir das Land deiner Familie wiedergeben.«

»Herr«, sagte Kunwar Singh, trat zurück, machte eine Kehrtwendung und marschierte davon.

Appah Rao schaute ihm nach, dann starrte er an der südwestlichen Ecke der Stadt vorbei, wo er einen Teil der feindlichen Schützengräben überblicken konnte. Mittag war vorüber, und es gab immer noch kein Anzeichen auf Leben in den britischen Linien, abgesehen von gelegentlichem Geschützbeschuss.

Wenn Tippu diesen Tag gewinnt, dachte Appah Rao, würde

sein Zorn über McCandless' Verschwinden schrecklich sein. In diesem Fall, sagte sich Appah Rao, würde McCandless sterben müssen, bevor er jemals entdeckt und die Wahrheit aus ihm herausgeprügelt werden konnte. Doch wenn Tippu verlor, war McCandless Appah Raos beste Garantie fürs Überleben. Und ein Hindu, der in einem moslemischen Staat lebte, war ein Experte im Überleben. Appah Rao wusste, dass er trotz des Risikos, das er einging, das Beste getan hatte. Er zog seinen Säbel, küsste die Klinge, um sich Glück zu wünschen, und wartete dann auf den Angriff.

Kunwar Singh brauchte nur eine Minute bis zum Haus des Generals. Er befahl sechs seiner besten Männer, die Waffenröcke abzulegen, die Appah Raos Abzeichen trugen, und stattdessen die tigergestreifte Uniform anzuziehen. Er selbst wechselte seinen eigenen Rock, dann lieh er sich aus der Schatztruhe des Generals eine goldene Kette mit einem juwelenbesetzten Anhänger. Solche Juwelen waren ein Zeichen von Machtbefugnis in der Stadt, und Kunwar Singh nahm an, dass er sie brauchen würde. Er bewaffnete sich mit einer Pistole und einem Säbel und wartete dann auf seine ausgewählte Gruppe.

Mary kam in den Hof und wollte wissen, was los war. In der Stadt herrschte eine sonderbare Ruhe, und die britischen Geschütze, die seit Tagen so schnell gedonnert hatten, waren jetzt nur noch selten zu hören. Die Stille hatte etwas Unheilvolles und machte Mary nervös.

»Wir nehmen an, die Briten kommen«, sagte Kunwar Singh, und dann platzte er damit heraus, dass sie sicher sein würde, denn er hatte den Befehl erhalten, den britischen Colonel aus dem Kerker zu befreien und ihn in Appah Raos Haus zu bringen, wo McCandless' Anwesenheit die Frauen schützen würde. »Wenn die Briten überhaupt durch den Wall kommen«, fügte er zweifelnd hinzu.

»Was ist mit meinem Bruder?«, fragte Mary.

Kunwar Singh zuckte mit den Schultern. »Für ihn habe ich keine Befehle.«

»Dann werde ich mit dir kommen«, erklärte Mary.

»Das kannst du nicht!« Kunwar Singh war oftmals schockiert über Marys Eigenmächtigkeit, fand sie jedoch auch reizvoll.

»Du kannst mich nicht aufhalten«, sagte sie. »Entweder du erschießt mich oder lässt mich mitkommen. Entscheide dich.« Sie wartete nicht auf seine Antwort, sondern eilte in ihr Quartier, um sich die Pistole zu nehmen, die Appah Rao ihr gegeben hatte.

Kunwar Singh erhob keinen weiteren Einwand. Er war verwirrt wegen der Entwicklung der Ereignisse, und obwohl er spürte, dass die Loyalität seines Herrn schwankte, wusste er noch nicht, für welche Seite er sich letzten Endes entscheiden würde.

»Ich kann deinen Bruder nicht hierherkommen lassen«, warnte er Mary, als sie in den Hof zurückkehrte.

»Wir können ihn befreien«, sagte Mary, »und danach kann er sich um sich selbst kümmern. Darin ist er gut.«

Die Straßen der Stadt waren sonderbar verlassen. Die meisten der Soldaten Tippus befanden sich auf den Wällen, und jeder, der nichts bei der bevorstehenden Schlacht zu tun hatte, hatte sich in seinem Haus versteckt und die Türen abgeschlossen. Ein paar Männer fuhren Handkarren mit Munition und Raketen zu den Wällen, doch es waren kein Ochsenkarren und keine geöffneten Läden zu sehen.

Ein paar heilige Kühe wanderten mit erhabener Gleichgültigkeit durch die Stadt, doch sonst wirkte sie wie eine Geisterstadt, und Kunwar Singhs kleiner Trupp brauchte nur fünf Minuten, um in den kleinen Komplex von Höfen zu gelangen, der nördlich des Inneren Palastes lag. Niemand stellte Kunwar Singhs Recht in Frage, sich im Bereich des Palastes aufzuhalten, denn er trug die Uniform des Sultans, und die Juwelen, die an seinem Hals hingen, waren ein glitzernder Beweis seiner Machtbefugnis.

Kunwar Singh hatte erwartet, dass die Schwierigkeit seiner Unternehmung darin liegen würde, die Wachen zu überreden, das äußere Tor zum Kerker zu öffnen. Wenn erst dieses Tor offen war, sollte der Rest leicht sein. Denn seine Männer konnten die Wachen schnell überwältigen und so den Schlüssel zu McCandless' Zelle finden.

Kunwar Singh hatte sich entschlossen, einfach eine Machtbefugnis vorzutäuschen, die er gar nicht hatte, und zu behaupten, von Tippu persönlich beauftragt zu sein. Mit Arroganz kam man weit in Maisur, und Kunwar Singh würde es auf diese Weise versuchen. Andernfalls musste er seinen Männern befehlen, ihre Musketen einzusetzen und sich mit Gewalt Zugang zum Kerker zu verschaffen. Er befürchtete, dass so viel Lärm dazu führen würde, dass Wachen aus dem nahen Inneren Palast herbeirannten.

Als er den Kerker erreichte, sah er jedoch keine Wachen. Der Gang zwischen dem äußeren Tor und der steinernen Treppe war verlassen. Ein Soldat auf dem inneren Wall oberhalb der Zellen sah die kleine Gruppe unsicher vor dem Kerkertor stehen und nahm an, sie sei gekommen, um die Wachen zu holen.

»Sie sind bereits fort!«, rief der Mann zu ihnen herunter. »Zu den Wällen befohlen, um einige Engländer zu töten.«

Kunwar Singh winkte dem Mann zu und rüttelte am Tor, hoffte vergebens, dass das Vorhängeschloss abfallen würde.

»Ihr solltet nicht reingehen«, rief der Mann hinunter, »der Tiger ist im Dienst!«

Kunwar Singh wich instinktiv einen Schritt zurück. Der Soldat oberhalb von ihm verlor das Interesse und kehrte auf seinen Posten zurück. Kunwar trat wieder an das Tor heran und zerrte ein weiteres Mal an dem großen Vorhängeschloss.

»Zu groß, um es aufzuschießen«, sagte er. »Dazu würden wir mindestens fünf oder sechs Kugeln brauchen.«

»Können wir nicht rein?«, fragte Mary.

»Nein. Nicht, ohne die Wachen zu alarmieren.« Kunwar Singh wies zum Palast. Der Gedanke an den Tiger hatte ihn nervös gemacht. Er fragte sich, ob er besser auf den Beginn des Angriffs warten sollte, um dann bei dem gewaltigen Lärm das Vorhängeschloss des Tors aufzuschießen und den Tiger zu töten. Oder sonst den Auftrag einfach nicht auszuführen. In dem Hof stank es nach Abwasser, und der Gestank verstärkte Kunwar Singhs Vorahnung, zu scheitern.

Dann trat Mary an die Gitterstäbe des Tors.

»Richard?«, rief sie. »Richard!«

Eine Weile blieb es still. Dann hörte sie eine raue Stimme. »Mädchen? Bist du das?«

Kunwar Singhs Nervosität wuchs. Da befanden sich ein paar Soldaten auf dem inneren Wall direkt über ihm, und einige andere Leute spähten durch Fenster oder Stalltüren. Niemand zeigte verdächtiges Interesse an seiner Gruppe, doch er musste damit rechnen, dass jeden Moment jemand mit wahrer Machtbefugnis am Kerker vorbeikommen würde.

»Wir sollten abhauen«, zischte er Mary zu.

»Wir können nicht reinkommen!«, rief Mary Sharpe zu.

»Hast du eine Waffe, Mädchen?«, rief Sharpe zurück. Mary konnte ihn nicht sehen, denn der Blick zu den Zellen war durch die Kerkertreppe verborgen.

»Ja.«

»Dann wirf sie runter, Mädchen! Wirf sie dicht bis an den Fuß der Treppe, wenn du kannst, vergewissere dich, dass das Ding nicht gespannt ist.«

Kunwar Singh rüttelte wieder am Tor. Das Klirren des eisernen Vorhängeschlosses veranlasste den Tiger, zu fauchen. Einen Augenblick später sprang die Raubkatze die Treppe hinauf, starrte zu Kunwar Singh hoch und kehrte dann zurück zu den Resten von Ziegenfleisch.

»Wir können nicht warten!«, zischte Kunwar Singh Mary zu.

»Wirf uns eine Waffe runter!«, rief Sharpe.

Mary tastete in den Falten ihres Saris und fand die mit Elfenbein eingelegte Pistole, die Appah Rao ihr gegeben hatte. Sie schob sie durch die Gitterstäbe und versuchte nervös abzuschätzen, wie viel Schwung sie brauchen würde, um die Waffe so weit wie möglich an die Treppe zu werfen. Kunwar Singh zischte ihr zu, traf jedoch keine Anstalten, sie aufzuhalten.

»Hier, Richard!«, rief sie und warf die Pistole. Es war ein unbeholfener Wurf, und die Waffe fiel kurz vor die Treppenstufen, doch der Schwung ließ sie über den Rand schlittern, und Mary hörte sie die Treppe hinunterklappern.

Sharpe fluchte, denn die Pistole blieb nach drei Stufen liegen.

»Hast du noch eine andere?«, rief Sharpe.

»Gib mir deine Pistole«, sagte Mary zu Kunwar Singh.

»Nein! Wir können nicht rein.« Kunwar Singh war jetzt fast in Panik, und seine sechs Männer waren von seiner Furcht angesteckt. »Wir können ihnen nicht helfen«, beharrte er.

»Mary!«, rief Sharpe.

»Es tut mir leid, Richard.«

»Mach dir keine Sorgen, Mädchen«, sagte Sharpe und starrte

zu der Pistole. Er bezweifelte nicht, dass er mit dem Dietrich die Zellentür öffnen konnte. Aber konnte er die Waffe erreichen, bevor der Tiger ihn erreichte? Und selbst wenn er schnell genug war, würde eine kleine Pistolenkugel eine acht Fuß lange gefräßige Raubkatze stoppen können? Er fluchte.

»Sharpe!«, tadelte McCandless.

»Ich habe gebetet, Sir. Denn dies ist eine richtige Scheiße, Sir. Eine verdammte Scheiße!« Sharpe holte den Dietrich hervor, griff durch die Gitterstäbe, zog das Vorhängeschloss heran und erkundete das große Schlüsselloch mit dem gebogenen Schaft des Dietrichs. Es war ein primitives Schloss, das leicht zu öffnen sein sollte, doch das Vorhängeschloss war nicht richtig geölt, und Sharpe befürchtete, dass der Dietrich eher abbrechen als die Sperre zur Seite schieben könnte.

Lawford und McCandless beobachteten ihn, während gegenüber des Gangs Hakeswill mit großen blauen Augen zuschaute.

»Los, los, guter Junge«, sagte Hakeswill. »Bring uns hier raus, Junge.«

»Halt dein hässliches Maul, Obadiah«, murmelte Sharpe. Er hatte einen Hebel bewegt, jetzt blieb nur noch der zweite, doch er war viel schwerer zu bewegen als der erste. Schweiß lief Sharpe übers Gesicht. Er arbeitete halb blind, konnte das Vorhängeschloss nicht so weit herumziehen, dass er das Schlüsselloch sehen konnte.

Der Tiger hatte im Fressen innegehalten und beobachtete ihn, fasziniert von den Händen, die zwischen den Gitterstäben hervorragten.

Sharpe arbeitete mit dem Dietrich, spürte, wie der Haken den Hebel fasste, und drückte leicht. Nichts tat sich. Er drückte härter, und plötzlich rutschte der Haken am Rand des Hebels ab, und Sharpe fluchte.

In diesem Moment drehte sich der Tiger und sprang. Er griff

mit erschreckender Schnelligkeit an, und seine Pranke schnellte auf Sharpes Hände außerhalb der Gitterstäbe zu. Sharpe ließ den Dietrich los und riss die Hand zurück. Die Tigerpranke verfehlte ihn haarscharf.

»Bastard«, fluchte Sharpe den Tiger an, dann bückte er sich und griff durch die Gitterstäbe zu dem heruntergefallenen Dietrich, der einen Schritt entfernt lag. Er bewegte sich schnell, doch der Tiger war schneller. Und diesmal fügte er Sharpe einen tiefen Kratzer am Handrücken zu.

»Sergeant Hakeswill«, zischte Sharpe. »Holen Sie das Biest auf Ihre Seite.«

»Dass kann ich nicht«, protestierte Hakeswill, und in seinem Gesicht zuckte es.

Der Tiger beobachtete Sharpe. Er war nur zwei Fuß von ihm entfernt, die Zähne waren gebleckt und die Krallen ausgefahren. In seinen gelben Augen glitzerte es.

»Wenn Sie gegen einen Tiger kämpfen wollen, dann ist das Ihre Sache, nicht meine, Sharpie«, sagte Hakeswill. »Männer kämpfen nicht gegen Pussys, das steht schon in der Bibel.«

»Wenn Sie das noch einmal sagen«, brüllte McCandless in plötzlicher und unerwarteter Wut, »dann sorge ich dafür, dass Sie nie wieder Streifen tragen! Haben Sie mich verstanden, Mann?«

Hakeswill war bestürzt über den Zorn des Colonels. »Sir«, brachte er nur schwach heraus.

»Sie tun, was Private Sharpe sagt«, befahl Colonel McCandless. »Und tun Sie es jetzt!«

Hakeswill klatschte unter den Gitterstäben in die Hände. Der Tiger drehte den Kopf, und Sharpe riss sofort den Dietrich in die Zelle und richtete sich auf. Der Tier sprang Hakeswill an und prallte heftig gegen die Gitterstäbe. Hakeswill konnte gerade noch zurückspringen.

»Provozieren Sie ihn weiter, Mann!«, befahl McCandless. Der Sergeant spuckte den Tiger an und warf ihm eine Hand voll Stroh an den Kopf.

Sharpe arbeitete am Schloss. Er ertastete mit dem Haken von Neuem den Hebel. Der Tiger, jetzt äußerst gereizt, stand mit den Pfoten an Hakeswills Zelle, als Sharpe gegen den Hebel drückte und fühlte, dass er sich bewegte. Seine Hände zitterten, und der Haken schabte über den Hebel, doch Sharpe versuchte es weiterhin und drückte fester. Er hielt den Atem an und wollte mit purer Willenskraft das Schloss entriegeln. Schweiß brannte in seinen Augen. Dann klickte es plötzlich, und das Schloss sprang auf.

»Das war der leichte Teil«, sagte Sharpe grimmig. Er steckte den Dietrich in die Tasche. »Mary!«, rief er.

Keine Antwort.

»Mary!«, rief er von Neuem, bekam jedoch immer noch keine Antwort.

Kunwar Singh hatte seine Männer vom Kerker abgezogen und befand sich jetzt tief im Torweg auf der fernen Seite des Hofs, gefangen zwischen seinem Wunsch, Appah Rao zu gehorchen, und der scheinbaren Unmöglichkeit, diesen Gehorsam zu erfüllen.

»Wofür brauchen Sie die Frau denn?«, fragte Colonel McCandless.

»Ich weiß nicht mal, ob die verdammte Waffe geladen ist, Sir. Habe sie nicht danach gefragt.«

»Gehen Sie davon aus«, sagte McCandless.

»Sie haben leicht reden«, sagte Sharpe respektvoll, »da Sie nicht rausgehen und die Bestie töten müssen.«

»Ich werde es tun«, bot Lawford an.

Sharpe grinste. »Entweder du oder ich«, sagte er. »Und sei ehrlich, Sir. Was meinst du, wer es am besten macht?«

»Du«, gab Lawford zu.

»Das habe ich angenommen, Sir. Doch noch eines, Sir. Wie erschießt man einen Tiger? In den Kopf?«

»Zwischen die Augen«, sagte McCandless. »Aber nicht zu hoch. Einfach zwischen die Augen.«

»Verdammt noch mal!«, murmelte Sharpe. Er hatte das Vorhängeschloss gelöst und konnte jetzt die Tür nach außen öffnen, doch er tat es vorsichtig, wollte den Tiger nicht aufmerksam machen. Er zog die Tür wieder zu und hob seinen roten Rock auf, der im Stroh lag.

»Hoffen wir, dass der Scheißer nur eine blöde Pussykatze ist«, sagte er und stieß die Tür wieder auf. Die Angeln quietschten alarmierend. Er hielt die Tür mit der linken Hand, und sein roter Rock war ein Bündel in seiner Rechten. Als die Tür weiter geöffnet war, warf er den Rock so hart er konnte zu den Resten des Ziegenfleischs am fernen Ende des Gangs.

Der Tiger nahm die Bewegung wahr, drehte sich von Hakeswill fort und sprang auf den Rock zu. Der rote Uniformrock war fast zwanzig Fuß weit geflogen, und der Tiger bewältigte die Distanz mit einem mächtigen Sprung. Er erfasste den Rock mit den Pranken und zerrte daran, fand aber kein Fleisch und kein Blut im Stoff.

Sharpe war aus der Tür geschlüpft, wandte sich zur Treppe und hob die Pistole auf. Er drehte sich wieder um und hoffte, die Sicherheit der Zelle zu erreichen, bevor der Tiger ihn bemerkte, doch sein Fuß rutschte an der untersten Treppenstufe aus, und er fiel gegen die Treppe zurück.

Der Tiger hörte ihn, fuhr herum und erstarrte. Die gelben Augen starrten Sharpe an, Sharpe starrte zurück, dann spannte er langsam die Pistole. Der Tiger hörte das Klicken und peitschte einmal mit dem Schwanz. Die Raubtieraugen beobachteten Sharpe, und dann, sehr langsam, duckte sich der Tiger. Sein Schwanz schlug einmal hin und her.

»Schießen Sie jetzt noch nicht!«, rief McCandless leise. »Lassen Sie ihn näher rankommen!«

»Jawohl, Sir«, sagte Sharpe. Er hielt den Blick auf die Augen des Tigers gerichtet, als er sich langsam aufrappelte und auf die Bestie zuging. Furcht wühlte in ihm. Hakeswill zischte etwas, das ermunternd sein sollte, doch Sharpe hörte nichts, er sah nur die Augen des Tigers.

Er fragte sich, ob er versuchen sollte, zurück in die Zelle zu flüchten, doch er nahm an, dass der Tiger springen würde, während er noch versuchen würde, die Tür zu öffnen. Besser ist es, der Bestie gegenüberzutreten und sie auf dem Gang zu erschießen, entschied er.

Er hielt die Pistole auf Armlänge, zielte mit der Mündung auf den schwarzen Fleck im Fell gerade unterhalb der Augen des Tiers.

Wie treffgenau war die Pistole? Es war ein schönes Ding, mit Elfenbein und Silber, aber feuerte es genau? Selbst eine minimale Lücke zwischen Lauf und Kugel, so dünn wie ein Blatt Papier, reichte aus, um das Ziel knapp zu verfehlen.

»Knall den Scheißer ab, Sharpie!«, drängte Hakeswill.

»Vorsichtig, Mann!«, zischte McCandless. »Zielen Sie genau. Vorsichtig jetzt!«

Sharpe schob sich vorwärts, den Blick immer noch auf die Tigeraugen fixiert. Er zwang die Bestie mit purer Willenskraft, zu verharren und friedlich auf den Tod zu warten.

Zehn Fuß.

Der Tiger beobachtete ihn reglos. Schweiß brannte in Sharpes Augen, und das Gewicht der Pistole ließ seine Hand zittern.

Tu es jetzt, dachte er. Drück ab, streck den Scheißer nieder, und renne wie der Teufel.

Er blinzelte, der Schweiß brannte in seinen Augen. Der Tiger blinzelte nicht einmal.

Noch acht Fuß.

Sharpe konnte die Bestie riechen, sah ihre ausgefahrenen Krallen auf dem Steinboden, sah das Glitzern in ihren Augen.

Sieben Fuß.

Nahe genug, schätzte er und visierte den Tiger an.

Und der Tiger sprang. Er schnellte sich so rasend vom Boden ab, dass er fast schon über Sharpe war, bevor der auch nur erkannte, dass sich die Bestie in Bewegung gesetzt hatte. Er erhaschte einen Blick auf gewaltige Pfoten mit ausgefahrenen Krallen und auf tödliche gelbe Zähne in einem fauchenden Maul, und unbewusst schrie er laut in seiner Panik. Er wusste auch nicht, dass er den Abzug betätigte. Er drückte nicht so glatt ab, wie er es vorgehabt hatte, sondern mit einem panischen Ruck. Dann, instinktiv, ließ er sich fallen und duckte sich, damit der Tiger über ihn springen würde.

Lawford stockte der Atem. Das Echo des Schusses hallte durch den Kerker, in dem es plötzlich nach Pulverrauch stank. Hakeswill kauerte sich in einer Ecke seiner Zelle zusammen, wagte kaum hinzusehen, während McCandless ein lautloses Gebet murmelte.

Sharpe lag am Boden und erwartete den Schmerz, wenn ihn die Pranken auseinanderrissen.

Doch der Tiger verendete. Die Kugel hatte ihn hinten im Gaumen getroffen. Es war nur eine kleine Kugel, doch die Wucht des Treffers reichte, um durch das Gewebe in der Kehle zu dringen und die Schädeldecke zu durchschlagen. Blut spritzte auf die Gitterstäbe der Zelle, als der geschmeidige Sprung des Tigers mit seinem Zusammenbruch endete. Aber irgendein schrecklicher Instinkt von Leben erfüllte ihn immer noch, und er versuchte, auf die Beine zu kommen. Seine Pfoten scharrten über Stein, während sein Schwanz peitschte. Dann schoss Blut aus seiner Schnauze, der Kopf sank zurück, und die Bestie lag still.

Es herrschte Totenstille.

Die ersten Fliegen erkundeten das Blut, das aus dem Maul des Tigers quoll.

Sharpe rappelte sich auf. Er zitterte.

Dann holte er seinen zerrissenen Uniformrock, zog die Zellentür weit auf und schob sich dann vorsichtig an dem toten Tiger vorbei, als befürchtete er, die Bestie könnte zu neuem Leben erwachen. McCandless und Lawford folgten ihm die Steintreppe hinauf.

»Was ist mit mir?«, rief Hakeswill. »Ihr könnt mich nicht hier zurücklassen. Das wäre unchristlich!«

»Lasst ihn da«, befahl McCandless.

»Das hatte ich vor, Sir«, sagte Sharpe. Er zog seinen Dietrich hervor und griff nach dem Vorhängeschloss am äußeren Tor. Dieses Schloss war viel einfacher, ein primitiver Mechanismus mit nur einem Hebel, und es dauerte nur Sekunden, bis das alte Schloss aufschnappte.

»Wohin gehen wir?«, fragte Lawford.

»Erst mal nach oben«, sagte McCandless. Die plötzliche Freiheit schien den Colonel das Fieber vergessen zu lassen. »Wir müssen uns irgendwo ein Versteck suchen.«

Sharpe schob das Tor auf. Dann sah er Mary. Sie starrte ihn aus dem Torweg gegenüber des Hofes an. Er lächelte. Sie lächelte nicht zurück, sondern blickte entsetzt. Es waren Männer bei ihr, und sie verharrten reglos vor Furcht. Im nächsten Augenblick sah Sharpe, warum.

Drei *jettis* überquerten den Hof in Richtung Kerkereingang. Drei Monster. Drei Kolosse mit nackten, eingeölten, muskelbepackten Oberkörpern. Einer trug eine zusammengerollte

Peitsche, während die anderen beiden mit langen Speeren bewaffnet waren, mit denen sie den Tiger fernhalten wollten, bevor sie die Zellen der Gefangenen öffneten.

Sharpe fluchte. Er ließ seinen Uniformrock und den Dietrich fallen.

»Können Sie uns wieder einschließen?«, fragte McCandless.

»Diese Kerle sind stark genug, um die Vorhängeschlösser einfach abzureißen, Sir. Wir müssen die Bastarde killen.« Sharpe stürzte durch das Tor davon und rannte nach rechts. Die *jettis* folgten ihm, jedoch langsamer. Es waren keine schnellen Männer, doch ihre massive Stärke gab ihnen Selbstvertrauen, als sie sich zu einer Linie formierten, um Sharpe in einer Ecke des Hofes zu stellen.

»Werft mir eine Muskete zu«, rief Sharpe zu Mary hinüber. »Schnell, Mädchen, schnell!«

Mary entriss einem von Kunwar Singhs Männern eine Muskete. Bevor der überraschte Mann protestieren konnte, warf sie Sharpe die Waffe zu. Er fing sie, hielt sie an seiner Hüfte, spannte die Waffe jedoch nicht. Dann ging er dem mittleren *jetti* entgegen.

Der Mann hatte gesehen, dass die Muskete nicht gespannt war, und er lächelte in Erwartung eines leichten Sieges. Er schlug mit der Peitsche zu, und das Ende schlang sich um Sharpes Kehle. Der *jetti* zerrte daran, wollte Sharpe aus dem Gleichgewicht reißen, doch Sharpe rannte bereits auf ihn zu, um die Spannung der Peitschenschnur aufzuheben.

Der *jetti* hatte noch nie einen so schnellen Mann wie Sharpe erlebt. Auch noch keinen so tödlichen. Der *jetti* hatte sich kaum von seiner Überraschung erholt, als Sharpe ihm die Mündung der Muskete mit der Wucht eines Vorschlaghammers gegen den Adamsapfel rammte. Er würgte, seine Augen weiteten sich, dann traf ihn Sharpes Tritt zwischen die Beine, und der Hüne taumelte und brach zusammen.

Ein Muskelmann war am Boden und rang verzweifelt nach Luft, doch die langen Speere der beiden anderen *jettis* drehten sich Sharpe zu, der sich – die Peitschenschnur noch immer um die Kehle – schnell nach rechts wandte. Mit dem Musketenkolben stieß er den Speer des nächsten *jetti* zur Seite, dann drehte er die Muskete um und griff an.

Der *jetti* verlor seinen Speer und wollte die Muskete ergreifen, doch Sharpe schlug einen Haken, sodass der Hüne ins Leere griff. Dann schwang Sharpe die Muskete am Lauf, und der mit Messing beschlagene Kolben krachte gegen die Schläfe des Kolosses. Es klang, als würde eine Axt in weiches Holz schlagen.

Zwei der Bastarde lagen am Boden. Die Soldaten der Batterie des inneren Walls beobachteten den Kampf, griffen jedoch nicht ein. Sie waren verwirrt, denn Kunwar Singh stand gleich daneben und unternahm nichts, und seine Juwelen ließen ihn wie einen Mann mit hoher Machtbefugnis wirken, und so folgten sie seinem Beispiel und hielten sich heraus. Einige der Soldaten stießen sogar Hurraschreie aus, denn die *jettis* wurden bewundert, aber gleichermaßen abgelehnt, denn sie erhielten Privilegien, von denen der normale Soldat nur träumen konnte.

Lawford hatte Sharpe zu Hilfe eilen wollen, doch sein Onkel hielt ihn zurück.

»Lass es, Willie«, sagte McCandless ruhig. »Er tut Gottes Werk, und ich habe es selten jemanden besser tun sehen.«

Der dritte *jetti* walzte mit seinem Speer auf Sharpe zu. Er näherte sich ihm vorsichtig, verwirrt, weil dieser ausländische Dämon seine beiden Gefährten so leicht ausgeschaltet hatte.

Sharpe lächelte den dritten *jetti* an, legte die Muskete an, zog den Hahn zurück und feuerte.

Die Kugel schlug in die Brust. All seine mächtigen Muskeln erzitterten bei der Wucht des Kugeleinschlags. Der *jetti* verharrte, als sei er gegen eine Mauer geprallt, dann versuchte er wieder anzugreifen, doch seine Knie gaben nach und er stürzte vornüber aufs Gesicht. Er zuckte ein paar Mal, seine Hände scharrten über den Boden, dann lag er still. Vom Wall oberhalb jubelten die Soldaten.

Sharpe löste die Peitschenschnur von seinem Hals und hob einen der Speere auf. Dann erledigte er die beiden *jettis*, die noch lebten. Einer war bewusstlos, und der andere bekam fast keine Luft mehr, und beiden durchbohrte er jetzt die Kehle. Aus den Fenstern der niedrigen Gebäude um den Hof starrten Frauen und Männer Sharpe schockiert an.

»Steh da nicht nur rum!«, schnauzte Sharpe Lawford an. Und fügte hastig »Sir« hinzu.

Lawford und McCandless kamen durch das Tor, während Kunwar Singh ihnen plötzlich entgegeneilte, als sei er aus einem Zauberbann befreit.

Mary lief zu Sharpe. »Alles in Ordnung mit dir?«

»Es war nie besser, Mädchen«, erwiderte er. In Wirklichkeit zitterte er, als er seinen roten Rock aufhob.

Kunwar Singhs sechs Männer starrten ihn an, als sei er ein Teufel aus einem Albtraum.

Sharpe wischte sich Schweiß aus den Augen. Er wusste gar nicht genau, was geschehen war, denn er hatte gekämpft, wie er immer kämpfte, schnell und tödlich, doch es war der Instinkt, der ihn geleitet hatte, nicht die Vernunft, und nach dem Kampf empfand er glühenden Hass. Er wollte diesen Hass stillen, indem er noch mehr Männer tötete, und vielleicht spürten Kunwar Singhs Soldaten dies, denn keiner wagte sich zu rühren.

Lawford ging zu Sharpe.

»Wir nehmen an, dass der Angriff bald stattfindet, Sharpe«, sagte der Lieutenant. »Und Colonel McCandless wird zu einem sicheren Platz gebracht. Er hat darauf bestanden, dass wir mitkommen. Der Mann mit den Juwelen ist nicht sehr glücklich darüber, doch McCandless will nicht ohne uns gehen. Du hast deine Sache übrigens gut gemacht.«

Sharpe blickte dem Lieutenant in die Augen. »Ich gehe nicht mit McCandless, Sir, ich gehe kämpfen.«

»Sharpe!«, tadelte Lawford.

»Da ist eine verdammte Sprengladung, Sir!«, sagte Sharpe ärgerlich. »Sie wartet nur darauf, unsere Jungs zu killen! Ich lasse das nicht zu. Du kannst tun, was du für richtig hältst, aber ich bringe noch einige der Bastarde um. Du kannst mitkommen oder bei dem Colonel bleiben, mir ist das egal. Sie, Junge!« Dies war an einen von Kunwar Singhs verständnislosen Soldaten gerichtet. »Geben Sie mir einige Patronen! Los, schnell!«

Sharpe ging zu dem Mann, öffnete seine Patronentasche und nahm sich eine Hand voll Patronen heraus, die er in seine Tasche schob. Kunwar Singh hinderte ihn nicht daran. Jeder im Hof schien benommen von Sharpes Wildheit zu sein, mit der er drei von Tippus *jettis* ausgeschaltet hatte, obwohl der Offizier, der die Soldaten auf dem inneren Wall befehligte, jetzt hinunterrief und wissen wollte, was los war. Kunwar Singh rief zurück, dass sie auf Geheiß des Sultans handelten.

McCandless hatte mitgehört, was Sharpe mit Lawford gesprochen hatte.

»Wenn ich helfen kann, Private …«, sagte der Colonel.

»Sie sind geschwächt, Sir, verzeihen Sie, dass ich das sage, Sir. Aber Mister Lawford wird mir helfen.«

Lawford sagte einen Moment nichts, doch dann nickte er. »Ja, natürlich werde ich das.«

»Was wollen Sie tun?«, fragte McCandless. Er sprach zu Sharpe, nicht zu Lawford.

»Die verdammte Sprengladung in die Luft blasen. Damit der Spuk aufhört.«

»Gott segne Sie, Sharpe. Und beschütze Sie.«

»Sparen Sie sich Ihre Gebete für den Feind auf, Sir«, sagte Sharpe knapp. Er rammte eine Ladung in die Muskete und stürmte in eine Gasse, die südwärts führte. Er war frei im Rücken seiner Feinde, er war zornig und bereit, den Bastarden einen Vorgeschmack auf die Hölle auf Erden zu geben.

Major General Baird zog eine große Uhr aus seiner Uhrtasche, ließ den Deckel aufspringen und starrte auf die Zeiger.

Ein Uhr. Am vierten Mai 1799. Samstag.

Ein Schweißtropfen von ihm landete auf dem Uhrglas, und er wischte ihn behutsam mit einem Zipfel seiner roten Schärpe ab. Die Schärpe war von seiner Mutter gemacht worden. »Du wirst uns nicht enttäuschen, Davy«, hatte sie ernst zu dem Jungen gesagt, als sie ihm den Streifen Seide gegeben hatte, und dann hatte sie geschwiegen, als er fortgegangen war, um sich bei der Armee zu melden. Die Schärpe war jetzt über zwanzig Jahre alt, und sie war ausgefranst und fadenscheinig, doch Baird nahm an, dass er sie eines Tages nach Schottland zurückbringen würde.

Es wäre schön, dachte er, heimzukehren und das neue Jahrhundert zu erleben. Vielleicht würde das neunzehnte Jahrhundert eine andere Welt bringen, vielleicht sogar eine bessere, doch er bezweifelte, dass die neue Ära es schaffen würde, auf Soldaten zu verzichten. Bis zum Ende der Zeit würde Bedarf an Kriegern und ihren Schwertern sein. Er nahm seinen mit Stockflecken übersäten Hut ab und wischte sich mit dem Ärmel den Schweiß von der Stirn. Es war fast so weit.

Er spähte zwischen zwei Sandsäcken des Schützengrabens hindurch. Der Südliche Kaveri floss träge zwischen flachen Felsblöcken daher, und der Weg durch das Flussbett war mit den kleinen weißen Wimpeln auf ihren Bambusstöcken markiert.

Gleich würden Männer durch das seichte Wasser über diesen Pfad stürmen, dann durch die Lücke im Glacis und hinauf auf diesen Trümmerhaufen von Steinen, Schlamm und Staub. Er zählte elf Kanonenkugeln, die in der Bresche lagen und wie Rosinen in einem Pudding wirkten. Dreihundert Yards Terrain und ein Fluss waren zu überqueren und ein Rosinenpudding zu erklettern.

Er konnte Männer sehen, die von den beschädigten Zinnen der Stadt herunterspähten. Fahnen flatterten dort. Die Bastarde würden Geschütze kreuzweise an der Bresche aufgestellt und vielleicht eine Sprengladung in den Trümmern begraben haben. Gott beschütze die Himmelfahrtskommandos, dachte Baird, doch Gott war für gewöhnlich nicht gnädig in solchen Dingen. Wenn Colonel Gent recht hatte und eine gewaltige Sprengladung auf die Angreifer wartete, dann würde es ein Blutbad unter den Himmelfahrtskommandos geben, und dann würde die Hauptangriffstruppe an den Schultern der Bresche hinaufklettern müssen, wo der Feind auf den äußeren Wällen massiert war. So sei es. Jetzt war es zu spät, um sich darüber Sorgen zu machen.

Baird bahnte sich einen Weg zwischen den wartenden Männern hindurch und suchte Sergeant Graham. Graham würde eines der beiden Himmelfahrtskommandos führen und – wenn er überlebte – bei Einbruch der Nacht Lieutenant sein. Der Sergeant schöpfte eine letzte Kelle Wasser aus einem der

Fässer, die in den Gräben aufgestellt waren, um den Durst der wartenden Männer zu stillen.

»Es dauert jetzt nicht mehr lange, Sergeant«, sagte Baird.

»Wann immer Sie sagen, Sir.« Graham schüttete das Wasser über seinen entblößten Kopf und setzte dann seinen Hut auf. Er würde mit der Muskete in einer Hand und einer britischen Flagge in der anderen in die Bresche stürmen.

»Wann immer die Geschütze ihre Abschiedssalve feuern, Sergeant.« Baird ließ wieder seinen Uhrdeckel aufspringen, und es kam ihm vor, als hätten sich die Zeiger nicht bewegt. »In sechs Minuten, meine ich, wenn das genau ist.« Er hielt die Uhr an sein Ohr. »Für gewöhnlich geht sie pro Tag ein, zwei Minuten nach.«

»Wir sind bereit, Sir«, sagte Graham.

»Dessen bin ich mir sicher«, sagte Baird, »aber warten Sie auf meinen Befehl.«

»Selbstverständlich, Sir.«

Baird blickte zu den Freiwilligen, eine Mischung von Briten und Sepoys. Sie grinsten ihn an. Schurken, dachte Baird, jeder Einzelne von ihnen, aber welch großartige Schurken, tapfer wie Löwen! Baird ging das Herz auf, wenn er an diese Männer dachte, und er empfand tiefe Sympathie für sie, sogar für die Sepoys. Wie viele Soldaten war der Schotte ein emotionaler Mann, und er hatte eine Abneigung gegen Männer wie Colonel Wellesley, die leidenschaftslos wirkten.

Leidenschaft, dachte Baird, ist es, was diese Männer durch den Fluss und die Bresche hinaufbringt. Zum Teufel mit dem verdammten wissenschaftlichen Soldatentum. Die Belagerungstaktik der Kriegsführung hatte die Stadt geöffnet, doch nur schreiende und verrückte Leidenschaft würde Männer hineinbringen.

»Gott sei bei euch allen, Jungs«, sagte er zu den Männern des Himmelfahrtskommandos, und sie grinsten wieder.

Wie jeder Mann, der heute den Flussarm durchqueren würde, war keiner von ihnen mit Gepäck belastet. Sie alle hatten auch ihre Lederhalsbinden abgelegt. Sie trugen Waffen und Munition und nichts sonst, und wenn sie erfolgreich waren, würden sie mit General Harris' Dank und ein paar Münzen belohnt werden.

»Ist Nahrung in der Stadt, Sir?«, fragte einer der Freiwilligen.

»Jede Menge, Jungs, jede Menge.« Baird war wie der Rest der Armee auf Halbrationen.

»Und einige *bibbis*, Sir?«, wollte ein anderer Mann wissen.

Baird verdrehte die Augen. »In Hülle und Fülle, Jungs, und alle lechzen nach euch. Die Stadt ist gerammelt voll mit *bibbis.* Sogar genug für uns alte Generäle.«

Sie lachten. General Harris hatte den strikten Befehl erteilt, dass die Bürger von Seringapatam nicht belästigt werden durften, doch Baird wusste, dass die schreckliche Wildheit bei einem Angriff auf eine Bresche es fast verlangte, dass die Wünsche der Männer danach befriedigt wurden. Ihm machte das nichts aus. Was Major General David Baird anbetraf, konnten die Jungs ihr Vergnügen haben, wenn sie zuvor gewonnen hatten.

Er bahnte sich einen Weg durch das Gewühl der Männer zu einer Stelle in der Mitte zwischen den beiden Himmelfahrtskommandos. Die Taschenuhr tickte immer noch, doch die Zeiger hatten sich scheinbar nicht bewegt, als er daraufblickte.

Baird schloss den Deckel, steckte die Uhr in die Uhrtasche und spähte wieder zur Stadt. Die unbeschädigten Stellen des Walls schimmerten weiß in der Sonne. Er war mit seinen Türmen, glänzenden Dächern und hohen Palmen ein schöner Anblick. Dort hatte Baird allerdings fast vier Jahre als Gefangener Tippus verbracht. Er hasste die Stadt wie ihren Herrscher. Bis zum Tag der Rache hatte es lange gedauert, aber jetzt war er da.

Er zog sein schottisches Breitschwert, das keine der Finessen moderner Blankwaffen hatte, doch der hünenhafte Baird brauchte auch keine Finessen. Er würde seine Schlachterklinge in eine Bresche des Bluts tragen, um Tippu vierundvierzig Monate der Hölle zurückzuzahlen.

In den Batterien hinter Baird bliesen die Kanoniere auf ihre Luntenstöcke, um das Feuer am Brennen zu halten. General Harris zog seine Taschenuhr.

Colonel Arthur Wellesley, der die zweite Welle der Angreifer durch die Bresche führen würde, richtete sein Halstuch und dachte an seine Verantwortung. Das Gros seiner Männer stammte aus dem Régiment de Meuron, einem Schweizer Bataillon, das einst für die Holländer gekämpft hatte. Als die Briten Ceylon eingenommen hatten, war es unter das Kommando der East India Company gekommen. Die meisten Männer waren Schweizer, und es war ein nüchternes, verlässliches Bataillon, das Wellesley in den Inneren Palast führen wollte, um seinen Inhalt und den Harem vor den Verwüstungen der Angreifer zu schützen.

Seringapatam mochte fallen und Tippu sterben, doch das Wichtigste war, die Freundschaft von Maisur zu gewinnen, und Wellesley war entschlossen, dafür zu sorgen, dass den neuen Untertanen keine unnötigen Gräueltaten widerfuhren.

Er richtete seinen versilberten Ringkragen, lupfte seinen Degen in der Scheide und ließ ihn zurückgleiten, dann schloss er einen Moment die Augen, um ein Gebet zu sprechen und Gott flehentlich um Schutz für seine Männer zu bitten.

Die Himmelfahrtskommandos, die Musketen geladen, duckten sich in die Schützengräben. Die Uhren der Offiziere tickten weiter, das Wasser des Südlichen Kaveri floss sanft über die Steine, und die stille Stadt wartete.

»Rock aus«, sagte Sharpe zu Lawford und verfiel instinktiv in die Beziehung zurück, die zwischen ihnen existiert hatte, als sie in Gudins Bataillon gedient hatten. »Es hat keinen Sinn, einen roten Rock zu zeigen, wenn es nicht sein muss.« Sharpe drehte die Innenseite seines eigenen Rocks nach außen. Er zog den Rock nicht wieder an, sondern verknotete die Ärmel vor seinem Hals, sodass der von der Tigerpranke zerfetzte Rock auf seinen vernarbten nackten Rücken fiel. Die beiden Männer kauerten in einem Kuhstall neben der Gasse, die zum Hof führte. Colonel McCandless war zum Haus von Appah Rao geführt worden, und Sharpe und Lawford waren allein.

»Ich habe nicht mal eine Waffe«, sagte der Lieutenant nervös.

»Das werden wir bald ändern«, sagte Sharpe zuversichtlich. »Komm jetzt.«

Sharpe übernahm die Führung, stürzte sich in das Labyrinth der kleinen Straßen, die den Palast umgaben. Der Anblick eines weißen Mannes war nicht so ungewöhnlich in Seringapatam, um Aufmerksamkeit zu erregen, denn es kämpften viele Europäer für Tippu. Dennoch wollte Sharpe kein Risiko eingehen, indem er einen roten Rock trug. Er mochte überhaupt kein Risiko eingehen, aber er wollte verdammt sein, wenn er seine Soldatenkameraden Tippus Sprengladung überließ.

Er eilte an einem geschlossenen Goldschmiedegeschäft vorbei und erhaschte aus dem Augenwinkel einen Blick in den schattigen Eingang, in dem ein bewaffneter Mann den Besitz bewachte.

»Bleib hier«, sagte er zu Lawford. Dann schwang er die Muskete auf seine Schulter und ging zurück. Er schob eine herumwandernde Kuh aus dem Weg und duckte sich in den Eingang des Goldschmiedeladens.

»Wie fühlen Sie sich heute?«, fragte er freundlich den Mann, der kein Englisch verstand und nur verwirrt die Stirn runzelte. Er runzelte sie immer noch, als Sharpe ihm die Faust in den Bauch schlug. Der Mann stieß einen Grunzlaut aus. Im nächsten Moment knallte ihm Sharpes Rechte auf die Nase, und er war nicht mehr in der Lage, Widerstand zu leisten, als Sharpe ihm Muskete und Patronentasche abnahm. Sharpe versetzte dem Mann einen wohldosierten Schlag mit dem Kolben der Muskete auf den Schädel, dann kehrte er zur Straße zurück.

»Eine Muskete, Sir, höllisch dreckig, aber sie wird feuern. Patronen sind auch dabei.«

Lawford öffnete die Pfanne der Muskete, um zu überprüfen, ob sie geladen war.

»Was hast du vor, Sharpe?«, fragte er.

»Weiß ich noch nicht, Sir. Das werden wir erst wissen, wenn wir dort sind.«

»Du willst zur Sprengladung?«

»Aye, Sir.«

»Da wird es Wachen geben.«

»Wahrscheinlich.«

»Und wir sind nur zu zweit.«

»Ich kann zählen, Sir.« Sharpe grinste. »Es ist das Lesen, das ich nicht so gut beherrsche. Aber mit den Buchstaben geht es bei mir gut voran, nicht wahr?«

»Du liest gut«, sagte Lawford. Vermutlich so gut wie ein Siebenjähriger, dachte der Lieutenant, doch es war immer noch schön, zu sehen, welches Vergnügen Sharpe bei seinem Fortschritt empfand, und wenn es nur das Lesen aus einer zerknitterten Seite der Offenbarung war. »Ich werde dir interessantere Bücher schenken, wenn wir von hier fort sind«, versprach Lawford.

»Das würde mir gefallen, Sir«, sagte Sharpe. Dann rannte er über eine Straßenkreuzung.

Die Furcht vor einem bevorstehenden Angriff hatte dazu geführt, die Straßen von ihren Menschenmengen zu leeren, doch die Gassen waren verstopft mit Karren. Herumstreunende Hunde bellten, als die beiden Männer südwärts eilten, doch nur wenige Leute bemerkten sie.

»Da, Sir, ist deine blutige Antwort«, sagte Sharpe. Er war von einer Straße auf einen kleinen Platz gelaufen, und jetzt duckte er sich in die Schatten zurück.

Lawford spähte um die Ecke und sah, dass der kleine offene Platz voller Handkarren war, die mit Raketen beladen waren.

»Die warten darauf, zum Wall gebracht zu werden«, sagte Sharpe. »Sie haben bereits so viele dort oben, dass sie den Rest hier unten lagern müssen. Wir nehmen uns einen Karren, gehen die nächste Straße runter und halten einen privaten Guy Fawkes Day[4] ab.«

»Da sind Wachen.«

»Klar sind da Wachen.«

»Ich meine, bei den Raketenkarren, Sharpe.«

»Die sind lächerlich«, entgegnete Sharpe verächtlich. »Wenn sie etwas taugten, wären sie auf den Wällen. Sie können nur

---

4 Guy Fawkes war einer der Teilnehmer an der englischen Pulververschwörung (Gunpowder plot) von 13 katholischen Edelleuten, die Jakob I. und das Parlament bei der Parlamentseröffnung am 5. 11. 1605 in die Luft sprengen wollten. Dieser Tag wird bis heute in Großbritannien als Guy Fawkes Day von der Jugend gefeiert. (Anm. d. Redakteurs)

Krüppel und Großväter sein. Wir brauchen sie nur anzuschreien, dann zittern sie. Bist du bereit?«

Lawford sah ihm ins Gesicht. »Dir macht dies Spaß, Sharpe, nicht wahr?«

»Aye, Sir. Dir nicht?«

»Ich habe höllische Angst«, gab Lawford zu.

Sharpe lächelte. »Das wird vorbei sein, wenn es geklappt hat, Sir. Wir werden das Ding schon schaukeln. Du musst dich nur verhalten, als wärst du der Besitzer des verdammten Platzes. Ihr Offiziere sollt doch gut darin sein, nicht wahr? Ich schnappe mir also einen Karren, und du schreist die Leutchen an. Sag ihnen, dass Gudin uns geschickt hat. Und jetzt wollen wir keine Zeit mehr vergeuden, Sir. Spaziere einfach dorthin, als gehörte dir der Platz.«

Sharpe ging forsch in den Sonnenschein, die Muskete am Riemen über der Schulter, und Lawford folgte ihm.

»Du wirst doch keinem erzählen, dass ich meine Angst zugegeben habe?«, fragte der Lieutenant.

»Natürlich nicht, Sir. Meinst du, ich hätte keine Angst? Mein Gott, ich hätte mir fast in die Hosen gemacht, als mich der verdammte Tiger angesprungen hat. Habe niemals ein so verdammt schnelles Vieh gesehen. Aber vor Hakeswill wollte ich meine Angst nicht zeigen.«

Sie hatten die Karren erreicht.

»He, du! Hast du hier das Sagen?«, rief Sharpe gebieterisch einem Mann zu, der neben einem der Karren hockte. »Beweg deinen faulen Arsch, ich will den Wagen haben.«

Der Mann sprang zur Seite, als Sharpe die Griffe des Handkarrens anhob. Es mussten etwa fünfzig Raketen auf dem Karren sein, mehr als genug für Sharpes Zweck. Zwei andere Männer riefen protestierend, doch Lawford stellte sich ihnen entgegen.

»Colonel Gudin hat uns geschickt, verstanden?«, blaffte er. »Colonel Gudin!« Der Lieutenant folgte Sharpe die Straße hinab, die südlich vom Platz fortführte. »Die beiden Männer kommen uns nach«, raunte er nervös.

»Schrei die Scheißer an, Sir. Du bist ein Offizier!«

»Zurück!«, rief Lawford. »Erfüllt eure Pflichten! Geht zurück! Los, tut verdammt, was ich sage! Geht!« Er legte eine Pause ein und lachte erfreut. »Guter Gott, Sharpe, es klappt.«

»Was bei uns wirkt, Sir, sollte auch bei ihnen wirken«, sagte Sharpe.

Er bog um eine Ecke und sah die hoch aufragenden Skulpturen des großen Hindu-Tempels. Jetzt wusste er, wo er war. Die Gasse, die zur Sprengladung führte, war nur ein paar Yards entfernt. Sie würde mit Wachen gefüllt sein, aber Sharpe hatte jetzt ein ganzes Arsenal zur Verfügung.

»Wir können nichts tun, wenn es keinen Angriff gibt«, sagte Lawford.

»Das weiß ich, Sir.«

»Und was machen wir, wenn nicht angegriffen wird?«

»Wir verstecken uns.«

»Und wo, um Gottes willen?«

»Lali wird uns einlassen, Sir. Du erinnerst dich an Lali, nicht wahr, Sir?«

Lawford wurde rot, als er sich an seine Einführung in Seringapatams Bordelle erinnerte. »Du glaubst wirklich, dass sie uns verstecken wird?«

»Sie hält dich für süß, Sir.« Sharpe grinste. »Ich habe sie seit jener ersten Nacht ein paar Mal gesehen, und sie fragt immer nach dir. Ich nehme an, da hast du eine Eroberung gemacht, Sir.«

»Guter Gott, Sharpe, das wirst du doch nicht weitererzählen?«

»Ich, Sir?« Sharpe tat schockiert. »Kein Wort kommt über meine Lippen.«

Dann, ganz plötzlich, weit entfernt, gedämpft und dünn, erklang eine Trompete.

Und jedes Geschütz vor Seringapatam schien gleichzeitig zu feuern.

Baird kletterte im Schützengraben hinauf, stieg über die Sandsäcke und wandte sich seinen Männern zu: »Jetzt, meine tapferen Jungs!«, rief er in seinem breiten schottischen Akzent und schwenkte sein Breitschwert zur Stadt. »Folgt mir und beweist, dass ihr die Bezeichnung britische Soldaten wert seid!«

Die Himmelfahrtskommandos waren bereits auf dem Weg. In dem Moment, in dem Baird aus dem Graben geklettert war, waren die beiden Abteilungen über den Rand gekrochen und losgerannt. Sie platschten durch den Kleinen Kaveri und sprinteten dann auf den größeren Flussarm zu. Die Luft ringsum war von Lärm erfüllt. Jedes Belagerungsgeschütz hatte fast im selben Augenblick gefeuert, und die Bresche war eine brodelnde Masse von Staub, während das Krachen vom Wall widerhallte. Die Fahnen der Briten flatterten, als die ersten Männer in den Südlichen Kaveri rannten.

Die ersten Kugeln schlugen ins Wasser und wirbelten kleine Fontänen empor, doch die Himmelfahrtskommandos bemerkten den Beschuss gar nicht. Sie schrien ihre Schlachtrufe und rannten um die Wette, um als Erste in der Bresche zu sein.

»Feuer!«, brüllte Tippu, und die Wälle der Stadt waren von Flammen und Rauch eingehüllt, als Tausende Musketen Blei in den Südlichen Kaveri und zu den Schützengräben schickten. Raketen zischten von den Wällen, und ihre feurigen Schweife drehten sich wie verrückt in der heißen Luft.

Die Trompete schmetterte immer noch. Der Musketenbeschuss war endlos, denn die Männer ließen jedes Mal leer geschossene Waffen fallen, ergriffen frisch geladene und feuerten in die Rauchwolke, von der die Stadt umgeben war. Das Krachen der Geschütze war wie ein gewaltiges Feuerwerk, der Fluss schäumte von Kugeleinschlägen und eine Hand voll Rotröcke und Sepoys zuckten und schlugen um sich, als sie ertranken oder verbluteten.

»Na kommt schon!«, röhrte Sergeant Graham, als er über die Trümmer des Walls stolperte, die ins Wasser hinter dem Glacis gestürzt waren. Ein Fuß schlammigen Wassers war noch in dem alten Graben, doch Graham rannte hindurch, als hätte er Flügel. Eine Kugel zupfte an der Fahne in seiner linken Hand.

»Kommt, ihr Bastarde!«, rief er, und seine ganze Welt war nichts als Lärm, Rauch und Kugeln. Es war eine winzige Stätte, diese Welt, eine Hölle von Staub und Feuer auf einem Trümmerhang. Er konnte keinen Feind sehen, denn die waren über ihm in ihren eigenen Musketenrauch gehüllt.

Dann sahen die Verteidiger auf dem inneren Wall, die auf die Bresche im äußeren Wall hinabstarrten, dass die Rotröcke die Rampe heraufkletterten, und eröffneten das Feuer. Ein Mann hinter Graham wurde zurückgeschleudert, und Blut schoss aus seiner Kehle. Ein anderer stürzte mit einem zerschmetterten Knie vornüber.

Graham erreichte den Gipfel der Bresche. Sein wahres Ziel war der Wall zu seiner Linken, doch der Höhepunkt der Bresche war wie ein Triumph, und er rammte den Flaggenstab tief in die Trümmer und den Staub.

»Jetzt bin ich Lieutenant Graham!«, schrie er jubelnd. In diesem Augenblick traf ihn eine Kugel und schleuderte ihn zu seinen Männern zurück.

Das war der Moment, in dem die Freiwilligen Tippus zuschlugen. Sechzig Männer schwärmten hinter dem Wall mit Schwertern und Musketen aus, um sich den beiden Himmelfahrtskommandos auf dem Gipfel der Trümmerbresche entgegenzustellen. Dies waren die besten Männer des Sultans, seine Tiger, die Krieger Allahs, denen ein Lieblingsplatz im Paradies versprochen worden war, und sie schrien triumphierend, als sie angriffen.

Sie feuerten eine Musketensalve ab, als sie hochkletterten, dann warfen sie die leeren Waffen hin, um die Rotröcke mit glänzenden gekrümmten Säbeln anzugreifen. Musketenläufe parierten Säbel, Bajonette stießen vor und wurden zur Seite geschlagen. Männer fluchten und töteten, fluchten und starben. Einige Männer kämpften mit Händen und Füßen, schlugen und bissen einander, während sie sich zum staubigen Gipfel durchkämpften.

Ein bengalischer Sepoy schnappte sich einen herabgefallenen Säbel und schlug sich einen Weg zum Fuß des Walls frei, wo er vor der Bresche zur nördlichen Brustwehr emporführte. Ein maisurischer Freiwilliger schlug mit dem Säbel nach ihm. Der Sepoy parierte instinktiv und schmetterte dem Mann den Säbel in den Helm, dass die Klinge im Metall und im Schädel seines Gegners stecken blieb. Der Bengali ließ sie dort, und er war so im Kampffieber, dass er gar nicht bemerkte, dass er ohne Waffe war, während er die gebrochene Flanke des Walls erklettern und die Feinde angreifen wollte, die dort oben warteten. Ein Musketenschuss vom Schutzwall schleuderte ihn zurück, und er rutschte blutend und sterbend zurück und blieb neben dem verwundeten Graham liegen.

Baird war immer noch westlich des Flusses. Seine Aufgabe bestand nicht darin, mit den Himmelfahrtskommandos zu sterben, sondern den Hauptangriff über den Pfad zu führen, den sie geschaffen hatten. Dieser Hauptangriffstrupp formierte sich jetzt zu zwei Kolonnen von Zügen.

»Vorwärts!«, brüllte Baird und führte die beiden Kolonnen zum Fluss. Das Terrain voraus wurde von Kugeln aufgewühlt, als falle unsichtbarer Hagel. Hinter ihm schlugen die Trommlerjungen zum Vorrücken, während die Pioniere, beladen mit ihren Faschinen und Leitern, die Züge flankierten. Raketen kreischten über Baird hinweg, und ihre Schweife stachen Rauch über den Fluss. Männer kämpften in der Bresche gegeneinander, und vom Wall der Stadt spuckten Flammen durch den emporwallenden Rauch.

Die Hölle war nach Seringapatam gekommen, und Baird eilte darauf zu.

»Mein Gott!«, stieß Sharpe hervor, denn er konnte den plötzlich anschwellenden Lärm der Schlacht gleich unterhalb des westlichen Walls hören. Dort starben Männer. Männer erstürmten eine Bresche, und Tippus Sprengladung wartete auf sie. Ihre Tonnen von Pulver waren in einen steinernen Tunnel gestopft und bereit, eine ganze Brigade zu vernichten.

Er stoppte an einer Ecke der Gasse, die zu dem alten Torweg führte, der mit dem Sprengstoff gefüllt worden war. Er spähte um die Ecke und sah Sergeant Rothière und zwei Franzosen aus Gudins Bataillon. Alle drei standen neben einem Fass und starrten zum inneren Wall hinauf, und rings um die Europäer stand eine Wache von einem halben Dutzend *jettis*, alle bewaffnet mit Musketen und Schwertern.

Sharpe duckte sich zurück und blies das Zündpulver in der Pfanne seiner Muskete aus.

»Nur neun oder zehn der Bastarde«, sagte er zu Lawford, »machen wir ihnen also Kopfschmerzen.«

Die Raketen waren mit der Nase zuerst auf dem Karren gestapelt, sodass die langen Bambuslenden über den Wagen hinaus zu den Griffen ragten. Sharpe ging nach vorne zum Karren, packte die dünnen Bretter, die mit Göttern und Elefanten bemalt waren, und riss sie ab. Es ging leicht, sie mit den Nägeln aus den Seiten des Karrens zu ziehen. Er schlug die letzten Holzsplitter weg. Jetzt war kein Hindernis mehr vor der tödlichen Fracht. Er drehte den Karren so, dass die Zinnkegel auf die Gasse gerichtet waren, wobei er sorgfältig darauf achtete, dass der Karren und sein Inhalt noch vor den Männern, die neben der Lunte der Sprengladung warteten, verborgen blieb.

Lawford sagte nichts, schaute nur zu, wie Sharpe das Zünderpapier von einer der Raketen riss. Er drehte das Papier zu einem Fidibus, schob es in das leere Schloss der Muskete, spannte sie und drückte ab. Das Papier fing sofort den Zündfunken und begann zu brennen.

Sharpe ließ die Muskete sinken und begann die Lunten der obersten Reihe von Raketen anzuzünden. Das Papier in seiner Hand brannte heftig, doch er schaffte es, acht der Lunten anzuzünden, bevor er gezwungen war, ein anderes Luntenpapier abzureißen, um damit mehr Lunten anzuzünden. Es war schwierig, zwischen die Bambusstäbe der Raketen zu greifen, doch er zündete weitere zehn an, während die ersten paar Lunten zischten und rauchten.

Lawford, der sah, was Sharpe tat, hatte die Seite aus der Bibel aus seiner Tasche genommen und drehte sie zu einem Fidibus, mit dem er noch weitere Raketen anzündete. Dann hustete die zuerst angezündete Rakete und spuckte Rauch aus, und Sharpe packte sofort die Griffe des Karrens und schob ihn um die Ecke, sodass die Geschosse genau in die Gasse wiesen. Er duckte sich daneben, geschützt vor den Männern in der

Gasse durch die Ecke des Gebäudes, und zog seine Muskete an sich. Er benutzte die Muskete, um die Griffe des Karrens zu heben, sodass dessen Ladefläche und die daraufliegenden Raketen horizontal waren.

Die erste Rakete erzitterte und schoss dann davon. Die zweite einen Augenblick später, dann zwei weitere, und plötzlich ruckte und zitterte der ganze Karren, als die Raketen davonjaulten. Eine Musketenkugel traf den Karren, eine andere fegte Staub von der Ecke des Gebäudes, doch dann waren keine Schüsse mehr zu hören, nur Entsetzensschreie, als die Geschosse durch die Gasse kreischten.

Einige der Raketen hatten Kugeln in ihren Kegeln, andere hatten kleine Schwarzpulverladungen, und diese begannen jetzt zu explodieren. Ein Mann schrie gellend. Weitere Raketen explodierten, und das Krachen erfüllte die Gasse. Hinzu kamen Rauch und Flammen aus den Schweifen der Geschosse.

Sharpe wartete, bis die letzte angezündete Rakete vom Karren schoss.

»Jetzt kommt der harte Teil«, warnte er Lawford. Er ersetzte die Zündladung der Muskete, packte die Griffe der Handkarre und schob sie vor sich her durch die Gasse.

Mindestens dreißig der Raketen waren abgefeuert, und die Gasse war jetzt ein Inferno von wallendem Rauch, in dem sich noch scharfe Raketen wie verrückt drehten und abprallten, während die Hüllen anderer ausbrannten. Sharpe stürmte in dieses Chaos, hoffte, dass ihnen der halb beladene Karren als Schild dienen würde, wenn noch jemand in der Gasse am Leben war.

Lawford rannte jetzt hinter ihm her. Mindestens vier Mann waren noch auf den Füßen, und ein weiterer hatte Deckung in einem tiefen Torweg gefunden, doch sie waren benommen, geschockt von den Raketen und fast blind vom Rauch.

Sharpe versetzte dem Karren einen harten Stoß, um ihn den Männern entgegenzuschicken. Einer der *jettis* sah den Karren, wich ihm aus und griff Sharpe mit einem Säbel an, doch Lawford erschoss ihn mit seiner Muskete, schoss dem riesigen Mann so schnell und genau durch die Kehle wie bei der Fasanenjagd. Der Karren traf zwei der stehenden Männer und riss sie zu Boden. Sharpe trat einem auf den Kopf und dem anderen in den Schritt. Er schlug einem Franzosen den Musketenkolben auf den Schädel, stieß den Lauf der Waffe einem *jetti* tief in den Bauch. Als sich der Mann vornüberkrümmte, rammte er ihm den Lauf ins Gesicht. Der *jetti* schrie auf und taumelte zurück, die Hände auf ein Auge gepresst.

Lawford hatte sich einen gefallenen Säbel vom Boden geschnappt und zog einem anderen *jetti* die Klinge durch die Kehle. Das Blut des Mannes spritzte heraus und landete zischend auf den brennenden Resten einer Rakete.

Sergeant Rothière lag am Boden. Eine Rakete hatte ihn gestreift, und eines seiner Beine war gebrochen. Dennoch spannte er seine Muskete und richtete sie auf Lawford. Dann hörte der Sergeant Sharpe hinter sich und versuchte die Muskete herumzuschwingen.

Doch Sharpe war zu nahe und zu schnell. Er fällte Rothière mit einem so gewaltigen Schlag, dass der Kolben auf dem Schädel des französischen Sergeants brach. Die Muskete war noch geladen, und so drehte er sie herum und spähte angriffsbereit durch den Rauch. Er konnte keine Gefahr sehen, nur verwundete und tote Männer und flackernde Raketenhüllen. Die Lunte der Sprengladung war irgendwie dem Feuer der Raketen entgangen und lag jetzt neben dem umgestürzten Fass, an das Rothière einen angezündeten Luntenstock gehalten hatte. Sharpe bewegte sich auf das Fass zu. Dann hörte er das Klicken einer Waffe, die gespannt wurde.

»Das ist weit genug, Sharpe«, sagte Colonel Gudin. Er stand hinter Sharpe. Der Colonel hatte gerade neben dem Turmhaus auf das Signal des Sultans vom inneren Wall gewartet, doch er war auf ein Dach geklettert und von dort in die Gasse hinabgesprungen, und jetzt zielte er mit seiner Pistole auf Sharpe. Lawford, mit dem Säbel in der Hand, war ein halbes Dutzend Schritte entfernt, zu weit, um zu helfen.

Gudin ruckte mit der Pistole. »Lassen Sie die Muskete fallen, Sharpe!« Gudins Stimme klang ruhig.

Sharpe hatte sich mit der Muskete an der Hüfte umgedreht. Der Colonel war nur drei, vier Schritte entfernt.

»Legen Sie Ihre Pistole ab, Sir«, sagte Sharpe.

Ein Ausdruck des Bedauerns fiel über das Gesicht des Colonels, als er seinen Arm ausstreckte, um genauer zu zielen.

Sharpe feuerte aus der Hüfte, als er die kleine Bewegung sah, und obwohl er nicht gezielt hatte, traf er den Colonel hoch in die rechte Schulter, sodass Gudins Schussarm in die Luft ruckte.

»Tut mir leid, Sir«, sagte Sharpe, und dann rannte er zu einer der Raketenhüllen, aus denen noch Flämmchen zuckten. Er trug die noch brennende Hülle zum Ende der Lunte und verharrte lauschend. Er konnte Kanonenfeuer hören, und er wusste, dass es Tippus Geschütze sein mussten, denn keine britischen Artilleristen würden jetzt zu feuern wagen, weil sie die angreifenden Kameraden treffen konnten. Er hörte auch Musketenfeuer, doch zugleich nahm er das laute, kehlige Gebrüll von Männern wahr, die in die Bresche stürmten. Das Himmelfahrtskommando musste kämpfen, und das bedeutete, die Lücke zwischen den Wällen musste von britischen Soldaten frei sein. Er bückte sich, um die flackernde Flamme der Raketenhülle an die wartende Lunte der Sprengladung zu halten, doch Lawford schob seinen Arm zur Seite.

Sharpe blickte zu dem Lieutenant. »Sir?«

»Wir sollten die Sprengladung in Ruhe lassen, finde ich, Sharpe. Unsere Männer könnten zu nahe sein.«

Sharpe hielt immer noch das brennende Raketenstück. »Nur wir beide, Sir, wie?«

»Wir beide, Sharpe?«, fragte Lawford verwirrt.

»In fünf Minuten, wenn sich Tippu wundert, warum sein Feuerwerk nicht losgeht, schickt er ein Dutzend Männer, um herauszufinden, was geschehen ist. Du und ich? Wir werden allein gegen all diese Scheißer kämpfen?«

Lawford zögerte. »Ich weiß nicht«, sagte er unsicher.

»Aber ich, Sir.« Sharpe hielt das brennende Raketenstück an die Lunte, und sofort begannen sich schnell bitter riechende Funken über die mit Pulver imprägnierte Lunte zu fressen. Gudin versuchte, sie auszutreten, doch Sharpe schob den Franzosen grob zur Seite.

»Sind Sie schlimm verletzt, Sir?«, fragte er Gudin.

»Gebrochene Schulter, Sharpe.« Gudin wirkte den Tränen nahe, nicht wegen seiner Verwundung, sondern weil er in seinem Dienst versagt hatte. »Ich glaube, Doktor Venkatesh wird das reparieren können. Wie sind Sie entkommen?«

»Ich habe einen Tiger und einige weitere dieser *jettis* gekillt.«

Gudin lächelte traurig. » Tippu hätte Sie töten sollen, als er noch die Chance dazu gehabt hat.«

»Wir alle machen Fehler, Sir«, sagte Sharpe und beobachtete, wie sich die Funken durch die Lunte über die Steinbarrikade fraßen, die vor dem Tor des alten Torwegs aufgeschichtet war. »Ich nehme an, wir sollten Sie in Deckung bringen, Sir«, sagte er und zog den sich sträubenden Gudin in die Türöffnung, in die sich Lawford bereits duckte.

Der Rauch lichtete sich in der Gasse. Ein verwundeter *jetti* kroch auf den fernen Wall zu, ein anderer erbrach sich, und Sergeant Rothière stöhnte. Blut rann aus den Nasenflügeln des Sergeants, und sein Hinterkopf war dunkel von geronnenem Blut.

»Ich nehme an, du hast es soeben zum Sergeant geschafft, Sharpe«, sagte Lawford.

Sharpe lächelte. »Das nehme ich auch an, Sir.«

»Gut gemacht, Sergeant Sharpe.« Lawford steckte ihm die Hand hin. »Guter Arbeitstag.«

Sharpe schüttelte seinem Offizier die Hand. »Doch die Arbeit des Tages ist noch nicht erledigt, Sir.«

»Nicht?« Lawford sah ihn verständnislos an. »Um Himmels willen, Mann, was hast du denn noch vor?«

Lawford hörte nicht mehr, was Sergeant Sharpe antwortete, denn in diesem Moment flog die Sprengladung in die Luft.

KAPITEL 11

Tippus Pioniere hatten gute Arbeit geleistet. Nicht alle Kraft der Sprengung wurde nordwärts geleitet, jedoch der größte Teil davon, und dieser Teil war verheerend. Die Explosion erfasste den Raum zwischen innerem und äußerem Wall, in dem sich eigentlich britische Soldaten hätten drängen sollen.

Für Sharpe, der durch den Torweg spähte, sah es zuerst aus, als löse sich das ganze Turmhaus auf, nicht in Trümmer und Staub, sondern in die Steine, aus denen es bestand, denn die Granitblöcke des alten Gebäudes schienen unter dem schrecklichen Druck des Explosionsfeuers, das darin tobte, aufzuquellen und sich auseinanderzuschieben. Staub quoll aus jedem sich öffnenden Spalt, als sich die großen Steine aus den Mörtelfugen trennten, und dann verlor Sharpe die Sicht auf das zusammenfallende Turmhaus, weil plötzlich nichts mehr außer Staub, Rauch, Flammen und Lärm wahrzunehmen war.

Er zuckte zurück in Deckung und hielt die Arme über den Kopf, als der Donnerschlag über ihn hinweghallte, nur einen Augenblick, nachdem der Staub auf den Torweg zugepeitscht worden war, als die Gase des sich ausbreitenden Feuers entwichen.

Das Krachen schien gar nicht aufhören zu wollen. Zuerst war es der anschwellende Knall des explodierenden Pulvers, dann das kreischende Krachen von Steinen und das Pfeifen von Splittern, die durch die Stadt wirbelten, und dann klingelte es in Sharpes Ohren, und über dem Klingeln, so weit entfernt und so dünn wie der Trompetenklang, der den Angriff angekündigt hatte, waren die Schreie von Männern zu hören, die vom Feuer gefangen oder vom Gestein begraben waren. Und danach kam ein Geräusch wie das Fauchen von Wind, ein unnatürlicher Sturmwind, der Dächer von Häusern fegte, Dachziegel abwarf und Staubteufel eine Viertelmeile von der Explosion entfernt durch die Straßen fegte.

Die Männer auf den Wällen nahe des Turmhauses sahen nichts, nur den Blitz, der ihr Leben beendete, denn die Explosion blies die Verteidiger von der Brustwehr südlich der Bresche. Der Wall selbst war unbeschädigt. Auch dort, wo er am Turmhaus vorbei verlief. Denn dort wurde der alte äußere Torweg weggeblasen wie ein Mündungspfropfen, und ein gewaltiger Strahl aus Flammen und Rauch schoss aus dem Stadtwall, um die explosive Wucht sicher unter die Brustwehren abzuleiten.

Der Turm über dem alten Tor fiel. Er brach langsam zusammen und glitt in den Raum zwischen dem inneren und äußeren Wall. Brocken von Ziegeln flogen hinauf und zur Seite und platschten in den Fluss, genau vor Bairds vorrückende Kolonnen. Weitere Steinbrocken regneten auf die Stadt herab.

Der Lärm ließ langsam nach. Das Klingeln in Sharpes Ohren verschwand, und er konnte einen Mann hören, der irgendwo im Grauen wimmerte. Er spähte wieder aus dem Versteck und sah, dass die Explosion die Gasse von toten und verwundeten Männern leer gefegt hatte. Von dem Handkarren war nichts mehr zu sehen. Da gab es nichts außer zerbrochenen Steinen, brennendem Stroh und Blutlachen.

Nördlich der Bresche, wo die Flammen und die Explosion wegen der Entfernung weniger gewütet hatten, waren die Verteidiger vom Lärm wie betäubt. Ihre Banner aus goldener, scharlachroter und grüner Seide flatterten im Wind, als sich die Männer hinter ihren Schießscharten duckten und wie Betrunkene im heißen Wind taumelten. Die Helden des Sultans, die sich freiwillig zum Kampf gegen die Himmelfahrtskommandos der Engländer in der Bresche gemeldet hatten, waren fast bis auf den letzten Mann tot, denn sie hatten sich auf der inneren Seite der Bresche befunden, wo nichts sie hatte retten können, während die Überlebenden der Himmelfahrtskommandos, zurückgeworfen vom ersten Angriff von Tippus Männern, von der südlichen Flanke der Bresche abgeschirmt worden waren.

In der Bresche selbst war ein Schleier von wirbelndem Staub. Eine gewaltige Staubwolke wallte über den Wällen, doch die Bresche war, im Moment jedenfalls, unverteidigt. Die Männer Tippus, welche die Flanken der Bresche hatten bewachen sollen, waren entweder gefallen oder so unter Schock, dass sie nicht reagieren konnten, während sich die Männer auf dem inneren Wall geduckt hatten, als das schreckliche Krachen, die Hitze und der Staub ringsum gewütet hatten. Die meisten von ihnen duckten sich immer noch angstvoll in der sonderbaren Stille, die der Explosion folgte.

»Jetzt, Jungs, jetzt!«, schrie ein Mann in der Bresche, und die Überlebenden der Himmelfahrtskommandos kletterten in den Rauch und dann den Wall hinauf. Sie keuchten in der staubigen Luft, und ihre roten Röcke waren weiß vom Staub, doch sie waren Männer, die in der schlimmsten Tortur des Krieges, dem Erstürmen einer Bresche, gestählt waren, und der Stahl war hart und kalt in ihren Seelen, sodass sie kaum das Grauen der letzten paar Sekunden wahrnahmen und nur das Bedürfnis hatten, die Flanken der Bresche zu erklettern und mit dem Töten anzufangen.

Diejenigen, die südlich emporstiegen, fanden einen leeren Wall, während diejenigen auf der nördlichen Seite der Bresche zu benommenen Männern hochkletterten. Die Rotröcke und Sepoys hatten bei diesem Angriff keine Gnade erwartet und waren darauf vorbereitet, keine zu gewähren, und so begann das Abschlachten.

»Stecht die Schweine ab, Jungs!«, brüllte ein Corporal. Er stach mit wildem Blick sein Bajonett in einen Mann und riss die Klinge aus dem Körper, indem er die Leiche über den Rand der inneren Brustwehr stieß. Seine Kameraden stürmten an ihm vorbei, ihr Blut aufgepeitscht aus Furcht, nicht die ersten Männer in der feindlichen Zitadelle zu sein. Jetzt, oben auf dem Wall, töteten sie mit einer Ekstase, die ihre Furcht in einem Strom von feindlichem Blut entweichen ließ.

Baird war bei der Explosion noch westlich des Flusses gewesen und hatte Entsetzen verspürt, als die große Detonation die Stadt erschüttert hatte. Für einen schrecklichen Augenblick hatte er gedacht, die ganze Stadt, all ihre Häuser und Tempel und Paläste, wären im Begriff, sich vor seinen Augen aufzulösen, doch er war weitergelaufen, hatte sogar seine Schritte beschleunigt, sodass er in den Südlichen Kaveri geplatscht war, während die Trümmer immer noch fielen. Er watete durch die seichten Stellen, als ringsum der Fluss von herunterfallenden Steinbrocken schäumte, und er schrie Unverständliches, besessen von dem Drang, sein Breitschwert gegen den Feind einzusetzen, der ihn einst gefangen gehalten hatte.

Der Staub, der die Bresche verhüllte, lichtete sich unter einem Windstoß, der ihn nordwärts trieb, und Baird sah, dass seine Himmelfahrtskommandos jetzt auf den Wällen waren. Er sah einige Rotröcke, sonderbar geweißt, nach Norden stürmen, dann erhaschte er einen Blick auf den Feind, der aus den südlichen Bastionen kam, um die Verteidiger zu ersetzen, die bei der Explosion von der Brustwehr gefegt worden waren. Diese Verstärkungen rannten an einer großen grauweißen Rauchwolke vorbei, aus der Flammen zum Himmel leckten.

Baird nahm an, dass die gefürchtete Sprengladung Tippus in die Luft geflogen war, doch sein Entsetzen über die Wucht der Explosion ging in Jubel über, als er erkannte, dass sie vorzeitig ausgelöst worden war. Statt bei seinen Männern ein Blutbad anzurichten, hatte sie die Stadt geöffnet. Aber er erkannte ebenfalls, dass der Feind jetzt aus seinem Albtraum erwachte und die Männer sich zum Kampf besannen, und so eilte Baird aus dem Fluss, über die Trümmer des Glacis und die Bresche hinauf, die jetzt glitschig von frischem Blut war. Er entschied sich, südwärts des Himmelfahrtskommandos zu helfen, das sich dem Ansturm der Verstärkungen Tippus stellte.

Hinter Baird platschten die beiden Kolonnen Rotröcke durch den Flussarm. Jede Kolonne bestand aus dreitausend Mann, und ihre Aufgabe war es, die Stadt einzukesseln und so den ganzen Ring von Seringapatams Wällen und Bastionen, Türmen und Toren einzunehmen, doch Tippus Soldaten erholten sich jetzt von ihrem Schock und stellten sich schließlich dem Strom der Invasoren entgegen.

Musketen feuerten von den Brustwehren, versteckte Geschütze wurden enttarnt, und Raketen schossen von den Wällen. Kartätschen und Kanonenkugeln hämmerten auf die beiden Kolonnen hinab, und die Geschosse ließen das Wasser aufgischten, als sie in den Fluss schlugen.

Sepoys und Rotröcke fielen. Einige krochen in Sicherheit, andere wurden stromabwärts getrieben, während die weniger Glücklichen von den Männern niedergetrampelt wurden, die den Fluss durchquerten. Die anführenden Soldaten von jeder Kolonne kletterten an den Flanken der Bresche hoch. Die Pioniere schoben Leitern an diese Flanken, und noch mehr Männer gelangten über die Sprossen nach oben.

Und nun änderte sich der Kampf. Jetzt, auf dem engen Schützenauftritt des äußeren Walls, mussten sich die Kolonnen ihren Weg erzwingen, doch die Männer Tippus feuerten Salve um Salve in die Reihen der Angreifer. Das schädlichste Feuer kam vom inneren Wall, denn Tippus Männer waren von einer Brustwehr geschützt, während die Briten und ihre indischen Verbündeten keinen solchen Schutz auf dem eingenommenen äußeren Wall hatten.

Von vorne feuerten Männer auf sie, und ein Feuerhagel kam von ihrer Flanke, doch sie stürmten weiter, erfüllt vom blinden Zorn des Krieges. Der einzige Weg, das Grauen zu überleben, war der zu siegen, und so traten sie über die Toten hinweg, um ihre Musketen abzufeuern und dann zurückzukriechen, um zu laden, während die Reihen hinter ihnen weiterstürmten. Die Verwundeten fielen, einige stürzten in den inneren Graben, während hinter ihnen, im schäumenden Fluss, die Enden der beiden Kolonnen weiterhin zur Schlacht eilten.

Die Bresche war eingenommen, doch die Stadt war noch nicht gefallen. Die Sepoys und Rotröcke hatten hundert Yards des äußeren Walls auf jeder Seite der Bresche eingenommen, doch die Soldaten Tippus kämpften hart. Und Tippu selbst führte die Verteidiger nördlich der Bresche.

Tippu hatte Gudin verflucht, weil er die Sprengladung vorzeitig in die Luft gejagt und so ihre schrecklich zerstörerische Macht verschwendet hatte, doch jetzt versuchte er den Widerstandswillen durch sein persönliches Beispiel wiederzubeleben.

Er stand in der vordersten Reihe seiner Soldaten, und eine Reihe von Adjutanten luden juwelenbesetzte Jagdgewehre für ihn. Ein geladenes Gewehr nach dem anderen wurde Tippu gereicht, und er zielte und feuerte immer wieder und traf Rotrock um Rotrock. Wann immer ein Feind versuchte, über den Wall zu stürmen, schoss Tippu ihn nieder. Dann reichte er die Waffe zurück, nahm eine geladene, trat durch den Pulverrauch und feuerte von Neuem.

Musketenkugeln zischten um ihn herum. Zwei seiner Adjutanten wurden verwundet, und eine Hand voll Soldaten, die an der Seite Tippus gekämpft hatten, waren tot oder verwundet, doch Tippu blieb unversehrt. Er stapfte durch Blut, doch es war nicht seines, und es hatte den Anschein, als könne er nicht sterben, sondern nur töten, und so tat er es, kaltblütig, verteidigte seine Stadt und seinen Traum gegen die Barbaren, die gekommen waren, um ihm seinen Tigerthron zu entreißen.

Der Kampf auf den Wällen verstärkte sich, als mehr Männer die bedrohten Brustwehren erreichten. Die Männer in Rot kamen vom Fluss, und die Männer in Tigerstreifen kamen von anderen Teilen des Stadtwalls, und beide Seiten kamen, um auf dem kaum fünf Schritte breiten, zum Himmel erhobenen Wall zu töten.

Über dem die Geier kreisten und den Tod witterten.

Sharpe hob drei Musketen am Ende der Gasse auf, wo sie von der Wucht der Explosion hingeschleudert worden waren. Er überprüfte, dass diese neuen Waffen unbeschädigt waren, lud zwei der ungeladenen und kehrte zu Lawford zurück.

»Du bleibst beim Colonel«, schlug er vor, »und drehst deinen Rock wieder auf die richtige Seite. Die Jungs werden bald hier sein. Und wenn sie hier sind, Sir, dann möchtest du vielleicht zu Lali.«

Lawford schoss das Blut in die Wangen. »Lali?«

»Kümmere dich um sie, Sir. Ich habe ihr versprochen, dass ihr kein Leid geschieht.«

»Du hast das?«, fragte Lawford mit einer Spur Empörung. Er fragte sich, wie gut Sharpe das Mädchen kannte, hielt es jedoch für besser, nicht zu fragen. »Natürlich werde ich mich um sie kümmern«, sagte Lawford. Dann bemerkte er, dass

Sharpe, trotz seines Rates, immer noch keinen roten Rock trug. »Wohin willst du?«

»Hab noch was zu erledigen«, antwortete Sharpe vage. »Und, Sir, kann ich dir danken, Sir? Ich hätte nichts davon ohne dich geschafft.« Sharpe war nicht daran gewöhnt, solche Komplimente zu machen, und er sprach unbeholfen und verlegen. »Du bist ein tapferer Scheißkerl, Sir, das bist du wirklich.«

Lawford fühlte sich absurd erfreut. Er wusste, dass er Sharpe hätte anschnauzen sollen, weil er sich einfach davonmachte, denn dies war nicht die Zeit für einen Mann, durch Seringapatams Straßen zu streunen, doch Sharpe war bereits verschwunden.

Lawford wendete seinen Rock und schob seine Arme durch die Ärmel. Gudin, neben ihm, wedelte eine Fliege fort und fragte sich, warum der Staub und Rauch diese Plage nicht vertrieben. »Was werden Sie mit mir machen, Lieutenant?«, fragte er Lawford.

»Man wird Sie gut behandeln, dessen bin ich sicher. Man wird sie vermutlich nach Frankreich zurückschicken.«

»Das würde mir gefallen«, sagte Gudin und erkannte plötzlich, dass es sein wahrer Wunsch war. »Ihr Private Sharpe ...«

»Jetzt Sergeant Sharpe, Sir.«

»Dann also Sergeant Sharpe. Er ist ein guter Mann, Lieutenant.«

»Ja, Sir«, sagte Lawford, »das ist er.«

»Wenn er überlebt, wird er es weit bringen.«

»Wenn er überlebt, ja.« Wenn ihn die Armee leben lässt, dachte Lawford.

»Kümmern Sie sich um ihn, Lieutenant«, sagte Gudin. »Eine Armee besteht nicht aus Offizieren, obwohl wir Offiziere es gern so hätten. Eine Armee ist nicht besser als ihre

Mannschaften, und wenn Sie gute Männer finden, müssen Sie sich darum kümmern. Das ist die Aufgabe eines Offiziers.«

»Jawohl, Sir«, sagte Lawford.

Die ersten Flüchtenden von den Wällen waren jetzt am Ende der Gasse sichtbar, Männer in staub- und blutbefleckten tigergestreiften Waffenröcken, Männer, die vom Kampf wegtaumelten oder -humpelten. Der Lärm des Kampfes war ein ständiges Stakkato von Musketenfeuer, Rufen und Schreien, und es konnte nicht mehr lange dauern, bis die ersten mörderischen Angreifer in die Straßen einfielen.

Lawford fragte sich, ob er Gudin seinen Säbel abnehmen sollte. Dann machte er sich Sorgen, weil er zugelassen hatte, dass Sharpe allein losgezogen war.

Sharpe hatte mit dem Gedanken gespielt, seinen roten Rock anzuziehen, dann sagte er sich, dass es keinen Sinn hatte, sich verdächtig zu machen, obwohl der Rock jetzt so schmutzig war, dass er kaum noch wie eine Uniform aussah, und so ließ er die gewendete Jacke an seinem Nacken verknotet und rannte mit zwei Musketen über den Schultern nordwärts durch die Stadt.

Stetig krachten Musketen, doch zugleich konnte er das wilde Schreien von Männern hören, die sich in einen brutalen Kampf stürzten. In ein paar Minuten würde sich dieser Kampf in der Stadt ausbreiten, und Sharpe wollte diese Minuten gut nutzen.

Er rannte über den kleinen Platz, auf dem immer noch Karren mit Raketen standen, und eilte dann am Inneren Palast vorbei, wo ihn ein tigergestreifter Wächter, der Sharpe für einen Deserteur der europäischen Soldaten Tippus hielt, mit einem Ruf stoppen wollte. Bevor der Wächter seine Muskete gespannt hatte, war Sharpe schon in dem Labyrinth von Gassen und Höfen verschwunden, das sich nördlich des Palastes erstreckte.

Er bahnte sich einen Weg durch eine Traube angsterfüllter Frauen, passierte die Gepardenkäfige und gelangte so zu den Kerkern. Über die Leichen der drei *jettis* krochen Fliegen, und jenseits von ihnen stand das äußere Tor des Kerkers immer noch offen.

Sharpe rannte durch das Tor und sprang die Treppe hinab, wo der tote Tiger lag.

»Sharpie!« Hakeswill kam an die Gitterstäbe seiner Zelle. »Du bist zurückgekommen, Junge! Ich habe es gewusst! Was ist passiert, Junge? Nein! Tu das nicht!« Hakeswill hatte gesehen, dass Sharpe eine Muskete von der Schulter genommen hatte. »Ich mag dich, Junge, ich habe dich immer gemocht! Vielleicht war ich manchmal ein bisschen hart zu dir, aber nur zu deinem eigenen Besten, Sharpie. Du bist ein guter Junge, das bist du. Du bist ein richtiger Soldat. Nein!«

Sharpe drehte die Mündung von Hakeswill fort und zielte auf das Vorhängeschloss. Er wollte keine Zeit mit dem Dietrich verschwenden, und so richtete er die Muskete einfach auf das alte eiserne Schloss und drückte ab. Das Schloss sprang auf, und Sharpe riss die Zellentür auf.

»Ich bin gekommen, um dich zu holen, Obadiah«, sagte er.

»Ich wusste das, Sharpie, ich habe es gewusst.« In Hakeswills Geicht zuckte es. »Ich wusste, dass du deinen Sergeant nicht verrotten lässt.«

»Also komm raus«, sagte Sharpe.

Hakeswill zögerte. »Du bist doch nicht nachtragend, Junge?«

»Ich bin kein Junge, Obadiah. Ich bin Sergeant. Colonel Wellesley hat es mir versprochen. Ich bin jetzt Sergeant wie du.«

»Das bist du, das bist du, und das sollst du auch sein.« In

Hakeswills Gesicht zuckte es wieder. »Das hatte ich Mister Morris gesagt, nicht wahr? Ich habe ihm gesagt, Sharpe wäre der beste Sergeant, den ich je gesehen habe. Ein guter Junge, habe ich ihm gesagt. Ich halte ein Auge auf ihn, Sir, habe ich Mister Morris gesagt.«

Sharpe lächelte. »Komm endlich raus, Obadiah.«

Hakeswill wich bis zur hinteren Wand der Zelle zurück.

»Ich bleibe besser hier, Sharpie«, sagte er. »Du weißt, wie die Jungs sind, wenn ihr Blut kocht. Es könnte mir schaden, wenn ich dort rausgehe. Am besten warte ich 'ne Weile, bis die Jungs ruhig geworden sind.«

Sharpe durchquerte die Zelle mit zwei großen Schritten und packte Hakeswill am Kragen.

»Du kommst mit mir, du Bastard«, sagte er und zerrte den wimmernden Sergeant aus der Zelle. »Ich sollte dich hier töten, du Abschaum, aber du verdienst keinen Soldatentod, Obadiah. Du bist zu verkommen für eine Kugel.«

»Nein, Sharpie, nein!«, schrie Hakeswill, als Sharpe ihn am Kadaver des Tigers vorbei und die Treppe hinaufzerrte. »Ich habe dir nichts getan!«

»Nichts?« Sharpe drehte sich wild zu Hakeswill um. »Du hast mich auspeitschen lassen, du Bastard, und dann hast du uns verraten!«

»Das habe ich nie getan! Auf Ehre und Gewissen nicht, eher würde ich sterben, Sharpie!«

Sharpe drehte Hakeswill um, sodass er mit dem Rücken zum äußeren Gittertor des Kerkers stand, rammte ihn gegen die Eisenstäbe und schlug dem Sergeant die Faust in den Bauch. »Du wirst sterben, Obadiah, das verspreche ich dir. Weil du uns verraten hast.«

»Ich habe nichts getan«, keuchte Hakeswill unter schweren Atemzügen. »Ich schwöre es, Sharpie. Das Auspeitschen, ja, daran bin ich schuld, und es war falsch von mir!« Er wollte sich auf die Knie fallen lassen, doch Sharpe zog ihn wieder hoch. »Ich habe dich nicht verraten, Sharpie! So etwas tue ich keinem englischen Landsmann an!«

»Du wirst noch Lügen erzählen, wenn du durch das Tor zur Hölle marschierst, Obadiah«, sagte Sharpe und packte den Sergeant wieder am Kragen. »Und jetzt komm, du Bastard.«

Er zog Hakeswill durch das äußere Tor des Kerkers, über den Hof und in die Gasse, die südwärts zum Palast führte.

Eine Abteilung tigergestreifter Soldaten rannte an der Mündung der Gasse zum Westwall, doch keiner nahm Notiz von Sharpe. Der Posten am nördlichen Palasttor bemerkte ihn und hob seine Muskete, doch Sharpe schnarrte die Zauberworte »Gudin! Colonel Gudin!«, und es lag so viel Autorität in seiner Stimme, dass der Mann die Muskete sinken ließ und zur Seite trat.

»Wohin bringst du mich, Sharpie?«, keuchte Hakeswill.

»Das wirst du gleich sehen.«

Zwei weitere Wachen waren am inneren Hoftor postiert, und auch sie richteten ihre Musketen auf ihn, doch Sharpe rief sie an, und von Neuem reichte Gudins Name, um ihr Misstrauen zu zerstreuen. Außerdem hatte Sharpe einen Gefangenen mit rotem Rock, und die beiden nervösen Wächter hielten ihn fälschlich für einen von Gudins Männern und ließen ihn deshalb passieren.

Sharpe zog das Tor auf. Die sechs Tiger, bereits gereizt durch den schrecklichen Lärm, der die Stadt erschüttert hatte, sprangen auf das sich öffnende Tor zu, und die Ketten spannten sich klirrend.

Hakeswill sah die Raubkatzen und schrie. »Nein, Sharpie! Nein! Mutter!«

Sharpe zerrte den sich wehrenden Hakeswill in den Hof.

»Du meinst, du kannst nicht sterben, Obadiah? Ich bin anderer Meinung. Wenn du zur Hölle fährst, du Bastard, dann sag ihnen, dass Sergeant Sharpe dich dorthin geschickt hat.«

»Nein, Sharpie! Nein!« Das letzte Wort war ein Schrei der Verzweiflung, als Sharpe Hakeswill in die Mitte des Platzes zerrte, auf Armlänge von sich hielt und im Kreis drehte. »Nein!«, jammerte der Sergeant, als Sharpe ihn schneller herumwirbelte und ihn dann plötzlich losließ.

Der Sergeant konnte kein Gleichgewicht finden. Er taumelte und ruderte mit den Armen, doch nichts konnte seinen Schwung bremsen, »Nein!«, kreischte er ein letztes Mal, als er stürzte und durch den Sand rutschte, auf drei wartende Tiger zu.

»Lebewohl, Obadiah«, sagte Sharpe.

»Ich kann nicht sterben! Ich bin unsterblich!«, schrie Hakeswill, dann verstummte sein Schrei, als eine große gelbäugige Bestie über ihm fauchte.

»Sie haben ein frühes Abendessen«, sagte Sharpe zu den belustigten Wächtern am Tor. »Ich hoffe, sie haben Appetit.«

Die Wächter, die kein Wort verstanden, grinsten zurück.

Sharpe warf einen letzten Blick zurück, spuckte aus und ging davon. Eine Rechnung ist ordentlich beglichen, dachte er. Jetzt musste er sich nur noch verstecken, bis die Rotröcke kamen.

Und dann sah er die mit Perlen behängte indische Sänfte, und eine andere Rechnung kam ihm in den Sinn.

Eine Zeit lang hatte es den Anschein, Tippu könne seine Stadt halten. Er kämpfte selbst wie ein Tiger, wusste, dass das Feuer der Gewalt, das unter der vom Rauch verhüllten Sonne loderte, über sein Schicksal entscheiden würde. Entweder der Tigerthron oder das Grab.

Er wusste nicht, was auf dem südlichen Teil des Walls geschah, hörte nur fernes ständiges Musketenfeuer, das ihm sagte, dass der Kampf andauerte. Er wusste nur, dass er und seine Männer einen schrecklichen Tribut von den Angreifern auf dem nördlichen Wall forderten.

Tippu war gezwungen gewesen, sich vor der Überzahl der Angreifer, die auf die Wälle strömten, zurückzuziehen, und dieser blutige Rückzug hatte ihn vom westlichen Wall vertrieben, um die Ecke bei den Überresten der nordwestlichen Bastion und so auf das lange Stück Nordwall, das auf den Kaveri blickte, und dort war sein Rückzug gestoppt worden. Ein *cushoon* Infanterie war in der Sultan-Batterie, der größten Bastion auf dem Nordwall, stationiert gewesen, und diese Soldaten eilten über den Wall, um Tippu zu verstärken, der jetzt genug Männer zur Verfügung hatte, um die Musketenschützen der Angreifer auf dem schmalen nördlichen Schützenauftritt zu überwältigen.

Tippu führte immer noch den Kampf. Er trug einen Waffenrock aus weißem Leinen und eine Chintzhose mit roter Seidenschärpe um die Hüften. Er hatte juwelenbesetzte Armspangen, der große Rubin funkelte auf dem Helmbusch, eine Kette mit Perlen und einem Smaragd hing an seinem Hals, und der Säbel mit dem goldenen Tigergriff prangte an seiner Seite.

Durch diese protzige Aufmachung wurde er zum Ziel jedes angreifenden Rotrocks und Sepoys, doch er bestand darauf, in der ersten Reihe zu bleiben, wo er sein Gewehr auf die Angreifer abfeuern konnte, und wie durch Zauberei wurde er von keiner der Kugeln getroffen, die ihn umschwirrten. Er war der Tiger von Maisur, er konnte nicht sterben, nur töten.

Die Angreifer erlitten noch schlimmeren Schaden durch die Männer auf dem inneren Wall. In diesen Wall war keine

Bresche geschlagen worden, und immer mehr tigergestreifte Infanteristen eilten auf die Brustwehr, um die Verteidiger zu verstärken. Sie feuerten über den inneren Graben. Ihre Musketenkugeln mähten die dicht gedrängten Angreifer nieder, und ihr Kanonenfeuer räumte ganze Strecken des äußeren Walls. Nur der dichte Pulverrauch, der zwischen den Wällen hing, schützte die Angreifer, die entweder unter dem schrecklichen Flankenfeuer litten oder sich hinter demontierten Kanonen duckten und beteten, dass ihr Martyrium bald zu Ende sein würde. Sie hatten die nordwestliche Ecke des äußeren Walls eingenommen, doch es hatte den Anschein, als hätten sie nur den Tod gewonnen, denn jetzt waren es die Männer Tippus, die sie abschlachteten.

Baird begegnete auf dem Weg südlich der Bresche ähnlichem Widerstand, aber Baird war nicht in der Stimmung, um sich aufhalten zu lassen. Er holte auf und passierte die Überlebenden des Himmelfahrtskommandos. Schreiend wie ein Dämon führte er einen verrückten Angriff an dem zerstörten Turmhaus vorbei, wo die Überbleibsel der Sprengladung Tippus rauchten wie der Schlund der Hölle.

Baird war Major General, doch er hätte gern all die Goldlitzen an seiner Uniform hergegeben, wenn er die Chance gehabt hätte, wie ein gemeiner Soldat zu kämpfen. Dies war die Zeit der Rache, und sein großes Breitschwert hackte in die Feinde, und sein Siegesschrei mischte sich mit dem Zorn bei der Erinnerung an seine Demütigungen in dieser Stadt.

Er kämpfte wie ein Besessener, trat über die Toten hinweg und rutschte auf ihrem Blut aus, während er den Kampf über die Wälle hinabtrug. Seine Männer brüllten und wüteten mit ihm, angesteckt von Bairds Wahnsinn.

Zu dieser Stunde, unter dem Feuer der Sonne und ermutigt durch den Arrak und Rum, den sie beim langen Warten in den

Schützengräben getrunken hatten, wurden die Rotröcke und Sepoys zu Göttern des Krieges. Sie töteten ungestraft, als sie einem vom Krieg verrückten Schotten einen feindlichen Wall hinabfolgten, der klebrig von Blut war. Baird würde diese Stadt einnehmen oder in ihrem Staub sterben.

Appah Raos *cushoons* verteidigten die südwestliche Ecke der Stadt, und Appah Rao beobachtete entsetzt, wie der enorm große Schotte sich einen Weg zu ihm hackte. Er beobachtete den Strom von Rotröcken hinter dem Giganten, und er hörte ihre Schreie und sah ihre Opfer von den Wällen fallen. Die Brigade, die diese Strecke des Walls verteidigte, wurde Mann für Mann getötet, und diejenigen, die noch lebten, gaben auf und flüchteten angesichts des Grauens, und Appah Raos Männer waren die Nächsten für das Blutbad.

Doch wofür sterben?, fragte er sich. Die Stadt war erledigt, und die Dynastie des Sultans war dem Untergang geweiht. Appah Rao wusste, dass seine Männer ihn beobachteten und auf Befehle warteten, die sie in die Schlacht werfen würden, doch stattdessen wandte sich der General an seinen Stellvertreter.

»Wann wurden die Männer zum letzten Mal bezahlt?«, fragte er.

Der Offizier runzelte die Stirn, verwirrt von der Frage, doch schließlich schaffte er es, zu antworten. »Vor drei Monaten, mindestens, Sahib. Vier, nehme ich an.«

»Sagen Sie ihnen, sie sollen am Nachmittag zum Soldempfang antreten.«

»Sahib?« Der Stellvertreter starrte Appah Rao entgeistert an.

Der General hob die Stimme, damit so viele seiner Männer wie möglich ihn hören konnten.

»Der Sold ist überfällig, so wird heute Nachmittag zum

Soldempfang im Lager angetreten. Männer sollten nicht ohne Sold kämpfen.«

Er schob demonstrativ seinen Säbel in die Scheide und stieg ruhig von der Brustwehr hinab. Hier, beim Maisur-Tor, gab es keinen Graben zwischen dem inneren und äußeren Wall, und Rao schritt unbekümmert durch das innere Tor.

Einen Augenblick beobachteten ihn seine Männer, dann setzte sich einer und noch einer in Bewegung, und schließlich, immer schneller, folgten ihm alle.

Von einem Augenblick zum anderen leerte sich der Wall, der gerade noch voller Männer gewesen war, sodass Baird, der gerade die letzten Posten auf dem westlichen Wall niedergekämpft hatte, plötzlich sah, dass die Stadt ihm gehörte.

Er stieß einen Siegesschrei aus. Sein Schlachterschwert war rot von Blut, sein rechter Ärmel getränkt davon. Ein Rotrock, der vielleicht vergaß, dass der Schotte General war, schlug ihm auf den Rücken, und Baird umarmte den Mann aus purer Freude.

Tippu kämpfte immer noch und glaubte noch, gewinnen zu können. Auf dem nördlichen Wall, nur zwanzig Yards jenseits der nordwestlichen Bastion, verband eine Querwand die innere und äußere Brustwehr. Diese Querwand diente als Stütze des alten äußeren Walls, und es war mal geplant gewesen, die stützende Querwand zu verdicken und dann den Platz, den sie bot, zu einer noch größeren Bastion zu machen, doch der Plan war nie umgesetzt worden, und jetzt bot die Querwand eine schmale Brücke für die Rotröcke und Sepoys, die noch von Tippus Feuer aufgehalten wurden. Wenn sie diese Brücke überqueren konnten, dann konnten sie den inneren Wall stürmen und die Verteidiger von der tödlichen Brustwehr fegen.

Ein Mann versuchte, die Brücke zu überqueren, und wurde

erschossen. Er fiel schreiend in den Graben. Einen Augenblick später rannte ein zweiter Mann hinüber und schaffte die Hälfte des Wegs, doch dann durchschlug eine Musketenkugel sein Bein. Er ließ seine Muskete fallen und fiel auf die Mauerkrone, fluchend, als er versuchte, das Gleichgewicht zu bewahren, doch dann warf ihn eine zweite Kugel über den Rand. Für ein, zwei Sekunden schaffte er es, sich am Wall festzuklammern, zitternd vor Schmerzen, dann fiel er hinab.

Die Männer Tippus auf dem äußeren Wall jubelten und stürmten vorwärts, um den Feind von der Querwand zu vertreiben, doch ein Ansturm von Sepoys verhinderte das. Ein neues Musketenduell begann. Inder gegen Inder, ein Feuerhagel, bei dem Tippu überlebte, als sei er mit dem Teufel im Bunde. Die Sepoys feuerten Salve um Salve, kamen voran, starben, und weitere Männer nahmen ihre Plätze ein.

Die Leichte Kompanie vom 12. Regiment des Königs folgte den Sepoys, und Captain Goodall, ihr Chef, betrachtete die schmale Stützwand. Sie führte direkt zum inneren Wall, der voller Verteidiger war, aber sie war ebenfalls eine Brücke zum Sieg.

»Tod oder Ruhm!«, rief Goodall, dann trat er auf die schmale Mauerkappe und feuerte mit seiner Pistole in den Pulverrauch, der über dem fernen Ende des Walls hing. »Kommt schon!«, rief er, rannte über den Querwall und behielt wie durch ein Wunder den Halt. Er sprang auf die Brustwehr des inneren Walls und schlug mit seinem Säbel hinunter. Ein Mann feuerte zu ihm hinauf, doch Goodalls Sergeant, der dicht hinter ihm kam, schob seinen Captain grob zur Seite, und Goodall fiel auf den Schützenauftritt des inneren Walls, und die Kugel verfehlte ihn. Der Sergeant war als Nächster über den Wall, und danach folgte eine Reihe schreiender Männer Goodall, als er sich einen Weg ostwärts freikämpfte.

Das Feuer vom inneren Wall, das den Angreifern so stark zugesetzt hatte, begann nachzulassen, und plötzlich gab es einen Ansturm von Rotröcken, die vor dem Musketenfeuer vom inneren Wall Schutz gesucht hatten. Sie rannten ostwärts zum äußeren Wall, auf Tippu zu. Andere überquerten die behelfsmäßige Brücke, um die Leichte Kompanie des 12. Regiments zu verstärken.

Tippu sah, dass der Feind wiederbelebt war. Er war wie ein Bär, der verwundet, jedoch nicht getötet war, und die Bestie hatte noch Leben in sich. Zu viel Leben, und Tippu erkannte, dass sich seine beunruhigenden Träume der Nacht bewahrheitet hatten. Der trübe Öltopf hatte die Wahrheit vorausgesagt. Heute würde die Stadt fallen und damit sein Thron und sein Palast und sein Serail mit den sechshundert Frauen. Doch das Desaster hieß nicht, dass die Dynastie tot war. Es waren große Festungen in Maisurs nördlichen Hügeln, und wenn es ihm gelang, eine dieser Festungen zu erreichen, dann konnte er immer noch gegen diese Teufel in Rot kämpfen, die ihm seine Hauptstadt raubten.

Tippu zog sich schnell zurück, und seine Leibwächter gingen mit ihm. Sie verließen die anderen Männer, die den äußeren Wall verteidigten, und rannten an der Sultan-Batterie vorbei zur Rampe, die zum Wassertor hinunterführte.

Dort, am Fuß der Rampe, hielten die Kämmerer Seiner Hoheit den Palankin mit seinen Trägern bereit. Obwohl über ihm Kugeln durch die Luft zischten, verneigte sich einer der Kämmerer tief vor Tippu und lud Seine Hoheit ein, seinen Sitz auf den Seidenkissen unter dem tigergestreiften Baldachin der Sänfte einzunehmen.

Tippu wandte sich um und blickte zu den Wällen hinauf, um zu sehen, welchen Fortschritt die Angreifer machten.

Sie kämpften jetzt auf beiden Wällen, und die Stadt war

offenkundig dem Untergang geweiht, doch die Verteidiger leisteten immer noch hartnäckigen Widerstand.

Tippu bedauerte zutiefst, sie zu verlassen, und er schwor, sie bald zu rächen. Er lehnte die Sänfte ab. Es war eine langsame Transportart, während er in der Stadt, gerade auf der anderen Seite des inneren Walls, Ställe voller prächtiger Pferde hatte. Er würde sein schnellstes Pferd auswählen, sich etwas Gold schnappen, um die Männer zu bezahlen, die loyal bei ihm geblieben waren, dann durch das unbedrohte Bangalore-Tor aus der Stadt fliehen und nordwärts zu den großen Festungen in den Hügeln reiten.

Oberhalb des Sultans zogen sich die letzten Verteidiger der Stadt allmählich zurück. Unter einer Rauchwolke fiel die Stadt an die Rotröcke, und es war Gottes Wille gewesen, doch Gott würde vielleicht Tippu erlauben, an einem anderen Tag zu kämpfen, und so ging er mit dem Gewehr in der Hand zum inneren Wassertor.

Der Palankin, die indische Sänfte, wurde von acht Mann getragen, zwei an jedem der vier langen vergoldeten Griffe auf jeder Seite. Als Sharpe sie zum ersten Mal sah, hatten zwei Kämmerer sie vom Palast tragen lassen und die Träger mit Stäben mit goldenen Tigerköpfen zur Eile angetrieben. Einen Augenblick hatte Sharpe gedacht, Tippu müsse in der Sänfte sein, doch dann sah er, dass die Vorhänge an den Seiten zurückgebunden und die Sitzkissen leer waren. Er folgte dem Palankin.

Er spürte jetzt Panik in der Stadt. Bis vor Minuten war es noch still gewesen, und die Stadt hatte sich geduckt wie ein Tier, das nicht bemerkt werden wollte, doch jetzt spürte sie anscheinend, dass der Untergang bevorstand. Bettler drängten sich Schutz suchend zusammen, eine Frau weinte in einem Haus, dessen Fensterläden verschlossen waren, und die streunenden Hunde kläfften jämmerlich. Kleine Gruppen von Soldaten Tippus flüchteten in die Straßen, und ihre nackten Füße trommelten über den getrockneten Schlamm, als sie zum Bangalore-Tor liefen, wo kein Feind drohte. Der Lärm der Schlacht war noch groß, doch die Verteidigung erlahmte schnell.

Die Kämmerer ließen den Palankin zum Wassertor des inneren Walls tragen. Das Tor lag nahe beim stinkenden Abwassersee, der die Luft verpestete. Einiges Abwasser, das durch den hastig erbauten inneren Wall nicht richtig abgeleitet worden war, war in das Wassertor gesickert, das ein fünfzig Fuß langer Tunnel aus Ziegeln war, der den inneren Wall durchschnitt.

Ein Offizier stand auf Wache am inneren Tor. Als sich die Sänfte näherte, entriegelte er das dicke Tor aus Teakholz und zog es auf. Er rief etwas, als Sharpe der Sänfte in den niedrigen Tunnel folgte, doch Sharpe rief einfach den Namen Colonel Gudins zurück, und der Offizier war zu verwirrt, um ihn aufzuhalten, und schloss stattdessen das Tor, als die Sänfte und der europäische Soldat im Tunnel waren. Nervös blickte er zu der Rauchwolke, die den Fortschritt der Angreifer auf dem Wall über ihm verriet.

Sharpe verharrte im Tunnel, während der Palankin weitergetragen wurde. Der Boden des Tunnels war an einigen Stellen eingesunken, und das einsickernde Abwasser hatte sich in diesen Vertiefungen angesammelt. Im Tunnel stank es wie in einer ungeleerten Kasernenlatrine. Die Sänftenträger stolperten, als sie durch die Wasserpfützen platschten, und dann gelangte die Sänfte in den Sonnenschein dahinter.

Sharpe konnte dort Soldaten in der Lücke zwischen den Wällen sehen. Die Soldaten trugen tigergestreifte Röcke und schauten besorgt westwärts.

Sharpe war dem Palankin instinktiv gefolgt, doch nun steckte er in einer schlimmen Lage. Das dicke Tor des Tunnels war hinter ihm geschlossen, die Luft stank fürchterlich, und vor ihm war der Feind. Er duckte sich neben dem feuchten Wall und überlegte, was er tun sollte. Er hatte vier Musketen, drei davon geladen, und seine Ersatzpatronen waren in den Taschen seines roten Rocks, der zusammengeknotet auf seinem Nacken hing. Die Taschen waren deshalb schwer zu erreichen.

Er richtete sich auf, lehnte die Musketen gegen den Wall, zog den Rock vom Nacken und schob die Arme in die von den Tigern zerrissenen Ärmel. Er war wieder ein Rotrock. Er lud die leere der vier Musketen und kroch dann auf die Mündung des Tunnels zu.

Und er sah Tippu.

Der kleine, protzig wirkende Mann rannte vom äußeren Wall die Rampe herunter. Umgeben von seinen Leibwächtern und Adjutanten stoppte er neben der Sänfte. Sharpe sah, dass Tippu zum Kampf zurückschaute, dann den Kopf schüttelte. Daraufhin löste sich sofort ein Adjutant von der Gruppe und rannte auf den Tunnel zu, wo Sharpe wartete. Tippu warf einen letzten Blick westwärts und folgte ihm dann.

Sharpe fluchte. Die ganze verdammte Horde kam in seine Richtung!

Er wich im Tunnel zurück, spannte eine seiner Musketen und sank auf ein Knie.

Der Adjutant rannte in den Tunnel und rief, dass das Tor geöffnet werden sollte. Dann sah er Sharpe im Halbdunkel, und sein Ruf erstarb. Er zog eine Pistole aus der grünen Schärpe an seiner Hüfte, doch es war zu spät.

Sharpe feuerte. Das Mündungsfeuer war hell im Dunkel des Tunnels, der Knall ohrenbetäubend.

Sharpe sah, dass der Adjutant zurückgeschleudert wurde. Er packte eine zweite geladene Muskete, und genau in diesem Augenblick öffnete sich das Tor hinter ihm. Er fuhr herum. Der Offizier, der das Tor bewachte, sah den roten Rock und warf das Tor ohne zu denken wieder zu. Sharpe hörte, wie der Riegel vorgeschoben wurde.

Tippus Leibwache rannte auf den Tunnel zu. Sharpe feuerte seine zweite Muskete ab. Er wusste, dass er sie nicht alle niederkämpfen konnte. Seine größte Chance zu überleben bestand darin, zu verhindern, dass sie in den Tunnel vordrangen.

Dann kündigte ein Donnern von Musketenfeuer an, dass er Hilfe bekam. Und mit der dritten Muskete in der Hand spähte er durch den dichten Pulverrauch, um zu sehen, dass Tippus Leibwache durch einen neuen Feind abgelenkt worden war. Einige britische Soldaten hatten Stufen gefunden, die hinab zum Zwischenraum zwischen den Wällen führten, und diese Soldaten griffen jetzt zum Wassertor hin an. Die Leibwache zog sich vor den neuen Angreifern zurück und gab den Eingang des Tunnels frei.

Sharpe rannte auf das Tageslicht zu. Er duckte sich gerade noch innerhalb des Tunnels an die Wand und sah Tippu.

Auf einer Seite war der Palankin mit der zweifelhaften Chance, schwerfällig zu entkommen, und auf der anderen Seite war das bedrohte Wassertor, das durch den inneren Wall zu seinen Pferden führte. Die Leibwache feuerte und lud neu, feuerte und lud wieder, während Tippu in seiner Unentschlossenheit wie erstarrt wirkte.

Ein Hurraschrei ertönte zu Sharpes Linker. Weitere Musketen feuerten, und dann suchten plötzlich zwei Rotröcke Deckung im Tunnel. Einer sah Sharpe und wirbelte mit erhobener Muskete herum.

»He«, rief Sharpe, »ich bin verdammt auf eurer Seite!«

Der Mann, mit wildem Blick und von Pulverrauch geschwärzter Wange, wandte sich wieder dem Feind zu. »Welches Regiment?«, rief er Sharpe zu.

»Haferkuchen. Und du?«

»Old Dozen[5].« Der Mann feuerte und wich sofort in Deckung zurück, um seine Muskete zu laden. »Es stinkt hier drin schlimmer als auf der Latrine«, sagte er und rammte eine Kugel in den Lauf.

Weitere Rotröcke besetzten die Sultan-Batterie des äußeren Walls. Sie hatten keine britische Flagge, um ihre Eroberung der riesigen Bastion anzuzeigen, und so hängten sie einen roten Rock an den Flaggenmast. Der Rock hatte blassgelbe Aufschläge, die anzeigten, dass er vom 12. Regiment des Königs aus Suffolk stammte.

»Das sind unsere!«, schrie der Mann neben Sharpe begeistert, und dann schien er zu gurgeln. Seine Augen waren plötzlich weit aufgerissen, er starrte Sharpe wie erstaunt und fast vorwurfsvoll an und fiel dann nach ein paar torkelnden Schritten rückwärts in eine der stinkenden Pfützen. Blut tropfte auf den blassgelben Aufschlag seines Rockes.

Oben auf dem äußeren Wall griff eine Masse tigergestreifter Männer an, um die Sultan-Batterie zurückzuerobern, und ihr Mut gab den Verteidigern zwischen den Wällen neuen Auftrieb. Sie stießen einen Jubelruf aus und feuerten eine Salve auf die Rotröcke ab, die zum Wassertor zurückwichen.

Der sterbende Rotrock erzitterte. Sein Kamerad feuerte. »Bastarde!«, fluchte er dann. Er zögerte nur kurz, dann brach er aus dem Schatten des Tunnels hervor und sprintete zurück

---

5 »Altes Dutzend, Spitzname des 12th regiment of Foot, eines der alten königlichen Regimenter (Anm. d. Redakteurs)

nach Westen, zurück zum Rest seiner Kameraden, die zum Tunnel hatten vorrücken wollen.

Tippu hatte sich entschlossen. Er würde die Sänfte ignorieren und versuchen, sein Pferd zu erreichen, und so hatte er einem seiner Leibwächter befohlen, den Eingang des Tunnels freizukämpfen. Dieser Leibwächter griff jetzt schreiend an, und Sharpe, der wusste, dass er in der Falle saß, platschte zurück durch den wallenden Pulverrauch in den Tunnel. Er stoppte etwa in der Mitte, wandte sich um und schoss mit der Muskete auf die Mündung des Tunnels, wo er die ersten Männer von Tippus Leibwache vor dem Tageslicht sehen konnte. Ein Mann schrie.

Sharpe hatte nur noch eine geladene Muskete.

Musketenkugeln schlugen in das Tor aus Teakholz hinter ihm. Er feuerte seine letzte Muskete ab und lud sie dann mit geübter, aber verzweifelter Hast. Er wartete darauf, dass Männer im dichten Pulverrauch im Tunnel auftauchten, doch keiner kam.

Sharpe nahm an, dass er hier sterben würde, doch er war verdammt entschlossen, nicht als Einziger zu sterben. Sollten die Bastarde kommen. Er hatte Todesangst, doch diese Angst hinderte ihn nicht, eine zweite Muskete zu laden. Immer noch kam keiner, um ihn zu töten, und so schnappte er sich die dritte Muskete und biss die Spitze einer weiteren Patrone ab.

Die Leibwache kam immer noch nicht in den Tunnel. Sharpe hatte in seiner Angst nicht gehört, dass sich die Kampfgeräusche am Ende des Tunnels verstärkt hatten, doch jetzt, als er geduckt lauschte, nahm er die Rufe und Salven wahr. Die Männer des 12. Regiments feuerten ihre Musketen auf Tippus Leibwächter ab, und diejenigen Männer, die nahe bei ihrem Monarchen blieben, feuerten zurück. Rotröcke griffen von Westen an, und weitere feuerten auf die Sultan-Batterie.

Der Versuch der Soldaten Tippus, die Batterie zurückzuerobern, war fehlgeschlagen, und jetzt erzwang sich eine Mischung von Sepoys und Rotröcken ihren Weg entlang des äußeren nördlichen Walls. Ihre Feuerkraft hatte die Leibwächter gezwungen, ihren Monarchen abzuschirmen, und Sharpe hatte wertvolle Sekunden gewonnen, um seine Musketen zu laden. Drei seiner Musketen waren jetzt geladen. Drei Kugeln, und er wollte eine davon für den heidnischen Bastard aufsparen, der ihm Salz in die Wunden auf seinem Rücken gestreut hatte und einen großen Rubin an seinem Helmbusch trug.

Er robbte wieder durch den Rauch auf das Ende des Tunnels zu und wartete darauf, dass Tippu in den Tunnel kam.

Doch Tippu kämpfte von Neuem gegen die Ungläubigen. Allah hatte ihm eine letzte Chance gegeben, Rotröcke zu töten, und so nahm er von seinen Adjutanten die juwelenbesetzten Jagdgewehre entgegen und schoss kaltblütig auf die Männer, die fast das innere Wassertor eingenommen hatten. Seine Adjutanten riefen ihm zu, zu fliehen und ein Pferd zu suchen, doch Tippu war dieser letzte Moment der Schlacht geschenkt worden, und er glaubte, jeder seiner Schüsse würde ein Volltreffer sein, und bei jedem zurückgeworfenen Rotrock empfand er tiefe Freude.

Dann begann ein neuer Ansturm von Sepoys und Rotröcken längs des äußeren Walls, und diese Männer strömten die Rampe beim äußeren Wassertor hinab, um sich mit ihren Musketen denjenigen anzuschließen, welche die schrumpfende Leibwache Tippus bedrohten.

Als diese neuen Feinde auftauchten, setzte wieder Tippus Unglück ein. Eine Kugel schlug in seinen Oberschenkel, eine andere streifte seinen linken Arm und hinterließ ein blutiges Mal auf seinem weißen Leinenärmel. Er taumelte, behielt jedoch das Gleichgewicht. Anscheinend blieb kein Mann seiner

Leibgarde unverletzt, doch ein Dutzend von ihnen lebte noch und war auf den Beinen. Doch bald musste der Feind triumphieren, und Tippu wusste, dass es an der Zeit war, der Stadt Lebewohl zu sagen.

»Wir gehen«, sagte er zu seinen erleichterten Adjutanten und humpelte zum Tunnel. Sein linker Arm war betäubt, und sein linkes Bein schmerzte furchtbar.

Ein Schuss krachte aus der rauchigen Düsterkeit des Wassertors, und der Mann, der die Eskorte Tippus anführte, wurde vom Eingang des Tunnels zurückgeschleudert. Blut spritzte aus seinem zerschmetterten Schädel. Vor dem Sonnenschein am Ende des Tunnels sahen die Blutstropfen wie gepuderte Rubine aus. Der Mann fiel schreiend.

Tippu, entsetzt vom plötzlichen Tod des Leibwächters, verharrte jäh, und hinter ihm kündigte ein schreckliches Rumoren an, dass sich die angreifenden Rotröcke der Mündung des Tunnels näherten. Die Leibwächter wandten sich um, um sich den Angreifern mit aufgepflanztem Bajonett entgegenzustellen.

»Gehen Sie, Hoheit!« Ein verwundeter Adjutant stieß Tippu ein Gewehr in die Hände und wagte dann, ihn in den Tunnel zu schieben.

Tippu ließ sich in den Schatten schieben, blieb jedoch nahe an der Mündung des Tunnels und starrte in das nebelhafte Halbdunkel. War der Feind dort? Er konnte ihn wegen des Rauchs und der Düsternis nicht sehen. Hinter ihm krachten Musketen, und Flüche ertönten, als wieder ein Leibwächter fiel. Die Leichen der beiden getöteten Leibwächter bildeten eine schreckliche Barrikade, die Tippu schützte, doch was wartete vor ihm?

Er spähte angespannt und zögerte, durch den Tunnel zu gehen, doch sein Adjutant packte ihn am Ellbogen und zog ihn tiefer in das Halbdunkel. Die wenigen verbliebenen Leibwächter verteidigten den Tunnel mit Bajonetten, stießen damit nach den verrückten Rotröcken, die versuchten, über den blutigen Haufen von Leichen hinwegzuklettern.

»Das Tor öffnen!«, rief der Adjutant. Dann sah er den Schatten am Ende des Tunnels und ging auf ein Knie nieder, um mit seinem juwelenbesetzten Gewehr darauf zu zielen. Er feuerte.

Sharpe warf sich zur Seite, als das Gewehr krachte. Er hörte, wie die Kugel von der Tunnelwand abprallte und als Querschläger in das Tor aus Teakholz schlug. Dann sah er, dass der Adjutant eine lange Pistole aus seiner Schärpe zog. Sharpe feuerte als Erster, und sein Musketenschuss hallte wie ein Donnern durch den Tunnel. Die Kugel schleuderte den Adjutanten zurück in eine Pfütze, und plötzlich waren nur Tippu und Sharpe übrig.

Sharpe stand auf und grinste Tippu an.

»Bastard«, sagte er und sah den Rubin am Helmbusch seines Feindes funkeln. »Bastard«, murmelte er noch einmal. Er hatte noch eine geladene Muskete. Tippu hielt ein Gewehr. Sharpe trat auf ihn zu.

Tippu erkannte das harte, blutige Gesicht im Halbdunkel. Er lächelte. Das Schicksal ist merkwürdig, dachte er. Warum habe ich diesen Mann nicht töten lassen, als ich die Chance gehabt habe?

Hinter ihm starben seine Leibwächter, und die siegreichen Rotröcke plünderten ihre Leichen, während vor ihm die Freiheit und das Leben waren – und ein Mann, dem Tippu Gnade erwiesen hatte. Nur ein einziger Mann.

»Bastard«, sagte Sharpe wieder. Er wollte nahe bei Tippu sein, wenn er ihn tötete, nahe genug, um ganz auf Nummer sicher zu gehen.

Hinter Tippu wurde das strahlende Tageslicht von wallendem Pulverrauch verhüllt, wo sterbende Männer ächzten und siegreiche Männer plünderten.

»Gnade ist Gottes Vorrecht, nicht das des Menschen«, sagte Tippu auf Persisch, »und ich hätte niemals gnädig zu dir sein sollen.«

Er richtete das Gewehr auf Sharpe und drückte ab, doch es fiel kein Schuss. In der Panik der letzten Sekunden hatte der Adjutant Tippu ein ungeladenes Gewehr in die Hände gedrückt, und der Funken des Feuersteins fiel auf eine leere Pfanne.

Tippu lächelte, warf das Gewehr beiseite und zog seinen Säbel mit dem Tigergriff aus der Scheide. Blut lief über seinen Arm, und mehr Blut tropfte auf seine Chintzhose, doch er zeigte keine Furcht, er schien den Moment sogar zu genießen.

»Wie sehr ich deine verfluchte Rasse hasse«, sagte er ruhig und drosch mit dem Säbel durch die rauchige Luft.

Sharpe verstand Tippu ebenso wenig wie der ihn.

»Du bist ein fetter kleiner Bastard«, sagte Sharpe, »und du hast mir meine Medaille abgenommen. Ich wollte sie. Es ist die einzige Medaille, die ich jemals bekommen habe.«

Tippu lächelte nur. Sein Helm war in die Quelle des Lebens getaucht worden, aber sie hatte nicht geholfen. Der Zauber hatte versagt, und es blieb nur Allah. Tippu wartete darauf, dass der Rotrock schoss. Dann ertönte von der Mündung des Tunnels ein Ruf, und Tippu wandte den Kopf, hoffte, dass ein letzter Leibwächter gekommen war, um ihn zu retten.

Doch es kam keine Rettung, und Tippu wandte sich wieder Sharpe zu.

»Ich habe gestern Nacht vom Tod geträumt«, sagte er auf Persisch, dann humpelte er vor und hob die gekrümmte Klinge, um den Rotrock zu erschlagen. »Ich habe von Affen geträumt, und Affen bedeuten den Tod. Ich hätte dich töten lassen sollen.«

Sharpe feuerte. Die Kugel traf höher, als er beabsichtigt hatte. Er hatte Tippu ins Herz schießen wollen, doch stattdessen traf er ihn in die Schläfe. Einen Augenblick wankte der Sultan. Sein Kopf war vom Einschlag der Kugel zurückgepeitscht worden, und Blut sickerte in den ausgepolsterten Helm, doch er zwang seinen Kopf vorwärts und starrte in Sharpes Augen. Der Säbel fiel aus seiner kraftlosen Hand, er schien ein letztes Mal zu lächeln und stürzte dann einfach vornüber.

Das Echo des Musketenschusses hallte noch in Sharpes Ohren, sodass er nicht hörte, dass er mit Tippu sprach, während er sich neben ihm niederkniete.

»Ich wollte deinen Rubin«, sagte Sharpe, »diesen verdammt großen Rubin. Ich wollte ihn vom ersten Moment an, in dem ich ihn sah. Colonel McCandless sagte, dass Reichtum die Welt in Bewegung hält, und ich will meinen Anteil daran.«

Tippu lebte noch, konnte sich jedoch nicht bewegen. Seine ausdruckslosen Augen starrten zu Sharpe auf, der ihn für tot hielt, dann jedoch bemerkte, dass der sterbende Mann blinzelte.

»Du bist noch da, nicht wahr?«, sagte Sharpe. Er tätschelte die blutige Wange des Sultans. »Du bist ein tapferer fetter Bastard, das muss ich sagen.« Er riss den großen Rubin mit einem Ruck aus dem blutbespritzten Helmbusch und nahm dann dem sterbenden Mann jedes Juwel ab, das er finden konnte. Er nahm die Perlen vom Halsband Tippus, streifte eine mit Edelsteinen besetzte Armspange ab, nahm die Diamantringe und band die silberne Halskette mit Smaragden ab. Er zog Tippus Schärpe zur Seite, um zu sehen, ob der Dolch mit den großen Diamanten namens Mondstein in seinem Griff dort war, doch an der Schärpe fand er nur die Schwertscheide. Sharpe nahm sie anstatt des silbernen Schwertes. Er hob den Säbel aus einer Abwasserpfütze und drückte ihn Tippu in die Hand.

»Du kannst deinen Säbel behalten«, sagte er zu dem sterbenden Mann, »denn du hast gut gekämpft. Wie ein richtiger Soldat.«

Er stand auf und dann, plötzlich unbeholfen wegen der Last der Edelsteine und weil er sich dem Blick des sterbenden Königs bewusst wurde, salutierte er vor Tippu.

»Nimm deine Klinge mit ins Paradies«, sagte er, »und berichte dort, dass du von einem anderen richtigen Soldaten getötet worden bist.«

Tippu schloss die Augen und dachte an das Gebet, das er an diesem Morgen in sein Notizbuch geschrieben hatte.

»Ich bin voller Sünden«, hatte Tippu in seiner schönen arabischen Schrift geschrieben. »Und Du, Allah, bist ein Meer der Gnade. Wo ist Deine Gnade, wo ist meine Sünde?«

Das war ein Trost. Er spürte jetzt keine Schmerzen, nicht einmal in seinem Bein, und das war ebenfalls ein Trost, aber er konnte sich immer noch nicht bewegen. Es war wie in einem der Träume, die er jeden Morgen in sein Traumbuch schrieb, und er staunte, wie friedlich plötzlich alles war, so friedlich, als gleite er mit einer goldenen Barke unter einer gesegneten Sonne über einen Fluss.

Dies muss der Weg ins Paradies sein, dachte er, und er hieß ihn willkommen. Paradies.

Sharpe empfand Bedauern, ja sogar Trauer um den sterbenden Mann. Er mochte ein mörderischer Feind gewesen sein, aber er war ein tapferer Mann gewesen. Tippu war mit dem rechten Arm unter dem Körper gefallen, und obwohl Sharpe vermutete, dass noch eine juwelenbesetzte Spange an diesem Arm war, versuchte er nicht, sie an sich zu nehmen. Tippu verdiente es, in Frieden zu sterben, und außerdem war Sharpe bereits reich genug, denn seine Taschen enthielten jetzt eine Riesensumme, und ein Lederbeutel mit Edelsteinen war unter seinem schäbigen Uniformrock verborgen, und so hob er seine leer geschossenen Musketen auf und platschte durch die blutigen Pfützen des Tunnels zu den vielen Toten, die im rauchgeschwängerten Sonnenschein lagen.

Ein Sergeant des 12. Regiments, überrascht von Sharpes plötzlichem Auftauchen aus dem Tunnel, riss seine Muskete mit dem Bajonett hoch. Dann sah er Sharpes schmutzigen roten Rock und ließ die Waffe sinken.

»Ist noch ein Lebender da drin?«, fragte der Sergeant und nickte in den Tunnel.

»Nur ein fetter kleiner Kerl, der stirbt«, sagte Sharpe und stieg über die Barriere aus Toten.

»Haben Sie irgendwelche Kriegsbeute gemacht?«

»Nichts gefunden«, sagte Sharpe. »Nichts, was die Mühe wert wäre. Da ist es auch voller Scheiße.«

Der Sergeant runzelte die Stirn, als ihm Sharpes heruntergekommenes Äußeres und das ungepuderte Haar auffielen.

»Von welchem Regiment sind Sie?«

»Nicht von Ihrem«, sagte Sharpe kurz angebunden und ging durch die Menge feiernder Rotröcke und Sepoys. Nicht alle feierten. Einige massakrierten in die Falle getriebene Feinde. Der Kampf war kurz, aber schlimm gewesen, und jetzt nahmen die Sieger blutige Rache.

Auf der fernen Seite des inneren Walls hatte Colonel Wellesley seine Männer auf die Straßen gebracht, und jetzt umgaben sie den Palast, um ihn vor Plünderung zu beschützen. Die kleineren Straßen waren nicht so gut dran. Und die ersten Schreie gellten, als die Sepoys und Rotröcke ihren gierigen Weg in die ungeschützten Alleen fanden. Die Männer des Sultans, die überlebt hatten und ihren Verfolgern entkommen waren, flohen ostwärts, während Tippu sterbend im Tunnel lag.

Sergeant Richard Sharpe schwang sich die Muskete auf die Schulter, ging um den Fuß des inneren Walls und suchte einen Durchgang in die Stadt. Es blieb ihm nur ein Augenblick der Freiheit übrig, bevor die Armee ihn wieder in ihren eisernen Griff nahm, doch er hatte seinen Sieg errungen und die Taschen voller Edelsteine als Beweis. Er ging, um darauf etwas zu trinken.

Am nächsten Tag regnete es. Es war nicht der Monsun, obwohl er es hätte sein können, denn der Regen fiel mit einer Heftigkeit, die an den Angriff des vergangenen Tages erinnerte. Der Platzregen wusch das Blut von den Wällen der Stadt und spülte den heißen Schmutz der Jahreszeit aus den Straßen. Der Kaveri schwoll an. Er stieg so hoch, dass keiner den Fluss vor der Bresche hätte überqueren können. Wenn die Gebete Tippus erhört worden wären und die Briten einen weiteren Tag gewartet hätten, dann wären sie von der Flut besiegt worden.

Es gab keinen Tippu mehr in Seringapatam, nur den Radscha, der wieder eingesetzt worden war und in seinem Palast von Rotröcken als Wächter umgeben war. Der Palast, der vor den Plünderungen der Soldaten geschützt worden war, wurde jetzt von den siegreichen Offizieren ausgeplündert.

Regen trommelte auf das mit grünen Ziegeln bedeckte Dach, rann in die Gossen und bildete Pfützen in den Höfen, als die rotberockten Offiziere an dem Thron spielten, auf dem Tippu nie gesessen hatte. Sie drehten an den Griffen für die Tigerorgel und lachten, als die mechanische Tigerpranke das Gesicht des Rotrocks verwüstete. Sie rissen seidene Vorhänge herunter, brachen Edelsteine aus Möbeln und bestaunten den schlichten, weiß gestrichenen Raum, der das Schlafgemach des Sultans gewesen war. Die sechs Tiger, brüllend, weil sie nicht gefüttert worden waren und weil der Regen so stark prasselte, wurden erschossen.

Der Vater Tippus, der große Hyder Ali, lag in dem Mausoleum im Osten der Stadt, und als der heftige Regenguss aufhörte und der Park rings ums Mausoleum noch im plötzlich heißen Sonnenschein dampfte, wurde der Leichnam Tippus zur letzten Ruhe neben seinem Vater getragen. Britische Soldaten säumten den Weg und präsentierten ihre Waffen, als die Prozession vorüberzog. Gedämpfte Trommelwirbel schlugen einen langsamen Zapfenstreich, als Tippu auf seiner letzten Reise von seinen eigenen, besiegten Soldaten getragen wurde.

Sharpe, mit drei frischen weißen Streifen auf seinem verblichenen roten Rockärmel, wartete neben dem kuppelförmigen Mausoleum.

»Ich frage mich, wer ihn getötet hat.« Colonel McCandless, wieder in frischer Uniform und mit ordentlich geschnittenem Haar, war neben Sharpe getreten.

»Irgendein glücklicher Bastard, Sir.«

»Und jetzt zweifellos ein reicher«, sagte der Colonel.

»Gut für ihn, Sir«, sagte Sharpe, »wer auch immer es sein mag.«

»Er wird die Beute nur verplempern«, sagte McCandless ernst. »Mit Weibern und Schnaps verjubeln.«

»Das klingt für mich nicht nach verplempern, Sir.«

McCandless verzog bei der frivolen Bemerkung des Sergeants das Gesicht. »Dieser Rubin allein war so viel wert wie zehn Jahre Gehalt eines Generals. Zehn Jahre!«

»Eine Schande, dass er verschwunden ist, Sir«, sagte Sharpe mit Unschuldsmiene.

»Nicht wahr, Sharpe?«, stimmte McCandless zu. »Aber ich hörte, Sie waren am Wassertor?«

»Ich, Sir? Nein, Sir, ich doch nicht. Ich bin bei Mister Lawford geblieben, Sir.«

Der Colonel bedachte Sharpe mit einem scharfen Blick. »Ein Sergeant vom Old Dozen berichtete, dass er einen wild aussehenden Kameraden aus dem Tunnel am Wassertor kommen sah.« McCandless' Stimme klang anklagend. »Er sagte, der Mann hatte einen Rock mit roten Aufschlägen und keinem einzigen Knopf. Der Mann schien sich seiner Beobachtung ziemlich sicher gewesen zu sein.«

»Er war vermutlich von der Schlacht verwirrt, Sir. Würde mich nicht wundern, wenn er den Verstand verloren hat.«

»Und wer hat Sergeant Hakeswill zu den Tigern gebracht?«, fragte McCandless.

»Das weiß nur der liebe Gott, Sir. Und der wird es nicht sagen.«

Der Colonel, der Blasphemie witterte, runzelte die Stirn. »Hakeswill sagt, *Sie* waren das«, beschuldigte er Sharpe.

»Hakeswill ist verrückt, Sir, und Sie können ihm nichts von dem glauben, was er behauptet«, sagte Sharpe.

Und Hakeswill war mehr als verrückt, er war am Leben! Irgendwie war er den Tigern entkommen. Keine der Bestien hatte den Sergeant angegriffen, den man vor sich hin plappernd im Hof gefunden hatte. Er hatte nach seiner Mutter geweint und scine Liebe für Tiger erklärt.

»Ich liebe alle Pussykatzen«, hatte er zu seinen Rettern gesagt. »Ich kann nicht getötet werden, ich bin unsterblich!«, hatte er geschrien, als die Rotröcke ihn sanft weggeführt hatten. »Gott liebt mich«, hatte er behauptet, und dann hatte er verlangt, dass Sharpe verhaftet und wegen versuchten Mordes angeklagt wurde, doch Lieutenant Lawford war rot geworden und hatte geschworen, dass Sharpe immer bei ihm geblieben sei, nachdem er die Sprengladung in die Luft gejagt hatte.

Die beiden Männer waren in einem der Bordelle der Stadt gefunden worden, wo sie die Freudenmädchen vor den betrunkenen, randalierenden Siegern beschützt hatten.

»Hakeswill ist ein Glückspilz«, sagte McCandless trocken und gab jeden weiteren Versuch auf, Sharpe die Wahrheit zu entlocken. »Diese Tiger waren Menschenfresser.«

»Aber keine Teufelsfresser, Sir. Ein Happen von Hakeswill, und ihnen wäre der Appetit für immer vergangen.«

»Er schwört immer noch, dass Sie ihn den Tigern vorgeworfen haben«, sagte McCandless. »Ich bezweifle nicht, dass er versuchen wird, sich zu rächen.«

»Das bezweifle ich ebenso wenig, aber ich werde für ihn bereit sein.« Und beim nächsten Mal, dachte Sharpe, werde ich dafür sorgen, dass der Dreckskerl stirbt.

McCandless drehte sich um, als die langsame Prozession am Ende der langen Straße auftauchte, die zum Mausoleum führte.

Gegenüber von ihm, hinter einer Ehrengarde des 73. Regiments des Königs, jetzt in Diensten des Radschas, beobachtete Appah Rao ebenfalls das Nahen der Prozession. Appah Raos Familie und seine Bediensteten lebten alle. McCandless hatte in Appah Raos Hof gesessen, eine Muskete auf dem Schoß, und jeden Rotrock oder Sepoy abgewiesen, der zum Haus gekommen war. So hatte Mary völlig unversehrt überlebt, und Sharpe hatte gehört, dass sie Kunwar Singh heiraten würde, und er freute sich für sie. Er erinnerte sich, dass er versprochen hatte, ihr den Rubin zu schenken, und er lächelte bei dem Gedanken. Jetzt würde er ihn vielleicht einem anderen Mädchen schenken. Der Rubin Tippus steckte tief in seinem Beutel, versteckt wie all die anderen erbeuteten Edelsteine.

Der gedämpfte Trommelwirbel näherte sich, und die Ehrengarde aus Rotröcken stand still. Dem Sarg folgten Trauernde, die meisten davon Offiziere Tippus, unter ihnen Gudin.

McCandless nahm seinen Zweispitz ab.

»Es wird noch mehr Kämpfe geben, Sharpe«, sagte der Colonel leise. »Wir haben noch viele andere Feinde in Indien.«

»Dessen bin ich sicher, Sir.«

Der Colonel blickte Sharpe von der Seite an. Er sah einen jungen Mann, hart wie Feuerstein, und der Zorn in Sharpes Herzen machte ihn gefährlich wie Stein und Stahl, doch da war ebenfalls eine Herzensgüte und Freundlichkeit in ihm. McCandless hatte diese Freundlichkeit im Kerker erlebt, und er glaubte, dass sie eine Seele verriet, die es wert war, bewahrt zu bleiben.

»Ich könnte Sie gebrauchen, wenn Sie dazu bereit wären«, sagte der Colonel.

Sharpe war überrascht. »Ich dachte, Sie kehren heim, Sir. Nach Schottland.«

McCandless zuckte mit den Schultern. »Hier gibt es Arbeit, die noch erledigt werden muss, Sharpe. Und was könnte ich in Schottland erledigen, außer von Indien zu träumen? Ich glaube, ich bleibe noch eine Zeit lang hier.«

»Und mir wäre es eine Ehre, Ihnen zu helfen, Sir, und ich wäre bereit«, sagte Sharpe. Dann nahm er seinen Hut ab, als sich der Sarg näherte. Sein Haar, das er nicht zusammengebunden oder gepudert hatte, fiel locker über den roten Kragen, als er stillstand.

Weit entfernt, jenseits des Flusses, fiel Regen auf ein grünes Land, doch über Sharpe schien die Sonne, schickte ihre Strahlen auf die weiße Kuppel des Mausoleums, in deren unterirdischen Gewölben Tippus Eltern ruhten. Jetzt würde er neben ihnen zur letzten Ruhe gebettet werden.

Der Sarg wurde langsam an Sharpe vorbeigetragen. Die Sargträger trugen tigergestreifte Waffenröcke, während auf dem Sarg ein großes gestreiftes Tigerfell drapiert war. Es war ein schäbiges Fell, unbearbeitet und noch blutig, doch das beste, das in dem Chaos nach dem Fall der Stadt gefunden werden konnte. Auf einer Flanke befand sich eine lange alte Narbe, und Sharpe lächelte, als sein Blick darauf fiel. Er hatte diese Narbe schon gesehen. Er hatte sie in jener Nacht gesehen, in der er in Tippus Kerker gewesen war. Und jetzt sah er sie wieder, in einem Tigerfell, das den Sarg eines tapferen toten Königs bedeckte.

Es war Sharpes Tiger.

HISTORISCHE ANMERKUNG

Die Belagerung und der Fall von Seringapatam (jetzt Srirangapatna) vom Mai 1799 beendete Jahrzehnte der Kriege zwischen der moslemischen Dynastie, die im Staat Maisur herrschte, und den britischen Invasoren. Die Briten, unter Lord Cornwallis, hatten die Stadt 1792 eingenommen, und zu dieser Zeit hatten sie entschieden, Tippu auf seinem Thron zu lassen. Doch die Gegensätze und die Vorliebes Tippus für ein Bündnis mit den Franzosen führten 1799 zum letzten Maisur-Krieg. Das Ziel des Krieges war einfach. Man wollte erreichen, was 1792 nicht geschafft worden war: Tippu zu entthronen, wozu letzten Endes einige sehr fadenscheinige Gründe ausgeheckt wurden, um eine Invasion von Maisur zu rechtfertigen. So ignorierten die Briten die Annäherungsversuche Tippus zum Frieden und marschierten gen Seringapatam. Es war ein brutaler, unverhüllter Akt der Aggression, der jedoch erfolgreich war, denn mit dem Tod Tippus war das größte Hindernis für die britische Herrschaft im südlichen Indien beseitigt, und somit verringerte sich die Chance, dass Napoleon, zu diesem Zeitpunkt an der Spitze einer französischen Armee, gestrandet in Ägypten, in dem Subkontinent intervenieren würde.

Die Beschreibung des Falls der Stadt in diesem Roman ist im Wesentlichen akkurat. Zwei Himmelfahrtskommandos, eine unter dem unglücklichen Sergeant Graham, führten zwei Kolonnen von angreifenden Soldaten durch den breiten Südlichen Kaveri und die Bresche hinauf. Dort trennten sich die Kolonnen. Eine marschierte nördlich der Stadt um den äußeren Wall der Stadt, die andere südlich. Major General David Baird befehligte den Angriff, und weil er in der Hitze der Schlacht annahm, dass der Widerstand im Süden gewaltiger war, wandte er sich in diese Richtung. Tatsächlich stieß die nördliche Kolonne auf den stärksten Widerstand, was hauptsächlich auf die persönliche Führerschaft Tippus zurückzuführen war. Viele Augenzeugen auf beiden Seiten bezeugten die Tapferkeit Tippus. Er war protzig gekleidet und behängt mit Edelsteinen, doch er bestand darauf, in der Front seiner Männer zu kämpfen.

Weitere Probleme bereiteten die Verteidiger, die von den Schützenauftritten feuerten, die durch den inneren Wall geschützt wurden. Erst als Captain Goodall, der Kommandeur der Leichten Kompanie des 12. Regiments, seine Männer über die stützende Querwand geführt hatte und so die Einnahme des inneren Walls begann, brach die Verteidigung zusammen. Der Kampf war kurz, doch extrem blutig. Es gab 1400 Mann Verluste bei den Angreifern, und über 6000 Soldaten fielen von der Truppe des Sultans.

Ich habe mir eine große Freiheit mit den historischen Fakten des Angriffs erlaubt. Es gab keinen ausgedienten westlichen Torweg und ebenfalls keine Sprengladung. Die Idee mit der Sprengladung kam mir von einer gewaltigen und spektakulären Explosion, die zwei Tage vor dem Angriff auf die Stadt geschah. Man glaubt, dass eine britische Granate irgendwie eines der Pulvermagazine entzündet hatte, das dann in die Luft geflogen war. Ich änderte die Natur der Explosion und verzögerte sie um zwei Tage, weil fiktiven Helden geeignete Beschäftigung verschafft werden muss.

Es gab ein paar französische Soldaten in Seringapatam, doch Nelsons Sieg am Nil hatte wirkungsvoll jede echte Chance für eine französische Intervention in Indien beendet. Colonel

Gudin ist eine erfundene Figur. Jemand, der ihm sehr ähnelte, führte ein kleines französisches Bataillon in die Schlacht.

Andere der Romanfiguren, zum Beispiel Colonel Gent, existierten. Major Shee, ein unbeherrschter, trunksüchtiger und unglücklicher Ire, befehligte das 33. Regiment während der Zeit, in der Wellesley als einer von Harris' Stellvertretern diente, und Lieutenant Fitzgerald, Bruder des Ritters von Kerry, wurde in der verwirrenden Nacht im Sultanpetah-Wald getötet, vermutlich durch einen Bajonettstich. Diese Schlappe war Wellesleys einzige militärische Niederlage und führte zu einer lebenslangen Abneigung gegen nächtliche Militäraktionen.

Major General Baird hatte eine Abneigung gegen Wellesley und verabscheute die Tatsache, dass General Harris den jüngeren Wellesley nach der Belagerung und dem Sieg zum Gouverneur von Seringapatam ernannte. Angesichts Bairds Hass auf die Inder war die Ernennung zweifellos weise. Bairds Eifersucht dauerte viele Jahre, doch später fand sich der Schotte großzügig damit ab, dass Wellesley sein militärischer Vorgesetzter war. Zu diesem Zeitpunkt war Arthur Wellesley natürlich schon der erste Herzog von Wellington geworden. 1815 betrachtete nur Napoleon Wellington noch mit Verachtung, taufte ihn den »Sepoy-General«, doch der Sepoy-General schlug ihn immer noch.

Tippu Sultan existierte. Seine Niederlage wurde in Britannien gefeiert, wo er als ein besonders brutaler und wilder Despot betrachtet wurde. Viele Jahre später, trotz vieler anderer bedeutsamerer Siege über ernst zu nehmendere Gegner, griffen die Briten zurück auf die Niederlage und den Tod Tippus. Das Ereignis wurde in zahlreichen Schriften gefeiert, als Grundlage für mindestens sechs Bühnenstücke verwandt und in vielen Büchern beschrieben, alles ein Tribut für die sonderbare Faszination, die Tippu auf seine früheren Feinde ausübte.

Doch sein Tod, obwohl so oft geschildert und aufgeführt, wurde nie ganz geklärt, weil nie jemand je entdeckte, wer genau ihn tötete (es war höchstwahrscheinlich ein Soldat der Grenadierkompanie des 12. Regiments). Der Leichnam Tippus wurde gefunden, doch es kam nie heraus, wer ihn getötet hatte. Man nimmt an, dass sich niemand mit seiner Tat brüsten wollte, weil er den Besitz der Edelsteine Tippus geheim halten wollte. Wo viele dieser Juwelen heutzutage sind, weiß niemand.

Doch vieles von der Pracht des Sultans kann noch besichtigt werden. Der Innere Palast von Seringapatam wurde leider im neunzehnten Jahrhundert vernichtet (örtliche Führer bestehen darauf, dass er durch das britische Bombardement zerstört wurde, doch in Wahrheit überdauerte das Bauwerk die Belagerung unbeschädigt), und alles, was von seiner Pracht blieb, sind ein paar Ruinen und einige Säulen, die jetzt das Dach von Srirangapatnas Eisenbahnstation stützen, doch der Sommerpalast, der Daria Dowlat, existiert noch.

Die Wandgemälde der britischen Niederlage bei Pollilur wurden auf Wellesleys Geheiß restauriert. Wellesley lebte in diesem feinen kleinen Palast, während er Gouverneur von Maisur war. Der Palast ist jetzt ein Museum. Die Moschee Tippus steht noch, es gibt noch einen anderen kleinen Palast in der Stadt Bangalore und, vielleicht das Bewegendste von allem, das elegante Mausoleum Gumbaz, wo Tippu mit seinen Eltern liegt. Bis zum heutigen Tag ist seine Gruft mit einem Tuch bedeckt, das mit Tigerstreifen gemustert ist.

Tippu verehrte den Tiger, und er benutzte Tigermotive, wo immer es ihm möglich war. Sein sagenhafter Tigerthron wurde bei seinem Tod zerstört, doch große Teile davon können immer noch besichtigt werden, bemerkenswert im Windsor Castle. Sein schreckliches Spielzeug, die Tigerorgel, steht jetzt im Londoner Victoria and Albert Museum. Die Orgel ist während des Zweiten Weltkriegs schlimm beschädigt worden, doch sie ist hervorragend restauriert worden, obwohl ihr Klang leider nicht mehr das ist, was er mal gewesen ist. Tippu hielt sechs Tiger im Hof seines Palastes (Wellesley befahl, sie zu erschießen).

Srirangapatnas äußerer Wall steht noch. Die Stadt, die jetzt weniger Einwohner hat als 1799 – jetzt ein attraktiver Ort und der Schauplatz des Angriffs, der den Südlichen Kaveri überblickt –, ist gekennzeichnet mit einem Obelisk, der gleich nördlich der reparierten Bresche steht. Genau hinter der Bresche, die gesamte nordwestliche Ecke der Verteidigungsanlage einnehmend, ist eine gewaltige irdene Bastion – alles, was vom inneren Wall übrig geblieben ist. Der Rest des inneren Walls ist völlig verschwunden, vermutlich von Wellesley kurz nach der Belagerung gesprengt worden.

Später, während der Glanzzeit der indischen Herrschaft, wurden verschiedene Stätten in Srirangapatna als historisch bedeutsam eingestuft, doch ich glaube, dass die Abwesenheit des inneren Walls ziemliche Verwirrung stiftete. Moderne Besucher von Srirangapatna werden Plaketten oder Denkmäler in den Kerkern Tippus, am Wassertor, wo er vermutlich getötet wurde, und viel weiter östlich an dem Ort, wo seine Leiche gefunden wurde, entdecken. Ich nehme an, dass vermutlich nur die letzte der drei Stätten der historischen Wahrheit entspricht.

Die sogenannten Kerker sind unter der Sultan-Batterie, und obwohl es möglich ist, dass sie in den 1780er Jahren als Zellen benutzt wurden (und somit als der Ort, an dem Baird sein Martyrium von vierundvierzig Monaten überlebte), wurden sie 1799 nicht so verwendet. Inzwischen war der innere Wall errichtet worden (er wurde hastig nach Cornwallis' Belagerung von 1792 erbaut), und es ist viel wahrscheinlicher, dass die »Kerker« danach als ein Magazin benutzt wurden (wofür sie anscheinend geplant gewesen waren). Die überlebenden Gefangenen Tippus haben allesamt bezeugt, dass sie während der Belagerung hinter dem inneren Wall gefangen gehalten worden waren, also habe ich dort Sharpe, Lawford, McCandless und Hakeswill gefangen gehalten.

Eine Gedenktafel kennzeichnet das Wassertor durch den äußeren Wall als den Todesort Tippus, doch abermals scheint mir dies ein Irrtum zu sein. Der Beweis sind maisurische Überlebende, von denen einige bis zuletzt mit Tippu vertraut waren, und nach ihren Aussagen hat Tippu eindeutig versucht, in die Stadt zu gelangen, bevor er getötet wurde. Wir wissen, dass es einen Kampf am äußeren Wall gegeben hat und dass Tippu, als er den Kampf abbrach, zu dem Zwischenraum zwischen den Wällen kam, und dort wird die Geschichte verworren.

Britische Quellen behaupten, er habe versucht, durch das Wassertor des äußeren Walls in die Stadt zu flüchten, doch die indischen Aussagen stimmen allesamt darin überein, dass er durch das Wassertor des inneren Walls versuchte, in die Stadt zu gelangen. Das zweite Wassertor ist seither verschwunden, doch ich nehme an, dass er dort starb und nicht an dem noch existierenden Tor. Es scheint logisch zu sein, dass er versucht hatte, in die Stadt zu fliehen, doch das verbliebene Wassertor führte und führt immer noch zu dem gefluteten Graben innerhalb des Glacis, und selbst wenn er diese Hindernisse überwunden hat (unter Beschuss von den Angreifern auf dem Wall über ihm), hätte er nur das südliche Ufer des Kaveri erreichen können, das unter Beschuss der britischen Kräfte nördlich des Flusses lag. Indem er durch die Stadt flüchtete, hätte er das Bangalore-Tor erreichen können, das eine viel größere Chance zu einer erfolgreichen Flucht bot. Stattdessen, nach dem Tod

Tippus oder weil er noch im Sterben lag, fanden ihn einige seiner getreuen Gefolgsleute, legten ihn auf den Palankin und trugen ihn ostwärts, vermutlich in dem Versuch, zum Bangalore-Tor zu gelangen. Sie wurden abgefangen, die Sänfte umgekippt, und der Leichnam blieb mehrere Stunden unentdeckt liegen. Es ist ein Jammer, dass das gegenwärtige Wassertor als die Stätte, wo Tippu erschossen wurde, aufgegeben wurde, denn sein düsterer, feuchter Tunnel hat eine gewisse schaurige Dramatik, doch das andere Tor im inneren Wall hat zweifellos ebenfalls Atmosphäre.

Der Leichnam Tippus wurde mit Ehre behandelt, und am nächsten Tag wurde er neben seinen Eltern im Gumbaz-Mausoleum beigesetzt, wie es in diesem Roman beschrieben ist. Wellesley gebot unterdessen der Plünderung in der Stadt Einhalt (er ließ vier Plünderer aufhängen, ein Gegenmittel, das er auch bei zukünftigen Siegen anwenden würde), doch was der gemeine Soldat nicht rauben konnte, das plünderten die Offiziere schließlich selbst. Die Agenten der East India Company schätzten den Wert der Schätze Tippus auf fast zwei Millionen Pfund, und die Hälfte des sagenhaften Vermögens wurde als Beutegeld erklärt. Also wurden viele ranghohe Offiziere reich durch die Arbeit eines einzigen Tages. Ein Großteil der Schätze ging nach Britannien, wo sie blieben, einige in öffentlicher Hand, aber viele noch in Privatbesitz.

Heute ist Tippu für viele Inder ein Held, und sie betrachten ihn als Prototypen des Unabhängigkeitskämpfers. Dies scheint eine perverse Einschätzung zu sein. Die meisten Feinde Tippus waren andere indische Staaten, doch zugebenermaßen fanden seine erbittertsten Schlachten gegen die Briten (und deren indische Verbündete) statt. Aber er konnte sich nie ganz auf seine Hindu-Untertanen verlassen.

Niemand weiß mit Sicherheit, ob er am Tage seines Todes

verraten worden ist, doch es scheint sehr wahrscheinlich zu sein, dass verschiedene Hindu-Offiziere – wie der fiktive Appah Rao – ihn absichtlich nur widerstrebend unterstützten. Die moslemische Religion Tippus und seine Bevorzugung der persischen Sprache stellen ihn heutzutage außerhalb der indischen Tradition. Dies ist vielleicht der Grund, weshalb mir ein gebildeter Inder versicherte, Tippu sei in Wahrheit ein Hindu gewesen. Er war es nicht, und kein Maß an Wunschdenken kann ihn zu einem »indischen« Helden machen. Ebenso braucht seine Geschichte keine Beschönigung, denn er war ohnehin ein Held, auch wenn er nie für die indische Unabhängigkeit kämpfte. Er kämpfte für die maisurische Vorherrschaft über Indien, was eine ganz andere Sache ist.

Ich möchte Elizabeth Cartmale-Freedman danken, die im Londoner India House stöberte und viele andere Recherchen für *Sharpes Tiger* durchführte. Für all die nützlichen Dinge ihrer Recherchen, die ich ausließ, entschuldige ich mich. Ich danke ebenfalls meinem Agenten, Toby Eady, der mich über seine Pflichterfüllung hinaus nach Srirangapatna begleitete. Selten ist eine Recherche erfreulicher gewesen. Wie üblich, wenn ich an Sharpe schreibe, schulde ich Lady Elizabeth Longford Dank für ihr hervorragendes Buch *Wellington, die Jahres des Degens* und dem verstorbenen Jac Weller für sein unentbehrliches *Wellington in Indien*.

Srirangapatna wird immer noch von der Erinnerung an Tippu beherrscht. Er war ein tüchtiger Herrscher, den die Inder verehren und den die Briten als abgebrühten Tyrannen betrachteten. Dieser Ruf als Tyrann war natürlich vor allem auf seine Hinrichtung von dreizehn britischen Gefangenen vor dem Angriff zurückzuführen (nur acht von ihnen waren bei dem nächtlichen Scharmützel gefangen genommen worden, die anderen waren bereits in Gefangenschaft gewesen). Es ist unwahrscheinlich, dass die Hinrichtungen im Sommerpalast stattfanden, doch sie wurden von Tippus *jettis* ausgeführt, die auf die Art töteten, die in diesem Roman beschrieben ist. Diese Morde sind tadelnswert, doch sie sollten uns nicht für die Tugenden des Sultans blind machen. Er war ein tapferer Mann, ein bedeutender Soldat, und er gibt einen würdigen Feind für den jungen Richard Sharpe ab, der unter seinem kalten, aber sehr cleveren Sepoy-General noch einen langen Weg marschieren muss.

Rom gegen Makedonien – zwei Imperien vor dem Abgrund

Ben Kane
DAS LETZTE SCHWERT
Historischer Roman
Aus dem Englischen
von Dietmar Schmidt
544 Seiten
ISBN 978-3-404-18001-1

Griechenland, im Jahr 198 v. Chr. Er hat sich noch nicht von der Niederlage erholt, die ihm die Makedonier zugefügt haben. Dennoch zieht der römische Heerführer Flamininus seine Männer für den finalen Schlag gegen den übermächtigen Feind zusammen. Er und seine Legionäre wissen: Wer diesen Krieg gewinnt, wird über Griechenland herrschen. Das Imperium des Verlierers hingegen wird untergehen. Interne Machtkämpfe und die aufsässige Bevölkerung stellen Flamininus auf die Probe. Doch er ist bereit zu kämpfen, bis das letzte Schwert gefallen ist ...

Der Bestseller-Erfolg aus England – endlich auf Deutsch

Lübbe

Zehn verwegene Männer, eine uneinnehmbare Festung, eine aussichtslose Mission

Harry Sidebottom
HINTER FEINDLICHEN LINIEN
Zehn Helden, eine uneinnehmbare Festung, eine ausweglose Mission
Aus dem Englischen von Rainer Schumacher
400 Seiten
ISBN 978-3-404-18065-3

Rom, im 3. Jahrhundert. Mit neun Soldaten aus den Reihen der *frumentarii* wird Marcus Aelius Valens, stellvertretender Tribun der kaiserlichen Leibgarde, ins Perserreich entsandt. Sie sollen einen jungen Prinzen aus der uneinnehmbaren Festung der Stille befreien und nach Rom bringen. Die Mission ist gefährlich – und streng geheim. Als Kaufleute getarnt begeben sich die zehn Unerschrockenen weit hinter die feindlichen Linien. Schon bald haben sie den Tod ihres Anführers zu beklagen, und Valens muss die Leitung des kleinen Trupps übernehmen. Weitere Männer sterben. Gibt es einen Verräter unter ihnen? Hat man sie bewusst auf ein Himmelfahrtskommando geschickt?

Lübbe